ARNOLD KÜSTERS

MK Bökelberg

Das Buch

Der letzte Torjubel ist längst verweht. Das Bökelbergstadion ist leer. Nur der Wind und die Bagger reißen noch an den alten Tribünen. Erst jetzt gibt der Berg sein Geheimnis preis: Beim Abriss wird am Ehrenmal für die Toten ein Skelett gefunden.

Welche Rolle spielt der erfahrene Abwehrspieler und Publikumsliebling Alexander Rauh in diesem Spiel um Geld und Macht?

»Ich kann mir das alles nicht erklären.« Günter Bongartz saß blaß in seinem imposanten Schreibtischstuhl. Seine Körperhaltung hatte nichts mehr von der so oft beschworenen charismatischen Ausstrahlung. »In unserem Verein hat es so etwas noch nie gegeben. Fußball und Mord: das passt doch nicht zusammen.«

Kriminalhauptkommissar Frank Borsch und sein Freund und Kollege KHK Michael »Ecki« Eckers ahnen noch nicht, dass es in ihrem dritten Fall um weit mehr geht als nur um Fußball und Mord. Auf sie warten ganz andere Profis.

Daniel C. Hünner will Oberbürgermeister werden. Um jeden Preis.

Der Autor

Arnold Küsters wurde 1954 in Nettetal-Breyell geboren.

Nach seinem Studium und Referendariat begann er als Journalist für verschiedene Medien zu arbeiten, in der Hauptsache für den WDR und die ARD.

In seiner Freizeit spielt er die Bluesharp bei STIXX und Sgt. Arnie.

Arnold Küsters lebt in Mönchengladbach.

Mit *MK Bökelberg* legt Arnold Küsters seinen dritten Roman vor.

Bisher erschienen:
Der Lambertimord (2005) ISBN 978-3-920743-61-5
Maskenball (2006) ISBN 978-3-921743-62-2

Arnold Küsters

MK Bökelberg

Der Niederrhein Krimi 4

Verlag der Buchhandlung Matussek & Sohn

1. Auflage

Umschlagfoto: Detlef Ilgner
Umschlaggestaltung: Fabian Matussek
mit freundlicher Genehmigung durch Borussia Vfl 1900 Mönchengladbach GmbH
Satz: DTP im Verlag
Druck und Bindung: Clausen & Bosse, Leck
Printed in Germany
Verlag der Buchhandlung Matussek & Sohn, Nettetal
ISBN 978-3-920743-63-9

Als Schauspieler weiß man, dass es sich bei den
Künsten um Illusionen handelt, also im erweiterten
Sinn um Lügen. Aber sie zeigen dir eine Wahrheit.
Im politischen Alltag ist es häufig umgekehrt.
Man sagt zum Schein die Wahrheit,
um diese möglichst geschickt zu vertuschen.
Natalie Portman

I can't feel nothing but this chain that binds me
Lost track of how far I've gone.
Bruce Springsteen, »The Rising«

Da draußen gibt es viele Ratten.
Viele, die versuchen, einem ans Bein zu pinkeln.
Rudi Assauer

Figuren und Handlung sind natürlich frei erfunden.
Ähnlichkeiten mit lebenden oder verstorbenen Personen wären damit rein zufällig. Es sei denn, die Gefragten waren mit der Veröffentlichung einverstanden.

I.

Ziellos wehte an diesem Morgen die kalte Luft über die leeren Ränge. Kurze Böen fegten durch den offenen Spielertunnel. Hinter der überdachten Tribüne tänzelten winzige Turbulenzen zwischen den Ritzen schief hängender Rolltore. Durch die ausgeräumten, verwahrlosten Logen und Sprecherplätze trudelten spielerisch kleine Papierfetzen und altes Laub. Über die weiten gepflasterten Flächen für die Übertragungswagen der Fernsehsender wirbelte Sand. Irgendwo schlug eine Schnur rhythmisch an einen vergessenen Fahnenmast. Auf dem Spielfeld bogen sich die wild wuchernden Grashalme unter den stürmisch dribbelnden Winden. Im Torraum, am Fuß der stummen Nordkurve, war für kurze Zeit Ruhe.

Unter der bleichen Vorfrühlingssonne war es fast still in dem alten Stadion an der Bökelstraße, wären da nicht die träge quietschenden Ketten des schweren sandfarbenen Baggers. Das kräftige Wummern seines Dieselmotors brach sich unablässig an den nackten Betonstufen der Zuschauerblöcke. Es klang wie das vieltausendfache kehlige, langsam bis zur kollektiven Enttäuschung oder Begeisterung anschwellende Brausen längst vergessener Spieltage.

Tor für die Borussia! Heinzi Plaetzken hatte die markante Stimme von Sprecher-Legende Rolf Göttel noch im Ohr. Heinzi Plaetzken hatte in seiner Jugend zwar nie Fußball gespielt, aber er war oft im Stadion an der Bökelstraße gewesen. Immer, wenn er Geld für eine Karte übrig gehabt hatte. Er hatte *de Kull* geliebt. Ausgerechnet er hatte nun den schmerzlichen Auftrag und musste das Stadion, *sein* Stadion, platt machen. In den ersten Tagen des Abrisses hatte er immer wieder mal auf seinem alten Platz auf dem Osthang gestanden und dann für Minuten auf das Spielfeld gestarrt. Mehr als einmal hatte er dabei den Impuls gespürt, mit dem Rasenmäher Ordnung zu schaffen und die Spielfläche wieder herzurichten.

Als er schließlich merkte, dass ihn seine Erinnerungsversuche zu sehr schmerzten, hatte er seine Pausen lieber im staubigen Baucontainer verbracht. Trotz seiner traurigen Arbeit war es für ihn immer noch etwas Besonderes, das Gelände des Vereins betreten zu können.

Davon hatte er vor dem Umzug von Verein und Mannschaft ins neue Stadion geträumt: Einmal neben den Spielern im *heiligen* Innenhof zu stehen, den Trainer und die Fernsehteams hautnah erleben! Das war ihm damals als unerreichbar erschienen. Stattdessen hatte er nun seinen Platz im Baucontainer und konnte durch die Fenster die auf den Asphalt gemalten Markierungen für die Einsatzfahrzeuge der Polizei und Rettungswagen sehen. Und da, wo jetzt sein Container stand, hatte früher der Manager geparkt.

Heinzi Plaetzken kam aus Wegberg und hieß wirklich so. Warum seine Eltern ihn Heinzi getauft hatten, wusste er nicht. Heinzi Plaetzken war Fahrer. Baggerfahrer. Und das einzige, was ihm in seinem Leben bisher etwas bedeutet hatte, war der VFL. Auf den würde er nie verzichten. Ebenso wenig wie auf seine *Bild*, die er jeden Morgen vor der Arbeit am Kiosk kaufte. Natürlich vor allem wegen des Sportteils. Und ein bisschen wegen der Mädchen auf Seite Eins.

Heinzi Plaetzken hatte beim Baggern schon vieles gefunden: Mehrere römische Brandgräber, wie ihm die studierten Männer vom Landschaftsverband erklärt hatten, rostige Fahrräder oder Fünf-Zentner-Bomben. Gottseidank Blindgänger. Aber noch keine Leichen. Noch nicht.

Heinzi Plaetzken beugte sich gelassen aus dem schmalen Führerhäuschen des Baggers. Er hatte seinen Kollegen Mehmet Binici entdeckt, der wild winkend auf ihn zukam. Was Mehmet schrie, ging im Lärm des Motors allerdings unter.

»Was ist los? Ist schon Frühstückszeit?« Plaetzken feixte.

Mehmet Binici zog seinen Bauhelm ab und schob mit einer Hand die Kapuze seines Overalls zurück. »Heinzi, da liegt ein Toter. Lauter Knochen. Komm schnell.«

Atemlos zeigte er in Richtung des alten Ehrenmals, das weit hinter der Haupttribüne nahe am Zaun stand und in Form einer stilisierten Raute an die Vereinsmitglieder erinnerte, die in den beiden Weltkriegen gefallen waren. Mehmet Binici sollte das Fundament des Mahnmals freilegen, damit es vorsichtig abgebaut und bis zur Wiederverwendung zwischengelagert werden konnte.

»Komm gucken, da liegen Knochen!« Er war ganz weiß im Gesicht.

Plaetzken winkte ab. »Spinn nicht rum, Mehmet. Knochen! Da liegen keine Toten. Das Denkmal soll nur an die Toten erinnern. Mach weiter und lass mich in Ruhe. Wir haben heute noch eine Menge zu tun. In drei Wochen kommt der Sprengmeister.«

Mehmet Binici sah ihn stumm an.

In den Augen seines Kollegen war etwas, das Heinzi Plaetzken nun doch stutzig machte. »Du meinst, Knochen?« Ungläubig wiederholte er: »Richtige Knochen? Von einem Menschen?«

Binici nickte nur.

Heinzi Plaetzken lachte, aber er klang unsicher. »Du wirst wohl nur ein paar alte Hundeknochen gefunden haben. Oder vielleicht die Reste von ’nem Köln-Fan.« Er grinste breit.

Mehmet Binici lachte nicht.

»Du meinst also im Ernst echte Knochen?« Der Baggerfahrer kletterte umständlich von seinem verschlissenen Fahrersitz und stieg steifbeinig von der Raupenkette. »Das glaub ich nicht. Komm.«

Die beiden Arbeiter eilten am Betongerüst der alten Haupttribüne vorbei quer über den gepflasterten Platz, bis fast zum ehemaligen Stadionzugang am Schürenweg. Etwas kurzatmig blieb Heinzi Plaetzken vor der flachen Mulde stehen, neben der Mehmet Binici in der Aufregung seine Schaufel liegen gelassen hatte.

»Da.« Mehr brachte Binici nicht hervor.

Heinzi Plaetzken trat einen Schritt vor und stieß mit seiner Fußspitze vorsichtig gegen das unförmige Gebilde, das ein Stückchen aus dem Boden ragte.

»Da. Siehst du. Ein Knochen.«

Heinzi Plaetzken ging in die Hocke und zog dabei seine Arbeitshandschuhe über. Vorsichtig zog er an dem merkwürdigen Ding, bis er es ganz in der Hand hielt.

»Donnerwetter. Es stimmt – ein Knochen. Aber ein kleiner. Ist bestimmt ein Hundeknochen. Mensch, Mehmet, für den Mist machst du hier so einen Aufstand und holst mich aus meinem warmen Bagger? Du stiehlst mir die Zeit, mein Freund. Ich fahr da gleich einmal drüber, und weg sind deine Knochen. Sieh zu, dass du hier vorankommst. Der Verein will den Gedenkstein heute noch oder spätestens morgen abholen.«

»Guck, hab ich ja gesagt, da sind noch mehr, das sind Menschenknochen, Heinzi. Das müssen wir der Polizei melden. Ich habe solche Knochen schon mal auf dem Friedhof gesehen, als ich da gearbeitet habe.«

»Mehmet, alter Kümmeltürke, du machst mich wahnsinnig. Lass mich endlich in Ruhe mit deinen Horrorgeschichten. Die glaubt dir doch kein Mensch. Sieh lieber zu, dass du das Fundament freikriegst.« Heinzi Plaetzken warf den Knochen zurück in die Mulde und ließ Mehmet Binici einfach stehen.

...

»Sie werden sie finden.«

»Na, und?«

»Verstehst du nicht? Sie werden Hanna finden.«

»Ja, und? Wird schon nix passieren. Sie werden ein paar Knochen finden, und dann ist gut. Reg dich nicht auf.«

»Deine Ruhe möchte ich haben. Du machst es dir ziemlich einfach. Wir müssen etwas unternehmen.«

»Dazu ist es jetzt zu spät. Das hättest du dir eher überlegen müssen.«

»Mensch, wenn die rauskriegen, dass das Hanna ist, bin ich geliefert. Erledigt. Ende, aus, fertig. Dann kann ich mir einen Strick nehmen.«

»Mann, nun verlier nicht die Nerven. Ich sag's noch einmal: Sie werden keine Verbindung zu dir finden. Hanna liegt seit zehn Jahren da. Da ist von ihr nichts mehr übrig. Außerdem haben wir ja vorgesorgt, wenn du dich erinnerst.«

»Ich halte das nicht mehr aus. Die ganzen Jahre habe ich das nicht ausgehalten. Ich bin fertig. Verstehst du? Leer! Seit Jahren!«

»Alle Achtung, das sieht man dem Strahlemann auf den Zeitungsfotos nicht an. Vergiss nicht, du bist perfekt, Mann. Denk daran. Dir wird schon nichts passieren! Und verlier jetzt nicht die Nerven, sonst bringst du am Ende noch eine Menge Leute in Gefahr. Und du weißt ganz genau, was das bedeutet.«

»Droh mir nicht, mein Freund.«

Er klappte das Mobiltelefon zu und ging zum Fenster. Nachdenklich sah er hinaus. Er legte eine Hand auf die Scheibe und sah zum Horizont. Irgendwo dort hinten war Mönchengladbach zu Ende. Von unten winkte jemand zu ihm hoch. Aber er reagierte nicht. Er hatte die freundliche Geste nicht einmal bemerkt. Er hatte Angst, große Angst.

Ihm fiel etwas ein. Hastig drehte er sich um und griff zu seinem Mobiltelefon. Er tippte eine Nummer ein. Er brauchte dabei nicht einmal auf das Display zu sehen. Diese Telefonnummer kannte er blind.

Der Anschluss war besetzt.

Hanna. Der Name war nicht ihr wirklicher Name. Er hatte sie *Hanna* genannt, um nicht ihren richtigen Namen aussprechen zu müssen. Er wäre sonst verrückt geworden. So konnte er sich einbilden, nicht mitschuldig zu sein. *Hanna* klang so gut wie jeder andere Name, ein Allerweltsname. Der Selbstbetrug hatte funktioniert, über die Jahre war damit ihr richtiger Name verblasst. Wenn er an *Hanna* hatte denken müssen, war sie immer jemand gewesen, den er nicht kannte oder hätte kennen müssen.

...

»Was machst du denn hier? Du hast doch Unterricht? Ist etwas passiert?« Frank wunderte sich. Er hatte gerade zum Dienst fahren wollen, und nun stand Lisa plötzlich im Flur. Um die Nase war seine Freundin merkwürdig blass.

»Mir war auf einmal so schlecht.« Lisa stellte ihre Tasche neben die Garderobe und zog sich langsam den Mantel aus.

»Warum kommst du extra nach Eicken und fährst nicht in deine Wohnung? Da wärst du doch viel schneller!« Frank nahm besorgt Lisas Hand. Sie fühlte sich kalt an.

»Ich wollte einfach in deiner Nähe sein.«

»Du hast Glück, ich habe ein bisschen getrödelt. Ich hätte eigentlich schon längst im Präsidium sein müssen. Willst du dich hinlegen? Soll ich dir einen Tee machen?«

»Nein, lass mich. Es geht schon wieder, glaube ich. So ein kleiner Schwächeanfall ist ganz normal in der Schwangerschaft. Ich lege mich gleich auf die Couch. Ich will keinen Tee. Es ist nur«, Lisa zögerte, »es ist nur so, dass ich in deiner Nähe sein wollte. Schön dich zu sehen, Bulle. Du kannst aber jetzt fahren, ich komme schon klar.«

Frank legte seine Hand auf Lisas Bauch. »Ich mache mir Sorgen. Soll ich nicht lieber bleiben? Oder soll ich dich zum Arzt fahren?«

»Unsinn, es geht schon. Ich brauche nur ein bisschen Ruhe. Die letzte Zeit war doch etwas anstrengend.«

Das stimmte. Der erst vor wenigen Wochen abgeschlossene Fall *Alte Männer* hatte auch Lisa mächtig mitgenommen. »Gut, wenn du meinst. Aber wenn es nicht besser wird, rufst du mich an, ja?«

»Versprochen. Und jetzt sieh zu, dass du zum Dienst kommst, sonst schickt Ecki noch einen Streifenwagen los und lässt dich suchen.« Lisa versuchte ein Lächeln. Es misslang. Stattdessen drückte sie sich mit einer Hand in die Seite. »Mein Rücken.« Sie sah, dass Frank immer noch zögerte. »Nun mach schon. Ab mit dir.«

»Nein, wirklich, soll ich nicht lieber bei dir bleiben?«

Lisa schüttelte den Kopf. »Wirklich nicht, Frank.«

»Na gut, dann muss ich wohl.« Frank tat beleidigt.

Nun musste Lisa doch lachen. »Nun geh schon. Ich liebe dich. Ruf doch zwischendurch mal an. Ich koche uns was Leckeres.«

Kurz darauf bog Frank mit seinem MGB auf den Parkplatz des Mönchengladbacher Polizeipräsidiums an der Theodor-Heuss-Straße. Er seufzte, als er den Wagen abschloss. Bald würde er sein geliebtes Cabrio verkaufen müssen. Der Zweisitzer war nun wirklich kein Familienauto, da musste er Lisa Recht geben.

Auf dem Weg in sein Büro kam er an dem grünen Mercedes von Heinz-Jürgen Schrievers vorbei. Neugierig sah er durch die großen Scheiben des schon mehr als 15 Jahre alten Diesels. Der Archivar der Mönchengladbacher Polizeibehörde hatte auf der Rückbank ein übergroßes Ölgemälde stehen. Soweit Frank erkennen konnte, war es die leicht kitschige Ansicht einer zerklüfteten Berglandschaft. Zu sehen war ein einsamer Berghof unter dunklen, tief hängenden Wolken. Woher Schrievers den alten Schinken wohl haben mochte, dachte Frank, als er seinen Kollegen auf sich zukommen sah. Schrievers trug wie immer eine seiner unvermeidlichen und eigentlich zu knapp sitzenden Strickjacken, die er wegen des windigen und kühlen Wetters eng um seinen mächtigen Bauch gezogen hatte. Frank konnte sich nicht daran erinnern, dass Heinz-Jürgen Schrievers jemals etwas anderes über seinen Diensthemden getragen hatte als dicke Strickjacken mit Zopfmuster. Selbst im Sommer nicht. Frank musste gar nicht erst auf Schrievers Füße gucken. Er wusste auch so, dass Heinz-Jürgen Schrievers karierte Pantoffeln trug. Braunkarierte Filz-Pantoffeln im Dienst. Das traute sich nur Kollege Schrievers.

»Na, Heinz-Jürgen, hast du mal wieder auf einem Dachboden gekramt? Ist das Bild für den Hephata-Shop oder für den Volksverein?« Frank deutete auf das Ölbild.

Schrievers schnaufte und schmatzte leicht, als er mit einem Stück Müsli-Riegel wedelnd vor Frank stehen blieb. »Nee, den hat Gertrud bei ihrer Tante ausgegraben. Die alte Dame wollte das gute Stück schon auf den Müll werfen. Trudchen kam gerade noch rechtzeitig. Jetzt nehm ich das Bild mit ins Büro. Kommt dort an die Wand. Erinnert mich irgendwie an meine Kindheit. Ist doch schön, nicht?«

»Man kann nicht wirklich viel erkennen. Wenn du meinst. Hast du überhaupt Platz dafür?«

»Keine Sorge, Platz ist da.« Schrievers schob sich genüsslich den Rest Müsliriegel in den Mund und kramte nach seinem Autoschlüssel.

»Vielleicht hänge ich das Bild auch an die Wand vor meinem Büro. Die Flure sind eh so kahl.«

»Das wird Laumen nicht erlauben.«

»Ach, Laumen.« Der Archivar schloss den Wagen auf und beugte sich hinein. Ächzend zog er das große Ölbild vom Sitz. »Na, komm schon.«

»Ich wusste gar nicht, dass du dich für Malerei interessierst.« Frank schmunzelte. »Komm, ich helf dir.«

»Lass gut sein. Ich hab's schon.« Schrievers hielt das alte Bild nun in beiden Händen und streckte es von sich. »Schön. Ich find's schön. Und der Goldrahmen. So was kriegt man heute gar nicht mehr.«

»Jaja.« Franks Bestätigung klang halbherzig.

»Da fällt mir ein, Frank, wir wollten doch mal wieder alle zusammen zu Borussia gehen. Ich war noch immer nicht im neuen Stadion.« Schrievers sah Frank von der Seite an. »Vielleicht geht Ecki mit.«

»Ich find's nicht so prickelnd, ehrlich gesagt. Am alten Bökelberg war's schöner. Mehr Atmosphäre. Das neue Stadion hat kein Flair. Ein Betonkasten ohne Seele. Der Bökelberg hatte ganz viel Seele, das wird sich in hundert Jahren nicht in dem neuen Kasten entwickeln. Nicht für mich, jedenfalls.« Frank zuckte mit den Schultern.

Schrievers wollte etwas erwidern, überlegte es sich aber anders. Über Fußball mochte er nicht streiten und schon gar nicht mit Frank.

»Aber davon mal abgesehen, können wir gerne mit ein paar Kollegen ins Stadion gehen. Warum nicht? Hast recht, das haben wir schon lange nicht mehr gemacht.« Frank verabschiedete sich von Schrievers, der in Richtung Archiv abbog.

Verstehe einer den Borsch, dachte Heinz-Jürgen Schrievers, als er beim Gehen das unhandliche Ölbild umständlich von einer Hand in die andere packte.

...

»Gut, dass du endlich da bist. Vorhin ist hier ein Türke aufgetaucht, der mir eine ziemlich abenteuerliche Geschichte erzählt hat.« Ecki nahm beim Sprechen die hochgelegten Beine vom Tisch und zog dann ein Schubfach auf. Kommentarlos schob er die Bäckereitüte, die halb aufgerissen vor ihm gelegen hatte, von der Schreibtischauflage in das offene Fach. »Hm, ich liebe Nussecken. Nee, also die Geschichte klingt wirklich gruselig. Der Mann heißt Binici, Mehmet Binici. Er arbeitet bei dem Abbruchunternehmen, das den Bökelberg abreißt. Vor seiner Mittagspause hat er am Mahnmal hinter der Haupttribüne beim Graben Knochen gefunden. Er behauptet, dass es menschliche Knochen sind. Er meint, dass er das wissen muss, denn er hat schon mal auf einem Friedhof Gräber ausgehoben. Jedenfalls, meint er, wir sollten uns mal um den Fall kümmern. Sein Kollege, Heinzi Plaetzken, hat die Knochen einfach wieder mit seinem Bagger zugekippt.« Ecki blätterte durch sein kleines, dunkel eingebundenes Notizbuch.

»Heinzi wer?«

Ecki musste grinsen. »Heinzi Plaetzken.«

»Möchtest du Heinzi Plaetzken heißen?«

»Nicht wirklich.«

»Also, dieser Binici hat Knochen gefunden und sein Kollege Plaetzken hat sie wieder eingebuddelt?«

»So isset. Wir sollten uns die Sache mal ansehen. Ich glaube zwar nicht, dass da was dran ist, andererseits kommen wir so noch mal zum Bökelberg, bevor er gesprengt wird.« Ecki seufzte und lehnte sich zurück. »Mensch, der Bökelberg. '71 der Pfostenbruch. Ich war damals mit meinem Vater im Stadion. Das vergesse ich nie. Meine halbe Kindheit und Jugend habe ich in der *Kull* verbracht. Waren das noch Zeiten. Marion habe ich auf dem Bökelberg kennengelernt.«

»Schon gut, Ecki, ich habe verstanden. Wir fahren.«

»Oh Mann.« Frank mochte den Anblick des geschundenen Stadions nicht glauben. »Guck dir das an! Wie nach einem Bombenangriff! Ich fass es nicht.« Er zeigte auf den Schuttberg vor ihnen.

Die beiden Kriminalhauptkommissare Frank Borsch und Michael *Ecki* Eckers standen zwischen den Baucontainern auf dem ehemaligen Innenhof des Bökelbergstadions.

Ecki sagte nichts. Nur das Zucken in seinen Wangenmuskeln verriet seine Betroffenheit. Vom früheren Trainertrakt war schon die Fassade weggerissen. Dort, wo einmal der Presseraum war, gähnte ein riesiges Loch. In den Resten der ersten Etage konnten die beiden Ermittler weiter hinten die Mannschaftskabine erkennen, im unteren Bereich grün, darüber weiß gestrichen. Wo früher der schmale Spielertunnel aufs Spielfeld führte, klaffte ein weit aufgerissener Durchgang wie eine offene Wunde. Frank musste bei dem Anblick unwillkürlich an den aufgeschlitzten Oberschenkel von Ewald Lienen denken. Das musste Anfang der 80er gewesen sein, Bielefeld gegen Bremen, überlegte er. Frank sah sich um, der einstmals gepflegte und angeblich nie ausgetauschte Rasen war nur noch zu erahnen. Am Anstoßkreis stand ein Bulldozer mit gesenkter Schaufel, so als warte er auf den Anpfiff des Schiedsrichters.

Ecki wich einen Schritt zurück, als wolle er vor dem Anblick des aufgerissenen Stadions flüchten. Dabei stieß er gegen eine alte Massagebank, die offenbar aus dem Schutt gezogen worden war und nun neben dem Bürocontainer des Bauleiters stand.

»Aua.« Ecki hielt sich fluchend den Oberschenkel.

»Ich fass es nicht.« Frank konnte seinen Blick nicht von den Trümmern abwenden, die noch vor Monaten ein, nein *das* berühmteste Bundesligastadion waren.

»Na, so schlimm ist es nun auch wieder nicht.« Ecki rieb sich immer noch sein Bein.

Frank sah ihn verständnislos an. »Immerhin stehst du vor den Trümmern einer Legende. Das ist ja nur noch eine Abbruchwüste. Ich hatte gedacht, du hängst an diesem Stadion.«

»Ich meine mein Bein, nicht das Stadion! Ich habe mich gestoßen.«

Bevor Frank etwas sagen konnte, bog ein kleiner untersetzter Arbeiter um die Ecke der Nordkurve. Schnell stapfte er durch den aufgeweichten Boden auf sie zu. Dabei umkurvte er einen Schuttkegel, der von der Verbindung zwischen Kabinentrakt und Tunnel stammen musste. Der Mann steckte in einem fleckigen Overall und trug einen grauen Bauhelm, unter dessen schmalem Schirm ein dichter schwarzer Schnurrbart den Rest des Gesichts beherrschte.

Ecki erkannte den Arbeiter. »Frank, das ist Mehmet Binici. Er war bei mir.« Er ging auf den Türken zu. »Hallo, Herr Binici. Ich habe meinen Kollegen Frank Borsch mitgebracht. Wir wollen uns Ihren Fund doch lieber gemeinsam ansehen.«

»Bitte, dann kommen Sie.« Mit der einladenden Geste eines Gastgebers zeigte Binici auf den Durchgang. Zuvor sah er auf die Schuhe der beiden Polizeibeamten. »Sie brauchen Stiefel. Haben sie keine Stiefel? Das ist schlecht, sehr schlecht.«

Frank und Ecki sahen an sich hinunter wie kleine Schuljungen.

»Zu spät.« Frank schlug Ecki aufmunternd auf die Schultern. »Da müssen wir jetzt durch, Kollege. Im wahrsten Sinne des Wortes.«

Bei seinem letzten Besuch im Stadion hatte Ecki von seinem Platz hinter dem Tor der Nordkurve aus erlebt, wie Arie van Lent den letzten Treffer auf dem Bökelberg erzielt hatte. Auf dem Weg zur Treppe der Haupttribüne blieb er einen Augenblick stehen und sah auf den Platz. Gestrüpp statt Rasen, in der Südkurve schon gelbliche Sandhänge statt der plattierten Ränge und Wellenbrecher. Nachdenklich trottete der Kommissar den anderen hinterher.

»Hier.« Mehmet Binici blieb vor einer unscheinbaren Fläche stehen.

»Hier?« Frank und Ecki konnten nichts erkennen.

»Ja. Die Knochen liegen hier drunter. Heinzi ist mit seinem Bagger drübergefahren.«

»Und wo ist dieser ›Heinzi‹ jetzt?« Frank sah sich um. Der Bagger war hinter der Tribüne abgestellt. Das Führerhaus war leer.

»Heinzi hat einen Termin beim Arzt. Er ist schon weg. Er hat was am Knie. Meniskus, sagt der Arzt. Vielleicht muss er operiert werden.«

Frank und Ecki nickten.

»Warten Sie, ich nehme die Schaufel.« Mehmet Binici trat ein paar Schritte zur Seite und zog seine Schaufel aus einem Erdhügel. Ohne ein weiteres Wort begann er zu graben.

Die beiden Ermittler sahen ihm neugierig zu.

Der Boden war aufgelockert und Mehmet das Graben gewohnt.

»Sehen Sie, hier. Das sind die Knochen. Das sind Menschenknochen! Sie sind doch von der Mordkommission, oder?« Der türkische Arbeiter hielt ihnen den Teller der Schaufel hin.

Frank ging in die Hocke. »Hm, stimmt, das sieht aus wie ein Knochen.« Er sah Ecki an. »Könnte tatsächlich von einem Oberschenkel stammen. Was meinst du?«

Ecki bückte sich, um besser sehen zu können. »Gibt es noch mehr davon?« Er sah Mehmet Binici an.

»Ich weiß nicht, bestimmt. Es waren mehr. Heinzi hat sie wieder umgegraben. Habe ich einen Toten gefunden? Ich habe es gewusst; ich habe mal auf einem Friedhof gearbeitet. Da haben wir immer Knochen gefunden. Fast jeden Tag.«

Die beiden Ermittler richteten sich auf.

»Wir müssen die Spurensicherung informieren.« Ecki zog sein Diensttelefon aus der Innentasche seiner Jacke und ging zur Seite.

»Für heute haben Sie nun wirklich genug ausgegraben, Herr Binici. Kann ich mal die Schaufel haben?« Frank streckte seine Hand aus.

»Willst du nicht lieber auf die Spusi warten, Frank?« Ecki hätte es lieber gesehen, wenn sein Freund mehr Geduld zeigen würde.

»Quatsch, es wird keine Spuren mehr geben. Guck dich mal um. Das Stadion ist platt. Und dieser Heinzi hat sowieso ganze Arbeit geleistet. Da werden wir nichts mehr finden.« Er stand auf und ächzte.

»Was ist, alter Mann?« Ecki sah Frank amüsiert an.

»Meine Knochen.«

Frank begann zu graben. Vorsichtig schob er den Boden zur Seite. Nach wenigen Schaufelladungen hatte er gefunden, was er suchte. Immer mehr Knochen fielen auf den kleinen Haufen neben Mehmet Binicis Fundstelle. Es waren kleine Knochen. Schließlich stieß Frank gegen etwas Hartes. Er legte die Schaufel beiseite und grub mit beiden Händen weiter.

»Um Gottes Willen.« Frank fühlte über den runden Gegenstand vor ihm in der flachen Grube und zog ihn vollends ans Tageslicht. Er hob ihn hoch wie einen Kelch. »Das ist ein Schädel. Ein Kinderschädel. Sieh dir das an, Ecki.« Vorsichtig wischte er die Erde von den Knochen.

Ecki wurde blass. Es war in der Tat die Schädeldecke eines Menschen. Es musste ein kleiner Mensch gewesen sein. Und er musste grausam gestorben sein. Mitten in der Schädelfront war ein Loch.

Etwas mehr als zwei Stunden später waren Ecki und Frank wieder zurück in ihrem Büro. Bei ihnen saß Staatsanwalt Ralf Böllmann. Der Jurist war trotz seines jungenhaften Aussehens ein erfahrener Ermittler in Kapitaldelikten. Diesmal wirkte Ralf Böllmann allerdings reichlich ratlos.

»Was hat das alles zu bedeuten?«

»Keine Ahnung, um ehrlich zu sein.« Frank malte gedankenverloren mit einem Bleistift Kringel auf seine Schreibtischunterlage. »Ich bin absolut ratlos. Mad Doc Leenders meint, dass das Skelett in der Tat von einem Kind stammen könnte. Die Knochen werden mit Sicherheit zehn Jahre und länger in der Erde gelegen haben.«

Böllmann streckte sich und bog angestrengt den Rücken durch. »Wer tut so etwas, und warum tut er es? Was war vor zehn oder fünfzehn Jahren? Hat der Verein etwas damit zu tun? Könnte es ein Menschenopfer gewesen sein?« Böllmann klang nicht, als sei er von seiner eigenen Vermutung sonderlich überzeugt. »Ich meine, alles ist möglich.«

»Wonach und wo sollen wir suchen? Schwarze Messen im Stadion? Ein Menschenopfer für den Sieg?«

»Jetzt übertreib's mal nicht, Ecki. Ich hab zwar auch schon gehört, dass Fans Glückspfennige hinter dem Tor der Nordkurve vergraben haben oder immer mit dem gleichen, ungewaschenen Trikot zum Spiel gehen. Als könnten sie mit ihren Ritualen das Glück zwingen! Aber ein Ritualmord? Das kann ich mir nicht vorstellen. Fußballfans sind abergläubig, aber begehen sie für ihren Verein auch einen Mord? Nee, nee, nee. Soweit geht die Liebe zum Fußball dann doch nicht.«

Böllmann mochte eine krankhaft übersteigerte Fanliebe nicht ausschließen. »So abwegig klingt der Gedanke von Herrn Eckers nicht. Denken Sie bitte daran, welche Emotionen Woche für Woche in und um die Stadien freigesetzt werden! Wir müssen auch in diese Richtung ermitteln.«

»Und wo sollen wir anfangen? Es gibt zahllose Fanclubs. Mal ganz abgesehen von den vielen Tausend Fans, die nicht organisiert sind. So viele Leute haben wir nicht zur Verfügung, um das abchecken zu können.«

»Wir haben doch die beiden Fan-Polizisten im Einsatz, die sich in der Szene bestens auskennen. Fragen Sie Ihre Kollegen. Wäre doch immerhin ein Anfang, oder?« Böllmann schien mehr und mehr Gefallen an seiner Theorie zu finden.

»Und wenn der Fall gar nichts mit Fußball zu tun hat? Wenn die Leiche zufällig oder bewusst irreführend vor dem Mahnmal verscharrt wurde?« Ecki mochte nun doch nicht daran glauben, dass ausschließlich ein Fußballfan als Täter in Frage kommen könnte.

»Wir sollten auf jeden Fall schon mal Schrievers darauf ansetzen. Ein Mensch verschwindet doch nicht einfach so. Vor allem nicht ein Kind.« Frank sah Böllmann an. »Und was das Loch betrifft, vielleicht ist es ja erst post mortem entstanden. Hier, bei den Abbrucharbeiten, zufällig.«

Ecki schüttelte den Kopf. »Das kann ich mir nicht vorstellen. Solche Zufälle gibt es nicht. Wie auch immer, Schrievers und sein phänomenales Archiv müssen uns helfen. Wir waren damals noch nicht im KK 11. Er wird die Vermisstenfälle archiviert haben.«

Böllmann erhob sich. »Ich sehe, Sie stecken schon mitten im Thema. Wenn Sie meine Hilfe brauchen, melden Sie sich bitte. Ich muss noch nach Düsseldorf.«

An der Tür drehte sich der Staatsanwalt noch einmal um. »Sollten die Knochen einigermaßen zusammenpassen, könnte ich mir vorstellen, dass wir den Schädel rekonstruieren lassen können. Es gibt

Rechtsmediziner, die können vom Schädel eine Weichteilrekonstruktion machen. Ich habe da kürzlich mit einem Professor gesprochen, der auf diese Weise gerade versucht, einem etwa 15 Jahre alten Mädchen wieder ein Gesicht zu geben. Allerdings ist die Kleine vermutlich ist schon länger tot als unser Skelett, so rund 2.700 Jahre, wenn ich mich nicht irre.« Böllmann hob die Hand. »Also, dann, gutes Gelingen. Ach ja, bevor ich es vergesse – die Presse braucht noch nichts zu wissen. Erst brauchen wir mehr Fakten. Die Geier kommen noch früh genug.«

Als Böllmann gegangen war, seufzte Frank. »Wie sollen wir das bloß anstellen? Ich habe überhaupt keine Idee. Außerdem will ich mich um Lisa kümmern. Sie ist heute morgen, kaum dass sie in der Schule war, bei mir aufgetaucht. Ihr war schlecht. Ich weiß nicht, was sie hat.«

»Quatsch, mach dir keinen Kopf. So was ist normal. Und bei der ersten Schwangerschaft macht man sich sowieso viel zu viele Gedanken. Warte ab, wenn du erst vier Kinder hast, siehst du das auch lockerer.« Ecki sah seinen Freund aufmunternd an.

...

Böllmanns Ahnung wurde einen Tag später zum Horror-Szenario. Kaum hatten die Zeitungs- und Fernsehredakteure den druckfrischen *Express* gelesen, wurden Staatsanwaltschaft und Polizeipräsidium von den Medien förmlich überrollt. Nicht nur das Fernsehen blockierte mit seinen Recherchen die Telefonzentrale an der Theodor-Heuss-Straße, auch die diversen Nachrichtenagenturen und einige internationale Sportzeitungen überhäuften die Pressestelle mit Anfragen. Höhepunkt war am Nachmittag der Anruf einer japanischen Illustrierten, die exklusiv ein Interview mit dem Polizeipräsidenten verlangte. Der Anruf war zunächst irrtümlicherweise in der völlig ahnungslosen Abteilung für das interne Beschaffungswesen gelandet, was zur Folge hatte, dass der für den behördlichen Einkauf zuständige, angesichts der nur schwer zu verstehenden fernöstlichen Journalistin überforderte Beamte, lediglich bestätigen konnte, jahrelang eine Dauerkarte für den Block 26 gehabt zu haben. Irgendwelche Knochen seien ihm dagegen nie begegnet, hatte er auf Englisch zu erklären versucht. Dann, restlos am Ende seiner Hilfsbereitschaft, hatte er sich nur durch ein hastiges Auflegen des Hörers zu retten verstanden.

Frank und Ecki waren schon kurz nach neun Uhr zum Rapport beim Polizeipräsidenten bestellt worden, der ihnen in seinem Büro zunächst wortlos die Ausgabe des *Express* auf den Tisch geknallt hatte.

Die beiden Ermittler hatten fassungslos auf das riesige Foto gestarrt. Dort war deutlich zu sehen, dass Frank vor Ecki hockte und ihm einen menschlichen Unterkiefer und andere Knochen entgegenhielt.

Die beiden konnten sich das Foto nicht erklären. Es konnte nur Zufall gewesen sein, dass der Fotograf just in dem Moment am Bauzaun des Bökelbergstadions gestanden hatte, als Frank und Ecki auf die Knochen gestoßen waren. Sie hatten jedenfalls niemanden bemerkt. Frank kannte den Fotografen, dessen Name neben dem Bild abgedruckt war: Diethelm Wichtelmanns, der vorwiegend Sportfotos machte und ansonsten gerne Bilder von Unfällen und anderen menschlichen Tragödien an die Boulevardblätter lieferte.

Ausgerechnet Wichtelmanns, diese Pfeife, hatte Frank geflucht. Aber das hatte nichts an der Tatsache geändert, dass der *Express* den Knochenfund exklusiv vermarktet hatte. *Grausiger Fund im alten Stadion! Fußballspiele fanden auf Grabstätte statt. Sperrt der DFB die Lizenz?* stand in fetten Buchstaben über dem Foto. Allen war klar, dass von einer geordneten Pressearbeit, ganz zu schweigen von einer geordneten Ermittlungsarbeit, nicht mehr die Rede sein konnte. Jede Bewegung der Mönchengladbacher Polizei würde von nun an von den Boulevardblättern aufmerksam verfolgt und gierig vermarktet werden.

Ein Skelett im Bökelbergstadion – diese Sensation würde die Medienwelt über Wochen beschäftigen, hatte der Polizeipräsident getobt. Schlagzeilen und Unruhe, die er nicht gebrauchen konnte. Sowieso nicht und wegen der Debatte um die Neuorganisation der Polizei in der Region schon gar nicht, hatte er die beiden Beamten angebrüllt. Der kleinste Fehler in den Ermittlungen würde ihnen allen das Genick brechen, und überhaupt ... – eine geschlagene Viertelstunde hatte die Schimpfkanonade gedauert, die Frank und Ecki wortlos über sich ergehen ließen. Sie wussten nur zu genau, dass in diesem Augenblick keine Diskussion möglich war. Sie wussten aber auch, dass sich der Polizeipräsident ebenso schnell wieder beruhigen konnte wie er sich zuvor in Rage geredet hatte. Und in der Tat, anschließend hatten sie versucht, sachlich und gemeinsam mit Polizeisprecher Hans-Peter Wirtz ein Konzept für die weitere Arbeit aufzustellen.

Für den Abend sollte eine Presseerklärung vorbereitet werden, die per Mail oder Fax an die Redaktionen gehen sollte. Inhalt: Über die

Art des Fundes könne noch nichts mitgeteilt werden. Die Sonderkommission *Bökelberg* sei bereits eingerichtet und mit den Ermittlungen betraut worden. Um der Bedeutung des Falles gerecht zu werden, sei die Kommission natürlich größer als üblich. Weitere Einzelheiten würden bei Bekanntwerden unverzüglich gemeinsam mit der zuständigen Staatsanwaltschaft veröffentlicht. Auf Rückfragen möge man mit Blick auf den Umfang der Ermittlungen und des hohen Medieninteresses bitte verzichten.

In ihrem Büro schlug Frank mit der Faust auf den Schreibtisch. »Wichtelmanns. Diese Pfeife. Wie kommt der dazu, einfach draufzuhalten und uns nichts zu sagen? Ich würde den am liebsten anzeigen.«

»Wegen was?« Ecki sah aus dem Fenster auf den Verkehr, der sich wegen einer Baustelle in beide Richtungen staute.

»Ich weiß. Aber ich bin trotzdem stinksauer.«

»Es ist nun mal so, wie es ist. Wir werden auch diesmal weiterkommen. Wir dürfen diese Medienhysterie einfach nicht an uns heranlassen.«

»Wir sollten uns mal die Fanseiten im Internet ansehen. Da wird allerhand in der Gerüchteküche brodeln. Wetten?«

»Warum nicht. Vielleicht finden wir in der Fanszene wirklich einen Hinweis auf ein Motiv, oder sogar den oder die Täter.«

»Es bringt doch niemand ein Kind um und begräbt es im Stadion.«

»Ach, wirklich?« Ecki ließ nicht locker. »Wir haben doch diesen neuen Kollegen, Schalke.«

»Der lange Blonde, der so aussieht wie dieser ehemalige Schalke-Spieler?«

»Genau, den meine ich, Sebastian Dembrowski.«

»Polnischer Kohlenpottadel. Und?«

»Der könnte sich doch mal um die Fanseiten kümmern. Und unsere beiden SKBs, die Fan-Polizisten, die sollen sich auch umhören.«

Frank blieb skeptisch. »Wäre zumindest ein Anfang.«

»Schaden wird's nicht.«

II.

Daniel C. Hünner saß bereits den ganzen Vormittag über in seinem Büro im Nordpark und studierte die Pläne für das neue Einkaufszentrum. Er hatte seine Sekretärin gebeten, ihn nur im äußersten Notfall zu stören. Er wollte für die für den Abend angesetzte Fraktionssitzung vorbereitet sein. Der Investor hatte bisher der Presse gegenüber den Eindruck vermittelt, das Vorhaben um jeden Preis verwirklichen zu wollen. Allerdings, Hünner wusste es besser. Der langjährige Geschäftsführer der KFM, Kommunale für Mönchengladbach, und von seiner Partei schon bestätigte Kandidat für das Amt des Oberbürgermeisters, hatte als Vertreter der Mehrheitsfraktion selbst die schwierigen Verhandlungen mit den Vorständen des Münchener Konzerns IEA geführt.

Man hatte ihm dabei freundlich, aber unmissverständlich klargemacht, dass eine Realisierung der Planungen an bestimmte Voraussetzungen geknüpft war. Aber diese Bedingungen konnte Hünner nicht einfach zusagen. Nicht als erfolgreicher Chef einer alteingesessenen Baugesellschaft, die er mit hervorragenden Bilanzen vor einigen Jahren von seinem Vater übernommen hatte. Und auch nicht als Politiker; zunächst musste er in seiner Fraktion Ordnung schaffen. Er hatte schon mehrfach den Hinweis bekommen, dass hinter den Parteikulissen eine zunehmend kritische Stimmung gegen ihn wuchs. Noch hatte er nicht die führenden Köpfe der möglichen Revolte identifizieren können, aber das war nur eine Frage der Zeit. Und dann würde er mit diesen Unruhestiftern in aller Ruhe abrechnen. Einen Daniel C. Hünner hinterging man nicht.

Der Bauunternehmer sah von seinen Akten auf und rieb sich die Augen. Von seinem Fenster aus konnte er den neuen Borussiapark sehen. Dessen vielbeiniges Stahlskelett hob sich aus der Ebene grau und mächtig gegen den fahlblauen Himmel ab.

Für ihn war das neue Stadion ein prächtiger Beweis für die Kunst der Ingenieure und sein Verhandlungsgeschick. Denn nicht wenige Aufträge hatten er und seine Geschäftskollegen für sich verbuchen können. Der Unternehmer musste lächeln bei dem Gedanken an den Verein, den er seit seiner Kindheit verehrte. Mehr noch lächelte er über die Summen, die nach Abschluss der Bauarbeiten auf seinen Konten gelandet waren.

Aber was die IEA jetzt von ihm verlangte, drohte über seine Kräfte zu gehen. Wie sollte er seiner Fraktion schmackhaft machen, dass die IEA für die Entscheidung *pro* Zentrum vertraglich festgelegt haben wollte, Nordpark-Grundstücke zum Vorzugspreis zu bekommen, um sie mit Profit weiterverkaufen zu können? Und zwar nicht nur zwei oder drei Grundstücke, sondern mehrere Dutzend Filet-Stücke aus dem 150 Hektar großen Areal zwischen dem Stadtkern und Rheindahlen.

Seine Fraktion würde protestieren: Das Verlangen wäre ein Ausverkauf und eine Abhängigkeit von der IEA auf Jahre hinaus.

Hünner seufzte. Der Dezernent war nicht das Problem, das Studium der Akten hatte ihn nicht weitergebracht. Die Lösung seiner Probleme hatte er in den Gutachten jedenfalls nicht gefunden. Er brauchte einen Erfolg. Wenn es denn sein musste, um jeden Preis. Schließlich war sein Kampf für das neue Zentrum grundlegend für seinen Wahlkampf.

Die kritischen Analysen der Projektgegner, dass es schwierig sein würde, die Innenstadt nachhaltig durch eine neue Einkaufsmeile zu beleben, hatte er für sich längst beiseite geschoben. Und sollte wirklich der ein oder andere Einzelhändler aufgeben müssen – als Oberbürgermeister würde er schon Mittel und Wege finden, um die umgelenkten Käuferströme mit dem Wandel der Zeit zu erklären. War das Zentrum erst einmal im Bau, würden auch die Kritiker verstummen. Diese Stadt brauchte ein so großes Projekt wie das der IEA, anders würde der Handel in dieser Stadt dauerhaft keine Chance haben. Und er brauchte ein solches Projekt für seine Karriere und für sein Konto.

Daniel C. Hünner hatte eine Idee. Ein ausgedehntes Mittagessen mit dem Planungsdezernenten würde ihn der Lösung seiner Probleme sicher ein Stück näherbringen. Er drückte die Taste der Gegensprechanlage. »Katja, frag doch mal beim Planungsdezernenten nach, ob er gleich mit mir essen gehen will. Sag ihm, es ist dringend. Und sag bitte alle weiteren Termine für heute ab. Auch den mit der CDU. Ich komme heute nicht mehr ins Büro. Ich fahre direkt zur Fraktionssitzung. Wenn was ist, schreib's auf, ich stelle mein Handy aus.«

...

Keine 200 Meter von Hünners Büro entfernt saß Alexander Rauh in der Kabine nackt auf der schmalen Bank. Er achtete nicht auf den Schweiß, der immer noch von seiner Stirn tropfte und in seinen Augen brannte. Seine Fußballschuhe hatte der Abwehrspieler schon im Spielertunnel ausgezogen. Achtlos lagen sie neben der feuchten Trainingswäsche.

Alexander Rauh war beim Spiel Vier gegen Vier mit einem Fuß im Rasen hängen geblieben und an die Seitenlinie gehumpelt. Sein Trainer hatte ihn vorsorglich zum Duschen geschickt. Er wollte kein Risiko eingehen, denn er konnte beim wichtigen Spiel gegen Leverkusen nicht auf seinen Routinier in der Abwehr verzichten.

Alexander Rauh war fassungslos. Der 32jährige rieb sich schniefend den Schweiß und die aufkommenden Tränen aus dem Gesicht. *Na, mein süßer Puppenspieler?* stand auf dem weißen Papier, das in seinem frischen Handtuch eingefaltet gewesen war. Er biß sich auf die Unterlippe und zitterte vor Wut. Wer, verdammt noch einmal, steckte hinter diesen Zetteln? Könnte er doch mit Pascal sprechen.

Den ersten DIN-A4-Bogen mit den wenigen gedruckten Zeilen hatte er kurz vor Ende der vergangenen Saison gefunden, die letzte für den Verein und die Fans im alten Bökelbergstadion. Alexander Rauh war in dem unseligen Heimspiel gegen Wolfsburg Mitte der zweiten Halbzeit verletzt ausgewechselt worden. Er hatte zunächst erschöpft in der Kabine gesessen und versucht, zur Ruhe zu kommen. Und er hatte gegen seine Angst vor einer schweren Verletzung anzukämpfen versucht. Er wusste ganz genau, dass eine lange Pause das Ende seiner Karriere bedeuten konnte. Aber er wollte nicht abtreten. Noch nicht und vor allem nicht so. Er hatte seinen Abschied aus der Bundesliga schon genau geplant. Wenn er ging, würde das wie eine Bombe einschlagen und die Medien würden endlich die ganze Wahrheit erfahren. Das hatte er sich geschworen.

Er war damals nur langsam zur Ruhe gekommen. Zu sehr wirkte die Anspannung aus dem Spiel noch nach. Und auch die Angst. Obwohl der Doc noch auf dem Platz gemeint hatte, »alles halb so wild, Alex. Du musst nur die Zähne zusammenbeißen. In ein paar Tagen bist du wieder auf den Beinen. Hör die Pfiffe! Die sind für die Acht, die dich umgesäbelt hat. Und für den Schiedsrichter«. Alexander hatte die Zähne zusammengebissen und auf dem langen Weg in die Kabine mit einer Hand Richtung Nordkurve gewunken. Aber geglaubt hatte er dem Mannschaftsarzt nicht.

Als er sich damals dann in der Stille der grünweiß gestrichenen Kabine endlich beruhigt hatte und duschen gehen wollte, hatte er den Zettel in seinem Handtuch gefunden, das unter dem Rahmen mit seinem Foto ordentlich gefaltet auf seinem Platz gelegen hatte.

Ihm wären fast die Beine weggeknickt, so unerwartet hatte ihn der Text getroffen. Er hatte sofort gewusst, dass es der Titel eines alten Schlagers war: *Der Puppenspieler von Mexiko*. Und er hatte genau gewusst, dass jemand sein Geheimnis kannte. Hastig hatte er den Zettel in seinen Kulturbeutel gestopft. *Der Puppenspieler von Mexiko*: Der Text war lebensgefährlich.

Alexander Rauh war an den Duschen vorbei zum Entmüdungsbecken gegangen, hatte in den unaufgeräumten Räumen der Physio-Abteilung nachgesehen und an der abgeschlossenen Tür des Trainers gerüttelt. Aber er hatte niemanden gehört oder gesehen. Er hatte nur die mächtige Stimme des ausverkauften Stadions gehört: Ein dunkles, unablässig auf- und abschwellendes Raunen, das von den steilen Rängen bis in den Kabinentrakt wehte. Wie ein mystischer Singsang, der seinen Zuhörer unweigerlich immer tiefer in seinen Bann zog. Sonst war es still gewesen, bis auf das Tröpfeln aus den Duschköpfen.

Der Zettel mit dem Text war zu einem ganz besonderen Zeitpunkt aufgetaucht. Er hatte erst wenige Tage zuvor vom Präsidium erfahren, dass »seine Zeit beim Verein mit Ende der Saison abgelaufen ist und er sich einen neuen Verein suchen« sollte.

Fast elf Jahre hatte er sich für den Verein buchstäblich den Arsch aufgerissen, und dann hatten sie ihn einfach so vor die Tür setzen wollen. Was bildete Carstens sich ein? Dieser Möchtegern-Präsident hatte vom Fußball überhaupt keine Ahnung! Der größte Kartoffelbauer im Rheinland zu sein war nicht automatisch der Freibrief für die Führung des Clubs. Aber mit Geld konnte man in der Bundesliga offenbar jedes Amt kaufen.

Nur mithilfe des Trainers und der guten Kontakte seines Beraters zur Presse hatte Alexander durchsetzen können, dass der Verein sich doch an den noch zwei Jahre laufenden Vertrag hielt. Dieses Einlenken war nicht mehr als das Ergebnis einer einfachen Rechnung gewesen: Der Verein hätte zuviel zahlen müssen bei vorzeitiger Auflösung des Vertrages.

Das Präsidium hatte ihn seither regelrecht geschnitten. Alexander Rauh wusste mit einem Mal, dass er sein Zuhause verloren hatte. Der Verein war nicht mehr sein Verein.

Mehr als diese bittere Erkenntnis hatte ihn die Angst vor Entdeckung verändert. Er war noch misstrauischer geworden als ohnehin schon. Hatte sich noch mehr in sich zurückgezogen, war kaum noch auf die Straße gegangen. Die Bundesliga war ohnehin kein Boden für Sensible, dass hatte Alexander schon in der Jugend gelernt. Wer nicht kämpfen wollte, egal mit welchen Mitteln, hatte keine Chance und verschwand spurlos aus der Fußballwelt. Und nun bedrohten diese Schreiben sein Leben.

Über Wochen hatte er schlecht geschlafen, hatte gerätselt, wer sein Geheimnis entdeckt haben konnte. Dabei war er doch immer so vorsichtig gewesen! Nur ab und an hatte er die kleine Puppe mit zum Training genommen, oder zum Spiel. Es war immer riskant gewesen. Aber er hatte gewollt, dass sie dabei war. Immer hatte sie zuunterst in seiner Sporttasche gelegen. Sie war für ihn mehr als nur ein Talisman.

Er hatte sie tatsächlich nur selten aus der Tasche genommen, hatte sie dann angesehen und immer ein bisschen gestreichelt. Manchmal hatte er ihr auch die Haare gekämmt. Hatte ihr auch mal die Kabine gezeigt. Aber immer nur, wenn er sicher war, ganz sicher war, alleine zu sein.

Aber er war nicht alleine gewesen. Das wusste er nun. Alexander hatte Angst. Er hatte gedacht, dass nach dem letzten Zettel vielleicht doch endlich Ruhe sein würde.

Alexander Rauh hatte alle Zettel verbrannt. Er hatte Angst, dass die gedruckten Worte sich auflösen und wie Säure durch den Stoff seiner Trainingstasche tropfen würden. Er hatte die Zettel kaum berühren können. Er wollte von ihnen nicht in jene graue und erstickende Welt hineingezogen werden, von der er geglaubt hatte, sie längst verlassen gehabt zu haben. Die harmlos erscheinenden Worte waren in Wahrheit unheilige Botschaften aus dem Jenseits jeder Vorstellungskraft.

Auch der neue Brief musste weg. Möglichst schnell. Wenn er schon seinen Absender nicht kannte, so sollte wenigstens der Text vernichtet werden. Vernichtet, bevor der Zettel ihn, den nach außen so starken Abwehrspieler Alexander Rauh, vernichtete.

Er fuhr herum. Paul Hefter hatte leise an die Kabinentür geklopft.

»Bist du bescheuert? Du hast mich zu Tode erschreckt!« Alexander warf ärgerlich sein Handtuch über seinen Schoß und den weißen Zettel. Sein Herz raste in seiner Brust.

»Sorry, wollte dich nicht erschrecken. Ich wollte nur mal nachfragen, wann du mir deine Autogrammkarten zum Unterschreiben bringst. Die von den anderen habe ich schon zu Hause.« Paul Hefter grinste hinter den fleckigen Gläsern seines Kassengestells und trat nun ganz in die Mannschaftskabine. Dabei rieb er sich mit einer Hand über die speckige Trainingsjacke, die ihm irgendwann aus einer alten Kollektion des früheren Ausrüsters zugefallen war und die er seither nahezu täglich trug.

Der dunkelhaarige und schwammig wirkende Hefter war so etwas wie das Faktotum des Vereins. Hefter kümmerte sich um all die vielen kleinen Dinge, die im sonst großen Bundesligabetrieb liegen blieben. Er bekam dafür kein Geld. Aber allein schon, dass er sich ungehindert auf dem Clubgelände und in den Kabinen bewegen durfte, war ihm Lohn genug.

Die Spieler mochten Hefter nicht besonders. In Wahrheit machten sie sich über ihn und seine Affenliebe zum Verein lustig. Gleichzeitig benutzten sie ihn aber, um sich so lästiger Pflichten zu entledigen wie das Unterschreiben von Autogrammkarten. Hefter sah nicht so aus, aber er war ein As im Fälschen der Autogramme. Und er war mächtig stolz darauf, die Unterschrift jedes Spielers täuschend echt nachmachen zu können. Es gab Tage, da beschrieb Hefter an seinem Küchentisch stundenlang mit einem dicken Filzstift ganze Stapel von Autogrammkarten.

»Pass auf, Paul, ich bringe sie dir zum nächsten Training mit. Du musst dich aber beeilen, ich habe meinen Vorrat schon aufgebraucht.« Alexander fühlte, wie sich der Zettel in seine Schenkel brannte.

Hefter sah ihn stumm an. Seine Brillengläser glänzten fettig.

»Is noch was? Ich will duschen.«

Hefter grinste wieder. »Ich wollte nur wissen, ob alles in Ordnung ist mit dir.«

»Was soll sein?« Alexander sah Hefter misstrauisch an. Was sollte die Frage? Wusste Hefter etwa von den Zetteln? »Ich bin okay.«

»Dann ist's ja gut. Ich hatte schon Angst, dass du für das nächste Spiel ausfällst.« Hefter hatte nun beide Hände in seine ausgebeulte Trainingshose gesteckt und sah sich neugierig um.

»Keine Sorge, ich bin fit. Das war nur eine Vorsichtsmaßnahme vom Trainer. Ich bin beim nächsten Spiel dabei.«

»Na, hoffentlich.« Hefter machte keine Anstalten zu gehen.

»Lass mich in Ruhe duschen, ja?« Alexander Rauh wollte schon aufstehen und sich das große Handtuch um die Hüften schlagen, blieb im letzten Augenblick aber sitzen. Der Zettel brannte sich immer tiefer in seine Haut. »Was stehst du noch hier rum?«

Hefter zuckte nur mit den Schultern.

»Dann verschwinde endlich.«

Hefter nahm die Hände aus den Hosentaschen. »Wollte nur wissen, wie es dir geht.«

Ohne ein weiteres Wort verließ das Faktotum des Vereins die Kabine. Er lächelte.

III.

»Was bedeutet das Loch im Kopf?« Ecki wiederholte die Frage nun schon zum dritten Mal. Er war allein. Er hatte gar nicht bemerkt, dass er laut vor sich hingesprochen hatte. Ungeduldig drehte er den Kugelschreiber in seiner Hand und starrte auf den Bildschirm. Er hatte sich in die VICLAS-Datenbank des LKA eingeloggt und versuchte nun schon seit einer halben Stunde, eine Antwort auf seine Frage zu finden. Aber unter den mehr als 20.000 gespeicherten Fällen konnte er keine Merkmale entdecken, die auf ihren Fall passen könnten.

Ecki sah auf den Aktenstapel. Er hatte sich von Schrievers nur die Vermisstenfälle bringen lassen, die acht bis fünfzehn Jahre zurücklagen. Trotzdem würde es Tage dauern, bis er sie durchgearbeitet hätte.

Ecki schlug die erste Akte auf. Er musste schlucken, als er das Bild des kleinen, vielleicht zwei Jahre alten Mädchens sah. Die Kleine hieß Bianca und war schon mehr als zehn Jahre verschwunden. Ecki sah auf das Geburtsdatum des Kindes und rechnete. Bianca musste heute knapp 14 sein. Falls sie überhaupt noch lebte. Wie sollte man heute einen Teenager finden, wenn man nicht mehr als ein Foto mit dem strahlenden Gesicht eines Kleinkindes zeigen konnte?

Das Mädchen lachte in die Kamera und hielt eine kleine Puppe hoch. Ein glückliches Kind in einer behüteten Umgebung. Was mochte aus ihr geworden sein? Ob die Eltern noch Hoffnung hatten? Bei dem Gedanken an seine beiden Kinder spürte Ecki ein Ziehen in seiner Brust. Niels und Enrica, ihnen durfte nie etwas zustoßen. Er würde Amok laufen, sollten seine Kinder in Gefahr sein. Das hatte er seinem Freund erzählt, als sie beide vor Jahren vor der Leiche eines kleinen Jungen gestanden hatten, der beim Baden in einem Baggerloch in Mönchengladbach ertrunken war. Ecki hatte immer noch die verzweifelten Schreie der Mutter im Ohr.

Bianca, Bianca, dachte Ecki und las weiter. Das Mädchen war damals von einem Spielplatz in Venn verschwunden. Die alleinerziehende Mutter hatte damals sofort ihren Ex-Mann im Verdacht.

Ecki stand auf und trat ans Fenster. Er war unkonzentriert. Immerzu musste er an die Knochen aus dem »Grab« im Stadion denken. Abwesend starrte er auf die hängenden Köpfe der Blumen auf dem Fensterbrett.

Ecki schlug die Akte *Bianca* wieder zu. Er konnte das Lächeln des Mädchens auf dem leicht unscharfen Foto nicht länger ertragen. Diese arglose Fröhlichkeit und der offene Blick. Wann nach der Aufnahme mochte das Kind verschwunden sein? Die Suche nach vermissten Kindern trieb Ecki an die Grenze der Belastbarkeit. Deshalb hatte es ihn nie zur Bearbeitung derartiger Fälle gedrängt. Aber offenbar nahm das Schicksal diesmal keine Rücksicht auf die Gefühle eines Mönchengladbacher Kriminalbeamten.

Mit einem Ruck beugte Ecki sich vor und nahm die nächste Akte vom Stapel. Es half alles Zaudern nichts.

IV.

Die Leiche lag in einem Gebüsch nicht weit vom *Antrim Drive*. Das Kind war nur mit einem blauen Unterhemd und einem Strumpf bekleidet. Die Augen des vielleicht fünf oder sechs Jahre alten Jungen starrten stumpf in den Himmel. In seiner blassen kleinen Stirn klaffte ein kleines Loch. Die Arme des Kindes waren über dem Brustkorb verschränkt. Seine Beine waren gerade ausgestreckt.

Läge die Leiche nicht an einer Straße, könnte man den Eindruck bekommen, der Junge sei aufgebahrt worden, dachte Frank. Dazu passend fuhren die PKWs wie bei einer Prozession langsam am Fundort des Jungen vorbei. Frank konnte deutlich die Gesichter der Fahrer erkennen. Er würde den *Antrim Drive* weiträumig absperren lassen. Die Neugier der Passanten war unerträglich.

»Ich glaub's nicht.« Eckis Lippen bebten. »Ich glaub's einfach nicht.«

»Nun beruhige dich, Ecki.« Frank legte seinem Freund die Hand auf den Arm. »Willst du zurück ins Büro fahren? Ich komme schon klar.«

Ecki sah über die Straße und schüttelte stumm den Kopf.

»Excuse me, Sir? Entschuldigung?«

Frank drehte sich um. Aus einem blauen Militärfahrzeug stieg ein Soldat in britischer Uniform. Im Wagen blieb ein Soldat zurück, offenbar der Fahrer.

»Mein Name ist Barry Digby, Colonel Barry Digby. Ich leite die Ermittlungen.«

Mit knapper Geste reichte der Brite den beiden Ermittlern die Hand. Frank und Ecki wechselten einen kurzen Blick, sagten aber nichts.

Colonel Barry Digby warf einem schnellen Blick auf die Leiche, bevor er sich wieder an die Polizeibeamten wandte. »Darf ich bitte

Ihre Dienstausweise sehen?« Er öffnete seine Hand. »Reine Formsache.«

Die beiden Polizeibeamten folgten stumm der Aufforderung.

»Kriminalhauptkommissar Frank Borsch und Kriminalhauptkommissar Michael Eckers.« Der Colonel sprach die Vornamen englisch aus, ansonsten sprach er fast akzentfrei Deutsch. »Ich freue mich, Ihre Bekanntschaft zu machen.«

Die Kommissare nickten stumm.

»Scheußliche Sache, nicht?«

»Da sagen Sie was, Colonel.« Frank hatte als erster die Sprache wiedergefunden.

»Ich nehme an, meine Herren«, begann der britische Offizier, »Sie kennen die Vereinbarung unser beider Regierungen. Der tote Junge liegt auf dem Gelände des Joint Headquarters, also auf unserem Hoheitsgebiet. Und deshalb sind wir zuständig. Ich möchte Sie herzlich bitten, uns bei der Aufklärung dieses scheußlichen Verbrechens behilflich zu sein.« Der Offizier deutete eine Verbeugung an.

»Colonel Digby, wir wissen sehr wohl, dass Sie in diesem Fall die Ermittlungen leiten.« Frank deutete seinerseits eine Verbeugung an.

»Was heißt in diesem Fall? Gibt es noch andere Fälle?«

»Die gibt es in der Tat, Herr Digby.«

Ecki ging die blasierte Art des Briten mächtig gegen den Strich. Das lag an seinen Erfahrungen, die er während seiner Jahre im Wach- und Wechseldienst und dann besonders an den Wochenenden mit britischen Soldaten in der Mönchengladbacher Altstadt gemacht hatte.

Colonel Barry Digby ließ sich nicht anmerken, ob Eckis Missachtung seines Dienstgrades ihm gegen die militärische Ehre ging.

»Wollen wir nicht in mein Büro fahren? Dort können wir alles in Ruhe besprechen. Unser Spezialteam wird jeden Augenblick hier sein. Ich denke, dass das Kind hier nicht ermordet wurde. Wer hat den Jungen eigentlich gefunden?«

»Wir sind angerufen worden. Anonym.« Ecki hatte genug vom militärischen Ton des Colonels und wäre am liebsten direkt zum Präsidium gefahren.

Stattdessen hatten sie noch rund zwei Stunden im karg, aber zweckmäßig eingerichteten Büro des Colonels im sogenannten *Big House*, dem Herzstück des Nato-Hauptquartiers, zugebracht. Bis zu seinem Zimmer hatten sie mehrere Sicherheitsschleusen und Kontrollen passieren müssen. 280 Meter lang, hatte der Colonel wie ein

Fremdenführer erklärt, war das *Big House*. Raum für drei Stabsquartiere: Für das *Schnelle Eingreifkorps* der Nato, für die *Erste Fernmeldebrigade* und für das *United Kingdom Support Command, Germany*. Noch stünden etwa 24.000 britische Soldaten und deren Familienangehörigen in Deutschland.

Ecki hatte sich überall, soweit es die Briten zuließen, aufmerksam umgesehen. Immerhin war er im Hardterwald quasi in der Nachbarschaft des HQ, wie die Gladbacher das Militärgelände aus den 50er Jahren des vergangenen Jahrhunderts nannten, aufgewachsen. 1955 in zwei Jahren gebaut, hatte Digby doziert, die stolze Zahl von 2.000 Gebäuden. Der weitläufige Geländekomplex, die kleine Stadt in der Stadt, mit ihren eigenen Geschäften, Kinos, Post, Bank, einigen Kneipen, Schulen und englischen Straßennamen, waren Ecki immer ein wenig fremd und unheimlich erschienen. Kontakt hatte er als Kind und Jugendlicher keinen gehabt. Er hatte ab und an mal durch einen Zaun den englischen Kindern beim Spielen zugesehen und ihre Schuluniformen bestaunt. Ansonsten hatte er die Kinder nur dann gesehen, wenn sie in ihren Militärbussen zur Schule oder zurück auf das Militärgelände gebracht wurden.

Konzentriert hatte sich der Offizier die bisherigen Ermittlungsergebnisse der beiden Kommissare schildern lassen. Nur hin und wieder hatte er eine Frage gestellt.

Colonel Barry Digby hatte sich nicht an ihrer Spekulation über mögliche Motive und einen möglichen Täterkreis beteiligen wollen. Stattdessen hatte er zugesagt, Frank und Ecki über seine Ermittlungen zu informieren. Gleichzeitig ließ er aber keinen Zweifel daran: Sollte ein Angehöriger der britischen Streitkräfte Täter sein, würde der Soldat unter allen Umständen vor ein britisches Militärgericht gestellt werden.

Bei der Verabschiedung zeigte der Brite zum ersten Mal so etwas wie eine private Seite. Er erzählte den beiden Ermittlern, dass er ein großer Fußballfan von Arsenal London sei und auch gerne zum Bökelberg gegangen war. Mit »die UEFA-Cup-Spiele zwischen den Gunners und den Fohlen in London und Köln waren einfach klasse«, hatte Colonel Digby sich von Frank und Ecki lächelnd verabschiedet.

»Und?« Ecki kramte im Handschuhfach ihres Dienstwagens.

»Was und?« Frank rollte langsam an der Eingangskontrolle des HQ vorbei. Er beobachtete interessiert, wie ein britischer Soldat in tarnfarbenem Kampfanzug und mit einem Sturmgewehr im Anschlag, aus einem offenen Wagenfenster Papiere entgegennahm und kontrollierte. Dabei hielt er gebührend Abstand von dem Rover älteren Baujahres.

»Hörst du mir überhaupt zu?«

»Entschuldigung, ich habe mich nur gerade gefragt, was passiert, wenn in dem Auto da eine Bombe versteckt wäre.«

»Dann könnte ich jetzt keine Lakritze mehr essen.« Triumphierend hielt Ecki eine offene Tüte Lakritzschnecken hoch. »Was ich meine, ist: Haben wir es vielleicht mit einem britischen Soldaten als Täter zu tun?«

Die Tüte knisterte, als Ecki nach zwei schwarzen Schnecken griff.

»Ich hoffe nicht. Dann wären wir angeschmiert. Die Leiche vom Bökelberg ist vermutlich vor zehn Jahren umgebracht worden. Weißt du, wie viele Soldaten seither durch das HQ geschleust wurden? Tausende, mindestens. Da werden wir wohl eher eine Stecknadel im Heuhaufen finden. Ich denke aber eher, dass wir es mit einem Täter zu tun haben, der immer noch in der Stadt oder in der Umgebung lebt. Die Frage ist nur, warum liegen zwischen den Taten zehn Jahre?«

Ecki schmatzte leicht. »Dass die Dinger immer an den Zähnen kleben bleiben müssen. Nee, ich meine, es könnte doch auch sein, dass in der Umgebung noch mehr Leichen versteckt sind und wir sie nur noch nicht gefunden haben.«

»Daran will ich gar nicht erst denken.« Frank fiel etwas ein. Er ließ sich über Funk mit Leenders verbinden. Zum Glück war Mad Doc direkt am Telefon.

»Gibt es Neuigkeiten?« Frank trommelte leicht mit den Fingern auf dem Lenkrad des Mondeo.

»Die Sache braucht Zeit. Wir haben doch nur ein paar Knochen. Bisher wissen wir nur, dass es ein Mädchen war und das die Kleine gesund war. Und dass möglicherweise die Löcher in den Schädeln von Nägeln stammen, Borsch.« Leenders klang ungehalten.

Ohne weiteren Kommentar beendete Frank das Gespräch.

»Geht das nicht ein bisschen netter?«

Ecki verdrehte die Augen.

An diesem Tag konnten die beiden Ermittler nicht viel mehr tun, als das Chaos zu verwalten. Der Fund des Jungen hatte sich bei den Medien blitzartig herumgesprochen. Zusätzlich zu der ohnehin schon aufgescheuchten Sportpresse mussten sie sich jetzt auch noch mit den Journalisten englischer Boulevardblätter wie *Daily Mail*, *Daily Tele-*

graph und *Sun* beschäftigen. Pressesprecher Hans-Peter Wirtz hatte eigens einen diplomierten Übersetzer kommen lassen, um ja keinen Fehler bei den Interviews zu machen. Trotzdem musste er sich später am Abend gefallen lassen, von den Kollegen der Leitstelle mit »Euer Lordschaft« angeredet zu werden.

Frank kam erst spät am Abend in seine Wohnung zurück. Richtig zum Nachdenken war er bisher nicht gekommen.

Während in der Pfanne ein Spiegelei und ein paar Speckstreifen brutzelten, öffnete er ein Weizenbier und schaltete den CD-Player ein.

Später stocherte Frank eher lustlos in seinem Essen. Er musste an den Jungen denken. Wie mochte er gestorben sein? Ihn ärgerte maßlos, dass die Briten mit im Boot saßen. Nun hatte er keinen unmittelbaren Zugriff auf den Obduktionsbericht und die sich daraus ergebenden Untersuchungen und Analysen.

Nach dem Essen rief er Lisa an und erkundigte sich nach ihrer Gesundheit. Ihr ging es gut. Sie verabredeten sich für den nächsten Tag.

Frank hatte gerade aufgelegt, als das Telefon erneut klingelte.

»Borsch?«

Es war Claus, der Sänger seiner Band STIXS.

»Was gibt's?«

Claus räusperte sich. »Ich will jetzt nicht davon anfangen, dass du schon wieder die Probe schwänzt. Das sind wir ja schon gewohnt, leider. Nein, Guido verlässt die Band. Und zwar sofort. Wir brauchen einen neuen Bassisten.«

Frank war sprachlos. »Warum?«

»Er hat einfach keine Lust mehr, sagt er. Schon länger nicht.«

»Und jetzt?«

»Ich werde morgen mal herumtelefonieren.«

STIXS brauchten einen neuen Bassisten. Frank wusste, das konnte die ganze Band durcheinanderbringen.

V.

»Hast du schon neue Fotos?« Trotz der schlechten Verbindung war der lauernde Unterton in der Stimme deutlich zu hören. »Ich brauche, na ja, wie soll ich das sagen, ich brauche dringend Nachschub. Meine Freunde sind schon ganz ungeduldig.«

»Bist du verrückt? In dieser Zeit? Wir müssen vorsichtig sein! Sehr vorsichtig.« Er starrte auf den Telefonapparat. »Hör zu. Ich mache da nicht mehr mit. Die Sache ist mir zu heiß.«

»Vergiss nicht, dass wir damit viel Geld verdienen können.«

»Ich scheiß auf die Kohle.« Er war wütend. Auch weil er es hasste, aus der Rolle zu fallen.

»Wir haben eine Abmachung, vergiss das nicht.« Der Ton des Anrufers klang jetzt drohend.

»Na, und? Du machst mir keine Angst. Du nicht.«

»Die Presse wird einen Spaß haben, wenn sie dich schlachten kann.«

»Wie gesagt, du machst mir keine Angst.«

»Das haben schon ganz andere gesagt.« Die Stimme klang süßlich.

Er wurde wütend.

»Siehst du, jetzt hast du doch Angst.« Der Anrufer kicherte.

»Ich seh zu, was ich tun kann. Aber das wird dauern. Hörst du? Die Sachen sind nicht einfach zu besorgen.« Er fühlte sich gedemütigt.

»Also dann, bis heute Abend. In alter Frische. Und enttäusch mich nicht. Ich will endlich Ergebnisse. Nein, *wir* wollen endlich Ergebnisse. Die Sache dauert schon viel zu lange.«

Er hörte nur noch ein Klicken. Er stand auf und zerdrückte entschlossen die Zigarette im Aschenbecher. Dann nahm er seinen Autoschlüssel vom Schreibtisch. Er hatte noch eine wichtige Verabredung.

...

Daniel C. Hünner beugte sich über die Unterlagen.

»Mehr ist nicht drin.« Baudezernent Karsten Mösges nahm die Brille ab und lehnte sich in seinem Bürosessel zurück. Er wirkte erschöpft. »Die Münchener bewegen sich keinen Millimeter.«

»Das reicht nicht. Und das weißt du.«

»Was soll ich machen?« Mösges sah aus dem Fenster. Er war es satt, für Hünner die Kohlen aus dem Feuer zu holen.

»Wenn wir nicht einen vorzeigbaren Erfolg haben, kann ich meine Kandidatur vergessen, und dann ist auch für dich Schicht.«

»Das ist mir egal.« Vor Mösges Fenster hatten die Marktbeschicker damit begonnen, ihre Stände abzuräumen. Überall lagen stapelweise leere Kartons und Kisten. Ein Mann stopfte Gemüsereste in eine große Tasche.

»Egal, egal! Bist du bescheuert? Was meinst du, was die Fraktion mit uns macht? Wir haben uns schließlich ziemlich weit aus dem Fenster gelehnt. Das Projekt muss klappen! Unter allen Umständen.« Daniel C. Hünner fuhr sich geistesabwesend durch sein ordentlich gescheiteltes, dunkles Haar.

»Das ist dein Bier. Du bist der Politiker, nicht ich.« Karsten Mösges wollte das Gespräch beenden. »Ich habe noch einen wichtigen Termin, Daniel. Ich muss weg.«

Hünner sah seinen Freund an. Er wirkte jetzt hilflos. »Karsten, ich flehe dich an, du musst noch einmal mit der IEA sprechen. Wir brauchen das Zentrum auf alle Fälle. Das kann doch nicht so schwierig sein, die IEA-Pläne auf ein anderes Niveau zu bringen. Wir kommen ihnen ja gerne entgegen, aber nicht zu dem Preis. Wir brauchen die Grundstücke im Nordpark selbst. Bitte, rede noch mal mit ihnen.«

»Du willst nur selbst mit den Grundstücken deinen Reibach machen.«

»Darum geht es doch jetzt gar nicht. Wer weiß, was in ein paar Jahren ist?« Hünners Stimme wurde leise. »Biete ihnen etwas anderes.«

»Was meinst du damit?« Karsten Mösges beugte sich vor.

»Du weißt schon, was ich meine.«

»Eben. Bist du wahnsinnig? Du bringst uns alle in Gefahr. Vergiss es!«

Hünner verzog sein Gesicht zu einem dünnen Lächeln. »Wenn du es denn so ausdrücken willst. Außerdem, reg dich ab. Ich habe schon mit Pietzek gesprochen. Du weißt, dass wir ein Wochenende miteinander verbracht haben. Da kommt man sich nahe, wenn du verstehst.«

»Das ist zu gefährlich. Du weißt, was gerade abläuft.« Mösges schüttelte erneut den Kopf. »Ich mach da nicht mit. Auf keinen Fall. Hast du Pietzek etwa was versprochen?«

Als Antwort sah Daniel C. Hünner seinen Freund nur vielsagend an.

Mösges war entsetzt. »Ich glaub's ja nicht.«

Hünner sah ihn gleichgültig an. »Jeder ist käuflich.«

»Hünner, du spinnst. Die Kiste ist mir zu heiß.«

»Dann spreche ich noch einmal mit Pietzek – und du besorgst endlich diese Fotos.«

Karsten Mösges hatte das Gefühl, dass sich etwas Kaltes um seinen Hals legte und ihm die Luft abzuschnüren drohte. Ihm wurde heiß. Mit einer hilflosen Geste fuhr er sich mit einem Finger zwischen Hals und Hemdkragen. Er bekam keine Luft mehr.

»Das wird nicht einfach werden.«

»Du wirst schon einen Weg finden. Und das wird für uns beide lukrativ sein. Schließlich sind wir doch Freunde.«

Mösges wurde rot im Gesicht. Er drohte zu ersticken. Warum hatte er sich nur mit diesem Wahnsinnigen eingelassen? Hünner würde sie noch alle in die Hölle bringen.

»Ich sehe, wir verstehen uns.« Hünner sah fast heiter aus.

»Nichts verstehst du.« Mösges Gesicht war jetzt weiß.

»Du wirst sehen, wenn wir das Einkaufszentrum durchboxen und dabei auch ein paar Grundstücke für uns abfallen, werden wir beide noch sehr viel Spaß an der Kohle haben.«

...

Die Frühbesprechung der *MK Bökelberg* war wenig ergiebig verlaufen. Die Briten hatten sich noch nicht gemeldet, und zu dem toten Kind vom Bökelberg gab es auch nichts Neues. Die Arbeit der Plastiker in Hamburg würde vermutlich noch ein paar Wochen dauern. Immerhin gab es eine erste grobe Gesichtsskizze, die allerdings wenig aufschlussreich war. Dafür häuften sich die Anfragen der Presse. Nach knapp einer halben Stunde waren sie wieder auseinandergegangen, in der Hoffnung, dass der Tag sie ein Stück weiterbringen würde. Ecki hatte sich anschließend mit Schalke in den hinteren Teil des großen Raumes verzogen, um dort dessen erste Recherche-Ergebnisse in der Fanszene zu besprechen. Wobei eigentlich beiden klar war, dass sie keinen echten Ansatzpunkt für ihre Ermittlungen hatten.

Frank saß in seinem Büro. Er nahm den Zettel zur Hand, den Lisa ihm bei ihrem Abschied mit einem aufmunternden Klaps auf die Lederjacke gepappt hatte: *Nehmt diesen Moment! Es liegt an euch, was ihr daraus macht. Es ist etwas, das nie wiederkommt. – Jürgen Klinsmann.* Frank musste schmunzeln. Lisa und ihr Hang zu Sprüchen! Die gelben post-it-Zettel waren überall: In der Küche am Schrank, im Wohnzimmer auf dem Glastisch, im Bad an der Wand neben dem Klo. Im Verlauf der Jahre mit Lisa hatte er einen völlig anderen Blick auf die handgeschriebenen Zettel-Zitate entwickelt. Sie spiegelten nicht selten genau die Situation oder die Gemütsverfassung wider, in der er im Zusammenleben mit Lisa oder in der er beruflich steckte.

Etwas ratlos starrte Frank auf den Zettel. Was wollte Lisa ihm mit diesem Zitat sagen? Zwei tote Kinder und keine Spur, kein Motiv, nichts. Die Medien saßen ihm im Nacken, und seine Kollegen wurden unruhig, weil sie nicht vorankamen. Ganz zu schweigen von Staatsanwalt Ralf Böllmann und dem Polizeipräsidenten. Aber was sollte er auch tun? Die Spuren am Bökelberg waren von diesem hirnlosen Baggerfahrer plattgemacht worden. Und der Junge vom *Antrim Drive* im Hauptquartier war nicht mehr allein sein Fall. Was sollte er also aus diesem Moment machen? Es gab nichts, was er jetzt anpacken und umsetzen könnte.

Aber möglicherweise meinte Lisa auch gar nicht seinen aktuellen Fall. Vielleicht meinte sie ihre Schwangerschaft und ihre gemeinsame Zukunft, ihr Kind. Wie mochte der kleine Junge vom *Antrim Drive* gelebt haben? War er das Kind einer Soldatenfamilie? Frank hätte zu gerne gewusst, was die Analyse der Kleidung erbringen würde. Und was die Spurensicherung sagen würde, welches Lagebild sie beschreiben und welche Ergebnisse ihre Analysen ergeben würden. Hatten sie Zigarettenkippen gefunden, Haarreste, Fußabdrücke, Zettel? Frank wusste, das Kind konnte genauso gut auch aus einer der Ortschaften rund um das HQ stammen. Frank trat an die Stadtkarte, die neben der Tür hing. Er zog mit einem Finger einen Kreis um das Hauptquartier: Hardt, Leloh, Rickelrath, Koch, Herdt. Alles war möglich.

Frank setzte sich wieder. Ecki musste Vermisstenfälle bundesweit abfragen. Nicht auszuschließen, dass das Kind aus einem anderem Standort der britischen Armee nach Mönchengladbach gebracht worden war. Ihm fielen Namen wie Osnabrück, Sennelager und Herford ein. Dieser Colonel Digby würde eine Menge Arbeit haben. Frank würde von ihm verlangen, jeden Stein in den Standorten umzudrehen, jedem noch so kleinen Hinweis nachzugehen. Er musste sichergehen, dass das Kind nicht aus Militärkreisen stammte.

Das Telefon klingelte.

»Borsch. KK 11.«

Es war Wichtelmanns. Ausgerechnet Wichtelmanns.

»Was wollen Sie von mir? Ich möchte Sie bitten, sich ausschließlich an die Pressestelle zu wenden. Woher haben Sie überhaupt meine Durchwahl? Hören Sie, ich habe kein Interesse an einer Story über das KK 11. Wir haben einen Fall zu lösen. Da haben wir mit Sicherheit keine Zeit für Fotos und Interviews.« Frank zögerte. »Und schon gar nicht nach Ihren jüngsten Fotos. Ich werde einer ›Homestory‹, wie Sie es nennen, über das KK 11 nicht zustimmen. Jetzt nicht und auch nicht später.«

Er hätte es besser wissen müssen. Wichtelmanns tat unschuldig und faselte irgendwas vom Recht auf Information.

»Hören Sie, Wichtelmanns, lassen Sie mich in Ruhe. Ich halte Sie für einen erbärmlichen Schmierfinken, um ehrlich zu sein. Ich will gar nicht erst die Gerüchte bemühen, die ich über Sie gehört habe.Guten Tag.«

Frank hörte einen Augenblick lang in die Stille am anderen Ende der Leitung und legte dann auf. Er hatte das unbestimmte Gefühl, dass er Wichtelmanns nicht loswerden würde. Wichtelmanns galt in der Stadt als Schmeißfliege. Ärgerlich setzte Frank sich wieder die Kopfhörer auf und drehte am Lautstärkeregler. Mit neuem Elan zog er einen Schreibblock aus der Schublade seines Schreibtisches und begann, sich Notizen zu machen. Die nächsten Schritte seiner *MK Bökelberg* mussten festgelegt werden.

»Kannst du mal die verdammte Musik leiser machen! Dass du noch nicht taub bist!? Der Krach an deinen Ohren ist bis zur Tür zu hören.«

Frank fuhr erschreckt hoch. Er hatte Ecki nicht kommen hören.

»Mann, hast du mich erschreckt.«

Ecki setzte sich kopfschüttelnd. »Ich habe mit Schalke zusammengesessen. Interessant.«

Frank stoppte seinen *iPod.* »Was heißt das, ›interessant‹?«

»Schalke hat mal die Fan-Clubs aufgelistet. Das wird Wochen dauern, bis wir sie alle überprüft haben.«

»Schalke soll Bean fragen. Der macht bestimmt mit. Wenn er nicht gerade mal wieder in irgendwelchen Telefonüberwachungen steckt.«

»Soviel ich weiß, haben die Drogisten gerade nichts laufen.«

»Worauf wartest du noch? Ruf ihn an. Wir können jetzt jeden gebrauchen.« Frank sah seinen Freund aufmunternd an.

»Schade, dass Viola auf Lehrgang ist.«

»Operative Fallanalyse?«

»Ja. Sie wird eines Tages beim LKA landen. Da bin ich sicher.«

Frank musste an seine Kollegin denken, die sich in der *MK Alte Männer* ihre ersten Sporen verdient hatte. »Hm.«

»Was ist? Auf einmal so einsilbig?« Ecki feixte.

»Ja, und? Ich muss nur gerade daran denken, dass sie bei dem Einsatz damals auch hätte draufgehen können.« Er hatte Angst um Viola Kaumanns gehabt. Mehr als ihm lieb gewesen war.

»Ja, ja, ist schon eine nette Kollegin. Sie könnte uns jetzt gut helfen.«

Frank streckte sich. »Sag mir lieber, was Schalke sagt.«

»Also, er wird genau prüfen, ob es Fanclubs gibt, die gleichzeitig auch einen Hang zum Okkulten haben.«

»Ziemlich abstrus. Aber da wir keinen anderen Ansatzpunkt haben, soll er sich in die Sache reinknien. Unsere SKBs können ihm helfen.«

»Ich seh die Szene schon vor mir: Schwarze Nacht, Fans in Mönchskutten und ein Fanblock als Opferaltar. Gruselig.«

»Spar dir deine Witze. Dazu ist die Sache zu ernst.«

»Nun hab dich mal nicht so.«

Ecki war schon auf dem Weg, als die Tür aufging.

»Allgemeiner Aufbruch? Dann gehe ich wieder.« Heinz-Jürgen Schrievers sah seine Kollegen unsicher an.

»Ecki will nur ein paar Teilchen holen.«

Heinz-Jürgen Schrievers Gesicht hellte sich auf. »Hm, Teilchen.«

»Ich fahr dann mal«, meinte Ecki.

»Also, vor zwölf Jahren ist in der Tat ein kleines Mädchen spurlos verschwunden. Das war die kleine Melanie, Melanie Dahmen. Knapp zwei Jahre war das Kind damals alt. Vor einer Drogerie in Dülken verschwunden, samt Buggy. Einfach so. Die alleinerziehende Mutter ist darüber fast wahnsinnig geworden. Sie hat eine Zeitlang in der Psychiatrie in Süchteln gelebt, hochgradig suizidgefährdet.«

Schrievers machte eine Pause.

»Und der leibliche Vater?«, fragte Frank gespannt.

»Unbekannt. Die Mutter hat dazu jede Angabe verweigert. Auch die Psychologen haben später nichts aus ihr herausbekommen.«

»Mehr haben wir nicht?« Frank war enttäuscht.

»Es gibt da noch die Sache in Korschenbroich. Das ist auch rund ein Dutzend Jahre her. Jessica Blum, sechs Jahre alt. Verschwunden am Pfingstsonntag während der Parade des Schützenfestes Unges Pengste. Die Mutter hat am Straßenrand gestanden und einen Moment nicht aufgepasst. Das Mädchen ist nie wieder aufgetaucht. Auch diese Mutter war alleinerziehend. Der Fall ging damals bundesweit durch die Medien.«

»Ich erinnere mich.«

»Mehr kann ich dir nicht bieten. Auch die Mutter von Jessica hat keine Angaben zum Vater gemacht. Sie hat damals wiederholt betont, dass sie kurz vor ihrer Schwangerschaft Beziehungen zu mehreren Männer gehabt hat. Die betreffenden Recherchen verliefen negativ.«

»Was ist aus der Frau geworden? Auch in der Klapse gelandet?«

Heinz-Jürgen Schrievers zuckte die Schultern.

»Bitte überprüfe das. Aber mit Vorsicht. Ich möchte die Frau nicht unnötig aufregen. Sollte unsere Tote ihre Tochter sein, wird sie es noch früh genug erfahren.«

»Ich werde schon mit Fingerspitzengefühl an die Sache rangehen. Darauf kannst du dich verlassen.« Schrievers klang beleidigt.

»Da ist noch was, Frank. Ich werde in den kommenden Wochen nicht immer in meinem Archiv sein. Ich bin abgeordnet.«

Frank hob erstaunt die Augenbrauen. »Abgeordnet?«

»Ja, ein Lehrgang in Neuss. Zusammen mit dem DFB geht es um Sicherheitsfragen rund um die WM.«

»Du und der DFB? Wie geht das zusammen?« Frank musterte Schrievers neugierig. Sein Archivar offenbarte doch immer wieder neue Seiten.

»Das ist ganz einfach. Ich habe zusammen mit unseren szenekundigen Kollegen Siggi und Rüdiger ein Archiv über Hooligans und mögliche Gewalttäter angelegt. Das hat sich offenbar bis in die Landesspitze herumgesprochen. Internationale Arbeit ist immer abwechslungs- und lehrreich. Und ich komme endlich mal aus meinem Archiv heraus.«

»Gefällt's dir nicht mehr bei uns?«

»Quatsch. Bei dem Lehrgang sind meine Erfahrungen und mein Archiv gefragt. Mehr nicht. Vielleicht sind die Leute vom DFB und dem LKA ja auch ganz schnell der Meinung, dass sie ohne mich auskommen. Dann hat sich die Sache eh schnell erledigt.« Schrievers rieb sich die Hände. »So, dann werde ich mal wieder. Wenn Ecki zurückkommt, soll er kurz durchrufen. Dann komme ich mir mein Teilchen holen.«

...

Frank und Ecki standen am *Antrim Drive*. An diesem Morgen war nur wenig Verkehr. Dem Wachtposten am Eingang hatten sie nur ihre Personalausweise gezeigt. Sie wollten vermeiden, dass er seine Vorgesetzten über die Dienstfahrt der beiden Kriminalhauptkommissare in Kenntnis setzte. Das hätte ihre Absicht nur unnötig erschwert.

»Und jetzt?« Ecki sah sich suchend um und hielt dabei sein offenes Notizbuch in der Hand. »Was willst du hier finden? Hier ist doch nichts außer Asphalt, Rasen und Gebüsch.«

»Hast du dich noch nicht gefragt, warum der tote Junge ausgerechnet hier abgelegt wurde, mitten im HQ?« Frank starrte auf das Gesträuch vor ihm. Nichts deutete mehr darauf hin, dass noch vor kurzer Zeit eine Leiche dort gelegen hatte.

»Diese Straße, *Antrim Drive*, das ist hier doch so etwas wie eine Durchgangsstraße durch das HQ. Wenn ich den Stadtplan richtig im Kopf habe und mich nicht irre, kommt man von hier aus auf die L 3, Richtung Schwalmtal oder Wegberg. Da liegt die Vermutung doch nahe, dass der Junge aus einem Auto heraus hier abgelegt wurde.«

»Wie ein Müllsack.« Frank sah die Straße entlang. Ein unschuldiges Kind, abgekippt wie Dreck. »Aber, angenommen du hast Recht, woher kam das Auto? Und wer saß drin? War es ein deutsches Auto oder eins mit britischem Kennzeichen? Waren es vielleicht sogar mehrere Täter?«

»Es gibt doch dieses Kinderheim, Bethanien, hinten, bei Brüggen.«

»Und?«

»Wenn er von dort verschwunden ist? Ist ja nicht so weit von hier.«

»Hätten wir doch längst erfahren.«

»Er könnte ja schon länger weg sein. Möglicherweise hat er dort gelebt und ist in seine Familie zurückgekehrt oder zu Verwandten, und dann ist in deren Umfeld etwas passiert. Wer weiß das schon?«

Frank schwieg. Wer wusste überhaupt etwas?

»Komm, lass uns fahren. Hier kommen wir nicht weiter.« Ecki wollte wieder zurück zum Präsidium. Marion wollte mit ihm ins Kino.

»Am liebsten würde ich die Autofahrer befragen. Die meisten sind bestimmt Pendler, die jeden Tag hier lang kommen. Es ist doch möglich, dass einige etwas beobachtet haben. Auf dem Militärgelände hier passt doch bestimmt jeder auf jeden auf.«

»Lass uns zu diesem Kinderheim fahren. Die Erzieher sollen uns eine Liste der Kinder geben, die seit dem vergangenen Jahr oder den vergangenen drei Jahren nicht mehr bei ihnen wohnen. Ich will nichts dem Zufall überlassen.«

Sie waren kaum 200 Meter gefahren, als Frank unvermittelt abbremste und mitten auf der Fahrbahn stehen blieb.

»Hey, spinnst du?« Ecki hatte sich am Armaturenbrett abstützen müssen, um nicht mit dem Kopf gegen die Scheibe zu stoßen.

»Hast du das nicht gesehen?«

»Was?« Ecki starrte irritiert durch die Windschutzscheibe. Vor ihm war nur feuchter Asphalt.

»Der Fußballplatz.«

»Der Fußballplatz? Welcher Fußballplatz?«

»Na, der Fußballplatz. Wir sind gerade an einem Fußballplatz vorbeigefahren.«

»Was will der alte Mann mir sagen?« Ecki sah Frank amüsiert an.

»Das kleine Mädchen ist am Bökelberg gefunden worden. An einem Fußballplatz. Mensch, Ecki, stell dich doch nicht so blöd an.«

Ecki ahnte etwas. »Du meinst...?«

»Auch der Junge ist in der Nähe eines Fußballplatzes gefunden worden.«

»Du meinst, da gibt es eine Verbindung?«

»Zwei Leichen, zwei Fußballplätze, zweimal Löcher im Kopf.«

»Du glaubst, es gibt wirklich eine Verbindung zum Fußball?« Ecki nickte bei jedem Wort, als wolle er sich selbst bestätigen.

»Mehr denn je, Ecki. Mehr denn je. Jetzt glaube ich nicht mehr an einen Zufall. Jetzt nicht mehr! Gut, dass Schalke schon bei der Arbeit ist.«

»Wer tut Kindern so etwas an, und was hat das mit Fußball zu tun? Das ist doch gruselig, Frank.«

»Aber es ist endlich ein Ansatz.«

»Ich bin ratlos. Wo, verdammt noch mal, sollen wir mit der Suche beginnen? Jedes Jahr verschwinden in Deutschland Dutzende Kinder.«

Frank sagte nichts. Stattdessen legte er den ersten Gang ein.

...

Alexander Rauh hatte wieder nicht schlafen können. Seit Tagen ging das schon so. Seit er die Puppe in seiner Sporttasche gefunden hatte. Und der Zettel mit diesem einen Satz: *Puppenspieler! Wir haben dich erkannt!* Fünf Worte. Alexander hatte das Gefühl, am Abgrund zu stehen.

Er hatte den grausigen und in seiner Bedeutung für ihn völlig unverständlichen Fund nach dem Nachmittagstraining vor drei Tagen gemacht. Dabei war dieser Dienstag zum ersten Mal seit langem ein Tag gewesen, an dem er nicht an die Zettel hatte denken müssen. Er war fröhlich zum Training gefahren. Er war nach dem Umziehen als erster am Trainingsgelände gewesen, hatte eine ganze Zeit lang mit den Fans über die Saison, das letzte Spiel und die Zukunft des Vereins und seine Zukunft gefachsimpelt, hatte bereitwillig Autogramme geschrieben und sich stark gefühlt. So stark wie lange nicht mehr.

Auch in der Mittagspause hatte er sich noch gut gefühlt. Selbst die harte Trainingseinheit hatte ihm Spaß gemacht. Er hatte die Kraft in seinem Körper gespürt. Sie hatte ihn zuversichtlich gemacht, noch weit länger für den Verein spielen zu können, als seine Kritiker ihm zugestehen wollten. Die Medien und auch seine Gegenspieler würden ihn, Alexander Rauh, noch lange auf der Rechnung haben müssen!

Und dann hatte er nach dem Duschen in seine Sporttasche gegriffen. Der Schock. Im ersten Augenblick war ihm schwarz vor Augen geworden. Nur mit äußerster Willensanstrengung hatte er die Puppe in die Tasche zurückfallen lassen können. Er hatte sich auf der Bank abgestützt und langsam bis zehn gezählt. Dann hatte er sich umgedreht und seine Kameraden beobachtet. Niemand schien von ihm Notiz zu nehmen. Er war erleichtert. Keiner schien etwas bemerkt zu haben.

Aber seine ganze Kraft und Zuversicht war mit einem Schlag verschwunden. Hörte das denn nie auf? Ließ man ihn denn nie in Ruhe? Er hatte doch niemandem etwas getan. Er wollte doch nur in Ruhe Fußball spielen. Und was ging es die anderen an, wenn er sein ganz eigenes Maskottchen hatte, das er liebevoll pflegte? Jeder in der Mannschaft hatte einen Talisman. Wer hatte Spaß daran, ihn so zu quälen?

Mit zitternden Knien hatte er sich langsam angezogen und dabei nachgedacht. Es konnte niemand wissen, was er privat machte. Er hatte sein Privatleben bisher weitgehend abschotten können. Er hatte sich über die langen Jahre in diesem Haifischbecken Bundesliga seine eigene Welt erschaffen, die er brauchte, um von dem Druck des unbarmherzigen Geschäfts, in dem Spieler wie Marionetten an Fäden hingen, nicht aufgefressen zu werden.

Alexander Rauh hatte schließlich einen Entschluss gefasst. Er würde ein Spiel aussetzen. In seiner momentanen Verfassung war er seiner Mannschaft keine Hilfe. Das musste der Trainer verstehen. Er würde ihm sagen, dass er momentan mental nicht auf der Höhe war. Alternativen auf seiner Position gab es ja. Er wollte seinen Trainer nicht enttäuschen. Aber wann gab ein Spieler schon freiwillig seinen Platz in der Mannschaft auf? Der Trainer würde ihn verstehen. Er hatte ihn immer verstanden.

Alexander wollte möglichst ungestört mit dem Trainer sprechen. Paul Hefter hatte schon mehrfach nachgefragt, ob er in der Kabine

»übernachten« wolle, aber Alexander hatte ihn einfach nur ignoriert. Schließlich war Hefter kopfschüttelnd abgezogen. Alexander hatte ihm lange nachgesehen. Ob er, Hefter, die Zettel geschrieben und die Puppe in seine Sporttasche gelegt hatte? Nein, dachte Alexander nach einer Weile, das war nicht Hefters Art, dazu war der schmierige Dicke viel zu einfältig. Trotzdem wollte er Hefter stärker im Auge behalten.

Alexander räusperte sich umständlich und klopfte verlegen an den Türrahmen des Trainerzimmers. Der kantige Abwehrspieler musste seinen ganzen Mut zusammennehmen, aber er hatte keine Wahl.

»Trainer, ich kann am Samstag nicht spielen.« Er sah beim Sprechen auf den Boden.

»Was?« Sein Trainer kam gerade auf Badelatschen aus seiner Dusche und schlang sich das Badetuch fester um seine Hüften.

»Ich kann Samstag nicht spielen.« Er sah immer noch auf den Boden.

»Das ist wohl ein schlechter Scherz, oder?« Der Trainer war mitten im Raum stehen geblieben und sah seinen Abwehrspieler halb belustigt, halb ernst an.

»Nein.« Alexander sah auf.

»Du bist fit, du spielst. Basta.« Der Trainer ging an Alexander vorbei und tippte sich dabei an die Stirn. Es war offensichtlich, dass er sich nicht auf eine Diskussion einlassen wollte.

Alexander räusperte sich und blieb an der Tür stehen. »Ich kann nicht, wirklich.«

»Was ist los?« Der Trainer sah ihn jetzt aufmerksam an.

»Ich habe die letzten Nächte kaum geschlafen. Ich kann nicht.«

»Sag mal, spinnst du? Nicht geschlafen!«, echote der Trainer und tippte sich wieder an die Stirn. »Wie gesagt, du spielst. Nicht schlafen, pah! Schaff dir endlich eine Freundin an, die bringt dich schon auf andere Gedanken.« Er drehte sich um. »Und nun mach, dass du rauskommst, ich will mich endlich anziehen. Und zwar in Ruhe.«

Enttäuscht drehte sich Alxander um. Auf dem Weg zum Ausgang durchquerte er die Mixed-Zone zwischen Kabinentrakt, Treppenhaus und dem leeren Presseraum. Er wollte das Stadion durch den Seiteneingang verlassen. Er hatte keine Lust auf dumme Sprüche der Angestellten oder Gespräche mit Fans, die eventuell zufällig an der Empfangstheke im hallenartigen Foyer darauf warteten, vorgelassen zu werden. Allerdings war die Außentür des Presseraums abgeschlossen. Fluchend drehte er um und ging die Treppe hinauf. Glücklicherweise war das Foyer leer. Das monumentale Bild von Heinz Mack ignorierte er im Vorbeigehen.

...

Lisa war bis über beide Ellenbogen in dem großen staubigen Pappkarton verschwunden, den sie auf dem Dachboden ihrer Eltern entdeckt hatte und der nun in ihrem Wohnzimmer stand. Endlich hatte sie gefunden, wonach sie schon den ganzen Nachmittag gesucht hatte.

»Hier.«

Triumphierend hielt sie Frank ihre »Beute« entgegen und wischte sich dabei eine ihrer dunklen Haarsträhnen aus dem Gesicht.

»Darf ich vorstellen: Susi. Susi, dass ist Frank, mein zukünftiger Mann.« Mit dem Übermut und der Ernsthaftigkeit einer Zehnjährigen drückte und bog Lisa das Hüftgelenk ihrer Puppe, die dadurch eine ungelenke Verbeugung andeutete.

Frank musterte die große Puppe. Sie war aus Zelluloid. Der Stoff ihres blauen Kleidchens war über die Jahre eingestaubt.

»Was willst du mit dem alten Ding? Die Augen fehlen, die Haare sind verfilzt, und ein Bein fehlt auch noch. Also, wenn du mich fragst, Susi gehört auf den Puppenfriedhof.«

Lisa funkelte ihn kampflustig an. »Gut, dass dich keiner fragt, Bulle, du hast ja keine Ahnung. Das ist meine Susi. Mensch, Borsch, Susi, das ist meine Kindheit. Das sind verregnete Sonntage in der Gartenlaube im Mai. Das sind ... ach, Männer. Komm, Susi, ich glaube, hier haben wir nichts mehr verloren.«

Lisa drückte sich umständlich vom Boden ab und stand leicht ächzend auf. Dabei drückte sie die Puppe fest an sich.

»Nun hab dich mal nicht so. Ist doch wahr, die Puppe hat schon vor vielen Jahren ihren Geist aufgegeben.«

Bevor er weitersprechen konnte, klingelte Franks Handy.

»Ja?«

Es war Claus.

»Der Leiter der Werkstätten spielt Bass? Ja, und?«

Claus versuchte ihm zu erklären, dass ihr Problem fast gelöst war.

»Was spielt der denn? Was? Er hat nicht mal eine Anlage? Das kann ja heiter werden. Claus, ich bin gerade in einer Besprechung. Lass uns bei der Probe drüber reden, ich muss jetzt auflegen. Ciao.«

Lisa hatte längst das Zimmer verlassen.

VI.

»Wer hat alles eine besondere Beziehung zu Sportplätzen?« Ecki tippte gedankenverloren mit seinem Kugelschreiber auf die Schreibtischunterlage. »Fans. Spieler. Die Männer vom Grünflächenamt. Hm.«

Schalke Dembrowski saß in ihrem Büro und schaute von Frank zu Ecki. »Also, die Fanclubs können wir abhaken. Ich weiß wirklich nicht, wo ich ansetzen könnte. ›Fan‹ ist jeder: Der Proll, der Arbeiter, der Lehrer, die Verkäuferin, der Vorstand der Volksbank. Es gibt einfach kein homogenes Bild. Und das gilt auch für die Clubs. Einige haben kaum Mitglieder und sind locker organisiert, andere haben großen Zulauf und sind straff geführt. Nee, das war eine Schnapsidee, das mit der Fanszene.«

»Naja, stimmt schon. Und wer weiß, ob die beiden Fälle überhaupt etwas mit Fußball zu tun haben.«

»Es gibt doch diese, wie heißen sie gleich, Groundhopper, oder so ähnlich.«

Frank und Ecki musterten ihren Kollegen skeptisch.

»Guckt mich nicht so an. Groundhopper. Das sind diese Verstrahlten, die jeden Fußballplatz der Welt einmal zu einem Spiel betreten haben müssen. Das gibt bestimmte Punkte. Die führen sogar Buch darüber. So oder ähnlich funktioniert das. Diese Groundhopper grasen alle Fußballplätze in Europa ab. Egal, ob sie nach Manchester fahren, zu einem Spiel der *premier league* oder zu einem Aschenplatz im Siegerland.«

»Sind die organisiert, diese Groundhopper?«

»Soviel ich weiß.«

»Dann find's raus, Schalke.« Frank reckte sich.

Dembrowski erhob sich und schlurfte zur Tür.

»Du gehst wie Ballack aufm Weg zum Klo. So wird das nie was. Denk an Libuda. Der konnte dich auf einem Bierdeckel austanzen.« Ecki grinste Sebastian Dembrowski an.

»Sieh du nur zu, dass du dir mit deinen dummen Sprüchen keine Gelbe Karte einhandelst«, grummelte der zurück.

Frank hatte eine Idee und lächelte. »Sollen wir uns heute Abend ein Bierchen genehmigen? Könnten uns bei mir auf einen Vollkornsprudel treffen. Ich habe ein paar neue CDs, die könnte ich dazu servieren. Also, was ist?«

»Von mir aus, eine Gerstenkaltschale geht immer. Aber nicht diese Löschzwerge. Die Nulldreier sind doch im Nu weg.« Mit einem Seitenblick auf Ecki ergänzte Schalke: »Da bekommt der Begriff ›Hefeteilchen‹ gleich eine andere Bedeutung.«

»Weiß nicht, wollte eigentlich was mit Marion unternehmen.«

»Kann das sein, dass du im Moment dauernd mit deiner Frau unterwegs bist?« Frank hatte einen spöttischen Gesichtsausdruck.

»Und? Marion ist immer noch ›die beste aller Ehefrauen‹.«

Nachdem sich Dembrowski verabschiedet hatte, sah Frank seinen Freund ernst an. »Ein bisschen Abwechslung kann nicht schaden.«

»Das aus deinem Munde?«

»Wieso? Ich muss auch mal was anderes tun.«

»Stress mit Lisa?«

»Nee, eigentlich nicht. Im Gegenteil. Sie ist so anhänglich und freut sich mächtig auf das Baby.«

»Und, freust du dich auch?«

»Ich kann's kaum erwarten.« Frank sah seinen Freund offen an. »Diese Frau ist einfach unbeschreiblich. Und sie ist die Mutter unseres Kindes. Ein größeres Glück gibt es einfach nicht.«

...

Der Obduktionsbericht der Briten war nur kurz. Ein ziviler Fahrer hatte den schmalen Umschlag direkt in ihrem Büro abgeliefert. In dem Schreiben stand lediglich, dass der kleine Junge erwürgt worden war, und dass das Loch im Schädel wohl von einem Nagel stammte, einem Zimmermannsnagel. Auf dem Rücken des Kindes hatte der Pathologe großflächige Wunden gefunden, beigebracht von einem scharfen Messer. Der Fundort des toten Kindes war demnach auch nicht der Tatort. Die Verletzungen mussten dem Jungen mehrere Stunden vor dem Ablegen seiner Leiche beigebracht worden sein. Der Bericht kam von einer ihnen unbekannten britischen Dienststelle und war mit einem unleserlichen Namen unterschrieben.

Frank warf das Schreiben auf den Tisch. Er war entsetzt. Ob die kleine Tote vom Bökelberg das gleiche Schicksal hatte erleiden müssen? Er mochte den Gedanken nicht zu Ende denken.

Auf welches Täterprofil musste er sich einstellen? Welche Rolle spielte die Umgebung? War der Täter ein Mann oder eine Frau? Nein, dachte Frank, eine Frau war zu einer solchen Tat nicht fähig.

Unschlüssig drehte er sich mit seinem Bürostuhl hin und her. Was sollte er als nächstes tun? Frank dachte an Viola Kaumanns. Er hatte sie schon länger nicht mehr gesprochen. Seit ihrem letzten gemeinsamen Fall hatte sie sich rar gemacht. Erstaunt stellte er fest, dass er seine junge Kollegin tatsächlich vermisste. Vielleicht konnte Viola helfen, dachte er. Sie war doch gerade bei einem dieser vorbereitenden Lehrgänge zur Profilerin. Gut möglich, dass sie eine Idee hatte, die sie weiterbringen könnte. Er wählte ihre Handy-Nummer und wartete. Aber sie meldete sich nicht. Er verzichtete darauf, ihr auf die Mailbox zu sprechen. Er würde es später am Tag noch einmal versuchen.

Unentschlossen wählte Frank den Anschluss der KTU. »Hallo, Meier II. Habt ihr schon was neues in Sachen Bökelberg? Nicht? Na dann.« Frank legte enttäuscht auf, wählte die Nummer aber sofort erneut. »Meier II, wir müssen die Abbrucharbeiten am Bökelberg stoppen. Wenn ihr bisher nichts gefunden habt, müssen wir halt großräumiger suchen.«

Meier II maulte zwar etwas von Arbeitsüberlastung und Stecknadel, wollte aber mit seinen Kollegen schnellstmöglich ausrücken.

Zwei Stunden später war Ecki zurück. Er hatte die Mittagspause genutzt, um zu helfen. Ein paar der Ponys seiner Eltern waren am Vormittag ausgebüchst und hatten mühsam wieder eingefangen werden müssen.

Ecki erzählte gerade in aller Ausführlichkeit und dabei an einer dick mit Zuckerguss überzogenen Nussschleife kauend von seinem erfolgreichen Einsatz als Cowboy, als Franks Büroanschluss klingelte.

»Borsch?«

Frank hielt eine Hand über den Telefonhörer und flüsterte: »Der Baudezernent der Stadt, Karsten Mösges. Was der wohl will?«

Ecki hob erstaunt die Augenbrauen und deutete auf den Hörer.

Frank stellte den Lautsprecher der Telefonanlage auf laut. »Was kann ich für Sie tun, Herr Mösges. Was verschafft uns die Ehre?«

»Ich habe gehört, dass Sie die Arbeiten am Bökelberg gestoppt haben. Darf ich fragen, warum? Ihre Spurensuche ist doch längst abgeschlossen.«

Karsten Mösges klang nicht unfreundlich, trotzdem hatte seine Stimme einen Unterton, der darauf schließen ließ, dass er gewohnt war, Anweisungen zu geben.

»Wir sind der Auffassung, dass wir noch einmal genauer nachsehen sollten«, gab Frank nur widerwillig Auskunft.

»Trotzdem, ich verstehe immer noch nicht, was das soll. Da ist doch nichts mehr außer Schutt und aufgerissenem Boden. Ich kann mir nicht vorstellen, dass Sie da noch etwas finden. Völlig unnötig. Das ist vergebene Liebesmüh, Herr Borsch. Glauben Sie mir.«

»Das mag Ihnen so erscheinen, Herr Mösges. Für unsere Spezialisten sieht der Bökelberg aber ganz anders aus. Unsere Techniker können quasi im Schutt lesen. Und sie finden dabei oft die tollsten Sachen.«

Mösges klang jetzt nicht mehr ganz so freundlich. »Und wie lange soll das ganze Theater noch dauern? Wie gesagt, Sie vergeuden nur Ihre Zeit. Sie suchen an der falschen Stelle.«

Frank wurde leicht nervös. Was hatte das zu bedeuten? Warum mischte sich der Baudezernent in Angelegenheiten, die ihn nun wirklich nichts angingen?

»Das geht nicht, Herr Kommissar! Wir können den Abriss nicht einfach so unterbrechen. Wie stellen Sie sich das vor? Wissen Sie, was so ein Stopp kostet? Jeden Tag? Wir haben einen Zeitplan, der einzuhalten ist.«

»Seien Sie mir bitte nicht böse, Herr Mösges, aber darauf können wir leider keine Rücksicht nehmen. Wir ermitteln in zwei ungeklärten Fällen. Da kann und werde ich sicher nicht auf die Befindlichkeiten der Stadtverwaltung Rücksicht nehmen. Bei allem Respekt.«

Frank war sauer. Was bildete sich dieser Fatzke ein? Er war doch nicht einer von Mösges Mitarbeitern.

»Damit gebe ich mich nicht zufrieden.« Mösges klang nun nicht mehr wie der joviale Dezernent. Seine Stimme wurde lauter. »Eine Zeitverzögerung werde ich nicht akzeptieren! Einen Aufschub können wir uns nicht leisten. Wir haben eine Verantwortung unseren Bürgern gegenüber. Wir werden nicht leichtfertig Steuergelder verschwenden! Es gibt längst Interessenten für die neuen Grundstücke. Die GMG will mit der Vermarktung beginnen. Daran werden auch ein paar Knochen nichts ändern. Das verspreche ich Ihnen. Sie hören von mir, Herr Borsch. Guten Tag.«

Mösges hatte einfach aufgelegt.

»Hat der Typ ein Rad ab?« Ecki wischte sich mit einer Hand mehrfach über die Augen. »Der spinnt doch.«

»Eben. Der kann sich noch so sehr aufplustern. Mich verschreckt der nicht.« Frank wirkte eher amüsiert. »Ich frage mich allerdings, ob der Alte der gleichen Meinung ist.«

»Du glaubst doch nicht, dass sich unser PP von diesem aufgeblasenen Dezernenten ins Bockshorn jagen lässt?«

»Hoffen wir's.«

...

Daniel C. Hünner war zufrieden. Rauh hatte sofort zugesagt. Sie würden sich gleich zum Essen treffen. Nicht in Mönchengladbach, darauf hatte der Abwehrspieler bestanden. Dort trieben sich seiner Meinung nach zu viele Journalisten herum, die nur darauf warteten, einen Fußballprofi bei seinen privaten Verabredungen abzulichten. Und auch Hünner hatte keine Lust, am nächsten Tag in der Klatsch- und Tratsch-Spalte der Rheinischen Post aufzutauchen.

Hünner hatte daher das *Alte Zollhaus* in Brüggen vorgeschlagen. Gediegen, nichts Spektakuläres, dafür aber mit separaten Nischen und vor allem weit weg von den Objektiven der Fotografen. Er hatte einen Tisch in der *Schmugglerstube* des Restaurants reserviert. Hunger hatte Hünner nicht, das war auch nicht der Grund für das Treffen. Wobei – Hunger, dachte Hünner, Hunger hatte er schon, aber auf ganz andere Dinge.

Gut, gut. Es ging voran, dachte er, in jeder Hinsicht. Daniel C. Hünner stieg aus seinem Geländewagen und sah sich um. Der Parkplatz am Rande der Fußgängerzone war um diese Tageszeit nicht ganz voll. Er war zu früh. Deshalb entschloss er sich zu einem kurzen Bummel durch die Fußgängerzone. Er war schon lange nicht mehr in Brüggen gewesen. Dabei mochte er das kleine Städtchen. Allein schon wegen der Eisdiele.

Alexander Rauh hatte nicht gefragt, warum sie sich treffen sollten. Offenbar war ihm die Aussicht auf eine Abwechslung vom Trainingsalltag Grund genug, zuzusagen. Hünner hatte es sich nicht so leicht vorgestellt, mit Rauh einen Termin zum Essen zu verabreden. Er kannte Rauh von einigen Treffen im exklusiven *business pool* des Vereins.

Rauh war schon da, als Hünner das Restaurant betrat. Der hochgewachsene Bundesligaprofi saß etwas ungelenk an dem Tisch in der Ecke der *Schmugglerstube*, so als fühle er sich nicht sonderlich wohl.

Mit strahlendem Lächeln trat Hünner an den Tisch und streckte Rauh seine Hand hin. »Guten Tag, Alexander. Ich darf doch Alexander sagen?«

»Tag. Kein Problem.«

Hünner setzte sich und knöpfte dabei sein Jackett auf. »So, endlich Feierabend. Wie war denn das Training. Fit?«

»Klar bin ich fit. Ich bin immer fit.« Alexander grinste, aber er sah nicht überzeugend aus.

»Dann ist's ja gut. Die Fitness ist ja euer Kapital, sozusagen.« Hünner lachte eine Spur zu laut.

»Das ist wohl wahr.«

Hünner und Rauh räusperten sich fast gleichzeitig. Es entstand eine lange Pause, als sei beiden schon der Gesprächsstoff ausgegangen.

»Sind Sie öfter hier?« Der Fußballspieler sah sich um.

»Eher weniger. Nur wenn ich für wichtige Gespräche meine Ruhe haben will.« Hünner sah Alexander bedeutungsvoll an.

»Aha.« Alexander musterte die Bilder an der Wand und sah dann auf seine Armbanduhr.

»Wollen wir schon etwas zu trinken bestellen? Wein oder Bier?« Hünner hatte das Gefühl, dass Rauh nicht ganz bei der Sache war. Der Abwehrspieler sah müde aus.

»Lieber Apfelschorle.«

»Hatte ich fast vergessen, das Training. Da geht für euch Jungs kein Alkohol. Ist klar. Also Apfelschorle.« Der Bauunternehmer sah sich nach der Bedienung um. »Es kommt bestimmt sofort jemand.«

Für die nächste halbe Stunde drehte sich das Gespräch um den Saisonverlauf und um die Perspektiven des Vereins. Außerdem war die anstehende Fußballweltmeisterschaft ein Thema. Beide waren sich einig, dass Argentinien und Brasilien die besten Chancen auf den Titel hatten. Der deutschen Mannschaft trauten sie immerhin mit viel Glück das Halbfinale zu. Auch die Engländer würden sicher weit kommen.

Die Mönchengladbacher Polizei würde auf jeden Fall alle Hände voll zu tun haben, um die Heißsporne unter den britischen Soldaten unter Kontrolle zu haben, gab Hünner seine Einblicke in die Arbeit der Ordnungshüter zum Besten. Immerhin saß er als Mitglied der KFM im Polizeibeirat. Allerdings seien bereits umfassende Präventiv- und Einsatzkonzepte erarbeitet worden, beruhigte Hünner seinen Gesprächspartner. Es werde sogar extra eine Halle auf dem Gelände des Polizeipräsidiums an der Theodor-Heuss-Straße leer geräumt, um darin einige mobile Zellen für festgenommene Randalierer aufbauen zu können. Sogar inklusive Fernseher, verriet er dem staunenden Abwehrspieler.

Während die beiden auf das Essen warteten, blieb ihre Unterhaltung unverbindlich. Erst beim Rumpsteak mit der von der Serviererin vollmundig angepriesenen *Original Brüggener Langener Currysoße* und dem gebratenen *Victoriabarschfilet* kam Hünner zum eigentlichen Grund für ihr Zusammentreffen.

»Hast du schon mal darüber nachgedacht, was du nach deiner Karriere machen willst?« Hünner sah den Spieler forschend an. »Machen wir uns doch nichts vor. Jeder Fußballer hat eine, wie soll ich sagen, jeder hat eine gewisse Halbwertzeit.« Hünner hielt inne.

»Meinen Sie?« Alexander Rauh wusste nicht, worauf sein Gegenüber hinaus wollte.

»Ist dir das Thema unangenehm, Alexander?«

»Nein. Ich bin nur überrascht über die Frage.«

Daniel C. Hünner legte sein Besteck zur Seite. »Nun, wie soll ich sagen, als Bauunternehmer gewohnt, in meinen Gesprächen ziemlich direkt zum Thema zu kommen. Nichts im Mittelfeld vertändeln, wie ihr so schön sagt. Das mag ein wenig stillos wirken, aber in meiner Branche hält man sich nicht lange mit zu vielen Worten auf.«

Alexander Rauh schwieg.

»Nun, ich will es kurz machen. Das Ende deiner Karriere ist doch absehbar. Und da habe ich mir gedacht, zwei Dinge kommen jetzt zusammen. Du hörst irgendwann mit dem Fußball auf, und ich brauche dringend Verstärkung in der Firma.«

»Ich verstehe nicht ganz.« Alexander Rauh nahm einen Bissen von seinem Barschfilet. Was wollte der Typ bloß?

»Das ist doch ganz einfach, nicht wahr.« Hünner räusperte sich. »Ich biete dir einen Job in meiner Firma an. Das meine ich mit Verstärkung. Weißt du, ich sehe meine Mitarbeiter auch als Team, als Mannschaft quasi. Und ich habe durchaus noch die ein oder andere Position zu besetzen. Und da habe ich an dich gedacht.«

»Aber Sie wissen doch gar nicht, ob ich geeignet bin. Von so einem Job habe ich doch keine Ahnung.« Rauh schüttelte den Kopf.

»Das du geeignet bist, sehe ich doch. Du wärst, wie soll ich es formulieren, du wärst so etwas wie der Mann für alle Fälle. Ein Repräsentant meiner Firma, wenn du so willst.« Hünner senkte die Stimme und beugte sich vor. »Mach dir keinen Kopf. Das bisschen Betriebswirtschaft wirst du schon noch lernen. Na, was meinst du?«

»Na, ich weiß nicht.« Alexander schüttelte erneut den Kopf. »Ich will noch einige Jahre Fußball spielen. Da mache ich mir doch jetzt noch keine Gedanken darüber, ob ich in einem Unternehmen arbeiten will.« Er seufzte. »Um ehrlich zu sein, ich weiß noch gar nicht, was ich will. Ich sehe das Ende meiner Karriere jedenfalls noch nicht.«

Er sah wieder auf seine Armbanduhr. Er wollte am liebsten das Lokal verlassen. Das Gespräch mit diesem Hünner gefiel ihm immer weniger. Der beugte sich erneut vor und legte diesmal jovial seine Hand auf seinen Unterarm. »Na, das Angebot steht jedenfalls. Und es ist durchaus lukrativ. Du wirst sehen. Ich brauche noch jemanden, der das neue IEA-Projekt mitbegleitet. Du hast sicher davon gehört, oben am Stadttheater. Du wirst sehen, das ist ein göttlicher Plan. Die Käufer werden nur so in unsere Stadt rennen. Wir werden mit diesem Leuchtturm-Projekt auch die letzten Zweifler davon überzeugen, dass Mönchengladbach den Weg aus der Krise aus eigener Kraft schafft. Die Stadt wird auf Jahrzehnte ihre Position als Oberzentrum nicht nur behalten, sondern ausbauen können. So etwas gibt es nämlich noch nicht einmal in Düsseldorf. Wir werden Geschichte schreiben.«

Hünner hatte sich in Rage geredet. Er hielt eine Wahlkampfrede. Er berauschte sich an seinen eigenen Worten. Hünner fühlte sich jetzt schon wie der kommende Oberbürgermeister.

»Das mag ja alles sein, aber ich sehe immer noch nicht meinen Platz in dem Projekt.«

Hünner sah ihn mit gespielter Verständnislosigkeit an. »Ich brauche einen Repräsentanten, der mich und mein Projekt in der Öffentlichkeit und bei meinen Kunden vertritt. Wenn du mit den künftigen Mietern des IEA-Zentrums sprichst, ist das etwa so ähnlich als wenn Franz Beckenbauer die Sponsoren von Adidas besucht. Wenn du verstehst was ich meine.«

Er als Vertreter der Firma Hünner? Alexander mochte den Worten des Unternehmers nicht glauben. »Nur mal angenommen, ich würde zusagen: Was gibt es monatlich für diesen Job? Was passiert, wenn Ihre Kunden mit mir unzufrieden sind?«

»Mach dir da mal keinen Kopf drüber, mein Junge. Die Leute werden stolz darauf sein, einen wie dich zu kennen und gesprochen zu haben. Du musst einfach nur du selbst bleiben. Das ist quasi schon alles. Und über das Finanzielle«, Hünner lächelte vielsagend, »darüber werden wir uns schon einig werden. Da bin ich ganz sicher.«

Alexander war Profi genug, um diese vage Äußerung sofort zu hinterfragen. Dafür hatte er in seiner Karriere schon zu oft böse Überraschungen erlebt. »Ich will ganz sicher sein: Was gibt's als Gehalt?«

»Du gehst aber ran, mein lieber Mann. Aber so kennen wir dich ja. Auf dem Platz immer hart am Gegner. Dafür lieben dich die Fans. Also, ich würde mal sagen«, er machte eine Kunstpause, »du bekommst 80 Prozent deines Profi-Gehaltes. Das ist doch was, oder?« Hünner hielt ihm gönnerhaft die Hand hin.

Alexander Rauh zögerte mit einer Antwort.

»Das ist verdammt viel Geld – für einen alternden Kicker.« Sein Lächeln stand im scharfen Gegensatz zur Bedeutung seiner Worte. Daniel C. Hünner hatte nichts mehr von einem Gönner. Hinter der Maske des weltgewandten Protegés zeigte sich für einen Augenblick die grobe Fratze des kalt rechnenden Geschäftsmanns, der seinen Vorteil sucht.

Alexander schwieg noch immer. Zu viel ging ihm durch den Kopf. Einerseits klang das Angebot Hünners verlockend. Er könnte seinen Lebensstandard ohne große Abstriche nach seinem Karriereende beibehalten. Er müsste auf nichts wirklich verzichten. Andererseits, warum machte dieser Hünner ihm das Angebot ausgerechnet jetzt? Er hatte doch noch einen Vertrag. Er musste an die Puppe denken. Er wäre mit einem Schlag alle Sorgen los, wenn er Hünner zusagte.

»Sie dürfen mich jetzt nicht falsch verstehen, Herr Hünner, ich finde Ihr Angebot interessant. Aber es kommt wirklich sehr überraschend. Bevor ich Ihnen eine Antwort geben kann, möchte ich mich noch mit meinem Berater besprechen. Vielleicht hat er ja Anfragen anderer Vereine für mich. Außerdem will ich noch mal mit meinem Verein und vor allem mit meinem Trainer sprechen.«

»Aber, aber, dafür habe ich doch vollstes Verständnis. Nimm dir Zeit, überleg es dir in Ruhe. Ich bin sicher, du wirst dich für eine Zukunft in meinem Unternehmen entscheiden. Iss, sonst wird es noch kalt. Wäre doch schade. Hm, meine Currysoße ist wirklich klasse. Und das Steak! Noch eine Apfelschorle, Alexander?«

...

Ich will hineinsehen können. Ganz tief hinein, die Seele suchen. Das muss doch jeder verstehen. Das ist doch ganz normal, diese Neugierde. Ja. Haben die Kleinen denn schon eine Seele? Wie sehen kleine Menschen von innen aus? Spannende Frage. Sehr spannend.

Nein, nein, ich werde sie nicht verraten. Gewiss nicht. Ich weiß ja längst, dann gibt es kein nächstes Mal.

Ja, ich habe mich um sie gekümmert. Kommt zu mir, ihr Kleinen, habt keine Angst, ihr werdet es nicht spüren. Ich lege euch schlafen und dann träumt ihr einen langen Traum.

Nimm sie mit und sieh nach, hatte diese Stimme gesagt. Ich kannte diese Stimme schon. Habe sie schon einmal gehört. Nein, in Wirklichkeit habe ich sie schon oft gehört. Aber ich kann mich nicht erinnern, woher ich sie kenne. Das ist aber auch nicht wichtig.

Ich habe noch viel zu entdecken in euch, ihr Kleinen. Die Kleinen können mir noch viel zeigen. Elf Freunde sollt ihr sein. Elf. Und ihr seid doch meine Freunde, elf kleine Freunde.

Ich muss nur aufpassen, dass ich auch alles richtig mache. Damit die Stimme nicht böse ist.

...

Alexander Rauh lag wach. Und das ausgerechnet vor dem wichtigen Spiel gegen Bremen. Er wusste ganz genau, dass er nicht gut spielen würde. Er hatte das Gefühl, Blei in den Gliedern zu haben. Seine Schultern schmerzten, seine Rippen taten weh.

Die ganze Nacht hatte er sich hin und her gewälzt. Hatte immer wieder nach seinem Talisman getastet, der neben ihm lag, ihm aber weder Trost noch Schutz vor dem Grauen der Nacht bot. Die nackte Barbiepuppe hatte er längst weggeworfen. Unterwegs. Auf dem Rückweg vom Training hatte er irgendwo angehalten und sie in einen Müllcontainer geworfen. Aber ihr Bild hatte sich in seine Gedanken gebrannt. Sein kleines Püppchen dagegen hatte er zu Hause direkt ins Schlafzimmer gebracht und aufs Bett gelegt.

Er hatte keine Kraft mehr. Vielleicht sollte er sofort aufhören mit dem Fußball und Hünners Angebot annehmen. Dann hatte der Spuk wenigstens ein Ende.

Es wurde draußen schon hell, und wieder hatte er keine Antwort auf die Frage gefunden, wer ihm das alles antat. Wer hatte ein Interesse daran, ihn am Boden zu sehen? Es gab niemanden in der Mannschaft, dem er etwas getan hatte. Er hatte in Gedanken alle Möglichkeiten schon zigmal durchgespielt, aber dabei waren keine Namen und keine Gesichter hängen geblieben. Es gab nur diese Zettel und diese verdammte Puppe.

Alexander stand auf. Er wollte sich nicht länger von einer Seite auf die andere wälzen. Es war zwar noch früh, trotzdem nahm er sein

Handy und wählte die Nummer des Trainers. Aber der hatte sein Mobiltelefon ausgeschaltet. Und auf die Mailbox wollte Alexander Rauh ihm nicht sprechen.

Vom Wohnzimmerfenster aus sah er hinaus auf die Straße. Im Halbdunkel konnte er einen Zeitungsboten erkennen, der einen Stapel Tageszeitungen im Arm trug.

VII.

»Und?«

»Naja, viel ist es nicht.« Schalke Dembrowski setzte sich.

»Ja?« Frank war ungeduldig. Den ganzen Vormittag über hatte er versucht, Kontakt zu Colonel Digby zu bekommen. Erfolglos. Und nun kam Dembrowski und spielte den Einsilbigen.

»Es gibt tatsächlich so etwas wie eine Vereinigung der Groundhopper. Die haben zwar ein strenges Auswahlverfahren für ihre Mitglieder, fühlen sich aber eher wie ein lockerer Zusammenschluss. Wollen auf keinen Fall wie ein verschnarchter spießiger Verein wirken. Wer bei denen mitmachen und anerkannt sein will, muss zum Einstieg den Besuch von unglaublich vielen Sportplätzen nachweisen, bestimmt mehr als hundert, wenn ich mich recht erinnere.«

»Das bringt uns nicht gerade weiter, oder?« Frank hatte wenig Hoffnung, dass Schalke den richtigen Riecher gehabt hatte.

»Keine Ahnung. Ich weiß nur, dass diese Groundhopper so etwas wie eine Zentralstelle haben – in Lobberich.«

»In Lobberich?«

»Exakt.«

»Was grinst du so blöd?«

»Du müsstest mal dein Gesicht sehen, Frank.«

»Was ist damit? Ach, quatsch. Worauf warten wir noch? Lass uns fahren. Besorg schon mal den Wagen. Ich schreib Ecki schnell eine Nachricht.«

»Sag ich doch. Und – du kannst auch *Harry* zu mir sagen.«

»Werd nicht blöd, Schalke.«

Eine knappe Stunde später hielt Frank in Nettetal auf dem kleinen Parkplatz am Ingenhovenpark. Ecki hatte mittlerweile angerufen und zugesagt, dass er sich noch einmal zusammen mit Schrievers durch den Aktenstapel mit den überregionalen Vermisstenfällen wühlen wollte. Dabei wollten sie auch besonders die Anzeigen aus den Niederlanden und Belgien durchgehen.

Die Groundhopper-Zentrale firmierte unter der Anschrift *Marktstraße*.

»Was ist das für ein Kaff?« Sebastian Schalke Dembrowski sah sich um. »Das ist ja tiefste Provinz.«

»Stimmt. Das sagen die Breyeller auch immer, wenn sie nach Lobberich kommen.« Frank musste grinsen.

»Den Witz versteh ich nicht.«

»Musst du auch nicht. Komm.«

Die Marktstraße war sozusagen die Hauptverkehrsader des Nettetaler Ortsteils und geprägt von vorwiegend älteren Häusern. Am Haus mit der Nummer 13a fanden die beiden Ermittler ein unscheinbares Klingelschild: *United Groundhopper Association.*

»Doller Name.« Schalke drückte amüsiert den Klingelknopf. Frank musterte die Jugendstilfassade, von der die Farbe abblätterte. Das Haus grenzte an eine Buchhandlung. In der Auslage lagen bunte Bilder- und Kinderbücher. Frank musste an Lisa denken.

»Da meldet sich niemand. Offenbar ist niemand zu Hause.« Dembrowski klingelte erneut.

»Dann haben wir halt Pech gehabt. Hätten uns ja auch vorher ankündigen können.«

Die Polizeibeamten warteten noch ein paar Minuten und klingelten zwischendurch immer wieder einmal. Es rührte sich nichts. Frank beobachtete interessiert das Treiben auf dem Gehweg. In der gediegen eingerichteten Buchhandlung herrschte reger Betrieb. Frank musterte den Buchhändler genauer. Der kräftige Inhaber kam ihm bekannt vor. Der Enddreißiger saß mitten im Laden an einer Art Tisch oder Rezeption, umrahmt von hohen Bücherstapeln, und telefonierte angeregt. Neben dem Buchhändler stand ein kleiner, schlanker und grauhaariger Mann in Jeans und Jackett, der ihm aufmerksam zuhörte. Auch diese Gestalt kam Frank entfernt bekannt vor. Aber er wusste nicht, woher.

Immer wieder kamen Kunden und verließen wenig später den Laden mit einer Einkaufstüte. Eine junge Frau mit halblangem kastanienbraunem Haar, die ein kleines blondes Mädchen an der Hand hielt und mit der anderen einen Kinderwagen mit einem kleinen Jungen darin schob, blieb im Eingang stehen und hob eine Plastiktüte auf, die der Junge aus dem Wagen geworfen hatte. Sie schimpfte in einem freundlichen Ton mit ihrem Sohn und ging weiter, ohne die beiden Männer zu beachten. Im Weggehen drehte sich das langhaarige Mädchen um und lächelte Frank an.

»Lass uns gehen, hat doch keinen Zweck.« Schalke wollte gehen.

»Du hast Recht. Komm.« Auch Frank hatte die Geduld verloren. Sie würden vom Präsidium aus noch einmal anrufen.

Die beiden Ermittler hatten sich kaum ein paar Schritte entfernt, als ihnen jemand ein »Hallo!« hinterher rief.

Die beiden blieben stehen und drehten sich um.

»Hier oben.«

Frank sah an dem Haus empor. In der ersten Etage lugte ein Kopf aus einem geöffneten Fenster.

»Warten Sie. Ich mache Ihnen auf.«

»Die *United Groundhopper Association* scheint uns ja nun doch noch empfangen zu wollen.«

Wenig später saßen Frank und Schalke Dembrowski im Wohnzimmer von Volker Bauer, dem 1. Vorsitzenden der *United Groundhopper Association*. Sie hatten Mühe, Platz zu finden, denn der Raum war vollgestopft mit den verschiedensten Fußball-Devotionalien. Auf den beiden Sesseln stapelten sich Straßenkarten, diverse Stadtpläne und jede Menge Vereins- und Stadionzeitungen. Auf dem schmalen Couchtisch lagen mehrere zerlesene Tageszeitungen neben drei aufgeschlagenen Pizza-Kartons. An den Wänden hingen Wimpel, Fahnen mit der Borussen-Raute, gerahmte Zeitungsberichte und Fotos von Stadien.

»Sie müssen schon entschuldigen, aber ich lebe allein. Da hat man schon mal etwas mehr Unordnung als sonst.« Volker Bauer räumte hektisch die Sessel frei und legte die Unterlagen zu einem Stapel zusammen, den er am Boden gegen die Zimmerwand lehnte. Ihm war die Unordnung sichtbar peinlich. Außerdem irritierte ihn der Besuch der Beamten.

»Ehm. Was kann ich für Sie tun?« Bauer setzte sich auf das Sofa und suchte auf dem Tisch seine Zigaretten, die er schließlich unter den Zeitungen fand. Nervös fuhr sich der Mittdreißiger durch sein zerzaustes Haar. »Also, wie schon gesagt, ich war gestern abend lange unterwegs. Da habe ich heute ausschlafen wollen. Ich habe das Klingeln wirklich nicht sofort gehört.«

»Ist schon okay.« Sebastian Dembrowski zog einen kleinen Schreibblock aus seiner Jackentasche. »Sie sind also der Vorsitzende der Groundhopper in Deutschland?«

Bauer zündete sich eine Zigarette an und nahm einen tiefen Zug, bevor er antwortete.

»Ja und nein. Wie soll ich sagen? Nicht alle Groundhopper sind in der UGA zusammengeschlossen. Es gibt noch einen Verein. Aber wir sind ohnehin nicht sehr straff organisiert. Groundhopper sind Individualisten, die sich nicht gerne in einen Verein einbinden lassen. Das ist zumindest meine Erfahrung.«

»Aber es gibt doch eine regelrechte Buchführung über die einzelnen Stadionbesuche?« Schalke machte sich einige Notizen.

»Das ist letztlich die Kartei, auf die es ankommt. Denn wer als Groundhopper anerkannt werden will, muss mindestens schon 200 Plätze besucht und eine Halbzeit eines Spiels gesehen haben. Sonst wird das nix.Wir haben Leute dabei, die schon auf mehr als 500 Fußballplätzen waren. Groundhopping ist schon so etwas wie eine Sucht.«

»Sie sagten Kartei?« Frank hatte genug Fanartikel betrachtet.

»Ja, jeder Groundhopper führt Buch über seine Stadien und lässt sich sein Hopping auch bestätigen.«

»Hobbys gibt's.« Dembrowski schüttelte erstaunt den Kopf.

»Wie gesagt, das ist mehr als nur ein Hobby. Das erfordert viel Zeit und auch Geld. Denn wer beruflich eh in der Gegend ist und, sagen wir mal das Stadion an der *Anfield Road* besucht, der hat mit Zitronen gehandelt. Das wird nicht anerkannt. Nur wer sich extra auf den Weg macht, um früher den Bökelberg oder jetzt den neuen Nordpark, oder aber die Christian-Rötzel-Kampfbahn in Breyell zu besuchen, kann sich die Punkte anrechnen lassen.«

»Ein breites Spektrum, Breyell und Liverpool.« Frank musste an seine Kindheit denken. Er war oft auf dem Platz gewesen. Damals, als sein Vater noch bei Union 08 Fußball gespielt hatte.

Volker Bauers Gesicht hellte sich auf. »Das ist ja das Spannende. Es geht nicht so sehr um das Spiel. Das Stadion selbst ist für uns der Star. Sie müssen mal ins Internet gehen. Die *Anfield Road* hat eine eigene Webseite, eine deutsche, wohlgemerkt. *www.anfield.de*.«

»Echt?« In Schalke erwachte der Fußballfan.

»Sie sagten eben ›Bökelberg‹. Das ist unser Stichwort. Der Bökelberg steht im Mittelpunkt unserer Ermittlungen.«

Frank schilderte in knappen Worten, was sie auf dem Gelände gefunden hatten. Volker Bauer hörte schweigend zu. Zwischendurch zündete er sich erneut eine Zigarette an. Nervös sah er von einem Ermittler zum anderen.

»Was hat das mit mir zu tun?«

»Darf ich mal Ihre Unterlagen sehen?« Frank ließ die Frage unbeantwortet und sah Bauer forschend an.

»Meine Unterlagen? Ich verstehe nicht?«

Schalke hakte nach. »Seit wann frönen Sie denn schon Ihrer Leidenschaft, Herr Bauer?«

Der Vorsitzende der UGA sah nervös zur Decke, als würde er dort die Antwort finden. »Seit etwas mehr als zehn Jahren.«

»Und seither reisen Sie umher? Wann waren Sie zum Beispiel am Bökelberg?« Sebastian Dembrowskis Ton klang nicht mehr ganz so unverbindlich wie bisher.

»Das kann ich Ihnen sogar genau sagen. Der Bökelberg war mein zweites Stadion, nach der Christian-Rötzel-Kampfbahn. Warum fragen Sie mich das?« Auf Bauers Stirn glänzte es feucht.

»Also, wann genau?«

»1994, im Herbst. Das genaue Datum muss ich nachsehen.«

»1994.« Frank und Schalke wechselten einen schnellen Blick.

»Ja. Damals hat es geregnet. Das weiß ich genau.«

Frank hakte nach. »Und in den vergangenen zwei Wochen? Wo waren Sie da?«

Volker Bauer sah ihn an als sei ihm der Leibhaftige erschienen, blieb aber stumm.

»Herr Bauer?«

»Ja?« Volker Bauer schien wie weggetreten.

»Ich habe Ihnen eine ganz einfache Frage gestellt: Wo waren Sie in den vergangenen zwei Wochen? Welche Sportplätze haben Sie aufgesucht? Möglicherweise hier in der Region?«

Bauer wischte sich mit einer Hand über die Stirn. »Wollen Sie mir etwas unterstellen?«

»Ich will gar nichts. Nur eine Antwort.«

»Ich habe nichts Unrechtes getan. Ich bin die ganze Zeit in Nettetal gewesen. Ich bin arbeitslos, müssen Sie wissen, seit mehr als einem Jahr schon. Unsere Firma hat damals Insolvenz angemeldet. Es gibt scheinbar keinen Bedarf mehr für gute Webarbeiten und damit auch nicht für gute Weber. Ich habe gar kein Geld, großartig in der Gegend herumzufahren. Leider. Aber ich war auch auf keinem Sportplatz in der Gegend. Die habe ich längst schon abgehakt.« Volker Bauer wirkte müde. Er brauchte drei Anläufe, um sich eine neue Zigarette aus der Packung zu nehmen.

»Beruhigen Sie sich, Herr Bauer. Wir tun nur unsere Arbeit.« Schalke Dembrowski hatte Mitleid mit Bauer. Er kannte das Gefühl, ohne Job dazustehen, aus seiner eigenen Familie.

»Wir möchten einen Blick in Ihre Kartei werfen, Herr Bauer.« Frank war sich nicht sicher, ob Bauer ihnen nicht vielleicht doch nur eine geschickte Komödie vorspielte.

»Muss ich das? Da sind eine Menge Daten drin. Die darf ich doch nicht so einfach weitergeben.«

»Das ist richtig. Allerdings ermitteln wir in zwei Mordfällen.«

»Was sollen wir Groundhopper denn damit zu tun haben?«

»Genau diese Frage müssen wir klären, Herr Bauer. Also, wo steht Ihr Rechner? Es wäre schön, wenn Sie uns eine Kopie Ihrer Daten machen könnten. Wenn nicht, lassen wir uns einen Durchsuchungsbeschluss kommen. Und spätestens dann bekommen wir, was wir wollen.« Frank bluffte, aber das konnte Bauer ja nicht ahnen.

»Gerne mache ich das nicht.«

»Meinen Sie, dass wir gerne in Mordfällen ermitteln?«

»Ist ja schon gut.« Volker Bauer stand auf. »Der PC steht nebenan.«

Eine gute halbe Stunde später saßen Frank und Schalke auf einer Bank im Ingenhovenpark. Dembrowski wollte unbedingt noch schnell eine Zigarette rauchen, bevor sie zur Dienststelle zurückfuhren.

Frank war froh, eine kleine Pause einlegen zu können. Das Grün des Parks hatte etwas Beruhigendes. Seine Erinnerung an den Ingenhovenpark hatte viel mit einem Sommer Ende der 60er, Anfang der 70er Jahre zu tun: Selbst gemachte Musik auf dem Rasen, Wein und das Gefühl, frei zu sein. Das Schimpfwort *Gammler* klang damals wie ein Ritterschlag.

Die Trauerweide stand noch immer in der Mitte des Weihers. Dahinter ragte das dunkle Backsteinmauerwerk der Burg Ingenhoven ins Bild. Die Sonnenschirme auf der Terrasse waren nicht aufgespannt. Die Sonne schien warm, aber noch kraftlos. Der Himmel war blau, und die Enten flogen in Formation über das Wasser. Rentner fuhren auf dem Fahrrad vorbei, ein Spaziergänger beobachtete seinen schwarzen Labrador, der übermütig ins Wasser sprang. Eine junge Mutter mit Kinderwagen blieb am Wasser stehen und zeigte ihrem Sohn die Enten. Die beiden Teichfontänen sprudelten. Wenn Frank die Augen schloss, hatte er das Gefühl, in einem starken Platzregen zu stehen. Die Luft roch frisch und klar.

»Was denkst du?« Schalke Dembrowski blinzelte in der Sonne zu Frank hinüber, der die Augen immer noch geschlossen hatte.

»Ach, nichts, ich war nur lange nicht mehr hier.«

»Du hast hier gewohnt?«

»Nee, im richtigen Dorf. In Breyell.«

»Sagtest du bereits.«

»Sagte ich bereits.«

»Und?«

»Du meinst Bauer?«

Schalke nickte.

»Wir werden sehen.« Frank öffnete langsam seine Augen.

»Es ist immerhin ein Anfang.«

»Ja, ein Anfang.«

»Is was?«

»Nee.«

...

Alexander Rauh zog den schmalen Umschlag aus dem Briefkasten. Er drehte ihn um. Kein Absender. Wahrscheinlich Fanpost. Darauf hatte er jetzt wirklich keinen Bock. Er musste gleich zum Training. Die Post konnte warten.

Er setzte sich auf die Bettkante und dachte nach. Er hatte nicht gut gespielt gegen Bremen. Der Trainer hatte ihn zu Beginn der 2. Halbzeit ausgewechselt. Als er zur Bank kam, wurde er ihn keines Blickes gewürdigt. Sie hatten dann am Ende verloren. Am Montag stand in der Zeitung, dass die Abwehr schlecht gestanden hätte. Der *Kicker* spekulierte sogar, ob es die richtige Entscheidung des Präsidiums gewesen war, Alexander Rauh doch noch einen neuen Vertrag zu geben. Der Trainer hätte doch besser auf einen neuen, jüngeren Spieler setzen sollen, hatte es im Kommentar geheißen.

Aber was hätte er ihnen auch sagen sollen? Von den Zetteln und der Puppe erzählen? Das wäre mit Sicherheit sein Todesurteil gewesen. Sie wären über ihn hergefallen, hätten sich über ihn lustig gemacht, ihn gehänselt. Sie hätten ihn nicht mehr ernst genommen und im Spiel einfach ignoriert. Wie oft hatte er das schon bei anderen Spielern erlebt? Eine Mannschaft konnte grausam zu einem Spieler sein, der nicht in ihr System und in ihre Werteordnung passte. Spieler wurden gemobbt, nur weil sie anders waren als andere.

Nein, er hätte ihnen nichts erklären können. Er musste mit der Sache selbst klarkommen. Echte Freunde hatte er in der Mannschaft nicht. Im Fußball-Geschäft war der Begriff »Freund« relativ. *Kumpel* hatte er. Aber denen erzählte er längst nicht alles.

Zur Polizei gehen? Um Gottes willen. Das hätte den gleichen Effekt gehabt. Außerdem wäre zu allem Übel der Verein möglicherweise damit in die Öffentlichkeit gezerrt worden. Das wäre ein wahres Festessen für die Boulevardblätter geworden. Auch das hätte er sportlich und menschlich nicht überlebt.

Alexander seufzte und stand auf. Er würde auch damit klarkommen. Im Wohnzimmer kam er an dem Brief vorbei, den er auf den Couchtisch geworfen hatte. Nun war er doch neugierig. Er sah auf seine Armbanduhr. Fünf Minuten hatte er noch. Hastig riss er den Umschlag auf.

Lieber Alexander,

wundere Dich nicht über den Scheck. Er soll wirklich nur eine kleine Entscheidungshilfe für Dich sein. Quasi eine Investition in die Zukunft. Wann immer sie beginnen mag.

Meine Freunde und ich würden uns auf jeden Fall sehr freuen, wenn Du Dich zur Mitarbeit in unserem Unternehmen entscheiden würdest. Du kennst doch das alte Motto: »Elf Freunde sollt ihr sein«.

Du kannst den Scheck jederzeit einlösen.

Alexander war verwirrt. Was sollte der Scheck? 25.000 Euro stand dort eingedruckt. Viel Geld. Auch für einen wie ihn. Diesem Hünner musste es sehr wichtig sein, dass er für ihn arbeitete.

25.000 Euro als *Entscheidungshilfe.* Keine schlechte Sache, dachte Rauh. Wenn er den Brief richtig las, war das Geld als großzügige *Aufmerksamkeit* gedacht, ohne irgendwelche Verpflichtung. Der Abwehrspieler nahm den Scheck und wog ihn in der Hand. Ein bisschen Papier mit einigen interessanten Nullen. Er würde sich das überlegen.

Alexander Rauh nahm den Scheck und legte ihn in seinem Schlafzimmer unter sein Kopfkissen. Anschließend verließ er die Wohnung. Nun wurde es Zeit. Der Trainer duldete keine Verspätung. Im Hinausgehen zerknüllte Alexander Rauh den Brief und warf ihn am Eingang in den hauseigenen Müllcontainer.

Entschlossen setzte er sich ans Steuer seines BMW X5 und startete den Motor. Eine Zukunft als Repräsentant eines angesehenen Bauunternehmens schien so schlecht nicht zu sein. Das bisschen Smalltalk mit den Kunden würde er schon hinbekommen. Er würde sich gleich nach dem Training hinsetzen und ein paar Bedingungen aufschreiben, zu denen er bereit wäre, den Job anzunehmen. Denn zum Affen machen lassen wollte er sich nicht. Vielleicht kam das Angebot doch genau richtig.

...

»Das geht mir langsam auf den Nerv.« Frank nippte an seinem Kaffeebecher. »Die KTU kommt einfach nicht mit den Daten rüber .«

»Nun beruhige dich mal. Die haben die CD doch noch gar nicht so lange. Lass den Kollegen doch ein bisschen Zeit.« Ecki kaute an einem Rollkuchen und klickte sich dabei durch *eBay*. »Irgendwo hatte ich doch diese Nummer 147 gesehen.«

»Was?«

»Tibor. Nummer 147.« Ecki schmatzte genüsslich. »Hm, frischer geht's wirklich nicht.«

»Hast du nichts zu tun?« Frank beobachtete seinen Freund über ihre Schreibtische hinweg. Der Typ war wirklich ein Gemütsmensch.

»Doch, habe ich. Kämpfen.«

»Bist du blöd?«

Ecki konnte sich ein Grinsen kaum verkneifen. »Es geht um ›Tando will den Kampf‹, Tibor. Der ›Held des Dschungels‹. Kennste doch auch.«

»Wir haben zwei Morde aufzuklären und du suchst Comics.«

»Nee. Fast hohe Literatur. Zumindest für mich. Seit ich auf dem Speicher meiner Eltern die Kiste mit den alten Comics gefunden habe, möchte ich wissen, wie es mit den Helden meiner Kindheit weitergeht.« Ecki machte eine kleine Pause. »Jawoll, da ist der Lehning Großband. Ich wusste es doch.«

Frank seufzte. »Jaja, Tibor. Meine Eltern haben die Comics verbrannt, die sie bei mir gefunden haben. Schundliteratur, haben sie gemeint.«

»Guck dir bloß die Preise an, Mann, oh, Mann.«

»Ich meine, ich habe die Dinger früher auch gerne gelesen. Aber konzentrier dich jetzt lieber auf deine Arbeit.«

»Fünf Euro, fünf Euro biete ich.«

»Du bist ja nicht ganz dicht.«

»Stimmt. Ganz meiner Meinung.« Heinz-Jürgen Schrievers grinste, als er die Tür hinter sich zuzog.

Frank drehte sich um. »Was machst du denn hier? Ich denke, du bist längst in Sachen WM unterwegs.«

»Willst du einen Kaffee oder Tee?« Ecki hatte sein Gebot abgegeben und lehnte sich zufrieden in seinem Schreibtischstuhl zurück.

»Hm, lieber Tee. Ist gesünder.«

»Was willst du eigentlich bei uns, Schrievers? Gibt es Neuigkeiten in Sachen Bökelberg? Hast du was in deinem Archiv gefunden?«

»Nicht wirklich viel. Keine Vermisstenanzeige, keine Entführungen von Kindern, nicht mal einen Verdacht auf ein Verschwinden. Nichts. Jedenfalls nichts, was auf unsere beiden Fälle in irgendeiner Weise passen könnte.« Heinz-Jürgen Schrievers schnaufte ein wenig.

»Ist dir nicht gut? Du siehst blass aus. Willst du dich setzen?« Frank deutete auf einen der beiden freien Stühle.

»Nee, geht schon. Ich sollte vielleicht doch mal mit Sport anfangen. Joggen, vielleicht.«

»Dazu ist es nie zu spät.« Frank bemühte sich, ernst zu bleiben. »Du hast gerade *wir* gesagt. Wen meinst du denn damit?«

»Na, mich und meinen Kollegen vom LKA. Ich war ja neulich bei einer Vorbesprechung in Düsseldorf. Dort habe ich ihn getroffen. Er hat den landesweiten Überblick über die Vermisstensachen. Den Kollegen Schmidberg habe ich heute Vormittag mal angerufen.«

»Soso. Das ist alles?« Frank wurde ungeduldig.

»Nun sei mal nicht gleich so biestig.« Schrievers wunderte sich. »Ich war noch nicht fertig. Hier, das ist die Auswertung der Spurensicherung. Es gibt tatsächlich auf der CD von diesem Bauer einen Namen, der interessant sein könnte. Ein Manfred Braun aus Siegen. Seit mehr als 15 Jahren Groundhopper und in den fraglichen Zeiten tatsächlich am Bökelberg und auch auf diesem Sportplatz im HQ.« Schrievers warf den schmalen Schnellhefter auf Franks Schreibtisch.

»Ja, spinn ich denn?« Franks Gesicht lief vor Wut rot an. »Warum kriege ich die Auswertung nicht, aber du?«

Schrievers blieb gelassen. »Reg dich wieder ab. Der Kollege hat mitgedacht und dir nur ein bisschen helfen wollen. Er hat mich gefragt, ob mir zu dem Namen Manfred Braun irgendetwas einfällt. Hätte ja sein können, dass der Name im Zusammenhang mit Vermisstenfällen irgendwo auftaucht. Statt hier rumzubrüllen, solltest du dich bei ihm bedanken.«

Frank atmete tief durch und konnte sich wenigstens zu einem brummelnden, aber wenig überzeugenden »hast ja recht« durchringen.

»Zuviel Aufregung ist nicht gut für dein Herz, lieber Frank.« Ecki fegte sich mit der Hand ein paar imaginäre Hefekrümel von seinem T-Shirt.

»Jetzt fang du auch noch an.« Frank warf seinem Freund einen nicht gerade freundlichen Blick zu.

Ecki blieb stumm.

»Hat, lieber Heinz-Jürgen, hat denn unser geschätzter Kollege von der Spurensicherung auch schon diesen Braun überprüft?«

»Spar dir den süffisanten Ton. Nein, hat er nicht. Das wollte er dir überlassen.«

»Immerhin.«

»Weißt du was, lieber Frank, das ist mir jetzt zu blöd. Ich gehe wieder. Ich wollte euch nur einen Gefallen tun, ebenso wie der Kollege von der Spusi. Aber dafür gibt es ja keinen Dank mehr, heutzutage. Danke dir, Ecki, für das Angebot, auf einen Tee zu bleiben.«

Beim Hinausgehen ließ er die Tür hörbar ins Schloss fallen.

»Elefanten sind wirklich zarte Wesen.« Frank schüttelte den Kopf.

»Aber du hast wirklich eine Laune, die zum Kotzen ist.«

»Ich weiß gar nicht, was ihr alle habt. Mir geht es gut.«

»Vielleicht ist es das.«

»Was?«

»Ach, vergiss es.«

»Na, dann nicht.« Frank stand auf.

»Was ist? Willst du schon Feierabend machen?«

»Nee, ich brauch jetzt frische Luft. Ich dreh eine Runde um den Block.«

Ecki konnte nicht verstehen, dass Frank und Lisa immer noch keine gemeinsame Wohnung gefunden hatten. Geschweige, dass Frank sich noch nicht von seinem geliebten MGB getrennt hatte. Sein Freund ließ alles einfach laufen, statt endlich aktiv zu werden. Ecki fragte sich, wie Lisa das ganze Durcheinander und die Launen seines Freundes ertrug. Vielleicht sollte Marion mal mit Lisa reden.

Schon kurze Zeit später kam Frank zurück. Er war gut gelaunt.

»Ich habe gerade unseren Kollegen Laumen getroffen. Was meinst du, was er mir erzählt hat?«

»Du triffst Laumen und hast gute Laune? Es geschehen noch Zeichen und Wunder.«

»Laumen ist und bleibt ein armes Würstchen und ein Beamtenarsch. Aber die Neuigkeit ist wirklich spitze.«

»Nämlich?«

»Laumen lief wie Mr. Wichtig über den Hof und hatte ein Klemmbrett und ein Maßband dabei. Er sei in wichtiger Mission unterwegs, hat er gesagt. Eigentlich noch streng geheim, aber er wolle mir doch verraten, dass auch er eine wichtige Aufgabe in der WM-Vorbereitung übertragen bekommen hat. Sozusagen zum Quartiermeister gemacht worden ist.« Franks Gesicht wurde immer heller.

»Weiter! Mach's kurz. Meine Auktion läuft bald ab.«

»Laumen soll dafür sorgen, dass eine Fahrzeughalle leer geräumt wird, damit dort transportable Zellen aufgestellt werden können. Für auswärtige Hooligans und heimische Randalierer bei diesem *public viewing* auf dem Kapuzinerplatz. Also Ausnüchterungszellen für überschäumende WM-Begeisterung der besonderen Art.«

Ecki war nicht sonderlich beeindruckt. »Wissen wir doch längst.«

»Die Typen können dann tatsächlich bei uns noch die WM-Spiele sehen. Die kriegen nämlich noch eine Leinwand aufgestellt. Heini hat doch recht. Hab ich ja nicht glauben wollen. Die Hools können in aller Ruhe die Spiele sehen und unsere Halle zum Stadion machen. Was meinst du, was da los sein wird! Unglaublich.«

»Echt? Eine Leinwand im Zellentrakt. Reicht der Fernseher schon nicht mehr? Ganz Deutschland im Fußballwahn! Da lohnt es sich ja direkt, ein bisschen Randale zu machen. Kann man wenigstens hinterher ungestört WM gucken. Sage noch einer, Vater Staat habe kein Herz für Fußballfreunde.« Ecki schüttelte den Kopf.

»Hat schon seinen Sinn. Das hat was mit Deeskalation zu tun.«

»Denke ich mir. Aber ehrlich, ist das wirklich nötig?«

»Wird wohl.« Er grinste immer noch. »Du hättest wirklich diesen Wichtigtuer Laumen sehen sollen! Quartiermeister für die WM. Der hat doch gar keine Ahnung von Fußball. Das Einzige, was der kann, ist die Statuten der FIFA auswendig lernen. Pfft, ein Quartiermeister mit dicker Brille und gelbem Pullunder.«

»Ist ja fast auch so was wie ein Trikot. Was unser Kaiser Franz wohl dazu sagen würde?«

Das Telefon klingelte. Ecki hob ab.

»Eckers, KK 11. Was kann ich für Sie tun?«

Am anderen Ende der Leitung war Bert Becks.

»Herr Becks? Hallo.«

Beim Namen seines Bekannten winkte Frank heftig ab.
»Nein, Frank ist nicht im Büro. Kann ich ihm etwas ausrichten?«
Der Redakteur der Rheinischen Post hatte ein paar Fragen zum Fortschritt der Ermittlungen der *MK Bökelberg*.

»Wie gesagt, Frank ist unterwegs. Es ist das einfachste, Sie wenden sich an unseren Pressesprecher. Ach so, haben Sie schon. Nichts Konkretes? Dann wird es so sein. Böllmann will auch nichts sagen? Soso. Ja, dann tut es mir wirklich leid, dann kann ich Ihnen auch nicht helfen. Nein, ich kann Ihnen auch nichts bestätigen. Was? Ja, mache ich. Tschüss.«

»Was wollte er?« Frank war froh, dass Ecki richtig reagiert hatte. Er mochte Becks zwar, allein schon, weil der gemütliche Kugelblitz in seiner Freizeit auch Musiker war. Aber auch Bert Becks musste nicht alles wissen. Besonders wenn sie erst am Anfang der Ermittlungen waren.

»Becks wollte von dir wissen, ob die Theorie der Blödzeitung stimmt, dass der Täter in beiden Fällen identisch ist, also ein Serienkiller, der sich auf kleine Kinder spezialisiert hat. Becks wird wieder anrufen.«

»Hab ich's nicht gesagt? Die Presse hängt uns nur dämliche Geschichten an. Wir müssen uns mit Böllmann zusammensetzen und eine Strategie entwickeln.«

»Ich werde zunächst mal mit diesem Institut in Hamburg reden. Die sollen endlich mal in die Gänge kommen. Wir brauchen ein Gesicht, mit dem wir an die Öffentlichkeit gehen können. Das wird uns weiterbringen.«

»Endlich hast du mal eine gute Idee.«

»Lieber hätte ich noch einen Rollkuchen.«

»Du kriegst den Hals nicht voll.«

»Und du hast endlich mal wieder gute Laune.«

»Ich habe immer gute Laune.«

»Na, ich weiß nicht.«

Frank wollte das Gespräch beenden. Was sollte er seinem Freund auch schon sagen?

»Mist!«

»Was ist?«

»Die Auktion ist vorbei.«

»Und?«

»Hab verloren. ›Tando will den Kampf‹ liest jetzt ein anderer.«

VIII.

Daniel C. Hünner rollte sich auf die Seite. Er musste Sabrina loswerden. Sie langweilte ihn. »Tu mir einen Gefallen, Schätzchen, steh auf und verschwinde. Ich habe heute noch eine Menge zu erledigen.«

Sabrina zog das durchgeschwitzte Seidenlaken um ihren nackten Körper und spielte die Beleidigte. »Bärchen könnte ruhig ein bisschen netter zu seinem Kätzchen sein.«

Hünner konnte das kindliche Gequatsche seiner Freundin nicht ausstehen. Das hatte er ihr schon zigmal gesagt. Statt zu antworten, griff er nach der Zigarettenschachtel. »Verschwinde einfach.«

»Hör mal«, Sabrina Genenger fand Hünners Ton nicht mehr spaßig und richtete sich auf. Dabei fiel ihr langes blondes Haar über ihre kleinen festen Brüste. »Was ist los mit dir? Hattest doch deinen Spaß.«

»Du langweilst mich.«

Sabrina Genenger wollte nicht glauben, was sie gehört hatte. Sie kannte den Unternehmer und Lokalpolitiker schon ein halbes Jahr. Bisher hatten sie eine Menge Spaß zusammen gehabt. Und sie hatte zum ersten Mal in ihrem Leben das Gefühl, wirklich geliebt zu werden.

»Bärchen, komm, sei lieb zu mir.«

»Ich habe gesagt, verschwinde. Zieh dich einfach an und hau ab. Lass mich allein, ich habe zu tun. Muss ich dir alles zweimal erzählen?«

Ihr Freund schien es ernst zu meinen. Wütend über Hünner und ihre eigene Hilflosigkeit warf sie das Laken von sich, stand auf und sammelte hastig ihre Kleidungsstücke zusammen. Mit kurzen, schnellen Schritten ging sie wortlos ins Bad.

»Lass dich bloß nicht häuslich nieder. Mach schnell. Ich will dich nicht mehr sehen.« Hünner hatte sich mittlerweile im Bett aufgerichtet und lehnte mit dem Oberkörper an dessen Kopfseite.

Keine zwei Minuten später stand sie angezogen im Raum. Auf dem Weg zur Tür blieb sie kurz stehen und sah Hünner an. In ihren Augen standen Tränen.

»Dafür wirst du bezahlen. Das schwöre ich dir.«

Hünner lachte laut. »Oh, davor habe ich jetzt schon Angst.«

»Arschloch.«

Die Tür fiel krachend ins Schloss.

Hünner lächelte. Er war zufrieden. Er hatte sich den Abschied von Sabrina schwerer vorgestellt. Sie hatte für seinen Geschmack zu stark geklammert. Das konnte er nun überhaupt nicht ab. Außerdem wollte sie ihre Nase in seine Geschäfte stecken. Das mochte er noch weniger. Ein paar Wochen unbeschwerter Sex waren okay, seinetwegen auch ein halbes Jahr. Aber spätestens dann musste es auch gut sein. Dafür gab es zu viele frische Sabrinas auf dieser Welt. Er war froh, sie los zu sein. Sie hätte ihm gefährlich werden können.

Der Unternehmer hatte aber auch in der Tat noch einiges zu erledigen. Diese Manager von IEA machten Schwierigkeiten. Die Münchener konnten offenbar den Hals nicht voll bekommen. Sie kamen mit immer neuen Ideen und Forderungen. Sie drängten ihn in die Enge. Dabei wussten sie, dass er nicht unendlich auf ihre Forderungen eingehen konnte. Er tat ohnehin schon mehr, als ihm persönlich und politisch gut tat. Die IEA war ein dunkles Loch. Aber es war längst zu spät für einen Rückzieher.

Wenn jemand von der Zeitung Wind von den inoffiziellen Absprachen bekam, war es aus mit seiner politischen Karriere. Deshalb musste er sich etwas einfallen lassen. Er musste dem IEA-Vorstand etwas ganz Besonderes bieten. Es war immer gut, wenn man sich etwas mehr Verhandlungsspielraum als die Gegenseite verschaffen konnte. Dazu brauchte er jetzt Karsten Mösges. Und zwar schnell.

Mit einem federnden Satz war Daniel C. Hünner aus dem Bett. Nackt ging er ins Wohnzimmer und suchte sein Handy.

»Tag. Hünner hier. Kann ich Karsten sprechen?« Er mochte Mösges Sekretärin nicht besonders. Sie hatte so einen spöttischen Unterton.

»Was heißt das, ich kann ihn jetzt nicht stören? Überlassen Sie das ruhig mir, ob ich ihn störe oder nicht.« Was bildete sich diese Schlampe ein? »Er ist nicht in seinem Büro? Warum sagen Sie mir das nicht gleich? Was? Ach, so, Wiederhören.«

Der Baudezernent war gar nicht in Mönchengladbach. Stimmt! Das hatte er ganz vergessen. Er wusste, wo Mösges war. Die Sache lief, ohne dass er viel dazutun musste. Geht doch, dachte er, als er im Bad stand und zufrieden sein breites Grinsen im Spiegel betrachtete.

Hünner duschte und zog frische Wäsche an. Während der Zeit unter der Dusche hatte er an Rauh und den Scheck denken müssen. Er war sich sicher, dass Rauh den Scheck einlösen würde. 25.000 Euro mal eben so, scheinbar für nichts! Das würde sich der Kicker nicht entgehen lassen. Er war sicher nicht naiv, aber Rauh war genauso geldgeil wie alle anderen. Hünner musste grinsen. Alexander Rauh bekam nichts umsonst. Weder auf dem Platz, noch von ihm. Alles hatte seinen Preis. Wenn Rauh spurte, würden sie noch eine Menge Spaß bekommen.

Apropos, dachte Hünner, als er vor dem Schrank stand und sich ein frisches Hemd aussuchte. Er war gespannt auf die neuen Fotos. Er sah die gierigen Gesichter förmlich vor sich. Für ihn selbst hatten die Fotos keinen Wert. Er fühlte keine Erregung. Im Gegenteil, sie waren grausam, ohne Sinn. Nur leere Gewalt und Vernichtung. Aber sie taten ihren Dienst. Seit langem schon vollbrachten sie wahre Wunderdinge. Sie öffneten ungeahnte Möglichkeiten. Sie waren eine Versicherung, sie waren eine wertvolle Ware, sie waren die Lösung vieler Probleme. Sie waren mit Gold nicht aufzuwiegen. Der ganze Dreck dahinter interessierte den Unternehmer Daniel C. Hünner nicht. Ihn ging das Schicksal auf den Bildern nichts an. Die Fotos erfüllten ihren Zweck. Nicht mehr.

Hünner roch an seinem weißen Seidenhemd. Er sog die Frische tief in sich auf. Er würde Mösges am verabredeten Treffpunkt erwarten, und sie würden ihre weiteren Pläne besprechen. Sie würden Georg-Friedhelm Pietzek schon noch liefern, was er wollte.

Karsten Mösges hatte sich lange geweigert, noch ein bisschen weiterzumachen. Er habe schon zuviel gesehen, hatte er bei einem ihrer langen Sauna-Gespräche gesagt. Das erste Foto war schon mehr als genug gewesen. Das erste Foto hatte sie schon zu ihrem gemeinsamen Schicksal zusammengeführt. Da machte es nichts mehr aus, noch ein Stück weiterzumachen. Es änderte nichts. Wie immer hatte Mösges schließlich nachgegeben. Mösges war keine starke Persönlichkeit. Das war Hünner schnell klar geworden.

Vom Erfolg des IEA-Projektes hing viel ab. Auch für Mösges. Der wollte gut leben, auch nach einer Abwahl als Dezernent. Noch war seine Position sicher. Dank Hünner. Aber das konnte sich schnell ändern. Hünner hatte das nie erwähnt. Das brauchte er auch nicht. Denn Mösges war ein kluger Mann. Nur schwach.

Er setzte sich im Wohnzimmer an den Couchtisch. Er hatte Sabrina Genenger längst vergessen. Stattdessen wählte er Mösges Handy-Nummer. Aber Mösges meldete sich nicht. Nun gut, er konnte die zwei Stunden bis zum vereinbarten Termin warten.

Er blätterte durch die aktuelle Fernsehzeitung, ohne wirklich hinzusehen. Schließlich stand er auf und ging zurück ins Schlafzimmer. Er wollte den Umschlag mit den letzten Fotos herausnehmen und vernichten. Das hätte er schon längst tun sollen, aber die vergangenen Tage waren zu hektisch gewesen. Aber sie lagen zwischen seinen Hemden auch gut versteckt. Der Stoff fühlte sich angenehm weich und kühl an. Aber Hünner fühlte keinen Umschlag. Zunächst fühlte er langsam Hemd für Hemd ab, aber mit jedem Hemd wurden seine Bewegungen hektischer, bis er die Hemden einzeln ausschüttelte und zu Boden warf. Aber der Umschlag blieb verschwunden.

Hünners Puls raste, sein Kopf drohte zu platzen. Er rannte in die Küche, riss dort sämtliche Schränke auf, auch im Wohnzimmer. Aber der Umschlag tauchte nirgendwo auf.

Erschöpft blieb er in der Küche stehen und zog die angebrochene Flasche Rotwein aus dem Korb neben der Spüle. Er goss ein Wasserglas voll und trank hastig. Hustend schüttete er den Rest in den Ausguss. Schwer atmend stützte er sich mit beiden Händen auf die Spüle.

Sabrina musste die Fotos haben. Sabrina! Diese miese kleine Nutte hatte ihm die Fotos geklaut. Anders konnte es nicht sein. Sabrina hatte eine Waffe gegen ihn in der Hand, die tödlich sein konnte. Er musste diese Fotos zurückhaben. So schnell wie möglich.

Er wählte ihre Nummer.

»Sabrina, Schatz, ich muss mich bei dir entschuldigen.« Er gab seiner Stimme einen zärtlichen Ton. »Ich habe in den letzten Tagen viel gearbeitet. Da sind eben die Pferde mit mir durchgegangen.«

Bislang hatte er quasi ins Nichts gesprochen, denn Sabrina Genenger hatte kein Wort gesagt.

»Sabrina?«

Keine Antwort.

»Sabrina, Maus, bist du noch da?«

Hünner konnte ein leichtes Schluchzen hören.

»Sabrina, mein Engel, du musst nicht weinen. Ich bin gleich bei dir. Und dann reden wir.«

Das Schluchzen wurde lauter.

Daniel C. Hünner wusste jetzt, dass er die Fotos bekommen würde.

»Bis gleich, mein Schatz.«

...

Bald sollte er wieder neues Fleisch bekommen! Er war ja so aufgeregt. Er konnte den ganzen Tag schon an nichts anderes mehr denken.

Er konnte sich kaum noch erinnern an das andere Kind. Er wusste nur noch, es hatte nicht so viel Spaß gemacht. Er hatte sich sehr geärgert. Aber er hatte ihnen keinen Vorwurf gemacht. Er wollte sie nicht durch ungehorsames Verhalten ärgern.

Er musste sein Werkzeug schärfen lassen. Die Schnitte sollten leicht und mühelos wirken, wie zufällig so ausgeführt. Das mochten sie besonders gerne. Deshalb hatten sie sich ihn ja ausgesucht. Weil er die Kinder immer so nett zurecht gemacht hatte, bevor er sie untersucht hatte, um ihre Seelen zu finden. Er war ein Künstler. Er hatte einen Auftrag.

Sie hatten ihn dafür gelobt. Damals und auch jetzt wieder. Er hatte sich gewundert, dass er so lange nichts von ihnen gehört hatte. Aber er hatte sich nie beschwert, immer auf den Tag gewartet, der ihm den neuen Auftrag bringen würde.

Und jetzt stand wieder eine Lieferung unmittelbar bevor. Er musste konzentriert vorgehen. Er hatte das ja nicht gelernt, alles hatte er sich mühevoll selbst beigebracht. Ja, er war schon kein Dummer. Er ahnte nun, wo er die Seele der Kinder suchen musste. Und doch war jeder Schnitt ein neues Abenteuer. Eine neue Herausforderung.

Er konnte jetzt nur noch warten. Noch ein Weilchen, dann kam für ihn der große Moment, auf den er immer hoffte. Jeden Tag aufs neue. Nicht, dass er ungeduldig war, wie gesagt, aber er musste seine Vorkehrungen treffen, deshalb musste er den Tag wissen. Den Tag wissen.

...

»Na, was sagen die Kollegen aus Siegen?« Frank sah Schalke neugierig an, der auf dem Parkplatz am A-Gebäude neben seinem Auto stand und in einer Hosentasche nach seinem Schlüssel suchte.

»Bin noch nicht so weit.« Dembrowski schloss den Kombi auf und legte seinen Rucksack auf den Rücksitz. »Dieser Braun soll auf Montage sein. Messebau. Jedenfalls ist er im Moment nicht in Siegen.«

»Na, hoffentlich können ihn die Kollegen bald befragen. Er ist nämlich immer noch unsere heißeste Spur.«

Schalke Dembrowski nickte und zuckte mit den Schultern.

»Ich hoffe, dass die Daten zum Skelett bald da sind.« Frank war müde.

»Und, was hast du heute noch so vor?« Dembrowski wollte Feierabend machen und sich nicht länger über Ermittlungen unterhalten.

»Ich fahre jetzt zur Probe, zur nächsten Krisensitzung. Unser Bassist hat aufgehört und wir wollen einen neuen testen. Übrigens, du weißt, dass du mit deinem Schalke-Schal hier der Exot bist?«

»Ja. Und was heißt schon Exot? Blues hört ja auch nur eine Minderheit.« Schalke konnte die Witze über seinen Verein nicht mehr hören.

1:0 für Schalke, musste Frank zugeben.

»Blues ist was ganz Feines. Die Seele der Musik. Was hörst du so?«

»Im Moment Shakira und ab und an Sachen aus den 80ern. Warum?«

»Nur so.« Frank schlug Dembrowski auf die Schulter und ging zu seinem MGB. »Trotzdem, schönen Abend noch.«

...

Was, wenn die kleine Tote vom Bökelberg tatsächlich einem Ritualmord zum Opfer gefallen war? Frank konnte den Gedanken nicht mehr verdrängen. Ein grausames Ritual, dessen Sinn sie noch nicht zu erkennen vermochten. Oder ein Perverser, der seine Lust an kleinen Kindern befriedigte. Wie auch an dem kleinen Jungen im HQ. Beide Fälle schienen miteinander verbunden, aber er konnte die gemeinsame Klammer noch nicht erkennen. Er hatte darauf gehofft, von Heini Informationen über ähnliche Fälle zu bekommen. Vielleicht ergab sich daraus ein Muster; kleine Kinder ermordet und geschändet auf die immer gleiche Weise. Material auch aus Belgien, Frankreich und aus den Niederlanden. Vielleicht führten die Spuren zu einem Kinderhändlerring.

Was hatte es mit dem unbekannten Jungen vom *Antrim Drive* auf sich? Eine blutige Angelegenheit, die der Täter nicht so einfach bewerkstelligt haben konnte. Auf jeden Fall musste er einen Platz zur Verfügung gehabt haben, der leicht zu reinigen sein musste. Ein gekachelter Raum. So ein Raum konnte überall sein. Eine Metzgerei, ein Operationssaal, eine Großküche. Ein Labor. Ja, und auch die nackten Räume einer Pathologie.

Und da war noch die Theorie, dass ein Groundhopper seine Leidenschaft für Fußballplätze mit seiner kranken Fantasie verband. Wo sollten sie ansetzen? So sehr er auch grübelte, Frank konnte sich die Frage nicht beantworten. Noch nicht.

IX.

Daniel C. Hünner legte Georg-Friedhelm Pietzek den Umschlag mit den Fotos auf den Restaurant-Tisch.

»Das sind die letzten. Sagen Sie das auch Ihren Freunden.«

Der IEA-Manager antwortete nicht. Stattdessen öffnete er den Umschlag einen Spalt breit. Dann legte er den Umschlag auf das gestärkte Tischtuch zurück. Seine fleischigen Hände flankierten das braune Packpapier. Ein Hund, der seine Beute bewacht, dachte Hünner.

»Hören Sie, Pietzek, die Sache ist zu heiß. Die Polizei schnüffelt bereits überall herum. Sie glauben gar nicht, was im Moment in der Stadt los ist.« Hünner spielte mit seinem Wasserglas. Das war es nicht allein. Er machte eine kleine Pause, bevor er weitersprach. »Mösges will aussteigen, und ich kann mir das auch nicht mehr leisten. Und ich will das auch nicht mehr.« Auf Hünners Rücken bildeten sich kleine Schweißperlen.

Pietzek sagte immer noch nichts. Stattdessen waren seine hellblauen Augen starr auf Hünner gerichtet.

»Ich bin nach München gekommen, um Ihnen zu sagen, dass es ab heute keine Fotos mehr gibt.«

Georg-Friedhelm Pietzek verzog seinen Mund zu einem kaum sichtbaren spöttischen Lächeln und schwieg weiter.

»Also, ich gehe dann.« Hünner spürte den stechenden Blick des Managers wie Nadeln auf seinem Gesicht. Er bekam Angst. Hünner spürte, dass das ganze Projekt in Gefahr war.

»Hören Sie«, der Mönchengladbacher Bauunternehmer sah aus dem Fenster, durch das er in der Ferne die Silhouette der Frauenkirche sehen konnte, »Sie müssen doch einsehen, dass wir Sie nicht auf ewig mit diesen Fotos beliefern können. Das ist auch für Sie viel zu gefährlich.«

Schweigen und stechende Blicke.

Er wollte nur noch weg von diesem Ort und von diesem Mann. »Wie gesagt, Sie haben jetzt Ihre Fotos. Ich gehe jetzt. Wir werden nie mehr über diese Angelegenheit sprechen.« Er spürte, wie sein Hemd an seinem nassen Rücken klebte. Langsam schob er seinen Stuhl zurück.

Krachend schlug Pietzek mit der flachen Hand auf den Tisch.

»Sie bleiben da. Ich bestimme, wann Schluss ist.« Pietzek hatte Hünner nicht aus den Augen gelassen.

Hünner blieb sitzen. Er wollte sich von Pietzek nichts befehlen lassen, andererseits hing von diesem Gespräch eine Menge ab.

»Sie machen so weiter wie abgesprochen. Ich denke, wir haben uns verstanden. Und lassen Sie uns jetzt endlich zum Geschäftlichen kommen. Ich habe nicht den ganzen Tag Zeit.«

Der Mönchengladbacher fühlte sich elend. Wäre doch nur Mösges mitgekommen! Zu zweit hätten sie Pietzek vielleicht umstimmen können. Aber so fühlte er sich hilflos ausgeliefert.

»Wie Sie meinen. Aber die Gefahr ist groß, dass die Sache schiefgeht.«

»Hören Sie endlich auf mit der Jammerei. Nichts geht schief. Sie werden die Nerven nicht verlieren, in Ihrem eigenen Interesse. Haben Sie mich verstanden?«

Daniel C. Hünner hatte verloren.

»Na, sehen Sie, alles wird gut.«

Pietzek lachte nun schallend und winkte dabei der Kellnerin, um eine zweite Flasche Wein zu bestellen.

Hünner wollte protestieren, hielt aber in der Bewegung inne.

»Sagen Sie mir, wie die Geschäfte in Mönchengladbach gehen. Sind die Ausschreibungen schon raus?« Pietzek trank einen Schluck Weißwein.

»Soweit ich weiß, sind die Unterlagen noch nicht vollständig. Die Verwaltung braucht sicher noch eine Woche, bis alles fertig ist.«

Pietzek zuckte mit den Schultern. »Solange die Absprachen eingehalten werden, ist mir das egal. Mir fällt ein, da hat schon ein paar Mal ein Redakteur der *Westdeutschen Zeitung* in meinem Büro angerufen. Er stellt merkwürdige Fragen nach unseren Beteiligungen und Projekten. Offenbar hat man ihm ein paar Informationen gesteckt. Haben Sie eine Ahnung, wer dahintersteckt? Der Typ fängt an, mir auf die Nerven zu gehen.«

Hünner wurde blass. Baumann! Dem langjährigen Lokalredakteur der WZ wurden intensive Kontakte zur Stadtverwaltung nachgesagt.

»Jetzt schauen Sie nicht so blöd. Er weiß nichts. Ich ärgere mich nur über seine ständigen Anrufe.«

»Ich kann mir das nicht erklären. Ich werde Mösges fragen.«

»Und sorgen Sie dafür, dass dieser Baumann nicht mehr anruft.«

Hünner nickte.

»Gut. Und, wie steht das mit den Grundstücken im Nordpark? Sind die schon überschrieben? Kaiser hat mir noch nichts berichtet.«

Hünner kannte Robert Kaiser aus mehreren Verhandlungsrunden. Ein ebenso undurchsichtiger wie harter Geschäftsmann. Das gleiche Kaliber wie Pietzek.

»Soweit mir bekannt ist, hat die GMG die einzelnen Verträge bereits unterschrieben.«

Der OB-Kandidat Hünner wusste, dass das nur bedingt stimmte. Die halbstädtische Grundstücksmanagementgesellschaft hatte in den vergangenen Monaten ihre liebe Not gehabt, die Verkäufe so zu verschleiern, dass selbst ein ausgefuchster Journalist wie Herbert Baumann oder die Opposition nicht hinter die Zusammenhänge kommen würde. Die großen Flächen auf dem alten Militärgelände waren in handliche Parzellen geteilt und an die unterschiedlichsten Firmen verkauft worden, die als potente Investoren aufgetreten waren. Ihnen gemein war ihr Anspruch, für ihre Bauvorhaben öffentliche Gelder beanspruchen zu können.

Nur Hünner und Mösges wussten, dass die Firmen zu einem bundesweiten Geflecht gehörten, von Kaiser und einigen wenigen sorgsam geknüpft, einzig um die genehmigten Fördermittel verschieben und so in private Taschen verschwinden lassen zu können.

Hünner hatte durchaus Hochachtung vor den Münchener Managern. Bisher hatte das Ganze nämlich bundesweit gut funktioniert. Soweit er das beurteilen konnte. Die Rechnungsprüfer oder jeweiligen Staatsanwaltschaften hatten bisher keinen Verdacht geschöpft. Selbst dann nicht, wenn Rechnungen und Löhne fällig wurden und diese Firmen regelmäßig kurz vorher in Konkurs gingen. Bislang hatte er sich nur noch nicht getraut, ähnlich zu arbeiten. Dazu hatte er doch zu wenig Vertrauen zu Mösges. Er würde die Münchener Aktivitäten erst noch einmal eine Weile beobachten, um dann zu entscheiden, ob er mit einem eigenen System auf das Karussell aufspringen sollte.

Am Anfang hatte er noch gedacht, mit seinem Wissen über Pietzeks Geschäftsgebaren ein Faustpfand in der Hand zu halten, das ihm einmal nützlich sein könnte. Aber er hatte schnell eingesehen, dass es tödlich sein könnte, diese Pietzeks und Kaisers zu Feinden zu haben.

»Das will ich hoffen, dass die GMG alles im Griff hat.« Pietzek sah Hünner von unten herauf an. In seinem Blick lag überraschenderweise so etwas wie Milde.

»Auf Mösges ist Verlass. Auch wenn das jetzt nicht so aussehen mag. Und was die GMG betrifft, haben wir als KFM den Laden im Griff.«

»Na, hoffentlich. Fehler können in diesem Geschäft tödlich sein. Gerade auch für einen künftigen Oberbürgermeister.«

Trotz der kaum verhüllten Drohung zwinkerte Pietzek Hünner zu, als habe er einen gelungenen Scherz gemacht.

»Was machen eigentlich die Vorbereitungen zu Ihrer Wahl?«

Daniel C. Hünner straffte sich, als habe man ihn soeben vor laufender Kamera um eine offizielle Bewertung der politischen Landschaft in NRW gebeten. Aber mehr als ein »Es läuft« kam ihm nicht über die Lippen. Er war irritiert, mit welcher Leichtigkeit Pietzek die Themen wechselte, so als betreibe er an diesem sonnigen Mittag in der Münchener Innenstadt lediglich eine gepflegte Konversation mit einem Geschäftspartner.

»Na, dann weiterhin viel Glück. Ich verspreche Ihnen, gewinnen Sie die Wahl, werden wir noch viel Spaß miteinander haben.«

Für Hünner klang der Satz wie eine Drohung.

»Wenn Sie Hilfe brauchen, lassen Sie es mich wissen. An einer Zuwendung für Ihren Wahlkampf soll es nicht scheitern.«

Er verstand nur zu gut, was der Chef der mächtigen IEA damit meinte.

»Wann fliegen Sie zurück? Heute abend?«

»Nein. Ich gönne mir eine kleine Auszeit. Ich fliege erst morgen zurück nach Düsseldorf.«

»Schön. Wenn Sie Abwechslung suchen, ich wüsste da etwas Nettes.«

Das konnte er sich vorstellen.

»Nein, danke. Ich möchte den Abend lieber alleine verbringen. Ich muss nachdenken.«

Georg-Friedhelm Pietzek machte eine gleichgültige Handbewegung und griff nach seinem Weinglas.

»Der Wein ist wirklich gut.«

...

Zur gleichen Zeit stand Alexander Rauh im Kabinentrakt unter der Dusche. Das Wasser war eiskalt. Er zitterte vor Kälte und vor Wut. Ein Mitspieler hatte ihn im Trainingsspiel kurz vor dem Strafraum übertrieben hart attackiert. Sofort hatte er den Schmerz in seinem rechten Knöchel gespürt. So ein Schwachsinn, im Training so hinzulangen. Nur mühsam hatte Alexander seinen Impuls unterdrücken können, auf den Teamkollegen loszugehen. Dafür war er zunächst auf dem Rasen liegen geblieben.

Auf dem Weg zur Kabine war Alexander an einigen Fans vorbeigekommen, die am Spielfeldrand das Training beobachtet hatten. Ihre Bemerkungen taten ihm weh. »Weichei« und »Loser« waren noch die harmlosesten Titel gewesen, die sie für ihn bereitgehalten hatten, dabei hatten sie höhnisch Beifall geklatscht. Mit gesenktem Kopf war Alexander wortlos an ihnen vorbeigegangen. Er hätte ihnen zu gerne entgegengeschrien, ihn in Ruhe zu lassen. Schließlich hatte sich ein älterer Mann ihm in den Weg gestellt und ihn als »arrogantes Arschloch« bezeichnet.

Die Kälte schmerzte auf seinem Körper. Alexander drehte das Wasser ab und begann auf dem Weg zu seinem Platz, sich abzutrocknen. Er hatte sich gerade das Badetuch um seine Hüften geschwungen, als er Paul Hefter bemerkte, der in der Tür zum Korridor stand.

»Musst du mich immer so erschrecken? Was willst du?«

Hefter nahm seine Brille ab und putzte die Gläser an seinem schmuddeligen T-Shirt. Umständlich setzte er sie wieder auf, bevor er antwortete.

»Nichts. Ich wollte dir nur sagen, dass das unfair war. Viel zu hart. Du darfst dich nicht verletzen. Wir brauchen dich noch. Hast du Schmerzen?«

»Es geht schon.« Alexander Rauh wunderte sich über Hefters Mitgefühl. »Das ist doch nicht der Grund, warum du hier herumschleichst?«

»Ich schleiche hier nicht herum. Ich tue nur meine Arbeit. Bald bin ich sogar noch öfter hier unten. Der Chef hat mir gesagt, dass ich sogar einen eigenen Raum bekomme. Ganz für mich alleine.«

Paul Hefter hatte offenbar den Vereinspräsidenten getroffen.

»Soso.«

»Ja, dann bin ich ein echter Angestellter.« Hefter klang stolz.

»Das glaubst du doch selbst nicht.«

»Doch, doch, das hat der Chef gesagt.«

Vermutlich hatte er Hefter im Vorbeigehen freundlich auf die Schultern geklopft und ein paar unverbindliche Worte fallen gelassen, aus denen Hefter nun seinen Anspruch auf einen eigenen Raum ableitete.

»Das ist doch prima.« Alexander Rauh wollte Hefter loswerden. Aber er wollte nicht zu hart sein. »Wie lange bist du schon bei uns?«

Das Vereinsfaktotum warf sich in die Brust. »Ich war schon als Kind am Bökelberg. Ich bin durch den Zaun gekrochen und habe die Spiele gesehen, ohne zu bezahlen.« Hefter grinste breit hinter seinen dicken Brillengläsern. Dabei bleckte er seine fleckigen Zähne. »Aber so richtig bin ich erst seit zwölf Jahren dabei. Aber seither jeden Tag.«

Alexander Rauh fragte sich, womit Hefter seinen Lebensunterhalt verdiente. »Dann gehörst du ja fast schon zum Inventar.«

Paul Hefter nickte stolz.

»Ist noch was?«

»Bin schon weg, Alexander.« Trotz seiner Ankündigung machte Hefter keine Anstalten zu gehen.

»Na dann!«

Hefter räusperte sich. »Ich wollte dir nur noch etwas sagen.«

»Ja?« Alexander wurde ungeduldig.

»Die Leute reden schon.«

»Die Leute reden schon?«

»Ja. Sie sagen, es war ein Fehler, dich zu behalten.«

»Mir ist egal, was die Leute sagen.« Er klang ungehalten. Dabei wusste er natürlich, dass er zuletzt nicht gut gespielt hatte.

»Ich habe eben am Trainingsplatz einen Reporter vom *Express* gesehen. Der hat eure Rangelei beobachtet und dann die Fans am Zaun befragt. Ob deine Zeit nicht längst abgelaufen ist. Lauter so ein Zeug.«

»Na und?«

»Ich mein ja nur. Nicht dass jetzt die Zeitungen anfangen, schlecht über dich zu schreiben.«

»Mach dir keinen Kopf. Das kriege ich schon wieder hin.«

»Du musst nur wieder gut spielen.«

»Jetzt fang du nicht auch noch an.«

»Du weißt, wie die im Präsidium auf die Zeitungen reagieren.«

»Woher willst du das wissen?«

»Ich habe gehört, wie der Chef letztens über dich gesprochen hat.« Hefters Augen wurden hinter den Brillengläsern immer größer.

Alexander Rauh setzte sich auf seinen Platz. Er wollte mehr wissen. »Erzähl, was hast du gehört?«

»Ich will ja nicht quatschen, aber mir tut das Gerede in der Seele weh.«

»Nun mach schon.« Hefter war doch nur ein dummer August. Wie sollte der schon an wichtige Informationen kommen, dachte Alexander.

»Der Chef hat gesagt, dass du ein wichtiger Teil der Mannschaft bist. Und dass man dich nicht verlieren will.«

»Ist das alles? Das ist ja eine Riesensensation.« Rauh klang ironisch.

»Wenn du es nicht wissen willst, brauche ich ja nicht weiter zu erzählen.« Hefter zog ein beleidigtes Gesicht. »Ich habe gedacht, dass du das wissen solltest.«

»Ist ja schon gut. War nicht so gemeint. Erzähl ruhig weiter. Ich bin ganz Ohr.« Der Abwehrspieler konnte nicht verhindern, dass sich ein spöttischer Unterton in seinen Sätzen festgesetzt hatte.

»Natürlich stehe in einer aufstrebenden Mannschaft jede Position immer auf dem Prüfstand. Auch die eines erfahrenen Abwehrchefs. Und dass du sicher noch eine Saison spielen könntest.«

»Das klingt doch gut.«

»Ich bin noch nicht fertig. Denn ein Reporter hat dann gefragt, ob deine Stellung innerhalb der Mannschaft wirklich so gefestigt ist. Und ob der Trainer an dir festhält. Es gäbe Gerüchte, dass er für die kommende Saison nichts mehr mit dir plant. Da hat der Chef nur so leicht gegrinst und gesagt, dass er die Gerüchte auch gehört habe, sie aber nicht kommentieren wolle.«

»Na, da brauche ich mir doch keine Sorgen zu machen.« Alexander versuchte optimistisch zu klingen, dabei wurde ihm kotzschlecht. Er stand offenbar wieder auf der Abschussliste. Er hatte es geahnt.

Andererseits, vielleicht wäre das die Chance, um auszusteigen aus diesem scheinheiligen Geschäft, und in Hünners Firma zu wechseln. Dass er doch nicht mit einem Paukenschlag von der Fußballbühne abtreten würde, wäre ihm auch egal, entschied Rauh spontan. Alexander fühlte sich mit einem Mal leicht. Die nächsten Wochen würden turbulent werden, dass konnte er sich gut vorstellen. Aber das würde ihm nichts ausmachen.

»Danke, Hefter. Nett von dir.« Alexander klang fast fröhlich.

»Keine Ursache. Ich dachte, es ist wichtig für dich.«

»Na, klar.«

»Du bist ein guter Spieler. Du darfst nicht gehen.«

Alexander mochte dieses anbiedernde Schulterklopfen nicht. Davon hatte er in seiner Karriere schon genug erlebt. Aber diesmal taten ihm die Worte gut. Es war schon länger her, dass er sie gehört hatte.

»Danke.«

»Weißt du noch, ’95 gegen Hamburg? Als du am Torpfosten gestanden hast und diesen Eckball aus dem Tor gehauen hast? Und dann hast du das beste Kopfballtor gemacht, dass ich je gesehen habe. Direkt links oben in den Winkel. Unhaltbar. Und aus der Position fast unmöglich. Aber du hast es gemacht. Das werde ich nie vergessen.«

Alexander Rauh schmunzelte. »Ja. Ich erinnere mich noch gut. Wir haben knapp mit 2:3 gewonnen. Knapp, aber gewonnen.«

»Ich habe alle Berichte darüber gesammelt. Wenn du willst?«

Nun wurde es ihm doch zuviel. Am Ende dachte Hefter womöglich noch, mit ihm befreundet zu sein. »Danke. Vielleicht ein anderes Mal.«

»Mach ich wirklich gern. Ist keine Arbeit. Nur ein Griff.«

»Nein, danke.«

»Wie du willst. Vielleicht ein anderes Mal.« Paul Hefter machte einen beleidigten Eindruck. »Musst du ja selbst wissen.«

»Meinetwegen, bring die Artikel morgen nach dem Training vorbei.« Alexander wollte Hefter jetzt nur loswerden.

»Gerne.« Paul Hefter sah zufrieden aus. »Ich muss jetzt aber los. Für den Chef ein paar Besorgungen machen. Außerdem will ich nachher noch die Kacheln in der Dusche schrubben. Die haben es dringend nötig.«

Alexander sah Hefter hinterher. Der Dicke sah aus wie ein fröhlicher kleiner Junge, der mit kindlichem Ernst ganz bei der Sache war.

...

»Bitte, Daniel, bitte lass das. Du tust mir weh.«

Daniel C. Hünner zog ungerührt die Fesseln fester um Sabrina Genengers Handgelenke. Dabei vermied er, sie anzusehen. Wortlos drehte er sich um und verließ den Raum.

»Daniel! Komm zurück. Bitte! Daniel!« Sie versuchte vergeblich mit ihren Füßen zu strampeln. »Es riecht eklig und ich habe Angst.«

Aber Daniel C. Hünner hörte ihre Schreie längst nicht mehr. Er sah zum Himmel. Es sah nach Regen aus. Gut.

Trotzdem machte er sich Sorgen. Er hatte sich mit Sabrina zwar nur selten in der Öffentlichkeit gezeigt, und die Leute wussten auch, dass er reichlich Gebrauch machte von seiner Anziehungskraft auf vorwiegend jüngere Frauen, aber man konnte nie sicher sein. Zudem wusste seine Sekretärin, dass sie ganze Wochenenden zusammen gewesen waren. Sie hatte mehrfach zwei Tickets für Flüge nach Nizza oder London gebucht.

Er musste sehr vorsichtig sein. Wenn er von der Polizei gefragt würde, hätte er ohne zu zögern eine ziemlich einleuchtende Erklärung für die Beamten parat. Die hatte er sich schon zurechtgelegt. Er würde ihnen erzählen, dass er natürlich Sabrina kannte und auch schon mal ein Wochenende mit ihr verbracht hatte. Und das er wusste, dass sie hin und wieder eine Auszeit brauchte, und dann ohne Bescheid zu sagen für ein paar Tage spurlos verschwand. Wohin, das hatte sie ihm nie erzählt, würde er angeben. Und dass er eine Vermutung hatte, obwohl er nie ausdrücklich nachgefragt hatte. Er würde dann mehr beiläufig eine »verflossene Liebe« ins Gespräch bringen, zu der sie scheinbar immer noch ein freundschaftliches Verhältnis hatte. Den Namen wisse er leider nicht. Ihn habe das »Verhältnis« nie gestört. Sabrina sei eine erwachsene Frau mit einer eigenen Geschichte. Er wisse nur, Sabrina habe einmal erwähnt, dass der Mann irgendwo in Frankreich lebe. Und er wisse von gelegentlichen Briefen. Nein, wirklich Sorgen habe er sich nie gemacht. Schließlich sei sie nach einiger Zeit immer wieder aufgetaucht. Und es bestehe zu ihr, wie gesagt, bisher nur eine lockere Verbindung.

Er habe sich also noch keine Sorgen gemacht, würde er sagen. Sie werde bestimmt wieder auftauchen. Schließlich, und das würde er nur im äußersten Notfall und unter dem Siegel der Verschwiegenheit erklären, hätten sie einen ersten längeren gemeinsamen Urlaub geplant, um sich noch besser kennenzulernen. Er trage sich nämlich mit dem Gedanken, Sabrina Genenger zu heiraten. Denn nach seiner Wahl würde er eine attraktive Frau an seiner Seite brauchen. Und Sabrina – an dieser Stelle würde er den Polizeibeamten, sozusagen von Mann zu Mann, zuzwinkern – sei immerhin eine sehr hübsche und begehrenswerte Frau, um die man ihn beneiden werde. Er würde dann lachen und die Beamten zu einem Kaffee in die *Sportsbar* »gleich um die Ecke« einladen.

Bei der Gelegenheit würde er ihnen klarmachen, dass er einen guten Draht zum Polizeipräsidenten habe. Und dass er nämlich von ihm quasi inoffiziell gebeten worden sei auszuloten, ob ein Umzug des Präsidiums von der Theodor-Heuss-Straße auf das ehemalige Bundeswehrgelände an der Kaldenkirchener Straße überhaupt Sinn mache. Spätestens diesen Wink würden die Kriminalbeamten mit Sicherheit verstehen und ihn anschließend in Ruhe lassen. Als äußerstes Mittel, um sich lästige Fragen vom Hals zu halten, hatte er dann immer noch *seinen* KFM-Landtagsabgeordneten in der Hinterhand, der beste Verbindungen zum Innenministerium hatte. Spätestens dann würde auch dem letzten kleinen Schnüffler klar werden, dass Daniel C. Hünner ein ehrenwerter, über jeden Zweifel erhabener und einflussreicher Bürger dieser Stadt war, den man nicht ohne ernsthafte Konsequenzen behelligte.

Nein, er hatte keine Angst vor der Polizei. Wozu auch? Und seine Geschichte kannte er längst auswendig, um bei einer Befragung nicht unsicher und unglaubwürdig zu wirken. Er würde den Beamten auch ohne weiteres den Schlüssel zu ihrer Anrather Wohnung geben.

Der Erbe einer traditionsreichen wie einflussreichen Mönchengladbacher Unternehmerfamilie war nun doch mit sich zufrieden. Unbehelligt kam er zu seinem Wagen zurück und öffnete entschlossen die Fahrertür. Er hatte eine Lösung gefunden. Bisher hatte er in seinem Leben noch für jedes Problem eine Lösung gefunden. Diese Gewissheit hatte er von seinem Vater mit auf den Weg bekommen. Sein Vater war zwar ein Tyrann gewesen, ein Mann mit harter Hand und drakonischen Maßnahmen. Aber das hatte aus Daniel C. Hünner am Ende den harten Geschäftsmann gemacht, der mühelos in der Lage war, die Familienfirma fortzuführen. Mit dieser Gewissheit stieg der Unternehmer in seinen Wagen ein und fuhr in sein Büro zurück. Sabrina Genenger hatte er da schon fast vergessen.

Auf Höhe des zum Teil eingerüsteten Münsters schaltete Hünner das Handy ein und rief über die Freisprechanlage seine Sekretärin an.

»Was steht heute noch an?«

...

Frank Borsch und Michael Eckers saßen im Erker des *Valentino* vor ihrem Milchkaffee. Das Mönchengladbacher In-Café war um diese Zeit bis auf den letzten Platz gefüllt. An den Tischen saßen zumeist Frauen, die sich zum Shoppen verabredet hatten und ihren gemeinsamen Vormittag mit Kaffee und einem kleinen Frühstück beginnen wollten. Einen Tisch hatten ein paar Jugendliche belegt, die offenbar ihre Freistunde für einen schnellen Latte Macchiato nutzten.

Die beiden Freunde hatten bewusst das Präsidium verlassen, um abseits der schmucklosen grauen Flure und der Enge ihres Büros in Ruhe über den bisherigen Verlauf ihrer Ermittlungen reden zu können. Sie hatten im Laufe der Jahre schon mehrfach festgestellt, dass ab und an eine andere Umgebung ihren Gedanken und ihrer Kreativität guttat.

An diesem Morgen aber war alles anders. Frank war müde und übernächtigt zum Dienst gekommen und eher lustlos mit Ecki in die Stadt gefahren. Bislang hatte er noch nicht viel gesprochen. Meist hatte er gedankenverloren aus dem breiten Fenster des Cafés auf die Hindenburgstraße gestarrt. Er hatte kaum die Kellnerin wahrgenommen, die ihnen mit einem freundlichen Lächeln den Kaffee serviert hatte. Ohne hinzusehen rührte Frank nun in seiner Tasse.

»Was ist los?« Ecki nippte vorsichtig an seinem heißen Kaffee.

Frank blieb stumm und beobachtete scheinbar interessiert den Betrieb in der Fußgängerzone.

»Sag schon, Frank, was ist los?«

Frank sah in den Raum hinein und beobachtete die voll besetzten Tische, bevor er sprach. »Die beiden toten Kinder hatten auch Eltern. Wie müssen Sie sich fühlen?«

»Dich scheint es ja wirklich erwischt zu haben. Das sind ja wahre Schwangerschaftsdepressionen. Kannte ich bisher nur von Frauen.«

»Ecki, du nimmst mich nicht ernst.«

»Natürlich tue ich das. Schließlich bin ich dein Freund. Und, habt ihr nun endlich einen neuen Bassisten?« Ecki wollte seinen Freund ablenken. Nach all der gemeinsamen Zeit tat er sich immer noch schwer, mit Franks Melancholie und Zweifeln richtig umzugehen.

»He, ich glaube, ich habe unrecht gehabt. Der Typ ist ein Kracher.«

»Erzähl.«

»Na, viel gibt's nicht zu erklären. Er hat vorgespielt, und nach einer Viertelstunde war es, als ob er immer schon bei uns war. Stell dir vor, Wimo, eigentlich heißt er Wilfried, hat die meisten Stücke schon drauf. Wenn er sich so weiterentwickelt, Mann! Auch die anderen sind total begeistert von ihm.«

»Klingt super. Ihr müsst wirklich froh sein.«

»Kann man wohl sagen.« Frank trank seinen Kaffee aus.

»Nicht, dass ihr noch berühmt werdet.« Ecki zwinkerte Frank zu. »Habt ihr nun endlich eine neue Wohnung?«

»Sieht so aus.«

»Das sagst du so nebenbei? Mensch, das ist doch klasse. Geht also doch voran. Und wo?«

»Es ist keine Wohnung. Es ist ein ganzes Haus. '30er-Jahre-Stil. In Dohr. Wir haben in zwei Wochen noch mal einen Termin mit dem jetzigen Besitzer und dem Architekten. Lisa hat die Adresse von einer Kollegin.«

»Das alles so nebenbei. Das hättest du mir längst mal erzählen können.«

Frank zuckte mit den Schultern. »Ist mir einfach dadurch gegangen. War keine Absicht. Du wirst noch früh genug erfahren, wann und wo du beim Renovieren helfen musst.«

Ecki grinste und schwieg.

»Ich denke, dass wir bis zum Einzug noch eine ganze Zeit brauchen werden. Das Kind ist dann bestimmt schon ein paar Monate alt.«

»Klingt so, als hättet ihr euch schon entschieden. Und, was machst du mit deinem MGB?« Ecki konnte sich nun doch einen sarkastischen Unterton nicht verkneifen.

»Nee, das ist in der Tat noch ein Problem. Da habe ich mich noch nicht entscheiden können. Ich habe schon überlegt, ihn auf dem Gelände des PP vorübergehend einzumotten. Unser Schirrmeister findet sicher ein Plätzchen. Ich würde mich wirklich nur ungern von dem Auto trennen.«

»Der Schirrmeister ist nicht das Problem, eher die Verwaltung. Wenn ich mir vorstelle, dass Laumen das entscheiden soll, weiß ich schon jetzt, dass der alle möglichen Vorschriften hervorkramt, um das zu verhindern.«

»Laumen, der staubt doch. Der wird mich mit Sicherheit nicht davon abbringen. Möchtest du noch einen Kaffee?«

»Warum nicht?«

Bevor Frank der Kellnerin winken konnte, klingelte sein Handy.

»Borsch. Wer stört?«

Es war ein Kollege von der KTU. Frank hörte schweigend zu, dann trennte er die Verbindung.

»Der Bericht ist da. Unser Skelett vom Bökelberg hat ein Gesicht.«

Zwanzig Minuten später hatte Frank die dicke Mappe aufgeschlagen, die auf seinem Schreibtisch schon auf ihn gewartet hatte.

Konzentriert blätterte Frank durch die Seiten. Ab und zu schüttelte er den Kopf. Dann wieder blätterte er einige Seiten zurück und fuhr mit dem Finger über die Zeilen. Die beigehefteten Fotos nahm er aus dem Ordner und hielt sie abwechselnd hoch, um sie besser betrachten zu können.

Ecki wartete ungeduldig darauf, endlich auch einen Blick in die Unterlagen werfen zu können.

»Das ist unglaublich, Ecki. Sieh dir die Bilder an. Endlich haben wir ein Gesicht. In den nächsten Tagen bekommen wir noch ein Kunststoffmodell des Kopfes.« Frank schob seinem Kollegen mehrere Papierabzüge hin.

Die Fotos sahen aus wie Porträtaufnahmen in verschiedenen Stadien.

»Sieht ein bisschen arg künstlich aus, oder?« Ecki schob die Bilder auf seinem Schreibtisch hin und her.

»Findest du?«

»Na, ein bisschen schon.« Er hielt ein Foto hoch.

»Für meine Begriffe ist das schon ein ziemlich guter Schnappschuss.« Frank sah nur kurz hoch, um dann wieder in dem Aktenstück zu blättern. »Was die Wissenschaftler nicht alles können. Hut ab. Hör mal: Zuerst haben sie jeden einzelnen Knochen gescannt, dreidimensional. Dann haben sie die Knochen am Computer zusammengefügt. Es gibt sogar eine Software, mit der man eine virtuelle Fahrt durch den Schädel unternehmen kann. Wo ein Knochen fehlte, wurde einfach sein Spiegelbild eingesetzt. Um das Bild zu vervollständigen, haben sie bekannte Daten anderer Kinderschädel genommen. So wurde der Kopf am Ende plastisch.«

Ecki hatte nur mit einem Ohr hingehört. Er hatte sich ganz auf das Bild des kleinen Mädchens konzentriert. »Was hast du gesagt?«

»Um das Kunststoffmodell anfertigen zu können, haben sie die sogenannte Stereolithografie benutzt. Dabei wird flüssiger Kunststoff mit Hilfe von Laserstrahlen so gehärtet, dass ein exaktes Schädelmodell entsteht, in dem man sogar die inneren Strukturen des Schädels sehen kann.«

»Hm.«

»Mensch, Ecki, du könntest wirklich mal zuhören.«

»Den Rest kann ich gleich selber lesen.«

»Pass auf: Wenn man nun die Daten der Weichteile eines Menschen erfasst und mithilfe eines speziellen Bildbearbeitungsprogramms auf die Skelettdaten projiziert, kommt man am Ende zu dem Ergebnis, das du nun in Händen hältst.«

»Unglaublich.« Ecki legte die Fotos zurück auf den Tisch.

»Ich denke, dass wir mit dem Schädel weiterkommen. Wir gehen damit an die Presse. Vielleicht meldet sich jemand.«

»Dann sollten wir nicht länger mit einer Veröffentlichung warten.« Ecki ließ seinen PC hochfahren, um ihrem Pressesprecher Hans-Peter Wirtz eine Mail zu schicken.

»Lass uns erst mit Böllmann sprechen.«

»Stimmt.«

»Im Bericht steht noch mehr. Dass es sich bei dem Skelett um ein weibliches handelt, haben wir ja schon gesehen. Das Mädchen muss um die zehn Jahre alt gewesen sein. Also doch kein Kleinkind. An den Rippenknochen und am Rückgrat haben die Pathologen Spuren von scharfen Gegenständen gefunden.«

»Wie bei dem Jungen.«

»So sieht es aus.«

»Grausig. Also ein Täter.«

»Ein Täter oder eine Tätergruppe.«

»Hier steht auch noch, dass das Mädchen altersentsprechend entwickelt war. Außer den üblichen Kinderkrankheiten war die Kleine bis zu ihrem Tod kerngesund.« Frank schlug die Mappe zu.

»Zu der möglichen Herkunft des Kindes steht aber nichts in dem Bericht, oder?«

»Nee. Außer, dass sie ein nordeuropäischer Typ gewesen sein muss, steht hier nichts.« Frank stützte seine Unterarme auf der Schreibtischplatte ab und starrte auf den ausgeschalteten Bildschirm seines PCs.

»Was denkst du?«

»Ist dir aufgefallen, wie hübsch das Mädchen war?«

Ecki nahm ein Foto, um es genauer zu betrachten. Das Mädchen hatte große blaue Augen und sah ernst in die Kamera. Ihr Blick hatte etwas Lausbübisches. Dazu passten die schulterlangen Haare. Sie hatte einen schönen vollen Mund und ein markantes Kinn. Ecki konnte ihre großen Schneidezähne erkennen. Ein fröhliches Kind. Aber das Kind war tot. Schon seit zehn Jahren, verscharrt in einem Fußballstadion. Würde der Bökelberg nicht abgerissen, wäre sein Schicksal möglicherweise nie ans Tageslicht gekommen.

»Ein hübsches kleines Ding.«

»Ob ihr das zum Verhängnis geworden ist?«

»Du meinst, der Täter steht auf kleine blonde Mädchen?«

»Zumindest auf nett und niedlich aussehende Kinder. Der Junge aus dem HQ muss zu Lebzeiten auch nett ausgesehen haben. Sieh dir seine Fotos doch mal an.«

»Ich rufe Böllmann an. Vielleicht hat er gleich noch Zeit für uns. Ich denke, bei den Neuigkeiten wird er jede Sitzung unterbrechen. Und wir sollten Colonel Digby informieren.«

...

»Hast du das Bild gesehen? Es ist überall. Sogar im Frühstücksfernsehen. Überall Hanna. Hanna ist zurückgekommen.«

»Und wenn schon! Nun reg dich nicht so auf. Sie werden niemals herausfinden, dass es die Kleine von damals ist.«

»Es ist wirklich Hanna. Nur die Augenfarbe stimmt nicht, und die Haare waren länger. Mensch, ich habe Angst. Die haben Hanna ausgegraben, und sie werden bald wissen, wer sie ist. Wir müssen das verhindern.«

»Verhalte dich still. Wenn du zuviel Interesse zeigst, machst du dich sofort verdächtig. Bloß keine Panik. Sonst machst du Fehler. «

»Warum sagst du immer ›du‹? Du hängst in der Sache genauso mit drin. Und zwar tiefer, als du denkst. Lass dir etwas einfallen! Schließlich hast du die ganzen Kontakte. Wir müssen was tun. Ich habe es gewusst. Die ganze Zeit habe ich es gewusst! Irgendwann würde Hanna auftauchen. Ausgerechnet jetzt. Es geht alles den Bach runter.«

»Ich werde schon eine Lösung finden. Bisher ist mir noch immer etwas eingefallen. Ruhe ist jetzt das Wichtigste. Jetzt nur nicht durchdrehen.«

»Wir dürfen jetzt nicht mehr telefonieren. Das ist zu gefährlich. Wer weiß, vielleicht werden wir schon abgehört.«

Bevor er etwas sagen konnte, machte es »klick« in der Leitung.

...

Daniel C. Hünner arbeitete sich durch die Post. In den vergangenen Tagen war er nur selten im Büro gewesen und hatte sich kaum um seine Firma kümmern können. Dabei konnte er sich das eigentlich nicht leisten. Die Zusammenarbeit mit der IEA wurde immer intensiver. Einerseits war er froh, dass die Planungen für das Einkaufszentrum endlich konkret wurden, andererseits hatte er einige Dinge zu erledigen, die für seine Zukunft wichtiger waren als Bauanträge stellen et cetera. Außerdem forderte die Fraktion ihr Recht. Und er musste er sich um seine Strategie für den anstehenden Wahlkampf kümmern. Ganz zu schweigen von seinem Problem, das immer noch einer Lösung harrte. Sabrina. Er konnte Sabrina einfach vergessen. Er war schon zwei Tage nicht mehr bei ihr gewesen. Was wäre, wenn er einfach nicht mehr hinginge...

Daniel C. Hünner war mittlerweile weit davon entfernt, so etwas wie Mitleid für Sabrina zu empfinden. Abwarten, ja abwarten, bis sich das Thema von selbst erledigte. Das war das Beste für ihn und für Sabrina.

Daniel C. Hünner streckte sich. Er hatte seine Lösung gefunden. Er würde Sabrina Genenger einfach aus seinem Leben ausblenden.

Es klopfte.

»Ja?«

Seine Sekretärin steckte ihren Kopf durch den schmalen Türspalt. »Entschuldigen Sie bitte, Herr Hünner. Herr Feusters ist da.«

»Bitten Sie ihn herein und machen Sie uns bitte zwei Kaffee.«

Dirk Feusters war PR-Berater. Der Korschenbroicher war von der Partei mit der Konzeption der Wahlkampagne der KFM beauftragt worden.

»Herr Feusters! Schön, dass Sie da sind. Ich freue mich wirklich, Sie zu sehen.« Er kam Feusters mit ausgestreckter Hand und einem betont federnden Schritt entgegen. Er wollte einen positiven Eindruck machen. Feusters sollte schon beim ersten Treffen merken, dass ein Daniel C. Hünner der geborene Politiker und der geborene Gewinner war.

»Guten Tag, Herr Hünner.« Dirk Feusters wies mit einer Hand in das Büro des Unternehmers. »Sehr geschmackvoll. Hell und klar strukturiert. Diese transparenten Bilder gefallen mir. Sie passen zu Ihnen.«

Hünner fühlte sich geschmeichelt. Er führte den PR-Berater zur Sitzgruppe und setzte sich. Dirk Feusters knöpfte sein eng geschnittenes schwarzes Sakko auf und setzte sich ebenfalls. Lässig schlug er die Beine übereinander, die in schwarzen Stiefeletten steckten.

Es klopfte. Hünners Sekretärin erschien mit einem Tablett.

»Möchten Sie rauchen, Herr Feusters?« Hünner dirigierte seine Sekretärin mit einem Kopfnicken.

»Nein, danke. Ich rauche nicht.«

Hünner hatte das Gefühl, einen Fehler gemacht zu haben. Er wartete, bis die Sekretärin den Raum verlassen hatte, und räusperte sich dann. »Herr Feusters, wie sollen wir unsere Kampagne nun angehen? Wir haben zwar noch etwas Zeit, aber wir sollten jetzt loslegen.«

Dirk Feusters beugte sich vor. »Deshalb bin ich hier.«

Hünner beugte sich ebenfalls vor. Er hielt mitten in der Bewegung inne, denn er merkte, dass er Feusters Verhalten imitierte. Er ließ sich in das Polster zurückfallen. »Ich bin gespannt. Sie haben ja beste Referenzen. Womit fangen wir an?«

Der PR-Berater nahm das Lob mit einem kaum merklichen Kopfnicken zur Kenntnis. »Sagen Sie mir, womit wir beginnen sollen. Was ist Ihr Anliegen? Was sind Ihre größten Defizite?«

Hünner nahm seinen Arm von der Lehne und drückte seinen Rücken durch. »Mein lieber Herr Feusters. Das ist Ihr Job. Sie sollen mir sagen was ich tun muss, um die Wahl zu gewinnen. Sie müssen ein Konzept entwickeln. Die KFM hat Sie engagiert, um aus dem Wahlkampf eine sichere Nummer zu machen. Wir sind zwar von unserem Erfolg überzeugt, aber es soll am Ende nicht doch noch an Dingen scheitern, die wir nicht im Blick gehabt haben. Deshalb sind Sie hier. Also?«

»Gut. Sie haben bewiesen, dass Sie ein Mann mit Emotionen sind. An diesem Punkt setzen wir an. Wir verkaufen Sie nicht nur als kompetenten Fachmann in Sachen Bauprojekte, sondern auch als sensiblen Menschen, mit viel Gespür für die Sorgen und Nöte der Bürger in Mönchengladbach. Sie werden sehen, dass bringt Ihnen mindestens zwei Prozentpunkte zusätzlich. Die Bürger werden Sie als ›Stadtvater‹ im besten Sinn erleben.« Dirk Feusters sah zufrieden aus.

»Das klingt nicht gerade überzeugend. Das ist nicht neu. Das habe ich selbst schon tausendmal erlebt.« Hünner war wieder Herr der Lage.

»Ich werde Sie natürlich noch näher kennenlernen, Herr Hünner. Das ist klar. Damit ich Ihre Besonderheiten auch herausstellen kann.«

»Wie soll das gehen? Wollen Sie die kommenden Tage in meinem Büro verbringen? Dazu habe ich keine Zeit. Das sage ich Ihnen gleich.«

»Ich glaube nicht, dass das nötig sein wird. Ich habe eine gute Menschenkenntnis, und ich habe jetzt schon eine Menge über Sie gelernt. Und ich kann Ihnen schon jetzt versichern, dass wir, wenn ich das schon an dieser Stelle sagen darf, Erfolg haben werden.«

»Das ist mir nicht konkret genug. Was genau tun wir?«

Dirk Feusters sah sich um. »Nun, wir werden als erstes eine Fotoserie machen, die Sie in unterschiedlichen Situationen zeigt. Wir werden in Ihrem Büro beginnen. Das ist der richtige Rahmen. Die Fotos brauchen wir für die Pressetexte. Damit bestimmen wir die Bildaussage. Die Printmedien werden froh sein, wenn sie aktuelles Bildmaterial nutzen können. Das dazu noch kostenlos ist. Natürlich werden bei aktuellen Terminen auch Fotografen dabei sein, deshalb werden wir an Ihrer Körpersprache und an Ihrem Outfit arbeiten. Ich möchte Ihnen nicht zu nahe treten, aber in Ihrem Anzug wirken Sie doch eher etwas steif.«

Hünner wollte Feusters unterbrechen, besann sich dann aber.

»Ja, und dann arbeiten wir das ganze Programm ab: Hintergrund- und Kamingespräche mit wichtigen Journalisten, Expertenrunden im lokalen Rundfunk zu wichtigen Themen. Anzeigenkampagnen, wir werden beim WDR Themen und Termine platzieren. Ich bin davon überzeugt, dass wir genug Anlässe für positive Nachrichten bieten können.« Dirk Feusters lehnte sich zurück.

Mehr als den Standard hatte er Hünner noch nicht geboten. Aber das würde ausreichen, um dem eitlen Pfau eine Bühne zu bieten. Im Notfall konnte er immer noch die ein oder andere Idee aus dem Hut zaubern. Er war davon überzeugt, dass er mit Hünner ein leichtes Spiel haben würde. Keine große Sache und damit leicht verdientes Geld.

»Das klingt doch schon mal deutlich besser. Das gefällt mir. Besonders das mit dem WDR. Mit dem habe ich immer schon meine Schwierigkeiten gehabt. Wenn Sie mir da weiterhelfen können, das wäre schon was. Meinen Sie wirklich, Sie schaffen das?«

Feusters winkte lässig ab. »Ach, wissen Sie, die kochen auch nur mit Wasser. Außerdem kenne ich den ein oder anderen Journalisten, der mir noch etwas schuldig ist. Ich habe da überhaupt keine Bedenken.«

»Fein. Wir können da direkt ansetzen. Ich werde mich in der kommenden Woche intensiv mit der geplanten Ortsumgehung L 19n beschäftigen. Sie kennen das Thema?«

»Nicht direkt.«

»Jedenfalls ist es so, dass wir die A 44 in Höhe Odenkirchen an die Fortführung der Autobahn am Flughafen anbinden müssen. Da das mit dem geplanten Trassenstück der A 44 leider nicht geht, müssen wir die Landstraße durchsetzen.«

»Spannend.« Dirk Feusters sah unbeeindruckt aus.

»Und ziemlich schwierig. Der Protest ist nämlich heftig.«

»Kriegen wir hin. Versprochen.«

Dieser Feusters strotzte ja förmlich vor Selbstbewusstsein. Er musste sehr von seiner Arbeit und seinen Kontakten überzeugt sein. Alle Achtung, dachte Hünner. Seine Fraktion hatte ihm den richtigen Mann an die Seite gestellt. Er fühlte, wie Feusters Zuversicht auf ihn übersprang. »Ich bin froh, dass wir uns getroffen haben. Möchten Sie ein Glas Sekt, oder lieber etwas stärkeres?«

Feusters hob abwehrend die Hände. »Nein, danke. Bitte, bleiben Sie sitzen. Ich trinke für gewöhnlich keinen Alkohol so früh am Tag. Außerdem sollten wir uns den Sekt für den Wahlabend aufheben.«

»Richtig. Das sollten wir tun. Dann feiern wir aber umso kräftiger.«

Feusters lächelte dünn. »Wir werden den politischen Gegner schon in Schach halten. Ich habe mich bereits mit Ihren Gegenkandidaten beschäftigt. Ich sehe derzeit niemanden, der uns gefährlich werden könnte. Es wird uns nichts aufhalten können.«

Hünner fühlte sich wohl in Feusters Gegenwart. Die Art, wie dieser PR-Berater von ›wir‹ sprach, hatte etwas Beruhigendes.

»Nun, es gibt nur ein Problem, das uns aufhalten könnte.« Feusters musterte Hünner eindringlich.

»Wie meinen Sie das?«, fragte Hünner wachsam.

»Wenn Sie eine Leiche im Keller haben, sollte ich das wissen.«

Der Unternehmer strich sich mit einer fahrigen Bewegung über seine Krawatte, sagte aber nichts.

Feusters lachte. »Keine Angst. Sie brauchen nicht blass zu werden.«

»Nein, nein. Keine Sorge, ich bin sauber. Ich habe es immer verstanden, mich aus allen Intrigen herauszuhalten. Ich habe keine Leichen im Keller, und auch nicht anderswo.« Er lachte laut. Er hatte einen Scherz gemacht, und Feusters sollte mit ihm lachen.

Feusters blieb ernst. »Sind Sie sicher? Man munkelt, dass Sie einen direkten Draht zur IEA haben. Dass Sie deren Manager zu sehr hofieren. Und ihnen zu viele Zugeständnisse machen. Manch einer meint, dass Sie angesichts der riesigen Probleme der Stadt zu weit gehen.«

Hünner richtete sich auf. »Ach, wissen Sie, das sind die üblichen Gerüchte. Ich habe mit der IEA nur insofern zu tun, als dass ich es geschafft habe, die Münchener für unsere Stadt zu interessieren. Ich habe mich mit den Managern nicht öfter als nötig getroffen. Sie können getrost vergessen, was Sie gehört haben. Das sind nur billige Unterstellungen. Es gibt keine Geheimnisse. Die IEA hat sich für den Bau dieses für die gesamte Region zukunftsweisenden Projekts entschlossen, weil sie von dem wirtschaftlichen Potenzial überzeugt ist, das durch das Einkaufszentrum freigesetzt wird. Die Münchener sind Profis. Die interessiert nur Soll und Haben. Und wir werden mit dem Projekt auf der Haben-Seite stehen.«

»Gut gesprochen, Herr Hünner. Aber Sie müssen nicht mich, Sie müssen Ihre Wähler überzeugen. Und die brauchen Sichtbares und Greifbares, um Ihnen folgen zu können.«

»Was schlagen Sie vor?«

Bevor Feusters antworten konnte, klopfte es, und Hünners Sekretärin stand in der Tür. »Entschuldigen Sie bitte die Störung. Aber ich habe Alexander Rauh in der Leitung. Er würde Sie gerne sprechen, Herr Hünner.«

Ausgerechnet jetzt, dachte Hünner. »Sagen Sie ihm bitte, dass es jetzt ganz schlecht ist. Er möchte in einer Stunde hier im Büro sein.«

Die Sekretärin nickte und schloss leise die Tür.

»Alexander Rauh, der Abwehrspieler. Ich weiß schon, was er will.« Hünner beugte sich verschwörerisch vor. »Nur für Ihre Ohren: Rauh wird für mich arbeiten. Er wird nach seiner aktiven Zeit Repräsentant meines Unternehmens. Die Kunden stehen auf so was.«

Dirk Feusters deutete einen kurzen Applaus an. »Bravo. Damit binden Sie viel Sympathie an Ihre Firma. Bundesligaspieler üben immer eine ungeheure Faszination auf die Leute aus. Gratuliere.«

»Danke, danke. Ich habe auch ohne PR-Experten manchmal eine gute Idee. Pardon, ich wollte Ihnen nicht zu nahe treten.«

Feusters winkte ab. »Kein Problem. Nur, in den kommenden Monaten bin ich für Ihren Erfolg oder Ihren Misserfolg verantwortlich. Deshalb bitte ab sofort nichts mehr unternehmen, ohne mich vorher gefragt zu haben. Auch bei Kleinigkeiten nicht. Ich denke, Sie sollten sich noch stärker als bisher als Freund und Förderer des Sports zeigen. Das gibt Punkte.«

»Haben Sie eine Idee?«

»Spenden Sie für den sportlichen Nachwuchs. Es gibt neben dem Fußball doch auch Hockey. Das wäre ein echtes Signal. Ja, fördern Sie Hockey! Das ist die Sportart der Zukunft. Spätestens nach der Hockey-WM wird dieser Sport boomen. Sie werden sehen. Ich kann Ihnen sofort einen Kontakt herstellen. Der WDR wird sicher auch darüber berichten wollen.«

Hünner war begeistert. »Ich merke schon, Sie haben die richtigen Ideen. Ja, ich sage spontan zu. Wie hoch sollte mein Engagement denn sein? An welche Summe denken Sie, Herr Feusters?«

Feusters strich mit beiden Händen über seine Oberschenkel. »Sie sollten ein Zeichen setzen. Mit einer größeren Summe. 20.000 Euro sollten es schon sein. Zuzüglich 15 Prozent Provision.«

»Eine stolze Summe. Auch was die Provision betrifft.« Hünners Begeisterung für den Nachwuchs hatte einen deutlichen Dämpfer bekommen. Soviel Geld, und dann ohne Garantie auf den Erfolg.

»Eine kleinere Summe geht unter. Sie werden kaum eine Zeitung finden, die dann berichtet. Sie wissen doch, wie ungern Scheckübergaben abgedruckt werden. Aber bei einer solchen Summe! Und was meine Vermittlungsgebühr betrifft, die ist auch mit der KFM so abgesprochen. Inoffiziell natürlich.« Feusters lächelte.

»Die Fraktionskollegen haben gut reden. Es geht ja auch nicht um ihr Geld. Aber was soll's. Ich mache es. Sagen Sie Ihren Leuten beim Hockey-Bund, dass sie mit einer größeren Summe rechnen können.«

»Prächtig. Wir verkaufen die Sache, ohne darauf hinzuweisen, dass Sie der Oberbürgermeister werden wollen. Das wäre zu platt. Am Wahltag werden sich die Gladbacher schon noch an Ihr Engagement erinnern.«

Hünner überlegte kurz. »Clever. Wann soll die Übergabe sein?«

»Lassen Sie mich zuerst mit dem Hockey-Bund reden. Wir sollten nichts überstürzen. Wir werden schon den passenden Zeitpunkt finden.«

»Gut, gut. Sie haben's drauf. Ich übe mich derweil in Geduld. Hahaha.«

Hünner lachte eine Spur zu laut, dachte Feusters. Aber immerhin hatte er ihn an der Angel. Politiker waren doch alle gleich.

»Wenn Sie erlauben, fahre ich gleich anschließend rüber. Wie praktisch, dass der Hockey-Bund seine Büros jetzt auch im Nordpark hat. Nachbarn helfen Nachbarn. Ja, das Bild gefällt mir. Ich sehe schon die Schlagzeile. Genau, so machen wir es.« Feusters zeichnete die imaginäre Überschrift in der Luft nach.

Hünner sah mehrfach betont unauffällig auf seine Armbanduhr. Für Dirk Feusters war es das Zeichen, dass das Gespräch zu Ende war.

»Ich denke, dass ich gleich noch rüberfahre.« Feusters erhob sich und knöpfte sein Jackett zu. »Das passt ganz gut in meinen Terminplan.«

Hünner reichte ihm die Hand. »Schön, dass Sie da waren. Ich bin davon überzeugt, dass wir in den kommenden Monaten noch einiges bewegen werden. Wenn Sie in der Zwischenzeit meine Hilfe brauchen, rufen Sie mich einfach an. Ich kann Ihnen dann sicher dienlich sein.«

»Daran werde ich mich gegebenenfalls gerne erinnern, Herr Hünner. Ich wünsche Ihnen noch einen schönen Tag.«

Erst viel später wurde Hünner klar, dass der PR-Berater mit keinem Wort erwähnt hatte, wie er ihm bei den Problemen im Zusammenhang mit dem IEA-Projekt konkret helfen wollte. Insgesamt war er jedoch zufrieden. Feusters war ein Mann der überlegten Tat. Jedenfalls hatte sich der Eindruck bestätigt, den ihm seine Fraktionskollegen geschildert hatten. Ihnen war Feusters gleich von mehreren Förderern der KFM empfohlen worden. Zunächst hatte Hünner auf die Hilfe eines Beraters verzichten wollen. Er brauche keinen Einflüsterer, hatte er argumentiert. Nun war er froh, nicht mehr alleine dazustehen.

Bis seine Sekretärin Rauhs Besuch ankündigte, hatte er mehrfach einige Stichworte zu dem bevorstehenden Gespräch auf einen Bogen Papier geschrieben, sie aber gleich wieder durchgestrichen. Er würde sich besser von seinem Gefühl leiten lassen. Er hatte Alexander Rauh längst im Griff, denn der Abwehrspieler hatte den Scheck eingelöst. Für Hünner war damit der wichtigste Schritt bereits getan. Alles weitere würde sich zeigen. Hünner war optimistisch. Mehr noch, er war sich seiner Sache sicher.

Hünner war jedes Mal aufs neue erstaunt, wie groß Alexander Rauh in Wirklichkeit war. Auf Fotos wirkte der Abwehrspieler kleiner.

Gleich bei der Begrüßung hatte er seinen Arm auf Rauhs Rücken gelegt und ihn zu der Sitzgruppe geführt, auf der er zuvor mit seinem Berater gesessen hatte. Die Geste sollte freundschaftlich wirken. Gleichzeitig demonstrierte sie unmissverständlich, dass er die Richtung vorgab.

Zunächst sprachen sie über die jüngsten Entwicklungen und Gerüchte in der Bundesliga. Dann ging es um die bevorstehende WM und darum, wer schon in der Vorrunde rausfliegen würde. Hünner war sicher, dass die deutsche Mannschaft nicht einmal das Achtelfinale überstehen werde.

»Da bin ich nicht ganz so sicher.« Alexander Rauh griff nach dem Glas Apfelschorle, das ihm serviert worden war. »Klinsi macht gute Arbeit. Das sehen die Leute nur noch nicht. Was ich so aus Kollegenkreisen höre, macht mich zuversichtlich.«

»Dein Wort in Gottes Ohr.« Hünner war völlig anderer Meinung. Dieser Möchtegerntrainer konnte doch nicht einfach in den USA wohnen bleiben wollen. Wo gab es das, dass ein deutscher Trainer nicht nahe bei seiner Mannschaft bleiben wollte? Und dass er Kahn auf die Ersatzbank geschickt hatte, wollte Hünner immer noch nicht glauben. Nein, Klinsmann war für den deutschen Fußball eine Gefahr.

»Sie werden sehen. Klinsmann bringt die Mannschaft mindestens bis ins Halbfinale. Vielleicht sogar bis ins Endspiel.«

Dieser Rauh spinnt, dachte Hünner, aber er wollte sich mit dem Fußballer nicht streiten. »Wie auch immer. Ich bin froh, dass du da bist. Was kann ich für dich tun? Ich habe gesehen, dass du den Scheck eingelöst hast. Schön, schön.«

Alexander wollte Hünner nicht auf die Nase binden, wofür er das Geld ausgeben wollte, deshalb beließ er es bei einem »Ja, herzlichen Dank.«

»Wie lange hast du noch Vertrag?«

»Bis Ende der Saison. Mit der Option zu verlängern.«

»Und? Weißt du schon was du tun wirst?«

»Noch nicht endgültig. Ich will noch mit meinem Berater sprechen, bevor ich mich entscheide.«

»Gut, gut.« Hünner nickte. »Das trifft sich gut.«

»Wie meinen Sie das?«

Daniel C. Hünner zögerte nicht lange mit seiner Antwort. Er hatte eine Entscheidung getroffen. »Du kannst schon jetzt für mich arbeiten. Obwohl du noch Vertrag hast. Das heißt, besser gesagt, weil du noch unter Vertrag stehst. Natürlich gegen Honorar.«

»Was heißt das? Ich denke, ich soll nach meiner aktiven Zeit Repräsentant werden? Wie soll das vorher gehen? Ich habe feste Trainingszeiten.«

Hünner beugte sich vor und senkte seine Stimme. »Keine Angst, du sollst gar nichts nebenbei machen. Genau genommen kannst du im Moment meine Interessen am besten auf dem Platz vertreten. Mit wenig Aufwand sogar. Wenn du verstehst, was ich meine.«

»Ich verstehe kein Wort.« Alexander Rauh merkte, wie sein Blut aus seinen Armen und Beinen wich. Was wollte Hünner von ihm? Rauh hatte das Gefühl, an seinem Sitz festzukleben. Ihm gegenüber saß kein Unternehmer, sondern eine Spinne, die längst ihr gefährliches Netz um ihn gewoben hatte. Das Gespräch machte ihm Angst.

Alexander Rauh war nach dem Training gekommen, um Hünner zuzusagen und seine künftigen Aufgaben zu besprechen. Stattdessen beschlich ihn nun eine Ahnung, die seine schlimmsten Fantasien beflügelte.

»Du musst auch nichts verstehen. Du musst nur das tun, was ich dir sage. Mehr nicht. Alles andere muss dich nicht interessieren.«

Alexander Rauh versagte es fast die Stimme. »Das können Sie nicht von mir verlangen. Das nicht.«

»Ich sehe, wir verstehen uns. Gut, gut.« Hünner strahlte Rauh an.

»Niemals. Ich verrate doch nicht meine Mannschaft.«

»Wer spricht denn von Verrat, Alexander? Sagen wir lieber, du gibst dem Spiel eine bestimmte Richtung. Und das tust du mit deinem Einsatz doch sowieso in jedem Spiel. Nur, dass diesmal die Richtung vorbestimmt ist.« Hünner sah Rauh aufmunternd an.

»Niemals.« Wie gelähmt hockte der Abwehrspieler vor der Spinne.

»Was ist denn schon dabei? Ein Fehlpass hier, ein verpasster Ball da, eine Unaufmerksamkeit, wie sie immer wieder vorkommt. So einfach ist das. Niemand wird etwas merken. Du hast einfach Pech an dem Tag, deine Mannschaft hat Pech. Man kann nicht jedes Spiel gewinnen. Das wird jeder Fan verstehen. Nach dem Spiel wirst du öffentlich bekennen, dass du das Spiel für deinen Verein verloren hast, und dass du dich entschuldigst. Du hast einen guten Ruf bei den Fans. Schließlich bist du so etwas wie das Urgestein dieser Mannschaft. Kein Mensch wird auf die Idee kommen, dass das Ergebnis schon vor dem Anpfiff feststand.«

»Das ist illegal. Da mache ich nicht mit.« Er war empört.

»Ach, lieber Alexander, das ist ja richtig rührend. Alexander Rauh, der letzte Aufrechte im Bundesligageschäft! Sieh dich doch um, wer ist denn noch sauber? Selbst Schiedsrichter verschieben Spiele. Da macht die ein oder andere Absprache doch auch nichts mehr.« Hünners Stimme hatte einen väterlichen Klang. Dabei lauerte dahinter kaum wahrnehmbar die Aggressivität eines Mannes, der keinen Widerspruch duldete.

Alexander Rauh wurde blass vor Wut. Er ballte seine Hände zu Fäusten. Er würde Hünner anzeigen. Er würde den Plan auffliegen lassen. Wer weiß, vielleicht betrieb Hünner sein schmutziges Geschäft schon längst auch mit anderen Vereinen. Hinter der netten Fassade eines honorigen Geschäftsmanns lauerte ein Betrüger, ein Verbrecher.

»Dein Schweigen zeigt mir, dass du einverstanden bist. Ich wusste, dass ich auf dich zählen kann.« Hünner sah zufrieden aus.

»Niemals. Ich zeige Sie an.« Rauh fand nur mit Mühe Worte.

Hünner lachte laut. Es klang wie eine Drohung. »Das ist nicht dein Ernst. Was willst du der Polizei sagen? Dass du 25.000 Euro bekommen hast, es dir aber im letzten Augenblick anders überlegt hast? Das ich nicht lache, Alexander. Aber so leicht ist das nicht. Einen Daniel C. Hünner zeigt man nicht einfach an. Das wirst du schon sehen.«

Alexander hatte einen trockenen Hals. Seine Augen brannten. »Die 25.000?« Seine Stimme versagte.

»Was denkst du denn? Dass ich Geld zu verschenken habe? Wie naiv bist du eigentlich?« Hünner schüttelte amüsiert den Kopf. »Das Geld war ein, sagen wir, Vorschuss, eine erste Abschlagszahlung für deine Leistung, die ich von dir erwarte.«

Rauh hatte das Gefühl, ohnmächtig zu werden. »Nein.«

Hünners Gesicht war jetzt ganz nahe an Alexanders. Seine Stimme war immer noch ganz leise. »Und du lieferst. Gleich Samstag schon. Das Spiel geht verloren. Haben wir uns verstanden?«

Alexander konnte dem Blick nicht standhalten und sah zur Seite.

Hünner lehnte sich zurück. »Na, siehst du. Geht doch. Ich zähle auf dich.« Er machte eine Pause, bevor er weitersprach. »Wir zählen auf dich, Alexander Rauh. Du sorgst dafür, dass das Spiel verloren geht.«

Der Abwehrspieler blieb stumm. Er wollte nur noch weg. Weg aus diesem Büro und weg von dieser Spinne, die ihn zu ersticken drohte.

»Sieh es doch einfach so: Du sorgst dafür, dass unsere Interessen gewahrt werden, und wir sorgen dafür, dass du dein Auskommen hast. Wir zahlen für jedes abgesprochene Spiel 60.000 Euro an dich. Dieses Angebot wirst du nicht ablehnen, Alexander. Du wirst es nicht ablehnen können. Dafür werden wir sorgen. Du weißt schon.«

»Wer ist ›wir‹?« Rauh presste die Worte nur mühsam hervor.

»Ich sehe, du interessierst dich für uns. Das ist schön. Aber es ist noch zu früh für eine Begegnung unter Freunden. Später vielleicht. Bis dahin ist aber noch eine Menge zu tun.«

Hörte dieser Albtraum denn nie auf? Stumm schütteltet er den Kopf.

»Damit du siehst, dass wir es ernst meinen, wirst du in den nächsten Tagen einen kleinen Hinweis finden. Spätestens dann wirst du überzeugt sein, dass eine Zusammenarbeit mit uns zu deinem Vorteil ist.« Hünner sah Rauh amüsiert an. »Was habe ich gerade dieser Tage wieder Nettes vom Kaiser Franz gelesen? Warte, ja: ›Fußball ist halt kein Schachspiel‹, hat er gesagt. Klingt gut, oder? Und nun guck nicht so düster, Alexander. Das Leben ist ein ständiger Quell der Freude. Man muss nur seine Chancen erkennen und ergreifen.«

....

Das Material war schlecht. Unerwartet schlecht. Zu groß und zu alt. Nein, dass war nicht die versprochene Ware. Was sollte er damit tun?

Schon auf dem Rückweg waren ihm Zweifel gekommen. So schwer und ungewöhnlich groß war das Paket gewesen. Nicht wie sonst.

Er hatte da gestanden, die Ware ausgepackt und sie angestarrt. Die Ware trug kein Trikot, das verabredete Zeichen, dass die Ware freigegeben war.

Was sollte er mit ihr tun? Er hatte sie zwar zurecht gerückt, mehr oder weniger lustlos. Er wollte nichts schuldig bleiben. Aber eine Freude würde die Arbeit nicht werden, eher eine lästige Pflichtaufgabe.

Warum hatten sie ihm dieses Paket geschickt? Was wollten sie damit erreichen? Wollten sie ihn prüfen? Wollten sie ihm eine Botschaft schicken? Er konnte sich nicht erklären, warum er in dieser Nacht ausgerechnet diese Arbeit tun sollte.

Er sah sich vorsichtig um, er wusste dass sie ihn und seine Arbeit genau beobachten würden. Sie würden seine Handlungen bewerten und ihm ihr Urteil mitteilen. Er straffte sich. Also musste er so tun, als ob es ein ganz normaler Auftrag war. Aber es würde nicht einfach sein. Sein Werkzeug würde nicht ausreichen. Er würde hart arbeiten müssen.

Die Arbeit würde Stunden dauern – und für welchen Lohn? Wofür die ganze Anstrengung? Spaß würde er nicht haben. Das wusste er. Bei derart alter Ware ließe sich keine Seele mehr finden. Die Seele war ein flüchtiges unschuldiges Gut, das nur in frischem Material für eine kurze Weile überdauern konnte. Diese Ware hatte keine Seele mehr.

Er sah auf die Uhr an seinem Handgelenk. Die Zeit drängte. Er musste fertig werden, bevor der Tag anbrach. Er wischte den Schweiß von seiner Stirn. Dann nahm er das Messer und setzte es unter dem scharfen Licht vorsichtig auf die Haut auf.

Der erste Schnitt war getan. Mit fliegenden Händen aber routiniert arbeitete er sich vorwärts. Er war ein guter Diener.

X.

Staatsanwalt Ralf Böllmann war unzufrieden. Auch die überregionale Veröffentlichung des Fotos hatte kein Ergebnis gebracht. Niemand schien das kleine Mädchen zu kennen. Auch wenn sein Verschwinden schon zehn Jahre zurücklag, hätten es doch wenigstens ein paar Anrufe sein können! Auch Schrievers Archivarbeit hatte bisher nichts zutage gefördert. Das war an sich schon bemerkenswert, da Heinz-Jürgen

Schrievers anerkanntermaßen landesweit das beste Archiv betrieb. Das Mädchen schien nie existiert zu haben.

Und über die Zusammenarbeit mit den Briten war er ebenfalls nicht sonderlich glücklich. Die Militärbehörden schotteten sich völlig ab. Da halfen auch keine Interventionsversuche auf Landesebene. Die Briten hielten sich stur an das Nato-Truppenstatut. Zwar verhielt sich dieser Colonel Digby äußerst korrekt, aber mehr als höfliche Floskeln über die seiner Meinung nach vertrauensvolle Zusammenarbeit waren ihm nicht zu entlocken. Jede Nachfrage scheiterte. Diese Briten konnten einen mit ihrer verschlossenen Art zur Verzweiflung treiben.

»Und jetzt?« Böllmann sah Frank und Ecki erwartungsvoll an, die mit ihm in der kargen Kantine des Landgerichts saßen.

Ecki drehte sein leeres Mineralwasserglas nachdenklich in der Hand. »Wir haben es in beiden Fällen wohl mit einem Täter zu tun. Was wir nicht verstehen: Warum liegen zwischen dem Mord an dem Mädchen und dem Jungen vom *Antrim Drive* zehn Jahre? Warum diese lange Zeit?«

Böllmann zuckte mit den Schultern und erwiderte den Gruß des vorsitzenden Richters der Jugendkammer, der mit seinen Kollegen lachend auf einen freien Tisch zusteuerte.

»Es kann natürlich sein, dass der oder die Täter in der Zwischenzeit weiter aktiv waren und wir erst zwei Opfer gefunden haben.«

»Möglich.« Böllmann grübelte.

»Es bleibt auch die Frage, warum der Junge im HQ öffentlich abgelegt und nicht wie das Mädchen aufwändig versteckt wurde. Eins ist klar: Würde das Stadion nicht abgerissen, wäre die Kleine nie aufgetaucht.«

»Der Fundort des Jungen spricht meiner Meinung nach immer noch dafür, dass der Täter sein Opfer unter Zeitdruck beseitigen musste. Ich kann mir nicht vorstellen, dass er eine falsche Fährte in Richtung Briten legen wollte.«

»Sie meinen, dass wir nicht weiter mit den Briten arbeiten müssen? Dass es keine Verbindung zu den Streitkräften gibt?«

Böllmann nickte. »Das ist in der Tat mein Ansatz.«

»Das würde vieles erleichtern.« Frank sah durch die breite Fensterfront über den Parkplatz hin zu der über die Jahrzehnte fast schwarz gewordenen Fassade der Haftanstalt. In einigen Fensternischen standen Milchtüten. Andere waren mit Tüchern verhängt. Im Sommer konnte es sehr heiß in den engen Zellen werden.

»Naja. Wir werden sie auf jeden Fall über den Fortgang der Ermittlungen informieren. Das Recht haben sie.«

»Meinetwegen.«

»Was machen die Ermittlungen in Siegen? Brauchen Sie Hilfe?«

»Uns liegt ein erster Bericht vor. Danach ist Braun sauber. Ich überlege allerdings, mir in Siegen ein eigenes Bild zu machen.«

Böllmann lehnte sich erwartungsvoll in seinem Stuhl zurück.

»Nach ihren Erkenntnissen ist Manfred Braun bisher nicht in Erscheinung getreten. Braun ist viel im Ausland unterwegs. Messebau.«

»Und sein Groundhopping?«

»Braun hat akribisch Buch geführt über seine Stadionbesuche. Rubriken für das jeweilige Spielfeld, das besuchte Spiel samt Ergebnis, sowie das Datum. Ein echter Hopper. Sein Hobby betreibt er seit gut zehn Jahren.« Ecki schlug sein Notizbuch auf, um nachzusehen. »Ich hab mir die Zahl extra notiert, weil sie so unglaublich ist. Er gibt an, dass er mehr als 570 Stadien in fast 30 Ländern gesehen hat. Ich möchte mal wissen, wie er das anstellt, wenn er die meiste Zeit zu irgendeiner Messe unterwegs ist. Stellen Sie sich das vor: 570 Stadien in rund 30 Ländern. In zehn Jahren. Das macht rein rechnerisch mehr als 50 Stadien pro Jahr. Unglaublich.«

»So etwas habe ich noch nie gehört.« Böllmann hatte mit hochgezogenen Augenbrauen zugehört. Fußball hieß für ihn bislang nur 1. Bundesliga, maximal 2. Liga.

»Dabei ist den Groundhoppern völlig egal, wie wichtig die Liga ist oder wie groß der Platz ist, welchen Erfolg die Heimmannschaft hat. Die sammeln tatsächlich nur die Besuche der Plätze. Die fahren 1.200 Kilometer und mehr, nur um an einem Freitagabend eine drittklassige Partie in einem nicht selten baufälligen Stadion gesehen zu haben! Und am nächsten Tag sind sie wieder zu einem anderen Platz unterwegs. Für jedes Stadion gibt es einen Punkt.«

»Und? Was bedeutet das nun für unseren Fall?«

»Es gibt zwar ganz zu Anfang seiner Aufzeichnungen Daten über seinen Besuch des Bökelbergstadions, sogar eine eingeklebte Eintrittskarte. Aber das besagt gar nichts. Denn wir wissen nicht, wann das Mädchen umgebracht wurde.« Ecki schlug das Notizbuch wieder zu.

»Wir sollten diesen Braun trotzdem im Auge behalten. Wenn wir das Todesdatum des Mädchens eingrenzen können, wird er uns vielleicht noch von Nutzen sein können.«

»Eine wirklich vage Spur. Aber wir werden sie im Auge behalten.«

»Und sonst? Was macht Ihre Freundin? Sie muss doch bald entbinden.«

Frank lächelte. »Oh, ja. Wir freuen uns auf das Baby.«

»Alles Gute kann ich dann nur wünschen.« Böllmann stand auf. »Halten Sie mich bitte weiter auf dem Laufenden. Ich bin zwar in den nächsten Tagen unterwegs, ein kleiner Urlaub in der Schweiz, aber Sie haben ja meine Mobilnummer. Außerdem können Sie auch mit meinem Vertreter sprechen. Der Kollege Gathen hat Bereitschaft.«

...

Alexander Rauh taxierte den Umschlag. Er war leicht und dünn. Kein Absender, keine Adresse. Nichts.

Bevor er den Umschlag öffnete, nahm er in seiner kleinen Küche eine Flasche Mineralwasser aus dem Kühlschrank. Er mischte sich ein großes Glas Apfelschorle und ging ins Wohnzimmer zurück. Nachdenklich setzte er sich auf die Lehne seines Sofas und betrachtete den Umschlag. Hünners angekündigter Hinweis? Ein Brief? Ein Foto? Ein Zettel mit irgendwas? Er traute sich noch nicht nachzusehen.

Alexander stand auf und wanderte unruhig in seiner Wohnung hin und her. Er räumte sein Schlafzimmer auf, trug seine schmutzige Wäsche ins Badezimmer, spülte das Frühstücksgeschirr. Anschließend saugte er die Wohnung. Jede Ablenkung war willkommen.

Schließlich saß er wieder vor dem Umschlag. Er wollte ihn immer noch nicht öffnen. Hielt er erst einmal den Hinweis von Hünner in Händen, würde sein Leben nicht mehr sein wie vorher.

Er nahm den Umschlag wieder in die Hand und wog ihn, so als könne er von seinem Gewicht auf seinen Inhalt schließen. Er ließ den Umschlag fallen, als habe er sich an dem braunen Papier die Finger verbrannt.

Er versuchte sich vorzustellen, was ihn erwartete und wie er reagieren sollte. Er wollte nicht unvorbereitet sein. Womit konnte Hünner ihn zwingen, bei seinem schmutzigen Spiel mitzumachen?

Im Training hatte er sich in den vergangenen Tagen mächtig ins Zeug gelegt. Er wollte endlich wieder an seine frühere Form anschließen. Immerhin hatte der Trainer hinterher anerkennend genickt. Mit seinem Trainingseifer wollte er auch unmissverständlich klar machen, dass die Mannschaft, der Trainer und der Verein unbedingt auf ihn zählen konnten. Er wollte nicht den Hauch eines Zweifels an seiner Einsatzbereitschaft und seinem Siegeswillen aufkommen lassen. Auch die Medien würden seinen unbedingten Willen zum Erfolg früher oder später anerkennen müssen.

Aber nun, an diesem sonnigen Nachmittag im Frühjahr, nachdem alles getan war, blieb ihm keine Wahl. Nun musste er den Umschlag öffnen.

Entschlossen riss er ihn auf. Was er sah, ließ ihn für einen winzigen Augenblick ungläubig innehalten. Dann brach ein stummer Schrei aus ihm hervor, der ihm die Luft nahm. Er ließ er den Umschlag fallen und warf sich auf das Sofa. Er merkte nicht, dass er sich den Kopf an der Wand stieß. Er hatte das Gefühl zu ersticken. Er wand sich hin und her, aber er spürte keine Erleichterung.

Es war geschehen, was nie hätte passieren dürfen. Vor ihm auf dem Tisch lag ausgebreitet der schiere Horror. Zwei Bilder waren in der Dusche des Mannschaftstraktes aufgenommen worden. Sie zeigten Alexander Rauh, wie er unter dem Wasserstrahl seine kleine Puppe fest im Arm hielt. Und wie er nackt auf seinem Platz saß und mit seiner Bürste ihre nassen Haare kämmte.

Den beiden Bildern war ein Zettel beigelegt: *Die Zeitungen warten auf die Bilder des Puppenspielers vom Bökelberg.*

Der hochgewachsene Abwehrspieler erlebte die nächsten Stunden auf der Grenze zwischen Wachsein und Koma. Er hörte nicht das Klingeln seines Handys, das sich in regelmäßigen Abständen wiederholte.

...

Hans Hauser fuhr mit seinem Fahrrad gemächlich an der Niers entlang, Richtung Bezirkssportanlage, und beobachtete dabei die Enten.

Der Platzwart war an diesem Morgen früh unterwegs. Auf ihn wartete viel Arbeit. Das Eingangsgebäude sollte neu gestrichen werden, und Hans Hauser musste nicht nur der Malerfirma aufschließen, sondern auch die Rasenfläche wässern und die Netze der Tore einhängen. Mehrere Schulklassen hatten sich angesagt, die an einem Sichtungslehrgang teilnahmen.

Der Platzwart war auf seinem Weg zur Arbeit nur wenigen Spaziergängern und Hundebesitzern begegnet. Auch Radfahrer waren nur vereinzelt unterwegs. Der feine Schotter knirschte unter seinen Rädern. Das monotone Geräusch hatte etwas angenehm Vertrautes. Hans Hauser mochte diese frühen Morgenstunden. Die Luft war klar und frisch und ließ auf einen Arbeitstag mit angenehmen Temperaturen hoffen.

Hans Hauser bremste und stieg von seinem Fahrrad ab. Die letzten Meter zum Eingang der Bezirkssportanlage schob er sein Mountainbike.

Er war beliebt bei den Eltern und bei den Fußballern. Irgendwann hatten er und Klaudia beschlossen, dass die kleinen Kicker ihre Kinder waren, nachdem sie selbst keine bekommen konnten. Sie waren glücklich damit. Wer konnte schon behaupten, eine so große Familie zu haben? Ihn machte es stolz, wenn nach den Spielen oder nach dem Training der ein oder andere kleine »Fußballstar« zu ihm ins Büro kam, um sein Herz auszuschütten, oder sich erzählen zu lassen, wie Hans Hauser fast in der 1. Bundesliga gelandet wäre. Wenn nur damals das Knie gehalten hätte.

Auch heute schmerzte sein rechtes Knie. Das Wetter. Hans Hauser rieb sich die Kniescheibe, als er zum Eingang ging, um die Schlüssel für die Umkleidekabinen zu holen. Wäre die Sportmedizin damals so weit gewesen wäre wie heute, wer weiß? Hauser rieb sich mit beiden Händen über sein ausgeblichenes T-Shirt und seufzte. Dann nahm er im Büro die Schlüssel vom Haken und ging über den kurzen Wandelgang zur gegenüberliegenden Tür. Er wollte nicht ungerecht sein. Seine Arbeit beim Sport- und Bäderamt machte ihm Spaß. Vor allem, wenn er auf seiner geliebten Bezirkssportanlage Dienst tun konnte. Denn hier, zwischen den Schrebergärten und den Fabriken, hatte er das Fußballspielen gelernt. Für ihn gab es kein schöneres Stadion in der Stadt.

Hans Hauser schloss den Kabinentrakt auf, um die Duschen zu kontrollieren. In der Tür blieb er stehen. Er konnte nicht glauben, was er sah. Ohne den Blick zu wenden, fingerte er mit der Hand nach dem Handy in seiner Sporthose.

Mitten im Raum lag etwas, das einmal ein Mensch gewesen sein musste. Noch bevor Hans Hauser das Mobiltelefon aus seiner Hosentasche ziehen konnte, erbrach er sich auf den Boden der Dusche am Beller Park.

...

»Leenders, du machst mich wahnsinnig.« Frank drängte sich an dem Gerichtsmediziner vorbei, der rauchend am Eingang zur Bezirksanlage stand und dabei telefonierte. Frank hörte etwas von *Schatzi* und *Theater*. Mad Doc Richard Leenders klärte offenbar seine Verabredung für den Abend. Wenn er sich da mal nicht täuschte, dachte Frank grimmig.

Er warf nur einen Blick auf das Opfer und ging dann wieder vor die Tür. Leenders hatte aufgehört, in sein Handy zu säuseln.

»Okay, Borsch, die Tote weist die gleichen Merkmale auf wie die beiden Kinderleichen. Soweit ich das bis jetzt beurteilen kann. Fundort der Leiche ist nicht gleich Tatort, würde ich mal sagen. Todeszeitpunkt schätze ich grob auf Mitternacht. Woran die Frau gestorben ist, kann ich noch nicht sagen.« Leenders ließ den verdutzten Ermittler stehen und ging zu seinem Auto, das auf dem kleinen Parkplatz vor der Sportanlage stand. Dabei schwenkte er unternehmungslustig seinen Arztkoffer.

So sehen Idioten aus, dachte Frank und machte sich auf die Suche nach Ecki.

»Ausgeschlachtet.« Ecki saß im Umkleidetrakt auf einer Holzbank und hatte seine Unterarme auf den Knien aufgestützt. Er sah aus wie ein erschöpfter Spieler in der Halbzeitpause. »Vielleicht Organhandel?«

»Warum riechen solche Räume immer nach altem Schweiß und Leder?« Frank sah sich um.

»Wäre immerhin eine Möglichkeit.«

»Dann setz Bean an die Recherche.«

»Bean?«

»Als Kind musste ich Freitagsnachmittags eine Zeitlang turnen gehen. Ich habe es gehasst. Schon beim Geruch der Umkleide und der Turnhalle hätte ich kotzen können. Gottseidank war nach einem Jahr der Spuk vorbei. Ich habe echt gelitten.«

»Sag mal, hörst du mir überhaupt zu?« Ecki stand auf.

»Was denkst du?« Frank fuhr mit einer Hand über die raue Wand, dann über das von Schrammen und Macken übersäte Holz einer Bank.

»Du siehst aus, als seist du gerade ganz woanders, Frank.«

»Weiß jemand, wer sie ist?«

»Der Hausmeister hat sie gefunden. Er kennt sie nicht.«

»Sie passt nicht ins Bild.«

»Eine Tote passt nie in die Kabine eines Fußballvereins.«

»Das meine ich nicht. Wir haben zwei tote Kinder, und diese eine Frau mit den gleichen Merkmalen. Das passt nicht zusammen.«

»Ein Serientäter geht anders vor, meinst du?«

»Sicher. Ein totes Kind hätte ins Schema gepasst.« Frank setzte sich neben seinen Freund. »Was denkst du?«

»Ich habe den Geruch und diese Räume geliebt. Kurz vor einem Spiel, wenn die Anspannung fast nicht mehr zu ertragen war, lag immer eine ganz besondere Stimmung in der Luft. Eine Ruhe, die fast greifbar war. Fast heilig. Ganz anders als in den Halbzeitpausen, wenn der Trainer jeden Einzelnen angebrüllt hat«

»Nein, ich meine, was denkst du über die Sache?«

»Stell dir vor, die Fälle gehören zusammen, dann wird uns die Tote zu dem Täter führen. Davon bin ich überzeugt. Leenders soll sie fürs Pressefoto ein bisschen zurechtmachen.«

»Kann sein. Lass uns zunächst diesen Platzwart befragen.«

Hans Hauser hatte erst nach einigem Drängen einen Blick auf das Gesicht der Toten geworfen. Vergeblich, er kannte die Frau nicht.

Zwei Stunden später lagen die Fotos der Toten auf Franks Schreibtisch. Mit Staatsanwalt Böllmann und Polizeisprecher Hans-Peter Wirtz hatte sich Frank schon besprochen. Eine Pressekonferenz sei nicht zu vermeiden, das Medieninteresse wäre einfach zu groß.

Bert Becks hatte bereits angerufen. Er war von einem Schrebergartenbesitzer informiert worden, der aufgeregt über das große Polizeiaufgebot rund um die Bezirkssportanlage berichtet hatte. Der Polizeireporter der *Rheinischen Post* wollte sich unbedingt mit Frank auf ein Bier treffen, um ausführlich über die rätselhaften Morde zu sprechen. Aber Frank hatte das mit Hinweis auf die momentane Arbeitsbelastung und die bevorstehende Niederkunft seiner Freundin abgelehnt.

»Vor allem die Boulevard-Presse wird den neuen Fall mit fetten Schlagzeilen aufblasen. Und sie werden versuchen, uns zu schlachten, weil wir keinen Täter präsentieren können. Sie werden auf jeden Fall die Tatsache auswalzen, dass alle drei Opfer in der Nähe eines Sportplatzes gefunden wurden. Zumal alles am Bökelberg angefangen hat.«

Frank nickte. »Und was sagen wir den Journalisten? Dass wir nicht ausschließen, dass der Mörder gern im Fußball-Umfeld seine Opfer sucht? Wir wissen doch gar nicht, ob das nicht alles nur Zufall ist.«

»Die Tatsache bleibt, dass es drei Tote und drei Fußballplätze gibt.« Ecki stand auf und ging zu der Wandkarte. Er nahm drei Nadeln und steckte sie in die Fundorte. »Hier, hier und hier.«

»Schön verteilt auf drei Himmelsrichtungen.«

Ecki trat einen Schritt zurück. »Stimmt. Ob das etwas zu bedeuten hat? Bökelberg, HQ und Bezirkssportanlage Odenkirchen.«

»Ecki, ich weiß es nicht. Ich weiß es einfach nicht.« Frank seufzte.

»Was haben diese Orte gemeinsam? Abgesehen von den Fußballplätzen. Es muss eine Gemeinsamkeit geben.«

...

Einen Tag später waren die Zeitungen voll mit Spekulationen über den angeblichen Mönchengladbacher Serienmörder. Die *Bild* hatte einen Ausschnitt der Stadtkarte veröffentlicht und die Fundorte mit einer Linie verbunden. Im Text wurde über eine mögliche vierte Leiche spekuliert, die dann an einem Sportplatz im Osten der Stadt gefunden werden könnte: »Wenn man dann alle vier Fundorte mit einem Strich verbindet, entsteht ein Trapez – man kann auch Raute sagen. Und damit wären wir erst recht beim Fußball.«

»Die spinnen.« Ecki stand auf, um sich einen neuen Kaffee zu holen.

»Der Geschmack und das Taktgefühl dieser Typen kennt wohl überhaupt keine Schmerzgrenze.«

»Das ist grob fahrlässig, was diese Zeitung macht. Die versetzen doch einen ganzen Stadtteil in Angst und Schrecken mit ihrer dummen Spekulation. Ein Sportplatz im Osten der Stadt.« Ecki tippte sich an die Stirn.

»Ich denke, der PP sollte mit den Redakteuren reden. So geht das nicht. Wie sollen wir in Ruhe ermitteln, wenn uns in den nächsten Tagen ganz Giesenkirchen oder Schelsen auf den Füßen steht, weil alle Angst vor dem Fußballplatz-Mörder haben?«

»Andererseits, was ist, wenn die Schreiberlinge so unrecht nicht haben? Wenn der Täter mit dem Ablegen seiner Opfer einen bestimmten Zweck verfolgt? Vielleicht will er uns einen Hinweis geben.«

Nun tippte Frank sich an die Stirn. »Und welchen, bitteschön?«

»Naja, ›Raute‹. Das wäre schon eindeutig oder?«

»Was? Das meinst du doch nicht im Ernst! Selbst wenn du Recht haben solltest, was soll das für eine Verbindung sein? Soll der Trainer der Täter sein, oder der Torwart?«

»Vergiss es.« Ecki sah nachdenklich auf die Wandkarte. »Man könnte die Verbindungslinien tatsächlich als Raute deuten.«

»Denk nicht mal dran.«

»An seine Teilchen?« Unversehens ging die Tür auf und Heinz-Jürgen Schrievers erschien.

»Na? Alles fit?« Frank freute sich über Schrievers Besuch. Der einzig Vernünftige heute Vormittag, dachte er. Mit seiner hemdsärmeligen Art brachte er eine Ruhe ins Büro, die Frank gut brauchen konnte.

»Fit ist zuviel gesagt. Ich war gestern beim Doktor. Der hat mir gesagt, dass ich unbedingt abnehmen muss. Dabei habe ich doch nicht zugenommen.« Der Archivar zog einen Stuhl zu sich, um sich zu setzen.

»Was sagt denn Gertrud dazu?«

»Der Doktor habe Recht. Dann hat sie mir einen Käsekuchen hingestellt. Wer kann da schon an Abnehmen denken? Ich jedenfalls nicht.«

»Gesünder wär's schon.«

»Das musst du gerade sagen, Borsch. Du solltest Dir mal beim Einsteigen in dein Cabrio zusehen.«

Auch Ecki grinste breit.

»Hahaha. Lacht ihr nur.« Frank tat beleidigt.

»Ich kenne die Frau.« Schrievers räusperte sich.

Die Nachricht elektrisierte die beiden Ermittler. »Nun sag schon«, entfuhr es den beiden fast gleichzeitig.

»Ich habe den Namen im Archiv gefunden. Sabrina Genenger, 31 Jahre. Ehemalige Miss Mönchengladbach.«

»Miss Mönchengladbach?«

»Das ist schon mehr als zehn Jahre her. 1994, um genau zu sein. Ich habe ein paar Zeitungsartikel gefunden. Die lasse ich euch noch zukommen. Sabrina Genenger ist dann noch Dritte bei der Wahl zur Miss NRW geworden. Danach war es aus mit der großen Karriere.«

»Was ist dann aus ihr geworden?«

»Keine Ahnung, euer Job.« Schrievers erhob sich. »Ich bin in meinem Archiv, falls ihr mich sucht.« Er sah zufrieden aus. »Eine Frage noch. Geht jemand von euch am Samstag mit ins Stadion? Wir hatten doch mal darüber gesprochen.«

»Nein. Ich denke nicht. Zumindest ich nicht. Das müssen wir verschieben. Jedenfalls, danke, Heinz-Jürgen.« Frank hatte das Gefühl, endlich vor einem Durchbruch zu stehen.

Sabrina Genenger hatte alleine gelebt. Ihre kleine Wohnung lag über der Geschäftsstelle der Volksbank in Anrath.

Typischer Single-Haushalt, hatte Frank gedacht, nachdem ihnen der eilig herbeitelefonierte Verwalter die Tür aufgeschlossen hatte. Die Wohnung war sehr feminin, überwiegend in Weiß und Rosa dekoriert. Sabrina Genenger hatte zudem ein Faible für großformatige Schwarzweiß-Fotografien gehabt. An den Wänden im Wohnzimmer und im Schlafzimmer hingen mehrere aufwändig gerahmte Aufnahmen rauer Küstenlandschaften, die im deutlichen Kontrast zum Rosa der Sitzmöbel und Vorhänge standen.

Routiniert blätterte Frank durch die Briefe, die Sabrina Genenger in einer Schublade ihrer Schlafzimmerkommode aufbewahrt hatte. Außer einigen Ansichtskarten von einer gewissen Katja und einer Gabi, mit Motiven aus Mallorca, Ibiza und Ägypten war keine persönliche Post dabei. Aus ihren Kontoauszügen ging hervor, dass von der Volksbank regelmäßig die Raten für ihre Wohnung abgebucht wurden. Ihr Gehalt bekam sie interessanterweise von dem Einrichtungshaus, das direkt neben ihrem Präsidium lag. Wie praktisch, meinte Ecki.

Frank warf einen Blick auf die umfangreiche CD-Sammlung, die sie im Wohnzimmer neben dem großformatigen Fernsehbildschirm fanden. »Frauenmusik«, wie Frank lapidar feststellte: Diverse CDs mit *Bravo Hits*, dazu Madonna, Shakira, Norah Jones und Katie Melua.

»Hast du schon irgendeinen Hinweis auf Angehörige oder einen Partner gefunden?«, rief Ecki aus dem Bad.

»Nee.« Frank hatte gerade den Schlafzimmerschrank geöffnet. »Sieh mal an, Seidenwäsche, sündhaft teuer, soweit ich das beurteilen kann.«

Sabrina Genenger musste außerdem eine Vorliebe für Taschen gehabt haben. Frank zählte 15 verschiedene Modelle und Größen. »Meine Güte, wie kann man nur so viele Taschen im Schrank haben!«

»Wer hat nicht mehr alle Tassen im Schrank?«

»Mann, Ecki, geh zum Ohrenarzt.« Frank stand in der Tür zum kleinen Badezimmer. »Ich denke, den Rest können die Kollegen von der Spurensicherung machen. Ich habe vorerst genug gesehen. Lass uns zurückfahren. Genengers Kollegen können uns sicher mehr erzählen. Unterwegs können wir schon mal das Melderegister abfragen.«

Ecki drehte gerade am Verschluss eines Parfumflakons. »Ich bin auch soweit durch. Keine Hinweise auf Drogen, zumindest nicht hier.«

»Du suchst nach Drogen?«

»Routine. Schon vergessen?«

»Ist was? Habe ich einen Fehler gemacht?« Frank wunderte sich über den leicht ironischen Ton seines Freundes.

»Nee, mich ärgert nur, dass du Sabrina Genenger innerlich schon in die Schublade ›blondes Dummchen‹ gesteckt hast.«

»Habe ich das?«

»Du hättest dein Gesicht sehen sollen, als du durch die CD-Sammlung geguckt hast, und dann deine Kommentare zur Wäsche und den Taschen. Es sind nicht alle Menschen Blues-Fetischisten und Karohemden-Träger.«

»Ich trag doch gar keine Karohemden.«

»Schon gut. Du solltest nur ein bisschen objektiver recherchieren.«

»Jawoll, Herr Kommissar. Soll ich schon mal den Wagen holen?« Frank ärgerte sich nicht wirklich über Ecki. Er hatte ja Recht. Er hatte nur das Gefühl gehabt, die Frau zu kennen. Er konnte sich das nicht erklären. Irgendetwas an dem Fall war komisch.

Frank und Ecki waren kaum zurück im Büro, als die Kollegen von der Leitstelle anriefen. Daniel C. Hünner habe sich bei ihnen gemeldet.

»Kenne ich nicht.« Ecki hatte das Gespräch angenommen. »Wer soll das sein?«

»Daniel C. Hünner, er betont das C. ausdrücklich, Bauunternehmer. Er war mit Sabrina Genenger befreundet und ist völlig fertig.«

»Wo ist dieser Hünner jetzt?«

»In seinem Büro, im Nordpark, Nummer 13. Du weißt, wo das ist?«

»Klar, in der Nähe hat doch dieses Textilunternehmen neu gebaut. Danke, Kalle, wir sind schon unterwegs. Ach, ruf bitte dort an und sage diesem Hünner, er soll in seinem Büro bleiben. Und noch eine Bitte: Ruf Schrievers an. Er soll mir alles über diesen Hünner zusammenstellen.«

...

»Ich bin wirklich froh, dass Sie da sind, meine Herren.« Daniel C. Hünner war blass im Gesicht. »Ich bin völlig schockiert. Ich kann es noch nicht fassen, Sabrina tot!« Der Unternehmer wies mit einer Hand zur Sitzecke. »Darf ich Ihnen etwas anbieten?«

Frank und Ecki setzten sich, winkten aber ab. »Vielleicht später.«

Hünner setzte sich ihnen gegenüber und schlug seine Hände vors

Gesicht. »Sabrina ist tot. Ich habe ihr Bild gesehen. Ich hatte vor, ihr einen Heiratsantrag zu machen. Ich bin am Ende.«

Frank sprach ruhig und leise. »Wir wissen, wie es in Ihnen aussieht. Und doch müssen wir Sie bitten, uns einige Fragen zu beantworten.«

Hünner nahm die Hände vom Gesicht und nickte. »Es wird schon gehen. Bitte, fragen Sie.« Er stand plötzlich auf und ging zu seinem Schreibtisch. »Entschuldigen Sie bitte, das hatte ich ganz vergessen.« Hünner drückte die Taste der Gegensprechanlage. »Katja, sagen Sie bitte alle Termine für heute ab. Und auch für morgen. Danke.« Anschließend setzte er sich wieder zu den beiden Ermittlern.

»Katja?« fragte Ecki verwundert.

»Katja Steins. Meine Sekretärin.«

»Und die Freundin von Sabrina Genenger?«

Hünner hob erstaunt die Augenbrauen. »Sie sind gut informiert. Das muss ich schon sagen. ›Freundin‹ wäre ein bisschen viel gesagt, nach meiner Meinung. Ich würde sagen, dass sie sich gut kannten. Noch von der Schule her. Sie haben sich hin und wieder Urlaubskarten geschickt. Mehr war nicht. Aber Sie können sie ja nachher selbst fragen.«

»Wie lange kannten Sie Sabrina Genenger, Herr Hünner?«

»Etwa ein dreiviertel Jahr, würde ich sagen.«

»Wie haben Sie sich kennengelernt?« Ecki schlug sein Notizbuch auf.

»Reiner Zufall. Beim Aussuchen der Bilder, die Sie hier sehen. In einer Galerie in der Oberstadt. Neben der Theatergalerie.«

»Ah, ja.« Frank nickte.

»Wir haben uns über Kunst unterhalten und über Heinz Mack im Speziellen. Sie hat mir zu den Bildern geraten. Ich finde, sie hat einen ausgezeichneten Geschmack. Finden Sie nicht?«

»Wie war Ihre Beziehung?« Frank musterte Hünner aufmerksam.

»Wie ich Ihnen schon sagte, ich wollte ihr demnächst einen Heiratsantrag machen. Ja, ich war sehr glücklich mit ihr.«

»Und sie mit Ihnen auch?«

»Ich verstehe Ihre Frage nicht.« Hünner beugte sich vor.

»Nun, es kann doch sein, dass Ihre Freundin ein anderes Bild von Ihrer, na ja, Beziehung hatte. Hat es nie Streit gegeben?« Frank ließ Hünner nicht aus den Augen.

»Ich weiß nicht, worauf Sie hinauswollen. Nein, es hat keinen Streit gegeben. Warum auch? Wir haben uns vom ersten Tag an verstanden.

Wir ergänzen uns.« Hünner zögerte: »Wir haben uns ergänzt.«

»Ich wundere mich, dass Sie Sabrina nicht vermisst haben. Wann haben Sie sie das letzte Mal gesehen?« Ecki schaute von seinen Notizen auf.

»Warten Sie.« Der Unternehmer überlegte einen Augenblick. »So ziemlich genau vor einer Woche. Wir waren bei *Giorgio* essen. Am anderen Tag ist sie dann gefahren.«

»Gefahren? Wohin?« Frank räusperte sich.

»Nach Frankreich. Sie wollte dort einen Freund besuchen. Nur für ein paar Tage. Das hat sie schon einmal gemacht. Sie hat mir erzählt, dass sie mal eine Zeitlang mit dem Mann zusammen war. Er ist Fotograf.«

Ecki schüttelte den Kopf. »Das hat Sie nicht gestört?«

»Nein, wie gesagt, das hat sie schon einmal gemacht. Sie war damals gut eine Woche weg.«

»Was hat sie Ihnen anschließend erzählt?«

»Nicht viel. Nur dass sie viel Spaß hatten. Sie haben sich gut verstanden, trotz ihrer Trennung.«

»Das hat Sie nicht beunruhigt?« Ecki schrieb eifrig mit.

»Sollte es? Sie ist, sie war schließlich eine erwachsene Frau.« Hünners Gesicht verdunkelte sich. Der Gedanke an seine tote Freundin machte ihm sichtbar zu schaffen.

»Sie haben sie also nicht vermisst?«

»Vermisst habe ich sie schon. Weil ich sie liebe. Aber ich habe sie nicht vermisst in dem Sinne, dass ich mir Sorgen um ihr Wohl gemacht habe. Wenn ich gewusst hätte ...« Hünner ließ offen, was er meinte.

»Haben Sie die Adresse dieses Herrn in Frankreich?«

»Nein. Ich weiß nur, dass er irgendwo am Atlantik wohnt. In einer Art Künstlerkolonie.«

Frank sah Hünner zweifelnd an. »Ehrlich gesagt, ich kann mir kaum vorstellen, dass Ihre Freundin für eine Woche wegfährt und Sie wissen nicht, wohin. Das gibt es eigentlich nicht.«

»Es hat mich nicht wirklich interessiert. Schließlich war die Sache vorbei. Und ich hatte keinen Anlass, ihr nicht zu glauben. Außerdem haben wir regelmäßig miteinander telefoniert.«

»Diesmal auch?«

»Auch diesmal.« Hünner verbesserte sich. »Wenn ich recht überlege, dann war es diesmal anders. Soweit ich mich erinnere, haben wir am Tag ihrer Abreise telefoniert. Danach nicht mehr. Aber das fällt mir erst jetzt auf. Ich hatte soviel zu tun, da ist mir gar nicht bewusst geworden, dass wir keinen Kontakt hatten.«

»Hm. Ist Sabrina Genenger geflogen oder mit dem Zug gereist?«

»Sie ist mit ihrem eigenen Wagen gefahren. Ich habe ihr angeboten, die Zugfahrt zu bezahlen. Aber sie hat abgelehnt. Sie wollte unabhängig sein. Außerdem sei sie mit dem Auto schneller, hat sie gesagt.«

»Wir haben ihren Wagen bisher nicht gefunden.« Ecki blätterte durch seine Notizen. »Ein Mazda, richtig?«

»Ja. Ein Cabrio, rot.«

»Und sie ist mit ihrem eigenen Wagen gefahren?«

»Wie gesagt, ja.«

Frank dachte kurz nach. »Wer könnte wissen, wo genau sie hingefahren ist? Katja Steins vielleicht?«

Hünner schüttelte den Kopf. »Keine Ahnung. Ich glaube nicht.«

»Wer dann? Ihre Eltern?«

»Das kann sein.«

»Wir werden sie fragen.«

»Das wird nicht einfach sein.«

»Warum?«

»Sie wohnen nicht hier.«

»Das wissen wir. Sabrinas Eltern wohnen in Müsen, im Siegerland.«

Hünner nickte. »Sie sind, ich sagte es schon, wirklich gut informiert. Bitte, Sie werden doch Sabrinas Mörder finden?«

Ecki sah von seinen Notizen auf. »Darauf können Sie wetten.«

»Das ist gut.«

Frank wunderte sich, dass Hünner vergleichsweise gefasst war. »Wer könnte Ihre Freundin ermordet haben?«

»Glauben Sie, dass der Fotograf der Mörder Sabrinas ist?«

»Habe ich das gesagt? Wir wissen doch gar nicht, ob es diesen Mann überhaupt gibt. Es kann doch sein, dass Sabrina Ihnen einen Bären aufgebunden hat und gar nicht in Frankreich war.«

Ecki hakte nach. »Sie haben die Frage nicht ausreichend beantwortet. Können Sie sich vorstellen, wer solch eine Tat begeht?«

»Sie meinen, ob Sabrina Feinde hatte?«

»Möglich ist das doch.«

»Nicht das ich wüsste. Ich denke, dass Sabrina einem Serientäter zum Opfer gefallen ist. Zumindest schreiben das die Zeitungen.« Hünner zog sein Jackett zurecht.

»Was die Zeitungen schreiben, ist derzeit pure Spekulation.«

»Aber sie soll ähnlich schrecklich zugerichtet worden sein wie diese Kinder.«

»Wir möchten zu unserem Ermittlungsstand nichts weiter sagen.«

»Verstehe. Aber ich würde gerne mehr wissen. Ich bin doch so eine Art Angehöriger. Wenn man von ihren Eltern absieht.«

Ecki schüttelte den Kopf. »Ich kann Sie zwar verstehen, aber so einfach ist das nicht.«

Hünner schwieg eine Weile, bevor er fortfuhr. »Können Sie mir bitte einen Gefallen tun?«

Frank öffnete die Hände. »Wenn das in unserer Macht steht.«

Hünner setzte sich aufrecht hin. »Wie Sie vielleicht wissen, bin ich der Oberbürgermeisterkandidat der KFM. Ich will im Herbst die Wahl gewinnen. Ich wäre froh, wenn meine Verbindung zu Sabrina Genenger nicht in den Zeitungen erscheint. Das würde nur unnötig Unruhe in meine Partei und in meinen Wahlkampf bringen. Meine Chancen stehen zwar ausgezeichnet, aber einen Skandal kann auch ich nicht gebrauchen.«

Ecki wunderte sich. »Wieso sprechen Sie von einem Skandal? Sie haben doch nur – und ich setze das in Anführungszeichen – einen geliebten Menschen verloren.«

»Natürlich, ich habe mich im Wort vergriffen. Ich meine nur, dass die Zeitungen schnell einen Skandal aus so was stricken. Sie wissen doch, wie die Medien sind. Gerade im Wahlkampf.«

Frank wollte sich nicht auf eine Diskussion einlassen. »Ich fürchte, dass sich das nicht vermeiden lassen wird. Wir werden jedenfalls keine entsprechende Pressemitteilung machen. Aber man weiß ja nie, welche anderen Quellen die Journalisten anzapfen können.«

Frank musste an den Einfallsreichtum eines Bert Becks denken. Außerdem wusste er jetzt, woher er Sabrina Genenger kannte. Er hatte sie an der Seite von Hünner auf einem Zeitungsfoto gesehen. Es war eine Sitzung der CDU gewesen. Ihm war der Bericht aufgefallen, weil in ihm ausdrücklich betont worden war, dass man auch den politischen Gegner eingeladen hatte.

»Aber, meine Herren, Sie haben doch Mittel und Wege, um so etwas zu verhindern.«

»Sie überschätzen unsere Möglichkeiten, fürchte ich.« Ecki schlug sein Notizbuch zu. Auch er wollte sich nicht auf eine längere und für ihn unnötige Diskussion einlassen.

»Also, ich kenne Ihren Vorgesetzten, den Polizeipräsidenten. Und was er so erzählt, da ist so manches möglich, was auf den ersten Blick für ausgeschlossen gehalten wird. Wenn man entsprechende Beziehungen hat.«

Frank fühlte sich unwohl. Was bildete sich dieser Hünner ein? Er war doch nicht der Lakai eines Lokalpolitikers. Entsprechend kühl fiel seine Antwort aus. »Dann müssen Sie wohl Ihre Beziehungen spielen lassen.«

Hünner merkte, dass er einen Fehler gemacht hatte. »So habe ich das nicht gemeint, Herr Borsch. Natürlich sind Sie unabhängig. Und das sollen Sie auch bleiben. Aber Sie müssen bitte auch mich verstehen. Für mich steht viel auf dem Spiel.«

Frank ließ sich von dem Rückzieher des Politikers nicht beeindrucken. »Was steht für Sie schon auf dem Spiel? Ihre Freundin ist tot. Grausam getötet. Was bedeutet da noch Ihre Kandidatur?«

Daniel C. Hünner versuchte ein Lächeln. »Natürlich haben Sie Recht mit Ihrer Kritik, Herr Hauptkommissar. Aber, lassen Sie mich das bitte sagen, ein Politiker muss anders denken. Für ihn kommt die Moral zuletzt. Wichtig ist der politische Sieg. So ist das nun mal.«

»Politik ist ein schmutziges Geschäft.«

»Wenn Sie das so sehen wollen. Ich jedenfalls kann mir zum gegenwärtigen Zeitpunkt keine Sentimentalitäten leisten. Damit Sie mich nicht falsch verstehen, meine Herren, ich habe Sabrina Genenger geliebt. Sehr sogar. Aber ich kann sie nicht ins Leben zurückholen. Und das würde ich, verdammt noch einmal tun, wenn ich die Mittel dazu hätte. Aber Sabrina ist tot. Und ich muss nun versuchen, ohne sie klarzukommen. Und ich will und ich werde diese Wahl gewinnen. Darauf können Sie sich verlassen. Mit oder ohne die Hilfe Ihres Polizeipräsidenten.«

Frank und Ecki ließen Hünners überraschenden Wortschwall unkommentiert stehen.

Die anschließende Befragung von Katja Steins brachte wenig Neues. Sie hatte Sabrina Genenger tatsächlich von der Schule her gekannt. Nach dem Abitur hatten sie sich dann aus den Augen verloren. Erst durch Sabrinas Beziehung zu Daniel C. Hünner hatten sich die ehemaligen Schulfreundinnen wiedergetroffen. Sie hatte ihr zwar aus dem Urlaub geschrieben, aber von einer Freundschaft mochte sie nicht sprechen, gab Katja Steins an. Von einem ehemaligen Freund, der angeblich als Fotograf in Frankreich leben sollte, wusste sie nichts.

Bevor die beiden Ermittler Hünners Firma verließen, kam der Unternehmer noch einmal aus seinem Büro. »Ich habe noch eine Bitte, meine Herren. Kann ich Sabrina noch einmal sehen?«

»Wir werden sehen.«

Als Hünner Frank und Ecki wegfahren sah, griff er zum Telefonhörer. »Herr Feusters? Ich brauche dringend Ihren Rat. Ja. Dringend.«

...

Heinz-Jürgen Schrievers hatte Frank erst einen Platz freiräumen müssen, bevor er mit seiner Suche begann. Seither arbeitete er sich schweigend durch mehrere Aktenstapel.

Frank nutzte die Gelegenheit, um sich in Schrievers »Heiligtum« umzusehen. Seit er das letzte Mal im Archiv war, hatte sich einiges verändert. Das Büro ihres dicken Polizeihauptkommissars war nicht nur vollgestopft mit Schränken, Registraturen, Akten, Büchern und Broschüren – an den wenigen, noch freien Wänden hingen mittlerweile mehrere alte Ölbilder.

»Fühlst du dich eigentlich wohl in deinem Chaos? Noch dazu, wo du jetzt auch noch die letzten freien Stellen in deinem Büro zugehängt hast?« Frank hatte er das Gefühl, von der Enge förmlich erdrückt zu werden.

»Im Gegenteil, Frank. Was du als Chaos bezeichnest, ist für mich die einzige Atmosphäre, in der ich arbeiten kann. «

»Jedem das seine.« Frank lächelte freundlich. Wenn Heini diese Umgebung für seine geniale Arbeit brauchte, dann sollte es wohl so sein.

»So.« Schrievers drehte sich zu Frank um und schlug dabei einen Ordner auf. »Daniel C. Hünner, 44, geboren in Mönchengladbach. Führt in mittlerweile vierter Generation ein Baugeschäft. Vor allem sein Vater hat die Firma groß gemacht. 120 Mitarbeiter. Die Hünners haben so ziemlich alles Wichtige in der Stadt gebaut. Und hatten immer schon einen guten Draht zur Politik, wenn du verstehst, was ich meine.«

»Nicht wirklich.«

»Wenn meine Informationen stimmen, hatte der alte Hünner beste Verbindungen bis in die Spitzen der Stadtverwaltungen von Rheydt und Mönchengladbach. Nur wenige Ausschreibungen gingen an ihm vorbei.«

»Filz? Bestechung?«

»Wo ist da die Grenze? So genau wird man das nicht trennen können. Hünner Senior war ein begnadeter Strippenzieher. Aber man hat ihm nie etwas nachweisen können. Selbst der WDR hat sich mal mit dem Thema beschäftigt. Unter dem Titel ›Bauern, Bonzen, Demokraten‹, wenn ich mich recht erinnere. Hat damals für ziemlichen Wind gesorgt. Aber auch den Wirbel hat der alte Hünner problemlos überstanden.« Schrievers blätterte weiter.

»Hast du noch mehr?«

»Sein Sohn ist in ziemlich große Fußstapfen getreten. Der junge Hünner hat sich in seinen Sturm-und-Drang-Zeiten eher durch Jetset-Eskapaden hervorgetan. Erst in den vergangenen zehn Jahren ist er deutlich ruhiger geworden. Und was das Händchen für die Verbindung von Politik und Wirtschaft betrifft, hat er von seinem Vater geerbt. Und auch er pflegt den engen Kontakt mit den Entscheidungsträgern dieser Stadt. Jüngste Beispiele ist die riesige Fußballarena im Nordpark, an deren Bau er kräftig mitgewirkt und verdient hat. Außerdem hat er es geschafft, die IEA für die Entwicklung der Mönchengladbacher Innenstadt zu interessieren. Die Münchener wollen das neue Einkaufszentrum bauen. Gegen den Widerstand der vielen Kritiker. Daniel C. Hünner hat ihnen durch seinen Einfluss im Stadtrat den Weg freigemacht. «

»Ich habe von dem Projekt gelesen. Wenn das tatsächlich so verwirklicht wird, bleibt in der Stadt nichts wie es war.«

»Sage ich doch.«

»Was hast du über Hünners politische Karriere gefunden?«

Heinz-Jürgen Schrievers blätterte ein paar Seiten weiter. »Viel ist es nicht mehr. Der alte Hünner hat seinen Sohn in die Politik gebracht und ihm so die Ochsentour über Pöstchen und Posten, durch Gremien und Bezirksvertretungen erspart. Daniel C. Hünner war von Anfang an der Erbprinz, von dem das Geschäft kräftig profitieren würde.«

»Und, wird Hünner unser nächster Oberbürgermeister?«

»Nach allem, was ich habe zusammentragen können, wird er das Rennen wohl machen. Er könnte den Leuten auch Luft in Dosen verkaufen, sie würden ihn immer noch mögen. Er hat die richtige Mischung aus Bauernschläue, Machthunger und Vertretermentalität. Und er hat sich einen außerordentlich erfolgreichen Berater geholt: Dirk Feusters aus Korschenbroich. Ein anerkannter Stratege. Es gibt wohl kaum eine Partei, die nicht schon einmal seinen Rat eingeholt hätte.«

»Hünner ist also ein echtes Schätzchen.« Frank streckte sich. »Glaubst du, dass er über Leichen geht, um seine Ziele zu erreichen?«

»Ob er jemanden umbringen könnte? Wer könnte nicht morden? Es kommt schließlich nur auf den Preis an, den man zu zahlen bereit ist.«

»Du hast eben von ›Eskapaden‹ gesprochen. Hast du irgendwas gefunden, was auf unsere Fälle passen könnte? Irgendeine perverse Neigung? Ein Hang zum Okkulten?«

»Jetzt willst du es aber wissen.« Der Archivar schmunzelte. »Nein. Nichts. Was das betrifft, ist Hünner sauber. Er ist viel mit hübschen jungen Blondinen durch die Gegend gezogen. Champagner-Fêten auf Sylt und solche Sachen. Aber sonst ist er ein unbeschriebenes Blatt. Er ist mal besoffen in seinem Porsche erwischt worden. Das war's aber auch.«

»So ganz sauber erscheint mir der smarte Unternehmer allerdings nicht. Irgendwas stimmt mit ihm nicht. Ich bin gespannt, ob seine Geschichte von dem verlassenen Fotografen stimmt.«

»Was meinst du?« Schrievers legte den Ordner weg.

Frank erzählte kurz von ihrem Gespräch mit Hünner. Allerdings konnte Schrievers nicht viel dazu sagen. Unter dem Namen Sabrina Genenger hatte er kaum etwas gefunden. Lediglich, dass die Tote vor ihrer Arbeit in dem Möbelhaus eine Ausbildung bei der Volksbank Mönchengladbach gemacht hatte. Und dass sie mit Hünner befreundet war.

Auf dem Weg zurück in sein Büro traf Frank Sebastian Dembrowski.

»Ich habe dich schon gesucht.« Schalke wedelte mit einem schmalen Hefter. »Leenders hat Neuigkeiten.«

»Aha.« Frank schlug seinem Kollegen freundschaftlich auf die Schulter. »Dann lass uns mal zu Ecki gehen.« Er war froh, endlich aus der Enge des Archivs entkommen zu sein.

Ecki war gerade dabei, ein kleines Kofferradio anzuschließen, als die beiden zur Türe hereinkamen.

»Ich glaub's ja nicht.« Ihr Büro war musikfreie Zone. Darauf hatten sie sich geeinigt. Und jetzt schleppte Ecki ein Radio an. »Was soll das denn jetzt?«

Ecki wurde verlegen. »Um ehrlich zu sein, ich brauche einen Ausgleich zu deinem dämlichen Blues-Plakat. Diese schwarzen und weißen Hände gehen mir allmählich auf den Geist. Ich habe mir gedacht, solange du nicht da bist, kann ein bisschen WDR 4 nicht schaden.«

Hastig stöpselte er das Transistorgerät aus und ließ es in einer großen Schublade seines Schreibtischs verschwinden.

Frank musste grinsen. »Nur keine Panik. Seit wann hast du das Ding eigentlich schon da drin?«

Ecki tat so, als habe er die Frage nicht gehört.

Dembrowski war die Situation sichtbar peinlich. Demonstrativ gelassen hielt er Ecki den Hefter hin. »Neuigkeiten aus der Pathologie.«

»So?« Ecki legte seine Hände gefaltet auf die Schreibtischplatte. Die gespielte Unschuld vom Lande.

»Leenders hat unter den Fingernägeln der Toten Reste einer Flechtenart gefunden. Die gleichen Flechten waren auch im Haar der Toten.«

»Flechten? Woher stammen sie? Was sagt Leenders dazu?«

Schalke zog bedauernd die Mundwinkel herunter. »Nicht viel. Nur soviel, dass diese Flechtenart in dunklen und feuchten Räumen vorkommt. Zum Beispiel in Kellern oder auch in nassen Stollen. Manchmal auch in Höhlen. Tropfsteinhöhlen.«

»Na, prima. Tropfsteinhöhlen! Stollen! Also doch Frankreich? Wo gibt es hier solche Höhlen?« Frank fuhr sich mit den Händen durch sein Haar.

»Feuchte Keller gibt es auch bei uns.« Ecki bewertete Leenders Erkenntnisse nicht ganz so düster.

»Wir stehen also wieder am Anfang. Wir müssen diesen Fotografen finden. Und zwar schnell.«

Ecki und Schalke nickten.

Frank berichtete seinen Kollegen von Schrievers Rechercheergebnissen.

Dembrowski nickte. »Hünner hat also eine Verbindung zum Fußball.«

Frank sah seinen Kollegen an und schüttelte nachsichtig den Kopf. »Das geht mir jetzt ein bisschen schnell. Nur weil Hünner am Bau des Stadions kräftig mitverdient hat, muss er nicht zwangsläufig eine Verbindung zum Fußball haben. Und der Bau eines ›neuen‹ Bökelbergs bedeutet ebenso noch lange nicht, dass er am alten eine Kinderleiche vergraben hat. Nein, das ist zwar eine interessante Theorie, aber auch eine ziemlich abenteuerliche. Wir haben nicht den geringsten Anhaltspunkt, dass der Unternehmer und KFM-Kandidat Daniel C. Hünner unser Mann sein könnte. Warten wir ab, bis wir den Fotografen gefragt haben.«

XI.

Das Stadion war bis auf den letzten Platz ausverkauft. Wie in den vergangenen Wochen auch. Seit dem Umzug ins neue Stadion konnten die Fans von ihrem Club nicht genug bekommen. Der Verein meldete regelmäßig ein neues Rekordniveau steigender Mitgliederzahlen.

Alexander Rauh fühlte sich seit Tagen nicht wohl. Er hatte die Nächte damit zugebracht, sich eine Strategie zurechtzulegen, um der Erpressung durch Hünner und dessen Komplizen doch noch zu entgehen. Er hatte wach gelegen und immer wieder mit seiner kleinen Puppe gesprochen, als könnte sie ihm einen Weg aus der Umklammerung weisen. Dann wieder hatte er das blonde Ding als Quelle allen Übels verdammt und das unheilvolle Spielzeug aus seinem Bett geschleudert. Bloß um es anschließend reuevoll wieder aufzuheben und liebevoll um Verzeihung zu bitten.

Was war schlecht an der Liebe zu seinem Püppchen? Nur weil nach öffentlicher Meinung und Moral ein erwachsener Mann nicht mit Puppen spielt und schon gar nicht ein von seinen Gegnern gefürchteter beinharter Abwehrspieler, wollte er sich nicht von seiner geliebten Gefährtin trennen. Was wussten schon die anderen? Sein Püppchen hatte Seele. Dieses kleine stumme Wesen konnte ihn verstehen. Allein die Puppe kannte alle seine Geheimnisse. Sie war die Einzige, der er vertraute. Niemandem sonst, nur diesem elfenhaften Wesen.

Was hatte er Hünner getan? Immer und immer wieder hatte er sich und seinem Püppchen diese Frage gestellt. Aber sie hatten beide keine Antwort gefunden. Warum diese Fotos? Hünner und seine dunklen Mächte hatten mit den Bildern sein Allerheiligstes geöffnet, seine Seele zerstört.

Er hatte sich seither nicht mehr sicher gefühlt. Ständig hatte er das Gefühl, beobachtet zu werden. Wo war diese verdammte Kamera versteckt? Er hatte jeden Winkel der Kabine abgesucht, hatte versucht, Öffnungen in den Wänden und in der Decke zu finden, aber er hatte am Ende nichts gefunden. Alexander Rauh hatte in den Augen seiner Mitspieler geforscht, ob sie Hünners Komplizen waren. Aber er hatte auch in den Augen nichts entdecken können. Und doch hatte er sich nicht sicher gefühlt.

Menschen konnten sich verstellen. Menschen konnten ihre wahre Absicht verbergen, konnten Freundschaft und Kameradschaft heucheln. Allein zu dem Zweck, ihn beherrschen und zerstören zu wollen.

Selbst in den Augen von Hefter und vom Trainer hatte er nach einem verräterischen Zwinkern gesucht.

Alexander hatte an diesem Tag keine Kraft mehr. Schon nach wenigen Minuten war er nur noch mechanisch über den Platz gelaufen. Er hatte es nur dem Instinkt und der Reaktionsschnelligkeit ihres Torwarts zu verdanken, dass sie noch nicht hinten lagen. Auch die Zuschauer hatten seine Unsicherheiten bemerkt und begleiteten jede seiner Aktionen mit einem aufgeregten Raunen.

Er nahm das Publikum, die ekstatischen Gesänge, das Rauschen auf den Rängen längst nicht mehr wahr. Alexander spielte wie in Trance. Seine Beine drohten ihren Dienst zu versagen. Schon in der Halbzeitpause hatte er den Trainer gebeten, ihn auszuwechseln. Aber mehr als ein zorniges »Reiß dich gefälligst zusammen!« hatte er nicht zu hören bekommen.

Der Pass kam lang in den freien Raum. Alexander musste an seine Grenzen gehen, um den Ball noch ablaufen zu können. Mit viel Glück konnte er ihn ins Toraus spitzeln. Seine Lungen brannten. Der Schweiß floss in Strömen. Keuchend stand er da. Eckball. Von der rechten Seite. Es war die 85. Minute, und es stand immer noch 1:1. Alexander Rauh lief in den Strafraum, um die Nummer 2 abzuschirmen. Er wusste, wie kopfballstark sein Gegenspieler war. Rauh hatte das Gefühl, beobachtet zu werden. Nicht von allen 54.000 Zuschauern, sondern allein von Hünner. Irgendwo dort oben in einer der Logen musste er sein und darauf warten, dass sein Auftrag ausgeführt wurde. Alexander spürte förmlich, wie sich die Blicke Hünners in sein Trikot brannten. In der kurzen Verschnaufpause bis zum Eckball malte sich der Abwehrspieler aus, wie Hünner und seine Mitverschwörer mit einem Sektglas in der einen und einem Häppchen in der anderen Hand gespannt auf seinen ›Fehler‹ warteten, um sich dann anschließend wissend zuzunicken.

Nein! Er wollte seine Ehre als Sportler nicht verraten. Um keinen Preis, sollten sie doch die Bilder drucken und ihn öffentlich verspotten. Sein Leben hatte sowieso keinen Wert mehr. Sollten sie ihn doch aus der Mannschaft werfen. Er würde fortgehen aus dieser verlogenen Welt. Er hatte jetzt ein anderes Ziel.

Der Ball kam unerwartet hoch in den Strafraum. Alexander Rauh hatte sich breit vor seinen Gegner gestellt, um dessen Aktionsradius zu verkleinern. Dabei hatte er die Knüffe in seinen Rücken kommentarlos weggesteckt. Der Ball kam genau in seine Richtung. Alexander

Rauh wollte hochsteigen, aber seine Beine versagten. Er spürte die Kraft, die ihn am Boden hielt, und konnte sich nicht wehren. Er wusste im nächsten Augenblick, dass er den Ball nie mehr würde erreichen können. Nur als fernes Rauschen nahm er den Torjubel aus dem gegnerischen Fanblock wahr. Er hatte verloren. Er hatte das Spiel verloren. Das wusste er in dem Augenblick, als er am Boden lag.

Noch in der Kabine drohte der Trainer ihm mit Rausschmiss. Seine Mitspieler wichen seinen Blicken aus, als er unter die Dusche humpelte. Später dann, in der Nacht, schreckte er auf. Er hatte das Gefühl, jemand sei an seiner Tür. Als er nachsah, war der Flur dunkel.

...

»Hast du das Spiel gesehen? Das war die erbärmlichste Vorstellung, die ich von dieser Mannschaft bisher gesehen habe. Das ist doch die reinste Gurkentruppe. Allen voran dieser Rauh. Er hat die Mannschaft um ihr Unentschieden gebracht. Möchte mal wissen, was mit dem los ist. Der hat gespielt wie ein Anfänger. In der 85. Minute lässt der noch ein Tor zu. Das muss man sich mal vorstellen.« Ecki tippte sich an die Stirn.

»Was regst du dich so auf? Ist doch nur Fußball.«

»Was heißt ›nur Fußball‹? Das kann auch nur ein Ignorant sagen. Mensch, Frank, wenn die so weiterkicken, ist der Abstieg sicher. Naja, soll mir recht sein.« Wenn Ecki sich über Fußball aufregte, kannte er weder Freunde noch Objektivität.

»Ecki!«

»Diese Typen kriegen jeden Monat zig Tausend und spielen dann wie Kreisligakicker. Da bin ich ja noch besser auf meine alten Tage.«

»Du weißt, dass das so nicht stimmt.«

»Jetzt werd bloß nicht objektiv!«

»Du willst dich aufregen, scheint mir.«

»Ja, und ich habe alles Recht dazu. Schließlich habe ich für die Karte richtig Kohle auf den Tisch gelegt.«

»So ist das im Fußball. Mal gewinnt man, mal verliert man.«

»Mal gewinnt man, mal verliert man.« Ecki schnitt eine Grimasse, als er seinen Freund nachäffte.

»Fußball ist doch nur noch Geschäft.«

Nun waren sie in ihrem ›Fachgespräch‹ an einem Punkt angelangt, an dem Ecki nicht mehr wollte. »Lass gut sein. Du wirst nie ein richtiger Fan. Zur WM fährst du besser in die Wüste. Spaßbremse.«

Frank sagte nichts mehr. Ohne weiter auf Ecki zu achten, zog er eine Akte aus dem Stapel auf dem Schreibtisch und begann demonstrativ darin zu blättern.

»Is ja schon gut, ich habe verstanden.« Ecki verdrehte die Augen.

»Dann können wir uns also wieder der Arbeit widmen?«

»Du bist ganz schön blöd, weißt du das? Fußball ist ein göttliches Spiel. Elf Freunde sollt ihr sein! Der Spruch macht Sinn, auch heute noch. Lass dir das gesagt sein.«

Frank zuckte mit den Schultern. »Ziemlich abgenudelter Satz. Da gefällt mir schon besser, was mir Lisa letztens an den Kühlschrank gepappt hat.«

»Einen Satz aus ihrem Zitatenschatz? Sammelt die Frau Lehrerin jetzt auch Fußballsprüche?«

»Keine Ahnung, jedenfalls hat sie ein Faible für Jens Lehmann.«

Ecki grinste. »Als Mann oder Fußballer?«

»Keine Ahnung, jedenfalls hat Lehmann wohl gesagt ... ich hoffe ich kriege das noch zusammen ...«, Frank kniff beim Überlegen die Augen zusammen. »Also, er hat gesagt: ›Im Fußball ist ein Freund in Relation zu setzen. Er ist ein Kumpel. Er ist kein Freund, dem ich alles erzähle‹.«

»Und was ist jetzt so toll an dem Spruch?«

»Na, immerhin hat der Mann Grips im Kopf. Sonst würde er nicht zwischen Kumpel und Freund unterscheiden. Und offenbar ist das Fußballgeschäft mehr ein Haifischbecken als ein Jungeninternat.«

»Das haben schon andere festgestellt. Und lange vor Lehmann.«

»Nämlich?«

»Ewald Lienen.«

»Das ist in der Tat schon lange her.« Frank seufzte vernehmlich.

»Na, also, was gibt's Neues in diesem unserem Geschäft?« Ecki hatte verstanden. Die montägliche Fußballkonferenz war beendet.

...

»Hast du den Umschlag gefunden? Wir sind sehr zufrieden mit dir. Hörst du, Alexander? Das ist der Beginn einer wunderbaren Geschäftsbeziehung. Wir werden alles dafür tun, dass dein Vertrag verlängert wird. Und die Chancen stehen gut. Sehr gut. Wir haben da so unsere Möglichkeiten. Du wirst uns noch viel Freude machen. Und du wirst auch noch viel Freude haben, an so manchem netten Scheck. Oder möchtest du lieber Bares? Überleg es dir und ruf mich an.«

Es klickte in der Leitung. Alexander löschte die Nachricht auf seinem Anrufbeantworter. Seine Hände wurden feucht und kalt. Er klammerte sein Püppchen fest an sich. Er würde so gerne Pascal anrufen. Pascal hatte immer Rat gewusst. Aber Alexander durfte nicht.

...

»Es gibt keine neuen Bilder. Nein, das geht nicht.« Daniel C. Hünner sprach mit vorgebeugtem Oberkörper, leise, fast tonlos. Obwohl er seine Sekretärin längst in den Feierabend geschickt hatte, wollte er sichergehen.

Der Hoffnungsträger der KFM horchte eine Weile in den Hörer, bevor er unwirsch weitersprach. »Sie können mir nicht drohen. Sie sitzen selbst viel zu tief drin in der Geschichte. Selbst wenn ich wollte, es geht nicht. Seit Sabrina tot ist, muss ich noch vorsichtiger sein.«

Hünner konnte den Redefluss am anderen Ende der Leitung nicht stoppen. Er hätte vorsichtiger sein müssen, die »alte Schlampe« hätte nicht sterben müssen, jedenfalls nicht sofort. Mit seiner »dämlichen Aktion« habe er leichtfertig alle in Gefahr gebracht. Auf jeden Fall werde man ab jetzt auf ihn aufpassen und beim kleinsten Fehler fallen lassen. Er sei überhaupt nicht in der Position, Entscheidungen zu treffen, im Gegenteil, »der Oberbürgermeister Daniel C. Hünner ist tot, bevor er überhaupt zur Wahl angetreten ist.« Er solle also liefern, wie vereinbart. Sie hätten ein Abkommen, aber bisher habe sich nur »der Kreis« daran gehalten.

Hünner fühlte sich wie ein Schuljunge, der vor seinem Direktor stand. Der Stimme am anderen Ende der Leitung hatte er nichts entgegenzusetzen. Er nickte nur stumm und legte schließlich auf. Seine Demut machte ihn wütend.

Er musste handeln. Er musste dafür sorgen, dass der Fall Sabrina abgeschlossen wurde und er nicht noch mehr ins Visier der Fahnder geriet. Was tun, was tun? Schwerfällig stand er von seinem Schreibtisch auf.

Das Leben da draußen, es kotzte ihn an. All diese erbärmlichen Wichtigtuer, all diese widerlichen Speichellecker, die nur ihren Profit und ihren Vorteil wollten. Für eine winzige Sekunde wollte er seinem Impuls nachgeben, den Vorsitzenden der KFM anrufen und ihm seinen Rücktritt von der Kandidatur mitteilen. Aber er wusste, dass er dazu keine Chance hatte.

Hünner wurde oft von Bildern geplagt, die ihn besonders in stillen Stunden heimsuchten wie eine unheilbare Krankheit. Darin saß er in einem leeren weißen Raum, allein mit der Hoffnung, wie ein Neugeborenes das Leben neu beginnen zu können. Er wusste, dass er eine Seele hatte, aber er hatte vergessen, wo sie zu finden war. In Wahrheit war er seit langem auf der Suche nach ihr. An jedem Tag, den Gott geschaffen hatte. Und an jedem Tag musste er sich eingestehen, dass er sie nie würde greifen können. Er hatte seine Seele verkauft, mit jedem Tag ein Stück mehr. Der Gedanke tat ihm weh und Tränen schossen in seine Augen.

...

»Die Eltern von Sabrina Genenger haben keine Ahnung, von welchem Fotografen Hünner spricht. Ihre Tochter hat wohl mal vor einigen Jahren eine kurze Affäre mit einem Mann aus Frankfurt gehabt, daran können sie sich erinnern. Aber was den Fotografen aus Frankreich betrifft – nichts. Sie hatten schon länger keinen Kontakt mehr zu ihrer Tochter. Es hat wohl mal Streit gegeben. Aus nichtigem Anlass, wie sie angeben. Sie sind fix und fertig.« Ecki schlug das Protokoll zu.

»Findest du nicht, dass es da eine merkwürdige Parallele gibt?«

»Wie meinst du das?«

»Auch Braun kommt aus dem Siegerland.«

»Zufall. Braun ist draußen. Er hat für die fragliche Zeit ein Alibi. Die Kollegen haben das bestätigt.«

»Und jetzt?«

»Wir müssen jemanden finden, der regelmäßig im Bereich der Niers unterwegs ist. Ein Jogger, eine Frau mit Hund, ein Liebespärchen.«

»Gute Idee. In der Nähe ist doch auch noch dieser Tennisclub. Wir sollten uns da mal umhören.«

»Das bedeutet eine Menge Arbeit. Können wir dafür nicht Leute aus der Hundertschaft abziehen?«

»Ich werde mal telefonieren.«

Frank hatte Pech. Die Hundertschaft war zu einer Übung unterwegs und wurde erst gegen Abend wieder zurückerwartet.

Frank fluchte leise. »Wenn man die mal braucht, sind sie nicht da.«

»Bestimmt sind noch andere frei. Ruf doch mal in Düsseldorf an.«

»Nee. Ich will unsere.«

»Wie du willst.« Ecki verzog das Gesicht. »Aber sag nachher nicht, du hättest warten müssen. Frank, mich lässt dieser Gedanke nicht los. Dieser ominöse Fotograf. Was ist, wenn es den überhaupt nicht gibt? Wenn Hünner ihn erfunden hat?«

Frank lehnte sich in seinem Stuhl zurück. »Ich sag ja, dieser feine Herr Hünner ist mir nicht geheuer. Andererseits ist er ein gewiefter Politiker. Er wird doch nicht so blöd sein und sich so eine dünne Geschichte ausdenken. Er muss doch damit rechnen, dass wir seine Angaben überprüfen. Wenn er Sabrina auf dem Gewissen haben sollte, wird er früher oder später auffliegen. Und damit wäre nicht nur sein Traum vom Oberbürgermeister ausgeträumt. So ein Risiko würde er nicht eingehen. Das machen Politiker nicht. Sie setzen nicht wissentlich ihre Karriere aufs Spiel.«

»Die Geschichtsbücher sind voll mit Politikern, die selbst vor Mord nicht zurückschrecken.«

»Du meinst Präsidenten von Bananenrepubliken. Aber ein Kommunalpolitiker begeht keinen Mord, nicht hier in Mönchengladbach. In der Provinz sind sie sicher ebenso machtgeil wie in der großen Politik. Aber deshalb passiert hier kein Mord. Erpressung, Bestechung, vielleicht. Aber Mord? Nee. Außerdem, ich sag's noch einmal, Hünner hätte dann auch die Kinder auf dem Gewissen. Und das passt überhaupt nicht zu ihm. Er ist kein kranker Psychopath. Nein, es gibt kein Indiz für deine Theorie.« Frank musste grinsen. »Eher kann ich mir vorstellen, dass der ein oder andere Gladbacher schon mal Mordgedanken gegen Politiker entwickelt. Wenn ich mir ansehe, welchen Scheiß die sich zusammenregieren.«

»Stimmt. Aber mal im Ernst, Stichwort ›Psychopath‹. Hast du schon mit Viola gesprochen? Du wolltest sie doch fragen.«

Viola Kaumanns. Frank hatte ihr in den vergangenen Tagen mehrfach auf die Mailbox gesprochen. Allerdings hatte sie sich erst gestern gemeldet. Als Frank ihre Stimme gehört hatte, war er ein bisschen unruhig geworden und hatte ein flaues Gefühl in der Magengegend gespürt, dass er sich nicht erklären konnte und auch nicht wollte.

»Viola hat gestern angerufen und mir gesagt, sie will sich in den nächsten Tagen noch einmal melden. Im Moment hat sie den Kopf nicht frei für unser Problem. Außerdem, meint sie, fehlt ihr der Überblick und die Erfahrung für ein echtes profiling. Sie kann uns höchstens ein paar Tipps geben.« Frank stand von seinem Platz auf und ging ans Fenster. Auf der Straße war wenig Verkehr. Er spürte wieder diese Unruhe.

»Dann sollten wir besser offiziell beim LKA nach einem Profiler fragen, damit wir endlich ein Stück weiterkommen.«

»Lass uns erst selbst noch was probieren. Außerdem will ich erst abwarten, was Viola uns vorschlägt.«

»Ja, ja, die kleine Viola. Wer hätte das gedacht? Macht jetzt Karriere. Nicht mehr lange, und sie macht uns allen etwas vor.«

»Kann sein«, murmelte Frank.

»Was?«

»Kann sein, habe ich gesagt.« Frank drehte sich wieder um und setzte sich. »Viola muss noch viel lernen. Sie hat doch noch gar nicht richtig mit ihrer Arbeit angefangen.«

»Aber sie ist fit und pfiffig. Das musst du zugeben. Und total ehrgeizig. Denk nur an die Sache in der Hardterwaldklinik.«

»Sag mal, statt dich um die Karrierepläne deiner Kolleginnen zu kümmern – hast du dir Gedanken gemacht, woher die Flechten stammen, die Leenders bei Sabrina Genenger gefunden hat?« Frank war das Thema sichtlich unangenehm.

»Nicht wirklich. Wir sollten einen Biologen fragen. Vielleicht gibt es in der Gegend einen Ort, an dem nur diese Art vorkommt. Könnte ja sein.«

Frank sah seinen Freund aufmunternd an. »Hast du mir nicht mal erzählt, dass deine Eltern einen guten Draht zu den Förstern haben?«

»Ja, aber dabei ging es immer nur um die Ponys, die schon mal durch die Schonungen jagen. Ich glaube nicht, dass sie uns helfen können. Das ist der Job eines Biologen.«

»Vielleicht kennen die Förster ja einen, der sich damit auskennt.«

»Da fällt mir ein, ich könnte mal meinen alten Bio-Lehrer fragen. Wenn er denn noch lebt. Der hat uns oft genug mit der ›einzigartigen schönen Pflanzenwelt unserer Heimat‹ genervt.« Ecki versuchte den leicht näselnden Tonfall seines früheren Lehrers zu imitieren.

»Wenn es hilft. Ein Versuch kann nicht schaden. Er freut sich bestimmt, seinen hoffnungslosesten Fall wiederzusehen.« Frank sah Ecki betont unschuldig an.

»Was soll das denn heißen? Ich war in Bio nie schlecht. Möchte lieber nicht wissen, was du damals abgeliefert hast.«

Frank tat unwissend. »Ich erinnere mich nicht mehr. Ich weiß nur, dass wir ›Fruchtfliege‹ zu unserer Biolehrerin gesagt haben.«

»Muss dich ja mächtig beeindruckt haben, wenn du das heute noch weißt. Fruchtfliege. Auch nicht schlecht.«

...

Nutzlose Arbeit war das gewesen! Die ganze Nacht hatte ihn die Aktion gekostet. Natürlich hatte er nichts gefunden, was ihm hätte gefallen können! Sie hatten ihm einen makellosen Körper versprochen. Aber für ihn war er ohne Reiz gewesen, bloß eine biologische Masse, vergänglich im Moment der Anlieferung.

Statt ihm dankbar zu sein, für seine korrekte Abwicklung und die gestochen scharfen Bilder, hatten sie ihn angeschrien. Sie waren entsetzt gewesen über den Ort und den Zeitpunkt. Das sei nie abgesprochen gewesen, hatten sie behauptet. Dabei konnte er sich noch genau erinnern, was sie von ihm verlangt und erwartet hatten. Ganz genau.

Das konnte er nicht auf sich beruhen lassen. Sie mussten spüren, dass sie keine Macht über ihn hatten. Sie mussten seine Arbeit zu respektieren. Er würde sich nie wieder von ihnen missbrauchen lassen. Nie mehr.

Er schob seinen Fuß ärgerlich über den gefliesten Boden. Er wusste, dass sein Material als hohe Kunst gehandelt wurde.Bisher war es ihm Befriedigung genug gewesen, dies zu wissen. Überall in der Welt konnte seine Kunst bewundert werden. Nicht in einem Museum, aber immerhin in einem ausgesuchten erlauchten Kreis. Es tat ihm gut, wenn er daran dachte.

Er würde seinen Herren einen gehörigen Schrecken einjagen. Er brauchte diesen sichtbaren Beweis seiner Arbeit, um sich zu reinigen und mit neuer Kraft an seinen künftigen Aufgaben arbeiten zu können.

Es würde ihm keine Arbeit machen, die Welt da draußen von seinen Idealen zu überzeugen. Er hatte vorgesorgt. Er hatte immer schon seinen eigenen Weg verfolgt. Seine Vorsicht hatte ihm nun Recht gegeben. Er wusste, was nun zu tun war.

...

Frank traute seinen Augen nicht. Neben seinem Parkplatz stand ein offener Pritschenwagen, auf dem zwei uniformierte Kollegen an einem unförmigen Gegenstand zerrten, der auf den ersten Blick aussah wie eine Badewanne in Übergröße.

»Kann ich helfen, Kollegen?« Frank nahm seine Lederjacke von der Schulter und legte sie auf den Rücksitz seines Cabrios.

»Nee, lass man, Frank. Das muss reichen. Mann oh Mann, ist das schwer. Da kommt man glatt ins Schwitzen.« David Echtner schob seine Dienstmütze in den Nacken.

»Was habt ihr vor? Handelt ihr jetzt mit gebrauchten Badewannen? Da werdet ihr mit diesem Modell keinen Erfolg haben. Das sieht ja aus wie aus dem Müll gezogen.« Frank ging um den Wagen herum, um besser sehen zu können.

»Nee, nee, nix Handel. Die kommt zu mir in den Garten. Als exklusiver Mini-Swimmingpool. Das ist die alte Massagewanne vom Bökelberg.«

»Nein!«

»Doch, echt. Die stand in der ersten Etage. Original Bundesligageschichte. Näher an die Stars kannst du nicht kommen als mit dem guten Stück.« Echtners Augen leuchteten. Sein Gesicht glänzte vom Schweiß.

»Ihr seid echt bescheuert.« Frank musste lachen. Zwei gestandene Polizeibeamte, die wie die Kinder um ihren allergrößten Schatz herumstanden und sich freuten wie die Schneekönige. »Wie habt ihr das Ding denn überhaupt aus den Kabinen bekommen? Die Wanne ist doch bleischwer.«

»Vor ein paar Wochen haben wir schon mal versucht, das Teil abzubauen. Ging aber nicht. Dann hat uns der Vorarbeiter der Abbruchfirma versprochen, mit schwerem Gerät zu helfen. Das war endlich heute.«

»Und jetzt?«

»Wir fahren die Wanne zu mir nach Hause. Heute Abend kommen meine Kumpels vom THW und hieven mir das gute Stück in den Garten.« David Echtner fuhr mit einer Hand über den Beckenrand wie über ein wertvolles antikes Möbelstück. »Meine Nachbarn werden neidisch sein.«

Sein Kollege nickte. Auch er hatte diesen seltsamen Glanz in den Augen. »Und im Sommer liegen wir dann im Garten in unserem echten Profi-Pool, Flasch' Bier dabei, und gucken Bundesliga auf dem Breitwandbildschirm.«

Frank lachte kopfschüttelnd. »Passt auf, dass man Euch die Wanne nicht noch klaut. Schließlich haben da schon die teuersten Beine der Vereinsgeschichte dringelegen.«

David Echtner sah seinen Kollegen besorgt an. »Stimmt. Habe ich noch gar nicht dran gedacht.«

»Ihr seid ja vom Fach. Tschüss, Kollegen.«

Frank schlug mit der Hand auf die Karosserie des Pritschenwagens und ließ die beiden mit ihrem Schatz zurück.

Wenn es um Fußball geht, werden Männer zu Kindern, dachte Frank, als er mit seinem MGB vom Gelände des Präsidiums rollte. Für ihn war Fußball nur wenig mehr als jede andere Sportart. Ihn erschreckte immer wieder, wie viel Geld die Fans für ihr Hobby ausgaben. Jede Saison zwei neue Trikots, dazu Schals, Wimpel, die Dauerkarte. Andererseits konnte er schon verstehen, wenn die Leute den Samstagnachmittag in den Stadien zum Stressabbau brauchten. Besser, sie schrien sich auf dem Platz die Kehle wund, als dass sie sich zu Hause an ihren Familien vergriffen.

Fast hätte Frank den Anruf nicht gehört, so laut hatte er die Musik aufgedreht. Umständlich fingerte er sein Handy aus seiner Hosentasche.

»Borsch.«

Es war die Leitstelle.

»Okay. Ich bin gleich da. Sagt Ecki Bescheid. Und informiert Böllmann. Er soll ins Präsidium kommen. Egal wo er steckt, findet ihn.«

Frank fuhr bis zur nächsten Ampel und wendete dann. Der Tag würde lang werden. Nach dieser Nachricht! Irgendjemand hatte eine DVD auf die Stufen der Altstadtwache gelegt. Es war nicht irgendeine DVD mit irgendeinem Film. Auf der DVD war ein Mord zu sehen. Kein Schauspiel, kein reißerischer Hollywood-Streifen. Dieser Mord war echt. Eine junge Frau war auf den Aufnahmen zu sehen. Blond. Sabrina Genenger. Einer der Kollegen hatte ihr Gesicht erkannt.

Der Fernseher stand neben der Sitzgruppe an der Fensterseite des Raumes. Dort, wo morgens die Kollegen zusammenkamen, um die Vorkommnisse der vorangegangenen Nacht zu besprechen und den Tag einzuteilen, waren alle Stühle besetzt. Die *MK Bökelberg* hatte ihre Arbeit unterbrochen, um das makabere Dokument anzusehen.

Zunächst war nur ein gekachelter Raum zu sehen, in dessen Mitte auf dünnen Beinen eine Liege stand. Links und rechts von ihr waren zwei Halogenlampen aufgebaut. Ihre robusten gelben Beine ließen darauf schließen, dass sie aus einem Baumarkt stammten. Neben der Liege stand ein kleines Tischchen, auf dem mehrere Messer lagen.

Unter der Liege stand eine Wanne aus Kunststoff.

Minutenlang geschah nichts. Die Männer starrten schweigend auf die immer gleiche Szene: Die mit einem schwarzen, leicht glänzenden Bezug bedeckte Liege und die eingeschalteten Halogenlampen. Sie tauchten die Szene in ein gleißendes Licht. Der Fokus der offenbar fest installierten Kamera beschränkte sich auf das unmittelbare Umfeld der Liege. Der Bereich dahinter verschwamm zu undeutlichen Konturen.

Schließlich war ein leises Schlurfen und ein Schnaufen zu hören. Es dauerte eine Weile, bis die Ermittler die Ursache erkennen konnten. Aus Richtung der Kamera trat eine Gestalt ins Blickfeld, die eine Art Bündel auf den Armen trug. Zu sehen war nur der Rücken der Gestalt, die in einem weißen Overall steckte, wie ihn auch die Spurensicherung der Polizei benutzte. Die kräftige Gestalt hatte die Kapuze übergezogen, sodass ihre Haare nicht zu sehen waren.

Das unbekannte Wesen legte das schlaffe Bündel auf die Liege und trat einen Schritt zur Seite, um der Kamera den Blick auf seine Last freizugeben. Die Beamten konnten sofort erkennen, dass es Sabrina Genenger war. Mit beiden Händen rückte die oder der Unbekannte die Liege etwas zur Seite, damit die Zuschauer einen ungehinderten Blick auf das hatten, was sich in den kommenden Minuten vor ihren Augen abspielen würde.

Frank konnte ein Stöhnen hören, als die Gestalt ein langes Messer auf den Rücken der leblosen Sabrina Genenger ansetzte, einen Augenblick wie in tiefer Konzentration verharrte und dann einen ersten tiefen Schnitt setzte. Das Stöhnen kam nicht von der DVD, sondern war die entsetzte Reaktion der Kollegen auf das Geschehen.

Schnell war der weiße Overall mit Blut bedeckt. Die Mordkommission *Bökelberg* hörte ein heftiges schweres Atmen.

Die oder der Unbekannte ging zwar ungelenk vor, hin und wieder glitt eines der Messer ab, aber die ›Arbeit‹ verrichtete die Gestalt konzentriert und ohne Unterbrechung.

Frank wurde schlecht. Aus den Augenwinkeln bemerkte er, dass es Ecki ähnlich ging. Als mehrere Stuhlbeine scharrten, löste er seinen Blick von dem Bildschirm und konnte gerade noch sehen, wie Schalke Dembrowski und zwei andere Kollegen fluchtartig den Raum verließen.

Als die Gestalt endlich fertig zu sein schien, nahm sie schließlich den Rest von Sabrina Genenger auf ihre Hände und trug den Kadaver aus dem Blickfeld, ohne dass die Zuschauer ihr Gesicht sehen konnten.

Wieder hörten sie Geräusche, die sie nicht eindeutig zuordnen konnten. Es vergingen einige Minuten, bis die Gestalt wieder im Blickfeld der Kamera auftauchte. Die Gestalt hielt einen Schlauch in der Hand und begann damit die Liege und das Umfeld abzuspritzen. Aus dem Dunkelrot der Blutlachen und Spritzer wurden rosafarbene Rinnsale, die im Nichts verschwanden. Bevor sie begann, den Boden zu schrubben, zog die Gestalt die Wanne unter der Liege hervor und zerrte sie aus dem Blickfeld.

Am Ende die gleiche Szenerie wie am Anfang. Schockiert starrten die Männer stumm auf einen klinisch sauberen Raum, in dessen Mitte eine schwarz bezogene Liege stand.

Der Film lief noch einige Minuten, bis die Lampen plötzlich erloschen. Ein Beamter schaltete den Fernseher aus. Der Spuk war vorbei.

Zunächst sagte niemand ein Wort. Jeder schien erst wieder mühsam in die schützende Wirklichkeit des Besprechungsraums zurückkommen zu müssen, bevor er zu einer Regung oder einer Äußerung fähig war.

Schließlich beendete Ecki die Stille. Seine Stimme klang hohl und brüchig. »Was war das denn gerade?«

Niemand antwortete. Jemand hustete.

»Das war ein Sadist. Ein Schwein. Mein Gott.« Es war Sebastian Dembrowski, der wieder in den Raum gekommen war.

Seine wenigen Worte ließen die Dämme brechen. In dem Stimmengewirr waren vor allem Begriffe und Satzfetzen wie »ekelhaft«, »unmenschlich«, »Bestie«, »schlimmer als das Schweigen der Lämmer« und »Satanismus« zu hören. Frank ließ seine Kollegen zunächst gewähren.

»Nun beruhigt euch wieder.« Frank musste laut rufen, um sich Gehör zu verschaffen. Er hob die Hände, als müsse er einen lynchsüchtigen Mob beruhigen.

»Gibt es eine Idee oder einen Hinweis, wer die DVD vor der Wache abgelegt haben könnte?«

»Das kann jeder gewesen sein, bei dem Publikumsverkehr in der Altstadt«, meinte Dembrowski.

»Wir müssen die Bänder der Überwachungskameras auf dem Alten Markt überprüfen. Vielleicht ist unser Mann da drauf.«

»Oder unsere Frau«, meinte Bean.

»So was macht keine Frau. Da bin ich sicher.« Ecki schüttelte sich.

Frank nickte. »Die Idee mit den Kameras ist nicht schlecht.«

»Die andere entscheidende Frage ist: Wer hat ein Interesse daran, dass wir beim Mord an Sabrina Genenger zusehen?« Ecki war immer noch schneeweiß im Gesicht.

»Wer ist die Gestalt auf dem Film? Und warum wurde er, ja, gedreht? War er nur für uns bestimmt?« Schalke machte sich Notizen.

»Du meinst, er ist für diese Sadisten im Internet bestimmt, die nach solchen Filmen suchen, unter dem Stichwort: Schlachte mich?«

»Kann doch sein.«

»Für solche Filme zahlst du richtig Kohle. Das kannst du mir glauben.«

»Dann sind die Kinder auch gestorben, um perverse Fantasien zu befriedigen.« Ecki sah Frank an.

»Vermutlich. Allerdings sind bisher solche Filme im Internet nicht aufgetaucht. Sagen LKA und BKA. Der Bericht liegt auf deinem Tisch.«

»Für wen sind sie dann bestimmt?«

»Für einen satanistischen Zirkel, der das Internet meidet?«

»Wie soll das gehen?«

»Mit der guten alten Post. In versicherten Wertsendungen werden solche grauenhaften Dinge am wenigsten vermutet. Oder sie werden durch eigene Boten zugestellt.«

Ecki sah Frank an. »Boten, die als Groundhopper getarnt unterwegs sind.«

»Braun ist sauber, das haben wir doch schon überprüft.«

»Aber wir wissen nicht, was er dabei hat, wenn er unterwegs ist.«

Frank schüttelte den Kopf. »Wir haben sein gesamtes Umfeld abgeklopft und überprüft. Es gibt keinen Hinweis darauf, dass Braun in irgendwelchen obskuren Kreisen, die einen Hang zum Okkulten oder Satanismus haben, verkehrt.«

Ecki wollte nicht lockerlassen. »Diese Kreise riegeln sich hermetisch ab. Sie agieren völlig abgeschottet. Sie lassen niemanden an sich heran. Und sie haben die Macht, die Menschen und die Wahrheit zu manipulieren. Sie sind mächtig, Frank. Sie können überall sitzen.«

Frank wog den Kopf hin und her. »Deine Theorie ist interessant, aber dürftig. Was willst du tun? Willst du jetzt jeden Schritt von Braun überwachen lassen? Willst du an jeden Fußballplatz einen Beamten stellen? Nein, Ecki, das können wir weder leisten, noch glaube ich, dass du richtig liegst. Wir brauchen handfeste Indizien, Beweise, Ecki.«

Ecki wollte ihm antworten, überlegte es sich dann anders und schwieg.

Frank sah in die Runde. »Konzentrieren wir uns auf den Film. Wo wurde er gedreht? Was ist sonst noch auf den Aufnahmen zu sehen?«

Schalke meldete sich. »Ein Operationssaal? Wegen der Kacheln.«

Frank stützte sein Kinn auf die Hand. »Operationssaal, wo? Hier in der Stadt? Oder in einem Krankenhaus, sagen wir, in Nordfrankreich?«

»Die Lampen sehen aus wie vom Discounter. Ich habe mir im Herbst ähnliche gekauft.«

Frank nickte. »Solange wir nicht wissen, wo sich Sabrina Genenger zum Zeitpunkt ihres Todes aufgehalten hat, werden wir weiter im Nebel stochern. Aber trotzdem, weiter.«

»Was ist das für ein Fabrikat? Ich meine die Liege.« Schalke sah seine Kollegen an.

»Keine Ahnung. Wir werden die Hersteller abklappern müssen. Sieht jedenfalls aus wie eine Bank beim Orthopäden.«, überlegte Ecki.

»Über den Hersteller der CD werden wir wohl nicht weit kommen, das ist ein Massenprodukt«, klang es aus der hinteren Reihe. Ingo Thiel hatte sich zu Wort gemeldet.

Frank nickte erneut. »Wir müssen uns den Film noch einmal ansehen. Vielleicht haben wir etwas übersehen. Die Frage ist auch, was hören wir eigentlich im Hintergrund? Ist er, ich sage jetzt mal ›er‹, weil ich auch nicht an eine Frau als Täter glaube, ist er alleine im Raum? Gibt es Helfer? Gibt es einen Kameramann? Was passiert nachher mit dem Körper? Können wir die Geräusche zuordnen?«

»Müssen wir den Film noch einmal ansehen?« Sebastian Dembrowski sah Frank flehend an.

»Wer die Bilder nicht ertragen kann, sollte sie sich nicht noch einmal antun. Es gibt für uns ohnehin genug zu tun, sodass nicht alle vor dem Bildschirm sitzen müssen. Ich lasse außerdem noch ein paar Kopien machen, dann hat jeder zu jeder Zeit Zugriff auf den Film.«

Einige Kollegen standen zögernd auf, um den Raum zu verlassen. Frank konnte sehen, dass sie erleichtert waren. Er nickte anerkennend. »Danke, Kollegen, dass ihr soweit durchgehalten habt.«

Auch Ecki nickte ihnen zu. Dann wandte er sich an Frank. »Ich finde, wir sollten die Spezialisten in Düsseldorf auf den Film ansetzen.

Vielleicht können sie die Sequenzen so auflösen, dass wir mehr von dem Hintergrund erkennen können. Ich habe das unbestimmte Gefühl, dass ich den Ort kenne.«

»Was meinst du damit?«

»Ich habe so eine Ahnung, aber kann sie noch nicht in Worte fassen.«

»Ein OP?«

»Ein Operationssaal oder der Behandlungsraum eines Tierarztes. Ich meine, ich hätte so eine Liege schon bei einem Tierarzt gesehen.«

Frank seufzte. »Dann lass die Bilder mal sacken. Vielleicht fällt es dir dann ein.«

Staatsanwalt Ralf Böllmann räusperte sich, als er sich zu Wort meldete. »Ich habe den alten Hund meiner Eltern im vergangenen Jahr mehrfach zum Tierarzt gebracht. Herr Eckers hat Recht. Das könnte der OP eines Tierarztes sein.«

»Dann werden wir also nicht nur die Krankenhäuser abklappern, sondern auch alle niedergelassenen Ärzte und die Tierärzte. Mann, das ist ja Arbeit ohne Ende.« Schalke stöhnte bei dem Gedanken.

»Sieh zu, dass du jeden freien Mann bekommst.« Frank erhob sich. Das Zeichen, dass die gemeinsame Sitzung zunächst beendet war.

Staatsanwalt Ralf Böllmann blieb noch im Raum. »Kein Wort an die Presse. Ich möchte nicht, dass der Film die Runde macht. Ich will erst wissen, wer ihn uns untergeschoben hat.«

»Natürlich.« Frank nickte und setzte sich wieder. Er sah auf den Fernseher, so als berge der dunkle Bildschirm die Antwort. »Ich möchte wissen, warum wir zusehen sollten. Will er uns vorführen? Zeigen, dass wir machtlos sind? Geilt sich der Absender an der Vorstellung auf, dass er mit uns spielen kann? Beobachtet er uns?«

»Das würde mich nicht wundern.« Auch der Staatsanwalt wirkte ratlos.

»Wir haben es mit einem Psychopathen zu tun. Darüber besteht kein Zweifel.« Ecki nickte gedankenvoll.

Frank sah Böllmann an. »Bekommen die Engländer eine Kopie?«

»Natürlich. Ich möchte nicht, dass es später heißt, wir würden die Ermittlungen behindern. Ich habe mal in die Akten gesehen. 1978 hat es einen Fall in Willich gegeben. Da ist hinter einem Bahnhofsgelände die Leiche eines englischen Jungen gefunden worden. Damals haben die Briten ein Heidenspektakel inszeniert, damit wir nur ja nicht Akten oder Beweise zurückhalten. Was wir nie getan haben. Aber damals ist unseren Leuten klar geworden, sie kennen sicher den Kollegen Jöris noch, wie unterschiedlich das deutsche und britische Rechtssystem ist und wie unterschiedlich die deutschen und britischen Kommissionen arbeiten. Wir sollten also peinlich darauf achten, dass wir unsere Pflichten den Briten gegenüber nicht vernachlässigen.«

»Aber der damalige Täter ist gefasst?« Ecki war hellhörig geworden.

»Natürlich.«

»Ich dachte schon ...«

»Gut, Herr Böllmann, dann werde ich gleich mit unserem Pressesprecher reden und ihn um Nachrichtensperre bitten.«

»Oh Gott, benutzen Sie in der Öffentlichkeit bitte nicht diesen Begriff. Damit scheuchen Sie die Presse erst recht auf. Nein, Wirtz kann ruhig von dem Film wissen, er darf nur nicht darüber reden. Wir werden noch früh genug an die Presse gehen.«

Nachdem Böllmann sich verabschiedet hatte, gingen Frank und Ecki zurück in ihr Büro. Die ersten Minuten saßen sie schweigend vor ihren PCs. Der Film hatte sie geschockt. Keiner der beiden Kommissare hatte je etwas vergleichbares erlebt oder gesehen.

»Frank?«

»Ja?«

»Mir geht Sabrina Genenger nicht aus dem Sinn.«

»Ja.«

»Warum hat er sie auf den Bauch gedreht, bevor er angefangen hat? Er hätte doch von vorne schneiden können.«

»Das frage ich mich auch. Aber ich habe keine Erklärung dafür.«

»Hm.«

»Wir werden ihn fragen, wenn wir ihn haben.«

»Ob er noch einmal zuschlagen wird?«

»Weiß ich nicht. Auf jeden Fall müssen wir uns beeilen. Die Abstände zwischen den Taten werden immer kürzer.«

»Warum zwei Kinder und eine Frau? Ich erkenne die Logik nicht.«

»Mit Logik werden wir in diesem Fall nicht weiterkommen.«

» Sollen wir in der Stadt einen Kaffee trinken? Ich brauche Luft. Sonst ersticke ich hier noch.«

Frank nickte. »Auf dem Rückweg will ich mir noch mal das Stadion ansehen. Vielleicht bringt uns der alte Bökelberg weiter.«

...

»Ich kann Ihnen nichts liefern im Moment. Seien Sie doch vernünftig.« Daniel C. Hünner deutete seine Worte mehr an, als dass er sie aussprach. Er wollte vermeiden, dass die anderen Gäste aufmerksam wurden. Das Ristorante *Giorgio* war bis auf den letzten Platz gefüllt. Allerdings standen die Tische so eng, dass eine intime Unterhaltung kaum möglich war.

Hünner stocherte verärgert in seinem gebackenen Thunfischfilet. Welche Argumente sollte er denn noch vorbringen? Er trank einen kräftigen Schluck Rotwein. Obwohl er wusste, dass es besser war, jetzt einen kühlen Kopf zu bewahren. Aber er war kurz davor, die Kontrolle zu verlieren.

Hünner versuchte es noch einmal. »Ich komme im Augenblick nicht an ihn heran. Es ist einfach zu gefährlich. Ich meine es ernst. Bitte.« Sein letztes Wort klang wie ein Flehen.

»Das haben allein Sie zu verantworten. Sie haben Ihre Leute nicht im Griff. Wenn Sie auffliegen, ist das Ihr Ende. Sie bringen uns alle in Gefahr.« Die Stimme klang liebenswürdig. Dahinter aber verbarg sich eine Drohung, die Hünner frieren ließ.

»Ich kann nichts dazu. Ehrlich nicht.«

»Sie sind ein Feigling. Sie haben sich selbst in die Scheiße geritten. Statt zu jammern, sollten Sie tun, was man von Ihnen erwartet. Sie wollen doch die Wahl gewinnen!«

Hünner nickte vage.

»Na, also, dann wissen Sie, was zu tun ist.«

Hünners Gegenüber nickte freundlich einem Gast zu, der mit seiner weiblichen Begleitung das Lokal verlassen wollte.

»Hören Sie, das geht so nicht. Sie können mich nicht die Arbeit alleine machen lassen und dann unschuldsvoll die Hände heben, wenn es Probleme gibt. Begreifen Sie doch, mir sind derzeit die Hände gebunden.«

»Was fällt Ihnen ein, so mit mir zu reden.« Hünners Gesprächspartner lächelte ihn freundlich an. »Ich mache Sie fertig, hier und jetzt, wenn Sie nicht spuren. Das kostet mich nur einen Anruf.«

Hünner versuchte zu protestieren. Allerdings war er nur zu einem schwachen »Bitte« fähig.

»Hünner, ich denke, ich kann Sie für diesen Job nicht gebrauchen. Sie sind ein Weichei. Wenn Sie nicht in der Lage sind, in den nächsten 72 Stunden zu liefern, sind Sie fertig. Ich sage es Ihnen noch einmal, und ich wiederhole mich nicht gerne: Dann ist es aus mit dem

Oberbürgermeister Daniel C. Hünner.« Die Stimme klang fast fröhlich.

Hünner beobachtete, wie sein Gesprächspartner seine Serviette sorgfältig zusammenlegte und dann der Bedienung winkte.

Eilfertig kam der Betreiber des *Giorgio* an ihren Tisch und sah die beiden über den Rand seiner Brille fragend an. »Ist etwas nicht in Ordnung, meine Herren? Oder haben Sie noch einen Wunsch?«

»Füllen Sie noch einmal die Gläser, und zwei doppelte Espresso, bitte.«

Hünner wollte protestieren, aber sein Gastgeber schob seine Bedenken mit einer Handbewegung beiseite. »Das bisschen Alkohol wirft uns schon nicht um. Im Gegenteil, da geht nachher die Arbeit gleich doppelt so leicht von der Hand, oder?«

Der Gastronom entfernte sich wortlos mit einem neutralen Nicken.

»Ich denke, wir haben uns verstanden. Sie liefern innerhalb der nächsten 72 Stunden, und wir sind weiter im Geschäft.« Hünners Gegenüber wechselte abrupt das Thema. »Gibt es schon Wahlprognosen?«

Hünner antwortete nicht direkt. Wie konnte dieser Mann so kalt lächelnd über das Schicksal anderer hinwegsehen? »Dazu ist es noch etwas zu früh. Aber wir arbeiten gerade die Kampagne detaillierter aus.«

»Ich habe schon gehört, dass Sie einen fähigen Kopf an Ihrer Seite haben. Alle Achtung.«

»Sie kennen Dirk Feusters?«

»Er hat mir in der einen oder anderen Angelegenheit schon mal geholfen. Sie haben eine gute Wahl getroffen.«

»Bis zum September ist noch viel zu tun. Aber ich werde es packen.« Hünner biss sich auf die Unterlippe.

»Ach, Hünner, das habe ich alles schon tausendmal gehört, in anderen Städten und aus anderen Mündern. Aber ich wünsche Ihnen trotzdem viel Erfolg. Denn Ihr Erfolg ist auch unser Erfolg.«

Hünner nahm seinen ganzen Mut zusammen. »Sie müssen mir helfen. Bitte. Nur dieses eine Mal noch. Die Polizei war schon bei mir. Sie haben Fragen gestellt. Ich konnte sie beruhigen. Noch glauben sie die Version mit dem Fotografen. Aber ich weiß nicht, wie lange noch.«

Statt gleich zu antworten, musterte sein Gegenüber ihn lange. Hünner meinte einen Anflug von Spott in seinen Augen zu sehen. Seine Mundwinkel schienen amüsiert zu zucken. Er merkte, wie er begann, sich unter diesem Blick zu winden.

»Sie geben auch nicht auf, was? Ist Ihnen die Sache mit dem Flittchen denn wirklich so wichtig? Sie haben ja Recht, eine wirklich dumme Geschichte. Ich habe von der, nun, Unterhaltung mit der Polizei schon gehört. Immer eine aufregende Sache, nicht wahr? Sie wissen ja, dass ich beste Kontakte habe. Wie gesagt, Sie haben sich ordentlich verfranst. Und nun kommen Sie weder vor noch zurück. Hm. Und das ist genau die Position, in der ich Sie haben wollte. Sie verstehen endlich, Hünner. Ich nehme an, Ihr Betteln ist Ihr Ja zu meinem Auftrag. Also gut, Hünner, Sie bekommen was Sie wollen. Aber erst liefern Sie. Verstanden?«

Hünner nickte nur. Er wagte nicht zu fragen, welche Hilfe er bekommen würde. Er wollte es auch nicht wissen. Hauptsache, er kam aus der Sache mit Sabrina heil heraus.

»Langsam sehen Sie wieder klar, Hünner. So kenne ich Sie: Immer den Kopf hoch und die Nase im Wind. Ich wollte schon an Ihnen zweifeln. Ihre Wähler werden Sie lieben. Außerdem sind es ja vorgezogene Neuwahlen. Der politische Gegner, das ist ihr Vorteil, ist also geschwächt. «

Hünner merkte, dass er unter den Worten seines Gesprächspartners innerlich wuchs. Genau. Wenn die Sache mit Sabrina erledigt war, konnte die Wahl kommen. Was sollte dann schon noch passieren?

»Sie sind sehr großzügig.« Daniel C. Hünner deutete mit dem Kopf eine Verbeugung an und erstarrte mitten in der Bewegung. Instinktiv drehte er seinen Kopf zur Seite.

»Was ist?«

»Die Polizei. Draußen stehen die beiden Beamten, mit denen ich gesprochen habe. Oh, Gott, sie kommen, um mich zu holen.«

»Sind Sie wahnsinnig?«, zischte sein Gegenüber. »Hören Sie auf, Panik zu machen. Sie machen ja das ganze Lokal rebellisch. Mann, beruhigen Sie sich. Es wird schon nichts passieren. Wenn die Polizei Sie abholen wollte, wären die beiden mit Sicherheit nicht alleine gekommen. Behalten Sie die Nerven. Hünner! Sie sind hier mit mir zum Essen verabredet. Nicht mehr und nicht weniger. Das wird sicher auch ein durchschnittlich begabter Kriminalbeamter verstehen. Außerdem sehen die nicht so aus, als würden sie jemanden suchen.«

...

»Eigentlich könnten wir auch ins *Giorgio* gehen, auf einen Salat.«

»Nee, Ecki, ich habe jetzt echt keinen Bock auf irgendwelche Möchtegernpromis.« Frank wollte seinen Freund weiterziehen.

»Nun hab dich nicht so. Ein bisschen Glanz könnte deinem Leben auch gut tun.« Ecki trat einen Schritt zur Seite.

»Witzbold. Nun komm schon, ich habe Kaffeedurst.«

Nun war es Ecki, der seinen Freund festhielt und mit seinem Kopf Richtung Restaurant nickte. »Guck an, da, am Fenster, Hünner.«

Frank sah verdutzt in die angegebene Richtung »Tatsächlich. Siehste, genau auf solche Tischnachbarn kann ich verzichten.«

»Wer ist das, der bei ihm sitzt? Kennst du den Typen?«

»Nee, keine Ahnung. Nie gesehen. Geschäftspartner? Parteifreund? Scheint ja wichtig zu sein, so eng wie die zusammensitzen.«

»Würde gern mal Mäuschen spielen.«

Frank winkte ab. »Ach, lass sie in Ruhe, Ecki. Vermutlich lesen wir in den nächsten Tagen sowieso in der Zeitung, was denn der Herr Oberbürgermeisterkandidat wieder so wichtiges für unsere Stadt erreicht hat. Hünner wird in den kommenden Wochen und Monaten mit Sicherheit keine Gelegenheit auslassen, um uns mit seinem Parteiprogramm und Zielen zu nerven. Da hat der alte OB dreimal mehr drauf.«

»Du hast wirklich keine hohe Meinung von der Politik.«

»Du doch auch nicht.«

...

Melanie Contzen sah Ralf von der Seite an. »Wir haben heute doch schon zwei Routen gemacht. Muss das jetzt wirklich sein?«

Ihr Freund hörte nur mit halbem Ohr hin und hielt stattdessen den Ausdruck aus dem Internet hoch. »Jaja, gleich. Ein bisschen noch. Hör, was hier steht: Beginne deine Suche bei 51 Grad und 10,9 Minuten nördlicher Breite und 6 Grad und 28,8 Minuten östlicher Breite. Dann findest du einige Informationen über Mönchengladbach.«

»Ich bin begeistert.«

»Nun sei doch nicht so.« Ralf sah vom Blatt hoch und zeigte auf sein GPS-Gerät. »Ist doch wirklich spannend. Wir haben doch noch den ganzen Tag Zeit. Macht dir das Suchen denn keinen Spaß?«

»Nein, heute nicht. Ich hatte mir den Tag anders vorgestellt.« Sie gab seinem Druck nach und ließ dabei ihre Hand wie unabsichtlich über seinen Oberschenkel gleiten. »Hm?«

Ralf schob sanft ihre Hand beiseite und rückte ein Stückchen von ihr ab. »Komm, bitte, nur diese eine Route noch. Nur noch ein Cache.«

Melanie verzog ihr Gesicht und verschränkte ihre Arme unter ihrer Brust. »Wir sind schon mehr als eine Stunde hier in der Altstadt herumgeturnt. So prickelnd finde ich die Citykirche und das Münster nun auch wieder nicht. Wenn ich das geahnt hätte, wäre ich Shoppen gegangen. Dann hätte ich bestimmt mehr gefunden als du. Du und dein Geocaching. Das ist doch Kinderkram. Verstecke suchen!«

Ralf versuchte sein strahlendstes Lächeln. »Eben nicht. Kinder haben noch kein GPS-Gerät. Komm schon, Melanie, in den Caches waren doch immer nette Sachen.«

»In Ü-Eiern ist mehr drin.«

»Es geht d[illegible] den Spaß. Komm, sei nicht sauer.«

»Ich bin n[illegible] aber ich will auch nicht den ganzen Tag vertrödeln. Dafür [illegible] mir meine Zeit zu schade.«

»Sieh es doch [illegible] So lernt man seine eigene Stadt besser kennen. Ist auch eine Form [illegible] Sightseeing.«

»Hahaha, danke. So schön ist Gladbach nun auch wieder nicht.«

»Sag das nicht.«

»Komm, hör auf. Ich hab mit dem Kram nix am Hut. Aber wenn du unbedingt willst, dann tipp die dämlichen Daten endlich ein. Umso schneller sind wir fertig. Du gibst ja sonst sowieso keine Ruhe.«

»Du bist ein Schatz. Komm, lass dich küssen.« Ralf zog Melanie zu sich, die erst widerstrebend, dann aber doch lachend in seinen Armen lag.

»Du bist und bleibst ein Kindskopf, Ralf Bernardy.«

Kurz darauf fuhren die beiden mit ihrem Corsa stadtauswärts.

»Wo mag uns das Ding hinführen?« Sie zeigte auf das GPS-Gerät.

Ralf sah konzentriert auf die Fahrbahn. »Keine Ahnung. Sieht aus, als ob es Richtung Korschenbroich geht. Hm. Korschenbroich. Was könnte das bedeuten? Was gibt's da? Das alte Hannen-Haus. Sonst wüsste ich nichts. Vielleicht ist ja was in Sachen Schützenfest versteckt. Unges Pengste. Was meinst du?«

»Nee, guck, es geht Richtung Schloss Rheydt.«

Wenig später bogen sie auf den sandigen Parkplatz von Schloss Rheydt ein. Bis auf ein paar leere Fahrzeuge waren sie allein. Die beiden stiegen aus und sahen sich suchend um.

Ralf deutete Richtung Haupteingang und war schon unterwegs.

»Exakt, hier ist es.« Melanie blieb vor einer Übersichtskarte für Radfahrer stehen.

»Von hieraus soll es losgehen? Also, schreib mit. 'Anzahl der Kilometer im Radwandernetz. Hast du? Dann Einwohnerzahl und Zahl der Übernachtungsmöglichkeiten. Hm. Lass uns mal rechnen.« Ralf nahm das GPS-Gerät an sich und begann die gesammelten Daten umzurechnen.

Melanie stand neben ihm und hatte sich in seinen Arm eingehängt. Sie konnte nicht leugnen, dass auch sie kribbelig wurde.

»Ich hab alles, dann los. Diese Richtung.« Ralf nahm seine Freundin bei der Hand und zog sie förmlich hinter sich her.

»Langsam, Ralf. Ich komme schon mit, keine Angst.«

Gut eine Dreiviertelstunde lang wurden sie über die breiten Rad- und Wanderwege um Schloss Rheydt gelotst. An den von ihnen identifizierten Stationen mussten sie Fragen beantworten, um weiterzukommen oder sie durften versteckte Filmdöschen öffnen, in denen weitere Koordinaten steckten. Immer waren sie dabei auf der Hut vor Entdeckung. Denn die Döschen waren nur für wirkliche Geocacher bestimmt und durften nicht in falsche Hände geraten.

»So langsam verliere ich doch wieder die Lust. Ich bin jetzt lange genug durch die Gegend geschickt worden. Wann finden wir endlich das Cache?« Melanies Stimme hatte einen nörgeligen Ton.

»Wenn die Angaben stimmen, dann haben wir das Versteck gleich gefunden. Wir müssen jetzt da lang.«

»Aber da waren wir doch schon mal. Hinten ist doch der Hundeplatz dieses Boxerclubs.« Missmutig stapfte sie ihrem Freund hinterher.

Die Koordinaten führten Ralf und Melanie von der fast schnurgerade verlaufenden Niers weg und nicht weit vom Parkplatz am Freibad Volksgarten wieder zurück Richtung Schloss Rheydt. Nach einer Wegbiegung ging es direkt ins Unterholz.

»Nee, oder? Ich habe jetzt echt keine Lust auf Brennnesseln.« Melanie blieb stehen.

»Nun komm, ist doch halb so schlimm. Es ist nicht mehr weit.«

An dieser Stelle war der Wald nicht ganz so dicht. Vorsichtig tasteten sie sich durch das Unterholz, traten die schon deutlich gewachsenen Brennnesseln nieder, bogen trockene Äste zur Seite, die mit knackendem Geräusch brachen, und zwängten sich an wild wuchernden Himbeersträuchern vorbei. Je tiefer sie kamen, um so enger standen die Büsche.

Melanie blieb stehen. »Da hinten ist was Graues. Sieht aus wie eine Wand.«

»Quatsch. Das kann nicht sein. Hier steht kein Haus.« Unbeeindruckt ging er weiter.

»Guck doch. Echt.«

Ralf Bernardy machte kehrt und kam zu seiner Freundin zurück. »Du siehst Dinge, die es nicht gibt, Schatz.«

Seine Freundin deutete in die Richtung vor ihr.

»Du hast Recht. Das sehen wir uns an.« Er zog Melanie mit sich.

»Das passt aber nicht zu den Koordinaten.«

»Ist doch egal, das hat Zeit, da machen wir gleich weiter.«

Beim Näherkommen verdichtete sich das undefinierbare Graugrün zu der bemoosten Seitenwand eines alten Bunkers, die sich erst im letzten Augenblick zu erkennen gab. Wie das vergessene Bauklötzchen eines kindlichen Riesen lag das Weltkriegsrelikt mitten im Weg. Die geraden Linien standen im scharfen Gegensatz zu dem üppig wuchernden Grün.

»Ich glaub's nicht. Ein Nazi-Bunker. Völlig versteckt im Wald.« Ralf Bernardy ging einen Schritt auf die raue Betonwand zu.

»Lass uns lieber weitermachen. Mir ist das Ding nicht geheuer.« Melanie Contzen zog nun ihrerseits an ihrem Freund.

»Quatsch, lass doch mal gucken. Mal sehen, ob es einen Eingang gibt.« Ralf Bernardy war nicht mehr zu halten. Ohne weiter auf seine Freundin zu warten, ging er auf Erkundungstour.

»Ralf, bitte.«

»Melanie, komm, hier ist eine Tür. Und die ist sogar offen.« Ralfs Stimme klang dumpf.

»Ralf!« Obwohl Melanie Contzen lieber auf den Weg zurückgekehrt wäre, folgte sie ihrem Freund.

»Hier drin ist es verdammt dunkel.«

»Komm zurück, Ralf, bitte!« Melanie Contzen blieb an der schweren eisernen Bunkertür stehen, die gerade so weit offen stand, dass ein Mensch sich an ihr vorbeizwängen konnte.

»Komm. Ist nur dunkel, aber daran gewöhnen sich deine Augen schnell. Bisschen muffig, vielleicht. Komm, trau dich, Angsthäschen.«

»Ralf!«

»Nun komm schon.«

Langsam tastete Melanie Contzen sich in die Dunkelheit des Raums vor. Sie konnte nicht erkennen, wie groß er war. Sie konnte nur riechen, dass er feucht sein musste. Sie fühlte mit einer Hand über die Wand. Sie war rau und klamm. Kein guter Ort, um lange zu bleiben.

»Ralf?« Ihre Frage klang leise und ängstlich.

»Keine Angst. Ich bin direkt neben dir.«, flüsterte ihr Ralf ins Ohr.

Melanie Contzen fuhr vor Schreck zusammen. »Bist du bescheuert, mich so zu erschrecken?«

Ralf lachte. »Oh, Mann, tut mir leid. Das wollte ich nicht. Hätten wir nur eine Taschenlampe.«

»Komm, ich will hier weg. Mir ist das unheimlich.«

»Was soll denn schon passieren? Meinst du, hier liegt noch ein alter Nazi, der uns mit seinen morschen Knochen heim ins Reich holen will? Nee, Melanie, hier ist nichts. Nur nasse Wände und Dreck. Ich will nur mal ausprobieren, wie weit ich komme.«

Sie hatte Angst, aber alleine bleiben wollte sie auch nicht. »Warte.«

Hand in Hand tasteten sie sich Stück für Stück weiter vor. Sie waren erst wenige Meter vorangekommen, als Melanie leise aufschrie.

»Hier ist was. Ich bin mit meinem Schuh an etwas gestoßen.«

Melanie nahm allen Mut zusammen und ging in die Hocke. Dann fühlte sie an ihrem Schuh entlang in die Dunkelheit.

»Ihh! Da ist etwas Weiches.«

»Was?«

»Irgendwas! Eine Matratze, vielleicht. Ich weiß nicht.«

»Warte. Ich bin doch ein Depp. Ich hab doch ein Feuerzeug dabei.«

Melanie hörte das Ratschen des Zündrädchens, dann flammte neben ihr das Feuerzeug auf. Im dünnen Schein der Flamme konnten sie nicht viel sehen. An einer Wand stand in verwitterter Schrift »Rauchen verboten«. Die beiden Geocacher sahen sich an. Melanies Blick war voller Panik. Dann erlosch die Flamme. Ralf betätigte das Feuerzeug erneut.

»Wir gehen gleich. Nur einen Moment noch.« Er sah sich um, soweit der eingeschränkte Radius der Flamme das zuließ. Am Boden hockend hob er den Arm mit dem Feuerzeug, um mehr Licht in ihre unmittelbare Umgebung zu bringen.

»Hier muss jemand gewohnt haben. Das ist eine Matratze und eine Decke. Und dass da sind alte Kekse. Und da, ein Eimer. Wie kann man es hier drin nur aushalten? Alles feucht und voller Moos. Das ist was für Fledermäuse, aber nicht für Menschen. Komisch.«

»Fledermäuse?«, fragte sie mit Panik in der Stimme. »Ralf, ich will hier raus, sofort.«

»Schatz, du brauchst keine Angst zu haben. Ich bin doch bei dir.«
»Lass die Scherze, ich will hier weg. Sofort.«
»Nur keine Panik, Melanie. Nur keine Panik.«
Das Feuerzeug erlosch.
Melanie stieß einen spitzen Schrei aus. »Ralf!«
»Schon gut. Aber das Feuerzeug ist leer.«
»Dann nimm meine Hand. Aber lass sie ja nicht los. Ich hab echt Angst.«

XII.

Wir müssen reden, hatte Bert Becks am Telefon gesagt. Reden über die »Bökelberg-Fälle«, wie er sich ausgedrückt hatte. Frank hatte erst versucht, ihn abzuwimmeln. Becks hatte ihm dann aber erzählt, dass er in den nächsten Tagen eine »Geschichte« über die Querelen innerhalb der KFM schreiben wolle, und dass es merkwürdige Gerüchte über »die Person Hünner« gebe. Daraufhin hatte sich Frank doch zu einem Treffen mit dem Journalisten entschlossen. Allerdings wollte er sich mit ihm nicht in Mönchengladbach treffen, sondern auf neutralem Boden.

Nun saß er im *Tach!* in Nettetal-Kaldenkirchen vor einem Bier und wartetete schon seit einer halben Stunde auf den Redakteur. Frank hatte die Kneipe mit der kleinen Bühne vorgeschlagen, weil er das *Tach!* noch in guter Erinnerung hatte. Er hatte dort vor einiger Zeit ein Konzert der *Sgt. Arnie's Allstars* gesehen, außerdem war das Lokal der geeignete Ort für ein Treffen zweier Amateur-Musiker.

»Da bis du ja endlich.« Becks machte dem Klischee des unzuverlässigen Musikers wirklich alle Ehre, dachte Frank, als er Becks mit Handschlag begrüßte. Er musste lauter sprechen, denn aus den Boxen des *Tach!* dröhnte überraschend laut Musik.

»Was hast du gesagt?« Becks legte beide Hände an die Ohren.

»Ist laut hier.« Frank machte eine Kopfbewegung in den Raum hinein, der aussah wie eine Mischung aus einem englischen Pub und einem niederrheinischen Pferdestall.

Bert Becks setzte sich umständlich und zog seine unvermeidliche Packung Zigaretten aus der Hemdtasche. »Laut? Aber gute Mucke. Was hören wir da?« Die Frage galt der Bedienung, bei der er eine Apfelschorle bestellte. Bert Becks trank keinen Alkohol.

»Weiß nicht.« Die rotblonde Kurzhaarige mit dem grünen *Tach!*-Shirt lachte und verschwand wieder Richtung Theke.

»Was macht die Musik?« Frank wollte erst ein bisschen privat plaudern, bevor er mit dem *Journalisten* Becks sprach.

»Bin zufrieden. Wir ziehen noch ein Bandprojekt auf. Wir werden ein Programm ausschließlich mit Stones-Titeln spielen. Die ersten Proben waren klasse. Meine Jungs haben endlich wieder Lust, Musik zu machen. Und? Wie läuft's bei dir? Immer noch Blues pur mit STIXS?« Er nickte der Kellnerin freundlich zu, die ihm die bestellte Apfelschorle brachte.

Frank signalisierte ihr, dass er noch ein Bier wollte.

»Herr Kommissar, Alkohol am Steuer?« Bert Becks grinste und zündete sich eine Zigarette an.

Frank zuckte die Schultern.

»Und, was machen deine Ermittlungen?«

»Wir sind noch nicht entscheidend weitergekommen.« Frank wartete ab, was Bert Becks wirklich von ihm wollte.

»Ich habe es ja schon am Telefon angedeutet. Es gibt im Moment die wildesten Gerüchte. Und sie drehen sich meist um Daniel C. Hünner, erfolgreicher Unternehmer und OB-Kandidat der KFM.«

»Wer ist die Quelle?«

»Bevor wir jetzt weiterreden, und nur fürs Protokoll, Frank, wir tauschen Informationen aus. Okay? Ich erzähle was und du erzählst was. Ich möchte nicht das Gefühl haben, ich sitze in einem Verhör.«

»Ist schon in Ordnung. Keine Angst, wir reden ganz offen.« entgegnete Frank, dem auch daran gelegen war, neues über Hünner zu erfahren.

»Dann ist's ja gut.« Bert Becks drückte seine Zigarette aus und zog eine neue aus der Schachtel. »Möchte mal wissen wie Hünner das schaffen will: Die Firma führen und Oberbürgermeister sein. Das passt doch nicht zusammen.«

»Soviel ich weiß, hat er einen äußerst fähigen Prokuristen. Für das Tagesgeschäft. Den Rest erledigt er dann quasi nebenbei, oder mit seinen Parteifreunden beim Abendessen.«

»Das klingt wirklich verdammt nach Filz.« Bert Becks zündete die Zigarette an und blies den Rauch genüsslich gegen die Decke.

»Tja. Aber, nun mal konkret. Woher kommen die Gerüchte, Bert?«

»Aus Reihen der KFM.«

»Von wem genau?«

»Sagen wir mal, aus dem Umfeld des Fraktionsvorstandes.«

»Klingt nicht sehr konkret.«

»Lass mich meine Informanten noch ein bisschen bedeckt halten, bitte.« Becks beugte sich vor. »Es gibt jedenfalls eine ganze Reihe von Leuten, die sich freuen würden, wenn Hünner die Wahl nicht gewinnt. Und diese Leute kommen nicht nur aus Kreisen der Opposition.«

»Na gut, fürs erste kannst du die Namen für dich behalten. Was wird denn so erzählt?« Frank legte seinen Arm betont leger auf die Lehne des Nachbarstuhls. Dabei war er alles andere als entspannt.

»Das Hünner krumme Geschäfte macht.«

»Welche?«

»Mit dieser IEA. Offenbar hat er sich in den Verhandlungen über den Bau des Einkaufszentrums über den Tisch ziehen lassen. Angeblich soll er dem Unternehmen den halben Nordpark ›geschenkt‹ haben. Er soll der IEA Gott weiß wie viele Grundstücke zu einem lächerlichen Preis über Tarnfirmen zugeschustert haben. Nur, damit das Zentrum gebaut wird und nur, damit Hünner sich die Taschen vollmachen kann. Dabei ist noch nicht einmal klar, ob sich das Zentrum für die Stadt rechnet.« Bert Becks sah Frank gespannt an.

»Sei mir nicht böse, aber dass klingt eher nach übler Nachrede und politischem Geplänkel. Oder gibt es Beweise?«

Becks hob die Schultern. »Das wird schwer zu belegen sein. Hünner ist nicht dumm. Und an die IEA werden wir sicher auch nicht so einfach rankommen. Aber wir arbeiten dran. Im Augenblick zapfen wir alle unsere Kanäle an. Auch in der Stadtverwaltung. Wenn die Gerüchte stimmen, kann sich Hünner den OB-Job abschminken. Das wäre eine Hammer-Story. Die läuft dann sogar bundesweit, davon bin ich überzeugt. Wer weiß, ob IEA nicht auch anderswo ähnliche Leichen im Keller hat.«

»Mal langsam, noch habt ihr ja wohl keine echten Beweise. Und wenn, dann ist das nicht meine Baustelle. Dann werden die Kollegen von der Wirtschaft sich der Sache annehmen.«

»Stimmt. Aber wir werden die Infos schon noch bekommen. Verlass dich drauf. Aber da ist noch die Sache mit Sabrina Genenger. Auch in diesem Zusammenhang gibt es Gerüchte.«

»Auch aus der KFM-Ecke?«

»Auch. Aber auch aus dem Umfeld der Toten. Angeblich ist Hünner nicht gerade nett zu ihr gewesen. Aber das wisst ihr bestimmt schon.«

»Nein. Wir haben natürlich ihr Umfeld untersucht, ihre Arbeitskollegen, ihre wenigen Freunde, die Eltern. Nichts wirklich Belastendes.«

»Das finde ich merkwürdig, ehrlich gesagt. Dann müssen wir mit jemanden gesprochen haben, den ihr noch nicht kennt.«

»Dann sag's mir.«

»Bei uns hat sich eine Frau gemeldet, aus Süddeutschland. Sie hat Sabrina über das Internet kennengelernt und in der Zeitung über ihren Tod gelesen. Angeblich hat Sabrina Genenger ihr in einer Mail geschrieben, dass ihr neuer Freund manchmal ausrastet.«

»Wir haben in ihrer Wohnung keinen PC oder Laptop gefunden. Und der PC in Ihrer Firma ist auch sauber. Soweit wir das überprüft haben.«

»Vielleicht hat sie ein Internetcafé genutzt.«

»Warum sollte sie das tun?«

»Aus Angst vor ihrem Freund, oder weil sie sich schämte und vermeiden wollte, dass ihre Arbeitskollegen ihre Mails lesen.«

»Wäre eine Möglichkeit. Hast du die Adresse dieser Frau?«

»Nur die Telefonnummer. Aber ich habe ihr versprechen müssen, dass die Nummer nicht in falsche Hände gerät.«

Frank zog die Augenbrauen hoch. »Es geht um Mord, Bert.«

»Jaja, schon klar. Du sollst sie auch bekommen. Ich maile sie dir.«

Frank nickte zufrieden.

»Was werdet ihr in Sachen Sabrina Genenger nun tun?«

Ja, was? So recht wusste Frank es auch nicht. »Wir werden wohl noch mal an die Presse gehen. Von daher kann ich dir das schon erzählen, warte aber bitte die offizielle Pressemitteilung von Wirtz ab.«

»Kein Problem. Erzähl.«

»Wir werden noch mal ein Foto der Toten veröffentlichen, mit ein paar detaillierteren Informationen über die mutmaßlichen Umstände der Tat. Wir haben in der Pressekonferenz damals gesagt, dass wir keinen Hinweis auf den möglichen Tatort haben. Das stimmt so nicht.«

»Und was werdet ihr nun erzählen?«

»Sabrina Genenger hatte zwar kein genetisches Fremdmaterial unter den Fingernägeln, dafür aber eine Moos- und Flechtenart.«

»Sie ist im Wald getötet worden?« Becks vergaß seine Zigarette.

»Nicht in einem Wald, in einem Stollen, einem Keller; da wo es feucht ist jedenfalls.«

»Das kann doch überall sein.«

»Mehr haben wir aber nicht. Unser Pathologe hat nicht mehr gefunden, leider. Keine fremden Haare, keine Spermaspuren, keine auffälligen Anhaftungen an ihrer Kleidung. Nur das Moos unter den Fingernägeln. Und es gibt angeblich einen Fotografen, den Sabrina Genenger kurz vor ihrem Tod hat besuchen wollen.«

»Ich weiß. Und, habt ihr ihn schon?«

»Woher weißt du das?« Frank wurde nervös.

Bert Becks zuckte nur mit den Schultern und lächelte vielsagend. »Auch wir haben so unsere Quellen. Also, was ist mit dem Knipser?«

»Wir arbeiten daran.«

»Geht das bitte auch ein bisschen konkreter, lieber Frank?«

»Nein. «

»Er soll in Frankreich leben.«

»Woher ...« Bevor Frank weitersprechen konnte, hob der Polizeireporter der Rheinischen Post vielsagend die Hände.

»Schon gut, ich frag nicht weiter.«

»Mehr habt ihr nicht? Das ist nicht wirklich viel.«

»Sag ich doch. Wenn du mehr wissen solltest, lasse es mich bitte wissen. Wir können jede Spur gebrauchen.«

»Ich habe dir alles erzählt.«

»Und jetzt?« Frank ärgerte sich, dass bei dem Gespräch nicht mehr zutage gekommen war außer lauwarmen Gerüchten und Halbwissen.

»Sieh mich nicht so böse an. Nimm es doch so: Wir haben uns gegenseitig auf den Stand der Informationen gebracht. Und das in angenehmer Umgebung bei ebenfalls angenehmer Musik. Wer kann das schon von seinem Arbeitstag behaupten?« Bert Becks hob seine Hand und signalisierte der Bedienung, dass er noch ein Getränk wollte.

...

»Nun sag schon, Heinz-Jürgen. Du grinst wie ein Holländer nach dem Endspiel der Fußballweltmeisterschaft.«

»Apropos, habe ich euch schon erzählt, dass meine Vorfahren ...«

»Heinz-Jürgen!« Eckis und Franks Rüge kam wie aus einem Mund. Manchmal funktionierten die beiden Polizeibeamten wie seit Jahren gedrillte Synchronspringer. »Mach's nicht so spannend.«

»Ich habe aber eine wirklich interessante Familiengeschichte! Aber wenn ihr halt nicht warten könnt, dann bitte: Ihr erinnert euch doch an die großformatigen Fotos in Genengers Wohnung? Die raue See.«

Die beiden nickten.

»Sie stammen von ein und demselben Fotografen.« Heinz-Jürgen Schrievers genoss seine Kunstpause, die er zudem nutzte, um in seinen Hosentaschen nach einem Schokoriegel zu suchen.

»Bitte!«

»Nicht so ungeduldig, Frank. Ich bin ganz bei euch. Also, dieser Fotograf heißt George Mouton. Er lebt zwar in der Normandie, aber Mouton ist nur sein Künstlername. In Wahrheit heißt er Collin Rankin.«

»Wow.« Die beiden Ermittler waren sprachlos.

»Da staunt ihr, was? Der alte Schrievers ist gar nicht so blöd, wie ihr jetzt ausseht.« Schrievers mächtiger Bauch bebte wie Wackelpudding, als der Archivar zufrieden kicherte. »Collin Rankin aus Staiths. Das muss irgendwo an der englischen Ostküste sein.«

»Woher weißt du das?«

»Das war ganz einfach. Ich habe nur Eins und Eins zusammengezählt. Als ihr von einem mysteriösen Fotografen aus Frankreich erzählt habt, den diese Sabrina angeblich schon mehrfach besucht hat, bin ich in ihre Wohnung gefahren. Denn auf den Wohnungsfotos sind doch die großen Fotografien zu sehen. Dann habe ich die Signatur der Bilder überprüft und bin damit zu dem Kunsthändler an der Wallstraße gefahren. Der ist zwar auf Öl spezialisiert, kennt aber einen Kollegen, der nur mit Fotos handelt. Und der hat mir dann den Namen bestätigt, sogar eine Adresse geliefert.«

»Prima.«

»Hätte jeder von euch drauf kommen können.« Heinz-Jürgen Schrievers klang bescheiden. Allerdings traf der nächste, zuckersüß gesprochene Satz die beiden Ermittler um so schärfer. »Wenn er denn clever genug gewesen wäre. Das ist klassische Ermittlung, erstes Semester.«

»Schon gut, wir haben es ja verstanden.«

»Aber das ist noch nicht alles, liebe Freunde.« Schrievers Grinsen wurde noch breiter.

»Jaaaa.«

»Ich habe die französischen Kollegen, die während der WM hier sein werden, gefragt, ob sie mir nicht mal auf ihrem petiten französischen Dienstweg ein paar Informationen über diesen ›Missjö Fotografen‹ schicken können. Dabei ist dann heute morgen dieses Fax herausgekommen.« Schrievers zeigte auf seinen Schreibtisch. »Dieser

Collin Rankin hat vor einiger Zeit sein Atelier an der französischen Küste aufgegeben und ist nach Staiths zurück.«

»Prima. Und jetzt?« Frank war voller Ungeduld.

»Keine Sorge. Ich habe auch seine Adresse. Von meinem Bekannten bei Scotland Yard.«

»Heinz-Jürgen, du bist ein echter Held. Ich schlage vor, dass wir eine Kopie deines Schreibens an die britischen Ermittler im HQ weitergeben. Die sollten, so will es Böllmann, auch informiert werden. Außerdem haben die Kollegen da auch sicher ihre Möglichkeiten. Mal sehen, wer von denen schneller ist. Kann ja nicht schaden, den britischen Sportsgeist zu aktivieren.«

»Kein Problem, ich kümmere mich gleich drum.« Heinz-Jürgen Schrievers Wangen glühten.

»Wie bist du eigentlich auf den Galeristen auf der Wallstraße gekommen? Das interessiert mich nun doch«, fragte Ecki neugierig.

»Habe ich euch das nicht erzählt? Ich bin doch schon seit einigen Wochen immer wieder mal auf den Dachböden meiner Verwandtschaft unterwegs. Da liegt jede Menge alter Plunder rum, der auch noch wertvoll ist. Letztens bin ich sogar auf dem Dachboden eines entfernten Onkels in Breyell auf eine original alte Kiepe aus Weidengeflecht gestoßen, mit denen die Krämer früher über Land gezogen sind. Naja, das ist eine ganz eigene Geschichte. Jedenfalls bin ich immer wieder auf alte Ölbilder gestoßen. Und da habe ich natürlich wissen wollen, ob sie noch etwas wert sind. Und so bin ich an den Galeristen geraten.«

»Und? Bist du schon reich? Welchen van Gogh hast du schon gefunden?«, frotzelte Frank freundschaftlich.

»Wär's mal so. Nix mit van Gogh. Alles Massenware nach dem Geschmack der damaligen Zeit. Trödel. Aber schöner Trödel. Das eine Bild hängt ja hier. Ich lasse gerade noch zwei andere reinigen. Eins davon, eine Art Kreidebild, Pastell, Schloss Liedberg, mit großem Eichenrahmen, das passt auch noch in mein Büro.«

»Pass nur auf, dass du dein Archiv nicht noch zum Museum machst. Dann stehen die Besucher demnächst noch Schlange hier.«

»Dann nehme ich Eintritt und setze mich zur Ruhe.«

...

Nichts war passiert! Dabei hatte er ihnen den besten Film geliefert, denn sie je gesehen hatten. Kein Zeitungsbericht, kein Interview im Radio. Sie hatten ihn enttäuscht. Er hatte sich schon die Schlagzeilen ausgemalt: »Frau geschlachtet, Täter drehte Horrorvideo«. Aber die Medien hatten ihn ignoriert. Schlimmer noch war aber, dass die Polizei ihn einfach ignorierte. Waren sie so abgebrüht? Oder steckten sie gar mit seinen Auftraggebern unter einer Decke? Das war möglich, denn sie waren mächtig. Sehr mächtig.

Er musste es herausfinden. Wollten sie ihn provozieren? Damit er, wie sie es sagen würden, einen Fehler machte? Aber einer wie er machte keinen Fehler. Darauf würden sie lange warten können. Die Umgebung seiner Aufnahme war sorgfältig ausgewählt. Nichts deutete auf den Ort hin. Er war klinisch sauber, sozusagen. Er hatte am Anfang wochenlang die besten Einstellungen geprobt. Hatte die Kamera in verschiedene Positionen gebracht, hatte das Zentrum sorgsam ausgeleuchtet, immer wieder das Ergebnis überprüft, wieder und wieder neu begonnen. Bis er endlich zufrieden gewesen war und er seinen ersten »Fall« bearbeiten konnte.

Dabei hatte er es gar nicht so sehr auf Sicherheit angelegt. Er war von Beginn an davon überzeugt, dass der Ort ihn verraten würde. Dafür war der Raum zu ungewöhnlich gewöhnlich. Ihm war es mehr darum gegangen, seinen Auftraggebern die wirkungsvollste Perspektive bieten zu können. Er hatte sich und seine Arbeit bestens in Szene setzen wollen. Und er hatte sein Ergebnis optimal präsentieren wollen. Er brauchte die Qualität der Bilder, um die ungewöhnliche Qualität seiner Arbeit optimal präsentieren zu können. Er überlegte. Was blieb noch zu tun? Die Polizei hatte nicht reagiert. Nicht sichtbar, jedenfalls. Was tat sie gerade? Und was konnte er tun, um seine Auftraggeber noch mehr ins Abseits zu drängen? Wie konnte er die Ermittler auf den Weg bringen? Er musste sie zu seinen Freunden machen. Er würde ihnen den Weg zeigen zu denen, die sie finden wollten. Denn sie, seine sogenannten ehrenhaften Auftraggeber, hatten ihren größten Fehler begangen. Sie hatten ihn verletzt, hatten seine Arbeit in Zweifel gezogen, hatten ihm sogar gedroht. Das durfte nicht ohne Folgen bleiben. Schließlich hatte er Prinzipien. Die feinen Herren mussten für ihr Verhalten bezahlen, ohne Rücksicht auf das eigene Schicksal. Er musste jetzt konsequent seinen Weg gehen. Er hatte den Beginn einer perfekten Spur gelegt. Und er würde perfekt den Weg zu Ende gehen. Das war er sich schuldig.

Die Seelen der Kinder konnte er immer und überall finden. Das hatten die vergangenen Jahre ihm bewiesen. Wie leicht es doch war, die Kleinen für sich zu gewinnen. Und wie leicht es doch war, ihren Seelen auf die Spur zu kommen. Er brauchte seine Auftraggeber nicht mehr. Er war frei und konnte selbst für sich die richtige Entscheidung treffen. Er war nicht länger abhängig, nicht seit er die DVD mit den Bildern der Frau »veröffentlicht« hatte. Er würde der Polizei weiter helfen bei der Suche nach den Schuldigen. Sie würden bezahlen müssen. Sie hatten ihn gedemütigt mit der Frau. Jetzt war er sein eigener Herr. Herr über seine Seele und die Seelen der kleinen Kinder, die ihn immer so freundlich anlächelten, wenn sie zu ihm kamen.

Er pfiff leise vor sich hin, als er das Licht löschte, den Raum verließ und den Geruch des satten Grüns tief in sich aufsog. Er blieb einen Moment stehen und blinzelte in die Sonne. Es war ein schöner Tag. Und er wusste mit einem Mal mit einer Klarheit, die ihn selbst verblüffte: Es war der erste Tag seines Lebens, der ihm ganz allein gehörte.

Und er wusste auch schon, wo er die nächste Seele finden würde.

...

Der Vormittag war sonnig. Er brachte eine leise Ahnung davon, wie der Sommer sein könnte. Die Luft roch frisch und klar. Das frische Grün der Bäume leuchtete.

Aber Daniel C. Hünner hatte keinen Blick für die aufbrechende Natur. Er saß seit mehr als einer Stunde mit Karsten Mösges zusammen.

»Du musst etwas tun!« Hünner sah den Baudezernenten an.

Mösges war bisher mehr oder weniger einsilbig geblieben. Er hatte offenbar wenig Lust, in den Sog von Hünners Partei- und sonstigen Problemen zu geraten.

»Es gibt keinen Grund, den Kopf zu verlieren. Das hat man dir doch schon signalisiert. Bleib also auf dem Teppich. Es wird nichts passieren. Und hör auf, mich in deine Probleme hineinzuziehen. Ich habe genug mit mir selbst zu tun.« Mösges Tonfall war schärfer geworden.

»Was heißt hier ›meine Probleme‹? Das erzählst du mir schon seit Wochen! Ich kann das nicht mehr hören, Karsten! Verstehst du? Das sind, verdammt noch mal, auch deine Probleme, vergiss das nicht!«

»Hör auf zu schreien, oder willst du, dass der ganze Flur hört, was der hochgeschätzte OB-Kandidat mit seinem künftigen Dezernenten zu streiten hat?«, zischte Karsten Mösges und warf dabei den silbernen Brieföffner, mit dem er die ganze Zeit gespielt hatte, auf den Schreibtisch.

»Wie behandelst du mich eigentlich? Hast du schon vergessen, wer dir zu deinem Job verholfen hat? Das kann sich auch ganz schnell wieder ändern, mein Lieber. Baudezernenten finde ich an jeder Ecke. Und wer sagt mir, dass ich der Opposition nicht auch mal ein Zugeständnis machen werde? Du kannst nicht sicher sein, dass du beim nächsten Mal wiedergewählt wirst, Karsten Mösges. Ich bestimme hier, nicht du.«

»Benimm dich nicht wie ein kleines Kind. Und setz dich endlich.« Mösges blieb völlig unbeeindruckt von Hünners Drohung.

Hünner reagierte nicht. Stattdessen fuhr er Mösges mit unverminderter Härte an. »Unternimm endlich etwas. Sonst landen wir alle im Knast.«

»Dein Vater hatte Recht, du hast nicht das Zeug zum Unternehmer.«

»Lass meinen Vater aus dem Spiel. Du kannst mich nicht verletzen. Du nicht. Schaff endlich die Kameras aus dem Spielertrakt.«

»Und wie stellst du dir das vor? Soll ich einfach hineinspazieren und den Spielern sagen: Guten Morgen, meine Herren, bleiben Sie ruhig sitzen und nur keine Umstände! Ich will nur mal eben oben an die Spinde und diese kleine niedliche Kamera abmontieren. Nein, so einfach ist das nicht. Die Dinger sind gut versteckt und fest installiert. Da kann ich nicht einfach mit einem Schraubenzieher kommen.« Mösges lachte meckernd. »Der Verein würde mich keine Sekunde allein in den Räumen lassen. Die haben ihr Stadion zu einem Hochsicherheitstrakt ausgebaut. Ohne Chipkarte geht da gar nichts mehr. Die Bökelbergzeiten sind längst vorbei.«

»Dann lass dir endlich was einfallen. Die Dinger müssen verschwinden. Ich habe schon genug Scherereien.«

»Du wirst dich noch gedulden müssen. In der kommenden Woche habe ich mit den Herren vom Verein eine Baubesprechung. Dann bin ich im Stadion. Ich werde ihnen einen Baucheck für den Warmtrakt vorschlagen, da kann Röber unauffällig die Kameras ausbauen.«

»Müssen wir Röber wieder einschalten? Mir gefällt der Typ nicht. Er trinkt. Was ist, wenn er im besoffenen Kopf was ausplaudert?«

»Hast du eine bessere Idee? Wie sollen wir sonst an die Dinger kommen? Ich kann schlecht selbst auf die Leiter steigen. Lass mich nur machen. Röber überlass ruhig mir. Der wird nicht quatschen.«

Hünner schwieg. Was sollte er auch antworten? Mösges konnte in der Tat schlecht selbst im Blaumann im Vereinshaus auftauchen und die eingebauten Kameras entfernen.

»Scheiße! Die Sache ist mir zu heiß.« Hünner sah Mösges zornig an.

»Das hättest du dir eher überlegen müssen. Nun ist es zu spät. Immerhin profitierst du auch ganz schön von der Sache. Hast du das schon vergessen? Apropos: Rauh soll für eine Niederlage gegen Nürnberg sorgen. Gib ihm wieder 20.000. Das wird reichen. Und sieh zu, dass er diesmal keine Probleme macht. Erinnere ihn daran, dass wir noch mehr Fotos haben.«

»Ich mach das nicht mehr, Mösges.«

Karsten Mösges senkte seine Stimme. Seine Worte klangen in Hünners Ohren trotzdem wie Hammerschläge. »Hör gut zu, du bist Teil des Geschäfts. Du weißt, was das bedeutet. Die Kameras überlasse ruhig mir. Wir haben vorerst genug Fotos. Der Rest wird auch sauber erledigt.«

»Was meinst du damit?« Hünner wurde blass.

»Lass uns von was anderem reden. Kommst du mit Feusters weiter?«

...

Alexander Rauh zog seine starren Schienbeinschoner aus seinen Stutzen und warf sie neben sich auf die graue Bank. Erst die Taktikbesprechung, dann »Kondition bolzen«, wie der Trainer es gerne nannte, Spielzüge einstudieren, dann ein abschließendes Spielchen. Seine Füße brannten.

Er wollte jetzt nur noch unter die Dusche. Aber er konnte sich nicht bewegen. Er kam nicht von seinem Sitz hoch, um die wenigen Schritte zum Duschraum zu gehen. Benjamin *Kappe* Lambertz saß ebenfalls noch auf seinem Platz. Der Rest der Mannschaft duschte schon oder föhnte sich die Haare. Die Stimmung war gedrückt. Die Zeitungsberichte der vergangenen Tage hatte die Spieler arg getroffen. Von *Gurkentruppe*, *letztem Aufgebot* und *Arbeitsverweigerung* war die Rede gewesen. Trainer und Präsident hatten mehrfach nach dem Training den Spielern in der Kabine Dampf gemacht. Der Druck wurde von Tag zu Tag größer. Schon gab es erste Stimmen, die einen neuen Trainer forderten. Das war genau das, worauf einige aus der Mannschaft schon gewartet hatten. Jene, die der Trainer längst abgeschrieben hatte.

Einige waren auch schon zu Alexander Rauh gekommen und hatten ihn nach seiner Meinung zum Trainer gefragt. Aber er hatte abgewunken. Er wollte sich nicht an einer Meuterei beteiligen. Immerhin hatte sich der Trainer anfangs dafür stark gemacht, dass Alexander hatte bleiben können. Ohnehin hielt er nicht viel davon, den persönlichen Krach mit dem Trainer auf den Platz zu tragen. Dort hatte so etwas nichts zu suchen. Dort ging es allein nach der einfachen, aber wirkungsvollen Regel: Gewinnen oder verlieren. Und für den Abwehrspieler Alexander Rauh war es immer nur darum gegangen, möglichst als Sieger vom Platz zu gehen.

Bisher jedenfalls. Seit Hünner ihn unter Druck setzte, war seine Fußballwelt vollständig aus den Fugen geraten. Niemals im Leben hätte er damit gerechnet, in Kreise hineinzugeraten, die es darauf abgesehen hatten, aus dem einfachen Ballspiel ein kriminelles Geschäft zu machen.

»Was lässt du den Kopf so hängen?« Kappe klopfte Alexander auf die Schulter. »Ist dir nicht gut? «

»Doch, doch, alles in Ordnung.« Alexander Rauh sah auf. Kappe spielte im Mittelfeld und war einer der wenigen, die so etwas wie Anteilnahme zeigten.

»Du siehst müde aus. Und das schon seit Tagen.« Kappe blieb vor Alexander stehen und machte ein besorgtes Gesicht.

»Ich schlafe halt schlecht. Sonst ist nichts.« Alexander Rauh wollte nicht abweisend klingen, aber er wollte lieber seine Ruhe.

»Ich meine ja nur. Wenn du reden willst, können wir gerne mal zusammen essen gehen.«

»Wieso reden? Was meinst du damit?«, fragte Alexander misstrauisch. Was hatte das zu bedeuten? Wusste Benjamin *Kappe* Lambertz etwas? Er sah ihn so merkwürdig an.

»Reden. Einfach nur so.« Lambertz sah sich um. »Das tun wir sowieso viel zu wenig. Schau dich nur um, die wollen alle so schnell wie möglich nach Hause. Als sei der Mannschaftsgeist ein Gespenst. So wachsen wir nie zusammen.«

»Ja, können wir mal machen, in den nächsten Tagen.« Alexander sah sich um. Lambertz hatte Recht. Die meisten Spieler waren innerlich schon nicht mehr auf dem Vereinsgelände, sondern bei ihren Geschäften, Frauen oder Freundinnen.

»Ich würde mich freuen. Julia freut sich bestimmt auch, wenn sie dich wiedersehen würde. Du kannst ja auch jemanden mitbringen. Dann machen wir uns einen lustigen Abend. Okay?«

»Okay.« Was wollte Lambertz von ihm? Woher kam das plötzliche Interesse?

»Prima.« Kappe schlug Alexander noch einmal auf die Schulter und ging dann zu seinem Platz zurück.

Alexander zog sich das Trainingshemd über den Kopf und warf es auf den Stapel, der bereits auf dem Boden lag. Wen sollte er denn mitbringen? Kappe wusste doch, dass er alleine lebte. Oder wusste er von Pascal? Sollte das eine versteckte Andeutung sein?

Alexander drehte sich um und nahm den Kulturbeutel aus seinem Spind, um nach dem Duschgel zu suchen. Er hatte die Hand kaum in die dunkelblaue Tasche gesteckt, als er erstarrte. Vorsichtig zog er seine Hand wieder hervor. Er hatte einen braunen, dicken Umschlag in der Hand. Alexander wusste sofort, was in dem Umschlag steckte. Erschrocken ließ er ihn wieder fallen und verstaute seinen Kulturbeutel in seinem Spind.

»Du bist ja auf einmal kreidebleich. Ist dir schlecht?« Kappe war auf dem Weg zur Dusche bei Alexander stehen geblieben.

Alexander fuhr herum. »Was? Nein ... ich, ich habe nur mein Duschgel gesucht. Hab's zu Hause vergessen. Ich bin okay. Völlig okay.«

»Wenn du willst, kannst du meins haben.«

»Danke. Ja. Ich komme gleich nach.«

Kappe nickte und schlurfte auf seinen Badelatschen Richtung Duschen.

Woher kam das Geld? Und wer hatte es ihm in die Tasche gesteckt? Hünner konnte es nicht gewesen sein. Hünner musste Komplizen haben, in der Mannschaft! Wie sollte es sonst gehen? Wen hatte Hünner noch auf seiner Liste? Alexander sah sich um. Niemand nahm Notiz von ihm. Für die meisten war er längst ein Auslaufmodell.

Das nächste Spiel verlieren? Wie sollte er dafür sorgen? Es war doch gar nicht klar, ob er in die Lage kommen könnte, den entscheidenden Fehler zur Niederlage zu machen. Was war, wenn sie nächsten Samstag doch gewinnen würden? Die Bilder! Um Himmelswillen, das durfte nicht passieren! Die Fotos aus der Dusche durften nie an die Öffentlichkeit gelangen! Aber was sollte er tun? Er war Sportler. Und Sportler wollen immer siegen.

Alexander lehnte sich an seine Spindtür. Er fühlte das kühle graue Furnier des schmalen Schranks auf seinem verschwitzten Rücken. Er fühlte, wie alle Kraft aus seinen Beinen und Armen wich. Er konnte doch nicht zum Spielball dieser Verbrecher werden. Und doch gab es diese Fotos. Er stand mit dem Rücken zur Wand.

...

Das Telefon klingelte. Hünner meldete sich. »Ja?«

Seine Sekretärin hatte Wichtelmanns in der Leitung. Hünner stutzte kurz. »Stellen Sie durch.«

»Tach, Wichtelmanns hier. Haben Sie einen Moment Zeit?«

Hünner räusperte sich. »Also, wenn ich ehrlich bin ... aber, nein, schießen Sie mal los. Was kann ich für Sie tun?«

»Schießen? Klingt gut.« Wichtelmanns lachte kurz auf. »Ich habe von der Bild den Auftrag, eine Fotostory über Sie zu machen. Kann ich gleich für eine halbe Stunde kommen? Geht ganz schnell. Nur ein paar Fotos.«

»Wie kommt die Bildzeitung ausgerechnet auf mich? Und zu welchem Thema soll das sein?«, fragte Hünner vorsichtig zurück. Bildzeitung! Er konnte jetzt alles gebrauchen, nur keine Fotostory in der Bildzeitung!

»Das müssen Sie die in Düsseldorf fragen. Wann kann ich kommen?« Wichtelmanns klang gelangweilt.

»Moment mal, wer sagt denn, dass ich das will?«

»Ich dachte, die hätten schon mit Ihnen gesprochen. Sind nur ein paar Fotos. Das Übliche. Sie am Schreibtisch, im Garten, im Schlafzimmer.«

»Hören Sie, lieber Herr Wichtelmanns, das kommt jetzt doch überraschend. Ich habe leider keine Zeit. Können wir dass nicht verschieben? Ja, wir verschieben das Ganze bis nach meiner Wahl. Was halten Sie davon? Dann nehme ich mir auch extra viel Zeit für Sie.«

»Hören Sie, ich habe heute Redaktionsschluss für die Fotos. Sie sind doch Profi, das ist doch keine große Sache.«

»Ich muss Sie enttäuschen, lieber Herr Wichtelmanns. Es geht heute wirklich nicht. Ich habe noch wichtige Termine heute.«

»Das wird der Redaktion nicht gefallen. Oder haben Sie ein paar Schnappschüsse parat? Sagen wir: Sie mit Ihrer verstorbenen Freundin?«

Wichtelmanns hatte einen lauernden Unterton in der Stimme, der Hünner nervös machte.

»Was hat Sabrina mit meiner Homestory zu tun? Frau Genenger ist tot. Noch nicht einmal beerdigt. Nein. Das geht nun wirklich nicht. Was soll denn bei der Homestory herauskommen?«

»Wie gesagt, dass müssen Sie die Redaktion fragen. Ich bin nur der Fotograf. Ich liefere immer nur die Bilder.«

»Was heißt das?«

»Fragen Sie in Düsseldorf nach. Dann haben Sie sicher auch die Chance, den Inhalt der Story zu beeinflussen.«

»Heißt das ...?« Daniel C. Hünner sprach den Satz nicht zu Ende.

»Das heißt gar nichts. Das heißt nur, dass die Kollegen die Geschichte auf jeden Fall bringen werden. Sie sind eine ›Person öffentlichen Interesses‹, und im Moment in aller Munde. Das müssen Sie schon akzeptieren.«

»Soll das eine Erpressung sein?«

»Hören Sie zu, guter Mann«, Wichtelmanns klang nicht länger unbeteiligt und gelangweilt, sondern aggressiv. »Ich gebe Ihnen den guten Rat, lassen Sie mich die Fotos machen. Sonst kann ich keine Verantwortung für die Bilder in der Zeitung übernehmen.«

»Was fällt Ihnen ein, so mit mir zu reden? Seien Sie vorsichtig, sonst werden Sie in Mönchengladbach Ihre Probleme bekommen. Das schwöre ich Ihnen.« Hünner war wütend und kurz davor aufzulegen.

»Wer droht denn hier?« Die Stimme klang weich und leise. »Sie können mich jederzeit anrufen. Ihre Sekretärin hat meine Nummer.«

Es klickte in der Leitung. Wichtelmanns hatte aufgelegt. Daniel C. Hünner fuhr sich mit der Hand über den Kopf. Schweiß stand auf seiner Stirn. Auch das noch. Eine Homestory! Mit Fotos von Sabrina! Was hatte das zu bedeuten? Er stand auf und ging in seinem Büro auf und ab. Er musste überlegen, er musste eine Strategie entwickeln. Dieser Bericht durfte nicht erscheinen. Nicht morgen und nicht an einem anderen Tag. Nie. Was sollte er tun? Mösges anrufen? Nein. Wer hatte genug Einfluss auf die Presse? Wer konnte den Bericht verhindern? Ausgerechnet die Bildzeitung. Die konnte keiner so schnell stoppen. Feusters! Das war es. Feusters musste ran. Wofür bezahlte er ihn schließlich? Sein Berater musste den Redakteuren die Story ausreden. Das war die Lösung!

XIII.

»Verflixt!« Ecki schlug den Hefter zu.

»Was ist?«

»Rankin.« Ecki warf die dünne Mappe über den Schreibtisch zu Frank.

»Was ist mit Rankin?«

»Er ist tot.«

»Was?« Frank schlug die Mappe auf. Er überflog den ersten Absatz. »Das gibt's doch nicht!«

»Ist aber so. Das stinkt doch zum Himmel.«

Frank las den Bericht von Colonel Barry Digby noch einmal gründlich. Demnach hatte Collin Rankin erst seit knapp zwei Monaten wieder in Staiths gewohnt. Nachbarn hatten ausgesagt, der Fotograf habe sich ganz bewusst in die Abgeschiedenheit des dünn besiedelten Küstenstreifens Yorkshires zurückgezogen. Nach langen Jahren in Paris und New York hatte er gehofft, mit der Rückkehr zu seinen Wurzeln auch seine Kreativität wiederbeleben zu können. Er habe müde gewirkt, als er angekommen sei. Aber er hatte auch Ideen mitgebracht, wie er sein altes Elternhaus wieder bewohnbar machen konnte, das wie fast alle Häuser im Ort wie ein Nest in der engen Bucht seines Dorfes klebte. Er hatte begonnen, das Dach auszubauen, für sein Atelier. Zwischendurch sei er immer mal für zwei, drei Tage nicht gesehen worden, hatten sie angegeben. Bereits in der zweiten Woche nach seiner Rückkehr war er wieder mit seiner Ausrüstung losgezogen. Bei einer dieser Touren entlang der Steilküste war es dann passiert. Collin Rankin war in die Tiefe gestürzt, als er nicht weit von Staiths im Morgengrauen die vom Sturm aufgewühlte See fotografieren wollte. Nach den Ermittlungen der zuständigen Polizeistation musste Rankin in dem feuchten Gelände den Halt verloren haben. Sein verlassenes und unverschlossenes Auto war erst Stunden später von einem Bauern gefunden worden, der auch die Polizei informiert hatte. Hinweise auf einen gewaltsamen Tod hatten sie weder an der unwegsamen Stelle an der Küste gefunden noch bei der Obduktion des Toten. Auch die Durchsuchung seines Hauses hatte keinen Hinweis ergeben. Unter den wenigen persönlichen Sachen war seine teure und umfangreiche fotografische Ausrüstung gewesen, ein riesiges Archiv mit Negativen, haufenweise Probeabzüge und einige wenige gerahmte Porträtfotos. Ansonsten betrafen die Arbeiten Rankins Faible für die Naturgewalten. Im Schlafzimmer hatte die Polizei ein kleines Foto gefunden, das, wie sie später ermitteln konnte, von Sabrina Genenger stammte. Im letzten Absatz des umfangreichen Berichtes bot die englische Polizei an, bei Bedarf eine Fotomappe mit Aufnahmen vom Fundort der Leiche und mit Fotos aus dem Haus des Toten zu schicken.

»Unser wichtigster Zeuge ist tot.« Frank schlug die Mappe zu und rieb sich über die Augen.

»Und damit ist Hünner aus dem Schneider. Wir können nicht widerlegen, dass der Fotograf hier in der Gegend war, um Sabrina zu töten.« Ecki ärgerte sich. Er hatte das Gefühl, dass die Sache stank.

»So schnell gebe ich nicht auf. Wir lassen uns diese Fotomappe kommen. Vielleicht fällt uns was auf.«

»Ich wäre lieber vor Ort.«

»Da werden wir wohl kein Glück haben.«

»Weiß ich, wär halt nur schön. So müssen wir uns auf die Briten verlassen. Mir passt das gar nicht, so passiv sein zu müssen.«

»Wir können aber trotzdem etwas tun. Wir starten noch mal eine Presseaktion. Ich habe mit Becks schon darüber gesprochen.«

»Und der hält dicht bis zur offiziellen Pressemeldung? Bist du sicher, dass das eine gute Idee war?«

»Keine Angst, bisher hat noch nichts in der Zeitung gestanden.

»Ich meine ja nur.«

»Becks ist absolut vertrauenswürdig. Außerdem gibt es noch so etwas wie eine Musikerehre. Aber davon verstehst du nichts.«

Ecki nickte. »Die Geschichte ist oberfaul. Wir recherchieren in einem Mordfall, in dem ein Fotograf der wichtigste Zeuge ist. Und ausgerechnet der fällt von den Klippen. Komisch. Der muss sich doch da ausgekannt haben! Rankin ist da aufgewachsen. Da weiß er doch, was gefährlich ist und was nicht.«

»Hm.« Mehr sagte Frank nicht.

»Was denkst du?«

»Das Ganze schmeckt mir nicht. Aber wir müssen abwarten.«

...

»Herein?« Frank sah erwartungsvoll zur Tür.

Ecki war zum HQ unterwegs, um mit Colonel Digby über die weiteren Ermittlungsschritte zu sprechen. Nach wie vor gab es keinen Hinweis auf die Identität des kleinen Jungen vom *Antrim Drive*. Niemand schien ihn zu vermissen, weder in Deutschland, noch in Großbritannien. Es war so, als existiere er nur als Toter. Dabei musste es eine Blaupause von *Billy* geben, wie sie den toten Jungen mittlerweile nannten. Irgendwo musste das lebende Kind einen Abdruck hinterlassen haben. Irgendwo hatte er gespielt, war er zur Schule gegangen. Er hatte Freunde gehabt, die ihn nun vermissten. All diese Fragen wollte Ecki mit dem Colonel abklären, um daraus eine neue Ermittlungsstrategie zu entwickeln.

Frank hatte sich im Gegenzug dazu bereit erklärt, im Büro die Stallwache zu übernehmen. Immerhin konnte er so einige liegen gebliebene lästige Verwaltungsunterlagen sichten, den ein oder anderen Autohändler anrufen und mit Lisa telefonieren.

»Herein«, rief Frank diesmal etwas lauter. .

Vorsichtig trat eine junge Frau in sein Büro und blieb unschlüssig an der Tür stehen.

»Nur nicht so schüchtern. Kommen Sie ruhig näher.«

Frank war aufgestanden und ging der jungen Frau ein Stück entgegen. Sie war sicher das erste Mal in einem Büro der Kriminalpolizei. Mit einer Hand hielt sie ihre grüngraue Umhängetasche fest an ihren Körper gedrückt. Die andere Hand wanderte wieder zu ihren Haaren. Ihr enges bauchfreies T-Shirt betonte ihren schlanken Körper. Frank schätzte die Frau auf knapp über 20.

»Guten Tag, mein Name ist Frank Borsch. Setzen Sie sich. Was kann ich für Sie tun?« Frank schüttelte ihre Hand. Sie hatte einen angenehmen Händedruck. Ihre Haut fühlte sich trocken und warm an.

Frank räusperte sich und ließ ihre Hand los. »Also?« Mit einladender Handbewegung wies er auf den freien Stuhl vor seinem Schreibtisch. Die junge Frau nahm seine Einladung an und setzte sich vorsichtig. Dabei hielt sie weiterhin ihre Tasche fest.

Unsicher sah sie Frank an, der sich ebenfalls gesetzt hatte. »Mein Name ist Melanie Contzen. Ich möchte eine Aussage machen.«

Frank sah sie immer noch freundlich an, sagte aber nichts.

»Also, das Foto in der Zeitung. Ich meine, Sie suchen einen Mörder. Nein, ja, einen Mörder und den Ort.« Melanie Contzen streifte Franks Blick nur kurz, dann senkte sie wieder ihren Blick.

»Ja?« Frank horchte auf.

»In der Zeitung steht, dass diese Frau, also die Tote, in einem Keller gelegen haben muss, oder auch in einem Stollen. Wegen der Flechten unter den Fingernägeln. Da muss es also feucht gewesen sein.«

»Das stimmt. Reden Sie nur weiter.« Frank griff nach seinem Kugelschreiber und zog einen Schreibblock zu sich. Dabei ließ er die junge Frau nicht aus den Augen.

Melanie Contzen sah Frank direkt in die Augen. »Könnte es auch ein Bunker gewesen sein?«

»Ein Bunker?« Mein Gott, ein Bunker, daran hatten sie überhaupt nicht gedacht! Natürlich, auch in einem alten Bunker ist es feucht.

Melanie Contzen nickte.

»Bitte, erzählen Sie. Was haben Sie beobachtet?«

Eine Stunde später war die komplette Kriminaltechnik in ihren weißen Overalls vor Ort. Das breite Waldstück zwischen dem Gelände des Boxerclubs und der Straße zum Freibad im Volksgarten war komplett abgesperrt. Eine Hundertschaft wartete neben ihren Fahrzeugen auf ihren Einsatz. In einiger Entfernung bellten Hunde.

Im Schein der Taschenlampe bot sich den Ermittlern ein trostloses Bild. In einer Ecke des feuchten Schutzbunkers lag eine schmuddelige Doppelbettmatratze. Daneben ein paar niedergebrannte Kerzen, ein blauer Plastikeimer, ein paar leere Kekspackungen. Eine graue Decke lag nachlässig gefaltet auf dem Boden. Sonst war der Raum leer.

»Siehst du das?« Frank leuchtete knapp oberhalb der Matratze an der Bunkerwand entlang.

»Ich bin doch nicht blind.« Der Kollege von der Spurensicherung hatte schon ein Plastiktütchen und ein Skalpell in der Hand machte sich mürrisch daran, etwas von dem moosigen Grün in das Tütchen zu kratzen.

»Könnte es die gleiche Flechtenart sein?«

Der Kollege zuckte wortlos mit den Schultern.

»Könnte doch sein?«

»Könnte sein.« Kopfschüttelnd verließ der Mann den Lichtkegel.

»Vielen Dank für deine Mühe, Kollege.« Der sarkastische Unterton in Franks Stimme zielte ins Leere, denn der Kollege reagierte nicht.

Draußen vor dem Bunker war mittlerweile Ecki angekommen. Mit schnellen Blicken nahm er die Umgebung auf. »Und?«

»Im Bunker sind Kratzspuren an der Wand. Ich bin fast sicher, dass wir den Ort gefunden haben, an dem Sabrina Genenger festgehalten wurde. Der Bunker ist bis auf das Matratzenlager leer. Ich kann mir nicht vorstellen, dass es hier noch versteckte Räume gibt. Aber die Kollegen werden das noch genau untersuchen.«

»Irgendwelche Spuren von dem Fotografen?«

»Wenn er hier war, dann werden wir es erfahren. Kameras oder Lampen haben wir jedenfalls keine gefunden, wenn du das meinst.«

»Ziemlich unwirtlicher Ort hier, was?« Ecki zog instinktiv die Schultern hoch. Es war nicht kalt, aber ihn fröstelte trotzdem.

»Hitlers stumme Zeugen. Möchte gar nicht wissen, wer hier alles drin gesessen und Angst um sein Leben hatte.« Frank sah nachdenklich auf die schwere Eingangstür des Bunkers.

»Auf jeden Fall könnte Sabrina Genenger hier festgehalten worden sein. Nur das zählt. Und nicht irgendwelche alten Kriegsgeschichten.«

»Apropos. Was sagt dieser Colonel Digby? Was gedenken Sherlock Holmes Erben zu tun? Oder tappen die auch im Dunkeln?«

Ecki kam einen Schritt näher. »Auf jeden Fall gibt es im Fall des Jungen nichts Neues. Die Briten überlegen allen Ernstes, ob sie ihre Soldaten nicht zu einem Gentest zitieren. Und was diesen Rankin betrifft, müssen sie auch weiter mit den zivilen britischen Polizeibehörden zusammenarbeiten. Was ihnen nicht zu schmecken scheint.«

Frank grinste. »Tja, so ist das nun mal. Die Generäle haben gottseidank nicht überall das Sagen.«

»Denkst du an die Zeit beim Bundesgrenzschutz?«

»Das ist nicht vergleichbar. Aber ähnlich ist's schon.«

»Also, Colonel Digby lässt dich schön grüßen und schickt uns in den nächsten Tagen die Mitteilung, ob sie den Gentest nun machen oder nicht. Ich glaube, er hofft inständig, dass weder Opfer noch Täter aus den Reihen der Streitkräfte kommen.«

»Nur keine Nestbeschmutzer! Typisch. Die Fahne muss sauber bleiben.« Frank wandte sich ab und ging zu seinem Wagen.

»Sind wir hier fertig?« Ecki sah seinem Freund nach. Manchmal konnte Frank schon komisch sein.

»Hier schon.«

...

»Das ist jetzt nicht dein Ernst, oder?« Frank sah Horst Laumen wütend an.

»Ich habe euch lange genug gewarnt. Nun ist endgültig Schluss. Ab morgen fahrt ihr den Opel vom KK 4.«

Ecki versuchte zu intervenieren. »Horst, das kannst du doch nicht tun! Wir brauchen den Wagen. Und der CD-Player stört doch nun wirklich keinen. Wir kommen eh kaum noch zum Musikhören. Horst, bitte.«

Horst Laumen strich sich überlegen über seinen kanariengelben Pullunder und zog ihn am Bund gerade. »Ihr kennt die Vorschriften. Der Mondeo wird vorläufig eingezogen. Der CD-Player wird ausgebaut. Dann könnt ihr meinetwegen den Wagen zurückhaben.«

Ohne weiter auf die beiden verdutzten Ermittler des KK11 zu achten, verließ der langjährige und penible Sachbearbeiter der Mönchengladbacher Polizei, Horst Laumen, das Zimmer seiner Kollegen.

Ecki konnte nur mit Mühe Frank zurückhalten, der von seinem Schreibtisch aufgesprungen war, um Laumen zu folgen.

»Lass ihn.«

»Ich bring ihn um!« Frank schüttelte Eckis Arm ab und blieb stehen.

»Ist schon gut. Lass ihn nur. Ich rede mit dem Schirrmeister. Der wird den CD-Player schon nicht ausbauen. Warte ab, wir behalten ihn, ohne das Laumen etwas bemerkt.«

»Wie soll das gehen?«

»Lass mich nur machen.«

»Den mach ich fertig.«

»Auf jeden Fall. Später.« Ecki grinste und schlug Frank freundschaftlich auf die Schulter. »Kommt Zeit, kommt Rache.«

»Der kann sich jetzt schon warm anziehen.«

»Vergiss Laumen. Was machen wir jetzt in Sachen Hünner?«

»Nix. Solange es keinen Beweis für seine Schuld gibt, können wir nichts machen.« Frank hatte sich wieder an den Schreibtisch gesetzt.

»Ich kann ja noch mal Druck machen bei den Briten. Das kann ja nicht ewig dauern, bis die Unterlagen ankommen. In der Zwischenzeit sollten wir noch mal mit Schrievers abklären, ob wir die Herkunft von Billy nicht doch ein bisschen eingrenzen können.«

»Mach das. Ich brauche jetzt einen Kaffee. Laumen hat mich fast um den Verstand gebracht.«

»Lass dich doch von dem nicht aus der Bahn werfen.«

Frank schnaufte wütend.

...

»Ich bin unterwegs. Können wir nicht später reden?«

»Es gibt kein ›später‹. Du hörst jetzt ganz genau zu. Du sorgst dafür, dass das Spiel kippt! Egal wie. Hast du mich verstanden?«

Alexander Rauh nahm das Mobiltelefon von seinem Ohr. Hünner war ein echtes Drecksschwein. Er würde ihn anzeigen. Er würde die Presse informieren. Sofort. Nein. Er hatte keine Beweise. Niemand würde ihm glauben. Er würde sich nur lächerlich machen. Sie würden mit dem Finger auf ihn zeigen. Nein, er konnte nichts tun. Diese Bande hatte ihn in der Hand. Niemand durfte das Geheimnis seiner Puppe erfahren. Pascal, geliebter Pascal. Warum war Pascal nicht mehr da? Er hätte Rat gewusst. Nun würde er gehorchen müssen. So lange, bis ihm eine Lösung eingefallen war. Die Zeitungen saßen ihm im Nacken. Sie warteten nur darauf, ihn schlachten zu können. Der Kicker versuchte ihn schon seit Tagen zu erreichen. Er durfte sein Geheimnis nicht preisgeben. Auf keinen Fall. Das wäre sein Ende.

Ein lautes Hupen riss ihn in die Wirklichkeit zurück. In letzter Sekunde konnte er das Steuer seines X5 herumreißen. Er war auf die Gegenfahrbahn geraten, ohne es zu merken. Alexander hörte hinter sich quietschende Reifen und ein wildes Hupkonzert. Sein Herz raste.

Er umklammerte mit beiden Händen das Lenkrad. Er sah auf das Telefon in seiner rechten Hand. Tränen stiegen in ihm auf. Bis zur Geschäftsstelle waren es nur noch wenige Kilometer.

Mit quietschenden Reifen hielt Alexander Rauh an der nächsten Ampel. Ohne auf den Verkehr zu achten, starrte er durch die Windschutzscheibe. Im Radio liefen die WDR Regionalnachrichten. Er hörte nicht hin. Er hörte überhaupt nichts mehr. Schon seit Wochen. Fernsehen, Radio, seine DVDs: Nichts fand Halt in seinem Kopf. Alexander musste an seine Puppe denken, an die grausamen Fotos und an Pascal.

Neben ihm hupte es. Alexander Rauh schrak zusammen und sah verwirrt aus dem Fenster. Dort stand Kappe mit seinem Mercedes und machte alberne Faxen hinter dem Steuer. Alexander lächelte gequält. Was sollte er nur tun? Wieder hupte es hinter ihm. Die Ampel war längst auf Grün umgesprungen. Er sah in den Rückspiegel. Die Frau zeigte ihm wütend den Vogel.

Alexander trat das Gaspedal durch.

XIV.

»Bingo! Die Spuren unter ihren Fingernägeln sind identisch mit den Flechten im Bunker. Außerdem hat die KTU genügend DNA-Material gefunden, das ausdrücklich von Sabrina Genenger stammt.« Ecki sah seinen Kollegen Frank triumphierend an.

»Und? Haben wir noch andere Spuren? Material, das auf den Fotografen hindeutet oder vielleicht auf Hünner?«

»Mensch, freu dich doch! Wir haben endlich den Beweis, dass Sabrina hier in Mönchengladbach festgehalten wurde. Und vermutlich auch hier getötet wurde. Das ist doch schon mal ein Anfang!«

»Aber eben nicht mehr.«

»Was ist los mit dir?«

»Nix. Aber mir geht diese Untätigkeit auf den Geist.«

»Wie immer.«

»Ja, wie immer. Na und?« Frank schaltete den PC ein.

»Ich bin jedenfalls froh, dass wir weiterkommen. Wir sollten mit Viola sprechen. Ich wundere mich, dass sie sich noch nicht gerührt hat. Sie könnte doch wenigstens mal den Versuch eines Profilings machen.«

»Sie wird sich schon melden.« Frank versuchte den Gedanken an Viola zu verdrängen. Er hatte immer wieder vergeblich ihre Handy-Nummer gewählt. Frank war im Grunde froh darüber. Sie würde ihnen sowieso nicht helfen können.

Es klopfte.

»Ja?« Frank sah zur Tür.

»Hier, Kollegen, das ist gerade aus dem Hauptquartier gekommen.« Ein Kollege von der Leitstelle reichte Ecki einen dicken Ordner und verschwand wieder.

»Da bin ich aber gespannt.« Ecki sah Frank an.

»Worauf wartest du? Mach hin. Was steht drin?«

Ecki setzte sich und vertiefte sich in die Akte. Frank sah seinem Kollegen eine Weile schweigend zu und griff dann zum Hörer.

»Heinz-Jürgen? Ich bin's, Frank. Wir haben Post aus dem HQ. Ich bringe dir nachher mal die Unterlagen. Gibt's bei dir was neues?«

Aber Heinz-Jürgen musste ihn enttäuschen. Selbst er kam in dem Fall nicht voran. Das Mädchen vom Bökelberg und *Billy* schienen aus dem Nichts zu kommen. Der Archivar schlug vor, mit dem Bild des Mädchens endlich an die Presse zu gehen.

»Ja, Heinz-Jürgen. Du hast recht.«

Frank legte auf. Ecki las immer noch.

Nach ein paar Minuten sah er auf. »Der Bericht gibt nicht mehr her, als wir ohnehin schon wissen. Wenigstens haben wir jetzt die Bilder.

Rankin muss wie ein Besessener fotografiert haben. Überall Fotos und Kameras. Ein heilloses Durcheinander in seinem Haus. Guck dir mal die Landschaft an. Das muss verdammt idyllisch sein in diesem Yorkshire. Macht glatt Lust auf Urlaub.«

»Du und England? Kann ich mir nicht vorstellen. Du bist doch aus deinen Bergen nicht wegzukriegen.« Frank nahm die Akte entgegen.

Im ganzen Haus waren Fotos und Kameraausrüstungen verteilt, neben und auf Kaminen, alten Schränken, Tischen, Sitzgruppen, Farbeimern, Maurerkübeln und Gerüstbrettern.

»Meine Güte, was für ein Durcheinander.« Frank schüttelte den Kopf.

»Künstler halt.«

»Guck dir das an, das Haus und die Gegend, sehr britisch. Und die See muss echt rau sein.«

Ecki nickte. »Dem Rhythmus des Meeres zu folgen zaubert noch ein bisschen Himmel auf den Strand.«

»Du bist ja ein echter Dichter, Ecki.«

»Mach dich ruhig lustig über mich. Aber, keine Sorge, der Satz stammt nicht von mir. Ich habe ihn mal in einem Lied gehört.«

Bevor Frank etwas erwidern konnte, klingelte Eckis Telefon.

»Eckers.« Ecki runzelte die Stirn. »Wann? Vor einer Stunde? Von wem? Aha. Dann her damit.« Ecki legte auf.

»Was ist?«

»Ein Rentner hat am Bökelbergstadion einen Briefumschlag gefunden. Adressiert an die Mordkommission.«

»Ein Rentner?«

»Er hat ihn auf der Altstadtwache abgegeben. Die Kollegen sind schon unterwegs hierher.«

»Okay. Ich informiere schon mal die Spurensicherung.«

Eine knappe halbe Stunde später hatten sie den Umschlag vorsichtig geöffnet und das DIN-A4-Blatt aufgefaltet.

»Was soll das? Hier steht nur: Fußball-Wettskandal.« Frank kniff die Augen zusammen. »Fußball-Wettskandal. Was haben wir damit zu tun? Warum ist der Umschlag an uns adressiert?«

»Wir ermitteln schließlich in drei Mordfällen, wobei zumindest einer im direkten Zusammenhang mit dem Bökelberg steht.« Ecki war neben Frank getreten, um besser sehen zu können.

»Was haben unsere Fälle mit einem Fußball-Wettskandal zu tun? Und wer soll darin verwickelt sein? Verstehe ich nicht.«

»Braucht ihr mich noch?« Peter Hübsch von der KTU sah Frank fragend an. »Ich bin nämlich noch mit anderen Dingen beschäftigt.«

»Nee. Danke für deine Hilfe.«

Hübsch nickte zufrieden. »Den Brief nehme ich mit. Ich mach euch 'ne Kopie. Mal sehen, ob ich was finden kann.«

»Tu das.« Frank nickte Peter Hübsch zu, der kurz die Hand hob, als er das Büro verließ.

»Und wenn es doch eine Verbindung gibt? Zwischen den Morden und geschobenen Fußballspielen?«

»Ecki, nun bleib mal auf dem Teppich. Hier in Mönchengladbach?« Frank dachte nach. »Ich kenn mich ja nicht wirklich aus, aber von manipulierten Spielen hier bei uns habe ich noch nichts gehört und gelesen. Ich weiß nur, dass der Verein im Augenblick nicht besonders gut da steht. Die Mannschaft spielt doch seit Monaten schlecht. Aber das sind keine manipulierten Spiele. Diese Millionarios sind einfach satt. Ihnen fehlt der Wille zu siegen. Außerdem hat der Verein die falschen Spieler gekauft. Wenn es stimmt, was die Zeitungen schreiben. Aber, nur mal angenommen, es stimmt – was haben die Kinder damit zu tun? Das passt doch nicht zusammen.«

»Wir sollten beim LKA anfragen. Ich schicke den Kollegen auf jeden Fall eine Mail. Vielleicht haben die ja eine Idee.«

»Geschobene Spiele in unserer Stadt, das ist ein Fall für unser KK 15. Bevor du das LKA aufscheuchst, sollten wir lieber erst bei den Kollegen nachfragen. Betrug und Korruption in der Bundesliga: Das mag ja auf andere zutreffen, auf Köln und Bayern vielleicht«, Frank grinste, »aber doch nicht hier in Gladbach.«

»Jaja, ich würde auch niemals zu den Bayern gehen. Vielleicht findet Hübsch ja was.«

»Ich will endlich von der KTU wissen, wo dieser verdammte Film aufgenommen wurde.«

»Sorry. Habe ich ganz vergessen. Die Auswertung hat nichts Konkretes ergeben. Die Auflösung der einzelnen Sequenzen hat nichts gebracht. Die Scheinwerfer sind einfach zu grell. Alle Konturen, außer der unmittelbaren Umgebung der Liege, sind verwaschen und unscharf. Sie haben die DVD sogar von den Spezialisten beim BKA checken lassen. Auch dort ist das Ergebnis negativ. Entweder ist der ›Kameramann‹ ein echter Experte, der mit Licht umgehen kann, oder er hat einfach Glück gehabt. Jedenfalls lässt sich der Hintergrund nicht eindeutig zuordnen.«

Frank schnaubte. »Und dir ist auch noch nicht eingefallen, wo die Aufnahmen gemacht worden sein könnten? Ich ...«, weiter kam Frank nicht, weil das Telefon klingelte. »Borsch!«

Es war die Leitstelle. Am Trainingsgelände im Nordpark war ein Umschlag gefunden worden, adressiert an die »Beamten der Mordkommission Mönchengladbach«.

»Jetzt wird's spannend.« Ecki streckte sich auf seinem Bürostuhl.

»Sag Hübsch Bescheid. Der Brief müsste gleich hier sein.«

Es dauerte kaum zehn Minuten, und Peter Hübsch und der Brief trafen gleichzeitig in ihrem Büro ein.

»Sieht aus wie der erste.« Hübsch wog den Brief in seiner Hand, die in einem Latexhandschuh steckte. »Wo habt ihr den her?«

»Nordpark.« Frank klang ungeduldig.

»Na, dann wollen wir mal.« Peter Hübsch nahm ein Skalpell in die Hand und öffnete vorsichtig die Gummierung an der Lasche.

»Geht das nicht schneller?«

»Geduld ist eine hohe Tugend, mein Lieber.«

»Quatsch keine Opern. Wir haben es eilig.«

»Schon passiert.« Hübsch schüttelte den Umschlag, bis ein gefalteter Bogen auf den Schreibtisch fiel.

»Das gleiche Papier.« Ecki blies hörbar die Luft durch seine Nasenlöcher.

»Gut beobachtet, Herr Kommissar«, kommentierte Hübsch spöttisch Eckis Entdeckung. »Wieder nur ein Wort: Hünner. Hm. Hünner. Was ist ›Hünner‹? Oder soll das ›Hühner‹ heißen?«

»Schon gut, Hübsch. Wir machen das schon. Vielen Dank. Nimm dein Spielzeug und sieh zu, dass du Spuren findest.« Frank war verwirrt. Was hatte das zu bedeuten? Erst ›Fußball-Skandal‹, dann ›Hünner‹. Erst Bökelberg, dann Nordpark.

»Ist Hünner nun in einen Fußball-Wettskandal verwickelt? Erst wird seine Freundin getötet, dann fällt der Fotograf in England von den Klippen, wir haben zwei tote Kinder und unser Oberbürgermeisterkandidat ist ein Zocker. Das wird ein Schlachtfest für die Presse.« Ecki konnte es kaum glauben. Wohin würden die Ermittlungen sie noch bringen?

»Moment. Noch haben wir nur zwei Blätter mit zwei Worten. Das heißt noch lange nichts. Das ist ein Fall für das KK 15. Wir haben es mit Mord zu tun. Fußball ist nicht unser Leben.«

»Gut. Sollen sich die Kollegen der Schreiben mal annehmen.«

»Und kein Wort zur Presse.«

Peter Hübsch hatte die ganz Zeit zwischen den beiden Ermittlern gestanden und nichts verstanden. »Ich geh dann mal.«

...

Dirk Feusters sah Daniel C. Hünner aufmerksam an. Hünner sah blass aus, hatte tiefe Falten im Gesicht und dunkle Schatten unter den Augen. Keine Spur von einem optimistischen Politiker, der schon längst die Wahl gewonnen hat.

Der Unternehmer spielte schon eine ganze Zeit selbstvergessen mit der Serviette. Sein Essen hatte er nicht angerührt. Dabei hatte er ausdrücklich das *Menrather Weinhaus* als Ort für ihr Treffen ausgesucht. Das ehemalige Treibhaus am Ortsrand von Korschenbroich sei so inspirierend, hatte er am Telefon gesagt. Außerdem könnten sie dort ganz ungestört über ihre Kampagne reden.

Hünner war von Beginn an einsilbig gewesen. Mit fahrigen Bewegungen hatte er durch die Speise- und die Weinkarte geblättert.

Dirk Feusters goss Hünner und sich selbst Mineralwasser nach und räusperte sich. »Herr Hünner, entschuldigen Sie bitte meine Offenheit. Wie ein siegesgewisser Politiker sehen Sie nicht gerade aus. Ist etwas passiert, das ich wissen müsste?«

Hünner schreckte regelrecht aus seinen Gedanken auf. »Was?«

»Na, so werden Sie sicher nicht die Wahl gewinnen. So wie Sie im Moment aussehen und auftreten.« Dirk Feusters lächelte aufmunternd.

»Nein. Es ist alles in Ordnung. Ja. Es ist alles in Ordnung. Kein Problem.« Daniel C. Hünner versuchte ein Lächeln. »Alles im Lot.«

Feusters lehnte sich zurück. »Wenn Sie mich fragen, sehen Sie eher aus als sei Ihnen heute der Teufel höchstselbst begegnet.«

»Was?«

»Na, der Unaussprechliche, Beelzebub, der Teufel.« Feusters lachte.

»Nichts. Es ist nichts. Ich bin nur etwas überarbeitet. Das IEA-Projekt nimmt ziemlich viel Zeit in Anspruch. Noch kann ich meinen Laden nicht einfach meinem Prokuristen überlassen. Ich muss noch zuviel selbst erledigen. Aber das ist ja bald vorbei.«

»Ihr Essen wird kalt.« Feusters deutete mit seiner Gabel auf Hünners Teller. »Wäre wirklich schade.«

»Ich bin, glaube ich, schon satt. Danke.« Hünner legte seine Serviette auf den Tisch. Er sah Feusters lange an, bevor er weitersprach.

»Feusters, Sie müssen mir helfen. Ich muss diese Wahl gewinnen. Unter allen Umständen. Sie müssen dafür sorgen, hören Sie? Sie müssen sicherstellen, dass ich die Wahl gewinne.«

Wie aufgeregt er ist, dachte Feusters. Wo ist seine Souveränität geblieben? Dirk Feusters konnte seine Genugtuung nur schwer verbergen. Hünner war das ideale Opfer. Völlig hilflos und orientierungslos. Besser hätte er es nicht antreffen können. Hünner gab sich in seine Hand. Und das ohne sein Zutun. Leichter würde er sein Geld nicht mehr verdienen. »Wie stellen Sie sich das vor? Ich berate nur. Kämpfen müssen Sie alleine.«

Hünner beugte sich vor. »Hören Sie, Feusters, Sie kennen doch alle Kniffe. Lassen Sie sich was einfallen. Irgendwas.« Der Unternehmer beugte sich vor und legte seine Hand auf Feusters Unterarm. »Feusters. Ich bitte Sie. Ich werde Sie fürstlich belohnen.«

Dirk Feusters zog seinen Arm vorsichtig zurück. »Sie haben Angst vor der Wahl? Vor der Opposition? Vor der Niederlage? Was ist es, Hünner, sagen Sie es mir.« Seine Stimme klang kalt und unbeteiligt.

»Quatsch. Ich habe keine Angst vor der Opposition. Alles Memmen, die nur mit sich selbst beschäftigt sind. Das gilt für die SPD und die CDU. Nein, Feusters, die können mich nicht aufhalten.« Hünner zog seine Hand zurück und ballte eine Faust. Dann öffnete er sie und betrachtete die Linien in seiner Handfläche. Eine Geste, die er von seinem Vater übernommen hatte. Sie hatte ihm schon als Kind gefallen, und er hatte bei jeder Gelegenheit ihre Wirkung ausprobiert. Sie sollte überlegen wirken.

»Was ist es dann?« Feusters tat gespannt. Er wusste nur zu gut, dass Hünner genau davor Angst hatte: Vor der Schmutzkampagne seiner Gegner, vor den Verleumdungen, den Tricks und den geheimen Recherchen, alles mit dem Ziel, ihn als Politiker zu vernichten.

»Ich mache gerade eine schwere Zeit durch. Sie wissen, meine Lebensgefährtin ist zu Tode gekommen. Noch sucht die Polizei. Die Gegenseite wird jedes noch so kleine und dumme Gerücht aufblasen, um mir zu schaden. Das macht mir Sorgen, Feusters, dass muss aufhören, noch ehe es angefangen hat.«

»Sie meinen, Sie haben dem nichts entgegenzusetzen? Sie haben Angst vor dem, was noch ans Tageslicht kommen könnte?«

Hünner nickte kaum merklich.

»Um den Gegner aushebeln zu können, müssen wir seine Strategie kennen, und wir müssen wissen, worauf er seinen Finger legen wird.

Ich muss das wissen, Hünner. Wovor haben Sie Angst? Sonst«, er machte eine Pause, »sonst kann ich Ihnen nicht helfen.«

Hünner schwieg. Feusters war zufrieden. Hünner musste erst einmal verdauen, was er eben gehört hatte. Politik war ein Spiel. Und Dirk Feusters kannte die Regeln. Und er wusste, dass am Ende nur er gewinnen konnte. Das war bisher immer so gewesen.

»Hören Sie, das haben Sie falsch verstanden, Herr Feusters. Ich habe nichts zu beichten. Und Sie sind nicht mein Beichtvater. Im Gegenteil, ich erwarte von Ihnen, dass Sie die Schwachstellen auf der anderen Seite suchen und finden. Und dann zuschlagen. Gnadenlos. Und wenn Sie dazu Geld brauchen, dann bekommen Sie es. Es ist genug da.«

Nun hatte er ihn da, wo er Hünner hin haben wollte. Geld. Das war das magische Wort. Das *Weinhaus Menrath* war in der Tat ein inspirierender Ort. »Ich verstehe. Sind Sie sicher, dass Sie so vorgehen wollen? Das wird nicht billig, Herr Hünner. Das wird nicht billig.«

Hünner zuckte gleichgültig mit den Schultern.

»Sind Sie sicher, dass die Polizei den Fall nicht bald abgeschlossen hat? Dann wäre das Thema sowieso vom Tisch. Und: Wer sollte Ihnen unterstellen, dass Sie möglicherweise etwas mit dem Tod Ihrer Freundin zu tun haben? Dass ist es doch, was Sie mir klarmachen wollen, oder? Wie tief stecken Sie in der Sache drin?«

»Was erlauben Sie sich?« Hünner schlug mit der Hand auf den Tisch.

Feusters lächelte. »Sehen Sie? So schnell sind Sie aus der Fassung zu bringen. Das ist nicht gut, Herr Hünner. Gar nicht gut. Sie müssen gelassener werden, viel ruhiger. Sie dürfen Ihren Gegnern keine Angriffsfläche bieten. Sonst sind Sie verloren.«

Hünner sank in seinen Stuhl zurück. Für einen Moment hatte er geglaubt, Feusters wolle ihn fertigmachen. »Sie haben mich ordentlich erschreckt. Aber Sie haben Recht. Wissen Sie, es ist nur so, dass ich im Moment ziemlich angespannt bin.« Hünner setzte einen gönnerhaften Blick auf. »Mir ist es lieber, dass ich Ihnen hier auf den Leim gegangen bin und nicht in einer Wahlkampfveranstaltung unvorbereitet auf irgendwelche Spinner getroffen bin. Das werde ich Ihnen nicht vergessen. Sie haben Ihr erstes Honorar längst verdient. Doppelt und dreifach.«

Feusters rieb sich innerlich die Hände. Die Sache lief hervorragend. Besser als erwartet. Solche Klienten hätte er gerne öfter. Hünner könnte so etwas wie seine Altersversorgung werden. »Sie müssen nur da weitermachen, wo wir gerade stehen. Lassen Sie die Sache mit Sabrina nicht so sehr an sich heran. Vertrauen Sie auf die Arbeit der Polizei. Vertrauen Sie auf Ihre Überzeugungskraft. Dann kann nichts schiefgehen. Und was die üblichen Spielchen der Opposition betrifft – damit werde ich schon fertig. Das ist reine Routine. Solange ich genug Geld zur Verfügung habe, solange brauchen Sie nichts zu befürchten. Noch etwas Wein?«

Hünner hielt ihm das Glas hin. »Ich bin froh, dass wir uns getroffen haben. Sie strahlen so eine Zuversicht aus. Von Menschen Ihres Schlages könnten wir mehr gebrauchen. Dann ginge es in unserer Republik endlich voran. Der Aufschwung braucht Experten wie Sie.«

...

Was bildete die Polizei sich eigentlich ein? Erst die DVD, dann die Briefe. So dumm konnte die Mordkommission doch nicht sein! Er schäumte vor Wut. Das würde er sich nicht bieten lassen. Da präsentierte er der Polizei eindeutige Hinweise, und nichts geschah! Er musste deutlicher werden. Wenn er diese Fratze von Hünner schon in der Zeitung sah, wurde ihm übel. Denn er kannte sein wahres Gesicht.

Hünner hatte ihn verraten. Den Fußball hatte er verraten. Seinen Verein hatte dieser Emporkömmling verraten. Hünner verdiente seine Strafe. Er verdiente sie, weil er den Fußball betrog.

Fußballer! Fußballspieler konnten zaubern. Sie konnten seine Seele berühren. Sie hatten eine reine Seele. Sie waren unschuldig, so rein wie Kinder. Nie würde er sie verletzen können. Denn sie waren selbst so verletzlich. Sie waren die wahren Helden. Sie kämpften Spieltag für Spieltag aufs Neue für das Gute im Menschen. Sie waren moderne Gladiatoren in einer dekadenten, von Geld und Macht zerfressenen Welt. Er würde sie mit seinem Leben beschützen. Rauh konnte nichts dafür. Er wurde nur benutzt. Er hatte die Qualen im Gesicht des Abwehrspielers gesehen. Seine Ruhelosigkeit. Sein Misstrauen, seine Ohnmacht, und seine Puppe, sein größter Schatz und doch sein zerbrechlichster Schutz gegen die Gefahren dieser Welt. Unmenschlich. Ein anderes Wort hatte er nicht finden können für Rauhs Seelenzustand. Diese Gefühle konnten töten.

...

Ecki legte den Telefonhörer zurück. »Das war Schumacher vom KK 15. Er weiß nichts von möglichen Absprachen. Es gibt derzeit keine Hinweise, dass ein Bundesligaspiel geschoben worden ist oder geschoben werden soll. Weder das LKA hat Indizien, noch deren V-Leute in den Vereinen. Ulrich ist sich sicher, dass die Bundesliga im Augenblick sauber ist.«

Frank trank einen Schluck Mineralwasser. »Was meint er zu den beiden anonymen Zetteln?«

»Er meint, ein Spinner versucht, Hünner zu schaden. Vielleicht jemand aus dem ›politischen Raum‹, wie er sagt. Er hält das Ganze für eine Ente.«

»Wir sollten Schalke auf die Akten des Schiedsrichter-Skandals ansetzen. Kann sein, dass es doch Hinweise gibt, Namen, Orte, Tage, die den Kollegen bisher nicht verdächtig vorgekommen sind.«

»Meinst du nicht, dass das ein bisschen zu weit führt? Der arme Kerl ist damit sicher Wochen beschäftigt. Den können wir stattdessen hier gut gebrauchen.«

»Naja, wir sollten zumindest die Möglichkeit nicht vergessen. Du hast Recht, im Moment ist der Aufwand für so eine Recherche zu groß.« Frank seufzte. »Die WM bindet zu viele Kräfte. Ich bin froh, wenn das Theater endlich vorbei ist.«

»Die Kollegen müssen halt alle Szenarien durchspielen. Ich möchte nicht, dass Hooligans unsere Fans und unsere Stadien auseinandernehmen und bei den Live-Übertragungen Randale machen. Ganz zu schweigen von möglichen Terrorakten.«

»Geschenkt, Ecki. Weiß ich alles. Wir haben mehrere Morde aufzuklären, und da brauche ich jeden Mann. So sieht die Realität aus. Was interessiert mich da die Fußball-WM?«

»Apropos. Du hast den neuen Erlass wohl noch nicht gelesen?«

»Was meinst du?«

»Haare schneiden. Die ganze Welt schaut auf uns. Wenn die Bombe hochgeht, sollen wir wenigstens mit einem ordentlichen Haarschnitt in die Luft fliegen.«

»Witzbold.«

»Nee, hier.« Ecki reichte Frank das Rundschreiben.

»Zum Lesen habe ich jetzt keine Zeit. Ich fahre zu Hünner und klopfe mal auf den Busch. Mal sehen, wie er auf die anonymen Schreiben reagiert. Außerdem habe ich noch eine ganze Reihe Fragen in Sachen Sabrina. Kommst du mit?«

»Nee, zuviel zu tun. Wenn es dir nichts ausmacht, bleibe ich hier.« Ecki verschwieg, dass er außerdem noch mit Schrievers auf einen Kaffee verabredet war.

Frank hatte Glück. Daniel C. Hünner war im Büro. Seine Sekretärin hatte zwar zunächst versucht, Frank »wegen dringender Terminarbeiten ihres Chefs« auf einen späteren Termin zu vertrösten, als sie aber das Wort »Vorladung« hörte, war sie dann doch bereit, ihn anzumelden.

Der Unternehmer machte keinen erfreuten Eindruck, als er Frank kühl und mit einem demonstrativen Blick auf seine Armbanduhr begrüßte. Mit einem hörbaren Seufzer deutete er anschließend auf die Sitzgruppe.

»Was kann ich für Sie tun?« Die Frage sollte höflich klingen, hatte aber einen scharfen und ungehaltenen Unterton.

»In welchem Verhältnis stehen Sie eigentlich zu diesem Verein?« Frank deutete durch das Fenster auf das Fußballstadion.

»Wie darf ich Ihre Frage verstehen, Herr Borsch?« Hünner sah Frank überrascht an. Es ging scheinbar nicht um Sabrina, stellte er erleichtert fest.

»Nun, ich meine, was verbindet Sie mit dem Bundesligisten?«

»Also, ich habe dort nie gespielt, wenn Sie das meinen.« Hünner lachte laut und zwinkerte Frank zu.

Frank blieb unbeeindruckt von Hünners stümperhaftem Versuch, witzig zu sein. »Schade. Die Spieler verdienen viel Geld. Nein, ich will wissen, in welchen geschäftlichen Beziehungen Sie zu dem Verein stehen.«

»Meine Firma hat am Stadion mitgebaut, wenn Sie das meinen. Und ich habe natürlich eine Loge. Das ist alles.«

»Sie sind Fußballfan?«

»Wer ist das nicht in dieser Stadt? Die Stadt und der Verein, das gehört doch zusammen. Seit mindestens 40 Jahren schon. Also, ich bin schon als kleines Kind am Bökelberg gewesen. Ich kann mich noch gut an die Spiele erinnern. Mein Vater hat mich mitgenommen. Und später bin ich samstags durch eine Lücke im Zaun gekrochen.« Hünner strahlte Frank an. »Ja, so war das damals. Solche Geschichten kann doch jeder von uns erzählen. Sie doch sicher auch, Herr Kommissar.«

»Nein.«

»Schade. Ich würde Sie gerne in meine Loge eingeladen. Von dort haben Sie einen wunderbaren Blick auf das Spiel und das Stadion. Der Bau ist gut gelungen, finden Sie nicht? Die Ränge sind fast so steil wie am Bökelberg. Die Stimmung hier ist wie vorher in Eicken. Der Verein hat den Mythos unbeschadet auf sein neues Stadion übertragen können. Fast immer ausverkauft. Pro Spiel fast 20.000 Zuschauer mehr. Wer hätte das gedacht! Da fällt mir ein, darf ich Ihnen etwas zu trinken anbieten?«

Frank winkte ab.

»Sagen Sie, Herr Kommissar, warum fragen Sie mich das alles eigentlich? Sie sind doch nicht gekommen, um mit mir über Fußball zu reden?«

»Doch, genau deshalb bin ich hier.«

Hünner sah Frank fragend an, sagte aber nichts. Frank konnte sehen, wie es hinter Hünners Stirn arbeitete.

»Worum geht es?« Aus Hünners Gesicht war der forsche, gewinnende Blick verschwunden. Stattdessen hatten sich seine Augen verdunkelt.

»Nun, es gibt Hinweise, dass Sie in einen möglichen Fußballskandal verwickelt sein könnten.« Noch vorsichtiger wollte Frank seine Äußerung nicht formulieren.

Hünners Gesichtsfarbe wechselte in ein Aschgrau. Er schwieg.

»Können Sie sich vorstellen, dass die Hinweise stimmen?« Frank beobachtete Hünners Gesicht genau. Kein Muskel zuckte, keine Kieferknochen mahlten. Bis auf den plötzlichen Wechsel der Hautfarbe hatte Hünner bisher keine Regung gezeigt.

Unvermittelt sprang Hünner auf und begann, unruhig in seinem Büro auf und ab zu gehen. Mehrfach blieb der Unternehmer am Fenster stehen und sah auf den grauen Panzer der geduckt liegenden Stadionspinne.

Schließlich blieb Hünner vor Frank stehen. »Was fällt Ihnen ein? Erst machen Sie die aberwitzigste Andeutung, ich sei möglicherweise in den Mord an meiner Freundin verwickelt, und nun kommen Sie mit dieser neuen abstrusen Geschichte. Wer hat Sie geschickt? Wer ist Ihr sogenannter Informant? Ist es jemand aus dem Umfeld der Opposition? Sagen Sie, dass ich recht habe, Herr Borsch.« Hünner setzte seinen Weg durch das Büro fort. »Ich fasse es nicht! Die Polizei macht sich zum Helfer von Intriganten. Haben Sie nichts besseres zu tun? Haben Sie nicht die Morde an zwei Kindern aufzuklären? Und Sabrina! Der Fall ist doch eindeutig! Dieser Fotograf, suchen Sie ihn; ich bin sicher, dass Sie dann Ihren Mörder haben.«

»Setzen Sie sich.«

Hünner war so verdutzt über Franks scharfen Ton, dass er sich tatsächlich wieder in seinen Sessel setzte.

»Sie sind noch lange nicht aus dem Schneider, Herr Hünner. Collin Rankin ist zwar tot, aber es gibt keine Beweise, dass er Sabrina umgebracht haben könnte.«

»Rankin? Tot?«

»Collin Rankin ist nahe seines Heimatdorfs von den Klippen gestürzt. Es gibt keinen Hinweis auf Fremdverschulden.«

»Hat er nichts hinterlassen? Das seine Schuld beweisen könnte?«

»Nein. Es gibt nur Ihre Theorie. Die Ermittlungen der britischen Kollegen sind zwar noch nicht abgeschlossen, aber ich erwarte, ehrlich gesagt, keine Sensationen mehr.«

Hünner sah auf seine Hände, die er rhythmisch öffnete und wieder schloss. »Ich habe mit dem Mord nichts zu tun. Und mit diesem angeblichen Fußballskandal auch nicht.«

»Wir werden ja sehen.«

»Welche Beweise haben Sie für Ihre Theorie?«

»Erstens habe ich keine Theorie, sondern ich habe nur ein paar einfache Fragen gestellt. Und andererseits haben wir zwei anonyme Schreiben vorliegen, die eindeutig auf Sie weisen.«

»Anonyme Schreiben, ja? Anonyme Schreiben! Das ich nicht lache. Wissen Sie eigentlich, wie viele anonyme Schreiben ich in meinem Politikerleben schon bekommen habe? Dutzende! Ich fasse es nicht, die Polizei reagiert auf anonyme Schreiben. Kommen Sie, Herr Borsch, das kann doch nicht Ihr Ernst sein!«

Frank beobachtete Hünner, während er weitersprach. »Warum regen Sie sich so auf? Wenn Sie sich nichts vorzuwerfen haben, können Sie doch ganz gelassen bleiben.«

Feusters! Was hatte Feusters gesagt? Souverän und ruhig bleiben. Damit war jede Schlacht zu gewinnen.

»Entschuldigen Sie bitte meine aufgebrachte Stimmung. Es war in den vergangenen Tagen alles etwas viel. Ja, ich kann ganz gelassen bleiben. Ich habe mit irgendwelchen Manipulationen im bezahlten Fußball nichts zu tun. Das kann ich mir gar nicht erlauben. Ich setze doch nicht meine Kandidatur aufs Spiel, nur wegen ein paar Kröten. Nein, mein Geld verdiene ich auf andere Weise.«

Hünner hatte ihn nicht überzeugt. »Sie werden sicher verstehen, dass wir die Schreiben prüfen lassen. Und wir werden auch im Umfeld des Vereins ermitteln. Immerhin besteht ein gewisser Anfangsverdacht. Aber das ist nicht meine Aufgabe. Darum werden sich die Kollegen vom KK 15 kümmern, Betrug und Korruption.«

»Auch Ihre Kollegen werden nichts finden. Der Verein ist sauber, und ich bin es auch.«

Frank ließ nicht locker. »Lassen Sie uns für den Augenblick die anonymen Schreiben vergessen. Ich habe im Zusammenhang mit Sabrina Genenger noch einige Fragen.«

»Bitte, wenn es denn sein muss. Ich habe Ihnen doch schon alles gesagt.« Hünner machte jetzt einen selbstsicheren Eindruck.

Aalglatter Typ, dachte Frank. »Bitte schildern Sie mir doch noch einmal, wann haben Sie Sabrina das letzte Mal gesehen?«

»Das steht doch schon alles in Ihren Akten. Was soll das jetzt.«

Frank klang liebenswürdig. »Das ist nur zu Ihrem Besten. Glauben Sie mir. Vielleicht fällt Ihnen noch etwas Entscheidendes ein.«

Hünner öffnete die Arme. »Wenn Sie das so sehen. Bitte.«

Die Befragung des Unternehmers brachte in der Tat nichts Neues. Seine Aussagen deckten sich weitgehend mit dem, was Frank aus den Akten kannte. Zum Teil benutzte Hünner die gleichen Worte. Ein mit allen Wassern gewaschener Politiker, dachte Frank. Es würde schwer werden, ihm etwas zu beweisen.

Als Frank nach mehr als einer Stunde das Büro verlassen hatte, rieb sich Hünner kurz mit den Händen durchs Gesicht und ging zu seinem Schreibtisch. Dieser Kommissar war ein harter Hund. Aber er würde ihn schon an die Kette legen. Dafür musste Feusters sorgen. Schließlich wurde er gut bezahlt. Hünner hob den Telefonhörer auf und wählte die Nummer seines Beraters.

»Herr Feusters? Ja, Hünner hier. Wir müssen uns treffen. Unbedingt. Am besten sofort. Sie können nicht. Aha. Sagen Sie Ihre Verabredung ab. Ich brauche Sie. Ja. Heute und jetzt. Wir treffen uns in einer Dreiviertelstunde. Hier. In meinem Büro.« Hünner legte grußlos auf. Wenn er eines nicht mochte, war es die Unflexibilität seiner Gesprächs- und Geschäftspartner. Jede Verabredung konnte verschoben werden.

»Du bist ja immer noch im Büro.« Frank warf die Autoschlüssel auf den Schreibtisch.

»Gut, dass du kommst. Zwei Dinge: Laumen hat eine Aktennotiz an den Präsidenten geschickt. Und der will uns sehen. So schnell wie möglich. Aber der Hammer kommt jetzt. Die englische Polizei hat angerufen. Hünner hat wirklich nichts mit dem Mord an Sabrina Genenger zu tun. Die Kollegen haben Besuch von einem Geologen bekommen. Der gute Mann hat bei einer Exkursion zu den Felsen von Staiths einen Brief gefunden. Völlig durchweicht und fast ausgewaschen hat er zwischen den Steinen gelegen. Den Brief hat der Geologe dann entziffert und die Polizei informiert. In dem Schreiben steht, dass ein gewisser Collin Rankin seine deutsche Freundin umgebracht hat. Aus Eifersucht. Weil Sabrina Genenger Daniel C. Hünner heiraten wollte. Das Schreiben scheint so etwas wie ein Abschiedsbrief zu sein. Die Kriminaltechniker prüfen gerade die Echtheit des Briefes. Was sagst du nun?«

Frank sagte zunächst gar nichts. Wenn das stimmte, was Ecki ihm gerade erzählt hatte, war der Fall Sabrina Genenger geklärt. Sollte Hünner wirklich unschuldig sein? Frank konnte die Nachricht nicht glauben.

»Ein Abschiedsbrief? Wieso ist er denn erst jetzt gefunden worden? Das verstehe ich nicht.«

»Die schicken einen Bericht. Viel mehr habe ich auch nicht verstanden. Zum Zeitpunkt des Sturzes war es ziemlich stürmisch in Staiths. Der Brief wird Rankin vermutlich aus der Jackentasche gefallen und dann fortgeweht sein. Wenn er denn von ihm stammt. Aber der Name Sabrina scheint eindeutig zu sein. Sollten wir Hünner Unrecht getan haben?«

»Abwarten, Ecki. Ich will erst das kriminaltechnische Gutachten sehen, bevor ich diesem OB-Kandidaten der KFM einen Freibrief ausstelle.«

»Das wäre ein Hammer gewesen, wenn rausgekommen wäre, dass Hünner nicht ganz sauber ist.«

Franks Mobiltelefon klingelte. Umständlich fingerte er es aus der Gesäßtasche seiner Jeans. »Borsch?« Sein Gesicht wurde kreideweiß.

»Was ist los?« Ecki sah das Entsetzen in Franks Augen.

»Lisa ist im Krankenhaus. Ich muss sofort zu ihr.«

Frank hätte fast den Streifenwagen gerammt, der von der Theodor-Heuss-Straße auf das Präsidiumsgelände bog. Mit quietschenden Reifen bog Frank mit seinem MGB auf die Fahrspur Richtung Elisabeth-

Krankenhaus. Er fädelte sich dabei knapp vor einem VW Passat ein, der einen Anhänger der Volksbank zog. Der kräftige Fahrer machte seinem Ärger über das waghalsige Fahrmanöver des Sportwagens durch mehrfaches Betätigen der Lichthupe Luft. Frank fluchte.

Lisa! Was war passiert? Der Arzt hatte ernst geklungen. Frank hupte, als die Frau im Wagen vor ihm nicht schnell genug auf den Ampelwechsel reagierte. Nur keine Zeit verlieren. In seinem Kopf war kein Rankin mehr, hatten Hünner und die toten Kinder Platz gemacht für eine urmächtige Angst um Lisa. Was mochte passiert sein? Das Kind! War das Kind in Gefahr? Ein absurder Gedanke. Lisa war in Gefahr! Kein Zweifel, sonst hätte der Arzt nicht angerufen. Woher hatte er seine Nummer? Nein, es war ja ein Kollege von der Leitstelle gewesen, der ihn angerufen hatte. Nein, es war der Arzt selbst gewesen. »Nein!«, brüllte Frank. Und wieder: »Nein!« Aber das Schreien half nicht. Angst fraß sich tief in sein Denken.

Frank wäre fast an der Zufahrt zum Krankenhaus vorbeigefahren. Ohne sich mit der Suche nach einem Parkplatz aufzuhalten, parkte er seinen MGB auf den Stellplatz für Taxen direkt vor dem Eingang. Er hatte kaum das Auto verlassen, als der vor ihm parkende Taxifahrer auf ihn zukam. Ohne auf den Mann zu achten, hielt Frank ihm kurz seinen Dienstausweis hin und ließ ihn einfach stehen. Die Frauenklinik. Wo, verdammt noch mal, war die Frauenklinik? Frank versuchte, die Hinweisschilder zu lesen, aber es gelang ihm nicht. Orientierungslos starrte er die geschlossenen Aufzugtüren an. Da zupfte ihn jemand am Ärmel.

»Junger Mann? Sie möchten doch sicher zur Entbindungsstation?«

Frank starrte sprachlos die ältere Krankenschwester an, die mit mehreren dünnen Akten im Arm vor ihm stand.

»Machen Sie sich keine Sorgen. Das ist normal. Dritte Etage. Und, herzlichen Glückwunsch.« Lächelnd ließ sie Frank stehen.

Dritte Etage. Er drückte auf den Aufzugknopf. Ungeduldig trat er von einem Bein auf das andere. Hastig drehte er sich um und suchte das Treppenhaus. Er rannte mehr als dass er ging. In der dritten Etage folgte er dem Hinweis »Frauenklinik«. Ohne auf die beiden Frauen zu achten, die ihre Morgenmäntel nur noch notdürftig über ihre dicken Bäuche ziehen konnten, betrat er das erstbeste offene Zimmer.

»Kann ich etwas für Sie tun?« Die Frau hinter ihrem Schreibtisch stand auf, so sehr hatte er sie durch sein plötzliches Erscheinen erschreckt.

»Meine Frau, meine Freundin, Lisa, sie ist hier. Wo liegt sie? «

»Beruhigen Sie sich. Sie sind ja ganz blass. Lisa, sagen Sie? Ein Notfall? Wie ist denn Ihr Name?« Die Chefsekretärin der Frauenklinik sah Frank freundlich an.

»Borsch. Frank Borsch. Ich bin hier in der Stadt Kriminalhauptkommissar. Ich muss sie sehen. Ich muss zu Lisa.« Überflüssigerweise hielt er ihr seinen Dienstausweis hin.

»Bitte, nehmen Sie doch einen Augenblick Platz.«

»Nein, danke.« Frank schüttelte den Kopf und verließ das Vorzimmer.

Ungeduldig blieb er vor dem breiten Flurfenster stehen. Er fühlte sich ausgebremst. Ihm war schlecht. Er schwitzte. Seine Hände zitterten wie nach zuviel von Schrievers Kaffee. Er musste an Heini denken. Seine Arbeit, er musste weiter ermitteln. Die Kollegen. Die Morde. Hoffentlich ging es schnell, und er konnte Lisa wieder mit nach Hause nehmen. Sie konnten sich keine Zeitverzögerung leisten. Er zog sein Handy aus der Jackentasche. Er wollte Ecki anrufen. Ecki sollte schon mal den Kollegen in England Druck machen. Sie mussten den angeblichen Abschiedsbrief analysieren. Und er sollte Colonel Digby in Marsch setzen. Sollten die Briten im HQ mal zeigen, wozu sie fähig sind. Er musste schnell ein Ergebnis haben. Entweder hopp oder topp. Hünner war schuldig, oder nicht. Die Zeit war knapp. Mit fahrigen Fingern suchte er Eckis Nummer.

»Bitte schalten Sie Ihr Handy aus.«

Die Stimme hinter seinem Rücken klang sanft und freundlich.

Frank fuhr herum und ließ langsam das Telefon sinken. Vor ihm stand ein mittelgroßer Mann Anfang fünfzig, dessen kompakter Körper in luftiger hellgrüner OP-Kleidung steckte. An seinen nackten Füßen trug er weiße Clogs. An seinem Hals baumelte ein Mundschutz.

»Harald Lehnen. Ich bin der Chefarzt hier. Wollen Sie nicht in mein Büro kommen?« Einladend zeigte der blonde Arzt auf die Tür zu seinem Sekretariat.

»Was ist mit Lisa?« Frank hielt immer noch sein Handy in der Hand.

»Bitte, Herr Borsch, kommen Sie.« Lehnen klang gütig, aber bestimmt.

Wie ein kleiner Junge folgte Frank dem Mediziner.

»Bitte, nehmen Sie Platz.« Lehnen deutete freundlich auf einen tiefen Ledersessel, der in einer Ecke seines hellen Büros stand. Auf dem kleinen Tischchen waren mehrere Mineralwasserfläschchen und Gläser auf einem Tablett arrangiert. Die deckenhohen Regale waren gefüllt mit Fachbüchern und medizinischen Zeitschriften.

Frank setzte sich, ohne seine Jacke auszuziehen. Er wollte endlich mit Lisa sprechen. Irgendetwas stimmte nicht.

»Sie sind aufgeregt, nicht wahr?« Lehnen hatte Frank gegenüber in einem bequemen hellen Sessel Platz genommen.

»Hören Sie, es geht nicht um mich. Was ist mit Lisa? Wo ist Lisa? Ich will zu ihr.« Frank saß auf der Kante des Sessels.

»Sie sind Leiter der hiesigen Mordkommission, sagte mir Frau Momm, meine Sekretärin. So. Ich verstehe Ihre Ungeduld. Aber ich muss Ihnen zunächst einige Dinge erklären, zum besseren Verständnis. Ihrer Freundin geht es den Umständen entsprechend gut.«

»Was ist mit ihr? Ich will keine Erklärungen, ich will endlich wissen was mit ihr ist.«

»Nun«, der Chefarzt der Frauenklinik räusperte sich, »es ist also so: Wir entbinden im Jahr etwa 1.600 Frauen. Konstant, seit Jahren. Von diesen 1.600 Neugeborenen sind bis zu 25 Prozent mit ernsthaften Risiken behaftet.«

Dr. Lehnen machte eine Pause und legte die Fingerspitzen seiner Hände gegeneinander. Er sah dabei Frank offen ins Gesicht.

»Mein Kind, unser Kind ist krank?« Franks Gedanken rasten. Er hatte das Gefühl, seine Beine versagten den Dienst. Kein behindertes Kind, bitte kein behindertes Kind! Das fehlte noch. Das würde er nicht aushalten.

Lehnens Miene wurde sehr ernst. »Nein, Herr Borsch. Nicht behindert. Ihre Freundin hat das Kind verloren.«

Was heißt verloren? Wie kann eine Mutter ihr Kind verlieren, das noch gar nicht geboren ist? Wo hatte sie es verloren?

»Verloren?«, fragte Frank langsam.

»Ja. Es tut mir leid, Herr Borsch. Wir haben nichts mehr tun können.«

Verloren heißt tot. Frank, rief er sich innerlich zu, tot.

»Tot? Das Kind ist tot? Wer hat das getan?«

»Sie verstehen mich falsch, Herr Borsch. Der Fötus, das Kind, ist tot. Ohne Einwirkung von außen. Wir haben keine Herztöne mehr gehört und sofort handeln müssen. Es gibt solche Fälle. Die Föten sterben ohne vorherige Anzeichen. Die Fälle sind selten, aber es gibt sie. Leider. Dieses medizinische Phänomen ist noch weitgehend unerforscht. Meist tritt es in der 36. Schwangerschaftswoche auf. Wie gesagt, ohne Vorwarnung. Es ist ein Drama. Es tut mir leid.«

»Ein Fehler, Sie müssen einen Fehler gemacht haben! Einen schrecklichen Fehler!« Tränen traten Frank in die Augen. Er konnte nicht mehr denken. Sein Innerstes war blind. Sein Kind tot! »Hören Sie auf! Das kann nicht sein! Sie müssen sich irren. Das ist eine Verwechslung. Das muss so sein. Meine Freundin heißt Lisa. Lisa, verstehen Sie?«

Dr. Harald Lehnen ließ Frank weinen. Was hätte er auch tun können? Kaum wahrnehmbar hob er die Hand, als seine Sekretärin vorsichtig und von Frank unbemerkt die Tür öffnete. Er nickte leicht. Seine Sekretärin hatte verstanden und zog ebenso leise die Tür wieder zu.

Es dauerte mehrere Minuten, bis Frank sich einigermaßen beruhigt hatte und zu Lehnen aufsah. Sein Gesicht war aufgequollen. »Und jetzt?« Er suchte in seiner Hosentasche nach einem Taschentuch.

Der Chefarzt reichte Frank ein Tempo, dann öffnete er eine Flasche Mineralwasser. »Möchten Sie ein Glas?«

Frank nickte erschöpft. »Erzählen Sie.«

Lehnen füllte zwei Gläser und trank einen Schluck, bevor er sprach. »Aus rein medizinischer Sicht kann ich nicht viel dazu sagen. Sie müssen ihrer Freundin nun viel Zeit geben. Sie wird den Tod ihres Kindes nicht leicht verarbeiten. Frauen, die ihr Ungeborenes auf diese Weise verlieren, befinden sich, wie soll ich sagen, in einer psychischen Ausnahmesituation. Diese Frauen wollen Leben gebären und werden stattdessen unvermittelt mit dem Tod konfrontiert. Sie geben sich die Schuld am Tod des Fötus. Sie kapseln sich ab, wollen den Schmerz alleine ertragen. Sie verlieren ihre Kraft, ihren Lebenswillen. Herr Borsch, für Sie und ihre Partnerin bricht eine schwere Zeit an. Sie werden viel Geduld aufbringen müssen, um wieder ein normales Leben führen zu können. Auch Sie werden viel Kraft brauchen, denn nicht selten führt dieses archaische Erlebnis zu einem Bruch der Partnerschaft, zu einer Abkehr vom Liebsten. Quasi als Bestrafung für die eigene erlebte subjektive Unfähig- und Unzulänglichkeit.«

Was hatte Lehnen gesagt? Borsch hatte versucht, genau hinzuhören. Aber seine Gedanken waren immer wieder abgeglitten. Er konnte sich nicht auf das Gespräch konzentrieren. Er hatte nur »Tod« verstanden, »Bestrafung« und »Suizid«. Was war mit Lisa? Er wollte endlich zu ihr!

»Wann kann ich zu ihr? In welchem Zimmer liegt sie?«

»Sie müssen ihr und sich Zeit geben. Ich halte es zum gegenwärtigen Zeitpunkt nicht für gut, dass Sie zu ihr gehen. Außerdem hat sie ein starkes Beruhigungsmittel bekommen. Ihre Freundin schläft schon.«

»Was fällt Ihnen ein?« Frank wollte aufspringen, aber seine Beine gehorchten ihm nicht. »Sie können mir nicht einfach verbieten, sie zu sehen. Wo ist sie?«

»Bitte, seien Sie vernünftig. Sie können jetzt nichts für sie tun. Die nächste Zeit wird sie alleine bewältigen müssen und auch wollen. Glauben Sie mir. Am besten fahren Sie nach Hause und ruhen sich aus. Ihnen geht es auch nicht gut. Das kann ich sehen. Bitte, Herr Borsch, seien Sie vernünftig. Fahren Sie heim und ruhen Sie sich aus.«

»Einen Teufel werde ich tun. Lassen Sie mich zu Lisa! Ich gehe nicht eher weg, bis ich sie gesehen habe!« Mit einer großen Kraftanstrengung war Frank aufgestanden und stand nun vor Lehnen. »Wo ist sie?«

Der Gynäkologe war aufgestanden und einen Schritt zurückgewichen. Er war einen halben Kopf kleiner als Frank, der mit geballten Fäusten vor ihm stand.

»Wo?«

»Nun gut, Herr Borsch. Sie dürfen einen Augenblick in ihr Zimmer sehen. Kommen Sie.« Lehnen war zwar nicht davon überzeugt, dass er das Richtige tat, aber anders war dieser Kommissar offenbar nicht zu beruhigen.

Der Chefarzt der Frauenklinik zog Frank leicht am Arm mit sich.

»Ich kann nicht nach Hause, Herr Doktor. Ich habe drei Morde aufzuklären. Ich muss zurück ins Präsidium. Meine Kollegen brauchen mich.«

»Das halte ich nicht für gut. Sie stehen unter Schock. Sie müssen sich ausruhen. Wenn es Ihnen recht ist, rufe ich Ihre Kollegen an, und Sie nehmen sich ein Taxi.« Lehnen blieb vor einer Tür stehen. »Warten Sie einen Augenblick. Ich will erst nach ihr sehen.« Er ging ins Zimmer und ließ Frank zurück.

Einen Augenblick später öffnete er wieder die Tür und ließ Frank ein. Frank blieb scheu an der Zimmertür stehen. Lisa lag in einem Bett am Fenster und war an ein paar Apparaten angeschlossen, deren Funktion Frank nicht erkennen konnte.

Lisa lag auf dem Rücken. Sie sah blass aus. Ihre Haare klebten an ihrem Kopf. Sie hatte die Augen geschlossen. Wie bei einem frischen Tatort nahm Frank automatisch die Szene in sich auf, speicherte in seinem Kopf jede Kleinigkeit. Selbst die Art, wie ihre Tasche auf dem kleinen Tisch gegenüber ihrem Bett stand, übersah er nicht: Wie hastig geöffnet und grob durchwühlt. Daneben eine kleine Vase mit bunten Blumen. Frank registrierte, dass eine Schale mit Medikamenten auf dem Nachtschränkchen stand. Es war Lisa, die vor ihm lag. Aber im Augenblick war sie eine fremde Frau in einem fremden Bett und in einer fremden Umgebung. Er hätte sie gerne auf den Arm genommen und aus dem Zimmer getragen. Fort aus diesem Albtraum und hinein in ihre glückliche Zukunft zu dritt. Aber er wusste jetzt, dass es kein böser Traum war, sondern entsetzliche Realität.

»Sie können ruhig ein Stück näher gehen«, ermunterte Lehnen Frank.

Wie benommen schüttelte Frank seinen Kopf und blieb stehen. »Ich kann nicht. Ich kann nicht.«

Lehnen sah ihn mitfühlend an.

»Wann kann sie nach Hause?« Franks Stimme klang brüchig. Zuhause: Was war das? Ihre Wohnung? Ihr Haus? Wo sollten sie hin? Lisa würde immer an ihr Kind erinnert werden. Selbst in einer neuen, leeren Wohnung ohne Laufstall, ohne Teddybär, ohne Kinderlachen.

»Kommen Sie, Herr Borsch, ich rufe Ihnen ein Taxi.«

...

Frank schreckte hoch. Sein Atem ging schnell. Keuchend wischte er sich den Schweiß aus dem Gesicht. Er hatte geträumt. Unsicher sah er sich im Zimmer um. Lisa war nicht da. Außerdem lag er in seinem eigenen Bett. Das Oberbett war schweißnass. Er lüftete die Decke, aber er fühlte keine Kühlung.

Wie lange hatte er geschlafen? Müde rollte er sich zur Seite, um den Radiowecker besser sehen zu können. Die digitale Anzeige verschwamm vor seinen Augen. Er rieb sich über die Augen, aber die Zahlen blieben unscharf. Mit einem Stöhnen ließ er sich auf das Bett zurückfallen.

Lisa. Der Gedanke an sie ließ ihn wieder auffahren. Lisa hatte ein totes Kind zur Welt bringen müssen. Der Arzt musste einen Fehler gemacht haben und versuchte nun, seine Schuld zu vertuschen! Anders konnte es nicht sein. Bisher hatte es nicht die kleinsten Anzeichen für irgendwelche Schwierigkeiten gegeben. Da stimmte etwas nicht. Ein Ungeborenes starb nicht einfach so. Dafür musste es Gründe geben. Und dieser Gynäkologe müsste schon verdammt gut sein, wenn er da unbeschadet herauskommen wollte. Das schwor Frank sich.

Mühevoll setzte er seine Füße auf den Boden und wankte in die Küche. Sie sah aus wie immer. Nur im Spülbecken stapelte sich schmutziges Geschirr. In den vergangenen Tagen hatte er keine Kraft gehabt, Ordnung zu halten. Er hielt ein Glas unter den Wasserhahn und ließ es volllaufen. Mit großen Schlucken trank er es leer. Hart setzte er es anschließend auf die Anrichte. Er nahm aus der Schachtel mit dem Schlafmittel zwei Tabletten und spülte sie mit neuem Leitungswasser hinunter. Anschließend ging er ins Wohnzimmer. Dort stand eine Flasche Whisky und ein Wasserglas auf dem Couchtisch. Er goss es gut zur Hälfte voll und trank es ohne abzusetzen aus. Er musste husten. Der Alkohol brannte auf seiner Zunge und auf seinen Schleimhäuten. Frank schüttelte sich und sah zum Fenster. Die Vorhänge waren halb zugezogen. Er rieb sich über sein Kinn und fühlte trotzdem die Bartstoppeln nicht. Auf dem Weg zurück in sein Bett sah er, dass die HiFi-Anlage noch eingeschaltet war. Er konnte sich nicht daran erinnern, dass er Musik gehört hatte. Aber es interessierte ihn auch nicht. Nichts interessierte ihn mehr. Er versuchte an Lisa zu denken. Er musste Lisa besuchen. Er musste Lisa aus dem Krankenhaus holen. Aber er konnte den Gedanken nicht zu Ende denken. Er fiel in einen tiefen Schlaf, der seine Gefühle betäubte. Bis zum nächsten Erwachen.

...

»Wie geht es Frank?« Heinz-Jürgen Schrievers sah Ecki über den Rand seiner goldfarbenen Brille hinweg besorgt an.

»Um ehrlich zu sein, ich weiß es nicht. Er geht nicht ans Telefon. Er reagiert nicht auf mein Klingeln. Ich habe keine Ahnung. Seine Nachbarn sagen, dass es in der Wohnung seit zwei Tagen still ist. Sie haben nicht gesehen, dass er das Haus verlassen hat. Außerdem steht sein Wagen noch vor der Tür. Ich weiß nicht, was mit ihm ist. Ich werde nachher noch einmal bei ihm vorbeifahren. Außerdem will ich mit diesem Chefarzt der Frauenklinik sprechen. Er soll mir erklären, was passiert ist. Dann will ich Leenders anrufen. Vielleicht kann er mir aus Sicht des Pathologen den Fall ein bisschen aufhellen.«

»Und Lisa?« Schrievers setzte sich vorsichtig auf Franks Bürostuhl.

»Sie lassen niemanden zu ihr. Auch nicht ihre Eltern.«

»Das geht doch nicht so einfach, oder?« Schrievers nahm seine Brille ab und ließ sie an ihrer Schnur baumeln.

»Sie sagen, dass sie in einem sehr kritischen Stadium ist. Sie habe noch gar nicht richtig realisiert, was genau passiert ist.«

Schrievers schluckte. »Arme Lisa. Gertrud würde sie so gerne besuchen und ihr beistehen. Aber das geht wohl noch nicht.«

»Marion wollte auch schon zu ihr ins Krankenhaus. Aber ich habe ihr gesagt, dass sie doch nicht zu ihr gelassen würde.«

»Was ist mit Frank? Er ist doch gar nicht in der Lage, an den Fällen weiterzuarbeiten, in seiner Verfassung.«

Ecki drehte sich auf seinem Stuhl langsam hin und her. »Ich habe im Moment keine Lösung parat. Ich bin völlig platt. Ich weiß nur, dass er im Augenblick nicht belastbar ist. Ich habe mit dem Präsidenten gesprochen. Er meint, dass ich vorläufig die Ermittlungen leiten soll. Er will Frank nicht zu sehr belasten.«

»Wenn Frank das hört, wird er toben.«

»Ich weiß. Aber erst einmal ist Frank von der Bildfläche verschwunden. Er hat sich, denke ich, vorläufig selbst aus dem Verkehr gezogen. Wenn ich ihn erreiche, werde ich ihm das schon erklären. Niemand will ihm etwas wegnehmen. Aber in der jetzigen Situation ist er bestimmt keine große Hilfe für uns. Er soll sich auch lieber um Lisa kümmern.«

»Das stimmt.« Schrievers rieb sich mit beiden Händen über seine breiten Oberschenkel. »Ich weiß, die Frage ist jetzt blöd, aber gibt es Neuigkeiten? Wie kommt ihr in der MK voran? Kann ich etwas für dich tun? Ich würde euch so gerne unterstützen.«

»Danke. Aber ich wüsste im Moment nicht, wie.« Ecki lächelte dankbar. Für ihn war es eine ungewohnte Situation, so ganz ohne seinen Freund und Kollegen in Mordermittlungen zu stecken. In diesen Tagen war ihm schmerzlich bewusst geworden, wie sehr Frank ihm fehlte. »Halt einfach die Augen offen.« Ecki überlegte. »Du könntest dir die Sachen aus England noch einmal ansehen. Die Berichte, die Fotos, die Inventarlisten.«

Schrievers nickte.

»Ich bin müde.« Ecki gähnte.

»Mir macht das Wetter auch zu schaffen. Frühjahrsmüdigkeit.« Ecki hatte Schrievers mit seinem Gähnen angesteckt.

Das Telefon klingelte.
»Eckers!«
Es war die Leitstelle. Eine Frau hatte sich über Notruf gemeldet und behauptet, das Bild des Mädchens in der Zeitung erkannt zu haben. Sie sei sicher, in dem rekonstruierten Gesicht eine Carina erkannt zu haben. Carina Cloerkes aus Viersen. Die Frau habe mit einem norddeutschen Akzent gesprochen und bereitwillig ihre Telefonnummer und Anschrift hinterlassen.
»Carina Cloerkes?« Ecki hatte aufgelegt und sah Heinz-Jürgen Schrievers fragend an.
»Sagt mir nichts. Nur soviel, dass ›Cloerkes‹ ein niederrheinischer Name ist. Warum sich jetzt eine Frau mit norddeutschem Akzent meldet? Keine Ahnung. Wir werden sie befragen.«
»Ich kann doch jetzt nicht hier weg.«
»Dann schick Schalke oder jemand anderen.« Schrievers strich sich über seinen Bauch. »Da fällt mir ein, wir könnten auch Viola fragen. Ihr wolltet sie doch ohnehin einbinden.«
»Aber sie macht doch diese Vorseminare für die Profiler-Ausbildung. Und sie hat sich bei uns noch nicht gemeldet.«
»Dann doch Schalke. Oder Bean.«

...

»Hallo.« Ihre Begrüßung klang mehr fragend als freudig.
»Hallo.«
»Darf ich hereinkommen?« Schüchtern fuhr Viola Kaumanns sich mit der Hand durch ihr kurzes dunkles Haar.
»Was willst du hier?« Seine Stimme klang rau. Er hatte mehrere Tage schon nicht mehr gesprochen.
»Ich habe von Lisa gehört.« Viola Kaumanns hatte das Gefühl, dass es ein Fehler gewesen war, an Frank Borschs Tür zu klingeln.
»Und?« Frank hielt die Tür immer noch nur einen Spalt breit offen.
»Ich, ich will euch helfen. Dir helfen.« Dabei fühlte sie sich in diesem Augenblick selbst hilflos.
»Du kannst mir nicht helfen.«
»Ich meine, bei deinem Fall. Kann ich, darf ich hereinkommen?« Sie musterte ihn. Frank sah schlecht aus. Tiefe Ränder lagen unter seinen Augen. Er hatte sich mehrere Tage nicht mehr rasiert. Sein weißes T-Shirt war fleckig.

Frank zögerte einen Augenblick. Dann hielt er ihr wortlos die Wohnungstür auf.

Viola Kaumanns war noch nie zuvor in Franks Wohnung gewesen. Sie ging durch bis in die Küche und blieb abwartend am Tisch stehen. Die Küche war groß, wie in den meisten alten Stadthäusern. Und sie war unaufgeräumt. In der Spüle lag schmutziges Geschirr. Der Tisch war mit Krümeln übersät. Eine Zeitung lag aufgeschlagen neben benutztem Frühstücksgeschirr.

»Ist etwas unaufgeräumt.« Seine Stimmbänder waren immer noch belegt. Mit einer vagen Geste deutete er in den Raum.

»Macht nichts, aber du solltest duschen, du riechst, wenn ich ehrlich bin, wie ein alter Hund.« Viola Kaumanns lächelte.

»Sie lassen mich nicht zu Lisa.«

»Es ist sicher besser, wenn Lisa zur Ruhe kommt.«

»Woher willst du das wissen? Du warst doch noch nie schwanger. Und du hast so ein Drama noch nicht erlebt. Du bist doch noch viel zu jung.« Er war zum Fenster gegangen und stand nun mit dem Rücken zu Viola.

Franks Worte hatten sie verletzt. »Frank, das hat nichts mit dem Alter zu tun. Aber Lisa hat Schreckliches erlebt. Lass ihr einfach noch ein paar Tage Zeit.«

»Du redest schon genau wie dieser Frauenarzt. Warum bist du hier, wenn du doch nur nachplapperst, was die Ärzte sagen? Ich will zu Lisa. Ich habe ein Recht darauf, sie zu sehen.«

»Frank, du hast unrecht. Und du weißt das. Du hast kein Recht auf irgendwas. Es geht jetzt um Lisa und darum, dass sie gesund wird. Und hör endlich auf mit deinem Selbstmitleid.«

Frank schnaubte verächtlich.

»Und geh jetzt duschen, alter Mann.« Viola sah sich um. »Ich werde derweil ein bisschen Ordnung schaffen. Und dann reden wir.«

...

»Ich habe Karin Kornmann angerufen.« Sebastian *Schalke* Dembrowski hielt einen Schreibblock in der Hand.

»Ja, und? Wer ist diese Karin Kornmann?« Ecki sah von seinem Computerbildschirm auf.

»Karin Kornmann aus Jever. Sie hatte angerufen, wegen Carina Cloerkes.« Schalke setzte sich.

»Sag das doch gleich.« Ecki setzte sich so, dass er Dembrowski direkt ansehen konnte. »Und?«

»Viel weiß sie nicht mehr. Nur, dass Carina mit ihrer Mutter vor gut zehn Jahren in ihre Straße gezogen ist. Sie kann sich deshalb so gut an das Mädchen erinnern, weil sie die direkte Nachbarin war. Die Mutter und Carina seien allein schon wegen ihres Dialektes in dem kleinen Städtchen aufgefallen. Einen Mann hat Karin Kornmann nicht in der Wohnung gesehen. Viel Kontakt hätte sie ohnehin nicht zu den beiden gehabt. Sie seien sehr zurückhaltend gewesen. Schon bald nach dem Einzug sei Carina verschwunden. Das war damals in ganz Friesland Thema. Niemand konnte sich das erklären. Die Kollegen haben damals alles abgesucht. Aber das Mädchen ist nicht mehr aufgetaucht. Blieb wie vom Erdboden verschluckt. Die Mutter hat das nicht verkraftet, sie ist buchstäblich wahnsinnig geworden über das Verschwinden ihrer Tochter. Soweit Frau Kornmann sich erinnert, lebt die Frau heute in der Psychiatrie.«

»Hm. Und nun?«

»Wir müssen mit den Kollegen aus Jever sprechen. Ich habe schon versucht, Kontakt aufzunehmen. Aber der zuständige Mann ist im Augenblick unterwegs. Die Dienststelle will sich aber auf jeden Fall so schnell wie möglich melden.«

»Gut. Was können wir noch tun?«

»Ich habe schon Heini gebeten, in seinem Archiv zu kramen. Möglicherweise kann er uns schneller helfen als die Friesen.«

»Nicht auszuschließen, Schalke. Gute Arbeit. Wirklich gute Arbeit. Danke.« Ecki sah Dembrowski aufmunternd an.

»Keine Ursache. Ich bin froh, wenn wir endlich vorankommen. Mir geht das Schicksal der Kinder nicht aus dem Kopf. Und auch die Sache mit der Frau. Sie muss furchtbar gelitten haben vor ihrem Tod.«

Ecki nickte. Sie musste furchtbar gelitten haben.

...

»Feusters, Sie müssen jetzt ran. Ich brauche ein Konzept von Ihnen. Und zwar dalli. Morgen Mittag bei mir im Büro.« Daniel C. Hünner war alleine im Büro. Deshalb hatte er den Lautsprecher seines Telefons eingeschaltet. Er stand neben seinem Schreibtisch und hielt ein Glas Whisky in der Hand. Es war zwar erst Nachmittag, aber Hünner hatte schließlich doch seinem Verlangen nach Alkohol nachgegeben.

»Bei aller Liebe, Herr Hünner, aber das geht nicht.« Dirk Feusters klang wenig erfreut über Hünners Anruf. Was bildete sich dieser aufgeblasene Fatzke eigentlich ein? So einfach anzurufen und Forderungen zu stellen. Er war doch nicht der Knecht dieses Möchtegern-Bürgermeisters. So viel »Schmerzensgeld« konnte ihm die KFM für seinen Beraterjob gar nicht zahlen. Und außerdem: Er hätte den Vertrag längst lösen sollen. Schließlich stand Hünner im Fadenkreuz von Mordermittlern. Feusters hatte wenig Lust, in die Sache hineingezogen zu werden. Der Unternehmer stand unter mächtigem Druck, der mittlerweile von allen Seiten kam. Feusters Quellen im Präsidium hatten leider nicht schnell genug gearbeitet. Er hätte auf Pietzek hören sollen. Der IEA-Manager hatte ihn schon früh gewarnt. Aber damals war Feusters nur scharf auf die Kohle der KFM gewesen.

»Hören Sie, Feusters, dafür werden Sie bezahlt. Dass Sie Konzepte liefern, und das zu jeder Tageszeit, wenn es sein muss. Sie müssen sich Gedanken machen, wie ich die Einzelhändler in Rheydt ruhigstellen kann. Morgen Abend sitze ich mit den Vertretern der Rheydter Geschäfte zusammen. Dann muss das Konzept stehen.« Hünner trank sein Glas leer und nahm seine Wanderung durch sein Arbeitszimmer wieder auf.

»Soweit ich gelesen habe, hat doch ein Gutachter bestätigt, dass Millionen aus der Innenstadt von Rheydt abgezogen werden. Was erwarten Sie da, Herr Hünner? Es ist doch klar, dass die Geschäftsleute nicht akzeptieren wollen, dass ihnen das IEA-Projekt den Todesstoß versetzen wird.«

»Das sind schon mal die ganz falschen Vokabeln, Feusters. Es geht hier nicht um ›Todesstöße‹ oder ›Katastrophen‹. Die Rheydter wollen nicht die Gesetze des Marktes akzeptieren. Es wird ein paar Verschiebungen der Käuferströme geben. Das ist alles. Nichts Dramatisches. Die Rheydter wollen uns ihre eigenen Versäumnisse in die Tasche schieben. Die Stadt ist doch seit Jahren tot. Nichts ist gemacht worden, um das Sterben der Läden aufzuhalten. Die Rheydter müssen endlich kapieren, dass die Stadt Mönchengladbach langfristig nur ein Stadtzentrum haben kann. Und das wird sich um IEA gruppieren. So ist das nun mal im Leben. Und Sie, Feusters, werden mit einem Konzept dafür sorgen, dass die Rheydter das endlich kapieren. Wie gesagt, Sie haben bis morgen Zeit.«

Dirk Feusters ballte die Faust. Hünner ging entschieden zu weit. Es gab nichts, womit man den aufgebrachten Einzelhandel würde zur

Ruhe bringen können. Dafür waren die Fakten zu eindeutig. »Ich fürchte, dass Sie nur weiterkommen, wenn Sie zu den Entwicklungen in Sachen IEA stehen, Herr Hünner. Ja, gehen Sie den Schritt nach vorne. Erzählen Sie den Menschen in Rheydt, dass es ein schmerzlicher Schnitt werden wird, wenn die IEA baut. Aber dass es auch eine Chance ist zur Neuorientierung der Geschäftslandschaft in Rheydt. Sagen Sie das den Leuten. Sie werden auf herben Widerstand stoßen. Aber am Ende werden Sie die besseren Argumente haben. Denn was werden die Rheydter schon ausrichten können? Nichts. Sie werden sich in ihr Schicksal fügen müssen. Wenn Sie Ihnen dann noch großzügig Hilfe bei der Suche nach neuen Strukturen und Konzepten anbieten, werden Sie irgendwann als der Mann mit Visionen gefeiert werden. Davon bin ich fest überzeugt. Und diese Haltung und diese Strategie ist die einzige, die ich Ihnen empfehlen kann, weil sie die einzige ist, die Erfolg haben wird.«

Hünner war stehen geblieben, um sich auf Feusters Worte konzentrieren zu können. »Ich merke schon, Sie haben einen ersten guten Ansatz gefunden. Nur das mit dem ›Widerstand‹ gefällt mir nicht. Auch die Rheydter sollen mich wählen. Was meinen Sie, was mir meine Fraktionskollegen erzählen, wenn ich die nicht auf Kurs bringe. Aber, wie gesagt, ich merke schon, Sie sind mit Ihren Gedanken auf dem richtigen Weg. Ich verlasse mich auf Sie. Kein Wort von ›Widerstand‹ oder ›Katastrophe‹, wenn wir morgen über das richtige Vorgehen sprechen.« Hünner lachte. Aber es klang unsicher und verzweifelt.

»Ich werde mich nachher mal hinsetzen und überlegen. Aber vorher muss ich noch meine Termine für heute verschieben. Ich kann nur hoffen, dass mir das gelingt.«

Was geht mich das an?, dachte Hünner. »Ich wusste doch, dass Sie flexibel sind. Ich werde im Erfolgsfall sicher an Sie denken. Wenn Sie wissen was ich meine.«

»Sehr freundlich von Ihnen, Herr Hünner.« Feusters hätte kotzen können.

»Also, dann, bis 16 Uhr. In meinem Büro.« Ohne auf eine Antwort zu warten, kappte Hünner mit einem Knopfdruck die Leitung. Lange betrachtete er das Whiskyglas in seiner Hand und ging dann zum Couchtisch, um sich nachzugießen.

...

Frank drehte sich um und stöhnte. Noch halb benommen fuhr er sich mit seinen Händen durchs Gesicht. Seine stoppeligen Wangen waren hart wie Schmirgelpapier. Seine Augen waren verklebt. Mühsam versuchte er sich zu orientieren. Wo war er? Er tastete mit einer Hand um sich. Das Bett, sein Bett. Es roch vertraut und verbraucht. Er schob seine Hand weiter hin und her. Seine andere Bettseite war leer. Warum? Lisa! Lisa war nicht da. Warum nicht? Lisa konnte nicht in seinem Bett liegen. Lisa war im Krankenhaus. Das Kind. Das Kind war tot. Lisa durfte nicht zu ihm, er durfte nicht zu ihr. Er schreckte hoch. Lisa! Frank sah nur die offene Zimmertür und das zerwühlte Laken. Er musste zu Lisa.

Er kam nur langsam auf die Füße. Wie lange hatte er geschlafen? Er sah an sich herunter. Seit Tagen das gleiche T-Shirt, zerknitterte Boxershorts, nackte Füße. Seine Kopfhaut juckte.

Nur langsam kamen die Gedanken zurück. Er schlurfte ins Bad. Als er das Licht anmachte, erstarrte er. Auf dem Spiegel war mit Lippenstift ein Herz gemalt und ein »Melde mich.« Viola? Was war gestern Abend passiert? Frank stützte sich auf den Rand des Waschbeckens. Was war passiert? Er wusste es, verdammt noch mal, nicht mehr. Er konnte sich nicht erinnern. In seinem Kopf war eine weiße Wand, war weißer Nebel.

Mühsam drehte er sich um und ging in die Küche. Auf dem Tisch standen zwei Gläser und lagen leere Weinflaschen. Sie hatten geredet. Stundenlang hatten sie geredet, die Gedanken daran waren wieder da. Sie hatten geredet über sich, über Lisa, das ganze Leben, über die toten Kinder, über Sabrina Genenger. Aber was war danach gewesen? In der Nacht? Er hatte geschlafen, er war wach geworden, allein. Aber war er tatsächlich alleine gewesen? Er ging ins Schlafzimmer zurück. Er schlug das Oberbett zurück. Aber er fand keine Spuren. Was hatte das zu bedeuten?

Sein Kopf schmerzte. Er suchte in der Küche nach Aspirin. Er warf zwei Tabletten in ein Glas mit Wasser und ging zum Fenster. Auf der Straße war es ruhig. Eine alte Frau trug schwer an zwei Einkaufstaschen. Ein Fahrradkurier rollte langsam vorbei. Zwei Mädchen mit Schultornistern hielten sich hüpfend an der Hand. Ein normaler Tag. Draußen. In seinem Inneren war der Tag nicht normal. Er lehnte seinen Kopf gegen die Fensterscheibe. Er musste beide Wirklichkeiten wieder übereinander bringen. Und zwar schnell. Er musste Klarheit haben über die vergangene Nacht! Er musste wissen, welcher Tag heute war. Er musste zu Lisa. Und er musste die Morde aufklären. Seine Kollegen brauchten ihn. Oder auch nicht. Frank drehte sich um und starrte in den Raum. Was sollte er im Präsidium? Er war zu ersetzen. Ob er nun Dienst machte oder nicht, der Tag im Präsidium würde auch ohne ihn funktionieren. Wer weiß, vielleicht sogar besser ohne ihn. Er trank in großen Schlucken. Nein, er musste seinen Kollegen helfen. Schließlich war er der Leiter der Mordkommission.

Frank ging durch die Küche ins Wohnzimmer und suchte das Telefon. Er musste Ecki anrufen. Er würde in spätestens einer Stunde im Präsidium sein. Und dann würden sie die Fälle noch einmal ganz von vorne aufrollen. Sie würden sich reinknien. Die *MK Bökelberg* würde nicht mehr lange arbeiten müssen. Wo war dieses Scheißtelefon? Frank fand es schließlich unter einem Sofakissen. Er tippte die ersten Zahlen. Als er im Display die Nummer seines Freundes wachsen sah, drückte er die Löschtaste. Nein. Nicht Ecki, nicht jetzt. Er musste zu Lisa. Er musste Lisa endlich aus der Klinik holen. Heute würden sie ihn zu ihr lassen müssen. Sie konnte nicht länger seinen Besuch verweigern. Sie würden gemeinsam trauern. Das würden sie. Er tippte die Nummer der Klinik. Aber auch jetzt drückte er auf die Löschtaste.

Frank setzte sich auf das Sofa und starrte auf den stummen Fernseher. Er sah wieder die alte Frau mit ihren schweren Einkaufstaschen und er sah die hüpfenden Mädchen. Angestrengt wartete er auf den Fahrradkurier. Aber der Bildschirm blieb dunkel.

...

»Ich selbst habe keine Artikel zu Carina Cloerkes gefunden. Aber ich habe mir welche besorgen können. Die Arbeit in der WM-Gruppe hat schon was für sich. Es geht doch nichts über Kontakte.« Schrievers drückte Ecki einige fotokopierte Artikel in die Hand. »Wobei, das habe ich mittlerweile schon recherchiert, Carina Cloerkes wohl nicht direkt aus Viersen kam. Sie kam mit ihrer Mutter aus Schaag. Vermutlich hat die Dame aus Jever etwas verwechselt. Oder Frau Cloerkes hat damals beim Umzug Karin Kornmann gegenüber Viersen als nächstgrößere Stadt genannt. Jedenfalls ist klar, dass die beiden in Schaag gewohnt haben, nahe der Kirche.« Schrievers zögerte. »Viel ist es ja nicht. Und sonderlich aufschlussreich auch nicht. Ganz Jever war damals in heller Aufregung. Aber die Kleine ist trotz Großaufgebot an Einsatz- und Rettungskräften verschwunden geblieben.«

»Danke, Heinz-Jürgen.« Ecki blätterte neugierig in den Seiten und legte sie dann auf seinen Schreibtisch. »Ich werde sie mir gleich ansehen.«

An der Tür drehte sich Schrievers noch einmal um. »Hätte ich fast vergessen. Carinas Vater ist damals kurz nach ihrem Verschwinden in Indien bei einem Verkehrsunfall ums Leben gekommen. Er war auf dem Weg zum Flughafen, um seiner Frau beizustehen.«

»Indien?«

»Lies die Artikel.« Schrievers grüßte kurz und schloss dann die Tür.

Ecki nahm Schrievers Kopien zur Hand und begann zu lesen. Es war ein Artikel aus dem *Jeverschen Wochenblatt.*

Mutter ist verzweifelt: Carina kam nicht zurück

Jever. Von Carina Cloerkes fehlt jede Spur. Die Zehnjährige ist seit drei Tagen verschwunden. Ihre Mutter ist verzweifelt: „Wir hatten am Morgen einen kleinen Streit. Carina wollte ihre Sportsachen nicht mitnehmen. Danach hat sie sich aber wie immer mit einem Kuss von mir verabschiedet". Aber Carina kam von der Schule nicht zurück. Die Mutter sucht zunächst in der Nachbarschaft und fragt bei Klassenkameraden nach. Aber niemand weiß, wo Carina sein könnte. Die Mutter wird immer verzweifelter. Am späten Abend wird Carinas Fahrrad nicht weit von der Schulstraße, auf dem Friedhof in einem Gebüsch, gefunden. Die Polizei steht vor einem Rätsel, erklärt KHK Bernd Einert: „Carina besucht erst seit diesem Schuljahr die Haupt- und Realschule. Sie ist mit ihrer Mutter erst vor wenigen Wochen aus dem Rheinland nach Jever gezogen. Trotzdem hat sich das fröhliche Mädchen schnell in ihrer neuen Umgebung eingewöhnt. Derzeit lassen wir ihr Fahrrad auf Spuren untersuchen".

Mitschüler haben inzwischen an der Fundstelle von Carinas Mountainbike Blumen niedergelegt und Kerzen angezündet. Auf Zetteln stehen Sätze wie »Komm zurück, Carina« und »Wir denken an dich«.

Auch Carinas Lehrer, Ortwin Peters, steht vor einem Rätsel: „Carina hat zu keinem Zeitpunkt den Eindruck vermittelt, dass sie sich nicht wohl fühlt oder unter Druck steht. Im Gegenteil, wir hatten eher das Gefühl, eine gute Schülerin in unsere Schule aufgenommen zu haben.

Vermutungen, dass es im Zusammenhang mit Carinas Verschwinden Spuren zurück ins Rheinland gibt, wollte KHK Einert nicht bestätigen: „Nach unseren bisherigen Ermittlungen gibt es dazu keine Erkenntnisse. Aber wir werden das Umfeld der Familie weiter überprüfen. Carinas Vater ist seit mehreren Wochen für eine Mönchengladbacher Textilmaschinenfirma auf Montage in Indien." Um auch in Jever weiterzukommen, werde heute mit einer Hundertschaft das Gelände um Carinas Schule noch einmal gründlich abgesucht, so Einert: „Wir wollen auch nicht den kleinsten Hinweis übergehen." Die Polizei fragt: „Wer hat im Bereich Ziegelhofstraße, Bahnhofstraße, Schulstraße, Bachstraße, Witmunder Straße gesehen, dass die kleine Carina in ein Auto gestiegen ist oder sogar mit Gewalt in einen Wagen gezerrt wurde? Wer hat verdächtige Situationen beobachtet? Wer kann etwas zum Verbleib ihres bunten Tornisters sagen?" Hinweise, auf Wunsch auch vertraulich, nimmt die Polizeiinspektion Friesland, Ziegelhofstraße 34, entgegen. ***Carsten Vogt***

Ecki blätterte weiter. Der Tenor der Artikel blieb gleich. Auf den Fotos wurde entweder die verzweifelt weinende Mutter gezeigt oder der Fundort des Fahrrads, der, vollgestellt mit Kerzen und abgelegten Plüschtieren, von Artikel zu Artikel immer mehr wie eine Gedenkstätte aussah.

Obwohl er die aktuellen Zahlen der zum Teil schon seit mehreren Jahren verschwundenen Kinder kannte, stellte er sich auch diesmal wieder die Frage: Wie konnte nur, um alles in der Welt, ein Kind, ein Mädchen, spurlos verschwinden? Einfach so? Das muss der reinste Horror gewesen sein, für die Mutter. Kaum umgezogen in eine fremde Stadt, getrennt von ihrem Mann, dann das Kind spurlos verschwunden. Kein Wunder, dass die Frau in der Psychiatrie gelandet war.

Ecki griff zum Telefon. »Schalke? Kannst du mal für mich rausfinden, wo Carina Cloerkes Mutter heute lebt? Ich habe von Schrievers ein paar Artikel zu einer Carina Cloerkes bekommen. Sie soll das Mädchen vom Bökelberg sein. Lass dir die Texte von Schrievers ausdrucken. Wir müssen herausfinden, wo die Mutter lebt. Sie ist, wenn das stimmt, in einer Geschlosssenen untergebracht. Wir müssen wissen, ob es noch irgendwo irgendwelche Dinge gibt, die dem Mädchen gehören. Damit wir einen DNA-Vergleich machen können. Im Augenblick haben wir nur die Aussage einer Frau aus Jever, die auf unserem Fotomaterial von dem rekonstruierten Kopf eine Carina erkannt haben will. Bei der Gelegenheit kannst du auch noch mal bei den Briten nachfragen, ob es Neues gibt. Nein, keine Angst, viele Briten im HQ sprechen Deutsch.«

Ecki legte auf. Sie mussten die Chance haben, Carina eindeutig identifizieren zu können. Wenn es sich bei dem Skelett wirklich um das Mädchen aus Schaag handelte. Schaag, Nettetal, Mönchengladbach: Die Orte lagen nahe beieinander. Vielleicht rückten auch so die Fälle näher.

Zumal in dem ganzen Gebiet immer noch tausende Briten lebten.

Er rieb sich die Hände. Er spürte, dass er auf dem richtigen Weg war. Er würde den Fall lösen, auch ohne Frank. Er würde Frank nicht anrufen.

Ecki musste an seine Kinder denken, an die Freude, mit denen sie derzeit zu Hause saßen und unermüdlich aus allen möglichen Zeitungen Pferdebilder ausschnitten. Ihre Leidenschaft ging sogar soweit, dass Ecki im Augenblick kaum noch seine Tageszeitung lesen konnte, ohne auf ein Loch zu stoßen. Ecki musste schmunzeln.

Er seufzte und drehte sich auf seinem Stuhl hin und her. Er hatte Hunger. Den ganzen Tag über hatte er schon nichts Vernünftiges gegessen. Und *vernünftig* hieß bei Ecki auch jede Form von Teilchen. Allein bei dem Gedanken begann sein Magen zu knurren. Ecki sah auf seine Armbanduhr. Hm, wenn er sich beeilte, konnte er in spätestens einer halben Stunde wieder mit einer Tüte Teilchen zurück sein.

Mit einem entschlossenen Ruck stand Ecki auf und nahm seine Jacke vom Haken.

Auf dem Gang, kurz vor dem Ausgang, wäre er fast mit Horst Laumen zusammengeprallt. Laumen sah ihn durch seine großen Brillengläser missbilligend an.

»Tut mir leid, Laumen, hab dich trotz deiner Signalfarbe übersehen. War keine böse Absicht. Wird nicht wieder vorkommen.« Freundlich nickend wollte Ecki an Laumen vorbei.

Der Verwaltungsangestellte streckte seinen Rücken durch und stellte sich Ecki in den Weg. »Das ist keine Signalfarbe. Das ist ein gelber Pullunder. Gestrickt von meiner Frau. Das zum ersten. Zweitens läuft das Verfahren wegen des CD-Players. Ich werde dafür sorgen, dass ihr euch an die Vorschriften haltet. Ich habe schon gehört, dass ihr den Mondeo zurückhaben wollt. Mit dem illegal eingebauten Abspielgerät für eure Musik. Auch ich habe meine Quellen.« Aus Laumens Stimme klang Triumph. »Aber ihr habt euch getäuscht. Ihr werdet schön bis auf weiteres auf euren Mondeo verzichten. Erst wird der Wagen umgerüstet. Ich werde dafür sorgen, dass ihr künftig nur noch den Funk hören könnt, wie alle anderen Kollegen im übrigen auch. Es gibt keine Extrawürste mehr für die Herren Borsch und Eckers.«

Laumen machte keine Anstalten, Ecki Platz zu machen.

»Mach Platz, Laumen, oder ich vergess mich.«

Ecki wollte sich an Laumen vorbeidrücken, aber der dachte offenbar nicht daran, seinen Triumph nicht bis zum Ende auszukosten.

»Mach Platz!«

»Du drohst mir? Mir? Einem Kollegen?« Laumens Stimme zitterte vor unterdrückter Wut..

»Geh aus dem Weg, du aufgeblasener Kanarienvogel.« Ecki nahm keine Rücksicht mehr und schob Laumen einfach zur Seite.

»Du hast mich angefasst, Eckers. Du hast mich verletzt. Das hat ein Nachspiel. Das schwöre ich dir.«

Ecki beachtete das aufgebrachte Zetern des Kollegen nicht länger und verließ das Gebäude.

XV.

Alexander Rauh nahm seine Puppe in die Hand. Er betrachtete sie lange. Jede einzelne Linie, jede Unebenheit des Körpers kannte er auswendig. Jedes einzelne Haar hatte er schon tausendmal berührt. Er und Pascal. Pascal! Sie hatten sich geliebt und die Puppe war das Zeugnis ihrer Liebe.

Aber der lockende Blick der Puppe war bloß die hübsche Larve des Teufels. Die Puppe hatte ihn in den Abgrund gerissen. Pascal war weg. Hatte ihn verlassen wegen dieses billigen italienischen Unterhosenmodels. Hätte er ihm doch nie das Wochenende in Mailand geschenkt. Sie waren im Stadion gewesen und dann auf dieser Party. Er hatte gleich die Blicke zwischen den beiden bemerkt. Pascal hatte alles abgestritten. Später hatte er dann diese Telefonnummer gefunden. Er hätte es besser wissen müssen. Von Anfang an war Pascal regelmäßig alleine unterwegs gewesen. Angeblich brauchte er seine Zeit für sich. Alexander verfluchte den Tag, an dem er seinen Freund das erste Mal getroffen hatte. Wenn er nur könnte, er würde die Erinnerung an das Sponsorentreffen vor jenem Länderspiel aus seinem Gedächtnis brennen. Und die Erinnerung an den jungen Repräsentanten dieser Eventagentur, der ihn so aufreizend mit seinen dunklen Augen angelächelt hatte.

Alexander ekelte sich jetzt vor diesem Stück Plastik, das sein Leben längst beherrschte. Zu lange hatte er gehofft, dass sie ihn auf ewig an die schönen Stunden mit Pascal erinnern würde, seine erste und einzige Liebe. Dabei hatte er nicht gemerkt, dass sie gnadenlos die Kraft aus seinem Körper und aus seiner Seele saugte. Nicht nur das, sie hatte sich auch auf die Fotos gedrängt, um ihn endgültig zu zerstören.

Angewidert warf er die Puppe von sich. Er war ein erwachsener Mann. So einer wie er spielte nicht mehr mit Puppen. Durfte nicht mehr spielen, denn fast war alles verraten. Und die Puppe war schuld.

Die Puppe muss weg, dachte Rauh. Für immer. Er hatte sie nicht mehr lieb. Tränen füllten seine Augen. Sie war einmal das Wichtigste auf der Welt für ihn gewesen. Aber er musste sich von diesen Dämonen befreien, die Gespenster aus seinen Träumen jagen. Mit ihr würde seine Vergangenheit verschwinden.

Alexander schreckte hoch. Er hatte das Gefühl, keine Luft mehr zu bekommen. Er begann zu schwitzen. Er hatte das Gefühl, die Puppe auf seinem Bett hätte ein Feuer entfacht, dass ihn zu verbrennen drohte. Er stieß die Puppe von seiner Matratze. Sie musste weg. Sofort.

Der Fußballspieler schwang sich aus dem Bett, sorgsam darauf bedacht, die Puppe nicht zu berühren. Er schlüpfte in seine Jeans und seine Schuhe. Der Keller! Dort würde er finden, was er suchte. Er öffnete vorsichtig die Wohnungstür. Im Hausflur war niemand.

Vorsichtig stieg er die Treppen hinunter. Auf den Treppenabsätzen blieb er stehen und sah durch die Flurfenster. Er hatte keine Lust, einem Fotografen vor die Linse zu laufen.

Keine fünf Minuten später stand er wieder in seinem Schlafzimmer. Vor ihm lag die Puppe auf dem Boden. Alexander zog sich die Arbeitshandschuhe über und bückte sich. Er trug die Puppe mit weit von sich gestreckten Armen vor sich her. Er lugte wieder vorsichtig in den Hausflur. Immer noch war niemand zu sehen.

In seinem Kellerraum legte er die Puppe auf den Boden und schloss die Tür sorgfältig. Dann hockte er sich vor die Puppe und betrachtete ihr Gesicht. Sie streckte ihm die Arme entgegen und lachte ihn an. So wie sie es immer getan hatte. Es war ein teuflisches Grinsen.

Alexander wusste nun, was zu tun war. Er nahm den Hammer aus seinem Werkzeugkoffer und einen langen Nagel. Mit zwei kräftigen Schlägen trieb er den Nagel durch den weichen Kunststoff.

Es war nicht schwer gewesen, aber er keuchte trotzdem. Er hatte es geschafft. Die Puppe würde ihn nie mehr beherrschen. Sorgfältig legte er sein Werkzeug in den Koffer zurück. Dann nahm er die Puppe und warf sie achtlos in den Abfalleimer, der an der Tür stand. Bevor er das Licht löschte und den Raum verließ, zog er seine Handschuhe aus und legte sie sorgfältig gefaltet zurück ins Regal.

...

»Hast du etwas von Frank gehört?«

Ecki schüttelte den Kopf.

Heinz-Jürgen Schrievers zog Franks Schreibtischstuhl zu sich und setzte sich vorsichtig. Trotzdem quietschten die Rollen verdächtig.

»Ich mache mir Sorgen um ihn. Er braucht bestimmt Hilfe.« Eine steile Sorgenfalte stand in Schrievers ansonsten rundem rosigen Gesicht.

»Ich weiß nicht. Lass ihn besser.« Ecki legte nachdenklich den Kopf zur Seite.

»Ich habe mit Gertrud gesprochen. Sie meint auch, das wir jetzt ran müssen. Es wird Zeit.«

»Ich weiß nicht. Ich kann ja nachher mal bei ihm vorbeifahren. Kann ja nicht schaden. Aber ich möchte nicht den Eindruck bei ihm erwecken, dass ich ihn unter Druck setzen will. Druck kann Frank jetzt überhaupt nicht gebrauchen.«

»Ob seine Bandkollegen mit ihm sprechen sollten?«

»STIXS? Ich weiß nicht, ich denke, ich versuche erst mal selbst, mit ihm zu reden.«

»Gut. Ich bin aber aus einem anderen Grund hier. Wie gesagt, ich habe mich gestern mit Gertrud unterhalten. Sie war mit einer Freundin in Sachen Trödel unterwegs. Und da hat sie bei einer alten Frau auf dem Dachboden ein paar Puppen entdeckt. Die hat sie zwar nicht mitnehmen können, aber dafür hat sie einen Artikel in der Zeitung gelesen.«

»Sei mir nicht böse, aber ich kann dir nicht folgen.«

»Habe ich mir gedacht. Deshalb habe ich ihn mitgebracht.« Schrievers faltete eine Zeitungsseite auf, die er in der Hand gehalten hatte. »Da, lies selbst.«

Ecki seufzte und griff nach dem Stück Papier.

Mädchen foltern Barbies

Blonde Kultpuppe wird verschmort, zerstückelt und enthauptet

(dpa). Das Phänomen macht zunächst ratlos: Es gibt z.B. in Großbritannien viele Mädchen, die hassen ihre Barbies so sehr, dass sie sie geradezu foltern. Und das, obwohl sie sie zuvor über viele Jahre innig geliebt haben. Zu diesem Ergebnis kommt eine Studie der renommierten Universität von Bath in Westengland. Gerade Mädchen im Alter zwischen sieben und elf Jahren würden ihre Barbies oft verstümmeln, manchmal sogar enthaupten und in Extremfällen sogar in der Mikrowelle schmoren lassen.

Nach Angaben einer Forscherin kam bei einer Befragung von Gruppen jüngerer Schulkinder zutage, dass die Puppe „Barbie“ Hass und Gewalt hervorrief. Es sei sogar schadenfroh über physische Gewalt und die Folterung der Puppe berichtet worden.

Viele Mädchen würden die „Barbie-Folter“ als ganz normal und als „cool“ ansehen im Vergleich zu der früheren liebevollen Beschäftigung mit der Puppe. Als Erklärung für das Gewalt-Phänomen wurde angeführt, dass sich die Mädchen mit dem Älterwerden von einem „babyhaften“ Symbol ihrer früheren Kindheit abwenden. Aus der Puppe mit eigener Persönlichkeit werde schließlich ein bloßer Gegenstand, den man zerstören könne, wie eine Getränkebüchse.

Die Forscher sind davon überzeugt: „Während auf Erwachsene die Freude am Zerbrechen, Verstümmeln und Foltern der Puppe stark irritierend wirkt, ist sie aus der Perspektive des Kindes einfach eine fantasievolle Art, mit etwas nutzlos gewordenem umzugehen“. Nach Angaben der Forschergruppe waren insgesamt 100 Mädchen und Jungen an der Studie beteiligt. Jungen hätten anders als die Mädchen zu ihren Spielzeugfiguren wie zum Beispiel dem „Action Man“ kein derartiges Hass-Verhältnis entwickelt. Sie würden ihren einstigen Action-Helden gegenüber eher ein positives Nostalgie-Gefühl entwickeln.

»Hm.« Langsam legte Ecki den Zeitungsartikel auf den Schreibtisch und sah Schrievers fragend an. »Was sagt uns das jetzt?«

»Naja, das musst du doch entscheiden.«

»Warum hast du ihn denn dann mitgebracht?«

Schrievers räusperte sich. »Es ist doch so, wenn ich das hier lese, von Folter und so, und sehe mir dann die Tatortfotos an, dann könnte ich doch zu dem Schluss kommen, dass die Opfer auch gefoltert wurden!? Immerhin hatte doch jede Leiche ein Loch im Kopf.«

»Du meinst, der Mörder hat seine Opfer, sein Spielzeug, gefoltert, weil er selbst nicht mehr länger Kind sein wollte? Als perverses Ritual, erwachsen zu werden? Absurder Gedanke.«

»Was ist schon normal?«

»Wie passt denn dann Sabrina Genenger in deine Theorie?«

Schrievers zuckte mit den Schultern. »Weiß nicht. Vielleicht handelt es sich um einen Trittbrettfahrer, um jemanden, der von seinem echten Motiv ablenken wollte.«

»Könnte Hünner der Täter sein?«

»Warum nicht? Andererseits steht für ihn zuviel auf dem Spiel, der begeht keinen Mord. Der will Oberbürgermeister werden. Aber das ist ja auch eine Art, erwachsen zu werden.«

Ecki überlegte. »Du meinst, damit löst sich Hünner endlich aus dem Schatten seines Vaters?«

Schrievers nickte und musste grinsen. »Politiker ticken wohl so. Sicher nicht alle, aber viele.«

Ecki blieb ernst. »Mal angenommen, das stimmt, was die Engländer herausgefunden haben, müssten wir es, rein logisch betrachtet, mit einem weiblichen Täter zu tun haben. Jungen tun das nicht, steht hier.«

Schrievers lehnte sich auf Franks Stuhl zurück.

»Also, ich finde, den Punkt könnten wir vernachlässigen. Ich glaube nicht, dass Frauen wirklich zu solch grausamen Dingen fähig sind.« Schrievers setzte wie zur Bestätigung seiner Theorie seine Brille auf, die bislang an einer Kordel auf seinem mächtigen Bauch geruht hatte.

»Na, na, na, nur weil deine Gertrud eine Seele von Mensch ist, bedeutet das nicht, dass alle Frauen Engel sind.« Ecki wollte nicht ausschließen, dass sie auch nach einem weiblichen Täter suchen mussten. Er fand, das war eine Option, die Frank bisher zu sehr vernachlässigt hatte.

»Ich glaub trotzdem nicht so recht daran. Und was Gertrud betrifft: Sie ist die beste Ehefrau von allen.«

Das Telefon klingelte. Es war Colonel Digby. Er hatte Neuigkeiten. Soso, dachte Ecki, Neuigkeiten. Da war er aber gespannt. Bisher hatte der Engländer mit seiner steifen Oberlippe eher wie ein wandelnder Tresor der Bank von England gewirkt als wie ein Kollege, der wirklich kollegial mitarbeiten wollte.

»Darf ich den Lautsprecher des Telefons einschalten? Dann kann mein Kollege Schrievers mithören.«

Digby hatte keine Bedenken.

»Sie haben Neuigkeiten?«

»Jawohl, Herr Eckers. Und ich denke, es ist meine Pflicht, Sie mit Ihnen zu teilen. Ich freue mich, dass Sie Zeit für mich haben.«

Mein Gott, diese Engländer, dachte Ecki. Eines Tages ersticken die noch an ihrer Höflichkeit. »Keine Ursache, Colonel. Dafür bin ich doch da. Ich bin ganz Ohr. Was kann ich für Sie tun?«

»Wir haben die Kleidung des Jungen analysieren lassen. Dabei sind wir auf interessante Details gestoßen. Auf sehr interessante Details.«

»Nämlich?« Ecki war gespannt, was die Briten ans Tageslicht befördert hatten. Vermutlich waren die Klamotten bei Harrods gekauft worden.

»Die Turnschuhe des Jungen sind Fälschungen der Marke Nike. Gute Fälschungen, zugegeben. Aber Fälschungen, immerhin.«

»Ja, und?«, dachte Ecki. »Klingt interessant.«

»Yes, das ist es auch. Unsere Techniker haben nämlich herausgefunden, das die Schuhe im indischen Bangalore hergestellt wurden.«

Klar, Indien, in den alten Kolonien, wo sonst. Tea Time, Elefanten, Kinderarbeit, exotische Bilder gingen Ecki durch den Kopf. »Das ist aber nicht gerade vielversprechend.«

»Wie man es nimmt, Mister Eckers.«

Der sagte wirklich *Mister*! »Da bin ich aber gespannt!«

»Ja, denn diese Charge wurde fast ausschließlich nach Belgien und nach Kanada ausgeliefert.«

Belgien! In Eckis Kopf gingen sämtliche Alarmlampen an. »Ja?«

»Nun, es ist nicht ausgeschlossen, dass der Junge aus Belgien oder aus Kanada stammt. Oder er hat die Schuhe bekommen, weil seine Eltern in Belgien und/oder in Kanada stationiert waren.«

»Sehr interessant.«

»Das ist es. Ja, das ist es. In der Tat. So sehen wir das auch. Das verkleinert den Kreis der Verdächtigen.«

»Heißt das, dass ›Billy‹, ich meine, dass der Junge aus Belgien nach Mönchengladbach entführt und hier getötet wurde?« Ecki nickte Schrievers zu, dessen Wangen vor Aufregung rosa angelaufen waren.

»Das können wir nicht ausschließen. Jedenfalls werden wir jetzt unsere Listen nach Familien durchforsten, die eine Zeitlang in Belgien oder in Kanada stationiert waren.«

»Und wenn der Junge doch von hier ist und die Schuhe als Souvenir bekommen hat?«

»In der Tat, auch das berücksichtigen wir, selbstverständlich.«

Dieser Colonel Barry Digby klang so staubtrocken, dass Ecki Durst bekam. »Seien Sie mir nicht böse, aber ich kann nicht erkennen, dass diese Erkenntnis uns in irgendeiner Weise voranbringt.«

Digbys Stimme war eine Spur zu neutral, um nicht doch beleidigt zu wirken. »Wie Sie meinen.«

»Bitte, Colonel Digby, ich möchte nicht unhöflich wirken. Ganz im Gegenteil. Es wäre wirklich schön, wenn wir auf diesem Weg weiterkämen.« Ecki hatte das Gefühl, dass dieser Digby nach dem Telefonat schnurstracks in den Offiziersclub gehen und von seiner hervorragenden Zusammenarbeit mit den deutschen Behörden berichten würde. »Ich freue mich außerordentlich, dass Sie so kooperativ sind.«

»Es ist mir eine Freude, mit Ihnen zu arbeiten, Mister Eckers. Vielen Dank. Ich bin sicher, dass wir zu einem Erfolg kommen werden.«

Der Colonel klang, als habe er sein deutsch-englisches Wörterbuch eins zu eins auswendig gelernt. »Yes, thank you, Colonel Digby.« Ecki freute sich, dass er seine Englischkenntnisse nicht ganz vergessen hatte. »Es ist mir ein Vergnügen. Ich meine, it is a pleasure, really.«

»Wir werden Sie selbstverständlich, wie sagen Sie in Ihrem Land?, auf dem Laufenden bringen.«

Ecki verdrehte die Augen. »Good bye, Mister Colonel.«

Es klickte. Digby hatte aufgelegt.

»Und jetzt?« Ecki sah Schrievers nicht besonders glücklich an.

»Ist doch klasse, dass die Briten euch nicht hängen lassen.«

»Prima. Aber es kommt nichts dabei herum, wenn du mich fragst.«

»Abwarten. Das weiß man nicht. Die Briten sind wahre Meisterdetektive.« Schrievers schmunzelte.

»Klar, Miss Marple und Sherlock Holmes.«

»Genau. Übrigens. Miss-Marple-Bücher habe ich auch gefunden. Willst du sie mal lesen?«

»Danke, verschone mich. Die Zeit habe ich nun wirklich nicht.«

»Na ja, fällt ja auch nicht gerade unter Fortbildung.«

»Habe ich die nötig?« Ecki meinte, einen süffisanten Unterton gehört zu haben.

»Spinnst du?«

»War nur so eine Idee. Sorry.«

Schrievers schüttelte den Kopf, sagte aber nichts.

»Der Anruf war ja ganz nett. Aber mehr auch nicht.«

»Ich meine, soll ich dir bei der Durchsicht der Akten aus England helfen? Vier Augen sehen mehr als zwei.«

Ecki hob die Augenbrauen. »Wenn du magst, gerne.«

Schrievers wollte gerade aufstehen, als es klopfte.

»Herein?« Ecki war gespannt.

Die Tür öffnete sich, und Viola Kaumanns stand vor den verdutzten Polizeibeamten.

»Hi.« Viola Kaumanns hob lässig die Hand.

Sie sah aus wie immer. Und dazu verdammt gut.

»Komm rein, Viola. Neue Frisur? Was macht der Lehrgang?«

Viola Kaumanns ging zu Schrievers und drückte ihn. Soweit das ging, denn der Archivar war sitzengeblieben. Dann streckte sie Ecki die Hand hin. »Hi, Ecki, heißt *Aubergine*, die Farbe. Der Lehrgang ist anstrengend, aber effektiv. Bin ganz zufrieden.«

»Chic, die Farbe. Passt zu deinem Outfit.«

»Frank geht es mies.« Ohne zu fragen, setzte sich Viola auf die Kante von Franks Schreibtisch und sah Schrievers und Ecki erwartungsvoll an.

»Stimmt. Gertrud will ihn und Lisa besuchen.« Schrievers nahm seine Brille wieder ab. Die junge Kollegin war wirklich hübsch anzusehen, dachte er.

»Ich weiß nicht, ob es mit einem Besuch getan ist.« Viola zog die Stirn in Falten. »Ich glaube eher, Frank braucht professionelle Hilfe. Ein Psychologe müsste sich um ihn kümmern. Ich war bei ihm. Wir haben fast die ganze Nacht geredet. Dann ist er eingeschlafen, in meinen Armen. Wie ein kleines Kind.« Sie sah den fragenden und erstaunten Blick in Eckis Augen. Sie hatten sich nur für den winzigen Bruchteil einer Sekunde verändert. Aber das genügte ihr. »Eckers, du solltest nicht einmal denken, was du jetzt denkst.«

Ecki hob entschuldigend die Hände. »Um Gottes willen.«

»Frank ist am Ende. Und das hat nicht nur etwas mit seinem toten Kind zu tun. Wir haben doch unsere Polizeiseelsorgerin, die könnte sich um Frank kümmern. Was meint ihr?«

Schrievers und Ecki sahen sie stumm an.

»Okay, war nur so eine Idee. Ich habe gedacht, dass sie als Pastorin Trost spenden könnte.«

»Ich weiß nicht, Viola. Frank hat es nicht so mit der Kirche. Ich habe mit Lisas Eltern gesprochen. Auch die lässt er nicht an sich ran. Aber das ist auch kein Wunder. Sie sehen sich so selten, dass sie sich erst richtig kennenlernen müssten, um so was wie eine Beziehung aufbauen zu können. Außerdem sind sie selbst völlig fertig.«

»War auch nur so eine Idee. Ich werde auf jeden Fall mal mit van der Heyden sprechen, ob sie überhaupt helfen könnte. Ansonsten haben Frank und ich über den Fall, das heißt, über die Fälle gesprochen. Ich fürchte nur, dass ich euch nicht wirklich helfen kann.«

»Brauchst du mehr Informationen?«

»Einerseits, gewiss. Andererseits, ich bin doch noch keine Profilerin. Mehr als Vermutungen könnte ich im Moment nicht einbringen.«

»Wir können jede Idee gebrauchen.« Ecki seufzte.

In der nächsten Stunde ließ sich Viola Kaumanns die einzelnen Tatortbefunde und die bisherigen Schritte und Erkenntnisse der Mordkommission *Bökelberg* erklären. Sie unterbrach Eckis und Schrievers Schilderung nur an wenigen Stellen. Bei der Schilderung des Telefongesprächs mit dem britischen Offizier musste Viola Kaumanns laut lachen. Schließlich war Ecki am Ende seiner Bestandsaufnahme angekommen.

»Das klingt doch insgesamt schon mal nicht schlecht.« Viola Kaumanns blickte aufmunternd von Ecki zu Schrievers.

»Das sagst du.« Eckis Blick war voller Skepsis.

»Wirklich. Ihr habt Hinweise auf die Identität der Kinder. Ihr habt Hinweise auf den möglichen Mörder von Sabrina Genenger. Hünner scheint aus dem Rennen zu sein. Das ist doch schon mal was.«

»Nur, dass wir die Identität der Kinder noch nicht genau kennen. Und der Fotograf tot ist. Und wir immer noch davon überzeugt sind, dass Hünner nicht ganz astrein ist.«

»OB-Kandidat Hünner als Kindermörder? Als Mörder seiner Freundin? Im Affekt? Warum soll er sie umgebracht haben? Es gibt dazu keinen Grund. Die Tatortspuren geben auch keinen Hinweis auf Hünner. Und auch nicht bei den Kindern. Das ist doch auch ein Ergebnis, dass ihr einen ursprünglich Hauptverdächtigen abhaken könnt! Und dass dieser Fotograf von den Klippen gefallen ist: Die Natur hat euch unter Umständen viel Arbeit abgenommen. Wer weiß, vielleicht hat Rankin seine gerechte Strafe schon bekommen.«

»Das alles lernst du beim LKA? Das ist dann das Ergebnis? Die Arbeit einer Profilerin habe ich mir anders vorgestellt, um ehrlich zu sein.« Ecki konnte seine Enttäuschung kaum verbergen.

»Mal langsam.« Viola wollte sich rechtfertigen, hielt aber inne.

»Sei nicht böse, Viola. Ist nicht so gemeint. Es ist nur so«, Schrievers versuchte zu vermitteln, »es ist nur so, dass Ecki, dass die ganze MK ziemlich unter Druck steht. Ganz zu schweigen vom PP, dem Staatsanwalt und den Medien.«

»Jaja, schon klar. Wie immer.«

»Du sagst es.« Ecki nickte. »Niemand macht dir einen Vorwurf.«

»Warum auch?« Viola Kaumanns hüpfte vom Schreibtisch. »Ich würde vorschlagen, dass ihr als nächstes noch einmal versucht, die Identität des Mädchens zu klären. Und wartet. Wartet auf den entscheidenden Hinweis.«

»Tolle Aussicht.« Ecki beugte sich vor und legte seine Unterarme auf den Schreibtisch. »Ich bin müde.«

»Machen wir Feierabend.« Schrievers setzte seine Brille wieder ab.

»Jetzt schon?« Ecki sah auf.

»Das bringt doch heute nichts mehr.«

Viola Kaumanns nickte. »Wir sollten unsere Köpfe nicht überstrapazieren. Das bringt nichts. Lasst uns ein bisschen ausspannen. Essen gehen. Oder Musik hören. Ich schlage vor, wir gehen in die Kneipe.«

»Hm, weiß nicht.«

»Komm, Ecki, es gibt auch eine Welt jenseits von deinem geliebten WDR 4.« Viola Kaumanns schlug übermütig mit der Hand auf die Schreibtischplatte.

»Haha.«

»Frank hat wohl doch Recht.«

»Womit?« Ecki wurde hellhörig.

»Dass du ein unverbesserlicher und vor allem unbelehrbarer Volksmusikant bist. Unempfindlich gegen den Lauf der Welt.«

»Und? Ist das schlimm?«

»Nee, aber langweilig.«

»Wir können doch jetzt nicht einfach in die Kneipe gehen.« Eckis Widerstand klang irgendwie lahm.

»Immer noch besser, als hier in dem Mief nicht weiterzukommen.«

»Freunde, das ist eine gute Idee. Aber, bitte, macht das ohne mich. Ich muss noch ein paar Sachen regeln.« Der Stuhl quietschte herzzerreißend, als Schrievers aufstand.

»Und ich? Ich soll jetzt ...?« Ecki sprach den Satz nicht zu Ende.

»Genau. Du wirst jetzt schön ›brainstorming‹ machen, und zwar in der Kneipe oder im Café. Da wachsen die besten Ideen. Sagen die Literaten.«

»Ich bin Bulle, Mann, und kein Dichter.«

»Genau.« Schrievers ließ offen, was genau er meinte.

»Na, los, Ecki.« Viola zeigte kein Verständnis für sein Zögern. »Vielleicht fällt uns ja auch ein, was wir in Sachen Lisa tun können.«

Ecki gab auf. »Na, meinetwegen.«

Schrievers zwinkerte Viola zu. »Na, geht doch.«

...

Die Bullen hatten immer noch nicht reagiert. Solche Dilettanten. Wenn er eines nicht mochte, war es Unfähigkeit. Das musste sich ändern. Und zwar schnell. Er hatte keine Lust mehr, ständig drangsaliert zu werden. Er hatte sich nichts vorzuwerfen. Wer hatte denn den

Fehler mit dieser Genenger gemacht? Er wollte endlich wieder ordentliche Arbeit abliefern. Aber sie ließen ihn ja nicht. Dann musste er halt reagieren. Die Sache mit Genenger musste an die Öffentlichkeit. Dieser Politiker musste bluten. Er hatte ihn bis jetzt nur schäbig behandelt. Ja, ein anderer Ausdruck passte nicht. Schäbig. Hatte ihn die Drecksarbeit machen lassen und ihn dann nur noch abfällig und schlecht behandelt. Er hasste diesen Politiker.

Er würde es so arrangieren, dass der Verdacht nicht auf ihn fallen könnte. Er hatte schon vorgesorgt. Niemand würde je erfahren, dass er Hünner verraten hatte.

Die Aussicht auf die neuen Seelen ließen seine Augen aufleuchten. Ihnen würde er einen schönen Empfang bereiten. Das hatte er den Herren versprochen. Sie hatten ihm aufmunternd zugenickt. Ja, er war auf dem richtigen Weg. Hätte er doch nur seine Ungeduld besser im Griff. Er überlegte. Was konnte er tun, bis es wieder soweit sein würde? Sich selbst eine Seele greifen? Hm, nein, das war zu gefährlich. Andererseits: Ein reizvoller Gedanke. Sehr reizvoll, sogar. Er hatte sich auch schon umgesehen. Eigentlich wäre es eine einfache Sache. Die Schule lag günstig. Er würde nicht auffallen, wenn er sich ein Kind greifen würde. Besonders nicht an dieser Ecke hinter der Turnhalle. Sie war nicht gut einzusehen. Einladend, eigentlich. Er fragte sich, warum bisher noch niemand auf diese, seine Idee gekommen war. Bis Breyell wäre es wirklich nicht weit. Nur ein paar Sekunden Angst, und dann wäre die Seele in seiner Obhut. Noch am gleichen Tag könnte er sie befreien.

Nein, rief er sich selbst zur Ordnung. Das wäre doch ein viel zu großes Risiko und würde alle weiteren Möglichkeiten gefährden.

...

»Mein Name ist Hans Stickelbruck und ich bin einer der Stadionführer. Ich begrüße Sie ganz herzlich im Namen des Vereins. Es ist uns eine Ehre, Sie heute und hier durch das Gebäude führen zu dürfen. Wir beginnen unsere Führung in aller Regel in diesem Raum.«

Hans Stickelbruck sah zufrieden in die Runde. Der beleibte und schon ältere Stadionführer genoss diesen Augenblick: Selbst ein Star zu sein, auf den Millionen warteten. Er allein konnte den Besuchern das liefern, wozu sie gekommen waren: Einmal hinter die Kulissen sehen zu können. Einmal das Gefühl zu haben, ihnen nahe kommen zu können. Konnte nicht im nächsten Augenblick einer ihrer Lieblinge um die Ecke biegen? Allein diese vage Möglichkeit hatte sie in das Stadion getrieben.

»Das ist der Presseraum.« Stickelbruck machte erneut eine Pause. Wie ein Schauspieler wusste er, dass er der Ehrfurcht Raum geben musste.

Ein aufgeregtes Raunen gab ihm Recht.

»Stellen Sie sich vor, bei einem Bundesligaspiel haben wir Dutzende Journalisten zu Gast. Jeder möchte vom Spiel berichten. Und jeder hat hier die Möglichkeit, direkt mit seiner Redaktion Kontakt aufzunehmen. Sehen Sie sich die Zahl der Steckdosen an, mit ihren Laptops sind sie im Handumdrehen online. Am alten Bökelberg war das nicht möglich. Ja, das waren dort richtig kümmerliche Bedingungen, verglichen mit hier.«

Das anerkennende Geflüster hielt an.

»Hinter mir sehen Sie das Podium mit den Plätzen für den Pressesprecher und die Trainer. Und je nach Bedarf kann der Präsident hinzukommen. Dort, wo Sie jetzt sitzen, können sich die Kamerateams aufstellen und live berichten. Wir haben hier alle Möglichkeiten. Die reichen aber, das können Sie sich sicher vorstellen, bei Länderspielen nicht aus. Der DFB hat da eigene Vorschriften. Aber auch die haben wir bisher erfüllt. Dann stellen wir einfach zusätzliche Zelte auf.«

Stickelbruck sagte wirklich »wir«, dabei war der Stadionführer bis zu seiner Pensionierung als Bundesbahner lediglich zahlender Zuschauer am Bökelberg gewesen. Erst durch den Hinweis seiner Frau, dass der Verein ehrenamtliche Stadionführer sucht, hatte er zu dieser Nebenbeschäftigung gefunden. Er hatte einen Kurs besucht, in dem er auf die Botschaft des Vereins getrimmt worden war, seither galt er als einer der zuverlässigsten Stadionführer. Aber das war ja Ehrensache, schließlich war die Zuverlässigkeit eine absolute Grundvoraussetzung seines Berufs gewesen.

»Ja, liebe Freunde des Vereins, Sie staunen nicht schlecht. Ich sehe das schon. Aber das ist bisher allen Gruppen vor Ihnen auch so ergangen. Ich selbst habe seit dem Umzug des Vereins in sein neues Heim allein schon mehr als Tausend Fans durch das Stadion geführt. Der Verein hat halt Freunde in der ganzen Welt. Bitte folgen Sie mir nun in die sogenannte *mixed zone*.« Stickelbruck setzte sein strahlendstes Lächeln auf. »Sie haben nun die Ehre, in einen Bereich zu kommen, der sonst nur den Spielern und den Journalisten vorbehalten ist.«

Am Pegel der Lautstärke, die nun einsetzte, konnte Stickelbruck zufrieden ablesen, dass sein Vortrag auch diesmal seine Wirkung nicht verfehlt hatte. Die Besuchergruppe, Rentner aus Ostdeutschland, waren vor lauter Ehrfurcht kaum in der Lage, auch nur einen Schritt ohne seine Anweisung zu tun. Stickelbruck wusste, er hatte auch diesmal wieder seine Besuchergruppe im Griff.

»Möchte jemand etwas fragen?« Der Stadionführer sah sich um. Eigentlich eine rein rhetorische Frage, das wusste er. »Ich sehe, das ist nicht der Fall, dann folgen Sie mir bitte in den Zwischengang zu den Kabinen.«

Andächtig folgte ihm die 15-köpfige Gruppe in die *mixed zone*. Hinter Stickelbruck blitzte es mehrfach auf. Das Podium und die Wand mit den Namen der Sponsoren waren immer ein Erinnerungsfoto wert.

»Liebe Gäste, Sie stehen nun in einem Raum, der, wie Sie sehen, direkt durch den Spielertunnel aufs Spielfeld führt. Auch dieser Ort ist für Normalsterbliche tabu. Hier treffen sich die Spieler mit den Journalisten. Hier können Fragen gestellt werden, von hier aus werden, wie beim letzten Länderspiel, Live-Interviews gesendet. Manche Spieler bleiben gerne stehen, andere wieder huschen schnell vorbei. Besonders dann, wenn sie schlecht gespielt haben. Sie sehen die modernen Wände und die Durchgänge zu den Kabinen unserer 1. Mannschaft und der Gastmannschaft. Außerdem können Sie erkennen, dass wir für die Kamerateams nicht mehr großartig Kabel verlegen müssen. Es ist schon alles vorhanden. Ich kann Ihnen sagen, so komfortabel hatten es die Spieler und die Journalisten am Bökelberg nicht. Der Bökelberg war ja schon längst kein Schmuckstück mehr. Obwohl ich aus Eicken bin und oft *in de Kull*, also am Bökelberg, war, weine ich persönlich dem alten Stadion keine Träne mehr nach.«

Hans Stickelbruck nahm eine fast militärische Haltung an und erweckte damit den Eindruck, er habe persönlich und ganz alleine das Stadion gebaut und den Umzug der Mannschaft in ihr neues Zuhause organisiert. Entsprechend anerkennend waren die Blicke der Besucher. Wieder blitzten Fotoapparate auf.

»So, leider habe ich den Schlüssel für die Kabine der Profis nicht. Aber ich kann Ihnen die Gästekabine zeigen, die genauso aussieht wie die unserer Jungs. Mit Duschen und Entmüdungsbecken. Nur spiegelverkehrt. Es gibt nur eine Besonderheit, die zeige ich Ihnen auch. In einer Ecke ist eine Tür, die direkt zu den Arrestzellen der Polizei führt. Ja, sie gucken erstaunt, aber auch das haben wir. Es soll ja immer wieder sogenannte Fans geben, die sich im Stadion nicht benehmen können. Und für diese Situation haben wir vorgesorgt. Bitte folgen Sie mir nun links in den Gang.«

Der grauhaarige Stadionführer machte auf dem Absatz kehrt und verschwand im Gang zu dem Umkleideraum der Gastmannschaft. Dort blieb er kurz stehen. »Je nach dem, wer kommt, wird das entsprechende Vereinswappen neben der Tür angebracht. Nun muss ich Ihnen nur noch aufschließen, und Sie stehen sozusagen im Allerheiligsten eines Bundesligaclubs.«

Gespannte Stille und vereinzeltes Kopfnicken.

»Wir haben das Glück, dass die Kabine derzeit nicht benutzt wird, sonst dürfte ich Ihnen auch diesen Raum nicht zeigen. Unsere Amateure haben erst später Training.« Hans Stickelbruck zückte seinen Schlüsselbund, den er wie den heiligen Gral kurz emporhielt, und schloss auf. Mit der Hand tastete er nach dem Lichtschalter und schaltete die Deckenbeleuchtung ein.

Der Raum wurde in ein helles Licht getaucht und sah klinisch sauber aus. Keine Unordnung, keine liegen gelassenen Handtücher, nassen Trainingsshirts oder Stutzen. Der Zeugwart und die Putzfrauen hatten ganze Arbeit geleistet.

Fast ganze Arbeit. Etwas störte den Stadionführer. Etwas war anders als sonst. Gerade wollte er sich zu der Besuchergruppe umdrehen und mit einem gönnerhaften »Voilá« den Blick auf die geschlossenen Spinde und leeren Bänke freigeben, als er sah, was anders war. Hans Stickelbruck zuckte zusammen, blieb für einen Augenblick wie angewurzelt stehen und wich dann mit ausgebreiteten Armen zurück. Im Rückwärtsgehen brachte er nur mühsam ein paar Worte hervor: »Bitte zurückbleiben. Bitte zurückbleiben.«

Die Besucher folgten brav Stickelbrucks Anweisungen. An der Tür löschte der Stadionführer das Licht und schloss ab. Mechanisch zog er den Schlüsselbund vom Schloss und steckte ihn ein. Dann drehte er sich zu der Gruppe um. Sein Gesicht war kreideweiß. Der Schlüsselbund klimperte in seiner Hosentasche, seine Hände zitterten.

»War doch jemand in der Kabine? Welchen der Profis haben wir denn beim Duschen gestört?«, fragte einer der Senioren spöttelnd und mit sächselndem Unterton. Einige der Seniorinnen kicherten leise wie pubertierende Teenager.

»Es tut mir leid. Die Führung ist hier zu Ende. Bitte folgen Sie mir.«

Der Rentner, der vermutet hatte, fast einem nackten Fußballer begegnet zu sein, stellte sich Stickelbruck in den Weg. »Moment, mein Guter, so geht das jetzt aber nicht. Wir haben schließlich für die ganze Führung gezahlt. Wir wollen jetzt auch den Rest sehen. Vor allem auch den nackten Mann, nicht wahr, meine Damen.« Der Wortführer sah sich um und zwinkerte den Frauen aus seiner Gruppe zu. »Bezahlt ist bezahlt. Da beißt keine Maus den Faden ab. Sage ich immer.« Demonstrativ verschränkte er die Arme vor seiner dünnen Brust.

»Kommen Sie, wir gehen erst in die Sportsbar. Dort wird sich alles weitere klären. Es gibt dort auch Kaffee und Kuchen.«

Die Aussicht auf einen Kaffee und das Gefühl, etwas Unerwartetes und Unvorhergesehenes, möglicherweise Geheimes erlebt zu haben, das unbedingt einer gemeinsamen Klärung bedurfte, erstickte den aufflackernden Widerstand der Gruppe im Keim.

Kurze Zeit später war die geräumige *mixed zone* des Vereins und der Kabinengang voll von Polizeibeamten. Am Spielertunnel standen zwei uniformierte Beamtinnen, und auch der Treppenaufgang hinauf zur saalartigen Eingangshalle sowie der Aufzug wurden von je einem Beamten bewacht. Dazwischen bewegten sich Mitarbeiter der Spurensicherung, um nach möglichen Hinweisen zu suchen. Ecki und Schalke Dembrowski warteten am Zugang zur Gästekabine, um den Tatort besichtigen zu können.

»Hätte nicht gedacht, hier mal zu stehen.« Dembrowski sah zum Spielertunnel, an dessen Ende das satte Grün des Rasens leuchtete.

»Als Bulle kommst du eben überall hin.« Ecki studierte die Namen auf den Sponsorentafeln, die auf die Wände geschraubt waren.

»Das ist doch das Allerheiligste in einem Verein.«

»Das ist doch alles nur Show, Schalke. Das ist hier nicht anders als in Gelsenkirchen. Von wegen Mythos. Das ist Geschäft. Mehr nicht. Oder denkst du, dass die ganzen Sponsoren die Kohle aus reinem Vergnügen lockermachen? Die sitzen in ihren Logen, weil sie Geschäfte machen wollen. Das ist alles.

»Du redest schon wie Frank.«

»Na, und? Hat er nicht recht? Das ganze Getue um die Sponsoren hat doch längst nichts mehr mit Fußball zu tun. Das ist doch alles nur heiße Luft, der ganze Kram mit den VIP-Logen und so. Das sind doch keine Fans mehr, Schalke. Und lass Frank gefälligst aus dem Spiel.« Den letzten Satz betonte Ecki ungewöhnlich heftig.

Schalke sah Ecki erstaunt von der Seite an. »Ist ja schon gut. Ich will Frank doch nichts. Fällt mir nur auf, dass ihr jetzt beide so gegen Fußball seid. Aber ohne das Geld der Sponsoren und sogenannten VIPs könnten die Bundesligaclubs doch einpacken. Ich versteh diese Scheinheiligkeit nicht. Von wegen, die hehren Grundsätze des Sports. Die Zeiten sind längst vorbei. Mann, das kann man gut finden oder nicht – an der Tatsache ändert das aber nichts.«

»Los, komm. Leenders ist fertig.« Ecki zog Schalke kopfschüttelnd hinter sich her.

Die beiden Kommissare blieben am Eingang zur Gästekabine stehen. Der Raum war penibel aufgeräumt. Die Wandschränke für die Spieler waren verschlossen, die Bänke leer. In der Mitte stand eine dünnbeinige Liege.

Ecki trat einen Schritt vor.

Auf der mit schwarzem Kunstleder bezogenen Bank lag ein Körper. Ein Mann in schmuddeligem Trainingsanzug. Vom Design und Schnitt her musste der Anzug aus einer Spielzeit stammen, die bestimmt schon einige Jahre zurücklag, dachte Ecki.

Der Mann lag auf dem Rücken. Seine offenen Augen starrten gegen die Decke. Der Ärmel seines linken Armes war hochgeschoben. In seiner Armbeuge steckte eine Nadel, an der ein langer silberfarbener Kolben hing, der in einen Holzgriff überging. Ecki wusste zunächst nicht, was er da sah. Erst auf den zweiten Blick erkannte er den Gegenstand: Im Arm des Toten steckte eine Ballpumpe. Dass der Mann tot war, daran bestand kein Zweifel.

Ecki drehte sich zu Sebastian Dembrowski um. »Siehst du das? Eine Ballpumpe. Mann, eine Ballpumpe.«

Dembrowski nickte und kam näher.

»Ja, eine Ballpumpe.« Aus dem Flur zur Gästekabine kam Mad Doc Leenders in den Raum. »Habe ich auch noch nicht gesehen. Dass jemand eine Ballpumpe im Arm hat. Ist aber auch nicht ungewöhnlich, wenn man bedenkt, wo wir sind.« Leenders zog an einer Zigarette.

»Warum steckt die Pumpe in seinem Arm?« Ecki hielt immer noch Abstand zu der Liege, so als könne er aus der Entfernung mehr sehen.

»Ich denke, dass man den Mann mit einer Extradosis Luft ins Jenseits befördert hat.«

»Weiß man schon, wer der Tote ist?« Dembrowski war an die Liege getreten und umkreiste sie wie ein Kameramann, der die beste Perspektive sucht.

»Paul Hefter. Er ist so etwas wie ein Zeugwart. Ein Faktotum, eher. Sagt zumindest der Geschäftsführer des Vereins.«

»Wo ist er, der Geschäftsführer?« Ecki blickte auf die Szene vor ihm.

Leenders hustete. »Er wartet in seinem Büro. Brauchst du mich noch?«

Ecki schüttelte den Kopf.

»Na, dann. War mir ein Vergnügen.« Im Gehen drehte Leenders sich noch einmal um. » Grüße bitte Frank von mir. Ich habe von der Sache mit Lisa gehört. Schlimm.«

Was hatte Leenders ihm gerade gesagt? Ecki hatte es schon vergessen. Schon wieder eine Leiche.Und diesmal in einer Kabine im Nordpark. Zwei Kinder tot, gefunden auf und an einem Fußballplatz. Nun dieser Hefter. Und dazu Sabrina Genenger. Was hatte das zu bedeuten? Die Morde hatten mit Fußball zu tun. Das war jetzt klar. Aber Hünners Freundin passte immer noch nicht ins Bild.

Dieser Raum, dachte Ecki, dieser Raum. Er musste an die Filmaufnahmen der blonden Frau denken. In Mönchengladbach lief ein Mörder frei herum. Ein Mörder, der mindestens vier Menschen auf dem Gewissen hatte.

Der Raum, das helle Licht. Der helle, fast weiße Hintergrund. Ecki trat an die Liege. Das Gesicht des Toten war blass. Selbst im Tod wirkten die Augen des Mannes hinter den dicken Brillengläsern groß und durchdringend.

...

»Ich kann mir das alles nicht erklären.« Günter Bongartz saß blass und zusammengesunken in seinem schwarzen Schreibtischstuhl. Seine Körperhaltung hatte nichts von dieser charismatischen Ausstrahlung, die in den Zeitungen und im Fernsehen oft beschworen wurde. »In unserem Verein hat es so etwas noch nie gegeben. Fußball und Mord. Das passt doch nicht zusammen. Jedenfalls nicht bei uns.« Nervös blickte Bongartz von Ecki zu Schalke. »Paul Hefter. Ausgerechnet Hefter. Ein völlig unauffälliger Mann. Immer da, wenn man ihn brauchte. Aber niemals lästig. Er war so etwas wie die gute Seele des Vereins. Er hat klaglos jede Arbeit gemacht. Ihm war nichts zu schwer. Ein bisschen verschroben, vielleicht. Aber ein Fußball-Fan durch und durch. Er hat alles für seinen Verein getan.«

»Seit wann war er bei Ihnen angestellt?« Ecki sah den Geschäftsführer des Bundesligaclubs ungeduldig an. Er hatte sein Notizbuch aufgeschlagen und wartete auf eine Antwort.

Bongartz räusperte sich. »Angestellt. Was heißt schon angestellt? Paul Hefter war halt immer da, auch früher am Bökelberg schon. Ich kann mich nicht daran erinnern, dass es mal eine Zeit ohne ihn gegeben hat. So lange ich den Verein kenne, so lange kenne ich auch seinen alten Motorroller, mit dem er jeden Morgen angeknattert kam. Hefter hat kein Geld oder Gehalt von uns bekommen, wenn Sie das meinen. Dafür durfte er sich hier auf unserem Gelände frei bewegen. Das ist ein großes Privileg, müssen Sie wissen. Ihm war das offenbar Bezahlung genug: Die Nähe zum Verein und zu den Spielern. Wer darf denn schon als normaler Fan in die Kabine der Mannschaft? Näher dran geht nicht. Also, Paul Hefter ist quasi ein Überbleibsel aus grauer Vorzeit, ein Dino sozusagen, den wir vom Bökelberg mit in den Nordpark genommen haben. Ein Teil des Mythos.« Der Geschäftsführer bemerkte Eckis skeptischen Blick. »Es ist so, wie ich sage. Dieser Verein lebt von und mit solchen Typen wie Hefter. Sie machen zu einem Gutteil die Basis des Vereins aus. Auch wenn das nun, angesichts dieses Wirtschaftsunternehmens«, Bongartz machte eine ausholende Handbewegung, »wie Hohn klingt, oder meinetwegen auch zynisch, ohne ehrenamtliche Leute wie Hefter könnten wir einpacken.«

»Aber Sie machen Millionenumsätze. Was brauchen Sie dann diese Leute? Das verstehe ich wirklich nicht.« Ecki blickte von seinem Notizbuch auf.

»Wissen Sie, Menschen wie Hefter sind besessen von ihrem Verein. Sie sind quasi das Salz in der Suppe. Sie brauchen als Verein eine Basis aus diesen Leuten. Das ist nur gut für den Verein. Gerade solche Typen halten die Seele des Vereins warm. Wenn Sie verstehen, was ich meine.«

»Ich verstehe schon, das Fußballgeschäft ist das Geschäft der großen Gesten und Gefühle.«

»So ist es, Herr Hauptkommissar. Denken Sie an Ihre eigenen Gefühle diesem Club gegenüber. Ich bin davon überzeugt, dass auch Sie als Kind oder Jugendlicher glühender Anhänger dieses Clubs waren. Der Fußball begeistert die Menschen. Deshalb erfüllen wir eine wichtige soziale Rolle in unserer Gesellschaft. Fußball verbindet die Menschen, über alle Klassen und Generationen hinweg.«

Schalke hatte leuchtende Augen, das konnte Ecki sehen. Besonders die Stelle mit der »Seele des Vereins« schien es ihm angetan zu haben.

»Das klingt alles sehr nett, Herr Bongartz. Aber wir sind nicht zu Ihnen gekommen, um mit Ihnen über Fußball zu philosophieren, sondern um einen Mord aufzuklären. Um einen Mord in Ihrem Haus.«

Bongartz machte ein betrübtes Gesicht. »Sie haben Recht. Das ist schrecklich.«

»Was wissen Sie über Ihr Faktotum? Wo lebte Hefter? Wie lebte er?« Ecki brauchte endlich Fakten.

»Also, wenn ich ehrlich bin, Herr Eckers, weiß ich so gut wie nichts über ihn. Nur das, was ich Ihnen schon gesagt habe, dass er jeden Morgen mit seinem Motorroller kam, bei Wind und Wetter, und dass er manchmal etwas schmuddelig aussah. Ja, und dass unser Zeugwart ihm ab und an mal was zugesteckt hat. Eine Trainingsjacke, die nicht mehr gebraucht wurde, mal ein T-Shirt, oder im Winter auch schon mal eine abgetragene Mütze. Wo er wohnt? Ich meine, gewohnt hat? Keine Ahnung. Da müssen Sie mal auf der Geschäftsstelle fragen. Die Damen am Empfang oder auch den Zeugwart, vielleicht weiß ja unser Greenkeeper etwas.«

»Ich denke, Sie sind alle eine große Familie? So klang das zumindest gerade für mich.« Auch wenn Ecki die Antwort schon kannte, wollte er die Frage trotzdem gestellt haben.

»Nun ja, wissen Sie, das ist doch einfach zu beantworten. Hefter ist sozusagen mitgelaufen im Betrieb. Er ist nicht groß aufgefallen. Da habe ich mich nicht groß kümmern müssen. Ich bin ja auch kein Übervater.«

»Wir werden es schon herausfinden.«

»Ich würde Ihnen ja gerne helfen. Aber ich weiß es wirklich nicht. Ich meine einmal gehört zu haben, dass er aus Waldniel kam, jedenfalls aus der Ecke. Aber genau weiß ich das nicht.«

Ecki blätterte in seinem Notizbuch. »Dann können Sie mir sicher auch nicht sagen, ob Hefter Feinde hatte. Zum Beispiel hier im Verein?«

»Gott bewahre, in unserem Verein gibt es keine Mörder. Nein. Ich bin sicher, dass Paul Hefter hier keine Feinde hatte.« Bongartz sah Ecki entsetzt an.

»Hatte einer der Spieler vielleicht Streit mit dem Opfer?« Schalke sah den Geschäftsführer forschend an.

»Einer aus der Mannschaft? Sie meinen, einer der Spieler könnte Hefter auf dem Gewissen haben? Nein, Herr Kommissar, das sind alles nette Jungs, die nur Fußball spielen wollen. Die sind nicht in der Lage, jemanden umzubringen. Sie sollten sie mal sehen. In Wahrheit sind die Spieler doch wie Kinder. Große Jungs, mit einem noch größeren Herz. Und einer guten Seele. Nach dem Training hängen sie an ihren Playstations. Nee, das können Sie vergessen. Unter meinen Spielern ist kein Mörder.«

»Ich wäre da nicht so sicher.« Ecki schloss sein Notizbuch. »Wir werden den Fall aufklären. Und dann müssen Sie womöglich Ihre Sicht auf Ihre Spieler und auf Ihre Arbeit zumindest überdenken. Das sage ich aus Erfahrung.« Ecki sah Bongartz ungläubigen Blick. »Ist so. Leider.«

»Bevor Sie jetzt gehen und Ihre Arbeit tun, meine Herren, habe ich noch eine Bitte an Sie.« Günter Bongartz richtete sich schwerfällig in seinem Sessel auf. »Sie können sich sicher vorstellen, was dieser Mord in unserem Haus bedeutet. Die Presse wird uns aussaugen. Das war schon bei dem Skelettfund am Bökelberg kein Zuckerschlecken, das kann ich Ihnen sagen. Aber dieser neue Fall wird uns an den Rand des Wahnsinns bringen. Ich mag mir gar nicht vorstellen, wie die Medienmeute über uns herfallen wird. Können wir den Fall nicht vorerst vertraulich behandeln? Bis wir wissen, wie wir mit der Öffentlichkeit umgehen.«

»Tut mir leid, Herr Bongartz. Ich fürchte, Sie schätzen die Presse richtig ein. Gerade in Ihrem Metier bleibt wenig unter der Decke. Die Medien leben ja davon. Und dazu gibt es in den Vereinen viel zu viele Typen, die jede Veränderung im Club für sich und ihre eigene Politik ausnutzen. Das ist hier so, auf Schalke und anderswo.« Schalke hob bedauernd die Arme.

»Schalke?« In Bongartz Augen blitzte so etwas wie professionelle Neugierde auf. Hatte er etwa eine wichtige Entwicklung verschlafen?

»Nein, nichts aktuelles. Ich bin halt Schalke-Fan. Deshalb komme ich darauf.«

Der aufgeregte Glanz in Bongartz Augen war verschwunden. »Ach so. Ich dachte schon.«

»Es stimmt, was mein Kollege sagt. Wir werden Ihnen den Presserummel nicht ersparen können, fürchte ich. So leid mir das tut. Wir werden mit unserem zuständigen Staatsanwalt sprechen, um unser Vorgehen abzustimmen. Aber ich denke, auch er wird zu keinem anderen Ergebnis kommen. Auch für uns ist der Fall schon schlimm genug. Wir haben nun vier Morde aufzuklären.«

»Sie kommen nicht weiter?« Günter Bongartz legte seine Fingerspitzen aneinander. Er sah für einen kurzen Augenblick aus wie ein kühl rechnender Analytiker. Er schien in seinem Kopf die Möglichkeiten zu bewerten, vorerst doch noch von der Presse verschont zu bleiben.

»Ich habe Ihnen eigentlich schon zuviel erzählt, Herr Bongartz. Aber es ist richtig, wir ermitteln noch in alle Richtungen. Das macht die Sache nicht eben leicht. Aber bitte, behandeln Sie das vertraulich.«

»Selbstverständlich. Sie können sich auf mich verlassen. Sagen Sie – Sie brauchen mir darauf jetzt natürlich nicht zu antworten – aber in der Stadt wird gemunkelt, dass unser OB-Kandidat möglicherweise in die Fälle verwickelt sein könnte.« Bongartz Gesichtsausdruck ähnelte jetzt dem eines lauernden Raubtiers.

»Ich weiß nicht, woher Sie Ihre Informationen haben, Herr Bongartz, aber derzeit gehört Herr Hünner nicht zu den Hauptverdächtigen. Herr Hünner hat seine Verlobte verloren. Deshalb ist er Teil unserer Ermittlungen.« Ecki ärgerte sich über den Versuch, ihn aushorchen zu wollen. »Ich möchte Sie nur um eins bitten: Gehen Sie nicht von sich aus an die Presse. Eine Pressekonferenz zu dem Fall wird alleine von uns durchgeführt. Und sollten sich Redaktionen bei Ihnen melden, verweisen Sie sie an uns. Nur wir sind autorisiert, Auskunft zu geben.«

Günter Bongartz hob jovial die Arme. »Sie können sich selbstverständlich auf mich verlassen. Und, bitte, meine Herren, tun Sie bitte alles, um den Mörder von Paul Hefter zu finden. Bitte. Unter den Fußballfans werden Sie ihn aber nicht finden.«

»Wie können Sie sich da so sicher sein?«

»Fußball ist ein hartes Geschäft. Und manchmal vielleicht auch ein bisschen, na ja, unmenschlich, wenn Sie so wollen. Aber niemand begeht einen Mord, um einem Verein zu schaden.«

»Hier geht es nicht um den Verein, Herr Bongartz. Sie verkennen die Situation. Ein Mensch wurde ermordet, nicht der Verein.« Ecki war entsetzt.

»Ich wollte lediglich zum Ausdruck bringen, dass es unter Fußballfans keine Mörder gibt. Da können die Fangesänge noch so gewalttätig klingen. Das ist nur Spaß. Das ist nur ein Ritual. Mehr nicht. Kommen Sie doch mal wieder ins Stadion und sehen Sie zu.«

»Und die Hooligans?« Schalke schaltete sich ein.

»Ich sprach von Fußballfans. Das sind keine Fußballfans. Wir lehnen jede Form von Gewalt ab.«

»Kannten Sie eigentlich Sabrina Genenger?« Schalke wechselte unvermittelt das Thema.

»Wie meinen?« Günter Bongartz schien die Frage nicht zu verstehen.

»Sabrina Genenger.«

»Ja, ich habe schon verstanden. Nein, persönlich kannte ich sie nicht. Wir sind uns einmal in einer unserer Logen vorgestellt worden. Ich weiß schon gar nicht mehr, wann das war. Ich habe damals sicher nicht viel mit ihr gesprochen. Ich kenne Frau Genenger im Grunde nur aus der Zeitung. Wenn über Hünner berichtet wurde.«

...

Ecki seufzte. Allein und ohne Frank im Büro hocken zu müssen war nicht leicht. Er vermisste seinen Kollegen. Allein schon, weil ihm ihr »Dauerstreit« um die einzig hörenswerte Musik fehlte. Stattdessen hatte er an der Seite von Staatsanwalt Ralf Böllmann die unmittelbar nach der Obduktion von Hefters Leiche angesetzte Pressekonferenz durchstehen müssen. Die halbe Stunde im großen Raum neben dem Aufzug im G-Gebäude war die Hölle gewesen. Der weiß gestrichene Saal hatte kaum Platz geboten für die zahlreichen Kamerateams. Die Reporter hatten zum Teil auch im Gang vor dem Raum stehen müssen. So viele Journalisten hatte Ecki noch nie auf einer Pressekonferenz des KK 11 erlebt. Dabei hatten sie wenig mitzuteilen gehabt. Aber Böllmann war der Ansicht gewesen, dass die Presse unmittelbar unterrichtet werden müsste. Selbst auf die Gefahr hin, dass noch nicht alle Umstände des Todes und des Lebens des Opfers klar waren. So hatten sie es in der Kürze der Zeit noch nicht einmal geschafft, sich die Wohnung des Opfers ansehen zu können. Ecki war mit erheblichen Bauchschmerzen vor die Presse getreten, aber Böllmann hatte ihn schließlich mit dem Hinweis beruhigen können, dass die Journalisten ohnehin nur am Tatort und an den Reaktionen des Vereins interessiert sein würden.

Ecki seufzte erneut. Er hatte Frank in den vergangenen Tagen mehrfach vergeblich zu erreichen versucht. Viola Kaumanns war offenbar der einzige Mensch gewesen, der seit Lisas Totgeburt zu Frank Zugang hatte finden können. Das bedeutete nichts Gutes. Ecki konnte sich nicht erinnern, dass er seinen Freund jemals zuvor in einer solchen Verfassung erlebt hatte. Selbst während der Trennung von seiner ersten Frau Ruth nicht. Frank war immer abgeklärt und cool gewesen. Sah man mal von ihrem Besäufnis beim Mexikaner ab, das als harmloses Abendessen zweier Kumpel begonnen und nach jeweils 15 Tequila mit einer ausdrucksstarken Kotzorgie geendet hatte. Obwohl das schon einige Jahre zurücklag, erinnerte sich Ecki nur mit Schaudern an den Abend. Seither hatte er Tequila nicht mehr angerührt.

Ecki ging zum Fensterbrett und schaltete das Kofferradio ein, mit dem er seit ein paar Tagen gegen die Stille in ihrem Büro ankämpfte. Er sah auf die Straße. Ausnahmsweise war kein Verkehr. Die Stadt schien einen Gang zurückgeschaltet zu haben.

Zwei Kinder waren tot. Im Alter von Niels und Enrica. Und zwei tote Erwachsene. Und sie hatten nur einen halben Verdächtigen. Ausgerechnet jetzt ließ Frank ihn im Stich.

Viola Kaumanns war ihm auch keine große Hilfe gewesen. Das konnte doch nicht so schwer sein, mal ein paar Ideen zu entwickeln. Vielleicht hatte Frank ja doch Recht und sie überforderten Viola.

Ecki würde sich selbst helfen müssen. Und der Gedanke beruhigte ihn keineswegs. Ecki hatte Kopfschmerzen und das Gefühl, keine Luft zu bekommen. Er öffnete einen Fensterflügel. Tief atmete er die kühle Luft ein. Gedankenverloren betrachtete er die kümmerlichen Grünpflanzen auf den Fensterbrettern. Er hatte sie, ganz entgegen seiner Art, in der letzten Zeit doch ziemlich vernachlässigt. Er befühlte die Erde in einem Topf. Schon fast zu trocken, dachte er und putzte die krümelige Erde an seinem Hosenbein ab.

Es klopfte. Erschrocken fuhr Ecki herum.

»Ecki, hör zu. Das ist es.« Heinz-Jürgen Schrievers stand vor Ecki und war völlig außer Atem.

»Was ist los? Du siehst ja aus, als sei der Teufel hinter dir her.«

»Das kann man wohl sagen.« Schrievers hielt mit seiner fleischigen Hand einen größeren durchsichtigen Plastikbeutel in die Höhe, in dem ein Bilderrahmen zu stecken schien. »Sieh dir das an.«

»Lass mal sehen.« Ecki nahm Schrievers den Beutel aus der Hand und setzte sich. Bevor er ihn öffnete, legte er ihn vor sich auf den Schreibtisch. Erst jetzt erkannte er den Inhalt. Es war das gerahmte Bild von Sabrina Genenger, das er auf den Fotos gesehen hatte, die die englischen Kollegen in der Wohnung des Fotografen gemacht hatten.

Schrievers sah ihn gespannt an. »Und?«

»Was, und?« Ecki strich die Plastiktüte glatt, um das Bild besser sehen zu können. Ein schönes Gesicht, das offen in die Kamera lächelte.

»Mensch, die Rückseite. Die Rückseite von dem Bild musst du dir ansehen. Ich habe den richtigen Riecher gehabt.« Schrievers schien vor Aufregung fast zu platzen. Ungeduldig zeigte er auf den Rahmen. Dabei setzte er seine Brille erst auf und dann wieder ab.

Ecki öffnete den Beutel und drehte den silberfarbenen Rahmen um.

»Du musst die Schutzpappe abmachen.«

Ecki löste vorsichtig den dunklen Deckel aus dem Rahmen. Auf der hellen Rückseite des Bildes standen ein paar Zeilen, die mit Kugelschreiber geschrieben worden waren.

Langsam las Ecki vor. »Daniel, ich liebe Dich. Du hast mein Herz geöffnet und meine Seele zum Schwingen gebracht. Für immer Dein, Sabrina.« Und dann stand da noch ein Datum. Ecki schaute auf den Kalender auf seinem Schreibtisch. Wenn ihn nicht alles täuschte, hatte Sabrina das Foto erst kurz vor ihrem Tod signiert.

»Das ist der Beweis. Collin Rankin hat Sabrina Genenger nicht umgebracht. Er kann sie nicht umgebracht haben.«

»Erzähl.« Gespannt ließ Ecki den Rahmen sinken.

Schrievers zog Franks Stuhl zu sich und ließ sich schwer auf den Sitz fallen. »Also, zunächst einmal, ich habe mit Beans und Violas Hilfe sämtliche Flug-, Tunnel- und Fährverbindungen zwischen England und dem Kontinent gecheckt. Außerdem habe ich mir von Colonel Digby helfen lassen. Nun ist klar, dass Collin Rankin in den vergangenen Wochen nicht in der Gegend gewesen ist. Er hat England nicht verlassen. Seine Nachbarn haben zwar erzählt, dass er immer mal wieder unterwegs war, aber in Deutschland ist er in der Zeit nachweislich nicht gewesen. Wie gesagt, auch nicht mithilfe der Militärs, etwa durch die preiswerte Mitnahme in Militärmaschinen, die regelmäßig zwischen der Insel und dem Kontinent pendeln. Digby ist davon überzeugt, dass Rankin keine Beziehungen zum britischen Militär hatte.«

»Was sagt uns das?« Ecki zog einen Schreibblock zu sich, um sich Notizen machen zu können.

Schrievers fuhr fort. »Also, Rankin ist zumindest nicht unter seinem richtigen Namen nach Deutschland eingereist. Und Sabrina Genenger wird ihm das Foto nicht geschickt haben. Nicht mit dieser Widmung.« Er sah Ecki triumphierend an.

»Und wenn er unter falschem Namen eingereist ist? Nach Frankreich etwa, Holland oder Belgien? Von da kann er jederzeit problemlos nach Mönchengladbach gekommen sein. Er war hier und hat Sabrina umgebracht. Aus Eifersucht, weil sie mit Hünner zusammen war und ist dann wieder unerkannt verschwunden. Und das Foto hat er als Andenken mitgenommen. Als liebe Erinnerung an seine schöne Zeit mit ihr. Oder als Trophäe seines ersten Mordes. Nein, Heinz-Jürgen, dass die Engländer Sabrina Genengers Porträt bei Rankin gefunden haben, sagt noch nichts.«

»Ich bin fest davon überzeugt, dass wir denken sollen, dass er Sabrina gekannt und umgebracht hat. Das Foto ist ihm untergeschoben worden. Und zwar nach dem Mord. Überlege mal, die Widmung. Ich würde niemals ein Bild mit der Widmung an meinen Nebenbuhler neben mein Bett stellen. Ich hätte das Foto auf jeden Fall aus dem Rahmen genommen und neu gerahmt. Und die Widmung hätte ich vernichtet. Irgendwie. Auf jeden Fall.«

Ecki nickte. »Okay. Das ist ein Argument. Außerdem, wenn ich recht überlege, kann ich mir auch nicht wirklich vorstellen, dass Rankin der Serienkiller ist, der auch die anderen Opfer auf dem Gewissen hat. Mal ganz davon abgesehen, dass die Serie keine wirkliche ist. Ein Serienkiller würde entweder nur Kinder oder nur Erwachsene umbringen.«

Schrievers nickte zustimmend. »Es gibt noch ein anderes Indiz, das Rankin entlastet. Sieh dir das Porträt an. Mal ganz abgesehen von der Widmung. Ein wirkliches Porträt von Sabrina Genenger ist das nämlich auch nicht. Eher ein gut gelungener Schnappschuss. Keine Arbeit eines Experten. Und Rankin war ein hoch begabter Profi. Ein Fotograf mit preisgekrönten Arbeiten. So jemand knipst nicht mal eben so ein Bild. Schon gar nicht ein Porträt, das er rahmt. Rankin war Künstler. Er hätte tausend andere Möglichkeiten gehabt, um seine Liebste angemessen in Szene zu setzen. Nein, Ecki, ich bin davon überzeugt, das Bild wurde Rankin untergeschoben, damit wir an seine Schuld glauben. Ich bezweifle auch, dass der Abschiedsbrief echt ist.«

»Du meinst den großen Unbekannten im Hintergrund, oder wie?«

»Entweder wurde seine Handschrift gefälscht, oder Rankin hat den Brief unter Druck schreiben müssen. Nachdem er den letzten Punkt gesetzt hat, ist Rankin umgebracht worden.«

»Das klingt nach Verschwörungstheorie, Heinz-Jürgen. Ich glaube schon, dass mit dem Foto etwas nicht stimmt. Aber wer soll Rankin umgebracht haben? Hünner war, soweit wir wissen, nicht außer Landes. Er kann es also nicht gewesen sein. Er muss in diesem Fall Helfershelfer gehabt haben. Und das bezweifle ich. Er hat nicht die Macht, Mordbefehle zu geben. Wir sind doch nicht in Italien. Und einen Auftragskiller anheuern? Nein, das hat Hünner nicht getan. Er ist nicht so dumm und schafft sich Mitwisser. Er wäre auf ewig erpressbar. Dieser Gefahr würde er sich als künftiger Oberbürgermeister nicht aussetzen. Niemals, auf keinen Fall.« Ecki stutzte. »Heißt das, die Kollegen jenseits des Kanals haben den Brief schon abschließend untersucht?«

»Ja. Sie kommen zu dem Ergebnis, dass der Brief durchaus von Rankin geschrieben worden sein kann. Allerdings können letzte Zweifel an der Echtheit des Briefes nicht ausgeschlossen werden, da das Papier ja feucht geworden ist. Außerdem haben die Ermittler in Rankins Nachlass keinen Füllfederhalter finden können.«

»Hm, das Ganze stinkt zum Himmel.«

Schrievers strich zufrieden sein viel zu eng sitzendes Uniformhemd glatt und zog seine Strickjacke vor den Bauch. Ecki hört ein leises Geräusch, so als würde Stoff reißen. Er sah Schrievers fragend an.

Achselzuckend bückte sich der Archivar und hob einen Uniformknopf vom Boden auf. Ohne Ecki aus den Augen zu lassen, steckte Schrievers den Knopf in seine Brusttasche.

Ecki hütete sich, auch nur den Hauch einer Bemerkung zu machen.

»Wir sollten Hünner im Auge behalten.« Schrievers zeigte mit dem Finger auf Ecki.

»Keine Frage, aber das tun wir ja ohnehin schon seit einiger Zeit.«

»Aber ohne Ergebnis.«

»Bis jetzt. Leider.«

»Was willst du nun tun?«

»Wir müssen ja noch Paul Hefters Wohnung durchsuchen. Vielleicht finden wir dort etwas. Bisher bin ich noch nicht dazu gekommen. Willst du mitkommen?«

»Ihr wart noch nicht in seiner Wohnung?« Schrievers war verblüfft.

»Nein, waren wir noch nicht. Nun mach mal halblang. Die Lage am Tatort war doch eindeutig. Und außerdem hat Böllmann auf eine sofortige Pressekonferenz gedrängt.«

»Das gibt's doch nicht. Ecki, wie kannst du nur so nachlässig sein? Das hätte doch längst passiert sein müssen.«

»Ich weiß, was du sagen willst, Frank wäre das nicht passiert. Ist schon gut. Jetzt fängst du auch noch an. Aber ich bin ja schon auf dem Weg. Was ist, kommst du jetzt mit?«

»Nein, ich bleibe hier. Ich habe noch eine Menge zu erledigen.«

»Na, dann nicht. Ich werde schon alleine klarkommen.«

»Brauchst nicht so beleidigt tun.«

»Ich bin nicht beleidigt, nur müde.« Ecki sah Schrievers dankbar an. »Gut, dass du dir das Bild hast kommen lassen.«

Schrievers lächelte zufrieden. »Keine Ursache. Zufall. Ist mir halt nur so aufgefallen. Wenn man so alleine im Archiv herumgräbt, kommen einem manchmal die unglaublichsten Gedanken.«

»Nun mal nicht so bescheiden.«

XVI.

Ecki bog langsam in die kleine Seitenstraße. Hier musste es sein. Er sah auf das Straßenschild: *Linde*. Das kleine Häuschen, in dem Paul Hefter gelebt hatte, stand etwas abseits. Ein unscheinbarer Bau. Kaum mehr als 60 Quadratmeter Wohnfläche, schätzte Ecki. Ein »hutzeliges« Häuschen, hätte Heini gesagt, an dem seit etlichen Jahren schon nichts mehr gemacht worden war.

Er stieg aus und suchte in seiner Hosentasche nach dem Schlüssel für die abgenutzte. Im Flur roch es nach Staub und alten Polstermöbeln. Langsam ging Ecki von Zimmer zu Zimmer. Außer der Unordnung in der kleinen Küche und dem üblen Geruch, der ihm aus dem mit benutzten Tellern vollgestellten Spülbecken entgegenkam, konnte Ecki auf den ersten Blick nicht viel erkennen. Die Behausung eines Singles, der auf niemanden Rücksicht nehmen musste. Die Wohnung eines Mannes, der augenscheinlich keinen Wert auf Sauberkeit und Ordnung gelegt hatte. Im Wohnzimmer quoll der Aschenbecher über. Es roch nach kaltem Rauch.

Bevor er den letzten Raum betrat, blieb Ecki stehen und tippte die Nummer der Leitstelle in sein Handy. Die Kollegen von der Spurensicherung würden viel Arbeit haben. Bisher hatte er nichts entdecken können, was einen Hinweis auf das Motiv für den Mord an Paul Hefter hätte liefern können. Keine Fotos, keine Briefe, keine Computerfestplatte, nichts.

Die Tür war abgeschlossen. Ecki fand den Schlüssel schließlich in einer Schublade der Küchenanrichte. Er betrachtete den unscheinbaren

Schlüssel kurz und ging dann zur verschlossenen Tür zurück. Der Schlüssel drehte sich problemlos im Schloss. Gespannt öffnete Ecki die abgenutzte Tür einen Spalt. Drinnen war es dunkel. Die Jalousien waren herabgelassen. Mit der linken Hand fuhr Ecki über die Wand, bis er den Schalter fand. Dann drückte er die Tür ganz auf.

Im hellen Glanz der Deckenbeleuchtung drängte sich ihm die übervolle Schatzkammer Hefters entgegen. Vor ihm tat sich eine Mischung aus Partykeller und Mausoleum auf. In diesem Zimmer hatte Paul Hefter all das aufbewahrt, was auch nur im Geringsten mit Fußball zu tun hatte. Paul Hefter war ein leidenschaftlicher Sammler gewesen.

Die Wände waren dicht an dicht mit Postern, Schildern, Wandtellern, Zeitungsausschnitten, Wimpeln, mit Schals und Fahnen behängt. In Regalen standen Pokale, Bierkrüge mit dem Vereinslogo, Urkunden, ein silberfarbener Fußball, ein Leuchtturm in Vereinsfarben und sogar ein weißer Bauhelm aus dem Nordpark mit Logo. Daneben hing ein Spaten vom ersten Spatenstich für die neue Fußballarena. Ecki ging einen Schritt näher. Auf einigen Fotos war Hefter Seite an Seite mit berühmten Spielern der 70er Jahre zu sehen. In einer Ecke lehnte ein blaues Emaille-Schild mit dem Aufdruck Hennes-Weisweiler-Allee an der Wand. Und auf einem Sessel in der Ecke lagen Kissen mit aufgedruckten Fußbällen und dem Vereinsnamen.

Ecki war irritiert. So etwas hatte er noch nicht gesehen. Wie konnte jemand sein Leben ganz einem einzigen Verein widmen? Mit spitzen Fingern hob er vorsichtig die Kissen an. Aber der Sessel darunter war leer. Mit seinem Kugelschreiber bewegte er vorsichtig die Bilderrahmen. Aber auch dahinter fand er nichts. Ein Götzentempel voller Fetische, aber mehr auch nicht. Die Kollegen von der Spurensicherung würden nichts finden.

Ecki legte das Kissen vorsichtig auf den Boden und setzte sich. Nun musste er sich wegen des »Ermittlungsfehlers« kein Kopfzerbrechen mehr machen. Ecki sah sich um. Hier war tatsächlich nichts zu finden. Schon gar nicht das mögliche Motiv, aus dem Hefter umgebracht worden war. Es sei denn, die Leidenschaft für einen Fußballverein war schon für sich genommen ein Mordmotiv. Es musste eine Verbindung zu den anderen Morden geben. Nur, welche?

...

»Wir haben was.« Sebastian Dembrowski wedelte mit einem Blatt Papier. »Ich habe die wichtigsten Stichworte notiert. Unglaublich. Das hätte ich nicht gedacht.«

Ecki sah von seinem Bildschirm auf. Den ganzen Morgen hatte er damit zugebracht, die Berichte der einzelnen Abteilungen zu lesen, dazu die eingegangenen und von der Mordkommission schon überprüften Meldungen und Hinweise noch einmal zu sichten. Ihn schmerzte der Rücken. »Was gibt's? Mach nicht so einen Lärm. Setz dich«, brummte Ecki. Schalkes Euphorie kam jetzt gar nicht so gut.

»Du glaubst es nicht. Hefter hat eine Art Tagebuch geführt. Es steckte hinter einem großen Rahmen mit Fotos vom letzten Pokalsieg des Vereins, '95 in Berlin. Es war dort mit Pflaster festgeklebt. Kein Wunder, dass du nichts gefunden hast. Ein dünnes, altes, schwarz eingebundenes Kontorbuch. Für Abrechnungen und Bilanzen. Paul Hefter macht Hünner für den Mord an Sabrina Genenger verantwortlich. Und jetzt kommt es: Er, Hünner, soll ihm die Leiche der Frau gebracht haben, damit Hefter sie ›untersuchen‹ konnte.« Dembrowski ließ sich auf Franks Stuhl fallen.

»Moment mal, was hast du da gerade gesagt? Hünner soll seine Freundin umgebracht und dann zu Hefter gebracht haben? Damit er sie untersuchen kann?« Ecki merkte, wie sich das Adrenalin in seinen Adern ausbreitete.

»Das hat mir Hübsch gerade telefonisch vorab erklärt, ja.« Dembrowski verstand überhaupt nicht, dass Ecki noch einmal nachfragte. Er hatte doch klar und deutlich gesprochen.

»Ich muss noch einmal nachfragen, Hünner ist der Mörder?« Ecki konnte es immer noch nicht glauben.

»Und Hefter hat den Rest besorgt.«

Ecki schüttelte den Kopf. »Warum sollte er das tun? Warum sollte sich Hünner der Gefahr aussetzen, einen Mitwisser zu haben? Jemanden, der ihn jederzeit ans Messer liefern könnte?«

»Keine Ahnung, was in so einem Kopf vorgeht.«

»Es sei denn«, Ecki mochte den Gedanken, der ihm so ungeheuerlich erschien, kaum weiterdenken, geschweige denn aussprechen, »es sei denn, Hünner und Hefter haben auch schon bei den anderen Morden zusammengearbeitet. Der eine als Dr. Jekyll, der andere als Mr. Hyde. Das wäre die Sensation: Kommunalpolitiker ermordet Kinder und überlässt sie seinem dummen Gehilfen.«

»So ähnlich.«

»Wenn es denn stimmt, was Hefter behauptet.«

»Es könnte doch so sein, oder? Hünner hat sich doch immer tiefer in die Affäre verstrickt. Denk doch nur an diese äußerst dubiose Räuberpistole mit dem Fotografen. Ich bin dafür, dass wir Hünner verhaften.«

»Nicht so schnell, Schalke. Erst will ich das Original sehen und den Bericht der Kollegen abwarten. Ich habe keine Lust, einer Fälschung aufzusitzen. Hünner wird mich in der Luft zerreißen, ganz zu schweigen von der Pressemeute. Und das zu Recht. Nee, das Risiko gehe ich nicht ein.«

»Aber allein die Widmung auf dem Foto ist doch schon Indiz genug, um Hünner vorzuladen. Und jetzt das Kontorbuch. Wir müssen jetzt endlich was tun.«

»Abwarten.«

»So lange, bis Hünner sich absetzt.«

»Quatsch. Ich bitte die Kollegen, ein Auge auf ihn zu werfen. Der verschwindet nicht so einfach.«

»Und wer hat dann Hefter ermordet? Das ist doch die ebenso spannende Frage.« Schalke lehnte sich zurück und verschränkte die Arme hinter seinem Kopf.

»Ehrlich gesagt, keine Ahnung. Wir werden sehen.«

»Mensch, Ecki, wir müssen handeln. Wir können doch nicht einfach hier sitzen bleiben und warten, bis Hünner reagiert. Wenn er Hefter umgebracht hat, dann weiß er, dass wir bei ihm aufkreuzen werden. Er weiß doch, dass wir ihn im Visier haben.«

»Bleib ganz ruhig. Hünner wird sich nicht bewegen. Das hat er bis jetzt auch nicht getan. Wenn er der Täter ist, wird er weiter den Unschuldigen mimen. Er will Oberbürgermeister werden. Vergiss das nicht. Er wird alles unternehmen, um an die Spitze dieser Stadt zu kommen.«

»Wenn er unser Mann ist, warum hat er dann gemordet? Warum hat er Sabrina getötet?« Schalke schüttelte den Kopf.

»Ein Betriebsunfall. Vielleicht ein Streit, der eskaliert ist.«

»Und die Nägel in den Köpfen der Toten?«

»Vielleicht gibt nicht nur einen Täter. Vielleicht will uns jemand auf die falsche Spur locken.«

»Wir haben es mit zwei Tätern zu tun?«

»Mit zwei oder mehreren Tätern.«

»Das will mir nicht so ganz in den Kopf. Wie kommst du darauf?«

»Es passt nichts zusammen. Die Kinder, die Frau. Und nun Hefter.«

»Hm.«

Mit einem Schwung und einem lauten »Hallo« ging die Bürotür auf.

Peter Hübsch hatte einen Ordner unter dem Arm. »Kollegen, ich denke, ich kann euch jetzt mehr sagen. Ihr solltet euch auf die Socken machen. Wir brauchen die ganze MK. Hefter hat ziemlich brisantes Zeug hinterlassen. Wenn das stimmt, dann ist euer Hünner Mitglied eines Geheimzirkels, der seine abartige Lust an echten Mordszenen befriedigt.«

Mit einem Schlag wurde es Ecki zu heiß im Büro. Er sprang auf und öffnete zwei Fensterflügel. »Los, erzähl.«

Hübsch setzte sich umständlich. »Also, offenbar hat Paul Hefter in den vergangenen zehn, fünfzehn Jahren ein bizarres Doppelleben geführt. Tagsüber war er der Depp, den man schubsen konnte und den im Verein alle für ihre eigenen Zwecke und Geschäfte gebraucht und bestimmt auch missbraucht haben. Und dann war da noch der andere Hefter, der keineswegs der Dumme war, für den ihn alle gehalten haben.« Peter Hübsch sah seine beiden Kollegen erwartungsvoll an.

»Was ist?« Ecki war nervös.

»Ihr könntet ruhig ein bisschen dankbarer gucken. Lob tut auch mal gut.«

»Is ja gut, Hübsch. Fein gemacht, soweit. Weiter.«

»Guck dir die Aufzeichnungen an, die wir gefunden haben. Säuberlich aufgelistet, mit Datum, Uhrzeit und so. Das liest sich über weite Strecken wie ein Obduktionsbericht. Sogar die benutzten Instrumente sind fein säuberlich aufgelistet. Leenders hätte seine helle Freude.«

»Habt ihr bei Hefter etwas wie Skalpelle oder Messer gefunden?«

»Noch nicht, aber wir suchen noch.«

»Meinetwegen grabt ihr das ganze Grundstück um. Oder legt das Haus flach. Wir brauchen dieses Operationsbesteck.«

Hübsch nickte. »Is klar, Chef.«

Ecki nahm den Ordner in die Hand und betrachtete die Kopien der ausführlichen Berichte, in denen mit ausdrucksvoller Handschrift die einzelnen Schritte der *Operationen*, wie Hefter sie bezeichnete, bis ins Detail aufgeführt waren.

Zunächst waren auf den einzelnen Seiten das jeweilige Datum und die Namen der Opfer aufgeführt. Ecki zählte insgesamt acht Fälle, verteilt auf zwölf Jahre. Hinzu kam der Bericht über die tote Sabrina

Genenger. Anschließend fand Ecki mehrere eng beschriebene Seiten, deren erste mit *Erklärung* überschrieben war.

Ecki schaltete das Licht der Schreibtischlampe ein, um besser lesen zu können. Schalke rückte näher, um mitzulesen. Demnach war Carina Cloerkes am späten Abend des 24. Juni 1995 von Paul Hefter zerstückelt worden. 1995. Im sogenannten *Obduktionsbericht* war immer von einer *Hanna* die Rede. Ecki konnte sich keinen Reim darauf machen. Wieder eine Frage, die es zu klären galt. Die Liste der benutzten chirurgischen Instrumente erstreckte sich über zwei Seiten. Die meisten Begriffe hatte Ecki noch nie gehört. Hefter musste über medizinische Kenntnisse verfügt haben.

Auf den nächsten Seiten wurden die einzelnen Schritte peinlich genau beschrieben.

Ecki lehnte sich zurück. Das war das Tagebuch eines Horrorarztes. Der Bericht enthielt allerdings keinen Hinweis darauf, wie diese Carina *Hanna* getötet worden war. Ob sie zum Zeitpunkt dieser abartigen Operation überhaupt schon tot war. Auch darüber, wie Carina *Hanna* auf den Tisch von Hefter gelangt war, gab es keinen Hinweis.

Billy. Ecki musste an den Jungen denken und blätterte weiter in den Aufzeichnungen. Und tatsächlich, er fand einen Eintrag unter dem 22. April 2006. Auch an diesem späten Abend hatte ein Kind sein Leben lassen müssen. Ecki las den Namen: Daniel. Hm, Daniel. Also nicht *Billy*. Daniel konnte man auch englisch aussprechen, dachte Ecki. Der Todeszeitpunkt passte perfekt zum Auffindezeitpunkt der Leiche. Es bestand nahezu kein Zweifel. Der tote Junge aus dem HQ hieß Daniel. Die britischen Kollegen würden mit dem Namen bestimmt ein gutes Stück vorankommen.

Ecki sah auf. »Könnt ihr mal checken, was es mit diesen Daten auf sich hat? 24. Juni 1995 und der 22. April diesen Jahres.«

Schalke nickte. »Kann ich mal an deinen PC?«

Ecki rückte ein Stück zur Seite und las weiter. Sechs weitere Namen und Todes-, bzw. Obduktionsdaten fand Ecki: Bianca, Mehmet, Tobias, Carolin, Sven und Mira. Sechs Kinder, deren Schicksal noch ungeklärt war. Kein Ort, kein Familienname, kein Hinweis auf die Herkunft der Opfer. Lediglich dieser Bericht gab ihnen auf bizarre Weise ein Stück Identität. Zwischen all den Zangen, Sägen, Scheren und Klammern ihre klangvollen Namen: Bianca, Mehmet, Tobias, Carolin, Sven und Mira. Und unter jedem dieser Namen diese kurzen Sätze: *Der Geist ist tot. Ich habe die Seele befreit. Nun kann sie leben.*

Ecki seufzte. Sie würden bis zur Aufklärung noch viel arbeiten müssen. Er wollte und konnte jetzt nicht jeden einzelnen Fall zu Ende lesen. Das ging über seine Kraft. Hastig blätterte Ecki die Kladde durch und blieb an der Überschrift *Erklärung* hängen. Die Handschrift war gestochen scharf. Das Textbild hatte etwas von der magisch anziehenden Kraft einer alten Bibel.

ERKLÄRUNG
von Paul Hefter

Dies ist geschrieben für den Fall, dass mich das Schicksal ereilt, diese Welt unfreiwillig verlassen zu müssen. Nicht dass ich den Fall fürchte, noch die Zeit und den Ort. Aber es gibt Ahnungen, die mich zu diesem Schritt bewegt haben. Ich muss der Welt die Wahrheit sagen. So wie ich die Seelen der Welt zu retten versucht habe. Ich muss Zeugnis ablegen von meiner Arbeit, auf dass sie verstanden werde. Und ich muss der Wahrheit zu ihrem Recht verhelfen, so es keinen anderen Weg mehr gibt.

Hiermit erkläre ich zunächst, dass ich, Paul Hefter, im Vollbesitz meiner geistigen Kräfte bin und meine Taten im vollen Bewusstsein begangen habe. Wobei ich die Taten nicht als »Taten« im juristischen Sinn verstanden wissen möchte. Ebenso wie ich juristisch keinerlei »Schuld« empfinde. Das betone ich ausdrücklich. Im Gegenteil. Ich habe mein Bestreben stets nach den Seelennöten meiner Kinder ausgerichtet. Sie sahen so bedauernswert aus, so zerbrechlich, so unendlich bedürftig, wie sie mir gebracht wurden. Ich wusste, es ist meine heilige Pflicht, ihre Seelen zu befreien. Ich habe ihnen einen unschätzbaren Dienst erwiesen. Denn ich habe so viele arme Seelen erlebt, denen die Erlösung verwehrt geblieben ist. Gerade unter den Spielern gibt es viele, die schon in früheren Tagen hätten erlöst werden müssen. Sie müssen für dieses Versäumnis bitter bezahlen. Sie verkaufen ihre Seele, nein, sie müssen sie verkaufen, jeden Tag, jeden Spieltag, jeden Samstag, ihr ganzen Leben lang. Und werden doch nicht glücklich.

Ich habe dabei stets gehorcht; mich dem Zirkel »Der Fünfer Bund« gebeugt. Klaglos. Nein, nicht nur klaglos, sondern mit großer Freude. Ich habe mit Stolz meine Pflichten und meine Aufgaben erfüllt. Die feinen Herren wussten, dass sie sich auf mich verlassen konnten.

Dafür habe ich den bösen Geist der Kinder suchen und abtöten dürfen.

Bei einigen habe ich schnell mein Ziel erreicht, bei anderen hat es länger gedauert. Wobei die »feinen Herren« natürlich stets Wert auf eine gründliche Suche gelegt haben. Was ich selbstverständlich verstehen kann und auch zu erfüllen versucht habe. Mit Stolz darf ich an dieser Stelle behaupten, dass es nie Anlass zu Klagen gegeben hat. Die Kinder habe ich erlöst. Ich habe die Prozedur penibel dokumentiert, so wie mir aufgetragen worden war. Den Raum habe ich blitzblank hinterlassen.

Noch ein Wort zu den Kindern. Woher die Kinder kamen, weiß ich nicht. Das hat mich auch nie interessiert. Ich habe sie jedes Mal am vereinbarten Punkt aufgefunden und dann weggebracht, so wie mir aufgetragen worden war. Ich konnte es kaum erwarten, endlich mit meiner Arbeit anfangen zu können. Nur bei dem Mädchen Carina durfte ich nie ihren richtigen Namen benutzen. Ich musste sie Hanna nennen. Den Grund kenne ich nicht.

Die Orte, an die ich die für mich und die Welt nutzlos gewordenen Körper gebracht habe, waren mir vorgegeben. Ich habe das verstanden. Denn jeder Ort des Fußballs ist ein heiliger Ort.

Ich bin für meine Arbeit von »Der Fünfer Bund« stets gelobt worden. Ich hätte gerne noch viel mehr für die feinen Herrn erledigt. Aber sie waren so zurückhaltend mit ihren Lieferungen. Ich habe mehrfach darum gebeten, mir mehr zu schicken, denn die Rettung der Seelen duldet keinen Aufschub. Aber das wurde mir stets als Ungehorsam beschieden, sodass ich schließlich nicht mehr nachgefragt habe. So stehe ich treu zu »Der Fünfer Bund«. Ich hätte so sehr gerne einmal das Gesicht des Großen gesehen. Aber er hat stets betont, Gesichter seien nicht wichtig, nur die Seelen. Sie seien die wahren Gesichter der Menschen. Wie Recht er doch hat! Er muss ein großer Philosoph sein!

Deshalb bin ich auch so unermesslich aufgebracht gegen diesen Emporkömmling Daniel C. Hünner. Er hat sich mir als einer offenbart, der dem Zirkel »Der Fünfer Bund« nahe steht und meinen Gehorsam gefordert. Und ich habe ihm diese Forderung auch erfüllt. Was hätte ich auch tun sollen? Er hat mir gegenüber Andeutungen gemacht, die nur jemand machen kann, der auch dazu gehört.

Was hat er mir angetan! Bringt mir einen erwachsenen Menschen! Dazu noch eine Frau. Was sollte ich damit? Ich habe auf Kinder gewartet, nicht auf schon verbrauchtes Material. Diese Frau hatte keine

Seele mehr. Das hätte auch dieser Hünner wissen müssen. Sie werden verstehen, dass ich nicht habe anders handeln können. Hünner hat mich erpresst und mir Strafen der feinen Herren angekündigt, sollte ich nicht »spuren«, wie er sagte. Da habe ich es also getan.

Ich klage hiermit Daniel C. Hünner an, dass er mich und besonders auch die feinen Herren des Zirkels »Der Fünfer Bund« verraten hat. Er hat unsere Ideale beschmutzt. Ich sage bewusst »unsere«, denn ich fühle mich eins mit dem Zirkel. Wir gehören zusammen. Aber dieser Hünner gehört nicht dazu. Nicht zu mir und nicht zum Zirkel. Das habe ich auch dem Großen gesagt, der mir aufmerksam und lange gelauscht hat.

Ich klage Daniel C. Hünner an, seine Freundin ermordet zu haben. Aus nichtigem Anlass.

Ich weiß, wie Hünner es getan hat. Er ist mit ihr zu diesem Bunker gefahren. Das hat er berichtet. Stolz. Er hat mir imponieren wollen, oder gedacht, es würde mir etwas bedeuten, zu wissen, wie sie zu Tode gekommen ist. Der dumme Wicht! Nichts weiß er. Ich habe ihren Hals gesehen. Er hat Bände gesprochen. Ich habe die Flecken und Striemen gesehen. Sie war tot, als sie zu mir kam.

Hünner muss bestraft werden. Er hasst die Seelen der Menschen. Er hat kein Recht mehr darauf, unbehelligt weiterleben zu können. Er wird mit seinem Wirken und seinen Geschäften die Menschen weiter in die Schuld treiben, in den Ruin ihrer selbst und schließlich in ihr Verderben. Daniel C. Hünner ist der Teufel in Person. Amen.

Hünner ist der Täter! Sucht Hünner! Vernichtet ihn!

Ecki ließ die Blätter sinken. »Mein Gott.«

»Ich habe etwas gefunden.« Schalke sah die anderen an.

»Was ist?«, fragte Ecki atemlos. Hefter war ein Monster.

»Hier steht's. Ich habe das Datum in die Suchmaschine eingegeben: 24. Juni 1995. Zum Beispiel finde ich hier: Endspiel im DFB-Pokal in Berlin. Und der 22. April, das war ein Bundesligaspieltag. Der Mörder hat nach Fußballspielen zugeschlagen.«

»Was meinst du?« Ecki konnte sich kaum konzentrieren.

»Die beiden Kinderleichen lagen an Sportplätzen, die Morde geschahen an Spieltagen.«

»Und Hünner hat die schmutzige Arbeit gemacht, damit sich seine Auftraggeber an den Bildern aufgeilen konnten. Es gibt mindestens acht tote Kinder.«

»Was? Wir suchen acht Spieltage?« Nun verstand Schalke kein Wort.

»Hier in Gladbach?« Peter Hübsch rutschte nervös auf seinem Stuhl hin und her.

»Keine Ahnung.« Eckis Augen brannten. »Hefter hätte uns zu den Tätern führen können. Und nun ist er tot. Wir wissen, dass er der Unbekannte auf der DVD ist. Aber wir wissen noch nicht, wer die Opfer getötet hat. Er war es offenbar nicht. Er hat sie nur geliefert bekommen. Es muss noch andere geben. Hier, lies.«

Schalke nahm die Blätter und überflog sie. »Wir können nun wenigstens Hünner drankriegen. Das sind doch lupenreine Beweise.«

»Spinn nicht rum, Schalke. Das sind erst mal nur Anschuldigungen. Aber ich bin mal gespannt, wie Hünner reagieren wird. Wir werden uns bei Böllmannn einen Beschluss besorgen und lassen Hünners Auto untersuchen. Wenn er die Leiche seiner Freundin transportiert hat, dann werden wir schon noch Spuren finden.«

Hübsch stand auf und ging zur Tür. »Falls ihr mich braucht, ich bin in meinem Büro.«

Ecki nickte flüchtig. »Los, Schalke, wir haben zu tun. Ich telefoniere mit Böllmann. Dann können wir auf dem Weg zu Hünner den Beschluss direkt mitnehmen.«

»Wie viele Kollegen brauchen wir?«

»Wir werden zunächst alleine zu Hünner fahren. Wir brauchen keine Unterstützung. Das geht auch so.«

»Soll ich im Büro von Hünner anrufen?«

»Tu das, aber sag, dass wir nur ein paar Fragen haben, die wir klären wollen. Sonst geht er uns womöglich doch noch von der Fahne.«

Zwei Minuten später wussten die beiden Ermittler des KK 11, dass Daniel C. Hünner mit Parteifreunden zusammensaß, um die heutige Ratssitzung vorzubereiten.

»Und jetzt?«

Ecki sah zuversichtlich aus. »Kein Problem, dann fahren wir halt in die Parteizentrale der KFM. Los komm.«

Die KFM residierte in einem großzügigen Haus im sogenannten *Gründerzeitviertel* hinter dem Hauptbahnhof. Schon von weitem konnten Ecki und Schalke das Gebäude erkennen. Das Logo der KFM prangte in drei übergroßen blauen Buchstaben an der alten Stadtvilla. Außerdem wehten drei weiße Fahnen mit dem Parteilogo in ihrem schmalen Vorgarten.

»Bin mal gespannt, wie Hünner gleich reagiert.« Neugierig musterte Schalke die rotbraune Sandsteinfassade der Parteizentrale.

»Er wird sicher cool bleiben und lächelnd mitkommen. Der wird sich vor seinen Parteifreunden mit Sicherheit nichts anmerken lassen.« Ecki sah sich suchend nach einem freien Parkplatz um.

»Meinst du?«

»Er ist Politiker. Da gilt es, Haltung zu bewahren. Größe zu zeigen. Und wenn dabei das Grinsen im Gesicht festfriert.« Ecki hatte eine freie Parkbucht entdeckt und setzte den Blinker.

Die Leitstelle meldete sich. »OTTOKAR 9113 von 1201, kommen.«

»Nanu? Was wollen die Rheydter von uns?« Schalke griff überrascht zum Hörer. »Ich soll die Leitstelle anrufen.«

»Vielleicht wollen die bei uns einen Döner bestellen«, feixte Ecki.

Sebastian Dembrowski telefonierte.

»Was ist, Schalke? Du bist ja kreideweiß im Gesicht.«

»Frank. Frank ist im Elisabeth-Krankenhaus. Oh, mein Gott.« Schalke konnte nur stammeln.

»Und? Er wird Lisa besuchen.«

»Er will springen.«

Keine Viertelstunde später standen Ecki und Schalke vor dem Bettenturm des Rheydter Krankenhauses mit seinen 14 Etagen.

Die beiden Kommissare wurden schon am Informationsschalter erwartet.

»Gottschalk, ich bin die Geschäftsführerin des Krankenhauses. Meine Herren, bitte, kommen Sie. Wir müssen zum hinteren Teil des Gebäudes.«

Sie hielt sich nicht lange mit einer Begrüßung auf, sondern zeigte den Beamten den Weg.

»Wer ist bei ihm?« Ecki hastete hinter ihr her.

»Niemand. Er hat gedroht zu springen, wenn ihm jemand zu nahe kommt. Wir haben uns in den Flur zurückgezogen.«

»Ist die Feuerwehr schon da?«

»Sie baut gerade ihr Sprungkissen auf.«

»Gottseidank.«

»So einfach ist das nicht. Wenn Ihr Kollege den Standort wechselt, hat die Feuerwehr keine Chance. Denn wir bauen gerade einen neuen OP-Trakt. Und in diesem Bereich bekäme die Feuerwehr Probleme mit ihrem Sprungkissen.

»Scheiße« war alles, was Schalke hervorbrachte.

»Wie ist er eigentlich auf das Dach gekommen?«

»Er hat einer Schwester seinen Dienstausweis gezeigt. Die hat dann die Tür geöffnet. Was sollte sie auch tun? Die Tür ist normalerweise fest verschlossen. Um genau solche Situationen zu vermeiden.«

»Die Frau trifft bestimmt keine Schuld«, sagte Schalke.

»Wissen Sie, was vorgefallen ist?« Ecki hat Angst um seinen Freund. Frank musste am Ende seiner Kräfte sein. Ecki hätte nie gedacht, dass er in eine solche Lage geraten könnte. Bisher hatte Frank ihm immer das Gefühl gegeben, jeder Situation gewachsen zu sein. Auch wenn er manches Mal an seinem Beruf und seinen Fähigkeiten zweifelte.

Die Geschäftsführerin schüttelte den Kopf. »Keine Ahnung. Ich habe nur den Anruf bekommen, dass bei uns ein Mann auf dem Dach steht und zu springen droht. Erst über die Stationsschwester und Ihre Kollegen habe ich erfahren, dass der Mann Polizist ist.«

»Seine Freundin liegt hier. Totgeburt.«

»Oh Gott.«

Am Fuß des hinteren Teil des Bettenturms hatte sich bereits eine kleine Menschenmenge versammelt. Uniformierte Kollegen versuchten, die Neugierigen zurückzudrängen, damit die Feuerwehr Platz hatte und in Ruhe arbeiten konnte. Ecki wunderte sich über die Schnelligkeit der Journalisten, denn zeitgleich mit ihnen kamen auch zwei Fernsehteams angefahren. Sie hielten nebeneinander an der Absperrung. Bereits im Aussteigen schulterten ein Mann und eine Frau ihre Kameras. Im Laufen richteten sie ihre Objektive auf den Anbau des Hochhauses, auf dem das Sprungkissen vorbereitet wurde.

Ecki legte eine Hand über die Augen und versuchte, auf dem Dach etwas zu erkennen. An einer Ecke des Gebäudes stand eine Person. Das musste Frank sein. Wie klein er aussah auf die Entfernung.

»Ich geh rauf.«

»Ecki, lass das. Du hast doch gehört, was die Geschäftsführerin gesagt hat. Frank will niemanden sehen. Das ist zu gefährlich. Wir dürfen Frank nicht nervös machen. Sonst bekommt er Panik und verzieht sich womöglich in eine andere Ecke. Und dann ist auch die Feuerwehr machtlos.«

»Hören Sie auf Ihren Kollegen.«

Ecki drehte sich um. Hinter ihm stand ein Berufsfeuerwehrmann. An seinem Helm konnte Ecki erkennen, dass es der Einsatzleiter war.

»Lampe, mein Name. Wenn Ihr Kollege hier springt, hat er noch eine Chance. Auf der anderen Seite können wir nichts tun.«

»Ich geh rauf. Frank ist mein Kollege und mein Freund. Ich muss ihn da runterholen. Ich muss ihm helfen. Ich muss bei ihm sein.«

»Ich weiß nicht, ob das richtig ist, Herr Kommissar«, versuchte die Geschäftsführerin des Krankenhauses Ecki umzustimmen.

»Ich weiß, was ich tue. Sagen Sie oben auf der Station Bescheid, dass ich komme.« Ohne weiter auf die anderen zu achten, lief Ecki um das Gebäude herum und die wenigen Stufen hinunter zum Wareneingang, um von dort den Fahrstuhl zu nehmen.

Außer Atem betrat er den Kellertrakt. Ohne auf die erstaunten Gesichter der Klinikbeschäftigten zu achten, hastete Ecki die halbdunklen und schäbigen Gänge entlang, bis er endlich den Aufzug gefunden hatte. Ungeduldig drückte er den Fahrstuhlknopf.

Ecki zwang sich zur Ruhe, während er auf den Aufzug wartete. Lisa war etwas zugestoßen. Das musste es sein. Sie hatte die Totgeburt doch nicht ohne Komplikationen überstanden. War sie tot? Nein, das war es sicher nicht. Oder doch?

Endlich brachte ihn der Fahrstuhl bis zur 13. Etage. Der Fahrstuhl fuhr also nicht bis ganz unters Dach.

An der Aufzugtür stand ein Arzt.

»Kommen Sie. Ich bringe Sie hin.«

Ecki folgte ihm über eine Treppe bis zu einer einer offenen Glastür.

»Lassen Sie mich bitte alleine. Danke.« Ecki hielt den Mediziner am Arm zurück. »Sie können jetzt nichts mehr tun.«

Der Arzt nickte und verschwand wortlos in Richtung Station.

Vorsichtig betrat Ecki das Dach des Elisabeth-Krankenhauses. Seine Sicht wurde durch die großen Parabolschirme der Antennenanlage verdeckt, die auf dem Klinikdach installiert war. Schritt für Schritt wagte Ecki sich vor. Er musste aufpassen, dass er mit seinen Schuhen nicht in den Leitungen der Blitzableiter hängen blieb.

Da stand Frank. Schwarze Jeans, die schwere Lederjacke offen. Durch seine Haare wehte ein kräftiger Wind. Wie dünn er aussah, dachte Ecki. Trotz Sonnenschein war es kalt auf dem Dach.

Frank hatte Ecki den Rücken zugewandt. Mit hängenden Schultern stand er da und starrte unverwandt auf einen Punkt irgendwo in der Ferne.

Ecki folgte mit den Augen Franks Blickrichtung. Am Horizont konnte er die mächtigen Dampfschwaden der Kohlekraftwerke sehen.

Davor musste der Braunkohletagebau liegen. Eine weite Landschaft, dachte Ecki unwillkürlich. So friedlich und so grün.

Frank bewegte sich nicht. Steif wie eine Statue stand er am Rande des Abgrunds und starrte unentwegt in die brettebene Landschaft. Wie sollte er seinen Freund ansprechen? Was sollte er ihm sagen? Wie konnte er ihn von der Dachkante wegholen? Ecki sah sich um. Außer ihm und Frank war das Dach leer.

Ecki wurde für einen winzigen Moment schwarz vor Augen. Er hatte vergessen, dass er nicht schwindelfrei war. Wie, um alles in der Welt, sollte er seinen Freund vom Rand wegbringen können? Er hatte das Gefühl, dass er selbst keinen Millimeter mehr weitergehen könnte. Eckis Brust zog sich zusammen. Er hatte Angst. Mit einer Hand tastete er nach Halt. Er ruderte mit einem Arm so lange durch die Luft, bis er das kalte Metall des Schaltgehäuses spürte, auf das die Antennenanlage montiert war und das ihm ein Gefühl von Sicherheit gab.

Ecki schloss die Augen und versuchte seine Atmung zu beruhigen. Jetzt nicht schwach werden. Er war gekommen, um seinen Freund zu retten. Und er würde ihn retten. Ruhig, Ecki, ganz ruhig. Ecki schloss wieder die Augen. In seinem Kopf lief ein merkwürdiger Film ab. Seine Kinder standen auf einer Wiese neben einem Pony und winkten ihm. Er wollte schon einen Schritt nach vorn gehen, hielt aber panikartig inne. Nicht bewegen. Nur nicht bewegen jetzt.

»Bleib stehen. Ich weiß, dass du da bist.«

Erst verstand Ecki nicht, dass jemand ihn angesprochen hatte. Dann öffnete er die Augen. Es musste Frank gewesen sein. Sein Freund stand immer noch mit dem Rücken zu ihm am Abgrund und hatte jetzt den rechten Fuß auf die Dachkante gesetzt. Frank musste gespürt haben, dass er nicht mehr allein war. Oder er hatte ein Geräusch gehört.

»Ich habe gesehen, wie du losgelaufen bist.«

»Frank!«

»Bleib stehen. Keinen Schritt. Bleib wo du bist.« Frank sah weiter in die Ferne. Seine Stimme klang scharf und bestimmend.

Ecki hatte sich keinen Zentimeter bewegt.

»Lass mich alleine. Ich will dich nicht sehen. Geh wieder runter. Fahr nach Hause, Marion und die Kinder warten auf dich.«

»Frank.«

»Verschwinde. Bitte.«

»Nein. Ich bleibe.«

»Willst du zusehen, wie ich springe?«

»Frank, bitte, komm da weg.«

»Nein. Es gefällt mir hier. Die Aussicht ist so schön.«

»Mach jetzt keine Scherze, Frank. Ich habe Angst um dich.«

»Mach dir keine Sorgen um mich. Du musst dich nicht um mich kümmern. Niemand muss sich mehr um mich kümmern.«

»Was heißt das?«

»Hast du doch gehört.«

»Frank.«

»Hör auf mit deiner Psychologen-Scheiße. Das zieht nicht. Hast du vergessen, dass wir die gleiche Ausbildung hinter uns haben? Deeskalieren. Vertrauen aufbauen. Scheiße, Ecki, nein. Das zieht bei mir nicht. Ich weiß, was du willst. Aber ich habe mich entschlossen. Ich komme nicht zurück. Es gibt kein Zurück.«

Ecki wurde wütend. Ihm war schlecht vor Angst. Sein bester Freund war dabei, in die Tiefe zu springen. Dass war einfach zu viel für ihn.

»Dann spring doch endlich, du Arsch. Mach's nicht so spannend. Ich habe keine Lust mehr, hier oben zu stehen und mir einen abzufrieren. Na, los. Mach's kurz.«

Schweigen.

Auch Ecki schwieg. Was hätte er noch sagen sollen? Im Gegenteil. Er hatte Angst, schon zuviel gesagt zu haben. Er hätte besser den Mund gehalten.

Da! Ecki blieb fast das Herz stehen. Frank hatte eine winzige Bewegung gemacht. Es schien, als sei er noch näher an den Rand des Daches getreten. Nun stand er wieder steif wie ein Denkmal da. Frank hatte immer noch seine Hände in den Jeanstaschen, und der Wind strich immer noch durch seine Locken.

Das Schweigen dehnte sich aus wie eine Luftblase. Ecki lehnte sich zurück und fühlte die sichere Wand der Antennenanlage. Mit einer Hand fuhr er sich durch sein Gesicht. Er wartete. Er konnte nichts mehr tun. Er konnte nur noch warten. Darauf, dass sein Freund sprang. Oder darauf, dass sein Freund sich endlich zu ihm umdrehte.

Es kam Ecki vor wie eine Ewigkeit, bis Frank sprach.

»Es hat alles keinen Sinn mehr.«

Ecki schwieg. Er wollte die Chance dieses Augenblicks nicht zerstören.

Es dauerte wieder eine Zeit, bis Frank weitersprach. Seine Stimme war leise und klang fast sanft. »Ich bin am Ende, Ecki. Lass mich besser alleine.«

Ecki schwieg weiter.

»Ich habe alles falsch gemacht. Lisa ist weg. Ihre Eltern wissen auch nichts. Sie ist einfach weg. Sie ist gegangen, ohne nach Hause zu kommen. Als wenn ich schuld wäre. Ich kann doch nichts dafür, dass sie unser Kind verloren hat, Ecki. Ich kann doch nichts dafür. Aber ich glaube, dass sie mir die Schuld gibt. Und deshalb ist es besser, wenn ich Schluss mache. Ecki, glaube mir. Es ist besser.«

Ecki wollte etwas sagen, aber er brachte kein Wort über die Lippen.

»Mein Leben macht keinen Sinn mehr. Meine Lisa ist weg, unser Kind ist tot. Was soll ich denn noch hier?«

Ecki musste schlucken. Lisa war weg, traumatisiert von der Totgeburt. Er versuchte sich vorzustellen, wie es in Frank aussehen musste. Aber er brachte die Enden nicht zusammen. Was Frank in den vergangenen Tagen erlebt und durchlitten haben musste, widersprach allem, was Ecki in seinem Leben bisher erlebt und erfahren hatte. Er fühlte sich hilflos und leer. Seine Arme waren schwer. Er wollte so gerne helfen, aber er konnte nicht.

»Weißt du, wir hatten uns so auf das Kind gefreut. Wir haben Pläne gemacht, uns gestritten wegen der Tapete im Kinderzimmer, haben uns geküsst vor Glück. Aber wir waren ohne Chance. Der Tod kam ohne Voranmeldung, Ecki. Wir hatten einfach keine Chance.«

Ecki räusperte sich. »Frank, ich finde sicher nicht die richtigen Worte. Aber ich bin sicher, das Lisa dir nicht die Schuld gibt. Die Natur hat sich anders entschieden. Das Kind wollte nicht auf die Welt. Es war nicht vorbereitet. Es war nicht der richtige Zeitpunkt. Mit Schuld hat das nichts zu tun. Ich glaube, dass Lisa das weiß und dass sie eine Auszeit braucht. Denk daran, welchen Horror sie durchgemacht haben muss. Lass uns zusammen zu ihrem Arzt gehen. Er wird es dir sicher erklären.«

Frank schwieg.

»Frank, Lisa ist bestimmt weggefahren, damit sie ihr Leid, ihre Tränen und ihre Schmerzen nicht auch noch dir aufbürdet. Sie hat dich schonen wollen. Ja, davon bin ich überzeugt. Sie liebt dich so sehr, dass sie dich schützen will. Sie wird ihre Zeit brauchen, um das Ganze zu verarbeiten. Aber dann wird sie zu dir kommen. Und dann wird sie dich brauchen.«

Ecki beobachtete seinen Freund. Er musste jetzt weitersprechen, er durfte nicht aufhören. Sonst würde der dünne Faden reißen, der zwischen ihnen schon gespannt war. Aber was sollte er sagen?

»Frank, komm nach Hause. Bitte. Ich bin dein Freund und ich habe Angst um dich. Und – ich brauche dich. Unsere Ermittlungen im Fall *Bökelberg* kommen nicht voran. Ohne dich kann ich das nicht schaffen. Ohne dich können wir das hier alles nicht schaffen.«

Frank bewegte sich nur ganz wenig. Er zog seine Schultern hoch und ließ sie dann langsam sinken.

»Ich habe in ihrem Zimmer nur einen Zettel gefunden. Einen von den gelben. Du weißt schon, einer von ihren Sprüchen.«

»Und was steht auf dem Zettel?« Ecki spürte so etwas wie Hoffnung.

»Der Zettel klebte auf ihrem Nachtschränkchen. Er sah so verloren aus, in diesem leeren Krankenzimmer. Das Bett hatten sie schon neu bezogen und in eine Plastikplane gesteckt. Auf dem Zettel steht: ›Mit seinem Leben muss letztlich jeder Mensch allein zurechtkommen. – Ingrid van Bergen‹.«

»Siehst du. Das ist es doch, was ich dir sagen wollte. Lisa ist ein kluger Mensch. Sie weiß, dass nur sie alleine mit ihrem Schicksal fertig werden kann. Und dass sie dich nicht belasten will. Sie wird zurückkommen, Frank. Sie wird zurückkommen, hörst du mich?«

Ecki wäre um ein Haar auf Frank zugestürzt, um ihn von der verdammten Kante wegzuziehen. Dabei wusste er, dass jede auch noch so kleine Bewegung von ihm tödliche Folgen haben könnte.

Frank blickte stumm auf die Kühltürme der Kraftwerke.

Eckis Stimme klang fast lautlos, so leise sprach er. »Komm, Frank, komm nach Hause. Bitte. Lisa zuliebe und eurer Liebe zuliebe. Sie wird an deinem Tod zerbrechen, Frank. Weil er sinnlos ist. Sinnlos und dumm. Tu ihr das nicht an. Wenn du Lisa liebst, dann lebe. Lebe weiter. Und lebe weiter mit ihr.«

Zunächst passierte nichts. Dann ging ein merklicher Ruck durch Franks Oberkörper. Er nahm seine Hände aus seinen Jeanstaschen. Ecki hielt den Atem an. War er zu weit gegangen?

»Hol mich hier weg, Ecki. Ich habe Angst. Ich habe schreckliche Angst vor dem Abgrund.«

Ecki schossen Tränen in die Augen. Vor Freude, vor Verzweiflung. Er streckte seine Arme aus und wollte auf Frank zugehen. Er wollte ihn in den Arm nehmen und vor dem Sturz schützen. Aber er konnte sich nicht bewegen.

»Ich kann nicht, Frank. Ich kann nicht. Ich habe Höhenangst. Ich habe schon die Hosen voll. Ich kann mich nicht bewegen. Geh nur langsam einen Schritt zurück. Mach kleine Schritte. Frank, hörst du. Kleine Schritte.«

»Bleib wo du bist. Ich komme.«

Frank ging langsam, Schritt für Schritt, rückwärts. Er tastete erst mit einem Fuß nach einem Hindernis, bevor der den nächsten Schritt tat. Schließlich stand er mit seinem Rücken kurz vor Ecki. Er drehte sich um. In seinen Augen standen ebenfalls Tränen.

»Bring mich hier weg. Bitte.« Frank legte seine Arme um Ecki und drückte ihn an sich.

»Es ist gut. Es ist vorbei. Es ist vorbei. Es kann nichts mehr passieren. Du bist in Sicherheit, Frank. Ich bringe dich jetzt nach Hause. Mit unserem Mondeo.« Ecki schluchzte. Frank wollte leben. Er war glücklich. Und müde.

»Nein, nicht nach Hause. Das halte ich nicht aus. Bring mich ins Präsidium. Ich will einen Kaffee, und dann erzählst du mir, wie weit ihr mit den Ermittlungen seid. Du hast unseren Ford zurück? Mit Anlage?«

Ecki löste sich aus der Umarmung und sah seinen Freund an. »Weißt du eigentlich, wie du aussiehst? Du siehst, ehrlich gesagt, beschissen aus. Du müsstest dich mal sehen. Seit Tagen nicht rasiert, tiefe Ringe unter den Augen. Und, mit Verlaub, du stinkst wie ein Iltis. Deine Klamotten haben Flecken. Du brauchst dringend ein Bad.«

»Kein Bad. Ich dusche und zieh mich um. Du kannst derweil warten. Und, kann ich für ein paar Tage bei euch wohnen? Nur für ein, zwei Nächte. Bis ich wieder klar denken kann. Unsere beiden leeren Wohnungen kann ich jetzt nicht ertragen.«

»Kein Problem. Wenn du mit der Musik keine Probleme hast?« Ecki grinste Frank vorsichtig abwartend an.

»Kein Problem. Die schockt mich bestimmt nicht.«

Ecki schlug seinem Freund auf die Schulter. »Das ist ein Wort. Marion wird sich freuen. Und die Kinder haben auch schon gefragt, wann sie dich noch einmal zu Gesicht bekommen. Du kannst in unserem Gästezimmer schlafen. Und so lange bleiben, wie du willst.«

»Danke.«

»Du weißt, dass ich dich laut Vorschrift in die Landesklinik bringen müsste, zur Beobachtung. Aber ich biege das schon hin, mit Böllmann.«

»Danke. Ich habe Hunger.«

»Frank?«

»Ja?«

»Wenn du reden willst, wir haben auch unsere Seelsorgerin.«

»Danke, nicht nötig. Du bist mir Pastor genug.«

...

Keine zwei Stunden später saß Frank auf seinem Bürostuhl und kratzte sich die Bartstoppeln. Er hatte in seiner Wohnung nach dem Duschen lediglich ein bisschen Wäsche eingepackt und dann mit Ecki auf dem Weg ins Präsidium einen Umweg über *McDonald's* gemacht.

»Ist das alles, was ihr habt?« Frank gähnte herzhaft.

»Willst du dich nicht lieber doch ausruhen? Gönn dir doch noch einen Tag Auszeit.« Schalke sah Frank besorgt an.

»Quatsch.« Frank winkte ab und musste doch wieder gähnen.

»Ich denke, es reicht, um Hünner auf den Pelz zu rücken.« Ecki klopfte mit seinem Bleistift auf die Schreibtischunterlage. Auch Schalke nickte.

»Vielleicht. Mal sehen, wie lange es dauert, bis Hünner zusammenbricht. Wenn es stimmt, was Hefter schreibt, wäre Hünner um ein Haar sogar gänzlich ungeschoren aus der Nummer herausgekommen. Hefters Mörder hat wohl nicht damit gerechnet, dass Hefter Aufzeichnungen gemacht hat. Wo finden wir ihn jetzt?«

Ecki sah auf seine Armbanduhr. »Die Ratssitzung müsste im vollen Gange sein.«

»Dann los. Wir fahren nur zu dritt. Mehr brauchen wir nicht. Das Überraschungsmoment ist auf unserer Seite.«

Soweit Frank es überblicken konnte, waren die Fraktionen vollzählig. Jedenfalls waren alle Tische im hell erleuchteten Ratssaal besetzt. Gerade sprach der Fraktionsvorsitzende der SPD. Thema war offenbar die Haushaltssituation der Stadt.

Frank sah sich um. Auch die kleine Besuchertribüne war voll. Dicht gedrängt saßen und standen dort Bürger im Halbdunkel und hielten Spruchbänder und Transparente hoch. An ihren ernsten Gesichtern konnte er ablesen, dass sie mit dem Verlauf der Sitzung nicht zufrieden waren. Auf ihren Pappschildern und eilig bemalten Betttüchern standen Sprüche wie »Niemals IEA«, »Stoppt Ausverkauf der Stadt«, »Einkaufszentren kann man nicht essen« oder »keinen Euro für den Konsumterror« und »Stadttheater statt Theater«.

Beim Eintritt der Polizeibeamten hatte sich der SPD-Politiker nur kurz zu den breiten Türen umgesehen, die den Ratssaal von seinem spärlich möblierten Vorraum trennten. Er war zu sehr auf seine Rede konzentriert, als dass er groß Notiz von den Männern am Eingang genommen hätte. Frank konnte sehen, dass der Oberbürgermeister Norbert Bude eine Hand um sein Mikrofon legte und sich zu dem Mann beugte, der direkt neben ihm saß. Es war Baudezernent Karsten Mösges, der achselzuckend den ersten Bürger der Stadt ansah.

Auch die Journalisten, die an der Längsseite des Saals direkt neben dem Leitstand für die Saaltechnik saßen, hatten Frank, Ecki und Schalke bemerkt. Herbert Baumann von der Westdeutschen Zeitung tuschelte heftig mit seinem Nebenmann.

»Wo ist Hünner?« Schalke sah sich nach allen Seiten suchend um.

»Da, er sitzt gleich vorne bei seiner Fraktion.« Ecki deutete auf die erste Bankreihe zu Füßen des erhöhten Dezernentenpodiums.

»Dann los.« Ohne auf die überraschten Kommunalpolitiker zu beiden Seiten des Mittelgangs zu achten, ging Frank zielstrebig auf Daniel C. Hünner zu, der erst im letzten Augenblick erkannte, dass der unverhoffte Besuch ihm galt.

Frank konnte sehen, dass Hünner kreidebleich wurde und seine Hände zu zittern begannen.

»Meine Herren, ich weiß zwar nicht, wer Sie sind oder was Sie wollen, aber darf ich Sie höflich bitten, auf der Besuchertribüne Platz zu nehmen. Der Ratssaal ist lediglich den Mitgliedern des Rates vorbehalten.« Der Oberbürgermeister sah die drei höflich, aber bestimmt an.

Frank trat an den Tisch des Oberbürgermeisters. »Verzeihen Sie bitte unser Eindringen. Mein Name ist Frank Borsch, Kriminalhauptkommissar. Wir haben ein paar Fragen an Herrn Hünner. Wir möchten ihn bitten, uns auf das Präsidium zu begleiten. Sie können Ihre Sitzung in Ruhe weiterführen.«

Der Chef der Stadtverwaltung sah Frank erstaunt an. »Meine Herren, ich weiß nicht, ob das nötig ist, den Ratsherren Hünner aus der laufenden Sitzung abzuholen.«

»Glauben Sie mir, es ist nötig.« Frank versuchte, freundlich zu bleiben. Er hatte keine Lust, mit dem OB zu diskutieren.

»Wenn es denn sein muss, bitte.« Der Oberbürgermeister lehnte sich zurück, um mit seiner Referentin zu sprechen, die hinter ihm saß.

Frank drehte sich zu Hünner. »Kommen Sie bitte mit, Herr Hünner. Wir haben den begründeten Verdacht, dass Sie uns eine Menge zu erzählen haben. Je freiwilliger Sie meiner Aufforderung folgen, umso geringer wird das Aufsehen sein.«

Hünner sah wortlos zwischen den Beamten hin und her. Seine Fraktionskollegen hatten ihre Stühle so gedreht, als hätten sie Angst Hünner auf das Präsidium begleiten zu müssen. Neugierig beobachteten sie die Szene.

»Ich weiß nicht, was ...«

Frank schnitt Hünner das Wort ab. »Stehen Sie auf und kommen Sie bitte mit. Ihre Unterlagen können Sie liegenlassen. Man wird sich sicher um sie kümmern.«

Hilflos suchte Hünner Blickkontakt zu seinen Kollegen, aber alle wichen sie ihm aus. Im Saal war es mittlerweile still geworden.

Als Hünner merkte, dass ihm keine Wahl blieb und er auch von seiner Partei keine Hilfe zu erwarten hatte, stand er langsam auf. Mit schweren Händen knöpfte er sein Jackett zu und trat dann aus der Bank in den Gang.

Für einen kurzen Augenblick blieb er stehen, so als wollte er in diesem Augenblick noch einmal ganz bewusst die Atmosphäre der Ratssitzung spüren, dann ging er mit festem Schritt auf die Bank der Journalisten zu.

»Meine Damen, meine Herren, das ist alles nur ein Missverständnis. Eine bedauerliche Verkettung unglücklicher Zufälle. Sie werden sehen. Ja, nur ein Missverständnis.« Daniel C. Hünner, Kandidat der KFM für den Posten des Oberbürgermeisters stand kerzengerade vor den Journalisten und hatte sein bewährtes Siegerlächeln aufgesetzt. Dicke Schweißperlen rannen an seinen Schläfen entlang in den Hemdkragen.

Die Journalisten sagten kein Wort. Sie starrten Hünner nur an. Selbst Baumann, sonst nie um eine ironische Bemerkung verlegen, blieb stumm.

Unschlüssig verharrte Hünner noch einen Augenblick vor den Journalisten, bis Frank ihn leicht am Arm fasste und ihn zum Ausgang zog. Widerstandslos folgte der Hoffnungsträger der KFM den drei Beamten des KK 11.

Als die kleine Gruppe die Saaltür erreichte, kam von der darüber liegenden Besuchertribüne ein lautes Klatschen. »Jawoll. Endlich wird er verhaftet. Gerade noch rechtzeitig. Bravo!«

Es war, als hätte der Unbekannte mit seinen Worten alle Dämme gebrochen. Unvermittelt erhob sich im Saal und auf der Tribüne ein tumultartiges Stimmengewirr, in dem sich der Oberbürgermeister nur mühsam mit seiner Tischglocke Gehör verschaffen konnte. »Wir unterbrechen die Sitzung für eine Stunde. Die Sitzung wird für eine Stunde unterbrochen.«

Die Journalisten waren längst aufgesprungen und sprachen aufgeregt in ihre Mobiltelefone. Der Pressesprecher der Stadtverwaltung war auf das Podium geeilt und sprach eindringlich auf den Oberbürgermeister ein.

Von alledem bekamen die drei Polizeibeamten und Hünner nichts mehr mit. Das weite Treppenhaus mit der fast schwarzen Bismarck-Statue lag um diese Zeit ruhig und wie ausgestorben da.

...

»Musste das sein?« Daniel C. Hünner saß an dem einzigen Tisch im Vernehmungsraum. Er war wütend. »Sie haben meine Karriere beschädigt! Das haben Sie absichtlich getan! Wie können Sie es nur wagen, mich in aller Öffentlichkeit so bloßzustellen?«

Frank und Ecki sagten nichts. Schalke war nicht im Raum. Sie hatten ihn gebeten, sich noch einmal die Akten zum Fall Sabrina Genenger vorzunehmen. Ein Auftrag, den ihr Kollege nur widerwillig angenommen hatte. Lieber wäre er bei der Befragung des Politikers dabei gewesen.

»Warum sagen Sie jetzt nichts? Hat Ihnen Ihr dummes Verhalten die Sprache verschlagen?« Hünner schlug mit der Faust auf den Tisch. »Nun sagen Sie schon, wessen Schergen sind Sie? Das ist doch ein Komplott! Dahinter steckt doch der politische Gegner. Das weiß ich ganz genau. Aber da haben Sie sich verrechnet, meine Herren. Sie werden mich nicht kaputtmachen! Ein Daniel C. Hünnner ist nicht so leicht zu brechen. Ich werde meinen Weg an die Spitze dieser Stadt fortsetzen! Der Wähler wird die wahre Absicht hinter diesem Spielchen schon erkennen. Und dann mache ich Sie fertig. Das schwöre ich Ihnen. So wahr ich Daniel C. Hünner heiße.«

»Hören Sie auf. Hier drinnen brauchen Sie keinen Wahlkampf zu machen. Das Spiel ist aus.« Ecki zog das Tonband und das Mikrofon zu sich, um es vor Hünner in Position zu bringen.

»Was soll das? Sie wollen mich allen Ernstes verhören? Wollen Sie mich demütigen? Ist es das? Wollen Sie mir Angst machen?«

»Beruhigen Sie sich, Herr Hünner, reine Routine.« Frank seufzte und rieb sich über die Augen. Ihm ging das Gerede dieses aalglatten Politikers auf die Nerven. Er war müde und wollte ins Bett. Er hatte das Gefühl, Tage durchschlafen zu können.

»Lassen Sie uns noch einmal ganz von vorne anfangen.« Ecki blätterte in seinem Notizbuch.

»Sind Sie wahnsinnig? Meinen Sie vielleicht, ich habe den ganzen Tag Zeit, um mir Ihre albernen Verdächtigungen anzuhören? «

»Sie werden sich die Zeit nehmen müssen.« Ecki sah Hünner ungerührt an.

»Sie können mich mal!«

»Sie können sich mal einen Anwalt nehmen, Herr Hünner! Die Situation ist sehr ernst.« Frank legte seine Hände flach auf den Tisch.

»Es gibt keinen Grund, warum ich mir einen Anwalt nehmen sollte. Wir haben schon über alles gesprochen! Ich wüsste nicht, welche Fragen noch offen sein sollten.«

»Paul Hefter ist tot.«

»Na und?«

»Sie kannten Hefter?«

»Er lungerte immer im Stadion herum.«

»Und so jemanden kennen Sie? Erstaunlich.«

»Er hat mich mal angesprochen, ob ich nicht einen Job für ihn habe.«

»Und? Hatten Sie?«

»Der konnte doch nichts.«

»Woher wissen Sie das?«

Hünner zuckte mit den Schultern.

»Zwei Welten, die unterschiedlicher nicht sein könnten. Und doch waren sich diese Welten doch so nahe.«

»Nur, weil mich Hefter um einen Job gefragt hat? Wo soll die Verbindung sein? Sie haben eine merkwürdige Fantasie.«

»Paul Hefter hat ein Testament hinterlassen.«

»Prima für seine Erben.«

»Sie können sich Ihren Sarkasmus sparen.«

»Wie meinen Sie das, Herr Kommissar?«

»Paul Hefter hat Sie quasi zum Alleinerben eingesetzt.« Frank schob seine Hände einen Zentimeter vor und dann wieder zurück.

»Was soll das heißen? Testament?«

»Nennen wir es Vermächtnis.« Ecki strich sein Notizbuch glatt.

»Versteckt hinter einem Bilderrahmen.«

»Klingt ganz nach ›Die drei Fragezeichen‹. Kinderkram.«

»Richtig. In gewissem Sinn tatsächlich so etwas wie Kinderkram, Herr Hünner. Nur tödlicher.«

Hünners Oberkörper schnellte vor. »Was wollen Sie von mir? Soll ich hier mit Ihnen Rätsel lösen?«

»Nein, Sie sollen uns endlich die Wahrheit sagen.«

Hünner verschränkte die Arme und lehnte sich schweigend in seinem Stuhl zurück.

Frank musste sich beherrschen, um nicht zuzuschlagen. Nur mit Mühe konnte er seine Hände auf der Tischplatte liegen lassen. Wenn er sich vorstellte, dass Hünner nicht nur der Mörder von Sabrina Genenger war, sondern auch in die Morde an den vermissten Kindern verwickelt war, sträubten sich seine Nackenhaare. Dabei wusste er, wenn er Hünner tatsächlich unschädlich machen wollte, ging das nur über eine saubere Vernehmung, die jeder anwaltlichen Anstrengung widerstehen würde.

Dementsprechend ruhig, fast lächelnd sah er dem Politiker ins Gesicht. Frank spürte förmlich die Anspannung Hünners und seine Angst vor ihnen. »Ich kann Sie ja verstehen, Herr Hünner. Ich weiß, dass wir Ihren Ruf in Gefahr bringen. Aber, bitte, sehen Sie es doch einmal so: Es kann doch sein, dass Sie nach unserem Gespräch frei und ruhigen Gewissens vor die Medien und deren Mikrofone und Kameras treten können. Eine bessere Möglichkeit, Ihre Unschuld vor aller Welt zu demonstrieren, gibt es doch gar nicht. Wir helfen Ihnen quasi.«

Hünner blieb stumm. Abwartend sah er Frank an.

»Herr Hünner, bitte erzählen Sie uns noch einmal ganz genau, wie und wann Sie Sabrina Genenger das letzte Mal lebend gesehen haben. Aber lassen sich mich zuvor das Band einschalten.« Ecki räusperte sich und nannte Tag und Uhrzeit der Vernehmung. Dann stellte er die Frage erneut.

»Das wissen Sie doch schon längst, das habe ich Ihnen doch schon erzählt.« Hünner klang erleichtert, sein Blick blieb aber lauernd. »Das war in Ihrer Wohnung in Anrath. Wir haben uns dort getroffen, um uns, na ja, um ein paar schöne Stunden zu verleben.«

»Das war Ihr letzter Kontakt?«

»Das war mein letzter Kontakt, ja.«

»Schön.«

»Wann sollen die Wahlen eigentlich sein?« Frank wechselte unvermittelt das Thema.

»Im Spätsommer, im September. Warum?«

»Sie haben viel Stress?«

»Das kann man so sagen, ja. Aber warum interessiert Sie das? Ich führe das normale Leben eines Unternehmers und Politikers, dem seine Stadt und seine politische Arbeit am Herzen liegt. Ist das so außergewöhnlich?«

»Nein. Im Gegenteil. Ich bin froh, dass es Menschen gibt, die sich für andere einsetzen.«

»Was soll das werden? Wollen Sie mich verarschen? Ich falle bestimmt nicht auf Ihre Tricks herein.«

»Das ist kein Trick. Ich meine es ernst. Ich bewundere Menschen, die ihre eigenen Interessen zurückstellen, um anderen zu helfen.« Dass er damit nicht unbedingt Politiker meinte, verschwieg Frank.

»Soso.«

Ecki hatte das Gefühl, dass sie nicht vorankamen, deshalb ging er in die Offensive. »Herr Hünner, um es wirklich ganz deutlich zu sagen, uns liegen Aufzeichnungen vor, die Sie schwer belasten.«

Der selbstsichere Blick verschwand nun vollends aus dem Gesicht des Politikers. Seine Lippen wurden zu zwei schmalen Strichen.

»Haben Sie mich verstanden? Sie sollen der Mörder von Sabrina Genenger sein, Herr Hünner.«

Der Unternehmer starrte Ecki feindselig an. »Was sind das für Aufzeichnungen?«

»Handschriftliche Notizen.«

»Einen Dreck haben Sie. Hefter fantasiert. Er will mir was anhängen. Nur weil ich ihm keinen Job verschafft habe. Der Mann war nicht zurechnungsfähig.«

»Den Eindruck haben wir allerdings nicht. Paul Hefter beschreibt ganz klar Ihren Anteil am Verbrechen an Ihrer Freundin. Sie haben sie getötet und ihm gebracht.«

»Ihm gebracht? Das ist doch absurd. Hören Sie zu, Sie, ich habe mit der ganzen Sache nichts zu tun. Sie haben den falschen. Schade nur, dass Sie Hefter nicht mehr befragen können. Ich bin sicher, dass er im Verhör zusammengebrochen wäre. Ich habe eine reine Weste. Sie können mir nichts anhängen. Hefter will mir schaden. Das ist alles.«

Frank sah Ecki an. Dann wandte er sich wieder an Hünner. »Wir werden Ihnen die Tat nachweisen. Darauf können Sie sich verlassen. Ich bin mir sicher, dass Sie der Täter sind. Wir werden Ihr Auto untersuchen lassen. Sie haben Spuren hinterlassen.«

»Sicher werden Sie in meinem Wagen Spuren von Sabrina finden. Haben Sie vergessen, dass sie meine Freundin war? Wir sind natürlich in meinem Wagen gefahren. Aber das heißt noch lange nicht, dass ich sie getötet habe. Was sagt dieser Hefter denn genau?«

»Wir werden Ihren Wagen auch von einem Hund untersuchen lassen, der auf das Aufspüren von Leichen spezialisiert ist. Sie haben keine Chance, Hünner. So oder so.«

Daniel C. Hünner schnaubte verächtlich.

Ecki versuchte es anders. »Sie können Ihr Gewissen erleichtern. Glauben Sie mir, wenn Sie Ihre Tat zugeben, werden Sie sich besser fühlen. So wie Ihnen ist es auf diesem Stuhl schon vielen gegangen.«

»Lächerlich. Ich habe nichts zu gestehen.«

»Sie müssen sich Ihrer Sache sehr sicher sein, Hünner. Aber keine Sorge, ich werde schon noch hinter Ihr Geheimnis kommen.«

»Sagen Sie mir lieber, was dieser Hefter mit Sabrina angestellt hat. Ich will wissen, was dieses Schwein meiner Freundin angetan hat.«

»Das ist nicht schwer zu erklären. Hefter hat ihre Freundin regelrecht ausgeweidet. Wie ein Metzger.«

»Woher wissen Sie das?« Hünners Stimme klang brüchig.

»Er hat seine ›Arbeit‹, wie er es genannt hat, aufgezeichnet. Wir haben eine DVD davon bekommen. Wollen Sie sie sehen?«

»Sind Sie wahnsinnig? Was wollen Sie von mir? Sie haben doch Ihren Täter! Was halten Sie mich noch fest? Ich verlange, dass Sie mich sofort gehen lassen.« Hünner wollte aufstehen.

»Sie bleiben sitzen, Hünner. Wir sind noch nicht fertig.« Eckis scharfer Ton ließ den Politiker innehalten und sich wieder setzen.

»Auf der DVD ist zu erkennen, dass Ihre Freundin schon tot ist, als Hefter sie auf seinen Tisch legt. Sabrina Genenger wurde getötet, damit Hefter sein perverses Spiel beginnen konnte.«

»Dann steckt der Franzose mit Hefter unter einer Decke.«

Frank schüttelte den Kopf. »Dafür gibt es keine Beweise.«

»Also auch keinen Beweis, dass es nicht so sein könnte. Habe ich Recht? Habe ich Recht?« Hünner schrie fast.

»Wir drehen uns im Kreis, Hünner. Wir haben keinen Beweis, dass sie der Mörder sind. Aber wir haben Indizien.« Ecki schlug mit der flachen Hand auf den Tisch.

Hünner zuckte nicht einmal.

»Mehr noch, Herr Hünner. Wir gehen davon aus, dass Sie auch mit den Morden an Kindern in Verbindung gebracht werden können.«

Ungläubig starrte Hünner die beiden Kommissare an.

Seine Verblüffung war echt, das konnten Frank und Ecki erkennen.

Es dauerte eine Weile, bis Hünner sprach. »Nun reicht es aber endgültig. Ich glaube, Sie sind nicht ganz bei Trost. Was wollen Sie mir denn jetzt noch anhängen? Mord an Kindern?«

Die beiden Ermittler nickten.

»Sind Sie wahnsinnig? Ich, ein Pädophiler? Haben Sie vergessen, dass ich eine Freundin habe?« Hünner verbesserte sich. »Hatte?«

»Das eine schließt das andere nicht aus.« Ecki schlug sein Notizbuch zu. »Der Niederrheiner würde sagen, es gibt nichts, was es nicht gibt. Aber ich bin da durchaus konkreter: Wir haben schon alles erlebt. Pädophile verstecken ihre Neigung vor der Öffentlichkeit gerne auch hinter der Maske eines Frauenhelden.«

Hünner schüttelte sprachlos den Kopf.

»Sie verstecken sich hinter ihrer Maske auch, weil sie ihre sexuelle Neigung zu Kindern selbst erschreckt. Jahrelang können sie unter Umständen ihren Trieb unter Kontrolle halten, bis er eines Tages nicht mehr zu kontrollieren ist. Und dann muss er befriedigt werden. Unter allen Umständen, bis zum Mord an den unschuldigen Wesen. Denn niemand darf von diesen Neigungen erfahren. Deshalb müssen sie sterben, Herr Hünner.«

»Ich fasse es nicht. Was habe ich Ihnen getan, dass Sie mich so quälen? Was wollen Sie von mir? Wer schickt Sie? Wer hat Ihnen den Auftrag dazu gegeben, mich zu zerstören? Wollen Sie, dass ich meine Kandidatur zurückziehe? Ist es das? Das können Sie haben. Ich verzichte hiermit auf das Amt des Oberbürgermeisters. Nur, hören Sie endlich mit diesen Anschuldigungen auf. Hören Sie? Ich verzichte! So, und nun lassen Sie mich gehen.«

Ecki sah Hünner aufmerksam an. Er konnte nicht mehr unterscheiden, ob Hünner ihnen eine Komödie vorspielte oder die Wahrheit sagte. Hünner hatte Tränen in den Augen. Vor Wut oder vor Verzweiflung. Das war die Frage. »So einfach ist das nicht, Herr Hünner. Sie bleiben so lange hier, bis wir sicher sind, dass Sie eine reine Weste haben.«

»Ich will meinen Anwalt sprechen.«

»Das ist doch schon mal ein Anfang.« Frank stand auf. »Ich besorge Ihnen ein Telefon. Möchten Sie auch etwas zu trinken?«

»Nicht nötig, ich habe mein eigenes Telefon dabei. Außerdem bleibe ich ohnehin nicht mehr lange hier.«

Hünner sah auf die Uhr. Die Ratssitzung war sicher schon zu Ende. Er würde später Feusters anrufen. Der PR-Berater musste sich etwas einfallen lassen. Er musste seine unbeschadete Rückkehr auf die politische Bühne vorbereiten. Er musste eine Strategie entwickeln, mit der er seinen Aufenthalt bei der Polizei zu seinem Vorteil nutzen konnte. In diesem Punkt hatten diese Kommissare Recht. Wenn er es geschickt anstellte, konnte er aus dem angeblichen Skandal noch Kapital schlagen.

Hünner konnte sich vorstellen, dass die Journaille bereits in ihren Redaktionen hockte, um den Vorfall bei der Ratssitzung entsprechend zu würdigen. Er sah schon die Schlagzeilen in der Lokalpresse. Und sollten die Boulevardblätter den Vorfall aufgreifen – wenn schon. Das würde ihm im Gegenteil kostenlose PR bringen. Er würde mit Feusters Hilfe das Ding schon in die richtige Richtung schieben. Seine Parteifreunde würden mitziehen. Dafür hatten einige von ihnen selbst die ein oder andere Leiche im Keller, als dass sie ihn ans Messer liefern könnten. Außerdem, was sollten sie denn auch schon sagen können? Sie wussten nichts. Rein gar nichts.

»Wo nehmen Sie eigentlich Ihre Selbstsicherheit her? Dass ist doch weit mehr als politische Kaltschnäuzigkeit. Wer schützt Sie?« Frank ließ Hünner nicht aus den Augen.

»Ich habe ein reines Gewissen.«

»Abwarten.« Ecki stand auf und verließ den Raum.

Frank folgte ihm.

»So kommen wir nicht weiter.«

»Weiß ich. Wenn Hünner seinen Anwalt an der Strippe hat, ist er ruckzuck wieder draußen.«

»Das ist mir klar. Ich wollte Hünner nur weiter in die Enge treiben. Was meinst du, was die Presse morgen mit ihm macht? Sie wird ihn schlachten. Politisch ist Hünner erledigt.«

»Da bin ich mir nicht ganz so sicher. Ich glaube, dass er so gewieft ist, dass er seinen Kopf aus der Schlinge zieht.«

»Kurzfristig vielleicht. Aber wir werden ihn nicht mehr vom Haken lassen. Wir werden ihn knacken. Ich rieche das.«

»Und bis dahin?« Ecki sah seinen Freund fragend an.

»Wir werden in entlassen müssen. Aber wir werden ihn keine Sekunde aus den Augen lassen. Hefters schriftliche Aussage wird für eine Verurteilung vielleicht nicht reichen. Aber wir werden ihn Stück für Stück demontieren. So lange, bis er gesteht. Wir müssen nur den

Druck weiter erhöhen. Dann wird auch ein Mann wie Hünner einknicken. Wir werden ihn knacken. Das bin ich Sabrina Genenger schuldig. Und auch den Kindern. Verstehst du, Ecki?«

»Hoffentlich behältst du Recht.«

»Lass uns wieder hineingehen. So lange Hünners Anwalt noch nicht da ist, will ich ihm zeigen, dass wir ihm dicht auf den Fersen sind.«

Die beiden Ermittler setzten sich wieder zu Hünner an den Tisch. Der Unternehmer klappte gerade sein Mobiltelefon zu.

»Mein Anwalt wird gleich hier sein.«

»Schön für Sie. Dann können Sie uns ja ganz entspannt zuhören, was wir Ihnen sonst noch zu sagen haben.«

»Bitte.« Hünner machte eine gönnerhafte Handbewegung.

Diese Selbstgefälligkeit machte Frank wütend. »Sagt Ihnen der Begriff »Der Fünfer Bund« etwas.«

Hünner sah Frank ausdruckslos an. »›Der Fünfer Bund‹? Nie gehört. Wer oder was soll das sein?«

»Paul Hefter schreibt, Sie sollen diesem Kreis nahe stehen.«

»Ich? Lächerlich.«

Ecki stieß nach. »Was, oder besser, wer steckt hinter diesem Kreis?

Auch Frank ließ nicht locker. »Decken die Sie? Weil Sie ihnen bei der Beschaffung der Kinder geholfen haben?«

»Ich verstehe nicht, was Sie meinen. Wer soll wen decken? Und was hat das mit der Beschaffung von Kindern zu tun?«

»Sie müssen mächtige Freunde haben, Hünner. Dass Sie sich so sicher fühlen können.« Frank bebte vor Zorn.

»Vorsicht, Herr Kommissar, Sie wollen doch nicht Ihre Kompetenzen überschreiten, oder? Das wird Sie den Kopf kosten.«

Frank wollte aufspringen. Wütend ballte er die Faust. Ecki legte seine Hand auf Franks Unterarm. »Lass dich nicht provozieren.«

Ecki spürte, dass der Druck gegen seine Hand wuchs.

»Bitte, Frank.«

Der Druck wich langsam. Franks Muskeln entspannten sich. Er ließ die Hand trotzdem auf dem Arm seines Freundes liegen.

Zum ersten Mal, seit sie mit Hünner zusammensaßen, zeigte sich ein schmales Lächeln auf Hünners Gesicht. »Sie haben verloren.«

Ich mache ihn fertig, dachte Frank, ich mache ihn fertig. Und wenn es mich meine Karriere kostet.

...

Frank lag in Eckis Gästebett und wälzte sich hin und her. Obwohl er todmüde und erschöpft war, konnte er nicht schlafen. Zu tief wirkten die Ereignisse der vergangenen Tage nach. Er war aus dem Schlaf geschreckt, weil er davon geträumt hatte, am Rand des Krankenhausdachs zu stehen.

Danach hatte er lange an Lisa denken müssen. Dass sie nicht neben ihm lag, tat ihm weh. Aber er verstand auch, was Ecki über Lisas Verschwinden gesagt hatte. Wenn sie Zeit brauchte, sollte sie sie haben. Er machte sich nur Sorgen, weil er nicht wusste, wo sie war und wie es ihr ging. Er hätte gerne ihre Stimme gehört und ihr gesagt, wie sehr er sie vermisste und wie sehr er sie liebte.

Frank setzte sich im Bett auf und schaltete die Nachttischlampe ein. Was war »Der Fünfer Bund«? Wer verbarg sich hinter diesem Namen? Niemand im Präsidium hatte je davon gehört. Und auch die Abfragen beim LKA und beim BKA hatten kein Ergebnis gebracht. War es eine Sekte, ein Geheimbund? War es der Tarnname einer Bande von Pädophilen, die unerkannt ihre Triebe auslebten?

Wie weit reichten ihre Kontakte? Hatte dieser Bund so viel Macht, dass sie einen Mann wie Daniel C. Hünner zu ihrem Werkzeug machen konnten? Oder war Hünner selbst Teil dieses Bundes? Andererseits hatte Frank den Eindruck gewonnen, dass Hünner ein schwacher Mensch war, der sich hinter seiner Position als Unternehmer und als Politiker versteckte. Jemand, der auf eine ganz eigene Weise manipulierbar war.

Frank schloss die Augen. Was war der Schlüssel zum Geheimnis? Was war die Rolle von Sabrina? Hatte sie vielleicht zuviel gewusst? Oder war es eine spontane Tat? *Nur* ein bedauerlicher Unfall nach einem Streit?

Aber was, wenn Sabrina Genenger von Hünners dunkler Seite wusste? Frank beschlich das Gefühl, erst jetzt, lange nach Beginn der Ermittlungen, die richtigen Fragen gefunden zu haben. Jetzt musste er nur noch die Antworten finden. Frank zog die Decke zu sich und dachte wieder an Lisa. Er vermisste sie.

Es dauerte eine Weile, aber dann dämmerte Frank doch noch in den Schlaf hinüber. Ein unruhiger Schlaf zwar, aber immerhin ein Schlaf.

XVII.

»Leider kann ich noch immer nicht sagen, wer die Eltern des Jungen sind.« Colonel Barry Digby hob bedauernd die Schultern. »Sorry, aber wir kommen nicht weiter. Es sind einfach zu viele Truppenbewegungen gewesen, in den letzten Jahren.«

Der leitende Colonel der britischen Untersuchungskommission hatte sich kurzfristig bei Frank und Ecki angemeldet.

»Das verstehe ich sehr gut. Um ehrlich zu sein, die Identität von Carina Cloerkes ist noch nicht endgültig geklärt. Meine Kollegen haben zwar in den Habseligkeiten ihrer Mutter eine alte Barbie-Puppe und eine Kinderbürste gefunden, aber wir warten noch auf das Ergebnis.«

»Die Mutter ist tot?«

»Nein, sie ist geistig verwirrt. Der Verlust ihrer Tochter und ihres Mannes hat sie wahnsinnig werden lassen. Die Pfleger haben einen kleinen Teil ihrer persönlichen Sachen aufbewahrt. Darunter auch diese Bürste. Vielleicht haben sie gedacht, dass die Mutter über den Kontakt mit ihren Sachen wieder in unsere Welt zurückfinden würde. Aber es hat nicht geklappt. Für uns könnte diese Bürste zum Glücksfall werden.«

»Wir haben mittlerweile alle in Frage kommenden Täter und ihre Tatmuster untersucht. Aber es passt niemand, kein britischer Staatsbürger jedenfalls, in unser Ermittlungsbild.« Digby seufzte. »Hätten wir nur so eine Haarbürste, dann wäre unsere Arbeit leichter. Auch die Namensliste der anderen Kinder stellt uns vor ein Rätsel. Ich vermute stark, dass es sich um deutsche Kinder handelt. Wenn denn ihre Namen echt sind. Was aber, was ist, wenn es sich zum Beispiel um rumänische Kinder handelt? Entführt aus ihrem Land, als lebende Ware. Wenn es so ist, werden wir sie nie identifizieren.«

»Wir haben versucht, Hünners Bewegungen der letzten zwei Jahre zu rekonstruieren. Aber wir haben ihm keinen Auslandsaufenthalt nachweisen können, geschweige denn eine Fahrt nach Rumänien.«

»Vielleicht hat er die Kinder in Deutschland übernommen?«

»Von einer Schleuserbande?«

»Denkbar. Der Menschenhandel jenseits der Grenze blüht. Das erfahren wir immer wieder. Diese Kreise sind nur schwer zu durchschauen.«

»Die Kinder werden bestellt und dann angeliefert wie Schlachtvieh?« Ecki schüttelte sich.

»Wir müssen die Identität der Kinder klären, dann haben wir auch die Hintermänner.«

»Der Fünfer Bund?«

Die beiden Ermittler nickten.

»Weird. Ich meine, verrückt. Verzeihen Sie.« Digby beugte sich um eine winzige Nuance vor.

»Grausam. Nicht verrückt. Diese Menschen sind grausam.«

»In der Tat. Sure. Natürlich. Was hat Hünner damit zu tun? Ich habe heute morgen gelesen, dass Sie ihn verhaftet haben.«

»Wir sind davon überzeugt, dass er Sabrina Genenger getötet hat und auch in die Morde an den Kindern verwickelt ist. Wir haben Aufzeichnungen bei Paul Hefter gefunden. Sie wissen, der Mann, der mit einer Ballpumpe im Arm tot im neuen Stadion im Nordpark gefunden wurde. Hefter beschuldigt Hünner massiv.«

Das Telefon klingelte. Ecki hob ab und hörte eine Weile konzentriert zu. Nachdenklich legte er auf. »Mösges will uns sprechen.«

»Der Baudezernent?«

»Ja, der Baudezernent.«

»Will er sich wieder nach dem Stand der Ermittlungen erkundigen?« Frank schnaubte verächtlich.

»Nein, er will uns etwas wichtiges mitteilen.«

»Dann sollten wir ihn nicht warten lassen.« Frank sah Digby an. »Oder müssen wir noch etwas besprechen?«

»Nein, Herr Borsch. Aber bitte informieren Sie mich weiter.«

»Sicher.«

...

In Karsten Mösges Büro türmten sich die Akten. Der Baudezernent der Stadt Mönchengladbach wirkte übernächtigt und nervös. Als Frank und Ecki den Raum betraten, schlug er gerade einen dicken Aktenordner zu. Schwerfällig stand er auf und gab den Ermittlern die Hand.

»Meine Herren, schön dass Sie kommen konnten. Wollen Sie sich nicht setzen?« Mösges deutete auf die beiden Stühle vor seinem Schreibtisch. »Bitte, entschuldigen Sie diese Unordnung. Die Arbeit wird leider nicht weniger, wissen Sie. Das Haushaltssicherungskonzept, wissen Sie. Ich dürfte das ja nicht so offen sagen, aber, die Stadt ist pleite.«

»Die öffentlichen Kassen sind leer. Das merken auch wir bei der Polizei.« Höflich ließ sich Ecki auf Mösges Smalltalk ein.

»Traurig, sehr traurig, das alles. Aber wir haben ja einen Lichtblick. Wenn die IEA baut, geht es mit der Stadt wieder aufwärts. Sie werden sehen. Die Kunden werden wieder in die Stadt strömen. Sie werden viel Geld da lassen. Und das ist gut für die ganze Stadt.«

Frank unterbrach den Baudezernenten. »Herr Mösges, Sie haben uns sicher nicht um ein Gespräch gebeten, weil Sie uns für Ihr ehrgeiziges Bauprojekt gewinnen wollen. Habe ich recht?«

Nervös betrachtete Mösges seine gepflegten Hände. »Nein, das stimmt. Natürlich nicht. Es geht«, er sah die Kommissare unsicher an, »es geht um Daniel C. Hünner. Aber das haben Sie sich sicher schon gedacht.«

Frank machte eine vage Handbewegung, um dann umso schärfer nachzufragen. »Was haben Sie uns mitzuteilen, Herr Mösges?«

Karsten Mösges zögerte einen Augenblick. »Ich bin sicher, dass Hünner da in was verwickelt ist.«

»Ja, und?« Ecki zückte sein Notizbuch.

»Sie haben ihn doch festgenommen. Wegen seiner Freundin?«

»Auch.« Was will Mösges, dachte Frank.

»Ja, genau. Da ist noch etwas.« Der Baudezernent sah von Ecki zu Frank und wieder zu Ecki.

»Was ist da noch?«, fragte Ecki ungeduldig.

»Also, ich will keine falschen Verdächtigungen aussprechen, Hünner gilt ja so lange als unschuldig, bis das Gegenteil bewiesen ist. Aber ich, ich halte es für meine Pflicht, dass ich Ihnen das jetzt sage.«

»Bitte.« Frank wurde ungeduldig.

»Ich muss vorweg schicken, dass ich ein gutes Verhältnis zu Herrn Hünner habe. Nicht, dass Sie mich falsch verstehen. Aber ich denke, es ist meine Pflicht, Angaben zu machen.«

»Herr Mösges! Bitte!«

»Daniel, also Herr Hünner, hat mir gegenüber manchmal so Andeutungen gemacht. Andeutungen, dass er in etwas hineingeraten ist. Dass er erpresst wird.«

»Geht das bitte auch etwas genauer?«

Mösges schien der Mut verlassen zu haben. Er wand sich förmlich auf seinem Sessel. Mit großen Augen sah er die beiden Kommissare an.

»Herr Mösges, bitte.«

»Genaues weiß ich wirklich nicht. Aber es soll mächtige Männer geben, die ihn unter Druck gesetzt haben. Er soll für sie gewisse Dinge besorgt haben. Dinge, die nicht erlaubt sind.« Mösges zögerte, bevor er weiter sprach. »Er hat nur so Andeutungen gemacht. Er muss furchtbar unter den Drohungen dieses Zirkels gelitten haben.«

»›Zirkel‹? Was meinen Sie mit ›Zirkel‹?« Frank hätte Mösges am liebsten geschüttelt, um schneller an dessen Aussage zu kommen.

»Nun, dieser Kreis. Hünner hat gesagt, dass ›Der Fünfer Bund‹ ihn in der Hand hätte. Wegen irgendwas. Es muss etwas Ungeheuerliches sein.«

Frank überlegte. Sie hatten bisher öffentlich nichts von diesem dubiosen Geheimbund verlauten lassen. Mösges musste also wirklich etwas wissen.

»Kann es sein, dass es mit Kindern zu tun hat?«

Mösges Augen flackerten, als Ecki die Katze aus dem Sack ließ.

»Hören Sie, Herr Mösges, Sie müssen uns sagen, was Sie wissen. Dazu sind Sie verpflichtet.« Frank lehnte sich erwartungsvoll zurück.

Karsten Mösges wurde immer blasser.

»Wovor haben Sie Angst?« Ecki schlug das schmale Büchlein zu.

»Ich habe keine Angst. Ich will da nur nicht reingezogen werden.«

»Nun machen Sie schon.«

Karsten Mösges holte tief Luft, bevor er sprach. »Also gut, meine Herren. Daniel hat mir einmal nach einer langen Fraktionssitzung mit anschließendem Saufabend erzählt, dass dieser komische Verein ›Der Fünfer Bund‹ wollte, dass er ihnen junges Fleisch besorgt. Ja, junges Fleisch, das hat er so gesagt.«

Frank dachte an Hefters Notizen. »›Junges Fleisch‹? Sollte Hünner Kinder besorgen? Meinten Sie das mit ›junges Fleisch‹?«

Mösges schüttelte den Kopf. »Ich weiß es nicht. Das hat Hünner nicht gesagt. Wir waren alle ziemlich betrunken an dem Abend.«

»Warum ist dieser Zirkel gerade auf Hünner gekommen?«

»Keine Ahnung. Das weiß ich nicht.«

»In welchen Kreisen bewegt sich Hünner normalerweise?«

»Ich weiß nur, dass Daniel viel arbeitet und viel unterwegs ist. Und dass er in der Stadt viele Freunde hat. Ganz normale Freunde. Alles ehrenwerte Leute, Ärzte, Rechtsanwälte, Bauunternehmer, Künstler. Und dass Daniel bald heiraten wollte. Daniel ist kein Pädophiler, wenn Sie das meinen.«

»Wir meinen gar nichts.«

»Ich glaube nicht, dass ›Der Fünfer Bund‹ aus Mönchengladbach kommt. Das kann ich mir nicht vorstellen.« Mösges schüttelte den Kopf.

»Sie meinen, diese Leute kommen von auswärts?« Frank sah Ecki an.

»Ja.«

»Herr Mösges, was wissen Sie wirklich?« Ecki klappte sein Notizbuch wieder auf. »Oder sollen wir Sie mit zum Präsidium nehmen? Wollen Sie das?«

»Um Gottes willen, nein.«

»Dann reden Sie endlich! Mösges!«

»Ich, ich ...«, stotterte Mösges.

Mösges holte tief Luft. »Ich glaube, dass Daniel in etwas sehr Schlimmes hineingeraten ist. Er sollte nicht nur ›junges Fleisch‹ besorgen, sondern auch Fotos und Filme von den Kindern. Sie haben ihm offenbar genau vorgeschrieben, was er tun soll.«

»Weiter, Mösges.« Frank stand auf. Seine innere Anspannung machte ihn unruhig. Er musste sich bewegen. Ungeduldig ging er ein paar Schritte in Mösges Büro hin und her.

»Mehr weiß ich nicht. Ich habe das auch nicht so genau wissen wollen. Ich wollte damit nichts zu tun haben. Verstehen Sie?«

»Was hat Hünner dafür bekommen? Geld?«

»Das weiß ich nicht.«

»Er wird Ihnen doch noch mehr erzählt haben. Hat er damit geprahlt, dass er Geld bekommen hat, möglicherweise viel Geld?«

»Nein, von Geld hat er nichts gesagt. Für Geld hätte er so etwas bestimmt nicht gemacht. Daniel hat genug Geld.«

»Was war es dann?«

»Keine Ahnung. Bestimmt nicht.«

»Womit ist er dann erpresst worden?«

»Ich weiß es doch nicht.«

»Könnte es sein, dass Hünner doch pädophil ist? Und ihn einer seiner perversen Gesinnungsgenossen mit irgendetwas erpresst? Schließlich ist er ein Politiker, der noch Karriere machen will.« Ecki machte sich Notizen.

Mösges sah Ecki erstaunt an. »Das würde ja bedeuten, dass Daniel schon vorher verbotene Dinge getan hat.«

»Die Szene kennt sich untereinander. Wer weiß, wen er wann getroffen hat. Jedenfalls wäre das eine Erklärung.«

»Aber er wollte doch heiraten.«

»Tarnung?«

Mösges sah unruhig im Zimmer umher. »Das kann ich nicht glauben.«

Er schien wirklich entsetzt zu sein, dachte Frank. Das sah nicht wie billiges Schmierentheater aus.

»Denken Sie noch einmal genau nach, Herr Mösges. Hat Hünner nicht doch noch eine Bemerkung gemacht? Irgendetwas, was uns weiterhelfen könnte. Namen? Orte?«

Mösges schüttelte den Kopf.

»Sie wissen, dass Sie Ihren Freund schwer belasten?«

»Daniel ist ein Parteifreund«, beeilte sich Mösges zu sagen.

»Aber ein enger Parteifreund, meinetwegen.« Frank sah den Baudezernenten vielsagend an.

»Was meinen Sie damit?«

»Nun, immerhin sind Sie der Baudezernent und Daniel C. Hünner ist einer der einflussreichsten Bauunternehmer in der Stadt – und der kommende Oberbürgermeister. Zumindest, wenn es nach dem Willen der KFM geht.«

»Wollen Sie damit sagen, dass es Absprachen gegeben hat? Absprachen zwischen meinem Dezernat und seinem Unternehmen?«

»Ich wollte damit gar nichts sagen. Auch nichts andeuten.«

»Um es ganz klar zu sagen, Herr Kommissar, in dieser Stadt gibt es keinen Filz und keine Korruption.« Mösges schien wirklich entrüstet.

»Nun mal langsam. Ich habe nur eine Frage gestellt.« Er musste Mösges an einer empfindlichen Stelle getroffen habe, dachte Frank.

»Wissen Sie, es ist immer einfach, gleich die Politiker und Mitglieder der Stadtverwaltung als korrupt und bestechlich zu verdächtigen, nur weil sie sich für die Zukunft dieser Stadt einsetzen. In Mönchengladbach gibt es so etwas nicht. In anderen Städten, vielleicht. Aber nicht bei uns.«

Frank konnte nicht länger an sich halten. »Ich will gar nicht wissen, was hinter den Kulissen von Politik und Verwaltung gespielt wird. Ich habe mich um die Aufklärung von Gewaltverbrechen zu kümmern.«

»Lassen Sie mich zusammenfassen«, Ecki wollte eine politische Diskussion vermeiden, »Hünner hat Ihnen gesagt, dass er erpresst wird. Dass er ›junges Fleisch‹ besorgen soll, dazu Fotos und Filme. Und Sie wissen nicht, wer hinter der Sache steckt.«

Mösges nickte.

»Sie haben wirklich keine Ahnung?«

Mösges nickte erneut.

»Und er hat Ihnen auch nicht gesagt, ob und wo er die Kinder, um die ging es ja wohl, ›besorgt‹ hat?«

Mösges schüttelte stumm den Kopf.

»Und Sie haben auch nie solche Fotos oder Filme gesehen?«

Mösges schüttelte erneut den Kopf.

»Auch nicht zufällig?«

»Um Gottes willen, nein.« Mösges schrie fast auf.

»Das können Sie bezeugen? Dass Hünner Ihnen das erzählt hat?«

»Muss ich?«

»Unter Umständen.«

Mösges sank in seinem Sessel zurück.

»Ist Ihnen nicht gut?« Frank ahnte, was in Mösges arbeitete.

Der Baudezernent winkte stumm ab.

Die beiden Kommissare standen auf und verabschiedeten sich. »Wir kommen wieder, Herr Mösges.«

Nachdem die Beamten gegangen waren, blieb der Baudezernent noch lange nachdenklich an seinem Schreibtisch sitzen. Dann stand er auf, nahm seine Aktentasche, die an seinem Schreibtisch lehnte und ging zu seinem Schrank neben dem Fenster. Die Fächer waren leer, bis auf ein ausgeschaltetes Mobiltelefon, das im mittleren Teil des Schrankes lag. Entschlossen packte er das Handy in seine Aktentasche, die er anschließend sorgfältig verschloss. Obwohl er wusste, das sonst nichts im Schrank sein konnte, stellte er sich auf die Zehenspitzen, um auch die oberen Fächer zu kontrollieren. Zufrieden ging er an seinen Platz zurück und meldete sich über die Telefonanlage bei seiner Sekretärin.

»Machen Sie bitte einen Termin im Nordpark, Frau Abts. Melden Sie das Bauordnungsamt für eine Begehung an. Und sagen Sie den Herren vom Verein, dass ich persönlich an dem Termin teilnehmen werde. Was? Nein, sagen Sie nur, dass wir eine Begehung des Warmtraktes machen werden. Nein, mehr müssen die Herren nicht wissen. Danke.«

...

Frank und Ecki saßen Daniel C. Hünner gegenüber. Sie hatten ihn gerade mit Mösges Angaben konfrontiert.

Der Unternehmer hatte ihnen zunächst mit einem spöttischen Zug um den Mund zugehört. Je mehr die beiden Ermittler aber von dem Gespräch mit Mösges berichteten, umso blasser und unruhiger wurde der Bauunternehmer. Frank beobachtete, wie Hünner nervös seine Hände knetete, bis er sie schließlich unbewusst zu Fäusten ballte.

Im Vernehmungsraum war es nun still. Nur das Geräusch der sich drehenden Spule des Aufnahmegeräts war zu hören.

Frank beobachtete Hünner, der stur auf die Tischplatte starrte und sich nicht bewegte. Sie hatten Hünner erneut ins Präsidium vorgeladen. Zunächst hatte er sich gewehrt und sie an seinen Anwalt verwiesen. Dann aber hatte er eingelenkt und war ihnen doch noch, wenn auch äußerst widerwillig, ins Präsidium gefolgt. Frank hatte das Gefühl, dass es Zeit wurde für einen Haftbefehl. Bevor sie zum Nordpark gefahren waren, hatte er darüber kurz mit Staatsanwalt Böllmann gesprochen.

Böllmann hatte grundsätzlich nichts gegen einen Haftbefehl, gab aber zu bedenken, dass es sich bei Hünner um eine bedeutende Person im öffentlichen und politischen Leben der Stadt handelte und dass die Gründe für einen Haftbefehl genauestens geprüft werden müssten.

Frank waren diese politischen motivierten Überlegungen gegenüber völlig gleichgültig. Er wollte nur die Wahrheit wissen.

»Nun?« Frank war das Warten leid.

Hünner reagierte überhaupt nicht. Stattdessen schien er sich sehr für die Technik des Tonbandgeräts zu interessieren.

»Mein Kollege hat Sie etwas gefragt, Herr Hünner. Wollen Sie uns nicht antworten?« Ecki klang angespannt.

Hünner sah in Eckis Richtung, ohne ihn wirklich anzusehen. »Ich habe Ihnen nichts zu sagen. Außer, dass Mösges lügt. Der Mann will mir nur schaden. Ein Trittbrettfahrer, mehr nicht.«

»Es klang aber sehr plausibel, was Herr Mösges über Sie erzählt hat.« Frank ließ seine Augen nicht von Hünner.

»Ach, ja? Plausibel? Meinen Sie? So plausibel wie diese Schmierereien von diesem Hefter? Haben Sie nichts besseres, um mich zu belasten?«

Hünner hatte nicht ganz Unrecht. Beweise hatten sie noch nicht gegen ihn. Frank wollte den Politiker trotzdem nicht so schnell ziehen lassen.

»Wir werden Ihr ganzes Leben und Ihre ganze Firma so lange auf den Kopf stellen, bis wir etwas gefunden haben. Darauf können Sie sich verlassen. Und wir werden etwas finden. Ich bin sicher, dass Sie Sabrina Genenger getötet haben und dass Sie an den Morden von zumindest zwei Kindern beteiligt sind, Herr Hünner.«

»Warum sollte ich das tun?« Hünner sah Frank gelangweilt an.

»Weil Sie krank sind Hünner, krank. Sie gehören in eine Anstalt.«

»Sie, seien Sie ja vorsichtig, was Sie sagen, Herr Kommissar. Das könnte Ihnen später leid tun.« Hünner sah jetzt wütend aus.

»Habe ich Sie an einem empfindlichen Punkt getroffen?«

»Nichts haben Sie.« Hünner überlegte einen Augenblick und sprach dann weiter. »Sie sollten sich lieber um Mösges kümmern. Mösges hat selbst Dreck am Stecken. Und zwar nicht zu knapp.«

Frank verdrehte die Augen.

»Was hat Mösges mit der Sache zu tun?«

»Mösges erpresst.« Hünner sah triumphierend zwischen den Beamten hin und her.

»Wen und womit?«

»Mösges hat kleine, stecknadelkopfgroße Kameras in den Kabinen im Nordpark eingebaut. Damit kann er sehen, was in der Halbzeitpause oder nach dem Training dort los ist.«

Frank lachte ungläubig. »Das kann doch nicht Ihr Ernst sein!«

»Doch, mein völliger Ernst. Mösges verdient mit den Bildern einen Haufen Kohle. Es gibt genug Verrückte, die für intime Fotos aus den Mannschaftsräumen eine Menge Geld zahlen. Und ich meine wirklich *intime* Fotos.«

»Quatsch.«

»Fragen Sie Mösges.«

»Die Kameras hätte man doch längst entdeckt.«

»Es gibt mittlerweile Minikameras, die nicht größer als die Spitze eines Kugelschreibers sind. Wurden sogar von einer Mönchengladbacher Firma entwickelt. Für den Einbau in Flugzeugen, um bei Entführungen das Cockpit und die Kabine überwachen zu können.«

Ecki wurde neugierig. »Und wer hat die Kameras eingebaut, und wo?«

»Fragen Sie Mösges. Er hat den Neubau der Arena doch begleitet, von Amts wegen. Er kennt sich da aus. Diese Kameras sind schnell in einem Mauerwinkel versteckt. Er hat mir mal so ein Ding gezeigt.«

»Und was für Fotos hat er damit gemacht?«

Hünner lächelte süffisant. »Das müssen Sie ihn schon selbst fragen. Sehr intime Fotos. Ich sage nur: Dusche.«

Frank blieb unbeeindruckt. »Und wer sollen die Abnehmer sein?«

»Es gibt genug Herren, die an solchen Bildern Spaß haben.«

»Mösges hat Fußballspieler heimlich beim Duschen fotografiert oder gefilmt? Das klingt doch absurd.« Ecki glaubte Hünner kein Wort.

Der Oberbürgermeisterkandidat tat beleidigt. »Bitte. Sie müssen mir ja nicht glauben. Aber ich bin davon überzeugt, dass die Bilder in diesen Kreisen hoch gehandelt werden.«

»Schweinereien sind das.«

»Nein, das sind, ja, lassen Sie es mich so ausdrücken: Diese Bilder sind ganz besondere Fanartikel.«

»Das würde der Verein nie zulassen. Niemals.«

»Herr Kommissar, Sie wissen gar nichts, der Verein hat davon keinen blassen Schimmer. Die Manager denken, sie haben den sichersten Bunker der ganzen Bundesliga.« Hünner lachte meckernd.

»Die Abnehmer? Hünner, die Abnehmer dieser Fotos!«

»Die Hintermänner kenne ich nicht. Vermutlich halten sie nur über Mittelsmänner Kontakt mit Mösges. So wird es sein.«

»So eine Art Geheimbund, meinen Sie das?«

»Ja, so in der Art.«

»In der Art von ›Der Fünfer Bund‹?«

»Denkbar ist alles.« Hünner machte ein listiges Gesicht. »Sogar Erpressung. Wer diese Bilder in der Hand hat, hat auch die Spieler in der Hand.«

»So ein Blödsinn.« Ecki wurde wütend.

Frank war Hünners Theater satt. »Wie auch immer, Herr Hünner, darum können sich andere kümmern. Hier und heute geht es um Mord. Und dafür sind wir zuständig. Und nur das ist unser Thema.«

»Dazu habe ich nichts mehr zu sagen. Das Thema ist für mich durch. Sie verschwenden Ihre und meine Zeit. Und nun lassen Sie mich bitte wieder gehen. Ich habe zu tun. Ich muss versuchen, den Schaden, den Sie mit Ihrem unnötigen Auftritt im Rat angerichtet haben, aufzufangen. Das wird mich viel Zeit und Arbeit kosten. Guten Tag, meine Herren.«

Hünner stand tatsächlich vom Tisch auf, als habe er gerade eine Besprechung mit seinen Mitarbeitern beendet.

»Moment mal. So schnell geht das nicht. Sie haben, glaube ich, nicht den Ernst der Lage erkannt. Sie gehen erst, wenn wir sagen, dass Sie gehen können.« Dieser Typ ist wirklich dreist, dachte Frank.

»Regeln Sie den Rest mit meinem Anwalt, Herr Borsch. Guten Tag.«

Hünner geht wirklich! Frank traute seinen Augen nicht. Er wollte aufspringen und Hünner zurückhalten.

Ecki legte seine Hand auf Franks Arm. »Lass ihn gehen. Wir werden ihn schon noch festnageln. Vielleicht ist es ganz gut, dass er sich sicher fühlt. Dann macht er umso eher einen Fehler. Du wirst sehen.«

Hünner drehte sich beim Hinausgehen nicht einmal mehr um.

»Dieser Mensch macht mich wahnsinnig, Ecki!«

»Das ist genau das, was er will. Er will dich aus der Reserve locken. Dann bist du angreifbar. Denk daran, Hünner ist ein gewiefter Hund. Der hat schon so manche politische Diskussion auf diese Art geführt. Und gewonnen. Sonst wäre er nicht so weit gekommen.«

Frank knurrte etwas Unverständliches.

»Was sagst du zu seinen Anschuldigungen?« Ecki rieb sich die Augen, er hatte in den vergangenen Nächten wenig Schlaf bekommen.

»Der spinnt. Reines Ablenkungsmanöver.«

»Wär schon ein Hammer. Das würde einen Riesenwirbel im Blätterwald geben. *Nackte Profis heimlich fotografiert* oder so ähnlich.«

»Was sollte Mösges schon davon haben? Nee, ich kann mir das nicht vorstellen. So ein Baudezernent verdient doch genug Kohle.«

»Schwaches Argument, Frank. Die Kohle käme doch schwarz rüber. Und wer weiß, kann doch sein, dass auch Mösges eine perverse Seite hat und seine Neigungen auf diese Weise auch noch versilbert bekommt.«

»Widerlich.«

»Ich kann mir schon vorstellen, dass man mit solchen Fotos bestens erpressen kann. Sowohl den Lieferanten als auch die Sportler selbst.«

»Erpressung?«

»Warum nicht? Nach dem Motto: Wenn du nicht willst, dass Millionen Leser deinen nackten Hintern sehen, dann musst du uns mal einen Gefallen tun.«

»Und? Was sollte das sein, zum Beispiel?«

»Och, das ein oder andere Spiel absichtlich verlieren ...«

»Hör auf mit diesen Verschwörungstheorien. Lass uns für heute einpacken. Morgen machen wir weiter.«

»Das ist durchaus keine Spinnerei. Du weißt selbst, was in der Bundesliga in dieser Hinsicht so alles möglich ist.«

»Aber hier?«

»Auch in Mönchengladbach blüht das Verbrechen.«

»Und ich heiße Sepp Herberger. Meinetwegen setz Schalke darauf an. Aber ich sage dir, an der Sache ist nichts dran. Das ist ein Ablenkungsmanöver von Hünner. Ein verdecktes Foul, sozusagen. Das bringt nicht mehr als eine gelbe Karte, du wirst sehen.«

»Möglich.«

»Ich fahre jetzt zur Probe. Heute kommt unser neuer Bassist.«

»Die Abwechslung wird dir sicher gut tun.« Ecki dachte an Lisa. Ihren Namen wollte er jetzt lieber nicht nennen.

»Du klingst wie meine Mutter. Die hat auch immer gesagt: Fahr vorsichtig, mein Junge.«

»Ich meine es nur gut mit dir.«

»Das ist ja das Problem.« Frank musste grinsen.

Ecki stutzte, dann grinste auch er.

»Danke, übrigens, dass du mit Laumen um unser Auto gekämpft hast. Vor allem um unseren CD-Player.«

Ecki warf sich in die Brust und deklamierte im Stil eines alten Wiener Burgschauspielers: »Es war nicht einfach. Aber es hat sich gelohnt.« Er ließ sich wieder zurückfallen. »Nee, ehrlich gesagt, es war gar nicht so schwierig. Entweder hatte Laumen seinen guten Tag, oder er hat einen Wink von oben bekommen, uns gefälligst in Ruhe zu lassen.«

»Wie auch immer. Hauptsache, die Musik läuft wieder.«

»Hauptsache, dass du wieder an Bord bist.«

Franks Miene verdunkelte sich für einen Augenblick. Seine Augen verrieten, dass er in seinen Gedanken weit weg war.

XVIII.

Alexander Rauh stand in seinem Schlafzimmer und sah aus dem Fenster. Sein Entschluss stand fest. Er hatte genug. Eine Zukunft hatte er nicht mehr. Weder als Fußballer noch als sonst wer.

Drei Tage war er nicht zum Training erschienen. Er hatte sich ordentlich abgemeldet. Sein Fernbleiben hatte er mit Magenproblemen erklärt. Vom Assistenztrainer war keine Rückfrage gekommen, geschweige denn ein mitfühlendes Wort von seinem Trainer.

Alexander hatte keine andere Reaktion erwartet, trotzdem fühlte er sich tief getroffen. Er hatte nach dem Telefonat im Wohnzimmer auf der Couch gesessen und mit den Tränen gekämpft. So konnte man doch nicht einfach mit ihm umgehen.

Den ganzen Nachmittag über hatte er in den Alben mit den alten Berichten geblättert, in denen er erwähnt war. Er hatte sich wehmütig die Zeitungsfotos angesehen, auf denen er meist im Zweikampf um den Ball zu sehen war. So kannten ihn die Fans: Immer auf Höhe des Balls, immer ein zuverlässiger Spieler, der seinem Gegenspieler keine Chance ließ.

Wie es aber hinter dieser Fassade aussah, dass wussten die Fans nicht. Und das war gut so. Das ging keinen was an. Wichtig war allein die Garantie, dass Alexander Rauh eine feste Größe in der Rechnung der Trainer war. Absolut loyal und ein Vorbild; auch außerhalb der Stadien.

Er sah auf die Straße. Der Wagen des *Bild*-Reporters war endlich weg. Der Mann hatte ihn über Tage regelrecht belagert. Was hatte er sich erhofft? Dass er ihn von seinem Fenster aus mit Stühlen oder seinem Fernseher bewerfen würde? Dass er ihm den *Stinkefinger* zeigen würde?

Er hätte es besser wissen müssen. Rauh war außerhalb des Platzes nie ausgeflippt, hatte nie die Kontrolle über sich verloren. Weil er genau die Konsequenzen kannte. Selbst als damals die betrunkene Frau im *Markt 26* ein Glas Bier über seinem Kopf ausgeschüttet hatte, aus Wut über seinen verschossenen Elfmeter, war er ruhig geblieben und hatte sich vom Wirt lediglich ein frisches Handtuch geben lassen. Das war eben der Preis gewesen für sein Leben als Profifußballer. Das war doch auch nie ein Problem. Im Gegenteil, ihm war es immer nur recht gewesen, wenn die Journalisten an ihm vorbeigingen, um anderswo ihre Geschichten zu bekommen.

Aber seit er von diesem Hünner unter Druck gesetzt wurde, seit er die Fotos gesehen hatte, die ihn nackt unter der Dusche zeigten, seine Puppe zärtlich im Arm, hatte sich die Welt in eine tiefschwarze Höhle verkehrt, ohne Hoffnung, den Weg nach draußen finden zu können.

Nun war alles zerstört. Seit heute hatte er kein Ziel mehr. Er hatte sich wieder zum Training geschleppt und war doch nur mit dem Satz begrüßt worden: »Bist du bescheuert, warum kommst du nicht zum Training?« So als habe seine offizielle Krankmeldung keinen Wert gehabt.

Er hatte nicht lang überlegt, sich auf dem Absatz umgedreht und war wieder in seinen Wagen gestiegen. Ohne Ziel war er anschließend durch die Stadt gefahren. Dieser eine Satz hatte ihm endgültig klargemacht, dass er in diesem Geschäft nichts mehr zu suchen hatte. Dass er nicht mehr gebraucht wurde. Er hatte die wüsten Beschimpfungen nicht mehr gehört, die ihm hinterhergerufen worden waren.

Schließlich war er irgendwann am Schloss Rheydt ausgestiegen, war dann, ohne es zu bemerken, die Wege entlanggegangen, die er mit der Mannschaft regelmäßig als Trainingsstrecke benutzt hatte. Er hatte auch die Spaziergänger nicht bemerkt, die ihn gegrüßt oder einfach nur angestarrt hatten. Er hatte an die Zeiten gedacht, in denen er fröhlich und unbekümmert im Pulk der anderen Spieler mitgelaufen war. Als er schließlich am Eingang zum Schlosshof angekommen war, erschien ihm die Umgebung leer und wüst.

Wieder zu Hause schob er die Gardine zur Seite und öffnete das Fenster. Er schwang den Fensterflügel ganz zur Seite. Draußen schien die Sonne, aber er sah sie nicht. Er wollte nur die Luft einatmen. Aber sie kam ihm schal und abgestanden vor. Er fühlte, wie sie ihm den Atem nahm. Er klammerte sich an das Fensterbrett. Er hatte das Gefühl, den Boden unter den Füßen zu verlieren.

Nur mit äußerster Konzentration auf seine Muskeln und seine Hände konnte er das Fenster wieder schließen. Endlich lehnte er sich mit dem Rücken an das Fensterbrett und atmete schwer. Sein Leben als Fußballer war mit dem heutigen Tag zu Ende. Soweit hatte er es begriffen. Aber was würde danach kommen?

Er überlegte. Er würde Hünner anzeigen. Sein Vorwurf würde genau zum richtigen Zeitpunkt kommen. Wenn es stimmte, was in der Zeitung stand, dann war Hünner ein Mörder im doppelten Sinn. Er hatte ihm, dem Fußballer, das Leben geraubt, und auch dieser Frau. Für ihn bestand kein Zweifel, dass Hünner ein Mörder war.

Er verwarf den Gedanken sofort wieder. Denn, zeigte er Hünner an, würde auch seine eigene Geschichte ans Tageslicht kommen, zwangsläufig. Und das wollte er auf keinen Fall. Es war so schon schlimm genug. Die Medien würden auf jeden Fall über ihn herfallen. Einen schwulen Fußballstar durfte es nicht geben. Nein, dann zahlte er lieber den Preis der unerfüllten Genugtuung und verratenen Gerechtigkeit. Es konnte kein Preis zu hoch sein, um sich selbst zu schützen.

Alexander stöhnte unter der Last seiner Gedanken. Warum hatte ihm niemand gesagt, dass das wahre Leben kein Spiel, sondern der Kampf um dass eigene Dasein war, manchmal sogar mit tödlichen Waffen.

Blieb nun nur noch die Frage nach seinem offiziellen Abgang. Er würde den Verein nicht aus der Verantwortung entlassen. Sie würden ihn weiter bezahlen müssen. Sie würden einen Weg finden. Sein Berater musste einen Weg finden. Dafür hatte er in den vergangenen Jahren genug an ihm verdient. Und er sollte ihm ja nicht mit dem Gefasel kommen, dass Vertrag Vertrag war und dass Alexander gefälligst die Nerven behalten und sich zusammenreißen sollte. Nein, sein Berater musste mit dem Verein verhandeln, um einen ordentlichen Abgang zu erreichen. Denn das war der Verein ihm schuldig, nach all den Jahren. Alexander Rauh wollte in der Öffentlichkeit unbeschadet bleiben. Wenigstens das.

Er würde freiwillig auf ein Abschiedsspiel verzichten, obwohl es ihm zustand. aber er wollte so schnell wie möglich aus diesem Haifischbecken raus. Er ging mit steifen Schritten ins Wohnzimmer zurück und setzte sich. Dann wählte er die Nummer seines Beraters.

...

Frank war nach der Probe doch noch zu sich nach Hause gefahren. Ihm war zwar nicht wohl bei dem Gedanken gewesen, in die leere Wohnung zu kommen, aber er hatte Ecki und Marion nicht in Verlegenheit bringen wollen, auf ihn warten zu müssen.

Nun lag er in der Badewanne, eine kalte Bügelflasche *Landbier* in der Hand, und träumte sich zu Lisa. Was mochte sie gerade tun? Er öffnete die Augen. Seine Stimmung drohte in Verzweiflung umzuschlagen. Mit einem Ruck stieg er aus der Wanne. Tropfnass ging er ins Wohnzimmer, stoppte die CD und stellte die Flasche ab. Zu viel Gefühl jetzt. Auf dem Weg in die Küche nahm er im Bad ein Handtuch vom Haken und begann sich abzutrocknen. Er hatte Hunger. Außerdem musste er sich ablenken.

Frank dachte an die Probe. Sie war erstaunlich gut gelaufen. Er hatte seit langem mal wieder völlig abschalten und sich in seiner Musik verlieren können. Der ganze Stress war mit einem Mal weg gewesen.

Der Neue in der Band machte einen sympathischen Eindruck. Wimo ist ein echter Frauentyp, würde Lisa sagen, jemand zum Kuscheln und Anlehnen. Frank war vom ersten Ton an beeindruckt gewesen von der Spielweise des Bassisten. Wimo passte gut zur Band.

...

»Dass es so schnell gehen würde, habe ich nun doch nicht gedacht.« Ecki hielt Frank die Zeitung hin. »Da, lies.«

Frank stellte ergeben seinen Joghurtbecher zur Seite. Seit Ecki ihn vom Dach des Krankenhauses geholt hatte, versorgte ihn sein Freund mit allerlei »Gesundem«, wie er sagte. Vermutlich in der Annahme, dass in Franks Körper die Mischung aus allerlei »ungesunden« Gedanken und der sich über viele Jahre angesammelten Umweltgiften zu der mentalen Eskalation geführt haben mussten. »Was meinst du?«

Die Frage erübrigte sich beim Blick auf den Aufmacher der Seite:

Parteiausschluss: Daniel C. Hünner abgelöst

KFM mit neuem OB-Kandidaten.

Unternehmer nicht länger tragbar. Mösges soll es nun richten.

Von Herbert Baumann

„Wir haben die Notbremse ziehen müssen", erklärte der Parteivorsitzende der Kommunale für Mönchengladbach, KFM, Peter Pausen, gestern Abend nach der überraschend einberufenen Sondersitzung der Parteispitze. Und: „Wir mussten frühzeitig einen möglichen Schaden von der Partei abwenden und mit aller Kraft den Neuanfang wagen. Herr Hünner gehört ab sofort auch nicht mehr der Kommunale für Mönchengladbach an. Wir haben ihn mit einstimmigem Beschluss aus der KFM ausgeschlossen. Für seinen weiteren Lebensweg wünschen wir ihm alles Gute."

Die Nachricht, dass der schon als künftiger Oberbürgermeister gehandelte KFM-Kandidat Daniel C. Hünner ab sofort nicht mehr an der Wahl zum höchsten Amt der Stadt Mönchengladbach teilnimmt, schlug bei allen anderen Fraktionen wie eine Bombe ein. Aber der Reihe nach:

Der bekannte, aber auch nicht unumstrittene Unternehmer Daniel C. Hünner ist seit einigen Wochen in das Visier der Fahnder geraten. Nach uns vorliegenden Informationen wurde er bereits mehrfach von der Polizei zum Tod seiner Lebensgefährtin Sabrina Genenger vernommen (wir berichteten). Offenbar hat er bisher seine Unschuld belegen können. Trotzdem sollen die Ermittler erhebliche Zweifel an den Aussagen des ehemaligen OB-Kandidaten haben. Aus Kreisen der Justiz verlautete bereits vor einigen Tagen, dass es weitere Ermittlungen „im Fall Genenger" gibt, und auch „Herr Hünner weiter ein interessanter Gesprächspartner bleibt." Über den Tod der jungen Frau hinaus soll Hünner angeblich auch zu den beiden toten Kindern befragt werden, die, wie bereits berichtet, am Bökelberg und im Hauptquartier gefunden wurden. Diese Annahme wird von der Justiz allerdings weder bestätigt noch dementiert.

„Zum Wohle der Stadt und der Partei können wir nicht mit einem Kandidaten in den Wahlkampf gehen, der sich nicht unbelastet einzig in den Dienst der Sache stellen kann“, meinte Pausen während der improvisierten Pressekonferenz in der KFM-Zentrale. Weiter erklärte er den wartenden Journalisten: „Wir sind sicher, in Karsten Mösges einen Mann gefunden zu haben, der uns weiterhelfen kann. Karsten Mösges ist schon lange Mitglied unserer Partei und genießt das volle Vertrauen der gesamten KFM. Karsten Mösges wird unsere Politik an die Spitze der Stadt bringen. Wir werden entscheidend dazu beitragen, dass sich Mönchengladbach in die richtige Richtung entwickelt.“

Die Kritik, dass Mösges einer breiten Öffentlichkeit kaum bekannt und politisch weitgehend unerfahren ist, mochte Peter Pausen nicht gelten lassen: „Sie müssen bedenken, dass er als Beigeordneter eine profunde Kenntnis der Verwaltungsabläufe hat. Außerdem wird er als Oberbürgermeister die künftigen Aufgaben, besonders im Bereich der Stadtentwicklung, hervorragend bewältigen. Ich erinnere nur daran, dass er von Anfang an in die Verhandlungen mit der IEA über das wichtigste Leuchtturmprojekt dieser Stadt eingebunden ist.“

Sowohl CDU, FDP, SPD, Grüne als auch FWG geben an, dass die neue politische Situation keinerlei Einfluss auf ihre Strategie im Kampf um den Posten des OBs hat. So meinte SPD-Franktionschef Lothar Reine: „Unsere Position ist klar, wir haben immer schon gesagt, dass es zum jetzigen OB keine Alternative gibt. Ob der KFM-Kandidat nun Hünner heißt oder Mösges, für uns spielt das keine Rolle.“ Zu den laut gewordenen Vorwürfen gegen Hünner wollte er nicht Stellung nehmen, ebenso wenig die Fraktionsvorsitzenden der anderen Parteien. Unisono heißt es: „Das ist allein Sache der Ermittler. Schlimm genug, dass damit unsere Stadt in die Schlagzeilen gerät. Etwas Vergleichbares hat es in Deutschland bisher noch nicht gegeben.“

Die Parteispitze der KFM hat Hünner übrigens abgesetzt, ohne den Unternehmer von ihrer Absicht zu unterrichten. Der frisch geschasste OB-Kandidat war für eine Stellungnahme nicht zu erreichen. In seinem feudalen Büro im Nordpark lief lediglich der Anrufbeantworter. Offen bleibt, ob am Ende die Kommunale für Mönchengladbach nicht doch durch die Vorgänge um ihren Spitzenkandidaten ins Schlingern gerät. Womöglich kommt die Trennung von Hünner schon zu spät.

»Unglaublich.« Frank ließ die Zeitung sinken. »Da kann man mal sehen, kaum ist der eine Kandidat in Ungnade gefallen, taucht schon der nächste auf. Und die Parteispitze tut so, als sei dies die natürlichste Sache der Welt. Scheint so, als habe man nur auf eine Gelegenheit gewartet, um Hünner loszuwerden.«

»Moment«, protestierte Ecki, »mal abgesehen von unseren Ermittlungen, welche Partei kann es sich leisten, einen Mann wie Hünner an vorderster Linie stehen zu haben? Das fällt doch auf alle zurück. Ich kann verstehen, dass die sich von Hünner getrennt haben.«

»Du klingst wie ein Politiker.«

»Quatsch. Du weißt schon, wie ich das meine.« Ecki lehnte sich in seinem Schreibtischstuhl zurück und legte seine Hände auf seinen Bauch.

»Was mag Hünner dazu sagen, dass sie ihn demontiert haben?«

»Er wird das mit einem Lächeln aussitzen.« Ecki nickte vielsagend.

»Meinst du?«

»Jedenfalls wird die Sache immer bunter. Wenn ich daran denke, dass Mösges angeblich Bilder nackter Spieler verkauft haben soll – so einer will nun Oberbürgermeister werden?« Ecki schüttelte den Kopf. »Sachen gibt's. Ich versteh die Welt nicht mehr.«

»Noch wissen wir gar nicht, ob etwas dran ist an der Geschichte. Es hat sich noch niemand gemeldet, der durch Mösges geschädigt worden ist.«

Ecki winkte ab. »Du glaubst doch nicht im Ernst, dass sich jemand meldet. Wenn die Spieler etwas gemerkt haben sollten, hätten sie am Ende doch Schiss, dass sie in den Medien vorgeführt werden. Wer will schon seinen nackten Hintern in der Zeitung sehen? Nee, so lange kein Bild veröffentlicht wird, meldet sich auch kein Geschädigter.«

»Wer weiß, ob die Story überhaupt stimmt.«

»Genau, lass uns lieber mit Hünner weitermachen.«

»Sag ich doch. Aber was haben wir wirklich in der Hand?« Frank kratzte sich nachdenklich am Kinn.

»Wir müssen ihn immer und immer wieder mit unseren Ermittlungen konfrontieren. Der wird schon einknicken. Davon bin ich überzeugt.« Ecki beugte sich vor. »Irgendwann fällt auch einer wie Hünner um. Und dann haben wir ihn.«

»Wir dürfen nur keinen Fehler machen.«

»Nun komm schon, du wirst doch jetzt nicht so rumeiern wollen wie Böllmann!«

Eine Stunde später saß Hünner wieder im Vernehmungsraum. Sie hatten seiner Sekretärin Druck gemacht. Zunächst hatte sie behauptet, Hünner sei angeblich auf einer Tagung in München. Erst als sie mit dem Staatsanwalt und einem Haftbefehl gedroht hatten, hatte sich

Hünner über sein Mobiltelefon gemeldet und zugesagt, zur Theodor-Heuss-Straße zu kommen. Dabei betonte er, dass er freiwillig erscheinen würde.

Der Unternehmer wirkte übernächtigt. Seine Haut war blaß. Sein teurer Anzug und sein sonst korrekt gebügeltes Hemd sahen aus wie achtlos übergeworfen. Von Hünners jugendlichem Charme und seiner entschlossenen Körperhaltung, war nichts geblieben. Der Mann hatte in den vergangenen zwei Tagen mächtig an Kontur verloren, dachte Frank.

»Haben Sie die Zeitungen gelesen?«

Hünners Blick ging am eingeschalteten Tonband vorbei ins Leere.

»Haben Sie die Zeitungen gelesen?«

Hünner antwortete mit leiser Stimme. »Was meinen Sie, Herr Kommissar? Dass ich nicht weiß, dass die KFM nicht mehr meine Partei ist? Wie naiv sind Sie eigentlich?«

»Seit wann wissen Sie es?« Ecki hakte nach.

»Ich weiß es seit gestern Abend.«

»Aber ich denke, man hat Sie nicht informiert?«

»Auch wenn Sie es nicht glauben, ich habe immer noch Freunde, die zu mir stehen.«

»Man hat Sie angerufen?«

Hünner antwortete nicht.

»Diese Freunde, wie Sie sagen, wer sind die?«, fragte Frank.

»Das tut hier nichts zur Sache. Freunde eben.«

»Die Ihnen nicht haben helfen können?«

»Manchmal ist es besser, nichts zu tun und abzuwarten.«

»Was meinen Sie damit?« Ecki rückte näher an den Vernehmungstisch.

»Das, was ich gesagt habe. Manchmal ist abwarten besser.«

»So wie Sie abwarten, dass sich das Blatt für Sie doch noch wendet?«

Hünners Blick ging unbeirrt weiter ins Nirgendwo.

Frank sah Ecki an, bevor er sprach. »Herr Hünner, haben Sie uns etwas zu sagen?«

Hünner schwieg. Er bewegte sich mit keiner Faser seines Körpers. Frank hatte das Gefühl, er horchte dem Klang der Worte nach. Seine Augen blieben dabei ausdruckslos.

Auch die beiden Kommissare sagten nichts.

Schließlich brach Ecki das Schweigen. »Herr Hünner, Sie haben sich in Dinge verstrickt, aus denen es für Sie keinen Ausweg mehr gibt. Es sei denn, Sie wollen reinen Tisch machen.«

Wieder war nur das gleichförmige Surren der Tonbandspulen zu hören.

Schließlich ging so etwas wie ein Zittern durch Hünners Körper. Der Unternehmer streckte sich. »Ich möchte eine Aussage machen.«

Die beiden Kommissare wechselten einen kurzen Blick.

»Bitte.« Franks Stimme klang fast freundlich.

Zunächst schwieg er, dann räusperte sich Hünner. »Der technische Beigeordnete der Stadt Mönchengladbach, Karsten Mösges, kann nicht als Kandidat der KFM zur Wahl des Oberbürgermeisters antreten.«

Verblüfft sah Frank zu Ecki.

»Karsten Mösges betrügt die Stadt. Es gibt geheime Absprachen zwischen ihm und der IEA. Die Firma hat Geld an Mösges gezahlt, viel Geld, damit er den Weg frei macht für dieses Einkaufszentrum.«

Frank konnte sich kaum beherrschen. »Hören Sie zu, Hünner. Erst diese Geschichte mit den angeblichen Nacktfotos der Fußballprofis. Und nun kommen Sie mit dieser Räuberpistole. IEA, Mösges. Was kommt denn noch alles? Mann, merken Sie nicht, dass Sie sich lächerlich machen? Wissen Sie eigentlich immer noch nicht, warum Sie hier sind? Wollen Sie auch hier drin noch Wahlkampf machen? Hünner, ich sage es zum hundertsten Mal, und ich werde es immer wieder sagen: Ich bin davon überzeugt, dass Sie Ihre Freundin auf dem Gewissen haben. Sie haben Sabrina Genenger getötet! Und Sie haben mit dem Tod der kleinen Kinder zu tun. Gestehen Sie endlich! Sie kommen aus der Nummer nicht mehr raus. Da hilft Ihnen Ihr politisches Taktieren einen Dreck. Sie haben keine Freunde mehr. Im Gegenteil. Sie verstricken sich immer tiefer in Ihr Lügengebäude. Seien Sie endlich der Mann, der Sie zu sein vorgeben! Zeigen Sie wenigstens einmal in Ihrem Leben Charakter! Stehen Sie zu dem, was Sie getan haben.« Erschöpft sank Frank auf seinen Stuhl zurück.

Hünner war während Franks Gefühlsausbruch völlig ruhig geblieben. So, als ginge ihn das Ganze nichts an; so, als sei er gar nicht gemeint.

Auch Ecki hatte die Geduld verloren. »Mann, Hünner, reden Sie endlich. Erleichtern Sie Ihr Gewissen. Sie haben jetzt die Chance dazu. Sie werden sehen, es wird Ihnen danach besser gehen. Das weiß ich. Wenn die Wahrheit ans Licht gekommen ist, werden Sie wie befreit sein. Ihre Schuld erdrückt Sie, Hünner. Sie sind nicht so stark. Das halten Sie nicht aus. Die Beweise gegen Sie werden wir bald in Händen haben. Dann ist es sowieso aus.«

Hünner reagierte nicht.

»Wollen Sie einen Kaffee?«, fragte Frank unvermittelt.

Hünners Schweigen lag wie ein dicker Filz im Raum.

Ecki stand auf und verließ den Raum. Kurz darauf kam er mit drei Bechern Kaffee zurück. Einen stellte er vor Hünner. »Milch und Zucker?«

Ohne seinen Blick von dem imaginären Punkt im Raum abzuwenden, griff Hünner nach dem Becher und trank vorsichtig schlürfend. Dann hielt er den Becher mit beiden Händen umklammert, als sei ihm kalt.

»Nun? Haben Sie sich zu einer Aussage entschlossen?« Frank trank einen Schluck. Der Kaffee schmeckte stark und bitter.

»Sie glauben mir ja doch nicht. Ich bin unschuldig. Ich bin nicht Täter, ich bin Opfer. Ich klage Sie an. Sie sehen ja, wohin mich Ihre Ermittlungen gebracht haben. « Hünners Stimme klang müde und brüchig.

»Reden Sie ruhig weiter.«

»Ich will nach Hause. Ich will nur noch meine Ruhe.«

»Für Sie gibt es keine Ruhe mehr.« Frank schlug mit der flachen Hand auf den Tisch. Die Löffel klirrten in den Bechern. Ecki zuckte zusammen, aber Hünner rührte sich auch jetzt nicht.

...

»Es hat keinen Zweck, aus Hünner werden wir nichts herausbekommen. Der ist stur wie ein Ziegenbock. Der wird eher eingehen als uns die Wahrheit zu sagen.« Ecki seufzte und bestellte ein neues Bier.

Fast zwei Stunden hatten sie auf Hünner eingeredet. Aber der gefeuerte Spitzenkandidat der KFM hatte immer nur geschwiegen, den Kopf geschüttelt, seine Unschuld beteuert und Mösges beschuldigt. Schließlich hatten sie die Vernehmung erneut ergebnislos abgebrochen.

Anschließend hatten sie im großen Lageraum neben der Leitstelle mit der MK und Staatsanwalt Ralf Böllmann zusammengesessen und nach neuen Ermittlungsansätzen gesucht. Sie hatten auch in Erwägung gezogen, die Briten stärker einzubeziehen. Vielleicht hatten die Ermittler der Militärbehörden noch eine Idee, die sie weiterbringen könnte. Den Ansatz hatten sie dann wieder verworfen. Die Briten hatten genug mit sich selbst zu tun.

Für kurze Zeit war wieder die Fanszene ins Blickfeld geraten. Aber auch da machte ihnen Schalke wenig Hoffnung auf neue Erkenntnisse. Es gab, neben den »üblichen« Vorkommnissen in der Hooligan-Szene keine noch so vagen Hinweise auf mögliche Zusammenhänge mit den beiden toten Kindern. Das sei wie das berühmte Suchen nach der Nadel im Heuhaufen, hatte Schalke gemeint, wenn man allein von 50.000 Fans ausging, die zu jedem Heimspiel kamen. So gesehen konnte jeder der Fans als Täter in Frage kommen, genauso gut auch keiner von ihnen.

Kinderhändler war das nächste Stichwort. Die grenzübergreifenden Ermittlungen waren bisher absolut negativ verlaufen, berichtete Bean.

Heinz-Jürgen Schrievers hatte dann Viola Kaumanns ins Gespräch gebracht. Bei dem Namen war es Frank schlagartig heiß geworden. Viola. Sie hatte er fast vergessen. Aber eben nur fast. In den vergangenen Tagen hatte er sich oft gefragt, was zwischen ihnen in der Nacht passiert war, wo sie nun war und was sie dachte. Er hatte in seinem Badezimmer immer noch ihren Lippenstift auf dem Spiegel.

Viola Kaumanns hatte Ecki eine Mail geschickt, in der sie ihre Eindrücke zusammengefasst hatte. Dabei hatte sie ausdrücklich darauf hingewiesen, dass sie mehr oder weniger nur aus dem Bauch heraus einige Vermutungen anstellen könne. Die bisherige Spurenlage in den Fällen Genenger und der toten Kinder weisen keine Gemeinsamkeiten auf, hatte sie geschrieben. Trotzdem wollte sie nicht ausschließen, dass es eine Verbindung geben könne, da auch Hünner durch seine Firma dem Fußball verbunden sei.

Möglicherweise sei Sabrina Genenger zufällig auf Hünners »dunkle Geschäfte« gestoßen, hatte sie sich in der Mail weiter vage ausgedrückt, und hatte deshalb sterben müssen. Mehr könne sie zum jetzigen Zeitpunkt nicht zu den Ermittlungen beitragen. Die Vermutung, dass es einen geheimen Zirkel geben könnte, der Hünner und Hefter benutzt und gesteuert haben könnte, sei reine Spekulation und außer durch Hefters Andeutungen durch nichts zu belegen. Auch sei ihr bei den Recherchen bei LKA und BKA kein Hinweis aufgefallen, der in irgendeiner Form auf den Namen »Der Fünfer Bund« passen könnte.

Staatsanwalt Ralf Böllmann hatte die ganze Zeit über schweigend zugehört. Ohne an einer Stelle in die Diskussion eingegriffen zu haben, hatte er schließlich wortlos den Raum verlassen, als Frank und Ecki die große Runde aufgehoben und vertagt hatten.

»Echt, es hat keinen Zweck, Hünner ist stur wie ein Bock.« Ecki sah Frank nachdenklich an.

Frank beobachtete die Kellnerin des Pogs, die geschickt ein Tablett mit *Kilkenny* und *Guinness* an ihnen vorbeibalancierte.

»Hörst du mir eigentlich zu?« Ecki griff zu seinem Pint und trank einen Schluck. Mit dem Handrücken wischte er sich den dicken Schaum des schwarzen Bieres vom Mund.

»Klar.« Frank sah quer durch den Raum. Der auch bei den englischen Soldaten beliebte Pub war erst zur Hälfte gefüllt.

Ecki seufzte und sah auf sein Bier, dabei drehte er das Glas in seinen Händen. Er sah mit einem Mal nachdenklich aus.

»Was ist los?« Frank trank einen Schluck.

»Ich muss nur gerade an diesen Hefter denken. Mit einer Luftpumpe im Arm sterben. Ist auch kein schöner Tod.«

»Ich würde mich nicht wundern, wenn Hünner nicht auch noch Hefter auf dem Gewissen hat.«

»Dann sollten wir das genetische Material, das wir in der Umkleidekabine gefunden haben, mit Hünners DNA abgleichen lassen.«

»Hünner lässt sich mit Sicherheit nicht so ohne weiteres untersuchen.«

Ecki grinste.

»Was grinst du so?« Frank wunderte sich über das sonderbare Verhalten seines Freundes.

»Nicht nötig. Hab ich schon erledigen lassen.«

»Was?« Frank verstand nicht.

»Ganz einfach. Ich habe den Stuhl untersuchen lassen, auf dem er bei uns gesessen hat, außerdem Tischplatte und Kaffeebecher. Die Kollegen sind in der Tat fündig geworden. Sie haben an der Tasse Speichelreste gefunden. Das müsste für einen Vergleich reichen.«

»Und warum hast du mir das nicht schon eher gesagt? Aber die Ergebnisse werden vor Gericht sowieso nicht anerkannt.«

»Sie würden uns aber eine Menge erzählen. Und das ist doch auch schon mal was, oder?«

Franks »Hm« klang eher wie ein Knurren.

»Wenn nicht bald ein Wunder geschieht, weiß ich mir mit Hünner keinen Rat mehr. Der Mann ist einfach nicht zu packen. Aalglatt, aber auch genauso schmierig.«

»Er hat Fehler gemacht. Und die finden wir. Verlass dich drauf.«

»Sagst du so.«

»Mann, nun sieh doch nicht immer alles so schwarz. Mordermittlungen verlaufen nie linear. Das müsstest du doch wissen.«

»Aber noch nie war ich so ratlos wie heute.«

»Der erste Schritt ist doch schon getan. Hünner steht mittlerweile ganz alleine da. Seine politischen Freunde haben ihn verlassen. Er ist politisch und nervlich am Ende. Er ist angezählt, wie ein Boxer. Er wird jetzt um sich beißen, und das wird ihm das Genick brechen.«

»Hättest du doch bloß Recht.« Nun seufzte Frank.

...

Das Wunder kam am nächsten Morgen in Gestalt von Heinz-Jürgen Schrievers. Ohne anzuklopfen hatte er einfach die Tür zu ihrem Büro aufgestoßen. Nun stand er schnaufend vor ihnen. Auf seiner breiten Stirn standen Schweißperlen. Seine graue Strickjacke mit Zopfmustern hing schief über seinen Schultern.

»Ich hab's. Ich hab's«, japste er.

Frank musste lachen, als er den Archivar vor sich stehen sah. »Du siehst aus, als sei dir der heilige Geist erschienen.«

»Wie witzig, Borsch.« Schrievers japste immer noch. »Ich habe zwei Sachen, die uns weiterbringen.« Schrievers sah sich suchend um.

»Setz dich doch. Und erzähl endlich.« Frank war neugierig.

Schrievers ließ sich auf einen der beiden Besucherstühle fallen.

»Carina Cloerkes.« Schrievers war immer noch nicht bei Atem. Erst als er sich mit einem großen karierten Taschentuch die Stirn abgewischt hatte, sprach er weiter. »Der Vater von Carina Cloerkes hat in Hünners Firma gearbeitet. Als Bauschlosser. Eigentlich schon bei Hünners Vater. Irgendwann hat Cloerkes dann die Firma gewechselt und ist auf Montage gegangen. Den Rest kennt ihr ja.«

»Unglaublich. Nun haben wir Hünner! Er hat Cloerkes gekannt! Dann kann er auch dessen Tochter gekannt haben.«

»Mensch, Heinz-Jürgen, du bist genial.«

Schrievers fuhr sich stolz mit einer Hand über seinen mächtigen Bauch. »Das ist noch nicht alles.«

»Nämlich?« Frank und Ecki sprachen fast gleichzeitig.

»Die kleine Tote vom Mahnmal am Bökelberg ist tatsächlich die kleine Carina. Das hat die DNA-Analyse ergeben. An der Puppe und vor allem an der Bürste, die wir bei Frau Cloerkes gefunden haben, konnte DNA-Material sichergestellt werden. Es besteht kein Zweifel: Die Knochen und die Schädelteile gehören Carina Cloerkes.«

»Saubere Arbeit. Wie hast du das gemacht?«

»Reine Recherche und Archivarbeit, diesmal mit Computerunterstützung – und der Hilfe meiner Kontakte beim LKA. Ich bin froh, dass wir die WM diesmal bei uns im Land haben. Sonst wäre ich bestimmt nicht so schnell an die Jungs geraten.« Schrievers musste lachen. »Hat mich auf jeden Fall ein paar Abende mit gehörig Weizenbier und Ouzo gekostet.«

»Deine Seminare zur WM-Vorbereitung?« Ecki machte eine vielsagende Handbewegung.

»Wir haben nicht nur gesoffen!« Schrievers tat beleidigt.

»Schon klar, Heinz-Jürgen.« Frank sah dem Archivar vielsagend in die Augen. »Das ist ein echter Hammer. Schade nur, dass Carinas Mutter davon nichts mehr mitbekommt. Aber vielleicht ist es ja auch eine Gnade, dass sie schon lange in ihrer eigenen Welt lebt.«

Ecki musste an Franks Versuche denken, mit dem Tod seines Kindes und Lisas Verschwinden fertig zu werden.

»Wann kommt der offizielle Bericht?« Frank spürte eine innere Unruhe.

»Müsste gleich als eMail bei euch ankommen.«

»Na also! Dann können wir Hünner nachher direkt festnageln.« Frank sah seinen Freund von der Seite an, bevor er weitersprach. Der nickte kaum merklich. »Und, Heinz-Jürgen, Ecki wollte gerade zur Bäckerei seines Vertrauens und ein paar Nussecken besorgen. Er bringt dir gleich zwei vorbei. Ist das ein Angebot?«

»Ist doch das mindeste«, meinte Schrievers zufrieden und erhob sich. »Gute Währung: Teilchen gegen Infos. Weiter so, Jungs. Ihr werdet es noch einmal weit bringen. Keine Frage.«

Zufrieden grunzend schlurfte Schrievers auf seinen braunkarierten Filzpantoffeln aus dem Büro.

»Mann, das ist echt der Hammer. Damit nageln wir Hünner fest.«

»Bin gespannt, was er uns zu sagen hat.«

»Wir fahren, wenn ich zurück bin. Soll ich dir auch ein Teilchen mitbringen?« Ecki dachte, dass Frank abwinken würde. Aber Fehlanzeige. »Gerne. Aber bitte beeil dich. Ich will Hünner heute noch haben. Ich telefoniere derweil mit Böllmann. Bin gespannt, was der diesmal sagt«

»Er wird sich unserer Einschätzung anschließen. Da bin ich mir sicher.« Ecki hatte bereits seine Jeansjacke übergezogen und stand an der Tür. »Dauert nicht lange. Kannst schon mal unsere Waffen parat legen.«

...

»Hören Sie gut zu, Feusters, noch habe ich Sie nicht entlassen. Und so lange tun Sie, was ich Ihnen sage. Immerhin bezahle ich Sie.«

Daniel C. Hünner saß in seinem Büro in einem Sessel der Couchgarnitur. In einer Hand hielt er ein halb volles Whiskyglas. Seine andere Hand hielt eine Zigarette, von der die Asche auf den Boden fiel. Hünner schenkte dem keine Beachtung. Er hatte ganz andere Sorgen.

Wie konnte ich nur so blöd sein und noch einmal hierher kommen, dachte Dirk Feusters angewidert. Der Mann ist fertig. In Feusters Leben war kein Platz für Verlierer. Und erst recht, seit er seine Aufträge von Georg-Friedhelm Pietzek bekam. Der IEA-Manager wusste, was er wollte. Kein Vergleich zu Hünner. Pietzek hatte eine natürliche Autorität, der musste nicht viel erklären. Und er konnte sehr großzügig sein. Und auf Pietzek hatte sich Feusters immer verlassen können. Sie hatten damals schon bei ihrem ersten Treffen gespürt, dass sie die gleiche Sprache sprachen.

Pietzek hatte ihm schon bedeutet, dass er noch viel vor hatte mit »seinem« Feusters. Was, zum Teufel hatte ihn also dazu verleitet, den Verlierer Hünner noch einmal aufzusuchen? Er kannte natürlich die Antwort. Er wollte mit eigenen Augen sehen, wie dieser Mensch zugrunde ging. Das war spannender als jeder Bericht in der Zeitung. Das war das pure Leben. Deshalb war er hier, um einen der seltenen Momente in seinem Leben auszukosten, in denen er seine wirkliche Macht spüren konnte. Um nichts in der Welt hätte er sich dieses letzte Zusammentreffen nehmen lassen. Hünner war am Ende. Und dieser Anblick verschaffte ihm, Feusters, mehr als Genugtuung.

»Hören Sie, Feusters?« Hünners Stimme klang nun weinerlich.

»Es tut mir leid. Ich kann nichts mehr für Sie tun.« Feusters Stimme schnitt leise und doch tief durch den Raum.

»Sie müssen zu mir halten. Sie dürfen nicht gehen. Strengen Sie sich an, Ihnen wird etwas einfallen. Ihnen muss etwas einfallen.«

Hünner bettelte tatsächlich. Er hielt Feusters das Glas hin. Widerlich. Dieser Mensch ist einfach nur widerlich, dachte Dirk Feusters und lehnte sich lächelnd in seinem Sessel zurück. »Nein, danke, ich trinke nicht während der Arbeit.«

»Sollten Sie aber. Dieses herrliche Wasser aus Schottland schärft den Blick auf die wesentlichen Dinge dieser Welt.«

»Das glaube ich nicht.« Feusters lächelte noch immer.

Hünner sprang auf. »Ach was, Sie haben keine Ahnung. Sie sind ein Nichts, Feusters.«

Der scheint schon betrunken zu sein, dachte Feusters.

Hünner machte eine ausladende Handbewegung. »Das ist mein Reich, das habe ich mit meinen eigenen Händen erschaffen. Und was haben Sie erreicht, Sie Niete?« Er trank jetzt mit hastigen Schlucken.

Feusters lächelte bloß und schwieg.

Daniel C. Hünner, ehemals strahlende Hoffnung der KFM, ging zu seinem Bürofenster und zeigte hinaus.

»Kommen Sie, Feusters, und sehen Sie hinaus. Kommen Sie ruhig.«

Feusters blieb sitzen. Er erlebte gerade ganz großes Kino.

»Sehen Sie das Stadion, da? Das ist keine geduckt hockende Spinne! Sehen Sie diesen Tempel für die Fußballgötter? Ist er nicht erhaben? Ich habe ihn erschaffen, diesen Olymp, diesen heiligen Ort, zu dem die Menschen pilgern. Meine Leute haben ihn gebaut, nach meinen Plänen. Und da kommen Sie und behaupten, nichts mehr für mich tun zu können! Sie sind, verdammt noch mal, eine Hure, die ich dafür bezahle, dass sie für mich arbeitet. Ich kann Ihnen befehlen, für mich tätig zu werden. Los, Feusters zeigen Sie, dass Sie zum Dienen geboren sind! Arbeiten Sie endlich eine Strategie für mich aus, die mir hilft. Ich befehle es Ihnen. Oder wollen Sie mein Geld nicht?«

Feusters war fasziniert. Dieser Mann war völlig irre. Feusters konnte seinen Blick nicht von Hünner wenden, der jetzt versunken am Fenster stand, ein moderner Nero, der nur auf die zündende Idee wartete, um sein Imperium mit in den Wahnsinn zu reißen.

Der Berater räusperte sich. »Ich würde jetzt gerne gehen. Wie gesagt, es tut mir leid, aber Ihre Zeit ist abgelaufen, Hünner.«

Hünner fuhr herum. So unvermittelt, dass Feusters unwillkürlich zusammenschrak. »Was fällt Ihnen ein, so mit mir zu reden? Bringen Sie mir gefälligst den notwendigen Respekt entgegen!« Seine Stimmung schlug urplötzlich um. »Helfen Sie mir. Bitte.«

Genau das war es, was Feusters hatte sehen und hören wollen. Mal sehen, was dieser Irre noch so alles veranstalten würde. Er sah auf seine Armbanduhr. Eine halbe Stunde hatte er noch. »Was soll ich Ihrer

Meinung nach denn tun?« Dirk Feusters lehnte sich entspannt zurück.

»Gut, sehr gut.« Hünners Stimme nahm einen vertraulichen Ton an. Er kam zur Sitzgruppe zurück und setzte sich.

Wehe, er legt seine Hand auf mein Knie, dachte Feusters. »Was ist gut?« Seine Stimme klang wieder so leise wie vorhin schon.

»Dass wir jetzt wieder zusammenarbeiten.« Hünner sah sich um. Die Whiskyflasche stand auf seinem Schreibtisch. Zu weit weg, dachte er und blieb sitzen.

»Es gibt für Sie nichts mehr zu tun, um ehrlich zu sein.« Feusters lächelte kalt. »Ihre Partei hat Sie verstoßen. Die Polizei ist hinter Ihnen her. Sie sind am Ende, Herr Hünner. Da hilft nur die Flucht nach vorne.«

»Das klingt gut, Feusters. Sehr gut. Nur weiter.«

»Gehen Sie in die Offensive. Greifen Sie an. Gründen Sie eine eigene Partei. Werben Sie weiter um das Vertrauen der Wähler. Aber diesmal auf eigene Rechnung. Sie sind doch so etwas wie eine Marke. Ihr Gesicht steht für Aufrichtigkeit, Mut und Entschlossenheit. Das müssen Sie nutzen.«

»Genau, Sie haben Recht. Am Ende wählen die Menschen mich und nicht eine Partei. Sie sind genial, Feusters. Ich wusste doch, dass man sich auf Sie verlassen kann. Lassen Sie uns sofort anfangen. Ein neues Wahlkampfteam muss her. Und wir gründen eine neue Partei. Lassen Sie sich einen kernigen Namen einfallen. Irgendetwas, das nach Vertrauen und Zuversicht klingt. Los, mein Lieber, legen Sie los!«

Was für ein Idiot, dachte Dirk Feusters. »Ich überlege schon die ganze Zeit. Ich muss nachdenken.«

»Tun Sie das, ja, tun Sie das. Wir haben Zeit. Es muss ein griffiger Name sein. Einer, der in das Herz der Menschen trifft.« Hünner riss an seiner Krawatte. »Es ist so heiß hier drin. Finden Sie nicht auch?«

Feusters schüttelte den Kopf. »Da ist noch was. Die Polizei. Die Vorwürfe sind schwerwiegend.«

Für einen Augenblick verdunkelte sich das Gesicht des Bauunternehmers. Dann war der Schatten weg. »Ach, die Leute vergessen schnell. Die Polizei kann mir nichts anhaben. Die haben nichts in der Hand gegen mich. Die Ermittlungen werden im Sande verlaufen.«

»Meine Quellen sagen aber etwas ganz anderes.«

»So ein Blödsinn.« Hünner wollte weltmännisch abwinken, als er stutzte. »Quellen? Welche Quellen? Wovon reden Sie?« Misstrauisch beäugte Hünner Feusters.

Es wurde langsam Zeit, dass er dem Spuk ein Ende setzte, dachte der Berater und lächelte vielsagend. »Man hört so einiges.«

Hünner rückte ganz nahe an ihn heran und wollte seine Hand auf sein Knie legen, zog sie dann aber doch wieder zurück. »Was hören Sie denn so?« Seine Stimme hatte mit einem Mal einen bedrohlichen Unterton.

»Namen kann ich natürlich nicht nennen. Aber es heißt, dass sie einen intensiven Kontakt zu Paul Hefter hatten. Sie sollen einige Geschäfte zusammen erledigt haben.«

»Wer sagt das? Hefter ist tot. Welche Geschäfte? Mann, reden Sie. Welche Geschäfte?« Hünners Gesicht war merkwürdig blass.

»Geschäfte eben. Sie sollen ...«, Feusters sprach nicht weiter.

»Ja?«, fragte Hünner lauernd.

»Nur Gerüchte. Aber ich beteilige mich nicht an Spekulationen.«

»Hören Sie, Feusters, Sie wissen doch mehr als Sie sagen wollen.«

»Das meinen Sie nur.«

»Das glaube ich Ihnen nicht. Los, sagen Sie schon.«

»Sie sollen«, er machte eine Kunstpause, »nun ja, ich sage nur einen Namen: Hanna.«

Aus Hünners Gesicht wich alle Farbe. Seine Hände zitterten. »Hanna.« Er hauchte den Namen.

Volltreffer, dachte Feusters.

»Hanna.« Dann straffte sich Hünner. »Sie wissen gar nichts. Sie haben sich den Namen nur ausgedacht. Sie wollen mir Angst machen.«

»Und was ist mit dem Fotografen? Sie wissen schon. Der angebliche Freund und mögliche Mörder von Sabrina.«

»Was wollen Sie damit andeuten? Sie wissen gar nichts! Alles nur Hirngespinste. Sie wollen mich in die Enge treiben!«

»Warum sollte ich das tun? Das verstehe ich nicht. Ehrlich.«

»Hören Sie auf, Feusters.«

»Hefter ist tot. Sabrina ist tot. Der Fotograf ist tot. Zufall?« Feusters lächelte dünn.

»Alles Spekulation. Ich habe nichts damit zu tun.«

»Nicht ganz richtig. Mit zwei Morden haben Sie nichts zu tun.« Feusters klang, als habe er Hünner gerade zum Geburtstag gratuliert.

»Wer schickt Sie?«

Feusters zog die Augenbrauen hoch. »Wer mich schickt?«

»Hör auf. Hör endlich auf mit deinem miesen Spiel.« Er stand auf, um die Whiskyflasche vom Schreibtisch zu holen. »Was willst du von mir?« Hünner goss sich auf dem Weg zum Sessel sein Glas bis zum Rand voll.

»Was soll ich schon von Ihnen wollen?« Feusters lachte.

»Und?« Mit einer fahrigen Bewegung trank Hünner einen Schluck.

»Ich will Sie am Boden sehen. Ganz einfach. Mehr nicht.«

»Wer schickt dich? Wer bezahlt dich?«

»Das wissen Sie doch ganz genau. Hünner. Mensch, wie kann man sich nur so gehen lassen?« Betont unwillig schüttelte Feusters den Kopf.

»Pietzek?«

»Pietzek, oder ein anderer. Namen sind doch Schall und Rauch. Nur der arme Rankin. Der ist gestorben ohne zu wissen, warum.«

Hünner presste seine Fäuste gegen seine Schläfen und krümmte sich in seinem Sessel. »Hören Sie auf. Hören Sie endlich auf.«

»Gerne. Ich gehe jetzt, Herr Hünner. Ich wünsche Ihnen, dass Sie Ihr Leben geordnet zu Ende bringen. Guten Tag.«

»Wenn Sie so mächtige Freunde haben, dann tun Sie was. Werden Sie diese Polizeibeamten los. Machen Sie sie fertig. Finden Sie etwas, das sie mundtot macht. Irgendwas. Ihnen fällt bestimmt eine Sauerei ein. Ich will endlich meine Ruhe. Hören Sie, Feusters, helfen Sie mir!«

Achselzuckend wandte sich Feusters zum Gehen, als es klopfte. Die Tür ging auf. Hünners Sekretärin blickte unsicher herein.

»Die Herren von der Polizei sind noch einmal da.«

»Ich wollte sowieso gerade gehen.« Dirk Feusters beschleunigte seinen Schritt. Die Polizei. Damit hatte er nun doch nicht gerechnet. Er hatte keine Lust, in die Sache hineingezogen zu werden.

An der Tür traf er auf zwei Männer, die nicht aussahen wie Polizeibeamte. Sie waren in Zivil.

Mit einem freundlichen »Guten Tag« schob sich Dirk Feusters an den beiden Ermittlern vorbei und verließ das Büro.

»Guten Tag.« Die beiden Ermittler blieben an der Tür stehen. Hünner saß zusammengesunken in einem Sessel und beachtete die Polizisten nicht. Geistesabwesend starrte er auf den Boden. In der Hand hielt er ein leeres Glas.

Frank wiederholte seine Begrüßung. »Guten Tag, Herr Hünner.«

Mit seiner freien Hand winkte Hünner die Beamten zu sich, ohne dabei seinen Blick vom Boden zu nehmen.

»Wer war das gerade, bitte?« Frank deutete über seine Schulter.

Hünner klang bitter. »Dirk Feusters. Der cleverste Berater unter Gottes Sonne. Eine dringende Empfehlung meiner sogenannten Parteifreunde. Feusters sollte meine Wahlkampagne betreuen. Aber ihn brauche ich jetzt nicht mehr.«

Die beiden Ermittler nickten beiläufig. »Wir möchten Sie bitten, mitzukommen. Wir haben noch ein paar Fragen an Sie.«

»Immer haben Sie nur ein paar Fragen. Das bringt uns nicht weiter.« Hünner sah durch Frank und Ecki hindurch.

»Kann es sein, dass Sie betrunken sind?« Ecki räusperte sich.

»Betrunken? Ich? Niemals. Ich habe vorhin ein anregendes Gespräch geführt und dabei einen Schluck dieses wirklich hervorragenden Whiskys genossen. Möchten Sie vielleicht auch einen Schluck?« Hünner wollte aufstehen, fiel aber linkisch in seinen Sessel zurück. »Oh.«

Ecki sah Frank an. Der hob die Schultern.

»Mir scheint, dass der Schluck doch ziemlich groß ausgefallen ist, Herr Hünner.« Ecki nahm ihm das Glas aus der Hand und stellte es auf den Glastisch. Der Unternehmer ließ Ecki gewähren, ohne etwas zu sagen.

»Herr Hünner«, Frank kam nicht weiter, denn der hob eine Hand. »Ich weiß, Sie haben ein paar Fragen an mich. Immer nur Fragen.«

Ecki sah Frank an. Dann wandte er sich an Hünner. »Wir möchten Sie bitten, morgen Vormittag ins Präsidium zu kommen.«

»Kein Problem. Jederzeit.« Hünner hob beide Hände. »Ich stehe Ihnen zur Verfügung. Klar.«

Frank und Ecki nickten Hünner zu und verließen das Büro.

»Lass uns in der Sportsbar des Stadions einen Kaffee trinken«, schlug Ecki vor. »Ich brauche jetzt einen.«

»Meinetwegen.«

XIX.

»Ich habe mir heute morgen die DVD von Hefters *Arbeit* noch einmal angesehen. Ich weiß jetzt, wo die Aufnahme gemacht worden sein kann.«

Frank gähnte. Die halbe Nacht hatte er wach gelegen. Seine Sehnsucht nach Lisa tat ihm weh. Und er hatte Kopfschmerzen. Frank sah Ecki an, gähnte erneut und reckte sich. »Lass mich doch erst einmal ankommen. Und dann erzähl mir von deiner Erleuchtung. Ich kann ein bisschen Helligkeit in meinen Gedanken gebrauchen.«

Ecki verdrehte die Augen. »Ich finde, du solltest doch wieder zu uns kommen, Frank.«

»Quatsch. Mir geht es schon wieder ganz gut. Außerdem will ich Marion nicht auf den Keks gehen. Aber was hat das mit deiner Entdeckung zu tun? Du redest in Rätseln.« Frank sah seinen Freund fragend an.

Musst du gerade sagen, dachte Ecki. »Ich habe die halbe Nacht mit Marion diskutiert, wo jemand wie Hefter seine Opfer ausschlachten kann. Gekachelte Räume gibt es ja nicht überall.«

»Und?«

»Marion hat gesagt, dass Kacheln in Schwimmbädern und Kühlhäusern, in Operationssälen zu finden sind – und in Umkleidekabinen. Ich bin dann noch vor dem Frühstück ins Präsidium gefahren. Und ich weiß es nun. Marion ist eine kluge Frau. Hefter hat doch beim Verein gearbeitet, ist ständig um die Spieler herumgewuselt. Er war mit Sicherheit auch in deren Kabine. Und das natürlich auch schon am Bökelberg. Mensch, Frank, starr mich nicht so an, als hätte ich nicht alle Tassen im Schrank. Das ist die Lösung: Hefter hat in der Spielerkabine gewütet. Er hat sich Schlüssel besorgt und nachts gearbeitet. Anschließend hat er die Kabine sauber gemacht. Bei einem gekachelten Raum ist das kein Problem.«

Frank war mit einem Schlag hellwach. »Ruf die Spurensicherung an. Sie sollen die Kabinen der neuen Arena nach Blutspuren absuchen. Und wir fahren zum Bökelberg. Wenn du Recht hast, wenn Marion Recht hat, werden wir dort Spuren finden.«

Mit hoher Geschwindigkeit verließen die beiden Ermittler den gepflasterten Hof des Polizeipräsidiums.

»Ich wusste doch, dass ich diese Umgebung kannte. Die Liege hat es mir verraten. Wir haben vor Jahren mal gegen eine Promimannschaft gespielt. Wir haben uns damals in der Gästekabine des Stadions umgezogen. Da hat auch so eine Physioliege gestanden. Warum ist mir das nicht schon früher eingefallen?« Ecki musste sich am Armaturenbrett festhalten, um nicht gegen Frank zu kippen, der die Kurven ziemlich eng nahm.

Frank antwortete nicht, sondern starrte auf den Verkehr. Warum ging es nicht voran? Er trommelte mit seinen Fingern unruhig auf das Lenkrad.

»Bleib ruhig. Wir kommen schon noch rechtzeitig«, meinte Ecki.

Kurze Zeit später waren sie am Ziel und doch auch wieder nicht. Ungläubig stiegen Frank und Ecki aus dem Auto. Das Stadion glich noch mehr einer zerklüfteten und wüsten Mondlandschaft als bei ihrem ersten Besuch. Das Gelände wurde wieder zu dem, was es früher einmal war: Eine schnöde Kiesgrube. Die beiden Ermittler gingen ein paar Schritte auf den ehemaligen Kabinentrakt zu. Vor den Augen der Ermittler türmte sich ein Schuttberg, aus dem Reste von Baustahl ragten, größere Mauerteile, abgeplatzte Kacheln, Styroporplatten, ein Teil des ehemaligen Daches, gegeneinandergeschobene Trümmerteile, die einmal das Allerheiligste für alle Fußballfans gewesen waren.

»Mist. Das gibt's doch nicht. Das darf doch nicht wahr sein. Mist, Mist, Mist.« Wütend trat Frank gegen einen faustgroßen Stein.

Der Stein flog als Steilpass pfeilschnell Richtung Trümmerhaufen.

»Sind Sie wahnsinnig? Wollen Sie mich umbringen? Wer sind Sie überhaupt? Verschwinden Sie, oder mein Chef holt die Bullen!«

Das unfreiwillige Ziel von Franks fußballerischem Wutausbruch steckte in einem verstaubten und schmutzigen Ganzkörperkapuzenanzug aus Kunststoff. Vom Gesicht des Mannes war fast nichts zu sehen. Zur Hälfte steckte es hinter einer ehemals weißen Maske, seine dunklen Augen wurden durch eine überdimensionale Kunststoffbrille geschützt. Die Hände steckten in groben Arbeitshandschuhen. In einer Hand hielt er einen Plastiksack, in der anderen Hand ein Stück Styropor, das er beim Sprechen in den Sack steckte.

Frank achtete nicht auf die wütende Gestalt, sondern ging geradewegs auf die Baucontainer zu.

»Ist keiner da. Sind alle drüben.« Der Arbeiter deutete vage über das ehemalige Spielfeld Richtung Tribünenreste.

»Wo ist das Haus?« Frank deutete vor sich.

»Na, wo wohl?« Das Lachen klang dumpf hinter seiner Atemmaske. »Na, hier, du Idiot.« Der Mann deutete auf den Schutt.

Frank zeigte seinen Dienstausweis. »Hören Sie, Sie stellen sofort die Arbeit ein. Und Sie sagen mir sofort, wo der Rest von dem Kabinentrakt ist. Es ist wichtig. Was machen Sie hier eigentlich?«

»Ich trenne den Bauschutt. Vorschriftsmäßig. Sehen Sie das nicht? Damit nicht später so Schlaumeier wie Sie hier rumstolpern und unserem Chef Ärger machen. Der Bauschutt muss frei von Kunststoffen sein. Sonst ist er Sondermüll und damit nicht mehr zu gebrauchen. Kapiert?«

»Und wo ist der Bauschutt jetzt? Das ist doch nicht alles, oder?«

»Hören Sie zu. Wir halten unseren Zeitplan ein. Warum auch immer Sie hier sind, Sie sind eine Woche zu spät. Das meiste ist schon weg. Als Schotter irgendwo eingearbeitet. Das ist der Rest. In drei Tagen ist der auch nicht mehr zu sehen.«

Frank rang um Fassung. »Aus welchem Stockwerk ist der Rest hier?«

»Machen Sie Witze? Ich bin doch kein Archäologe. Ich habe nur den Auftrag, das Styropor aus dem Schutt zu klauben. Das ist schon so eine Scheißarbeit, kann ich Ihnen sagen. Meinen Sie, da mache ich mir Gedanken, wo der Schutt herkommt? Wir reißen hier das alte Stadion ab. Mehr weiß ich nicht und mehr interessiert mich nicht.«

Der Mann drehte sich um und verschwand wieder im Schutt.

»Ich lasse hier alles sperren und untersuchen. Jeden Stein, jede alte Kachel. Ich kann's nicht fassen. Wir sind zu spät. Ecki, sag endlich was.«

»Lass gut sein. Hier richtest du nichts mehr aus. Das hat doch keinen Zweck. Du wirst nichts mehr finden. Wir haben einfach Pech gehabt.«

»So schnell gebe ich nicht auf. Wir lassen wenigstens die Hunde über die Reste laufen. Sie werden was finden.«

Ecki nickte gottergeben und rief den Leiter der Hundestaffel an.

»In einer Stunde sind sie hier.«

»Wenigstens etwas.« Frank hatte sich etwas beruhigt. »Wo ist eigentlich die Liege geblieben, die hier neben dem Container gestanden hat? Erinnerst du dich? Hier hat eine Liege gestanden.«

Ecki zuckte mit den Schultern.

»He, Sie, kommen Sie noch mal raus aus Ihrem Loch! Was ist mit der Liege passiert? Hier hat zuletzt eine Massagebank gestanden.«

Ganz vorsichtig tauchte der Kopf des Styroporsammlers hinter einem großen Trümmerteil hervor. »Die Liege? Das olle Ding. Die hat sich irgend so ein verrückter Spinner abgeholt. Vor zwei Tagen. Kam extra aus dem Saarland. Weiß nicht, ist ja auch egal. Hat jedenfalls ordentlich Kohle dafür abgedrückt, für den Schrott.«

Der Kopf verschwand wieder.

»Na prima, hast du das gehört?« Frank drehte sich zu Ecki um.

...

Die Suche der Hundestaffel blieb erfolglos. Entweder war durch die feuchte Witterung der vergangenen Woche für die Hunde nichts mehr wahrzunehmen, oder die in Frage kommenden Schuttteile lagen schon grob gemahlen irgendwo unter einer neuen Straßendecke. Auch der Anruf von Heinz-Jürgen Schrievers, ein Teil des Bökelberg-Abraums sei im Boden des neuen Logistikzentrums der Berufsfeuerwehr gegenüber des neuen Stadions verarbeitet worden, brachte die beiden Ermittler kein Stück weiter. Im Gegenteil, der Einheitsführer hatte sofort abgewunken: Die Hunde würden mögliche Blutspuren in dem Schotter mit Sicherheit nicht mehr orten können. Dazu war mit dem »Dreck«, wie er sich ausdrückte, schon zuviel passiert.

Der in seinem Anzug wie ein ausgesetzter Außerirdischer aussehende Arbeiter war irgendwann über die Trümmer geklettert, um seinen Vorgesetzten zu holen. Zu viel Polizei auf seiner Baustelle machte ihm offenbar nun doch Sorgen. Mit dampfenden Kaffeebechern in der Hand hatten die zusammengerufenen Arbeiter dann anschließend dem fruchtlosen Treiben der Hundestaffel zugesehen.

Ecki hatte den Gaffern ihre Neugierde nicht verdenken können. Ähnliche Bilder kannten sie sicher nur aus den Fernsehberichten über Erdbebenkatastrophen.

Bevor sie von der Baustelle unverrichteter Dinge wieder abgezogen waren, hatte sich Ecki gebückt und ein Stück Stein aufgehoben, an dem grüne Farbe klebte. Dem verdutzten Frank hatte er dann erklärt, dass das Stadion immerhin ein Mythos gewesen sei.

Im Büro hatten sie mit Spannung auf den vorläufigen Bericht der Spurensicherung gewartet. Zu ihrer großen Enttäuschung war das Ergebnis der Suche negativ. Im Licht der Speziallampen waren im Warmtrakt des neuen Stadions zwar einige Blutspritzer entdeckt worden, aber sie waren so winzig, dass sie vermutlich eher von Blessuren der Spieler stammten als aus Hefters provisorischem Schlachthaus. Die genauere Analyse würde noch ein paar Tage in Anspruch nehmen. Aber sowohl Frank als auch Ecki hatten wenig Hoffnung, dass ihre Annahme bestätigt werden würde.

Wieder schien ihnen ein Ermittlungserfolg versagt zu bleiben. Bisher hatten sie stets das Gefühl gehabt, nicht zur richtigen Zeit am richtigen Ort gewesen zu sein. Irgendjemand oder irgendetwas war ihnen stets einen Schritt voraus. Das konnte Zufall sein, aber auch planvoll arrangiert. Auf jeden Fall war es zermürbend.

Ecki drückte seinen Rücken gegen die Stuhllehne. »Mein Rücken tut weh. Ich müsste unbedingt mehr Sport machen. Aber wann soll ich das noch machen?«

»Ich bin so müde.« Frank schloss die Augen. Sie schmerzten. Er drückte seinen Daumen und Zeigefinger gegen die Nasenwurzel. Es half nichts.

»Ob Hünner noch kommt?« Ecki drückte eine Faust in seinen Rücken.

»Ich gebe ihm noch fünf Minuten. Wenn er dann nicht auftaucht, lassen wir ihn herschaffen. War schon blöd genug von uns, ihn alleine zu lassen. War mir eigentlich nicht recht. Was, wenn er sich abgesetzt hat?«

»Hünner hat sich nicht abgesetzt. Da bin ich mir sicher. Der war schon zu blau, um noch klar denken zu können. Der hat sich wahrscheinlich von seiner Sekretärin zu Bett bringen lassen.« Ecki nickte Frank aufmunternd zu. »Gleich geht die Tür auf und Hünner erscheint. Wie im Theater, aufs Stichwort.«

Es klopfte. Frank und Ecki sahen sich vielsagend an.

»Herein.« Frank legte erwartungsvoll seinen Bleistift zurück auf seine Schreibtischunterlage.

Statt Hünner stand allerdings Colonel Barry Digby vor ihnen. »Guten Tag, meine Herren. Ein wunderschöner Tag, finden Sie nicht? Darf ich mich setzen?«

Frank und Ecki sahen sich an, dann deutete Ecki auf einen freien Stuhl.

»Danke.« Digby setzte sich umständlich. Dabei legte er seine Dienstmütze sorgfältig in seinen Schoß.

»Woher kommt Ihre gute Laune, Colonel?«, wunderte sich Frank.

»Nun ja, sagen wir es so. Meine Mission steht vor ihrem Ende.«

»Sie haben die Identität des Jungen klären können? Das ist ja großartig, Colonel.« Frank war gespannt.

»Ich muss Sie enttäuschen, meine Herren. Bedauerlicherweise bleibt das Kind für uns weiterhin ein Rätsel. Seine Kleidung hat uns am Ende nicht weitergebracht. Unsere Recherchen in den Personalakten der Soldaten auch nicht, um ehrlich zu sein.« Der Colonel merkte, dass Frank und Ecki unruhig wurden, deshalb beeilte er sich, fortzufahren. Beschwörend hob er seine gepflegten Hände. »Die Untersuchungen sind lange noch nicht abgeschlossen. Und so lange sollten wir die Hoffnung nicht aufgeben.«

»Was ist denn nun mit Ihrer sogenannten Mission? Von einem Ende der Ermittlungen kann ja nicht die Rede sein.«

»Oh, Verzeihung. Nein, ich verlasse Ihr Land. Ich werde versetzt. Ihre Majestät die Königin hat eine neue Aufgabe für mich. Ich werde zurück nach England gehen. Schon in einem Monat. Wir werden im Raum Lincolnshire stationiert. Das ist nicht weit weg von meiner Heimat.«

»Und unser Fall?« Frank verstand nun gar nichts mehr.

»Ja, also ...«, Digby nahm eine Hand an den Mund und räusperte sich. »Das ist in der Tat delikat. Eine Entscheidung haben wir noch nicht getroffen. Unsere Spezialisten arbeiten an einer Lösung. Es kann sein, das Sie einen neuen Ansprechpartner bekommen. Ein Experte, selbstverständlich. Da können Sie sicher sein. Es kann aber auch durchaus von unseren Juristen in London der Vorschlag formuliert werden, den Fall ganz Ihnen zu übertragen. Wie gesagt, die Herren sind in der Entscheidungsfindung.«

Frank traute seinen Ohren nicht. »Moment, Colonel, wollen Sie damit sagen, dass Sie den Fall loswerden wollen? Sie haben keinen Erfolg, und bevor Sie das zugeben, schieben Sie uns den schwarzen Peter zu? Nicht mit mir. Das verspreche ich Ihnen.«

Colonel Barry Digby hob beschwichtigend die Hände. »Meine Herren, so dürfen Sie das bitte nicht sehen. Wir tun wirklich unser Bestes, um den Fall aufzuklären. Uns liegt das Schicksal dieser Kinder genauso am Herzen wie Ihnen. Nur«, er zögerte einen Augenblick, »es könnte praktikabler sein, wenn die Ermittlungen ganz in Ihrer Hand liegen.«

»Moment, so ganz bekomme ich die Enden Ihrer Geschichte noch nicht zusammen. Gehen Sie mittlerweise vielleicht sogar davon aus, dass es sich bei dem Jungen nicht um einen Militärangehörigen handelt? Deshalb wollten Sie den Fall loswerden? Weil er keine britischen Eltern hat? Haben Sie nicht zu Beginn unserer ›Zusammenarbeit‹ betont, dass unsere Zuständigkeit am Schlagbaum des Hauptquartiers endet?«

»Ich kann Sie nicht daran hindern, Ihre ganz persönlichen Schlüsse zu ziehen. Aber seien Sie versichert, so einfach machen wir uns den Fall nicht. Immerhin ist der Junge vom *Antrim Drive* auf bestialische Weise ums Leben gekommen. Das vergessen wir nicht. Und so lange dürfen Sie davon ausgehen, dass wir alles in unserer Macht stehende tun, um den Mörder des Jungen und der anderen Kinder zu finden.«

Die kalte Art dieses Karrieristen ist zum Kotzen, dachte Ecki.
»Sie dürfen das wirklich nicht so negativ sehen, Herr Eckers und Herr Borsch. Dieser Fall hat noch eine ganz andere Dimension.«
»Da sind wir aber gespannt, lieber Colonel.« Frank konnte und wollte den Spott in seiner Stimme nicht unterdrücken.
»Nun, die Sache ist von größter Geheimhaltung. Sie verstehen.« Colonel Digby sah die beiden Kriminalhauptkommissare bedeutungsvoll an.
»Nicht wirklich, um ehrlich zu sein.«
»Also«, Digby räusperte sich wieder, »Tony Blair lässt derzeit prüfen, ob sich die britischen Streitkräfte ganz aus Deutschland zurückziehen sollten und vor allem könnten. Ich sollte Ihnen das eigentlich nicht sagen; und ich muss Sie bitten, diese Informationen als streng vertraulich zu behandeln. Der Unterhalt der Truppen auf deutschem Boden ist sehr, sehr teuer. Die britische Regierung kann sich die hohen Militärausgaben nicht mehr uneingeschränkt leisten.«
»Reden Sie ruhig weiter.« Frank lehnte sich in seinem Stuhl zurück.
»Also, wie gesagt, die Prüfung der Ausgaben und der möglichen Konsequenzen einer Rückverlegung unserer Streitkräfte wird noch einige Zeit in Anspruch nehmen. Danach werden wir Klarheit haben«
Frank schnaubte verächtlich. »Um ehrlich zu sein, Colonel, wir sind hier nicht beim lauschigen Fünf-Uhr-Tee. Mich interessieren Ihre taktischen Überlegungen herzlich wenig. Das müssen Sie mit Ihrer geschätzten Queen ausmachen. Ich habe hier in Möchengladbach derzeit vier Mordfälle aufzuklären, die mit Sicherheit miteinander verknüpft sind. Und da kommen Sie daher und ziehen zunächst mit Hinweis auf das Nato-Truppenstatut die Ermittlungen im Fall des Jungen an sich, um dann am Ende den Fall doch an uns abzutreten.«
Colonel Barry Digby verzog als einzige Regung kaum merklich seine rechte Augenbraue. »So sind die Vorschriften. Die im übrigen auch mit Zustimmung Ihrer Regierung aufgestellt wurden. Das mögen Sie bedauern, aber so ist das nun mal. Ich hätte es mir auch einfacher gewünscht. Außerdem, ich betone es noch einmal ausdrücklich: Entschieden ist noch überhaupt nichts. Weder im tragischen und entsetzlichen Fall des kleinen Jungen, wie im Fall der Regierungsüberlegungen. Das sind derzeit nicht mehr als Planspiele. Aber ich hielt es für meine Pflicht, Sie darüber in Kenntnis zu setzen.«
»Das haben Sie hiermit getan. Und jetzt?« Der Unterton in Eckis Stimme war deutlich sarkastisch.

»Ich würde Ihnen lieber heute als morgen die Identität des Kindes liefern. Das können Sie mir glauben. Wir haben auch schon über unsere Kontaktleute mit Ihren Kollegen von den Nachrichtendiensten konferiert. Auch das sollte ich Ihnen eigentlich nicht sagen. Aber auch dort konnte man uns, und damit meine ich auch Sie beide, meine Herren, nicht helfen. Es scheint, dass der Junge ein Phantom ist. Und nur als Toter existiert, um es einmal so zu formulieren. Es ist hart, das zu akzeptieren. Aber es hat den Anschein, dass das Leben des Kindes irgendwann weggeworfen wurde, wie man einen getragenen Pullover ablegt. Wie gesagt, es gibt Menschen, für die ein Menschenleben nichts zählt. Daran werden Sie und ich nichts ändern.«

Die für einen Offizier ungewohnt offenen Worte machten Frank und Ecki betroffen. Schweigend sahen sie den Colonel an.

»Solange unsere Juristen keine Entscheidung getroffen haben und solange ich noch nicht meine Koffer gepackt habe, werde ich alles Erdenkliche tun, um Sie bei Ihren Ermittlungen zu unterstützen. Das müssen Sie mir glauben, meine Herren.«

Nachdem der britische Offizier gegangen war, blieb es eine Weile still im Büro der beiden Kommissare. Der Besuch des Colonels hatte ihnen erneut vor Augen geführt, wie dünn der Grat war zwischen Ermittlungserfolg und schmerzlicher Niederlage.

»Wir werden die Identität des Jungen klären, so wahr ich hier sitze.« Aus Franks Worten klang mehr Verzweiflung als Zuversicht.

»Klar.« Auch Ecki stand noch ganz unter dem Eindruck des Besuchs. »Nur, mir sind die Ideen ausgegangen. Wo sollen wir noch nach den Eltern des Jungen suchen? Die Veröffentlichung der Fotos, hier und im Vereinigten Königreich, haben nichts gebracht. Niemand scheint den Jungen zu vermissen. Dabei muss das Kind aus einigermaßen geordneten Verhältnissen gekommen sein. Keine Anzeichen von schlechter Ernährung oder Verwahrlosung. Bloß, dass es zum Zeitpunkt seines Todes sediert war. Wer hat ihm die Drogen eingeflößt, bevor er sterben musste?«

»Vielleicht leben die Eltern ja nicht mehr. Verunglückt. Irgendwo in Europa. Und niemand weiß von der Existenz des Jungen und sucht ihn demzufolge auch nicht.«

Es klopfte.

Hünner! Natürlich, auf ihn hatten sie gewartet.

Es war in der Tat Daniel C. Hünner. Er hatte sich von seiner Sekretärin ins Präsidium bringen lassen, wie er den Beamten erklärte. Der

Unternehmer sah übernächtigt aus. Aber er war immerhin frisch rasiert, und auch sein Anzug saß wie gewohnt tadellos. Im Raum machte sich der Geruch eines herben Herrendufts breit. Der Unternehmer machte nicht mehr den gebrochenen Eindruck vom Vorabend. Er sah angestrengt aus, aber keineswegs so, als sei er psychisch am Ende.

»Bitte setzen Sie sich doch. Haben Sie etwas dagegen, wenn wir die Befragung hier im Büro durchführen?« Frank wies mit einer Hand auf den Stuhl, auf dem vorhin Colonel Digby gesessen hatte.

»Kein Problem, meine Herren. Nur zu. Ich bin vorbereitet.« Auf Hünners Gesicht zeigte sich ein dünnes Lächeln.

Nachdem Ecki das Aufnahmegerät aus dem Vernehmungszimmer geholt und vor Hünner aufgebaut hatte, sprach Frank zunächst die vorgeschriebenen Formalien und Informationen auf das Band.

Hünner verfolgte interessiert die Vorbereitungen seiner Vernehmung. Er hatte sein Jackett aufgeknöpft und saß nun betont gelassen vor den beiden Ermittlern.

»Bitte, fangen Sie an.« Hünner lächelte wieder sein dünnes Lächeln.

»Unsere Kollegen haben in Ihrem Wagen Spuren von Sabrina Genenger gefunden.« Frank ging direkt in die Offensive.

Hünner zeigte keine Regung. »Das wundert mich nicht. Sie ist oft in meinem Wagen mitgefahren.«

»Auch in Ihrem Kofferraum? Dort wurden nämlich Haare und Hautpartikel Ihrer Freundin sichergestellt.«

Hünner setzte sich in seinem Stuhl zurecht. Der Mann schien die Vernehmung nicht zu fürchten. »Bei offenem Fenster fliegen Haare durch das ganze Auto. Selbstverständlich auch in den Kofferraum. Bei meinem Auto sowieso.«

Ein Punkt für Hünner, dachte Ecki. Denn die Kollegen hatten in der Tat nur Haare und Schuppen sichergestellt. Die Untersuchung auf Leichengeruch war negativ verlaufen. Die Hunde hatten nicht angeschlagen. Es brauchte also stärkere Geschütze, um Hünner aus der Reserve zu locken.

Ohne sich vorher mit seinem Kollegen abgesprochen zu haben, öffnete Frank die Ermittlungsakte Sabrina Genenger und zog einige Fotos hervor. Wie bei einer Pokerrunde legte er langsam Foto für Foto vor den Unternehmer auf den Schreibtisch. Sie zeigten das Matratzenlager im Bunker und einige Ausschnitte aus der DVD.

»Sehen Sie sich die Fotos ruhig an. Schauen Sie genau hin. Das sind die letzten Stationen im Leben Ihrer Freundin. Denn als sie auf der

Liege gelandet ist, war sie vermutlich schon tot. Sagen unsere Experten.«

Vorsichtig riskierte Hünner einen scheuen Blick auf die Bilder.

»Die Fotos machen Ihnen Angst?«

»Was denken Sie? Dass ich ein Monster bin? Ich habe solche Fotos noch nie gesehen. Sie machen mir in der Tat Angst.«

»Ich will deutlicher werden, Herr Hünner. Ich beschuldige Sie jetzt und hier erneut, für den Tod der beiden Kinder, Sabrina Genenger und Paul Hefter verantwortlich zu sein. Und ich werde Ihnen Ihre Schuld nachweisen. Das schwöre ich.«

»Sie wiederholen sich, Herr Borsch. Ihre Anschuldigungen werden nicht automatisch wahrer, je öfter Sie sie wiederholen.«

»So? Was ist denn die Wahrheit? Ihre Wahrheit? Wir hören Ihnen zu. Wir haben Zeit genug, Herr Hünner. Und die Fotos sollten Sie sich doch etwas genauer ansehen.«

In der folgenden halben Stunde wiederholte Hünner seine bisher gemachten Angaben: Dass er unschuldig sei, sich nur den abgestürzten Fotografen als Täter vorstellen konnte, mit Hefter nichts zu tun gehabt zu haben, Mösges schmutzige Geschäfte mit schmuddeligen Bildern aus den Kabinen der neuen Fußballarena machte, Mösges mit dem Manager der IEA, Georg-Friedhelm Pietzek, unter einer Decke steckte, und das alles sowieso eine einzige Intrige der Partei war, um ihn loszuwerden.

Schließlich unterbrach Frank den selbstgefälligen und streckenweise doch weinerlichen Redeschwall des gescheiterten Politkers. »Hören Sie auf, Hünner! Ich ertrage es nicht mehr. Warum erzählen Sie uns das alles? Sie wollen nur Ihre eigene Haut retten. Kein Komplott, das haben Sie sich nur ausgedacht, um Ihr kümmerliches Selbstbild aufrecht zu erhalten. Wissen Sie was? Es gibt keinen Geheimzirkel, keinen Club ›Der Fünfer Bund‹. Das sind allein Ihre Hirngespinste. Sie sind krank. Hünner. Geben Sie endlich zu, dass Sie getötet haben. Es hat Sie geil gemacht, die wehrlosen Kinder sterben zu sehen, Hefter Befehle zu geben, ihn zu erniedrigen, ihn für Ihre schmutzige und kranke Phantasie zu benutzen. Sie haben die kleine Carina sterben sehen. Und Sie haben sich dabei stark gefühlt. Und Sie waren süchtig nach diesem Kick, wollten immer mehr und immer schneller dieses Gefühl absoluter Kontrolle. Hünner, ich sage es ganz deutlich: Sie haben die kleine Carina auf dem Gewissen. Mit ihr hat alles angefangen. Mit Carina Cloerkes.«

»Carina? Carina wer?« Hünners Augen flackerten für einen kurzen Augenblick.

»Sie haben richtig verstanden. Carina Cloerkes. Sie haben das Mädchen gekannt. Das kleine Mädchen vom Bökelberg.«

»Kenne ich nicht.« Hünner klang stur wie ein verzogenes Kind.

»Sie lügen. Sie müssen Sie gekannt haben. Vermutlich ist Ihnen Carina immer dann aufgefallen, wenn sie ihren Vater auf einer der Baustellen besucht hat.«

Hünner stand plötzlich der blanke Schweiß auf seinem Gesicht. »Wie? Was meinen Sie?«

»Sie brauchen sich nicht mehr zu verstellen. Das ist vorbei. Sie haben die kleine Carina gekannt. Es muss Ihnen das blanke Entsetzen in die Knochen getrieben haben, als man die Überreste der Kleinen am Bökelberg ausgebuddelt hat. Es hätte gutgehen können, fast wäre Ihr Verbrechen nicht an die Öffentlichkeit gelangt – wenn, ja wenn der Verein nicht beschlossen hätte, das alte Stadion aufzugeben. Ihr Geheimnis war in Gefahr. Sie müssen ihre Parteifreunde gehasst haben, die den Beschluss zum Abriss gefasst haben. Haben Sie gute Miene zum bösen Spiel gemacht?«

Hünners Blick irrte ruhelos im Büro der beiden Ermittler hin und her, blieb immer wieder an dem Bild mit den verschränkten weißen und schwarzen Händen hängen, um dann wieder zum Fenster zu irren, hinter dem der Verkehr pulsierte.

Er muss das Geheimnis kennen! Er hat ihren Namen gesagt! Dabei hatte er ihn immer sorgsam vermieden. Was wusste dieser Kommissar schon von seinen Qualen? Wenn er sie schon kannte, warum hörte er dann nicht einfach auf? Hünner sah auf seine Hände. An ihnen klebte kein Blut. Nein, das ließ er sich nicht einreden. Alles war einfach so passiert, nicht aus einer Laune heraus. Carina. Carina? Wer war nur dieses Mädchen? Er kannte nur Hanna. Und Hanna war tot. Gestorben, ein Unglück. Damit hatte er nichts zu tun. Er hatte sie schließlich nicht an dem Mahnmal begraben. Nein, Carina kannte er nicht. Nur Hanna. Nur Hanna.

Frank wurde laut. »Hören Sie mir eigentlich zu, Hünner?«

Der Unternehmer senkte den Kopf.

»Ich habe doch gemerkt, dass Sie Carinas Namen kennen. Sie haben ihn all die Jahre nicht vergessen können.«

»Kenne keine Carina.«

»Ihr Vater war Bauschlosser in Ihrem Unternehmen. Cloerkes war schon unter Ihrem Vater in der Firma. Hünner, ich weiß ganz genau, dass Sie die Kleine gekannt haben. Wann ist Sie Ihnen das erste Mal aufgefallen? Was haben Sie an ihr schön gefunden? Ihre Zöpfe? Hatte sie Zöpfe? War sie schüchtern? Hat Sie das angemacht? Ihre Unschuld? Stehen Sie auf kleine Kinder? Oder reichte es Ihnen, die Fotos der Toten zu betrachten? Waren es nur zufällig Kinder, die Sie tot sehen wollten?«

Langsam, ganz langsam, machte sich ein seltsam entrücktes Lächeln im Gesicht des Unternehmers breit.

»Reden Sie endlich, Mann.« Auch Ecki hatte die Geduld verloren.

»Ich kenne keine Carina. Cloerkes hat bei uns gearbeitet. Ja, das stimmt. Aber dass er eine Tochter hatte, das wusste ich nicht. Das können Sie mir auch nicht nachweisen. Wissen Sie, wie viele Arbeiter mein Vater hatte? Nein, natürlich nicht, das wissen Sie nicht, Herr Kommissar.«

»Das interessiert mich auch nicht. Es reicht mir zu wissen, dass Carinas Vater bei Ihnen beschäftigt war. Die Schlinge zieht sich langsam zu, Hünner, spüren Sie das?«

Hünner fuhr sich mit beiden Händen durch sein Gesicht, sagte aber nichts. Er hatte nichts zu sagen. Nicht mehr.

»Sie leugnen also nicht, dass Sie Cloerkes gekannt haben. Warum haben Sie uns das nicht schon früher gesagt?«

Er schwieg. Was wusste der Kommissar schon, dachte Daniel C. Hünner. Alles nur Andeutungen und Vermutungen. Ich brauche mir keine Sorgen zu machen. Auch diesmal würde Hilfe kommen. Es konnte nicht mehr lange dauern.

»Hünner, machen Sie endlich reinen Tisch. Machen Sie es sich und uns nicht unnötig schwer. Wir werden schon noch beweisen, dass Sie Kontakt zu Carina hatten.«

Die kleine Carina. Wie schön sie doch gewesen war. Hünner konnte sich deutlich an das anmutige und vorwitzige Mädchen erinnern. »Lieber Onkel Daniel«, hatte sie immer zu ihm gesagt. Selbst am Schluss, als sie gemerkt haben musste, dass etwas nicht stimmte, hatte sie ihn vertrauensvoll »lieber Onkel Daniel« genannt. Deshalb hatte er auch ihren Namen vergessen wollen. Hanna war ein schöner Name, unbefleckt von irgendwelchen düsteren Erinnerungen und Gedanken. Er hatte all die Jahre gut mit *Hanna* leben können. Den Namen und die Erinnerung an *Carina* hatte er dagegen nicht ertragen können. Und ab und an, wenn er betrunken war, oder wenn er andere Kinder sah, hatte er das unschuldige Lachen der Kleinen vor sich gesehen. Und jetzt kam, nach all diesen Jahren, dieser Kommissar mit seinem dummen Kollegen daher und machte alles kaputt. Der Teufel sollte ihn holen, diesen penetranten Bullen.

Über *Carina* würde er mit der Polizei nie reden, höchstens über *Hanna.* Aber das sagte er den Kommissaren nicht. Einen anderen Namen würde er nie akzeptieren.

»Sie sind so still. Habe ich Sie überzeugt?«

Hünner blieb stumm. Er hatte nichts mehr zu sagen. Er wollte jetzt so lange warten, bis Hilfe kam. So wie bei dem toten Fotografen.

»Das Schweigen wird Ihnen nicht helfen. Sie brauchen gar nicht erst auf Zeit zu spielen. Die Nummer zieht nicht mehr. Ich werde gleich den Staatsanwalt rufen. Er wird entscheiden, ob die bisherigen Ergebnisse ausreichen, Sie der Haftrichterin vorzuführen. Ich denke, Sie sollten jetzt Ihren Anwalt anrufen.«

Hünner grunzte verächtlich.

»Ihre Überheblichkeit wird Ihnen noch das Genick brechen, Hünner. Glauben Sie mir.«

Der Unternehmer lächelte wieder.

Frank hatte das Gefühl, in eine Sackgasse geraten zu sein. Er wollte die Vernehmung schon abbrechen, als ihm etwas einfiel. »Sagen Sie, was haben Sie gemacht, bevor Carina sterben musste? Haben Sie sie vergewaltigt? Hat es Sie geil gemacht, dass sie sich gewehrt hat?«

»Hören Sie endlich auf, Borsch. Sie haben eine schmutzige Phantasie.«

»Meine Fantasie kann gar nicht so schmutzig sein wie Ihre.«

»Hören Sie endlich auf. Damit erreichen Sie nichts, rein gar nichts.«

»Abwarten.«

Hünner machte eine großzügige Geste. »Dann tun Sie, was Sie nicht lassen können, Borsch.«

»Darauf können Sie sich verlassen.«

»Pfft.«

»Ihnen wird Ihre überhebliche Art schon noch vergehen. Worauf warten Sie? Dass von irgendwo der rettende Engel kommt?«

»Lassen Sie mich endlich in Ruhe. Kann ich jetzt gehen?«

»So schnell geht das nicht. Also, noch einmal von vorne. Wann haben Sie Sabrina Genenger kennengelernt? Und wann ist Carinas Vater aus Ihrem Unternehmen ausgeschieden? Und warum? Waren Sie unzufrieden mit seiner Arbeit? Haben Sie ihn entlassen? Wollten Sie nicht länger durch ihn an Carina erinnert werden? Haben Sie gewusst, dass er von einer seiner Montagen nicht zurückgekehrt ist?«

Hünner schüttelte den Kopf.

»Sein Tod kam Ihnen nicht ungelegen, stimmt's? Auch, dass Carinas Mutter im Irrenhaus gelandet ist, muss Ihnen das Gefühl von Sicherheit gegeben haben. Wusste sie, was mit ihrer Tochter passiert ist? Mütter haben ein Gespür für so etwas.«

Hünner lachte kurz auf und schüttelte dann seinen Kopf. »Ihre Fantasie möchte ich haben, Kommissar.«

Ecki war die ganze Zeit still gewesen. Nun wollte er nicht länger schweigen. »Beantworten Sie einfach die Frage meines Kollegen.«

»Sie wissen die Antwort, Kommissar. Warum soll ich etwas sagen? Sie haben mich doch schon verurteilt. Ich habe doch keine Chance mehr.«

»Das stimmt allerdings.«

»So meine ich das nicht.« Hünner war erstaunt, dass die Kriminalbeamten ihm nicht zuhören wollten.

»Es reicht jetzt, Hünner. Machen Sie endlich reinen Tisch.«

»Kann ich einen Kaffee haben?«

Hünners unvermittelte Frage brachte die beiden Ermittler für einen Augenblick aus dem Konzept.

»Milch und Zucker?« Ecki hatte sich als erster wieder in der Gewalt und war aufgestanden.

»Schwarz, bitte. Mit ein bisschen Zucker, wenn ich bitten darf.«

Da war sie wieder, diese Überheblichkeit. Aber Ecki verschwand trotzdem ohne Aufhebens in Richtung Kantine.

»Geht es Ihnen nicht gut?« Frank versuchte einen anderen Weg.

»Danke, es geht schon. Ich habe nur wenig Schlaf bekommen, vergangene Nacht.«

Frank nickte. »Mir geht es ähnlich. Ich schlafe in letzter Zeit schlecht.«

»Aha.«

»Wissen Sie, meine Freundin hatte eine Totgeburt. Und nun müssen wir versuchen unser Leben neu zu ordnen. Das ist nicht ganz leicht.«

Hünners Miene blieb unbeweglich. Nur an seinen Augen konnte Frank erkennen, dass es in dem Unternehmer arbeitete. Deshalb fuhr er fort. »Um ehrlich zu sein, bin ich am Ende meiner Kraft. Die vergangenen Wochen war eine einzige Qual für mich. Ich bin nicht sicher, ob ich noch das Leben führen möchte, das ich führe.«

Hünner ließ nicht erkennen, ob er mit Frank fühlte.

»So ein Ereignis wirft einen komplett aus der Bahn. Nichts ist mehr wie früher. Alles Schöne scheint mit einem Mal aus dieser Welt verschwunden zu sein. Ich meine, wir haben uns monatelang auf das Kind gefreut. Und dann verlässt es uns, noch bevor es diese Welt betreten hat. Warum tut die Natur das? Warum lässt Gott, wenn es ihn gibt, so etwas zu?« Frank machte eine hilflose Geste.

»Was sagt Ihre Freundin dazu? Wie geht sie damit um?« Hünner sah Frank für einen winzigen Augenblick direkt in die Augen.

Endlich, dachte Frank. Nun habe ich endlich einen Zipfel seines Schutzmantels greifen können. Jetzt nur keinen Fehler machen. »Das ist nicht einfach zu beantworten. Lisa, meine Freundin, ist verschwunden. Seit Tagen schon habe ich keine Nachricht. Auch ihre Eltern und Freunde nicht. Ich mache mir Sorgen. Diese Ungewissheit macht mich fast wahnsinnig, um es genau zu sagen.«

Hünner sah auf seine Hände. »Warum erzählen Sie mir das, Herr Kommissar?«

»Ich wollte lediglich, dass Sie begreifen, dass Ihnen in diesem Büro ganz normale Menschen gegenübersitzen. Menschen, die auch schon Grenzsituationen erfahren haben.«

»Welche Grenzsituationen?« Hünner zeigte zum ersten Mal so etwas wie Interesse.

»Haben Sie schon einmal vor der Entscheidung gestanden, Ihrem Leben ein Ende zu setzen?«

»Heißt das ...?«

»Ja, das heißt es. Ich habe am Abgrund gestanden.«

»Und? Warum haben Sie es nicht getan?«

Da, wieder dieser Blick, nicht länger als eine Millisekunde.

»Weil es nichts geändert hätte.«

»Vielleicht war das Kind noch nicht bereit für dieses Leben.«

»Sie kennen so etwas?« Frank hauchte die Frage mehr als das er sie aussprach. Die nächsten Sätze würden darüber entscheiden, ob er weiter mit dem wahren Daniel C. Hünner in Kontakt bleiben würde.

Hünner antwortete nicht sofort. Er sah auf seine Hände, dann wieder in diese undefinierbare Ferne jenseits von Frank, knetete seine Hände, suchte mit seinen Augen Halt im Raum, wischte sich die Handflächen an seinen Hosenbeinen ab, wiegte seinen Kopf wie unter einer Last. Schließlich antwortete er. »Ich war noch ein kleiner Junge.«

Ein breiter Lichtstrahl fiel in Franks Büro. Für einen Moment tauchte er den Raum in ein feines, aber auch klares Licht. Die Wolken über der Stadt waren aufgerissen. Frank konnte Staubpartikel im Licht tanzen sehen. Er hielt den Atem an.

»Ich war noch ein kleiner Junge, damals«, wiederholte Hünner. Er schien die besondere Atmosphäre im Raum nicht wahrzunehmen. Er sah jetzt unentwegt auf seine Hände. »Mein Vater war sehr streng, wissen Sie. Jede kleinste Missachtung seiner Hausordnung und seiner Anweisungen bedeutete Strafe. Wegen Kleinigkeiten. Verstehen Sie das? Sie haben mich fast das Leben gekostet.«

Frank ließ Hünner Zeit, weiter zu erzählen.

»Meine Mutter hat zu alldem geschwiegen. Sie hat nichts dagegen unternommen. Sie hat mich im Stich gelassen. Sie hat mich nicht getröstet. Nur immer wieder wiederholt, dass ich hart werden müsste, um dieses Leben bestehen zu können, dass sie mir ausgesucht hatten. Sie wollten mich auf meine zukünftigen Aufgaben vorbereiten. So hat sie es gesagt: Zukünftige Aufgaben. Ich sollte das Werk meines Vaters fortsetzen.«

Frank bedeutete Hünner mit einer vorsichtigen Geste, fortzufahren.

»Nächtelang habe ich wach gelegen, habe mit mir gekämpft, mit mir um die Frage gerungen, was der Sinn des Lebens ist.«

Unversehens ging die Tür auf und Ecki stand mit einem Tablett und drei Bechern Kaffee im Raum. »Ist frisch aufgebrüht, der Kaffee.« Er hielt Hünner den Becher hin.

Als sei er aus einer tiefen Trance aufgeweckt worden, sah Hünner Ecki mit schweren Augen an. Noch bevor Ecki seinen Fehler bemerkt hatte, war es auch schon zu spät. Später würde Frank behaupten, er habe förmlich hören können, wie der Faden gerissen war, den er vorsichtig zwischen sich und Hünner hatte spannen können.

»Danke.« Hünner nahm den Becher und nickte geistesabwesend.

»Sie wollten noch etwas sagen?« Frank wollte die magische Atmosphäre des Augenblicks zurückholen. Aber er scheiterte.

»Ich war am Ende meiner Ausführungen, Herr Kommissar. Das war alles, was ich sagen wollte. Tut mir leid, was Ihnen und Ihrer Freundin passiert ist. Wirklich.«

Ecki sah Frank fragend an. Der wandte nur den Blick ab und verfluchte innerlich den Kaffee. Hätte Ecki nicht noch länger wegbleiben können?

»Hatte ich Sie unterbrochen?« Ecki versuchte zu retten, was noch zu retten war.

»Nein, ist schon okay. Danke für den Kaffee. Er kommt im richtigen Augenblick.« Hünner ließ offen, was er damit meinte.

»Sie bleiben also weiterhin bei Ihren Aussagen?«

Hünner nickte.

»Dann schildern Sie mir bitte noch einmal, welche Beziehung Sie zum Fußball haben.« Frank seufzte. Er würde Hünner schon noch knacken. Eben war er kurz davor gewesen. Es hatte nicht mehr viel gefehlt.

»Das wissen Sie doch. Wir haben die Arena gebaut. Und wir haben selbstverständlich eine Loge dort. Meine Familie ist seit Jahrzehnten dem Verein und dieser Stadt eng verbunden. Aber das ist doch nicht neu für Sie. Das können Sie auch in der Vereinschronik nachlesen. Dazu muss ich nicht hier sitzen.«

»Eben. Es geht mir auch mehr um die Frage, ob Sie mit Ihrer gesellschaftlichen Position Einfluss genommen haben auf Entscheidungen im Verein.«

»Worauf wollen Sie hinaus, Herr Borsch? Dass ich Geld für Spielereinkäufe gegeben habe? Ob ich dem Präsidenten vorgeschrieben habe, welchen Manager er verpflichten soll? Was hat das mit Ihren anderen Vorwürfen zu tun, die Sie mir hier andauernd machen?«

»Ich möchte lediglich ein Gefühl dafür bekommen, wie nahe Sie dem Verein stehen.«

»Nun, meine Liebe zu diesem Verein geht nicht so weit, dass ich mein Geld in Spieler investiere. Das hieße, das Geld mit vollen Händen zum Fenster hinauszuwerfen. Nein, Herr Kommissar, ich bin Geschäftsmann. Ich habe andere Hobbys, für die ich mein Geld ausgebe.«

»Für Frauen?« Ecki lächelte süffisant.

»Was soll das hier werden, ein Männergespräch?«

»Ich habe meine Frage durchaus ernst gemeint, Herr Hünner.«

»Was geht Sie das an?«

»Eine ganze Menge. Ihre Antworten könnten auf ein Motiv hindeuten. Ein Motiv, warum Sie Sabrina Genenger beseitigt haben, zum Beispiel.«

Hünner machte einen ungerührten Eindruck. »Wie oft soll ich das wiederholen? Ich habe nichts mit dem Tod von Sabrina zu tun.«

»Sie sollen vor der Beziehung zu Frau Genenger eine Menge Frauengeschichten gehabt haben.«

»Klatsch und Tratsch.«

»Stimmt das oder stimmt das nicht?« Ecki rückte an Hünner heran.

»Wissen Sie, ein Mann in meiner Position hat eigentlich keine Zeit für eine Partnerschaft. Da ist es ehrlicher und ökonomischer, wenn man's sich nimmt, wenn man's braucht. Gegen eine gelegentliche Affäre hat doch auch eine Frau nichts. Oder haben Sie andere Erfahrungen gemacht?« Nun lächelte Hünner vielsagend.

»Ist es nicht eher so, dass Sie die Frauen unglücklich gemacht haben, mit Ihren wechselnden Liebschaften?«

»Die Frauen haben stets gewusst, worauf Sie sich einlassen. Das war ein klares Geschäft. Ein bisschen Spaß ab und an, ein bisschen shoppen, und dann war's das. Klare Regeln, klare Verhältnisse.«

»Das war auch mit Sabrina so?«

»Das war auch mit Sabrina so. Anfangs, jedenfalls. Ich sagte Ihnen ja schon, dass ich sie heiraten wollte. Als Oberbürgermeister muss ich mehr als sonst auf meine gesellschaftliche Stellung achten. Außerdem habe ich begonnen, mich in sie zu verlieben.«

»Eine Art Zweckbeziehung, also?«

»Ich sagte doch, ich habe mich in sie verliebt.«

»Und nun ist sie tot.«

Hünner senkte den Blick. »Ja.«

»Herr Hünner, wir werden einen Haftbefehl gegen Sie beantragen. Wir sind sicher, dass Paul Hefter Sie zu Recht beschuldigt. Die Indizien werden ausreichen, Sie vor Gericht zu bringen. Hefters Aufzeichnungen, die Spuren in Ihrem Auto. Das Foto, das in Rankins Nachlass gefunden wurde, mit der Widmung von Sabrina an Sie. Außerdem haben Sie Carina Cloerkes gekannt, über Ihren Vater. Und wir werden noch mehr finden.«

Hünners Gesicht wurde unvermittelt dunkelrot. Wütend sprang er auf. »Ich mache dieses Theater nicht länger mit. Ich will meinen Anwalt sprechen. Erst versuchen Sie mich hier einzulullen, mit Ihrer rührseligen Geschichte über Ihr totes Kind, und als das nicht klappt, kommen Sie wieder mit Ihrer immer gleichen Gebetsmühle. Hören Sie endlich auf damit.«

»Setzen Sie sich wieder.« Ecki hatte nur leicht seine Stimme gehoben.

»Sie haben mir gar nichts zu sagen. Sie Null, Sie. Ich mache Sie fertig, alle beide. Ich bin zwar nicht mehr in der KFM, aber ich habe immer noch mächtige Freunde.«

Ecki sagte nichts. Stattdessen stand er langsam auf und drückte

Hünner auf seinen Stuhl zurück. Zentimeter um Zentimeter, bis Hünner wieder saß. Erstaunt sah er Ecki von unten herauf an. Mit soviel Kraft hatte er offenbar nicht gerechnet.

»Sie können jetzt Ihren Anwalt anrufen, Herr Hünner. Wir haben den Staatsanwalt schon informiert. Der Haftbefehl müsste schon auf dem Weg sein. Alles weitere können wir dann mit der Haftrichterin besprechen.«

»Sie müssen sich Ihrer Sache sehr sicher sein.« Hünner griff in die Innentasche seines Jacketts und zog sein Mobiltelefon hervor. Hastig tippte er eine Nummer ein.

»Gerd? Ja, hier Daniel. Du musst sofort kommen. Was? Ja, bei der Polizei. Wer ist bei dir? Warum? Egal jetzt, komm her.« Hünner lauschte noch einen Augenblick in das Telefon, dann trennte er die Verbindung. »Mein Anwalt wird gleich hier sein.«

Das Telefon klingelte. Ecki nahm ab. Es war Schalke. Aufmerksam hörte er seinem Kollegen am anderen Ende der Leitung zu. An Eckis gespannter Körperhaltung und gerunzelter Stirn konnte Frank erkennen, dass der Anruf wichtig sein musste.

Als Ecki aufgelegt hatte, hob Frank fragend die Augenbrauen.

»Kann ich dich mal kurz sprechen?« Ecki deutete mit dem Kopf Richtung Tür.

Draußen auf dem Flur senkte Ecki seine Stimme. »Die Kollegen in Dresden haben ein paar Rumänen hochgehen lassen. Sie sollen illegal Landsleute nach Sachsen geschleust haben. Die Dresdener konnten sogar die Hintermänner packen. In einer Wohnung in der Dresdener Neustadt wurden außerdem ein paar völlig verängstigte Kinder gefunden. Offenbar sollten sie gerade weggebracht werden. Einer der Rumänen soll ausgesagt haben, dass eine Lieferung für Mönchengladbach bestimmt war. Er hat gejammert, dass er jetzt kein Geld mehr verdienen könnte.«

»Hat er wirklich Lieferung gesagt?«

»Ja. Für ihn sind diese Kinder offenbar nichts anderes als lebendes Fleisch, dass er auf Bestellung quer durch Europa bringt.«

»Hat er Namen und Adressen genannt?«

»Natürlich nicht. Angeblich sollte er hier in Mönchengladbach neue Anweisungen bekommen, sagt Schalke.«

»Kein Treffpunkt?«

»Doch. Halte dich fest. Ein Parkplatz in Giesenkirchen: Puffkohlen.«

»Nein.«

»Doch, am Fußballplatz. Wäre nicht aufgefallen. An jedem Fußballplatz halten immer wieder Autos, in denen Kinder sitzen. Jeder wird denken, dass sie zum Training wollen, oder zu einem Spiel.«

»Paul Hefter hatte sich wieder Kinder kommen lassen? Nach Giesenkirchen diesmal?«

»So scheint es. Hefter oder Hünner.«

»Woher hat er diese Kontakte? Woher hat er das Geld, um seine ›Ware‹ bezahlen zu können?« Frank wollte nicht glauben, was Ecki ihm erzählte.

»Keine Ahnung. Wer weiß, wie dieser Deal abgelaufen ist. Kann ja sein, dass er seine Schlachtszenen vermarktet hat. DVDs gebrannt und verkauft hat. Oder online ins Netz gestellt. Ist doch heute alles kein Problem mehr.«

»Dann hätten wir Computer, Rohlinge und was weiß ich noch bei ihm finden müssen. Haben wir aber nicht.« Frank war skeptisch. Diese Geschichte konnte nicht stimmen.

»Ich gehe davon aus, dass Hefter seine Spuren verwischen konnte, bevor er starb. Oder sein Mörder hat alle Spuren beseitigt.«

Frank hob die Schultern. »Ich will auf jeden Fall möglichst schnell den ganzen Bericht. Wir müssen jemand nach Dresden schicken, zur Vernehmung. Ich will, dass einer von uns die Rumänen befragt.«

»Wir schicken Schalke.«

»Traust du ihm das zu?«

»Warum denn nicht? Bisher hat er doch gute Arbeit geleistet.«

»Na, dann.« Frank zögerte. »Warum eigentlich Dresden?«

»Die Grenze ist nah.«

»Ja, und es gibt dort auch einen Fußballclub.«

Die beiden Ermittler gingen in ihr Büro zurück. Daniel C. Hünner stand am Fenster und sah hinaus. Er drehte sich nicht um, als er die Beamten hereinkommen hörte.

»Es gibt Neuigkeiten, die Sie interessieren werden, Herr Hünner.«

Der Angesprochene reagierte nicht.

»Man muss im Leben auch einmal Glück haben. Die Kollegen im sächsischen Dresden haben einen Fleischtransport verhindert.«

Hünner drehte sich langsam um. »Was habe ich mit Fleisch zu tun?«

»Es geht um lebendes Fleisch. Menschenhandel. Rumänen.«

Hünner musste sich an der Kante des Schreibtischs festhalten. So sehr hatten ihn Franks Worte getroffen. Wie unter Stockschlägen war er nach jedem Wort ein Stück mehr ins Wanken geraten. »Was sagen Sie da?« Seine Stimme krächzte.

»Sie haben richtig gehört. Sie haben verloren, Hünner. Wir werden Ihnen nachweisen, dass Sie der Adressat der Lieferung waren. Die Kinder waren für Sie bestimmt. Was hatten Sie mit ihnen vor? Die Kinder Hefter vorzuwerfen, damit er sein perverses Spiel mit ihnen treiben konnte? Ein Spiel, bei dem Sie zusehen wollten? Oder wollten Sie sich die Bilder später ansehen? Damit Sie sich in Ruhe aufgeilen konnten? Warum haben Sie die Kinder zum Sportplatz nach Giesenkirchen bestellt? Warum immer wieder Fußball?«

»Hören Sie auf, hören Sie endlich auf! Ich habe mit der Sache nichts zu tun. Ich weiß nichts von Rumänen. Ich bin unschuldig. Ich habe keine Kinder bestellt. Wirklich nicht.« Hünner sackte auf seinem Stuhl zusammen. »Hören Sie, ich, ich ...« Er verstummte.

Frank sah den Unternehmer an. »Ja? Was wollen Sie mir sagen?«

Hünner rang nach Worten. Immer wieder presste er seine Fäuste gegeneinander. »Es stimmt, ich habe Carina gekannt. Ich habe das Mädchen hin und wieder gesehen, wenn sie ihren Vater auf der Baustelle besucht hat oder auf unserem Betriebsfest, auf der Weihnachtsfeier. Hören Sie, ich bin da in etwas hineingeraten, das weit größer ist, als Sie sich das vorstellen können. Es gibt Menschen in Deutschland, die viel Macht haben. Und viel Geld. Die skrupellos sind, denen ein Menschenleben nichts bedeutet. Diese Männer kontrollieren große Teile der Wirtschaft. Wer ihnen nicht gehorcht, kann in diesem Land keine Geschäfte mehr machen. Ich bin durch Zufall an sie geraten. Ich habe mein Leben lang nur Geschäfte machen wollen. Ich wollte Macht und Geld. Ja. Ich wollte meinem Vater beweisen, dass ich zu etwas tauge. Dass ich ein echter Hünner bin. Ich wollte dafür jeden Preis zahlen. Und diese Männer haben mir viel versprochen, viel Geld und viel Macht. Ich habe damals nicht lange gezögert. Ich hatte nur das Ziel vor Augen, endlich aus dem Schatten meines Vaters treten zu können. Ja, ich habe mich freikaufen wollen. Ich wollte frei sein, endlich nicht mehr Angst vor ihm haben zu müssen. Dabei war es eine einfache Sache. Ich habe nur die Adresse des Mädchens weitergegeben. Ich habe nicht gewusst, was mit ihr passieren sollte. Es hat mich auch nicht interessiert. Ich habe gedacht, dass sie ein bisschen Spaß mit ihr haben wollten. Vielleicht ein paar Fotos machen. Mehr aber nicht. Ich konnte ja nicht ahnen, dass sie Carina verschwinden lassen würden. Das habe ich nicht wirklich wissen können.«

»Hören Sie jetzt nicht auf, Hünner. Reden Sie weiter.« Frank drehte das Mikrofon in Hünners Richtung.

»Sie haben später Kontakt mit mir aufgenommen und mir gesagt, dass ich gute Arbeit geleistet hätte. Dabei hatte ich doch nur die Adresse weitergegeben. Sie haben mir dann Geld gegeben. Viel Geld. Von Hefter habe ich da noch nichts gewusst. Ich habe erst viel später von Hefter gehört, dass Carina am Mahnmal verscharrt worden ist. Ich habe das Geld damals nicht annehmen wollen. Aber die Männer haben bloß gelacht und gemeint, ich solle nicht so töricht sein. Und das dort, wo das Geld herkommt, noch viel mehr zu holen sei. Ich wollte aber Carina vergessen. Deshalb habe ich sie in meinen Gedanken auch nur noch Hanna genannt. Damit ich überhaupt mit meiner Schuld leben konnte. Ja, ich habe Schuld empfunden. Ich bin kein Monster, Herr Kommissar. Ich habe jahrelang mit dem Bild der fröhlichen Carina im Kopf leben müssen. Oft habe ich nur funktioniert, im Alltag. Niemand sollte mir anmerken, was passiert war.«

»Und weiter? Was weiter?«

»Lange Zeit war Ruhe. Ich war schon froh, dass ich halbwegs leben konnte. Aber dann waren diese Männer wieder da. Sie haben mich aufgefordert, weiter Adressen zu liefern. Dabei war es ihnen egal, ob von einem Jungen oder einem Mädchen. Aus Mönchengladbach sollten sie sein, oder aus dem Kreis Viersen, oder aus der Gegend von Heinsberg. Egal, Hauptsache ich lieferte. Aber ich habe das nicht gewollt. Ich habe ihnen widerstehen können. Soweit, jedenfalls.«

»Was heißt das?«

»Sie haben sich ihre Kinder von anderswoher besorgt. Das habe ich von Hefter erfahren. Viel, viel später. Sie haben dann andere Dinge von mir verlangt. Immer wieder haben sie sich gemeldet. Sie haben mir keine Ruhe gelassen. Vor gut dreieinhalb Jahren haben sie dann ganz konkrete Forderungen gestellt. Damals war abzusehen, dass ich das Stadion bauen würde. Ich sollte ihnen dann Fotos liefern. Nacktfotos von Spielern.«

»Wozu?«

»Ich weiß es nicht. Vielleicht weil es sie anmacht, solche Bilder anzusehen. Vielleicht auch, um mit ihnen zu handeln. Vielleicht auch, um sie als Druckmittel zu benutzen.«

»Wer sind ›sie‹?«

Hünner zögerte mit den Antwort. Er sah von Frank zu Ecki und dann wieder zu Frank. »Der Fünfer Bund.«

»Wer steckt hinter diesem Namen?«

»Zum Beispiel Manager der IEA.«

Frank spürt den Zorn in sich aufsteigen. »Ihre Geschichte wird immer abenteuerlicher. IEA! Ich glaube, ich spinne.«

»Sie müssen mir ja nicht glauben. Aber so ist es.«

»Sie wollen also behaupten, die Manager des IEA-Konzerns kommen in Ihr Büro und übergeben Ihnen eine Visitenkarte mit dem Aufdruck ›Der Fünfer Bund‹, Geheimzirkel. Geschäfte aller Art. Machen Sie sich doch nicht lächerlich, Hünner. Diese Geschichte nimmt Ihnen kein Richter ab.«

»Sie stimmt aber.«

»Welches Interesse soll denn dahinterstecken? Mal angenommen, Ihre Geschichte stimmt? Na?«

»Macht und nochmals Macht.«

»Was heißt das, Hünner? Mit diesem Satz kann ich nichts anfangen.«

»Ich bin sicher, dass die IEA den Verein diskreditieren will. Sie will ihn gesellschaftlich, bei den Fans, unmöglich machen. Ich selbst bin aufgefordert worden, Spieler mit ihren Fotos dazu zu bewegen, Spiele zu manipulieren. Die IEA hat das Ergebnis vorgegeben, und ich hatte dafür zu sorgen, dass diese Spiele am Ende auch so abgepfiffen wurden.«

»Und, wo sind diese Fotos? Was ist darauf zu sehen?«

»Ich habe keine. Ich habe die Abzüge immer nur weitergegeben.«

»An wen?«

»An mehrere Spieler. Zum Beispiel auch an Alexander Rauh.«

»Der Abwehrspieler?« Frank kannte sich nicht sonderlich gut aus, was den aktuellen Kader der Mannschaft betraf, aber den Namen kannte er.

»Sie haben keine Kopien? Auch keine von den Abzügen?«

»Nein, natürlich nicht. Ich wollte kein Beweismaterial behalten.«

»Wer hat die Fotos gemacht?«

»Mösges.«

»Wieder Mösges! Wie soll er das gemacht haben? Ist er mit der Kamera in die Duschen marschiert, nach dem Motto: Bitte recht freundlich. Und wieso überhaupt Mösges?«

»Nein, er hat diese winzigen Kameras in den Kabinen installiert. Wie er das gemacht hat, müssen Sie mich nicht fragen. Ich habe ihn jedenfalls irgendwann auf einer Klausurtagung angesprochen. Wir waren beide besoffen. Ich habe ihm natürlich nicht alles erzählt. Erst hat er das Ganze für einen Witz gehalten. Aber dann hat er gesehen, dass er mit den Fotos viel Geld verdienen konnte. Dann hat er zugesagt. Er hat zum Schluss den Hals nicht mehr voll bekommen. Das wird ihm einmal das Genick brechen. Die IEA-Leute werden ihn genauso fallen lassen, wie sie das mit mir getan haben.«

»Wir werden das überprüfen. Aber die Geschichte mit Mösges und den Fotos glaube ich Ihnen nicht. Sie wollen doch nur mit Ihrem ehemaligen Parteifreund abrechnen.«

»Mehr kann ich Ihnen dazu nicht sagen.«

»Zurück zur IEA. Warum, das habe ich noch nicht ganz verstanden, wollen die Herren dort den Verein in die Schlagzeilen bringen? Was hat die IEA von einem neuen Bundesligaskandal?«

»Das ist doch ganz einfach. Es geht nicht nur um Macht, sondern um viel Geld. Sie brauchen nur aufmerksam die Zeitungen zu lesen, dann wird Ihnen schnell klar, dass die Bundesliga ein Milliardengeschäft ist. Und, wenn man es geschickt anstellt, eines mit enormen Zuwachsraten. Fußball ist Menschenhandel. Die IEA-Leute sind skrupellose Zocker. Sie spielen mit Menschen wie mit Puppen. Ja, sie sind Puppenspieler. Und so funktioniert auch das Geschäft der Bundesliga: Trainer, Berater, Medien, Präsidium, Fans – alle sind Puppenspieler. Die IEA-Leute arbeiten mit allen Mitteln daran, dass der Verein an Wert verliert. Dann ist er einfacher zu übernehmen. Die IEA will nicht nur das Zentrum bauen, Grundstücke vermarkten, Renditen steigern; die IEA-Manager wollen auch ihr Spielzeug. Und das ist der Verein. Und um ihr Ziel zu erreichen, ist ihnen jedes Mittel recht. Sie werden noch reicher und bleiben dabei vorerst schön im Hintergrund. Andere Milliardäre, Scheichs, russische Gas- und Ölmagnaten, englische Börsenspekulanten schicken ihre Berater und Unterhändler in die Vereine. Die IEA hat den anderen Weg gewählt. Und der Verein merkt noch nicht einmal, dass er längst auf der Wunschliste der IEA steht. Wenn sie es erfahren, wird es zu spät sein. So einfach ist das.«

Frank sah Hünner skeptisch an. »Und das soll ich Ihnen glauben? Auf der einen Seite zocken diese Männer die Stadt und den Verein ab, und auf der anderen Seite sind sie Mörder? Sie wollen mit dieser irren Geschichte doch nur von Ihrer eigenen Schuld ablenken.«

»›Das ist ja gerade das Perfide an der Sache. Sie klingt so irre und so unglaubwürdig. Aber das ist alles genau kalkuliert, dass es jeder für irrwitzig und damit für unmöglich hält. Außerdem: Niemand aus dem

Zirkel macht sich die Hände schmutzig. Für die Umsetzung ihrer mörderischen Fantasien hatten sie Paul Hefter.«

Frank und Ecki sahen sich an. Ecki nickte unmerklich.

Es klopfte, und einer ihrer uniformierten Kollegen reichte Ecki einen Zettel. Nachdem er den Inhalt kurz überflogen hatte, sah er Hünner an. »Ihr Anwalt wird sich etwas verspäten.«

»Wann haben Sie gemerkt, dass Paul Hefter mit der Sache etwas zu tun haben könnte?«

»Das kann ich nicht mit Bestimmtheit sagen. Irgendwann ist mir aufgefallen, dass Hefter immer am Bökelberg ist. Angeblich hat er dort sogar übernachtet. Ein komischer Kauz, wie die Leute sagten. Und dass selbst nachts noch Licht im Spielertrakt war. Ich bin dann eines Abends, mehr aus einer Laune heraus, nach einem Geschäftsessen zum Bökelberg gefahren. Ich habe dort Hefter angetroffen, wie er in Gummistiefeln, mit einem aufgerollten Schlauch und einem Eimer mit Deckel, aus dem Gebäude kam. Er hat sich dermaßen merkwürdig benommen, dass ich ihn von da an beobachtet habe. Es war zunächst nur ein Sport, aus Langeweile. Bis ich dann eines Tages die ganze Wahrheit erfahren habe.«

»Und Sabrina?«

Hünner zuckte zusammen, als Ecki ihren Namen nannte.

»Ja, Sabrina.« Frank wiederholte den Namen.

»Was wollen Sie jetzt von mir hören?« Der Unternehmer sah auf seine Hände.

»Die Wahrheit, Daniel, die Wahrheit.«

Hünner ließ sich nicht anmerken, dass Frank ihn geduzt hatte.

»Sabrina hat immer mehr gewollt. Erst war sie nur scharf darauf gewesen, mit mir ins Bett zu gehen. Dann wollte sie ständig mit mir ausgehen, sich mit mir bei ihren Freundinnen sehen lassen. Mir ist das am Ende zuviel geworden. Wir haben in letzter Zeit viel Streit gehabt. Oft wegen Kleinigkeiten. Dabei hätten wir im Grunde eine gute Beziehung haben können. Wie gesagt, ich hatte begonnen, mich in sie zu verlieben.«

»Hast du sie umgebracht?«

Hünner holte tief Luft. »Ich habe sie geliebt und ich habe sie getötet.«

»Wie hast du das gemacht, Daniel?« Frank sprach leise.

»Ich habe ihr ein Schlafmittel gegeben. Sie hat nichts gemerkt. Dann habe ich einen Schal genommen.«

»Wo hast du sie getötet?«
»In dem Bunker.«
»Der Bunker draußen im Volksgarten?«
»Ja.«
»Warum im Bunker?«
»Weil es da dunkel war.«
»Hattest du Angst, sie im Hellen zu töten?«
»Ich wollte ihre Augen nicht sehen.«
»War es schwer, den Schal zuzuziehen?«
»Ja.«
»Warum war das schwer?«
»Weil meine Hände nicht wollten.«
»Warum wollten deine Hände nicht?«
»Man darf einen Menschen nicht töten.«
»Aber du hast dann doch nicht aufgehört.«
»Ja.«
»Warum nicht?«
»Ich hatte Angst, dass sie wieder wach wird.«
»Deshalb brauchst du doch keine Angst zu haben.«
»Ich wollte kein Versager sein.«
»Das ist kein schönes Gefühl, ein Versager zu sein?«
»Nein.«
»Wann warst du das letzte Mal ein Versager?«
»Als ich ein Kind war.«
»Warum warst du ein Versager?«
»Das weiß ich nicht.«
»Wer hat denn gesagt, dass du ein Versager bist?«
»Mama und Papa.«
»Was haben sie getan, wenn sie dich einen Versager genannt haben, Daniel?«
»Sie haben mich geschlagen. Angebrüllt. Ich musste stundenlang in einer Zinkwanne mit kaltem Wasser stehen.«
»Aber das wolltest du nicht?«
»Nein.«
»Was hast du gefühlt, als Sabrina tot war?«
»Nichts.«
»Was weißt du sonst noch von dem Tag?«
»Ich will sagen, wie ich es gemacht habe.«
»Dann erzähl uns das, bitte. Möchtest du dabei etwas trinken?«

»Ein Glas Milch. Wir haben erst in ihrer Wohnung geredet. Ich habe versucht, sie zu beruhigen. Aber sie war so aufgeregt. Sie hat mit mir geschimpft. Dann sind wir in meinem Auto weggefahren. Ich habe ihr gesagt, dass ich eine Überraschung für sie habe, ein Geheimnis, dass ich ihr verraten will. Und dann sind wir zum Schloss gefahren. Da sind wir ein Stück spazieren gegangen. Aber sie hat sich nicht küssen lassen. Ich habe sie umarmt, aber sie hat mich weggestoßen. Dann bin ich mit ihr zu dem Bunker gegangen. Ich hatte da schon was vorbereitet. Sie hat Angst gehabt, aber ich habe sie beruhigt. Dann habe ich sie auf den Boden gelegt und festgehalten. Sie hat sich gewehrt, aber ich war stärker. Ich habe sie gefesselt. Dann habe ich sie geküsst. Sie hat sich nicht gewehrt. Das war schön. Dann hat sie geweint. Und dann bin ich weggegangen. Erst viel später bin ich dann zurückgegangen und habe den Schal genommen.«

Ecki stand auf, um ihm das verlangte Glas Milch zu holen.

Frank wollte mehr wissen. »Woher kanntest du den Bunker?«

»Ich bin mit meinen Eltern oft am Schloss gewesen. Und dann bin ich auch durch den Wald gelaufen. Dann habe ich den Bunker gefunden. Die Tür hat immer ein Stück aufgestanden. Später habe ich mich an den Ort erinnert. Wenn ich jogge, komme ich immer an der Stelle vorbei.«

»Wie war das mit der Matratze und den anderen Sachen, Daniel?«

»Die habe ich besorgt.«

»Warum?«

Hünner zuckte mit den Schultern.

»Kannst du dich daran erinnern, warum du die Matratze da hingelegt hast?«

»Ich wollte sie doch totmachen.«

»Dafür brauchtest du die Matratze?«

»Es war kalt und schmutzig da. Ich wollte mich nicht dreckig machen, da drin.«

»Sabrina hat von den Dingen gewusst, von den Fotos und den anderen Sachen? Musste sie deshalb sterben? Kann das so gewesen sein?«

»Das kann sein.«

»Warum hast du Hefter gebraucht? Konntest du nicht alleine weitermachen?«

Ecki kam zurück und drückte Hünner das Glas Milch in die Hand.

Hünner nickte dankbar und nahm einen kleinen Schluck. Dabei umfasste er das Glas mit beiden Händen. »Er sollte Sabrina wegbringen.«

»Wohin sollte er sie bringen?«
»Weiß ich nicht.«
»War dir das egal?«
»Ja. Ich wollte Sabrina nicht mehr sehen.«
»War Paul Hefter dein Freund?«
»Nein.«
»Hast du keine Freunde?«
»Nein.«
»Warum nicht?«
»Weiß nicht.« Hünners Oberkörper begann, sich kaum merklich zu bewegen. Er wiegte sich in einem stillen Rhythmus wie ein Kind, das sich mit der immer gleichen, wiederkehrenden Abfolge der Bewegung ein Gefühl von Geborgenheit gab.
»Macht dir das nichts aus?«
»Weiß nicht.«
»Womit hat Paul Hefter Sabrina weggebracht?«
»Mit seiner Karre.«
»Mit seiner Karre?«
»Ja, er hatte so eine Vespa, einen Motorroller.«
»Damit kann man aber keinen toten Menschen transportieren.«
»Doch.«
»Das verstehe ich nicht.«
»Er hatte doch diese Karre. Die konnte er doch an seinen Roller machen. Da passt viel rein.«
»Auch eine Leiche.«
Hünner zuckte mit den Schultern und trank einen Schluck Milch.
»Schmeckt dir die Milch?«
»Lecker.«
»Wolltest du denn mal sehen, wie Sabrina von innen aussieht?«
»Aber das hat Paul Hefter doch immer getan, die Menschen aufgemacht und nachgesehen.«
»Das weiß ich. Sollte er Sabrina auch einen Nagel durch die Stirn schlagen?«
»Nein.«
»Aber das hat er getan.«
»Ja.«
»Und er hat eine DVD gemacht.«
»Ja.«
»Findest du die Bilder schön?«

»Nein.«

»Was sollte Paul Hefter mit Sabrina tun?«

»Das nicht.«

»Was hast du ihm denn gesagt?«

»Dass er sie wegmachen soll.«

»Das habe ich nicht verstanden. Kannst du den Satz noch einmal wiederholen, Daniel?«

»Dass er sie wegmachen soll!«

»Wegmachen soll?«

»Ja.«

»Jetzt ist sie weg.«

»Ja, jetzt ist sie weg.«

»Vermisst du sie?«

»Ein bisschen.«

»Warum ein bisschen?«

»Wir wollten doch heiraten.«

»Aber sie hat gedroht, dich zu verraten, sie wusste zuviel. Deshalb musste sie sterben. Sie war dir im Weg. Du wolltest Oberbürgermeister werden. Um jeden Preis.«

»Kann sein.«

»Was würdest du jetzt machen, wenn Sabrina zur Tür hereinkommen würde?«

»Ich würde sie umarmen.«

»Aber eine Tote kann man nicht umarmen.«

»Ich vergesse Sabrina nicht.«

»Warst du noch einmal am oder im Bunker?«

»Nein.«

»Und wie war das mit Paul Hefter? Wie ging das weiter?«

»Den habe ich auch vergessen.«

»Hast du den auch totgemacht?«

»Nein. Den nicht.«

»Hättest du es denn gewollt?«

»Ja.«

»Warum?«

»Weil er Sabrina aufgeschnitten hat.«

»Das hattest du doch von ihm verlangt. Er sollte alles machen wie immer. Oder stimmt das nicht?«

»Das stimmt. Aber ich habe nicht das Aufschneiden gemeint. Er sollte sie nur wegmachen.«

»Wer hat Paul denn totgemacht?«
»Das weiß ich nicht.«
»Kann es jemand sein, den du kennst?«
»Weiß nicht.«
»Du hast uns erzählt, dass die IEA hinter allem steckt.«
»Ja, ja. Die IEA.«
»Hat Paul Hefter alleine gearbeitet?«
»Beim Aufschneiden?«
»Überhaupt. Hat er alleine nach den Kindern gesucht? Oder hatte er Auftraggeber?«

Hünner stampfte mit einem Fuß auf. Er sah aus wie ein störrisches Kind. »Hab ich doch schon gesagt. Er hat sie alleine für sich gesucht. Zuerst. Und er hat Aufträge bekommen.«

»Von wem hat er die bekommen. Von dir?«
»Nein. Habe ich schon gesagt.«
»Dann sag uns das bitte noch einmal.«
»Nur noch einmal: ›Der Fünfer Bund‹.«
»›Der Fünfer Bund‹? IEA?«
»Ich will jetzt gehen.«
»Das geht jetzt nicht mehr. Willst du noch ein Glas Milch?«

Daniel C. Hünner schwieg. Nach einer Weile nickte er.

Zwei Stunden später ließen die Ermittler Daniel C. Hünner von einem uniformierten Kollegen abholen. Zwischendurch war Böllmann kurz im Büro gewesen. Mit zufriedenem Gesicht hatte er der Vernehmung zugehört. Dann war er mit einem Hinweis auf seine Armbanduhr aufgestanden und leise und ohne Verabschiedung gegangen, wie ein Theaterbesucher, der die Vorstellung durch seinen Abgang nicht unnötig stören wollte.

Frank und Ecki hatte die Vernehmung angestrengt. Auch der Unternehmer hatte müde und erschöpft gewirkt. Während der Vernehmung hatte er stets abgewunken, wenn ihn sein Anwalt, der schließlich doch noch erschienen war, von weiteren Angaben hatte abhalten wollen. Einmal begonnen, hatte er sein Geständnis ohne Zeitverlust und Unterbrechung zu Ende bringen wollen.

Streckenweise hatte Hünner wie ein Kind zusammengekauert auf seinem Stuhl gehockt. Er hatte ausgesehen wie ein kleiner Junge, der mit eingezogenem Kopf darauf wartete, dass man ihn für seine bösen Worte strafen würde. Verwundert darüber, dass niemand im Raum ihn einen Versager nannte, hatte er sich immer weiter geöffnet, hatte immer ausschweifender von sich und seinem Leben erzählt.

Hünner hatte sein Elternhaus als Ort seiner nicht enden wollenden Qual erlebt. Er hatte seine Eltern als übermächtige Monster erlebt, die ihn jede Nacht in seinen Träumen heimgesucht hatten. Sie hatten ihm weder Raum noch Zeit zum Atmen gelassen.

»Wie bist du eigentlich auf die Idee gekommen, Hünner zu duzen?«, fragte Ecki, als sie wieder allein im Büro waren.

Frank stand auf und öffnete das Fenster. »Ich weiß es nicht. War so ein Gefühl. An den Geschäftsmann, an den Manager und Politiker Hünner sind wir nicht herankommen. Aber das Kind Daniel könnten wir Glück haben, habe ich gespürt.«

»Wie auch immer, genial, dein Einfall.«

Frank setzte sich wieder. »Ich denke, dass das Geständnis ausreicht, um ihn hinter Gitter zu bringen. Allein für den Mord an Sabrina Genenger wird er lebenslänglich bekommen. Und im Fall der kleinen Carina wird er sich zumindest wegen Beihilfe verantworten müssen.«

»Das ist am Ende doch nicht wenig, was wir erreicht haben. Findest du nicht? Bist du zufrieden? Jetzt, da der Fall gelöst ist?«

»Dieser Fall ist gelöst. Aber wir haben immer noch die anderen toten Kinder. Hünner hat uns doch erklärt, wer dahintersteckt.«

»Glaubst du daran?«

»Soll ich ehrlich sein?«

»Nur zu.«

»Ich glaube nicht an diese Version. Ich glaube eher, dass Hünner diesen geheimen Zirkel ›Der Fünfer Bund‹ nur erfunden hat, nicht nur, um uns von seiner Schuld abzulenken, sondern auch, um selbst mit der eigenen Schuld leben zu können. Er war mit Sicherheit nicht fremdbestimmt. Er hat ganz bewusst und zielstrebig gehandelt. Er hat die Kinder umgebracht, um sich damit die eigene Macht zu beweisen. Er hat die Kinder besorgt und Paul Hefter als Werkzeug benutzt.«

»Nachvollziehbar. Wenn auch nur eine These. Aber, um dich zu beruhigen – ich denke genauso wie du.«

Frank tippte mit seinem Bleistift selbstvergessen auf seine Notizen. »Ich kenne zwar den genauen psychologischen Begriff nicht für dieses, zugegeben komplizierte, Tat- und Verhaltensmuster, aber ich bin sicher, dass der Gutachter zu dem gleichen Schluss kommen wird wie wir. Anders kann nämlich kein Schuh aus der Sache werden.«

»Böllmann hat etwas von Projektion erzählt.«

»In diese Richtung wird es gehen. Ich habe viel über Hünner und die Verbrechen nachgedacht. Als ich nachts nicht schlafen konnte, habe ich ein paar Mal mit Heinz-Jürgen telefoniert und über ähnliche Fälle gesprochen. Im Computer des LKA hat er dann ein paar interessante Hinweise gefunden. Ich denke jetzt, dass Hünner in Paul Hefter eine verwandte Seele gefunden hat. In einer solchen Schicksalsgemeinschaft lässt sich die eigene Verantwortung und der eigene abartige Trieb für die Verbrechen einfacher, womöglich als vergleichsweise normal erleben und ertragen. Hefter hat sich sicher leicht zum Serienkiller manipulieren lassen. Hünner wird ihm ebenso wie uns die Geschichte mit den geheimen Herren im Hintergrund aufgetischt haben, um seine Spuren zu verwischen.«

»Bleibt noch die Frage, wer Hefter umgebracht hat. Die Kollegen haben keine Spuren gefunden. Auch keine, die auf Hünner deuten könnten. Ein Phantom muss sich in die Kabine geschlichen und die tödliche Spritze gesetzt haben.«

»Interessant ist das Mordwerkzeug. Passt zu einem Fußballverein. Eine Ballpumpe.« Frank legte den Bleistift hin.

»Trotzdem werden wir Mösges und die IEA überprüfen. Aber – das muss ich dich fragen – warum hast du mir nicht erzählt, dass du mit Heini telefoniert hast? Das wäre doch normal gewesen. Wir haben bisher alles besprochen.« Ecki sah seinen Freund besorgt und traurig an.

»Ich will mich nicht entschuldigen, ich will es nur erklären: Was ist in diesen Tagen und bei diesen Fällen schon normal?«

»Ist schon okay.«

XX.

»Seien Sie mir bitte nicht böse, meine Herren. Aber das, was Sie mir gerade geschildert haben, ist ja geradezu ungeheuerlich. Wenn ich es nicht besser wüsste, würde ich Sie auslachen und auffordern, mein Büro zu verlassen. So kann ich nur hoffen, dass Sie den Anschuldigungen von Herrn Hünner gegen mich keinerlei Bedeutung zumessen. Die Vorwürfe sind absolut haltlos. Aber das brauche ich wohl nicht extra zu betonen. Sie werden soviel Erfahrung haben, dass Sie Hünners Angriffe auf mich als das werten, was sie sind, nämlich der stümperhafte Versuch, mich aus dem Gefängnis heraus zu diskreditieren, mich auf dem Weg ins Amt des Oberbürgermeisters so kurz vor dem Ziel noch zu Fall bringen zu wollen.« Karsten Mösges saß gelassen hinter seinem Schreibtisch und bewegte seinen Drehstuhl leicht hin und her.

»Wir müssen auf jeden Fall seine Angaben überprüfen.« Frank beugte sich vor, um nach der Kaffeetasse zu greifen, die Mösges Sekretärin zu Beginn des Gespräches serviert hatte.

»Aber meine Herren, selbstverständlich. Natürlich. Sie tun Ihre Pflicht. Bitte«, Mösges machte eine ausladende Handbewegung, »sehen Sie sich ruhig um. Sie dürfen hier im Büro alles überprüfen. Fragen Sie meine Sekretärin und meine Mitarbeiter. Wenn Sie wollen, können wir auch gemeinsam durch mein Haus gehen. Sie werden sehen, ich habe eine blütenweiße Weste.«

»Davon gehen wir aus.« Ecki trank ebenfalls einen Schluck Kaffee.

»Es ist gut, dass die Polizei in Mönchengladbach so fähige Ermittler hat. Ich habe mich über Sie erkundigt. Sie machen einen hervorragenden Job, wie Ihr Präsident mir versichert hat.«

»Danke für die Blumen.« Ecki wirkte geschmeichelt.

»Keine Ursache. Ehre, wem Ehre gebührt, sage ich immer.«

»Und Sie haben wirklich keine Ahnung, wie Hünner das gemacht haben könnte? Fotos machen in den Umkleidekabinen?«

»Ich bin zwar der Technische Beigeordnete dieser Stadt, aber alle technischen Finessen und Neuerungen kenne ich natürlich nicht.« Mösges beugte sich vertraulich vor. »Wenn ich meine Sekretärin nicht hätte, könnte ich heute noch nicht einmal meinen Computer bedienen.«

Frank und Ecki lächelten höflich.

»Kann ich sonst noch etwas für Sie tun, meine Herren? Wir haben noch jede Menge Zeit. Mein nächster Termin ist erst am Mittag.«

»Wir werden uns um die Einzelheiten noch kümmern. Sie werden in den kommenden Wochen sicher noch eine Menge Fragen zu beantworten haben. So leid uns das tut, aber es muss sein. Wir müssen die Ermittlungen auch in dieser Hinsicht abschließen. Sie verstehen?«

Mösges nickte gönnerhaft.

»Sie sind sicher ein vielbeschäftigter Mann, jetzt, wo Sie nicht nur dieses Dezernat führen, sondern auch noch Wahlkampf machen müssen.«

»Ach, wissen Sie, dass ist alles nur eine Frage der Organisation. Ich habe meine Mannschaft gut aufgestellt, um das mal mit den Worten eines Trainers zu sagen. Wenn die Truppe gut eingestellt ist, dann läuft der Laden von ganz allein. Als Trainer muss ich die richtigen Spieler kaufen und aufstellen. Auf dem Fußballplatz wie auch im normalen Leben.«

»Na, das kann man vom Verein im Moment ja nicht gerade behaupten, dass es rund läuft. Wenn ich mir die Tabelle so ansehe.« Frank schmunzelte.

»Das wird wieder. Das wird wieder. Die Mannschaft und auch der Verein haben genug Potenzial. Sie werden sehen. Und, wer weiß? Wenn endlich die richtigen Spieler gekauft werden, dann sind wir nicht länger die Deppen der Liga.«

Frank musste daran denken, was Hünner über die IEA und die Begehrlichkeiten im internationalen Fußballgeschäft gesagt hatte. Vor diesem Hintergrund erschien ihm Mösges Smalltalk plötzlich in einem ganz anderen Licht.

»Geschäftsführung und Verein machen doch einen guten Job. Das hat dem Verein doch lange gefehlt.«

»Natürlich, natürlich, das habe ich den Verantwortlichen bei unserem letzten Treffen auch ausdrücklich versichert. Nur, sehen Sie sich doch einmal die anderen Vereine der Liga an. Die, die ganz oben stehen, haben auch das Geld, mithalten zu können. Und da müssen wir auch wieder hin. Wir brauchen noch viel Geld für unsere Kriegskasse, um wieder international mithalten zu können.«

»Aber, wo soll das Geld herkommen? Diese Stadt ist nicht reich. Denken Sie daran, wir haben in Mönchengladbach die höchste Kinderarmut, und die Zahl der Bedürftigen, die von den Spenden der Tafel leben müssen oder auf das Essen im Arbeitslosenzentrum angewiesen sind, nimmt rapide zu. Das kann doch nicht gutgehen.«

»Gerade deshalb brauchen wir frisches Geld. Und das muss von außen kommen. Die Menschen wollen attraktiven Fußball sehen. Sie wollen wenigstens für ein paar Stunden ihre Sorgen vergessen. Mit den jetzigen Sponsoren ist der Verein auf einem guten Weg. Aber ihr Potenzial reicht bei weitem nicht aus. Die aktuellen Zahlen aus den Verkäufen der Fanartikel sind ja bewundernswert hoch. Aber sie zeigen auch, das nach oben hin noch jede Menge Luft ist. Aber um dahin zu kommen, braucht der Verein Geld, und das kann nur von ausgesuchten Unternehmen kommen. Aber ich will Sie mit meinem durchschnittlichen Fußballverstand nicht länger belästigen.«

Ecki wehrte ab. »Nein, nein. Das ist schon interessant. Wissen Sie, ich kenne die Anfänge des Club-Marketings ja noch. Ich kann mich erinnern, dass es im Clubhaus am Bökelberg eine kleine Theke gegeben hat, dort konnte man ein paar Aufnäher kaufen, die dort unter Glas ausgestellt waren. Wenn ich mir dagegen heute das Marketing ansehe – ist schon toll.«

Frank hatte Mösges die ganze Zeit beobachtet. Der Dezernent hatte leicht gerötete Wangen, so sehr hatte er sich in sein Thema verstiegen.

»Haben Sie bestimmte Geldgeber im Kopf?«

Mösges hob seine Hände und lächelte die Beamten vielsagend an. »Sie werden verstehen, möglich ist vieles. Es gibt auch schon erste Gespräche. Aber es ist nichts entschieden. Noch lange nicht.«

»Sie machen mich neugierig.«

Mösges Schweigen war vielsagend.

»Ich will es mal so versuchen: Mit wem treffen Sie sich denn zum Beispiel heute Mittag?« Franks Frage klang eher beiläufig. Aber sie verfehlte ihre Wirkung nicht.

»Wieso? Äh, nein. Also, ja. Ich treffe mich mit Vertretern der IEA.« Er hob sofort seine Hände. »Aber nicht, dass Sie jetzt denken, es bestünde ein Zusammenhang zwischen unserem Thema und dem Treffen. Die IEA ist zwar ein großer Konzern, aber es geht ausschließlich um Fragen zu unserem neuen Stadtzentrum, dass uns die IEA baut. Ein Arbeitsessen, wenn Sie so wollen. Es sind noch eine Menge Fragen zu klären, wie Sie sich sicher vorstellen können.«

»Das können wir. Ist ja auch ein ehrgeiziges Projekt. Georg-Friedhelm Pietzek ist nicht zufällig heute dabei?«

Mösges sah irritiert zwischen den beiden Ermittlern hin und her. »Was? Ja. Doch. Klar, Herr Pietzek ist dabei. Warum wollen Sie das wissen?«

Frank ließ die Frage unbeantwortet. »Und wo treffen Sie sich?«

»Äh, im *Giorgio*. Um Eins. Warum?«

Statt zu antworten, schlug Frank sich geräuschvoll auf die Oberschenkel und stand auf, »Herr Mösges, wir müssen jetzt wirklich los. Wir haben noch einige Fragen zu klären. Im Büro wartet jede Menge Arbeit auf uns. Danke, dass Sie uns so bereitwillig Auskunft gegeben haben. Ich wünschte mir, dass es mehr Menschen Ihres Schlages gäbe. Das würde unsere Arbeit deutlich leichter machen. Guten Tag.« Verwirrt über den plötzlichen Abgang der beiden Beamten blieb Karsten Mösges nachdenklich hinter seinem Schreibtisch sitzen.

»Kannst du mir bitte mal sagen, warum du deine Tasse mit abgespreizten kleinen Finger gehalten hast? Weißt du eigentlich, wie dämlich das ausgesehen hat?« Frank sah seinen Kollegen stirnrunzelnd an und startete den Wagen.

»Hast du nicht gemerkt, wie der Typ mich genervt hat mit seinem Gequatsche? Der tut ja gerade so, als hätte er seine Ernennungsurkunde zum Oberbürgermeister schon in der Tasche. Mein Gott, was für ein Spinner. Da konnte ich einfach nicht anders.«

»Er wird nicht gemerkt haben, was du von ihm hältst.« Frank musste lachen.

»Da bin ich mir nicht sicher. Ich denke, dass der ganz genau zugehört hat und auch genau weiß, was wir von ihm wollten.«

»Meinst du?«

»Ja.«

»Aber wir werden bei ihm nichts finden!«

»Genau. Mösges hat alle Zeit der Welt gehabt, um belastendes Material verschwinden zu lassen.«

Frank nickte. »Wenn es denn stimmt, dass Mösges mit irgendwelchen schmierigen Fotos Geld gemacht hat, ist das ein Fall für die Kollegen. Mich interessiert Mösges nicht. Es geht hier um Mord und nicht um Erpressung.«

»Auch die Kollegen werden nichts finden. Das glaube ich ganz sicher.«

»Glaube ich auch, Ecki.« Frank bog auf die Gartenstraße Richtung Präsidium. »Wir sollten die Gelegenheit nutzen und Pietzek befragen.«

»Die gleiche Idee habe ich auch schon gehabt.«

»Dann werden wir das auch tun. Die Gelegenheit ist günstig. Ich will sehen, wie Pietzek auf Hünners Anschuldigungen reagiert.«

...

»Sei bitte mal still.« Ecki drehte am Lautsprecherknopf des Autoradios.

»...Vertrag mit sofortiger Wirkung gelöst. Nach den uns vorliegenden Informationen haben sich der Verein und Alexander Rauh auf eine Abfindung geeinigt, über deren Höhe Stillschweigen vereinbart wurde. Sie dürfte allerdings in die Millionen gehen. Mit Rauh verliert der Verein einen der beständigsten und zuverlässigsten Abwehrspieler, den der Verein seit den 70er Jahren hatte. Der gebürtige Süchtelner gehörte schon in den diversen Jugendmannschaften des Vereins zu den Hoffnungsträgern. Ob Alexander Rauh noch zu einem anderen Verein wechselt oder die Vertragsaufhebung der Schlusspunkt seiner Karriere ist, bleibt vorerst unklar. Und nun zum 90,1 Wetter.«

Ecki drehte das Radio leiser. »Das ist der Hammer, Rauh verlässt den Verein.«

»Ist das so sensationell?«

»Du hast wirklich keine Ahnung von Fußball. Klar ist das eine Sensation. Rauh hat in letzter Zeit zwar nicht mehr so ganz überragend gespielt, aber dass er geht, ist schon ein starkes Stück. Er hinterlässt eine ordentliche Lücke. Die muss der Club erst einmal füllen. Im Augenblick weiß ich niemanden, der ihn ersetzen könnte. Möchte mal wissen, was hinter dem Ganzen steckt. Die Geschichte hinter der Nachricht, die würde mich mal interessieren.«

»Denkst du an die angeblichen Fotos, die gemacht worden sind? Ob da ein Zusammenhang besteht?«

»Du glaubst immer noch an diese Hirngespinste? Das sind nichts anderes als Nebelkerzen, die Hünner geworfen hat.«

»Ist ja schon gut. Ich denke jedenfalls, dass der Verein keine Probleme haben wird, Ersatz zu bekommen. Es wachsen doch ständig Leute nach. Sie werden schon noch einen Ersatz finden, wenn auch keinen wie Rauh. Der gehörte so lange zum Verein, dass er der Verein war. Der Rest sind doch alles Legionäre, die nur der Kohle wegen hier spielen. Von denen identifiziert sich doch kaum jemand mit dem Verein.«

»Ist das anderswo anders, Ecki? Was haben wir gelernt? Puppenspieler. Spieler als Manövriermasse im Spiel der Strategen um Tabellenplätze und damit um Kohle.«

»Anderswo ist es nicht anders. Aber dieser Verein hat immer für andere Werte gestanden.«

»Moment.« Nun drehte Frank das Radio wieder lauter.

»Was ist?«

Frank deutete stumm auf das Radio.

»...als die Polizei nach einem anonymen Hinweis am Morgen die Wohnung in Düren betrat, fanden sie das kleine Mädchen tot in seinem Bett. Warum die niederländische Polizeibeamtin ihre zwei Jahre alte Tochter getötet hat, ist noch unklar. Die Angehörigen und auch die Kollegen auf der Dienststelle in Kerkrade stehen vor einem Rätsel.«

»Grausam.« Frank schaltete das Radio aus.

XXI.

Karsten Mösges saß tatsächlich im *Giorgio*. Er hatte einen Platz in einer Ecke, unweit des Eingangs zur Küche gewählt. Frank erkannte den Mann, der ihm gegenübersaß. Das gleiche Gesicht hatte er gesehen, als er vor einiger Zeit Daniel C. Hünner in dem Lokal gesehen hatte. Das also war Georg-Friedhelm Pietzek. Der viel beschäftigte Manager der IEA hatte sich also eigens Zeit für sein Mönchengladbacher Vorhaben genommen.

Auf dem kurzen Weg an den Tisch der beiden Männer hatte Frank die Gelegenheit, sich Pietzek genauer anzusehen. Dem Manager sah man an, dass er sich seiner Macht bewusst war.

Pietzek hatte etwas Aristokratisches. Der IEA-Manager hatte trotz seines fortgeschrittenen Alters immer noch eine sportliche Figur. Sein dunkelblauer Anzug und seine Krawatte taten alles, um den vornehmen Eindruck noch zu verstärken.

Die beiden Gesprächspartner hatten offenbar schon bestellt, denn vor ihnen standen Wassergläser und zwei gefüllte Weingläser neben einer offenen Flasche Rotwein.

Als Frank und Ecki sich vorstellten, wirkte Mösges keineswegs überrascht. Offenbar hatte er mit dem Besuch der beiden Kriminalhauptkommissare gerechnet. Frank hätte zu gerne gewusst, ob Mösges Pietzek auf die Möglichkeit ihres Besuches vorbereitet hatte.

»Herr Pietzek, wir würden gerne einen Augenblick mit Ihnen plaudern. Unter vier Augen, wenn Ihnen das recht ist.«

Zwei wasserhelle Augen bohrten sich in Franks Gesicht. »Selbstverständlich, meine Herren. Bitte, setzen Sie sich. Seien Sie meine Gäste. Mösges.« Pietzek sah den Baudezernenten kaum an.

»Selbstverständlich. Ich müsste sowieso noch einmal telefonieren.« Mösges stand auf und entfernte sich. Frank konnte sehen, dass er mit dem Wirt sprach und kurz in ihre Richtung deutete. Dann verließ Mösges das Lokal. Der Wirt kehrte in seine Küche zurück.

Ecki hätte sich nicht gewundert, wenn er sich dabei ständig verneigt hätte. Zu lächerlich, dieser Mösges, dachte er.

»Was kann ich für Sie tun, meine Herren? Möchten Sie mir nicht die Ehre erweisen, mit mir zu Mittag zu speisen?« Pietzek deutete auf die freien Plätze an seinem Tisch.

»Danke, sehr freundlich. Nein, wir haben schon zu Mittag gegessen. Außerdem sind Sie mit Herrn Mösges verabredet.«

Ecki wollte seinem Kollegen schon ins Wort fallen, überlegte es sich aber anders.

»Mösges kann warten.« Pietzek machte eine wegwerfende Handbewegung. »Er ist jetzt nicht wichtig.«

»In welcher Form und wann ist er denn dann wichtig?« Eckis nur scheinbar harmlose Frage verfehlte ihre Wirkung nicht. Pietzek schien für einen winzigen Augenblick irritiert.

»Wie meinen Sie das, Herr ...?«

»Eckers, Michael Eckers, Kriminalhauptkommissar.«

»Herr Eckers. Bitte.«

Abwechselnd konfrontierten Frank und Ecki den Manager der IEA mit den Vorwürfen, die Daniel C. Hünner gegen ihn erhoben hatte.

Georg-Friedhelm Pietzek hörte den Beamten der Mönchengladbacher Kriminalpolizei schweigend zu. Dabei hatte er sich ganz seinen Gesprächspartnern zugewandt, seine Hände lagen dabei leicht gefaltet auf der blütenweißen Tischdecke. Nur einige Male nahm Pietzek einen Schluck Mineralwasser zu sich oder blinzelte für einen Augenblick hinüber zu den ausgestellten Fanartikeln, die den Betreiber des *Giorgio* als Anhänger des italienischen Formel-1-Rennstalls auswiesen.

Nachdem die beiden Ermittler mit ihren Ausführungen fertig waren, blickte Pietzek kurz auf seine Hände und sah dann Frank an.

»Warum erzählen Sie mir das alles?«

Frank war für einen Moment sprachlos. »Also, ich denke, das müsste sich Ihnen aus unseren Schilderungen längst erschlossen haben.«

»Sie glauben diesen Schmarrn?« Pietzeks ansonsten warme und tiefe Stimme klang nun mit einem Mal hart.

Ecki kam seinem Freund zu Hilfe. »Es geht nicht um glauben oder nicht glauben. Es geht um Fakten, um Beweise, um Indizien. Schauen Sie, bevor Sie eine Entscheidung treffen, vertrauen Sie dann auf Ihren Glauben an den Erfolg Ihres Projekts? Oder ist es nicht eher so, dass Sie Fakten sammeln lassen, Berechnungen und Analysen anstellen lassen, bevor Sie eine Entscheidung treffen und an den Erfolg glauben?«

»Sie müssen mir nicht mein Handwerk erklären, Herr Eckers. Das verstehe ich schon recht gut. Aber ich habe auch verstanden, was Sie meinen. Nun, Sie haben also Beweise, absolut eindeutige Berechnungen, hieb- und stichfeste Tatsachen, die das untermauern, was dieser jämmerliche Versager, dieser Hünner, behauptet.«

Das zögerliche Schweigen der beiden Ermittler war Georg-Friedhelm Pietzek Antwort genug. »Sie sehen, was ich meine. Warum erzählen Sie mir also all diese ungeheuerlichen Dinge? Sind Sie der Überzeugung, dass vor Ihnen ein Mörder sitzt?«

Frank wollte etwas sagen, aber der Münchener hob gebieterisch die Hand. »Sie sollten sich schämen. Meinen Sie, dass ich in meinem Leben so weit gekommen wäre, wenn ich meine Zeit mit dem verbracht hätte, was Sie mir als schmutzige Fantasien eines kranken Mannes präsentieren? Wissen Sie was, rufen Sie meine Tochter an. Sie ist 15 Jahre alt.« Pietzek zog ein Mobiltelefon aus seiner Jackentasche. »Sie ist alt genug, um zu verstehen, was Sie sagen. Los, rufen Sie an, wenn Sie Beweise gegen mich haben.«

Frank hatte Mühe, sich nicht von Pietzeks Verhalten einschüchtern zu lassen. »Bitte, Herr Pietzek, wir haben die Pflicht, Ihnen diese Fragen zu stellen. Es geht um viel. Es geht zum Beispiel um das Leben vieler unschuldiger Kinder. Wir haben Morde aufzuklären, da dürfen die Befindlichkeiten unserer Gesprächspartner keine Rolle spielen.«

Der Manager aus München schien sich besonnen zu haben. »Natürlich. Bitte verzeihen Sie meinen Zorn. Für einen Augenblick haben mich Ihre ungeheuerlichen Schilderungen überwältigt.«

»Ihre Reaktion ist ganz normal.« Ecki schlug sein Notizbuch auf. »Wenn ich Sie dann noch einmal bitten dürfte.«

Pietzeks Befragung ergab wenig Konkretes. Der IEA-Manager konnte auf sämtliche Fragen eine plausible Antwort geben. Er erweckte auch zu keinem Moment des Gesprächs den Eindruck, dass er den Beamten ausweichen wollte. Je länger das Gespräch dauerte, umso gelassener wurde Pietzek.

»Sie können jederzeit mein Haus durchsuchen, meine Konten überprüfen oder mich beschatten lassen. Ich habe nichts zu verbergen. Wenn Sie wollen, stehen Ihnen meine Anwälte jederzeit für die Überprüfung jeder neuen Hypothese zur Verfügung. Sie können mich natürlich auch direkt ansprechen. Ich gebe Ihnen nachher gerne meine Visitenkarte. Dort finden Sie auch meine private Mobilfunknummer. Wissen Sie«, Pietzek sah den beiden Ermittlern offen ins Gesicht,

»wissen Sie, mir ist es sogar sehr recht, dass Sie in meinem Privatleben, verzeihen Sie den despektierlichen Ausdruck, herumschnüffeln. Denn Sie werden nichts Unrechtes entdecken. Und mit ist es wichtig, das behördlicherseits festgestellt wird, dass ein Georg-Friedhelm Pietzek keine Leichen in irgendeinem seiner Keller versteckt hat. Mein Leben ist sauber, und meine Unternehmen sind es auch.«

»Wir haben bereits einige Auskünfte über die IEA einholen lassen, die Kollegen von der Wirtschaftskriminalität waren sehr hilfreich.«

»Und?« Pietzeks Augen funkelten spöttisch.

»Nach unseren Maßstäben sind Sie sauber. Was das betrifft.«

»Was heißt das?« Das Funkeln war verschwunden.

»Das heißt, dass wir mit den uns zur Verfügung stehenden Instrumentarien nicht erkennen können, das mit der IEA etwas nicht stimmt. Das sagt auch die Schwerpunktstaatsanwaltschaft für Wirtschaftskriminalität in Wuppertal.«

»Nun, ich habe nichts anderes erwartet.«

»Bleibt noch Ihr Privatleben.« Frank nahm seinen Blick nicht von Pietzek. Aber der Manager zeigte keine Regung.

»Nämlich?«

»Können Sie sich erklären, Herr Pietzek, warum Daniel C. Hünner diese Anschuldigungen gegen Sie erhebt? Es muss doch einen Grund dafür geben. Welcher könnte das sein?«

»Da fragen Sie den Falschen. Was weiß denn ich, was in so einem kranken Kopf vorgeht? Vielleicht will er sich rächen?«

»Hätte er denn einen Grund?« Ecki rutschte mit seinem Stuhl näher an den Tisch heran.

»Nein, er hätte keinen Grund.« Pietzeks Stimme klang eine Spur zu laut.

»Also doch?« Frank ließ den Manager nicht aus den Augen.

»Ich sage das nicht gerne, denn das klingt nach Rechtfertigung. Aber es ist nun einmal so, dass Hünner nicht sonderlich froh war, als wir über den Standort des Einkaufszentrums verhandelt haben.«

»Wie meinen Sie das?«

»Nun ja, Sie haben die Diskussion in den Medien sicherlich verfolgt. Wir haben von Beginn an den jetzigen Standort favorisiert. Allerdings wollte Hünner uns auf eine andere Fläche drängen. Reiner Eigennutz.«

»Wieso?« Frank verstand nichts.

»Sehen Sie, Herr Kommissar, mit einer Standortentscheidung können Sie Politik machen. Wären wir seinen Forderungen gefolgt, hätte er an den Grundstücksgeschäften verdient, sehr viel Geld sogar. Er hat uns unter Druck setzen wollen, hat uns angebliche illegale Grundstücksgeschäfte im Nordpark unterschieben wollen. Aber das ist ihm nicht gelungen. Sie haben es eingangs bereits erwähnt: Bevor ich eine Entscheidung treffe, analysiere ich sorgfältig die Stadt, das Umland, das Einzugsgebiet, das Umfeld des Einzelhandels. Und danach richte ich die Strategie aus. Und nicht nach den Begehrlichkeiten eines Politikers. Das kann ich mir nicht erlauben. Hier geht es um Investitionen in dreistelliger Millionenhöhe. Und nicht um eine schnöde Landstraße, die genau dort gebaut werden soll, wo ein Politiker seine Grundstücke hat, die er teuer vermarkten will. Das mag in solchen Fällen funktionieren, zur Freude des Politikers und zum Ärger der Kritiker, aber bei einem Projekt dieser Größe geht das nicht. Da sind Sie ganz schnell am Ende mit Ihrer Firma, wenn Sie einmal eine falsche Entscheidung treffen.«

»So ganz habe ich das immer noch nicht verstanden.«

»Für Daniel C. Hünner ging es um viel Geld. Um Millionen, die er hätte verdienen können. Aber er ist unterlegen. Sie müssen sich das so vorstellen: Der wohl einflussreichste Mönchengladbacher Bauunternehmer hat sein Gesicht verloren. Ihm muss klar geworden sein, dass er mit unserer Entscheidung nicht nur Geld verloren, sondern auch Macht eingebüßt hat. In Zukunft würde er es nicht mehr so leicht haben, an dieser Stadt zu verdienen. Und diese schmerzliche Erkenntnis hat ihn sicher diesen Rachefeldzug planen lassen. Wenn er schon untergeht, dann sollte wohl auch ich dran glauben. Und, denken Sie allein an den Namen dieses Zirkels ›Der Fünfer Bund‹. Klingt doch dilettantisch. Denken Sie doch mal nach, D, F, B, so ein Schmarrn.«

Frank sagte nichts.

»Das könnte so gewesen sein. Wir werden ihn befragen. Und wir werden die Lage seiner Immobilien prüfen lassen.« Ecki machte sich Notizen.

»Sie werden sie genau so vorfinden, wie ich es Ihnen gesagt habe.«

Frank hatte das Gefühl, dass sie Pietzeks Angaben nicht würden widerlegen können. Der Mann machte auf ihn einen zwar unangenehmen, aber nicht unehrlichen Eindruck. Dass Pietzek ein harter Unternehmer war, machte ihn nicht automatisch verdächtig. Das Gespräch hinterließ bei ihm eher den Eindruck, dass er Hünners Verschwörungstheorie weiter kein Gewicht beimessen würde.

»Sie werden verstehen, dass wir Ihre Angaben weiter überprüfen werden, Herr Pietzek.«

»Wie gesagt, ich bitte darum. Die Wahrheitsfindung ist nicht nur ein hohes Gut, sondern im meinem Fall auch bare Münze wert.« Pietzek strich mit beiden Händen über das faltenlose Tischtuch.

Für Frank das deutliche Zeichen, dass der Manager das Gespräch als beendet betrachtete.

Ecki wollte sich die Gelegenheit nicht entgehen lassen, am Ende ihres Gespräches doch noch auf die IEA-Pläne zu sprechen zu kommen.

»Trotz Ihrer ehrgeizigen Pläne ist Ihr Einkaufszentrum nicht unumstritten. Kritiker behaupten sogar, dass Sie den Städten, in denen Sie gebaut haben, den Bürgern das Recht auf ihren öffentlichen Raum genommen haben. Sie haben mit Ihren künstlichen Zentren die urbanen Plätze verdrängt. Die Städter können sich nur noch in klinisch reinen, überdachten Flächen bewegen, denen jede Qualität eines pulsierenden Lebens fehlt.«

Pietzek lächelte. Er wirkte wie ein gütiger Großvater und nicht wie ein knallharter Geschäftsmann. »Ach, wissen Sie, ich kenne doch längst all diese Diskussionen und Kritiker. Ich werde langsam müde, mich immer rechtfertigen zu müssen. Aber ich will Ihnen immerhin soviel verraten: Auch in Ihrer Stadt sind die Verantwortlichen zu mir gekommen, haben mich bekniet, doch mein Geld in ihre Stadt zu investieren. Es war schon fast peinlich, mitansehen zu müssen, wie Ihre Politiker durch die Lande gereist sind, von einem Einkaufszentrum zum anderen, und jedes Mal mit leuchtenden Augen vor mir standen und regelrecht um Hilfe gebettelt haben.«

»Sie sind ja jetzt am Ziel.«, warf Frank ein.

»Hier in Mönchengladbach?« Georg-Friedhelm Pietzek sah einen Augenblick lang durch das Fenster auf die Marienhofpassage, in der um diese Tageszeit wenig Betrieb war. Dann drehte er sich abrupt zu den beiden Ermittlern. »Was die Genehmigungen und Ratsentscheidungen betrifft, da haben Sie Recht. Wenn ich wollte, könnte ich noch in diesem Monat mit dem Bau beginnen.«

Etwas in Pietzeks Stimme klang merkwürdig, deshalb fragte Frank nach. »Könnte?«

»Ja. Sie vermuten richtig, Herr Kommissar. Die Stimme eines Menschen kann viel über ihn verraten. Ich will Ihnen etwas sagen, dass Sie sicher in den kommenden Tagen aus der Presse erfahren hätten.«

Was mochte jetzt kommen? Frank und Ecki sahen sich an.

»Ich habe mich heute mit Mösges getroffen, um ihm mitzuteilen, dass wir in Mönchengladbach nicht bauen werden. Er weiß es noch nicht. In dieser Stadt sind Sie die ersten, die es erfahren. Die IEA wird in Mönchengladbach kein Einkaufszentrum bauen.«

Frank und Ecki sprachen fast gleichzeitig. »Das kann doch nicht sein? Sie haben monatelang verhandelt, Sie haben sicher große Summen in Ihre Planungen gesteckt. Der Rat der Stadt hat Ihnen den Weg freigemacht. Und das wollen Sie jetzt aufgeben, einfach so?«

»Wissen Sie, manchmal ist es besser, Geld zu verlieren als unglücklich zu werden. Ich habe schon lange das Gefühl, in dieser Stadt kein Glück zu haben und nicht willkommen zu sein. Die Ereignisse der vergangenen Tage, die Sie mir geschildert haben, bekräftigen mich in meiner Entscheidung. Ich werde noch heute diese Stadt für immer verlassen. Wir werden hier keinen Euro mehr investieren.« Pietzek sah die völlig verdutzten Beamten freundlich an. »Wollen Sie nicht doch mit mir zu Mittag essen? Die Dorade soll sehr gut sein. Und der Rotwein ist ein echter Genuss.«

XXII.

Drei ganze Tage hatten Frank und Ecki schließlich gebraucht, um ihre Ermittlungsergebnisse zusammenzufassen. Gemeinsam mit den anderen Kollegen aus der Mordkommission waren sie ein letztes Mal ihre Ermittlungsakten durchgegangen, um keinen Fehler zu machen. Stundenlang hatten sie noch einmal die Stichhaltigkeit ihrer Beweis- und Indizienkette überprüft, nach der allein Daniel C. Hünner und Paul Hefter als Täter in Frage kamen. Am Ende waren sich alle einig, Staatsanwalt Ralf Böllmann eingeschlossen, dass ihre Ermittlungen vorerst erfolgreich abgeschlossen waren. Von der Überprüfung Mösges und Pietzeks erwartete die *MK Bökelberg* jedenfalls keine neuen wichtigen Erkenntnisse.

Daniel C. Hünner hatte sein Geständnis vor der Haftrichterin wiederholt. Die erneut gegen Mösges und Pietzek vorgebrachten Anschuldigungen waren für die erfahrene Richterin kein Anlass, in irgendeiner Form an den Ermittlungsergebnissen zu zweifeln.

Gleich zu Anfang seiner Untersuchungshaft hatte Hünner nach einer Freizeitbeschäftigung verlangt, die ihm von Gesetzes wegen auch zustand. Heinz-Jürgen Schrievers hatte dann die Idee gehabt, Hünner abgebrannte Streichhölzer und Leim zu liefern. Seither saß Hünner meist selig zufrieden in seiner Zelle und bastelte aus einem Haufen der Holzstückchen an einem Fußballstadion.

Die Pressekonferenz, auf der die Ergebnisse schließlich präsentiert wurden, war eher Routine. Die Zahl der Fernsehkameras war deutlich hinter dem Aufgebot geblieben, das sie noch zu Beginn der Ermittlungen erlebt hatten. Die Schuld Daniel C. Hünners war für die Medien nicht viel mehr wert als ein kurzer Bericht oder ein schnell versendeter Nachrichtenschnipsel. In der Stadt und in den Medien gab es derzeit wichtigere Themen: Welche Chancen hatte der profillose Karsten Mösges tatsächlich gegen den amtierenden und bei der Bevölkerung beliebten und auch bei Teilen der Opposition hoch geachteten SPD-Oberbürgermeister? Außerdem geriet der Verein immer tiefer in eine Formkrise. Die Entlassung des Trainers schien nur noch eine Frage von Tagen. Selbst die überraschende Verpflichtung eines neuen Abwehrspielers schien dem Club nicht entscheidend weiterzuhelfen.

Dic Entscheidung der Münchener Projektentwickler IEA, sich aus Mönchengladbach zurückzuziehen, war in der Tat in das öffentliche Leben der Stadt eingeschlagen wie eine Bombe. Die Tageszeitungen hatten ganzseitig über das Aus des Einkaufszentrums berichtet. Die lokalen Kommentatoren glänzten mit rhetorisch brillanten Schuldzuweisungen. Die unterschiedlichsten politischen Stimmen kamen zu Wort, die *Rheinische Post* bemühte ihren sogenannten »heißen Draht«, die *Westdeutsche Zeitung* ging mit ihrer Redaktion auf die Straße, um die Stimmung der Bürger einzufangen. Das Thema IEA und Mönchengladbach gipfelte schließlich in Statements von Kultursoziologen und Wirtschaftsexperten auf *3Sat*, inwieweit und wie ungeschützt eine Kommune heute abhängig ist von den Machtspielen und Almosen global operierender Investoren.

Währendessen wurde hinter den Türen des Rathauses fieberhaft nach einer Alternative gesucht. Dass ein neuer Investor gefunden werden sollte, stand außer Frage. Das hatte die Stadtverwaltung recht schnell über ihre Pressestelle verbreiten lassen. Zu sehr hatte man sich offenbar schon auf den prognostizierten Boom eingestellt, als dass man »diese sich bietende historische Chance ungenutzt verstreichen lassen wollte«, wie der Technische Beigeordnete und OB-Kandidat Karsten Mösges zitiert wurde.

Frank war müde. Er brauchte Abstand. Er brauchte Kraft, um das wichtigste Problem in seinem Leben zu lösen. Er musste Lisa finden und nach Hause holen. Aber zuerst brauchte er einen Augenblick zum Durchatmen. Mit Ecki hatte er sich daher in der Stadt auf einen Kaffee verabredet. Aber er wollte nicht alleine fahren. Deshalb stand er jetzt vor dem Büro von Heinz-Jürgen Schrievers.

Ohne anzuklopfen trat er ein.

»Spinnst du? Mich so zu erschrecken.« Mit einer hastigen Bewegung hatte der Archivar bei Franks Erscheinen etwas Undefinierbares in eine der Schreibtischschubladen geschoben und versuchte nun vergeblich, die klemmende Lade zu schließen. »Was willst du von mir?« Schrievers Stimme klang unfreundlich.

»Ist es das, wofür ich es halte?«

»Verschwinde. Ich habe zu tun.«

Frank trat unbekümmert an Schrievers Schreibtisch. »Ich wollte dich fragen, ob du mit auf einen Milchkaffee in die Stadt kommst. Ecki lädt uns ein.« Breit grinsend zeigte Frank auf die blonden Strähnen, die unter Schrievers mächtigem Bauch hervorquollen. »Seit wann spielst du mit Puppen?«

Heinz-Jürgen Schrievers wollte erst protestieren, dann entspannte er sich. Schließlich gab er den Blick frei auf eine Barbie-Puppe, deren lange Plastikbeine in der Schublade eingeklemmt waren.

»Glotz nicht so blöd. Sie gehört Gertrud. Sie hat sie beim Aufräumen gefunden. Sie will jetzt anfangen, Barbies zu sammeln. Ich wollte im Internet mal nachsehen, was die Dinger heute wert sind. Gertrud hat schon eine Vitrine freigemacht. Das ist alles. Ich habe bei eBay gefunden, dass letztens 4.300 Euro für die älteste Barbie-Version gezahlt wurden. Von 1959 war die, schwarzweißer trägerloser Badeanzug mit passender Sonnenbrille. Bei einer Auktion bei Christie's werden demnächst sage und schreibe 4.000 Barbies angeboten, aus einer holländischen Sammlung.«

»Du brauchst gar nicht rot zu werden. Ist doch kein Verbrechen, wenn Männer mit Puppen spielen. Kommst du nun mit oder nicht?«

»Nee, lass man, ich habe noch einen Haufen Akten zu sortieren, siehst ja, wie das hier aussieht.« Schrievers zeigte auf sein Büro.

Auch wenn Frank nicht erkennen konnte, dass das Büro unaufgeräumter oder chaotischer als sonst aussah, wollte er seinen Kollegen nicht drängen. »Dann ein anderes Mal. Vielleicht wieder mal im Bauerncafé Alt Bruch in Kaldenkirchen?«

»Gute Idee, war schon länger nicht mehr dort.« Schrievers räusperte sich. »Äh, darf ich fragen ... hast du was von Lisa gehört?«

Franks Gesichtsausdruck änderte sich. Er sah traurig aus. »Ich habe nicht viel gehört. Eine Postkarte habe ich bekommen.«

»Und?«

»Es geht ihr einigermaßen gut.«

»Das klingt doch beruhigend, oder?«

»Schon.«

»Aber?«

»Sie fehlt mir.«

»Sie kommt zurück.«

»Ich hoffe es.«

»Sie kommt zurück. Sicher.«

»Meinst du?«

»Ich weiß es.«

...

Ecki hatte gerade seinen Milchkaffee bestellt, als Frank dazu kam. Ächzend ließ sich er in den tiefen Sessel im Erker fallen. »Für mich dasselbe, bitte.«

»Wollte Heini nicht?«

»Nee, hat zuviel zu tun. Er muss noch mit seiner Puppe spielen.« Franks Stimme überschlug sich fast vor lauter Lachen.

»Was?«

»Ja, eine Barbie-Puppe.« Breit grinsend erzählte Frank Ecki von seiner unerwarteten Begegnung mit der langbeinigen Kunststoffschönheit.

»Der alte Heini. Ich fasse es nicht.« Ecki gluckste vor Lachen.

»Wenn ich das den Kollegen erzähle!« Bei der Vorstellung prustete Frank los.

»Lass lieber sein. Heini bringt uns um.«

»Natürlich nicht. Sollen die beiden doch Puppen sammeln. Es gibt weitaus merkwürdigere Hobbys.«

»Das ist wohl wahr.« Ecki musste an seine Kinder denken, die immer noch mit Hingabe Pferdebilder aus seinen Zeitungen ausschnitten. Sie machten sich offenbar einen Sport daraus, noch vor ihm Hand an die Zeitungen legen zu können.

»Oh, Mann.«

»Was ist?«, fragte Frank und nickte dabei der Bedienung freundlich zu, die ihre Milchkaffees brachte.

»Ich muss nur gerade an unsere Ermittlungen denken.«

»Hm.« Frank nahm vorsichtig einen Schluck und wischte sich dann den warmen Schaum von den Lippen.

»Ich bin letzte Nacht darauf gekommen. Ich konnte mal wieder nicht schlafen.«

»Was ist dir denn durch den Kopf gegangen?«

»So ein bisschen sind mir die Ermittlungen vorgekommen wie ein Fußballspiel.«

»Jetzt kommt's. Ich höre.« Frank musterte seinen Freund mit einem spöttischen Blick.

»Du magst mich ja für bekloppt halten, aber ich sehe das so: Auch wenn es irgendwie makaber klingt: In diesem mörderischen Spiel hat der Gegner seine Mannschaft auf das Spielfeld gebracht, und wir haben unsere Mannschaft aufs Feld geschickt. Und dann hat sich nach dem Anpfiff, will ich mal sagen, nach dem Anpfiff hat sich das Ganze in einem streckenweise rasanten Tempo entwickelt. Dann wieder gab es Phasen, in denen es nur Geplänkel gab, ohne zwingende Torchancen. Jede Mannschaft wartete auf geeignete Kontermöglichkeiten. Das Auswechseln von Spielern brachte keine entscheidenden Feldvorteile, Pässe kamen nicht an. Geniale Flanken fanden keine Abnehmer.«

»Hör auf. Du klingst wie ein drittklassiger Sportreporter. So wirst du nie ein zweiter Manni Breuckmann.«

»War ja nur so eine Art Gleichnis.« Ecki war beleidigt.

»Fußball hat wenig mit dem normalen Leben zu tun. Es ist doch nur Fußball, mehr nicht.«

»Weiß ich selbst. Trotzdem, es stimmt, was Rüssmann sagt.«

»Rüssmann?«

»Rolf Rüssmann, der ehemalige Manager des Vereins. Hier.« Ecki hielt Frank die Ausgabe des Fußballmagazins *11 Freunde* hin, die zusammen mit anderen Illustrierten auf dem Tisch im Erker des Cafés gelegen hatte. Dann zitierte er: »Der Bökelberg wird auf ewig ein Mythos bleiben, schließlich hat der Verein hier seine besten Tage erlebt. Denken Sie doch nur an die fünf Meisterschaften oder das legendäre 7:1 gegen Inter Mailand, das nach dem Büchsentreffer gegen Boninsegna leider von der UEFA annulliert wurde. Unvergesslich auch, wie steil die Tribünen waren – ein größerer Neigungswinkel war damals gar nicht zugelassen.«

»Mythenbildung, mehr nicht.«

»Trotzdem schön.«

Franks Mobiltelefon klingelte. »Frank Borsch. Guten Tag?«

Es war Colonel Digby. Er hatte offenbar wichtige Nachrichten. Franks Gesicht war ernst geworden. Schließlich beendete er das Gespräch und legte das Telefon zurück auf den niedrigen Tisch.

»Das war Colonel Digby.«

»Wichtig?«

»Ich denke schon. Er hat erzählt, dass er in Dresden Schalke getroffen hat und mit den deutschen Behörden über die Rumänensache sprechen konnte. Er hat den Eindruck, dass sich die Identität des Jungen aus dem HQ doch noch klären lässt. Einer der Hauptverdächtigen hat angegeben, dass er sich an das Gesicht des Jungen erinnern kann. Die weiteren Ermittlungen werden sicher bald zu einem positiven Ergebnis kommen, wie er sich ausgedrückt hat. Außerdem hat er einen schönen Gruß von Schalke weitergegeben. Dembrowski wird in den nächsten Tagen mit dem Abschlussbericht zurückkommen.«

»Klingt prima.«

»Ich bin auch froh. Und Digby ist auch erleichtert, dass auch er doch noch zu einem Ermittlungserfolg kommen kann.«

»Ich gönn es ihm.« Ecki trank seine Tasse leer. »Und uns. Denn unser Spiel hat einen Schönheitsfehler. An die Hintermänner, die wirklichen Puppenspieler, sind wir nicht herangekommen. Unser Erfolg ist nur ein halber Erfolg. Weniger als ein Unentschieden.«

»Aber auch keine Niederlage, denn wir gehen in dic Verlängerung. Und dann werden wir sie besiegen. Das schwöre ich. Es gibt immer eine zweite Chance.«

»Genau. Unsere Kondition wird reichen. Sie werden sich nicht mehr lange hinter ihrer Abwehr verstecken können. Wir werden uns diesen Pietzek und die anderen schnappen. Irgendwann werden sie einen Fehler machen.«

»Den ersten Fehler haben sie schon gemacht.«

»Nämlich?«

»Sie denken, wir haben ihre Geschichte gekauft.« Franks dunkle Miene hellte sich unversehens auf. »Colonel Digby hat übrigens noch etwas gesagt.«

»Nämlich?«

»Dass Deutschland bei der WM Dritter wird und England Weltmeister.«

»Spinner!«

»Spinner? Weil er meint, das die Engländer den Cup holen?«

»Nee, dass wir Dritter werden. Aber was anderes.« Ecki griff in die Innentasche seiner Jacke. »Ich hab noch was für dich.«

»Da bin ich aber gespannt.« Frank beugte sich vor.

»Bitte schön.«

Frank nahm die beiden dünnen grünweißen Karten in die Hand und drehte sie neugierig hin und her. »Was ist? Ich glaub's nicht!«

»Doch.«

»Zwei Karten für die Nordkurve!«

»Wir gehen ins Stadion. Gegen Bayern.«

»Das Spiel haben wir doch schon gewonnen, oder?«

»Mindestens!«

ENDE

Der Lambertimord

Der 1. Fall der beiden Mönchengladbacher Kommissare Frank Borsch und Michael »Ecki« Eckers

Der Mönchengladbacher Kriminalhauptkommissar Frank Borsch ist mit seinem Kollegen Michael »Ecki« Eckers in Nettetal unterwegs, denn er muss den Mord an einer jungen Frau aufklären. Die Ermittlungen in Breyell und Umgebung sind für den Polizisten auch ein Stück Begegnung mit der eigenen Vergangenheit. Und obwohl Frank Borsch in Breyell geboren und aufgewachsen ist, bleiben ihm die Menschen seiner Heimat seltsam fremd. Zu allem Übel hat er das seltsame Gefühl, ständig zu spät zu kommen. Dabei hat er eigentlich keine Ruhe für die Aufklärung des Mordes. Seine Freundin Lisa benimmt sich schon seit Wochen mehr als merkwürdig. Frank Borsch würde sich lieber um sein Leben kümmern als um die Ermittlungen in den ehrenwerten Kreisen der Nettetaler Schickeria. Und da ist noch die Musik. Der Blues. Kriminalhauptkommissar Borsch spielt die Bluesharp in der Band STIXS. Wenn er denn Zeit hat. Sein Kollege Ecki dagegen liebt es eher volkstümlich. Er hört gerne Stefanie Hertl und den »Holzmichl«, am liebsten im Dienstwagen.

So oder so: Frank Borsch hat es wirklich nicht leicht, im Moment nicht und überhaupt. Ja, und da ist noch der »alte Lambert«, der Breyeller Kirchturm aus dem 14. Jahrhundert, das Wahrzeichen Nettetals. Der Turm wird zum Schauplatz des Schreckens. Und trotzdem halten es die Breyeller lieber mit den drei Affen: Nichts sehen, nichts hören, nichts sagen.

Frank Borsch muss sich beeilen, denn Mörder warten nicht.

»›Der Lambertimord‹ war zweifellos der Höhepunkt im Turmjahr 2006.«
Rheinische Post

»›Der Lambertimord‹ begeistert die Leser im Grenzland.«
Grenzland-Nachrichten

»›Lambertimord‹: Klein-Chicago am Niederrhein.«
Westdeutsche Zeitung

»Endlich wird unsere Polizeiarbeit realistisch und zugleich spannend dargestellt.«
Die Mönchengladbacher Polizei

ISBN 978-3-920743-61-5; € 9,90

Verlag der Buchhandlung Matussek & Sohn, Nettetal

Maskenball

Der 2. Fall der beiden Mönchengladbacher
Kommissare Frank Borsch und Michael »Ecki« Eckers

Der Tote ist mit einem Strick an den glatten Stamm einer alten Buche gefesselt. Über seinen Kopf hatte man eine Art Kartoffelsack gestülpt. An Armen und Beinen hat die Leiche dunkle Flecken. Sie sehen aus wie eingetrocknetes Blut. Auch die Oberfläche des groben Leinenbeutels ist voll davon.

Wurde Hans-Georg Verhoeven hingerichtet? War es ein Ritualmord? Warum musste der Rentner aus Nettetal-Breyell sterben? Wer, um alles in der Welt, tötet einen alten, schwachen und hilflosen Menschen? Welche Wahrheit verbirgt sich hinter der prachtvollen Jugendstilfassade der Hardterwaldklinik? Was hat Oberarzt Köhler mit der Sache zu tun?

Die beiden Mönchengladbacher Kriminalhauptkommissare Frank Borsch und Michael »Ecki« Eckers ermitteln in ihrem zweiten Fall im Umfeld der Geriatrie. Sie lernen schnell: Alte Menschen verbergen jede Menge Rätsel und Geheimnisse ...

Und da ist noch der urgemütliche Polizeiarchivar Heinz-Jürgen Schrievers, für den Anti-Aging nicht nur ein Schlagwort ist. Allerdings geht er Frank damit mächtig auf die Nerven. Der Kommissar hört lieber den Blues – wenn Ecki nicht gerade auf WDR 4 umgeschaltet hat.

*»Der Mann kommt aus dem tiefsten Niederrhein ...
Er weiß, wie die Menschen hier so sind, wie sie denken, wie sie fühlen ...
Deshalb schreibt der Mann Krimis. Verdammt spannende.«*
Neue Rhein Zeitung NRZ

*»Küsters arbeitet geschickt mit Kontrasten, spannend und ergreifend.
Schöner als bei Küsters kann ein Mord nicht sein.«*
Westdeutsche Zeitung

*»Als langjähriger Gerichtsreporter kennt Arnold Küsters die
Details polizeilicher und gerichtlicher Arbeit und setzt diese gekonnt um.«*
Neuss Grevenbroicher Zeitung NGZ

»... exzellent geschriebene Kapitel aus der Tätersicht,....«
Rheinische Post

ISBN 978-3-920743-62-2; € 10,90

Verlag der Buchhandlung Matussek & Sohn, Nettetal

und demnächst...

Schweineblut

Der 4. Fall der beiden Mönchengladbacher
Kommissare Frank Borsch und Michael »Ecki« Eckers

Mit leisem Surren fuhr das Seitenfenster hoch. Sie hatte genug gesehen. Es wurde langsam Zeit. Ganz leicht fuhr sie mit dem Daumen über die frisch geschliffene Klinge.

»Schweineblut. Sie sind nicht von hier, Herr Kommissar, nicht wahr?«

KHK Frank Borsch und KHK Michael »Ecki« Eckers ermitteln in einem Mordfall in Bracht, der sie in das Schützenbrauchtum am Niederrhein führt. Sie lernen schnell, dass hohe Erträge in der Landwirtschaft nicht nur mit Kartoffeln zu tun haben, sondern auch mit illegalen Düngemitteln und der Ernte von Hanfplantagen.

Welche Rolle spielt ihr Kollege Jan Kuhnert vom KK 14? Ist der Drogenfahnder wirklich nur Kollege? Und warum riskiert Viola Kaumanns in der alten Versandhalle in Grevenbroich ihr Leben?

Gut, dass der Archivar der Mönchengladbacher Polizei, Heinz-Jürgen Schrievers, den Überblick behält.

Und gut, dass Franks Bluesband STIXS endlich einen neuen Gitarristen hat. Obwohl »Ecki« lieber weiter WDR 4 hört...

ISBN 978-3-920743-64-6; ca. € 10,90

Verlag der Buchhandlung Matussek & Sohn, Nettetal

Finsternis im Kopf

Ein Niederrhein-Krimi
von Jürgen Hühnerbein

Georg Dreegen ist Kriminalhauptkommissar am Niederrhein. Ein Junggeselle, erfolgreich und beliebt. Er verbringt einen Kurzurlaub in Prag, den ersten Urlaub seit Jahren. Georg Dreegen sucht nach Ruhe und Entspannung, gerät aber in einen Strudel mörderischer Ereignisse, die sich wie ein blutiger Faden zu einem Netz spinnen, in dessen Zentrum die Stadt Nettetal steht – der Geburtsort von Georg Dreegen …

Die Suche nach dem Heiligen Gral mag abgeschlossen sein. Der Finder aber, Parzival, steht wieder auf, streift die uralten Sagen und Legenden ab und taucht ein in das 21. Jahrhundert, um die Welt endgültig vom Bösen zu befreien. Die Jagd beginnt …

»... originelle Geschichte, spannend geschrieben.«
Westdeutsche Zeitung

»Der Krimi ... ist ebenso spannend wie blutig.«
Neue Rhein Zeitung NRZ

ISBN 978-3-920743-65-3; € 8,90

Fehlende Mönche

Ein historischer Mönchengladbach-Krimi
von Hans Georg Beckers

Ort der Handlung ist die rheinische Benediktiner-Abtei Gladbach und ihre Umgebung in der Zeit zwischen dem Tod des Abtes Johann von Epsendorf, der am 10. Januar 1505 im Alter von 53 Jahren verstarb, und der Wahl von Aegidius von Bocholtz als Nachfolger am 14. Januar. In diesen wenigen Tagen zwischen Tod und Neubeginn haben sich in Gladbach Ereignisse zugetragen, von denen hier berichtet werden soll.

ISBN 978-3-920743-66-0; ca. € 8,90 – **erscheint im Frühjahr 2008**